“丁玲与当代文学七十年”学术研讨会论文集

中国丁玲研究会
常德市丁玲文学研究中心 编

吉林文史出版社
JILINWENSHICHUBANSHE

图书在版编目（CIP）数据

“丁玲与当代文学七十年”学术研讨会论文集 / 中国丁玲研究会，常德市丁玲文学研究中心编. -- 长春 : 吉林文史出版社，2021.2
ISBN 978-7-5472-7614-3

Ⅰ. ①丁… Ⅱ. ①中… ②常… Ⅲ. ①丁玲（1904-1986）－文学研究－学术会议－文集 Ⅳ. ①I206.6-53

中国版本图书馆 CIP 数据核字（2021）第 028039 号

“丁玲与当代文学七十年”学术研讨会论文集
DINGLINGYUDANGDAIWENXUEQISHINIANXUESHUYANTAOHUILUNWENJI

编　　者：中国丁玲研究会　常德市丁玲文学研究中心
责任编辑：王　新　钟　杉
封面设计：四川悟阅文化传播有限公司
出版发行：吉林文史出版社有限责任公司
地　　址：长春市净月区福祉大路 5788 号　　邮编：130118
电　　话：0431-81629363（总编室）　0431-81629372（发行科）
网　　址：www.jlws.com.cn
印　　刷：成都市兴雅致印务有限责任公司
经　　销：全国新华书店
开　　本：240mm×170mm　1/16
印　　张：33
字　　数：593 千字
版　　次：2021 年 2 月第 1 版　2021 年 2 月第 1 次印刷
定　　价：98.00 元
书　　号：ISBN 978-7-5472-7614-3

目 录

CONTENTS

当代中的丁玲及其文学创作

丁玲与20世纪文学革命主体书写

丁玲与左翼文学创作

丁玲与左翼文化传播

丁玲相关文学史料

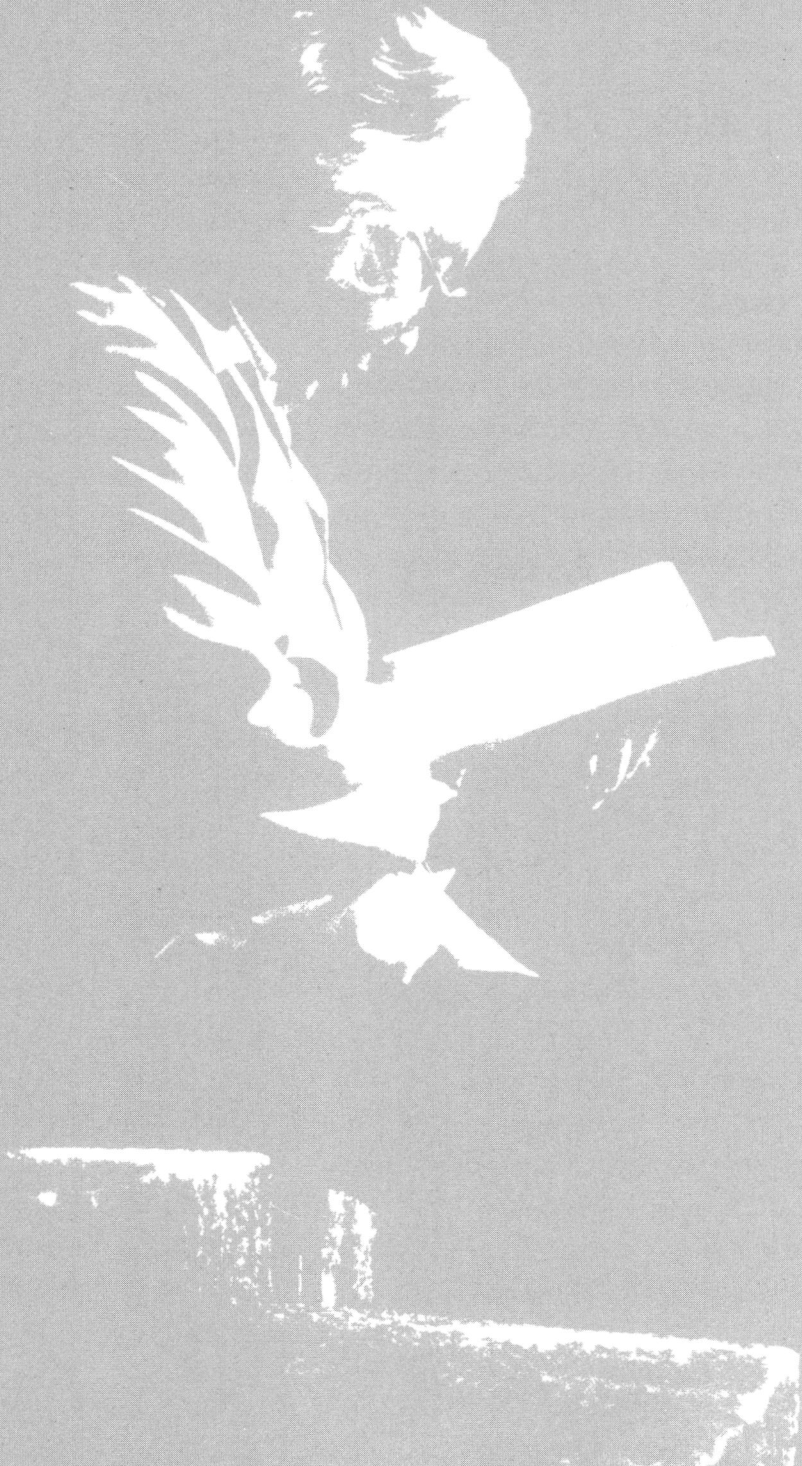

当代中的丁玲及其文学创作

再论“丁玲不简单”

——“丁玲与当代文学七十年”三人谈

孙晓忠　张屏瑾　罗　岗

一、丁玲不简单

孙晓忠：丁玲是中国现代文学和当代文学无法忽视的作家，是二十世纪中国革命参与者。她一生经历和见证了二十世纪中国文学的不同历史阶段，从五四到延安，从新中国的五十年代，到六十年代的思想斗争，再到她八十年代的“复出”，每个时期既体现了她个人思想的独特性，又从她身上看出整个时代的精神气质。从她那儿，既可以看到为了个人精神成长而不断自我否定的轨迹，也可以发现作为“革命迷人化身”的中国“革命的逻辑”（贺桂梅：《丁玲的逻辑》）。丁玲有说不尽的精神魅力，是二十世纪中国革命的典型，也是理解“现代文学”和“当代文学”的独特视角。通过丁玲，相信我们会对“现代文学”和“当代文学”不断有新的发现。

罗　岗：今年是2019年，是中华人民共和国成立70周年的整日子，也是共和国文学70周年的整日子。如果把“共和国文学70年”作为一个整体来把握，那么这70年的文学，不仅在物理时间的意义上突破了1980年代提出的“二十世纪中国文学”的下限，共和国文学70年包含了“新世纪文学”近20年的“新变”——王晓明老师称之为“当代文学六分天下”，李云雷甚至进一步概括为“新文学的终结”——已经无法在“二十世纪中国文学”的研究框架中得到有效的解释，这就提醒我们注意，作为整体的“共和国文学70年”同时也在文学史时间的意义上，质疑了“二十世纪中国文学”的构想。

众所周知，“二十世纪中国文学”的提出，“不单是为了把目前存在着的‘近代文学’、‘现代文学’和‘当代文学’这样的研究格局打通，也不只是研究领域的扩大，而是要把二十世纪中国文学作为一个不可分割的有机整体来把握”。（钱理群、陈平原、黄子平：《论“二十世纪中国文学”》）但“共和国文学 70 年”将新中国的建立作为文学史叙述的起点，重新凸显了原本被“二十世纪中国文学”计划吸纳进而压抑的“当代文学”的意义；在“1949”这个“时间开始”点上，是伴随新中国诞生的“当代文学”，重新生产出了文学史意义上的“现代文学”，无论是对“五四运动”的重新定位，还是对鲁迅地位的高度评价，其背后的动力都来源于“当代文学”规范的建立。但随着“1979”的转折，具有规范意义的“当代文学”失去了领导权，作为有机整体的“二十世纪中国文学”的提出，恰恰是依靠文学史书写的排斥机制，压抑了共和国前 30 年的“当代文学”以及作为“当代文学”前史的“延安文艺”和相关的历史背景——借用木山英雄先生当年的说法，那就是“用‘民族’的概念的话，在政治上也好，在文化上也好，有一种被动的、抵抗的意义，是中国文学对西欧文学的一种抵抗。总之，世界上的一切事物都不再能孤立地存在，这就是二十世纪发生的事情。也是从东方民族的立场看，这并不是像马克思所说的世界市场的成立。马克思是完全长在西方立场上说的……对‘二十世纪中国文学’来说，应该有一个‘文化主体的形成’的问题，在你们的文章里谈得很少，这是我感到不满意的”。（《关于“二十世纪中国文学”的两次座谈》）——1980 年代所谓“重回五四”，实际上就是重新确立“现代文学”的领导权，我们不妨再重温一下“二十世纪中国文学”的构想，可以说，正是伴随改革时代重新降临的“现代文学”，再次生产出了文学史意义上的“二十世纪中国文学”。

所以，今天我们要把“共和国文学 70 年”作为一个整体来把握，就必须面对其中包含着的“现代文学”与“当代文学”之间的矛盾——或者进一步说包含了整个二十世纪中国文学的内在矛盾——假如简单地站在“现代文学”的立场，很容易指出，共和国前 30 年是“当代文学”压抑了“现代文学”；而立场一旦转换到“当代文学”，同样也可以轻易地指出，1980 年代以来的文学史叙述压抑了“当代文学”。问题在于，“共和国文学 70 年”整体观不能重蹈“二十世纪中国文学”构想的覆辙，仅仅依靠文学史书写的排斥机制来完成文学史叙述，而是需要在二十世纪中国历史的“断裂”处发现“延续性”，在“当代文学”和“现代文学”的“矛盾”中重启“对话”的可能性。

如何才能完成这样的工作？我觉得，丁玲就是一个典型的个案，正如晓忠所言，她一生经历和见证了二十世纪中国文学的不同历史阶段，可以说是共和国文学70年的“现役作家”：“现代文学”和“当代文学”在她身上打下深深的烙印，从“现代文学”来说，丁玲的《莎菲女士的日记》被公认为是“五四文学”的代表作，就像茅盾那段著名评论所说，“在《莎菲女士的日记》中所显示的作家丁玲女士是满带着‘五四’以来时代的烙印的……她的莎菲女士是心灵上负着时代苦闷的创伤的青年女性叛逆的绝叫者”；而从“当代文学”来看，丁玲到延安后的写作，正如冯雪峰高度评价得那样，代表着一种“新的小说的诞生”，而且她在中华人民共和国成立后担任过《文艺报》主编、中央文学研究所所长和中宣部文艺处处长，直接参与缔造了“当代文学”体制和规范。因此，丁玲在自己的内部和时代的外部之间，是如何处理“现代文学”与“当代文学”的关系？是怎样整合“共和国文学”的？所有那些“断裂”与“延续”“矛盾”以及“对话”的可能，都能通过丁玲所走过思想与文学的历程，激发思考、再次发掘、重拓新路……在这个意义上，或许我们可以更深刻地理解李陀先生说的：丁玲不简单！

张屏瑾：丁玲是中国现当代文学的典型作家，之所以称之为典型，不仅仅因为她留下了《莎菲女士的日记》《我在霞村的时候》《太阳照在桑干河上》等著名文学作品，还因为她的一生深刻地参与了当代文学七十年的建制——如果我们把“五四”“左翼”以及延安文学也看作是“七十年”的前奏和重要前提的话，这一点是丁玲研究者们必然会提及的。在我看来，提出丁玲作为典型中国现当代作家还有更重要的原因，那就是丁玲的写作几乎完美地体现了中国新文学与当代文学最重要的特征。首先，丁玲作为白话新文学作家，与20世纪中国历史的关系，绝不是被动卷入的关系，终其一生，她都主动介入历史与社会的各种重大契机与重大转折，与这些契机与转折紧密结合，体现出个人所能提供的最大创造力和生命力，这种创造力和生命力席卷作家的身体以及精神层面，使得文学、艺术、感性与历史、社会、政治、个体等问题交相生成，互为印证，正是这一特点造就了新文学的特殊意义。

在这个意义上，丁玲以及现代文学的其他作家，包括鲁迅、茅盾、赵树理、郭沫若，也包括老舍、巴金、曹禺、萧红等，他们的创造力和生命力，他们作为写作者，也作为现代中国文化缔造者的种种能量，远非单纯的文本形式表现所能限定。就拿丁玲来说，她写过小说、散文、杂文、诗歌、剧本、也写过更大量的战地通讯、人物速写、工作汇报与记录等等，她笔下没有一个字不是在特定的历史环境下生成，也没有一句话不能被当作我们通向特定时代的种种重大幽深，抑或细小幽微的问题之路径。这正是我今天我们要一再地读丁玲，不仅要读她的小说，也读她的散文、杂文、日记和书信，还要读那些工作日志般的文字的原因。些文字和文本是我们理解她的创造力与生命力的起点，而她在文本中的每一种呈现，都需要被重新转化成为问题，才能理解她的写作到底为当代中国提供了什么，并且能够进一步反思文学艺术的当代特征与意义。由此，丁玲不简单，也可以再进一步说：当代文学不简单！

从“丁玲”这个名字开始，这两个字既指湖南女作家蒋冰之，也指在北京—上海—南京—延安—河北—苏联—北大荒等多重空间中，自我教育、自我改造、自我认同为了“丁玲”的那个丁玲。这两个字以一种打破一切桎梏、创造一切新生的姿态重组和成立了，而这个名字又的确是丁玲用无政府主义的方式为自己所取。正如这个名字，丁玲的作品也有抽象和具体的双重含义。今天我们从具体的文本内容和形式创造出发，这就是丁玲的作品，然后由这些文本与形式，借用种种理论和阐释方法，通向一个符号的“丁玲”，如上所述，这个符号是中国现代与当代文学的象征，指向20世纪中国的若干种思想命题、历史转型和政治进步。应该说自从“第三世界民族寓言”理论提出后，现代文学作品作为寓言与符号体系的功能已经得到了广泛的理解。不过，在一遍遍重读丁玲的过程中，我愈来愈深地感觉到，符号化也不能算是分析“丁玲”二字的终点——“丁玲”，于其强烈的历史所指以外，还构成了一种人格所指，我认为是一种重要的人格形象：一种新女性的形象，一种追求革命的理想主义者的形象，一种共产党员作家的形象。在此基础上，“丁玲”二字又必须再次获得属于20世纪中国历史的具体性，以及中国当代文学的具体性。

二、“五四”与“左翼”的辩证法

孙晓忠：家道中落，族人欺负，逃离故乡，寻求别样的生活。这几乎是“五四”一代中国知识分子的共同遭遇，也是一个民族的缩影。丁玲选择来到大都市，上海成为她文学的第一站，但她求学的方式又和大多数年轻人不一样。她没有出国留学，也没有报考国内名校，而是首先在一家不知名的艺术学校学习西洋绘画，后来在一家“不正规”的夜校学习文学和写作，也正是在这样的“非正规”教育中，孕育了丁玲新的文学观和她对教育的认识，在上海大学她认识了瞿秋白等人，改变了她人生的道路，提高了她对写作的认识。

丁玲初出文坛，凭借一系列革命加恋爱的作品引起反响，这个风格里既有一点古代情爱作品的痕迹，有自觉的个性解放意识，更有无政府主义思想的影响，但很快她就放弃了这种激烈情感加身体欲望的写作方式。“我自己明白，只有向左转，开拓自己的写作圈子。但如何开拓？也想不出什么好办法，只有在讲恋爱，讲朋友，在这些儿女之情外，加上一点革命的东西，把这些东西生硬地凑在一起，这样的作品，自然不会有什么生命力”。（丁玲：《我是人民的儿女》）

张屏瑾：丁玲的形象首先是“‘五四’的女儿”，她与王剑虹在湖南的那张合影，两人着白衣白裙，黑布鞋，剪了短发，手里拿着乐器，一派天真无邪，又舍我其谁的气质。后来杨沫笔下的林道静，也是这样的形象。“五四”彰显个人、强调个人，但它又是一场“外争国权，内惩国贼”的运动，个人的问题没有办法和民族国家的命运脱离，但两者之间如何建立起关系，却不是一个简单的问题，一代人的命运就投身于这样的问题之中。对于丁玲来说，“五四”式的个性气质（也有人称之为“傲气”）是她一生的一个重要起点，也将跟随她一生，既呈现在她的作品中，尤其是那些女性人物身上，使得她的作品带上特有的一种“烙印”，与此同时，也发生了一种反作用力，因为“五四”式的叛逆同样也包括自我怀疑和对自我的叛逆，这在《莎菲女士的日记》里表现得很明显。所以，自我问题既是一个最重要的前提，也是一种挑战，本身就蕴藏矛盾与分裂，丁玲是对这类矛盾与分裂非常敏感的一位作家，她的早期作品，以单身青年女性为主角的小说，几乎无一例外地是在描述和讨论这种分裂状态。

随着中国现代化社会问题的展开，现代文学的环境也发生了快速的变化，“五四”式自我的内在矛盾变得日趋复杂，开始分化成为灵与肉、精神与物质、表象与律令等一系列问题，尤其是在新兴的都市中，这些问题变得更加尖锐，于是丁玲笔下的女主角也成了都市里的摩登女郎。不过，丁玲笔下的摩登女性与其他作家笔下的不同，她们多数是有较为明确的社会身份，以作家居多，也有一些带有强烈“五四”个性心理特征的“波西米亚”青年，她们不是过着完全“不及物”的幻想般的生活，恰恰相反，她们无往而不在社会与环境的枷锁之中，时时刻刻感受自身的困境，尤其是在城市的亭子间、公寓房间等“斗室”之中，愈发感受到自身的局限与室外环境的脱离，身心分离的状态使得她们陷入焦虑，这种状态下很容易产生颓废。但是我们看到丁玲小说里的主人公并没有完全陷入颓废，即使是莎菲女士，对自我力量的期待也要高过对自我苦闷的玩赏。她们对于自己处于颓废的临界状态都表现出一种愤怒和挣扎，以及对改造自身的力量的期待与呼唤，也就是说，从“美”出发而走向了“力”，以至于“工作”成为她们经常要去强调的一个词，虽然处在临界状态的她们，还不知道自己“工作”的意义，以及如何开展，但她们知道这一努力的反面是什么。在《自杀日记》这篇早期杰出的小说中，丁玲从一个受到都市的拜物教与焦虑症影响的农村姑娘眼中，看出属于城市未来的幻灭，这种幻灭被带到更加闭塞的乡村而放大了若干倍，终于导致了阿毛的死。

要有一种强大的力量，这种力量在从“五四”到“左翼”的转变过程中将要发挥巨大作用。小说《梦珂》里，处处碰壁的梦柯找不到任何引导，虽然她并不服输，但小说只能戛然而止，在另一篇小说《野草》中，女作家野草希望通过写作来自我引导，然而这也是很难实现的，正如丁玲在“左转”的过程中面临的最大问题：“写什么”，“怎么写”？足够复杂和困难，并不是一种抽象的写作憧憬所能概括的，而居于困室中的青年，同样无法仅凭一己之力走出斗室。创作于1930年代初的《一九三〇年春上海（一）》中，出现了力的引导者的形象。女性离开一位资产阶级启蒙者而选择另一位无产阶级革命意义上的启蒙者，在当代文学中成为了一种重要的叙事模式。丁玲的作品清晰地表现了，“外在力量”——组织教育与“内在要求”——个人奋斗的相遇、结合，是从“五四”到“左翼”文学转变的不可缺少的环节，丁玲的作品也证明，革命引导者并非全然是外部的，更不是天上掉下来的，而是内在于个人精神危机之中的一种力的追求与伸展，也可以说是巨大的主体创造力的体现。

在这里出现了一个附加的问题，如果说革命的引导者与被引导者的性别分别由“男”“女”来表征，而女性一旦克服了自我危机，也会变得男性化或“中性化”，那么这样一种叙事模式难免在性别等相关问题上被再度简单化。女作家丁玲在这个问题上同样表达出复杂性，同期她写作了长篇小说《韦护》，以及《一九三〇年春上海》的续篇，描写男性革命者的内心世界，描写他们在充当引导者之时，自身存在的困境与挣扎，从而比较全面地展现“五四”与“左翼”的辩证关系。丁玲是一位从不惮于对所有现象做进一步思考的作家，对共同的事业始终保持信念与真诚，使她能够在各个不同的时代都敏锐地感知问题的不同方面，这在她的早期作品中已经显示出来了。

罗　岗：1980年，丁玲“文革”后复出不久，在《文汇月刊》上发表《我所认识的瞿秋白同志》。在这篇文章中，她披露了自己的处女作《梦珂》的标题，也是小说女主人公的姓名，原来取自法语mon Coeur，意思是“我之心”。丁玲当年用“我之心”来开启自己的写作，意在建构具有内在深度的自我，当然葆有浓烈的“五四”色彩。不过，丁玲的“梦珂”（“我之心”）却深刻地感受到“五四”理想的困境：在与“表哥”的恋爱中，梦珂“自由恋爱”的梦想破灭了，既然不能实现“灵肉一致”的“恋爱”，那么便选择

"婚姻"之外"独立自主"的"职业女性"生活吧；可是，如果不能承受繁重的体力劳动，所谓"职业女性"也就不免沦为都市消费环境下的"摩登女郎"。尽管梦珂最终成为电影演员，但做了"明星"也无法建立起"具有内在深度的自我"，在男性的欲望面前，"简直没有什么不同于那些站在四马路的野鸡"。

无论是"自由恋爱"还是"职业女性"，再美好的愿望都难免沉沦，丁玲的"我之心"恐怕更多地感受到"五四"理想的危机，我曾经在讨论《梦珂》时指出她对"五四"理想危机的深刻反思：一方面女性解放的口号因为无法回应分化的社会处境而愈益"空洞"；另一方面刚刚建立起来的现代体制已经耗尽了"解放"的潜能，反而在商业化的环境中把对女性的"欲望"体制化了。面对这样的情景，妇女如何寻找新的"解放"的可能，是"后五四时代"丁玲持续追问却无法立刻回答的问题。现在可以补充的是，丁玲从一起笔时就意识到"五四"理想的危机，因此，经历了"五四"的落潮，身处"后五四时代"，她的"我之心"的探索，就不止于"小我"，而是试图为"小我"寻求更大的出路。尽管《莎菲女士的日记》一出版，无论是赞美者还是批评者，都认为莎菲表征了那个时代特有的"虚无主义的个人主义"，但近年来的研究显示，作为莎菲女士原型的杨没累，和她的精神伴侣朱谦之对"唯爱哲学"的追求，本身即是带有强烈社会性的情感乌托邦实践；而小说中体现出的"恋爱至上主义"，也不只是关乎个人的情感问题，在渊源于日本"大正生命主义"的思想脉络中，同样有着具有无政府主义性质的生活、社会乃至政治共同体的一系列规划。如此看来，从"五四"走向"左翼"的道路，并非突变，应该有迹可循。

孙晓忠：1930年代是中国现代作家的摇摆和分化期，丁玲感受到了五四一代"室内作家的苦闷"（姜涛），这不仅是指思想的苦闷，而且指写作的苦闷。丁玲在写作上求变，30年代她开始不满"五四"的写作模式，但理念上可以成为一个左翼作家，是实践中转变很难。她想去工厂接触工农大众，却很难克服自身的小资产阶级生活方式，更大的问题是，三十年代的都市写作都已经被资本捕获，左翼作家往往一方面过着小资产阶级生活，一方面写着劳工神圣的无产阶级文艺。如何走出去，从一个闭门造车的写作，转到室外写作，对他们来说，是一个挑战，这是丁玲在苦苦寻找的。

罗　岗：即使丁玲转变为左翼作家，但她也无法一下子摆脱"室内硬写"的命运，这不仅仅是改变思想观念的问题，同时也因为深刻地受到了都市文化／文学生产条件的制约。如果不改变相应的文化／文学生产条件，仅仅要求作家改变思想观念，往往徒劳无益。这也是为什么作为"亭子间作家"的丁玲们，随着抗日战争的爆发和都市文化中心的散落，重新面对广阔的农村和广大的农民，不得不经受另一种彻底改造的原因了。在这儿，我不是要简单地强调这种改造的必要性。就像何吉贤指出的，丁玲的“改造”显然与赵树理、柳青等有不同的取径。后者以自己家乡或与家乡相近的地域作为自己的“文学根据地”，在对地域民俗、人情、语言、历史的了解乃至人脉关系上，具有先天的优势，与丁玲这样的纯粹“外来者”具有本质差别。“如果说赵树理和柳青是一种‘回家’的文学，在丁玲这里，则是一种‘在路上的文学’。由此，在深入生活和做群众工作中，丁玲面临着更大的困难”（何吉贤：《“流动”的主体和知识分子改造的“典型”——1940—1950 年代转变之际的丁玲》）。但是，这种“不同的取径”，也带给了丁玲某种优势，某种赵树理这样扎根农村“文学根据地”的作家所不具备的优势。在“进城之后”，某种程度上，丁玲变成了“回家”，而赵树理则是“在路上”。

按照本雅明在《作为生产者的作家》中的说法，“一个透彻思考过当代生产条件的作家”的工作，“不只是生产产品，而同时也在于生产的手段”。所谓“透彻思考过当代生产条件”，指的是作家对于置身其中的文化 / 文学生产条件的理解与把握。丁玲在上海作为“左翼作家”和“亭子间作家”的经历，使得她对都市文化 / 文学生产条件的敏感，要大大高于同时代的来自根据地的作家。从“延安文艺”到“当代文学”，文化 / 文学生产条件最显著的变化，即是从农村转向了城市，并且要应对来自城市的挑战。1947 年，林默涵在《群众》上发表题为《关于人民文艺的几个问题》的文章，提出“我们的文艺应该为人民——其中的最大多数是工农——服务”，但他又将“工农”之外的“城市小市民”也纳入“人民”的范围中，可以说较早意识到“延安文艺”必须深入思考“城市小市民”的问题。不过，林默涵的思考还只是停留在理论构想的层面，尚未接触到“市民文学趣味”等更具体的问题。林默涵只是认为“小市民”具有两面性，“他们对于吸他们的血，敲他们的骨头的人们怀着憎恨，但一面又尚未不希望自己也寄到那般人中间去；他们憎恨张百万，而自己又梦想做张百万；一面要反抗，一面又要时时想妥协”。新的“人民文艺”如何来应对这样的“城市小市民”呢？当然是“两面都看到，看到他们的落后的一面之外，还看到他们进步的一面，而帮助他们克服落后性，加强进步性，使他们的觉悟更加提高，更加积极地参加斗争”。

与林默涵仅仅停留在理论设想上不同，1949 年 8 月，丁玲在中国青年讲演会上发表《在前进的道路上——关于读文学书的问题》，则更为精准地分析了在城市中拥有巨大读者群的冰心和巴金的作品带给“新的时代”的问题和挑战，引人注目的是，丁玲没有检讨一般认为城市小市民爱读的“鸳鸯蝴蝶派”文学，而是直接把矛头指向了“新文学”中的“畅销书作家”，这种看似“激进”的姿态体现了丁玲对城市文化/文学生产条件以及领导权问题的透彻思考。她认为冰心的小说“给我们的是愉快、安慰”，但它“把人的感情缩小了”，“它使我们关在小圈子里”，而“今天这个时代需要我们去建设，需要坚强、有勇气，我们不是屋里的小盆花，遇到风雨就会凋谢，我们不需要从一滴眼泪中去求安慰和在温柔里陶醉，在前进的道路上，我们要去掉这些东西”；巴金的作品“叫我们革命，起过好的影响，但他的革命既不要领导，又不要群众，是空想的，跟他走不会使人更向前走”，这些小说“虽然也在所谓‘暴风雨前夕的时代’起了作用”，“但对于较前进的读者就不能给人指出更前进的道路了”。

丁玲是不是在苛求冰心和巴金？她是否理解了这两位新文学作家的价值？假如离开了具体的历史语境，很容易认为丁玲太“激进”了，甚至可以说“本是同根生，相煎何太急”？然而仔细地分析，不难发现，丁玲并不是在一般的意义上批评冰心和巴金，而是关注冰心和巴金之所以畅销的原因，也就是他们的作品迎合并生产出来的“读者趣味”，在某种意义上，林默涵所构想的“城市小市民”趣味，通过丁玲对冰心和巴金作品读者的批判“具体化”了。丁玲在《“五四”杂谈》（1950 年 5 月）中明确指出：“冰心的文章的确是流丽的，而她的生活趣味也很符合小资产阶级所谓优雅的幻想。她实在拥有过一些绅士式的读者，和不少小资产阶级出生的少男少女”。假如任由这样的趣味主导文学，其必然的结果是“不喜欢读描写工农兵的书”，“说这些书单调、粗糙、缺乏艺术性。说这些书既看不懂也不乐意看。又说这里主题太狭窄、太重复、天天都是工农兵使人头疼”；冰心和巴金的读者“要求写小资产阶级知识分子的苦闷，要求写知识分子典型的英雄，写出他们在解放战争中的可歌可泣的故事。要求知识分子创造的实例，或者写以资产阶级为故事的中心人物，或者写城市的小市民生活的作品。并要求这些书不要写得千篇一律，老师开会，自我批评，谈话，反省……这些人都说在原则上并不反对工农兵的文艺方向，但对于这些战斗的、政治气氛浓的、与自己生活与兴趣有距离的，而在市场上一天一天有了势力的书，却深深地抱着反感”！正是出于这种对于进城之后文化/文学生产条件变化的敏感，丁玲才会呼吁“不仅不要沉湎于张恨水，也不要沉湎于冰心、巴金”。（丁玲：《跨到新的时代来：知识分子的旧兴趣与工农兵文艺》）应该说，伴随着新中国建立起来的“当代文学”，在如何处理与应对“城市小市民”的“文学趣味”方面，遭遇了较大的危机。而丁玲是最早关注这个问题的作家，她的预感和预言标识出了“当代文学”所特有的“难题性”。

张屏瑾：罗岗老师说的这个问题很重要，我觉得丁玲是从自身出发，认识到这个问题的，从丁玲自身的写作来看，她也是从描写追求进步的小资产阶级开始文学生涯的，而她对这一点始终保持内心紧张，试图做出自我超越的努力。一般都认为丁玲“左转”期间的代表作品是《水》《一天》等几篇描写工人和农村运动的作品，其中《水》曾受到冯雪峰的高度赞扬。我比较注意的还有与《水》同时写成的小说《田家冲》，这部小说与《阿毛姑娘》相似，也有一个乡村的底层视角，从贫农家的小女儿的眼中，看到了叛逆家庭的地主家的三小姐，但这种观看，是为了显示两个不同阶级在革命中的关系，三小姐现在是一位引导者，对贫农一家人进行革命的启蒙，她既是“力”的又是“美”的。这篇小说不像其他转型期作品那么“硬写”，而是表现出丁玲写作惯有的清新优美之气韵。这样一种题材在“左翼”文学中显然没有成为主流，后来更被以工农兵为主体的延安文艺纲领所完全取代。丁玲写作的不断地自我对话和自我克服却在这一点上体现出来了，1940 年代以后创作的《在医院中》里的陆萍、《我在霞村的时候》里的贞贞，乃至《太阳照在桑干河上》里的黑妮，之所以经常被人指为有小资产阶级情调，正是这个原因。所以，丁玲对“五四”文学的反思，始终是与她自己写作的实践同时展开的，一直到了晚年写的《杜晚香》，这一自我超越可能才最终完成，如果将之与茅盾等人的晚年作品相比，更可以看出丁玲在现代文学作家中的独树一帜。

三、“新的写作作风”与新的“文学体制”

孙晓忠：向内地迁移，对作家来说，既是一次苦难生活的磨炼，也是一次精神的陶冶。钱理群先生在研究这三四十年代作家时，也指出了抗战产生了中国作家的“流亡”意识和“流亡者文学”。在空间上，中国作家向内地迁徙，开启了由现代城市叙事转向内地书写的转变，更重要的是让知识分子真正了解了“中国”到底是怎样的，由此催生切合实际的民族言说形式。这里应该强调“西战团”工作对丁玲思想和写作习惯转变的意义。通过“西战团”的一路行走，丁玲明白了中国乡村读者要什么东西，比如他们还不喜欢舞台剧，“在一般民众中，都还不能接受这种艺术，她们更喜欢旧有的东西，如二簧、大鼓、说相声之类”，“几个月在西安的逗留，深深感到旧剧的势力仍然是很大的，它盘踞在广大市民中。易俗社，秦风社，晋风社，世界舞台……每天都客满，而喜欢看话剧的一些观众，却是带着研究和欣赏的态度，因为他们都已有较高的只是，较新的头脑，并不是去受教育的。然而占去了大部分，包括各阶层的观众的旧剧场，却仍是只有《四郎探母》《三堂会审》等”。（丁玲：《本团抵陕后的公演》）由此引起她对民众文艺和民众传播媒介的重视。

整风后的延安文艺肯定了由城市市民文艺转向乡村文艺的方向，对丁玲来说，这是一种新的文学观，一种新的写作作风，标示着她的新的小说的诞生。新文艺要求作家与外部世界的位置发生改变，不是对象的对立面，而是融为一体，这是观察现实方法的转变，不是走马观花，而是下马看花；这也需要美学观念和卫生观念的转变。具体到写作来说，就是将长句变为短句；将长篇改为短篇；由描写到速写；由虚构到模仿。

张屏瑾：丁玲到延安，这可以说是中国当代文学史上的一件大事。从事件本身来看，这位名作家从国民党的多年软禁中脱逃，回上海过家门而不入，乔装改扮，快马加鞭奔向根据地，途中遇到老朋友史沫特莱，这些都太有传奇色彩。等到了延安以后，她受到毛泽东接见，有了传世的《临江仙》一词，完美结束了这一次追求自由与光明的旅程，而这一旅程也具有极大的象征意味，象征着上海亭子间“左翼”文学的历险和蜕变，丁玲到了延安以后的一系列活动，都是这一蜕变的忠实记录。丁玲的延安书写，其中固然有脍炙人口的《三八节有感》《在医院中》等篇章，为数更多的是大量战地通讯、人物速写、行军日记、报告心得……在今天看来，这些文本似乎因为缺乏“文学价值”而少有人再去读，实际上，如果我们把当代文学看成一种具有自身特定坐标与价值的文学形态，像丁玲这样的当代作家，是在一种对当代文学这种特殊的“文学性”的摸索中，完成了自己的文学实践，那么丁玲从加入西战团开始的延安生活与书写，所标志的文学意义就要深远得多，所开辟的文学领地也要宽广得多。

在延安的丁玲还经历了当代文学的建制，那就是延安文艺座谈会，虽然此时她已到达延安有6年了，但还是经历了一次脱胎换骨的变化，用她自己的话说是“就像唐三藏站在到达天界的河边看自己的躯壳，一种翻然而悟，憬然而惭的感觉”（《文艺界对王实味应有的态度及反省》），并且意识到“根本问题应该是作家本身有一颗愿意去受苦的决心。”（《关于立场问题我见》）。从此以后她的创作有了主心骨，前面提到的作家“内部”与“外部”世界的相遇，这里可以说到达了一种新的境界，达到了对主体创造力的一种新的要求。关于《讲话》与作家的关系，过去的研究多着眼于政治统制意义上的规训和反应，而忽略了作家的主体意志，也就是说，这个重要的话题尚缺少真正的“内部”内容，在这个意义上，丁玲可以说是一个很好的个案。

新中国成立以后，丁玲进入当代文学体制的中心，作为文学和文化领域的主要干部之一，她始终非常重视新中国的文学创作，表现出极大的关心，这从一个侧面说明了一个重要的问题：当革命的主体成为建设的主体以后，文学创作的活力应该如何重新获得？在1950年代，丁玲写下了大量谈创作的文章，除了介绍自己的阅读与写作经验以外，她几乎在每篇文章或演讲里都要大声疾呼“生活”对于作家的重要性，呼吁作家重视生活、投入生活、理解生活。显然，丁玲认为，在革命的第二天，创作最大的来源应该是新的生活，“从事文学就是生活、学习、写作这几件事的循环”，“去生活是应该的，但‘生活’不是搜集材料。”（《谈文学修养》）“生活是复杂的，复杂得厉害。”（《怎样阅读和怎样写作》）“我们只有赶快到生活中去补课。”“我一定要老老实实到生活中去。”（《创作要有雄厚的生活资本》）如同延安时期，丁玲再一次强调这个投入生活的过程是艰苦的。随着新的文学体制的建立，作家有了国家所赋予的特定身份，被归入社会主义的文学机构中，而随着这一身份的确立，作家的生产力和创造力又一次面临考验。丁玲对于新的时代条件下的创作与生活的关系的思考，正是希望作家能开创一种新的写作空间，“一切问题的中心，拿作品来！拿好作品来！一切的作家，不管你写普及的也好，提高的也好，拿作品来！拿好作品来！”（《谈谈普及工作》）作品是最重要的，丁玲的出发点仍然在于强调社会主义文艺创作的繁荣，而在新的政治生活空间中，如何孵育、促发创作的深入、丰富与自由？这不能不说是一个新的难题，也是当代文学，尤其是“十七年”期间文学的一个主要矛盾，丁玲以最大的细致、耐心和坚定的态度面对这些问题。

罗　岗：丁玲的可贵之处在于，她经过“延安文艺”的改造乃至参与了“延安文艺”和“当代文学”的创制，但她作为一个“透彻地思考文学生产条件”的作家，意识到从“延安文艺”到“当代文学”，始终伴随着“工作重点由乡村转移到城市”。从这个角度看建国初期的“东西总布胡同之争”，可以理解为赵树理的“农村经验”与丁玲的“城市记忆”围绕着“当代文学体制”的建立而展开的博弈。

新中国成立之前，丁玲在太行山革命根据地参加了一次农村的骡马大会，在会上看了赵树理编的秧歌戏《娃娃病了怎么办》，看完后她写过一篇《记砖窑湾骡马大会》，文中谈了看赵树理编的戏后的感受：“观众的心情始终被剧情抓得紧紧的。欢喜、愤怒、悲哀都跟着剧情走。这幕戏虽然是两天之中赶出来的，粗糙生疏都有，但因为内容全是根据当地最近的事实编成的，所以很吸引人而又感动人。大家看后都说，这戏太好了，它告诉咱们娃娃病了怎么办，这实在是件大事。接着虽然还有旧《长坂坡》，但观众总不像先前一样那么感情激动，那么被吸引了。当他们回家之后，也只有前一幕会长期留在他们心上。温习着这个问题'娃娃病了怎么办？'这就是产生'问题小说'的土壤，农村中一些亟须解决的问题，经过赵树理的艺术加工，变成了老百姓所希望看到的那样明快、简约、色调鲜明、充满对比，一边是对，一边是错，再从赵树理个人的主观愿望来看，我们同样没有理由去责备他。他说过，大家都说我是这个家那个家，其实我并不是，假如一定要说成个家，那我只不过是个热心家。这句话确非客套，就其本质而言，赵树理不是个艺术家，而是个热心群众事业的老杨式干部。参加革命后，以往种种颠沛流离，求告无门的辛酸遭遇，梦魇般地压在他的心头，作为一个共产党员，一个与人民血肉相连的革命战士，强烈的责任感使他比农民自身还要迫切地希望望改变农村落后、贫穷、愚昧的面貌，正是为了了又快又好地开展农村工作，他才借助于文学创作的。"这篇文章固然赞扬了赵树理的作品，但不是在"文学创作"而是在"农村工作"的意义上高度评价了赵树理，进而对他做出了颇具悖论色彩的评价："就其本质而言，赵树理不是个艺术家，而是个热心群众事业的老杨式干部。"

如果赵树理的创作只有"农村工作"的价值，那么"新的革命文艺"究竟由谁来创造，或者谁有资格来创造？在丁玲那儿似乎不言而喻了。然而，从赵树理这方面来说，他难道会仅仅认为自己的作品只有"农村工作"的意义，而无"文艺创作"的价值吗？他是否也需要在丁玲制定的"文艺等级"中，重新确认自己创作的"文艺价值"呢？

以往的研究，只是把东西总布胡同的矛盾看成是"宗派主义"的"冲突"。1956年作家协会展开"文艺整风"，赵树理还为自己的"宗派主义情绪"专门做过检讨，但透过这个检讨，能够发现比所谓"宗派主义"丰富得多的内容："我在学生时期，常把自己爱好的文艺作品（《小说月报》上的）介绍给家乡的老同学或我的父亲看，可是他们连一篇也看不下去，我自己最初也是经过王春费了很大力气读下去的，因而使我怀疑了那种作品的群众性，同时产生了写大众化作品的想法。1933年在太原，我把我的意见向王春说了，王非常赞成，我便开始用群众语言试写东西。先写了半部长篇，题名《盘龙峪》，发表于史纪言等编的小报副刊，又写过一些有关这种主张的文章。但和同志们争辩的结果，我孤立了。抗日战争开始后，我又用这种语言写作品，在太行山的文艺界一直得不到承认。后来被党的宣传部门重视了，把我调到太行新华书店当编辑。那时候王春同志是主任，我们便把延安和其他根据地出的文艺刊物中语言跟我们相近的作品出了几个选集，其余欧化一些的文和诗一律不予出版。当时当地的出版机构只我们一家。太行文联对我们无可奈何，另在长治地区办了个小书店，来印行他们的刊物《太行文艺》和单行本作品。这个主意是王春出的，但我是积极的拥护者和参加者。1947 年，荒煤同志带着黑丁、曾克、鲁蔡、芦甸等人到太行，荒煤接替了高沐鸿的领导文联的地位来办刊物，曾和我们接头出版事宜，我们说，一切作品凡要经我们出版的就须通过我们的审查，否则不予出版。结果欧阳山的《高干大》出版了，而曾克的好多短篇被拒绝了。我在那时候只是想统治文风，而王春同志则还夹杂着一些为我争地位的情绪——他说，当我们积极执行毛主席文艺路线的时候，太行文艺界没有一个人支持，直到现在已为其他解放区批准（指我的作品），太行的文艺刊物却仍是一字不提，而外边来的人呢，一到这里就是‘自然领导者’，言下之意是：不通过我们这实力派，看你如何出书？我不同意他的争领导（因为我的缺点之一就是不会领导），但完全同意文风的统治。到北京以后，王（春）对丁玲、艾青、沙可夫三同志也有过‘自然领导者’的议论，并向我说：‘东总布胡同那一伙只是些说空话的。’他说：‘好猫猫坏猫全看捉老鼠捉得怎么样，你最好是抓紧时机多捉老鼠，少和人家那些高级人物去攀谈什么，以免清谈误国。’他说：‘文联的作用只是“开会出席、通电列名”，此外不能再希望有什么成绩。’又说：‘我们见的文联非只一个，也非非只见过一时，不论怎么组织，怎么整顿，结果都是一样糟，恐怕这种团体只能如此，不要再有什么幻想。’我对文联的看法大体相同，所以对他的说法十分佩服。这以后我就主动躲着文联走。”

赵树理的检讨中难免有“牢骚话”的暴露以及自我批判的加强，然而，这背后包含的历史信息值得仔细解读，从“太行山文艺界”和“太行山新华书店”之间的矛盾，到“东西总部胡同之争”，应该有更深刻的意涵和更宏大的脉络。离开了这一宏观的背景，既不能理解赵树理在 20 世纪 50 年代初看似固执的坚持与自信，也很难把握丁玲在 20 世纪 50 年代初所写的一系列文章的针对性，譬如她所谓“不仅不要沉湎于张恨水，也不要沉湎于冰心、巴金”，同时还不满于赵树理主编的《说说唱唱》所倡导的“通俗化”，这样看似四面出击的批评，究竟有何指向？是不是就像王钦最近指出的那样，当无产阶级（或作为其先锋队的政党）夺取政权、实现“人民当家做主”之后，其在文化领域对自身的表征必然会形成稳固的、有待评判或自我评判的“作品”，正如资产阶级文化曾经在征用和对抗贵族文化时所做的那样。一旦具有流动性、解放性乃至“游击队性质”的无产阶级文化在体制的意义上被确立为稳固的作品，应该如何理解其性质？如何理解由此产生的一系列评判性、规范性的标准和要求——无论是审美的、政治的、历史的还是教育的？（王钦：《自然、偶然性与文艺实践的限度》）

四、丁玲的80年代与“当代文学”的“道成肉身”

孙晓忠：1980年代丁玲的思想最成熟，也最孤独。1980年代“伤痕文学”的登场改变了当代文学的结构。丁玲的复出，及她对伤痕文艺的批评，她对西方记者的答问，就显得格格不入，甚至让人失望，批评者失望于她对几十年挨整的“健忘”，和她老套的现实主义。她对极左有切肤之痛，但也不满文艺界被伤痕充斥，她感慨八十年代的文学缺少了“灯塔”，她感慨80年代的人“只会横读，不能纵读”，不读自己民族的历史，呼吁文学要有民族的特点，“要有中国人民的感情”，要实事求是，“飞机当然是好的，没有飞机的时候，还是要坐火车，我们要脚踏实地地往前走，要有民族的特点，要有中国人民的感情”（丁玲：《走正确地文学道路》），她甚至从批斗她的人群中，她找到了人民。“我很感谢那些‘左’的很可爱的同志，五八年彻底把我打下去，使我从劳动人民里面得到好多没有得到的东西，使我的感情有新变化”（丁玲：《根》），正是这种难能可贵的情感，使得她的思想和文字有了沉甸甸的力量。

罗　岗：丁玲在1980年代的表现，使得很多人不能理解这位“五四的女儿”为何不愿意凭借“现代文学”的资历和“受难者”的姿态，成为“归来的一代”或做一朵“重放的鲜花”，而依然高度坚持在“延安文艺”基础上形成的“当代文学”的理想，并依据这一理想来理解和评判1980年代的文学。这种“现代文学”和“当代文学”的纠缠，看似从“右”到“左”、不合时宜的位移，使得丁玲以一人之力成为共和国文学的“肉身形象”。所谓“丁玲不简单”，集中体现在她身上这种悖论式的历史感与存在感。

1980年代，无论是出访美国，还是接受日本学者的采访，丁玲都不愿意接受对方给她的“女性主义者”称号。王中忱老师曾经这样评论过田畑佐和子的《丁玲会见记》（1980年）：自认为“新女性主义者”的田畑，和她所认定的“女性主义先驱者”丁玲，在跨越了漫长的历史时空之后相逢于一室，两人亲切地交谈，田畑努力想把丁玲纳入自己所设定的“女性主义”脉络，但被视为“先驱者”的丁玲却固执地不肯“就范”，两人的话题和视线如交叉的小径，时而交汇时而错过。这情景实在令人感慨万端，在一定意义上可以说，其实是丁玲丰富的人生实践和文学写作实践，让田畑和她的同人们的“新女性主义”论述遭遇到了挑战和考验。（王中忱：《女性时限——跨越时空的交错》）关键在于，丁玲理解的“女性主义”——也许她更愿意用“妇女解放”这样的说法——与1980年代渐渐从西方传入中国并逐渐与“世界”

接轨的“女性主义”，应该有根本的区别。用贺桂梅老师的说法，这是一种现代中国特有的女性主义。

假如要追溯现代中国女性主义的起点，自然需要回到秋瑾。秋瑾的“女侠”特质在于不把女性解放简单理解为个性 / 个体的解放——这仅仅是女性解放的第一步，而且这种解放很可能落入城市中产阶级女性的窠臼，丁玲笔下的梦珂和莎菲，最终之所以走投无路，问题就在仅仅止步于个性 / 个体的解放——而是进一步强调获得解放之后的女性需要寻找更高层面的集体性归属。这是一种和家国情怀结合在一起的妇女解放诉求，丁玲继承了这一解放的诉求。从秋瑾到丁玲，她们愈益深刻地认识到，不改变黑暗的社会，女性根本没有出路，所以，才产生了类似“烈士 / 烈女”的献身精神。但和传统“烈女”不同的是，丁玲召唤的是一种认识到个性解放和个体价值之后的献身，一种类似于巴丢所说的对“事件”的“忠诚”，也就是对信仰和革命的“忠贞”，而不是如传统“烈女”般无视个人价值的节烈和愚忠。

说起丁玲的“女性主义”，很容易联想到古希腊悲剧“安提戈涅”的故事。表面上看，安提戈涅为了给兄弟收尸，不惜与城邦对立，但这种爱与正义的对立，不是个人的爱与城邦正义的对立，而是爱所代表的自然法则与城邦法则的对立。正如研究者指出的，不仅正义女神带着剑，爱神也带着她的利刃。这意味着，爱可以将个人诉求与某种更高的法则结合在一起。安提戈涅的牺牲始终和共同体的命运结合在一起，这样才能保证她的个体意志自由具有某种崇高的价值而不是个性无意义的泛滥。从这个角度看，丁玲的“女性主义”，是一种“共同体”归属的女性主义。尽管她高度关注女性的“独特性”——从《夜》的何华明老婆、《桑干河》的黑妞，到《风雨中忆萧红》的萧红……直至《杜晚香》的杜晚香，莫不如此——但丁玲更注重地是如何展开这种“独特性”，并且在这一“展开”过程中，将“女性主义”的问题带到一个更具“普遍性”的意义世界。丁玲对“女性主义”的理解，超越了仅仅肯定“女性特质”的所谓“新女性主义”思潮，反而在一种看似回归到“妇女解放”的传统中，无形地契合了更具批评性的女性主义思潮，这个思潮同样希望女性在更高层面上与男性分享、争夺并创造新的“普遍性”。

张屏瑾：同意晓忠老师所说，丁玲在 1980 年代有种特有的孤独，当时已经有人把“拨乱反正”“打开国门”与“五四”运动并举，但在丁玲这里，“五四”、新中国和“新时期”的关系，仍然需要站在人民文艺的立场上去理解，才能进一步讨论复杂而辩证的当代道路选择的问题。研究者们都注意到了丁玲在“新时期”的文化政治立场，比如她在美国期间，在回溯自己从反右斗争到“文革”的经历时，完全没有表现出“伤痕”的态度，而是坚决地体现自己对于革命事业的意志力和忠诚，另外她在其他各种场合所表现出对于文艺的人民性的坚持，让很多人认为她立场保守。正如罗岗老师前面所说，今天我们回过头来重审所谓“二十世纪中国文学”，会发现这个概念中最重要的恰恰是可以从延安文艺开始描述的“当代文学七十年”的激进性，这和“二十世纪中国文学”所诉诸的现代中国想象是有矛盾的，丁玲在1980年代复出后的选择，不但体现出这一矛盾，而且体现出“当代文学七十年”的真正一贯性和激进姿态，尤其是今天，二十一世纪的“当代文学”叙事重又遇到了资本的洗牌带来的各种问题之后，回过头去看丁玲在1980年代的选择，就更加能够体会到她对于“七十年”内涵的持守。如果我们今天需要对1980年代有所反思，从中去发现“当代文学”更多的可能性的话，那么我认为丁玲仍然给我们提供了一种精神与人格文化的标志，正如她在1930年代、1940年代和1960年代所起到的作用一样。

竹内好曾用“回心”来描述鲁迅的思想，我觉得丁玲身上也有一种“回心”。我们可以关注她写于1980年代的，大量的回忆人物的文章，其中大多是和她一样的“五四”儿女，丁玲在回忆他们时，犹如一次次地回到历史的原点，回到这些人物身上所体现出的，中国革命发轫期的那些最基本的动力和问题之上，而她自己在晚年也一遍遍地追溯自己贯穿了几乎一个世纪的个人经历。1985年她病重之时，于协和医院口述，后经陈明整理的《死之歌》，犹如一曲天鹅之歌，“我是死过的，我是死过了的人，这种死的经验，在我后来的一生中，都不曾忘记……”（《死之歌》），她用死来描述自己一次又一次的自我的否定与超越，和在历史中的转折、搏斗乃至脱胎换骨，最终与这些“死”对应的是比自然生命更为可贵的书写、工作和斗争的重生：“我追求，我顽强地坚持住，我总算活出来了……是活过来了。”这是献给人类最伟大事业的生，这是丁玲的生。

孙晓忠：丁玲的道路留给我们很多启示。丁玲的一生都是在不断向外突围，向下沉潜，努力寻找和人民大众结合的途径，并且在寻找人民的同时，首先将自己变成人民的一分子，在生产劳动的世界中彻底改造自我。为了让人民显形和显灵，她一次次抛弃旧有形式，一次次剔除多余的材料。在《人民之路的短暂旅行》中，朗西埃追问了一个问题：何处寻找“人民”——这个被法国大革命所激荡起来的充满魅惑的“词”以及“词的肉身”。在朗西埃看来，用不着像19世纪英国的雪莱、华兹华斯和济慈那样翻山越岭、跨越英吉利海峡到新大陆——法国，旅行者可以在“近在咫尺”的地方就寻找到他想要寻找的“其他的人”（人民）。理论上，他甚至不需要离开自己的房间，就可以在“仆役们”中间寻找到革命精神的反映者：底层和无产者们。

横跨在词与物之间的障碍不是距离，而是“寻找”（seek）本身。

而丁玲的人生道路告诉我们，“寻找”没有朗西埃说得那么简单，浪漫，“人民”也远不能依靠理论思辨来完成词与物的有效搭配，它必须依靠脚踏在土地上的人们，依靠一次次切实的行走，漫长的行走，从故乡到上海，从上海到南京，从上海到延安，从延安到张家口，从北京到北大荒，丁玲在一次次的丈量着中国土地，并在一次次勇敢的自我否定中，校正着她笔下的“人民”和现实中人民的焦点，丁玲的道路就是人民文艺的道路。

（张屏瑾：同济大学人文学院教授
罗岗：华东师范大学中文系教授、博士生导师
孙晓忠：上海大学文学院教授、华东师范大学批评理论研究中心客座研究员、博士生导师）

丁玲与中国作协

何吉贤

丁玲参与中国共产党领导下的文学组织活动较早，20 世纪 30 年代，丁玲即参与左翼文学活动的组织和出版工作，主编“左联”机关刊物《北斗》（1931 年 9 月—1932 年 7 月），出任“左联”的党团书记（1932 年底至 1933 年 5 月）。延安时期的主要工作也围绕根据地的文学组织和文学出版，先后出任中国文艺协会主任（1936 年），组建西北战地服务团（1937 年），担任边区文协副主任（1939 年），主编《文艺月报》（1940 年）和《解放日报》文艺副刊（1941 年）等。

1949 年 7 月 2 日中华全国文学艺术工作者代表大会开幕时，丁玲提前一个月才从苏联经东北到北京。全国文协（1953 年第二次文代会时改名为中国作家协会）成立后，丁玲担任副主席，承担主要工作，并主编其机关刊物《文艺报》。1950 年 12 月，创办了中央文学研究所，以国家的力量，培养文学创作和批评的新生力量。由于 1955 年和 1957 年相继被打成丁陈“反党小集团”和“右派”，1958 年 6 月，下放至北大荒，历时近 12 年，1979 年初回到北京，在 1979 年 11 月召开的中国作协第三次会员代表大会上，再一次当选为中国作协理事，并在中国作协第三届理事会上，再次当选为中国作协副主席。1985 年 1 月创办中国作协领导下的大型文学刊物《中国》，直至 1986 年 3 月去世。

1949 年后，丁玲后半生的命运，都与中国作协相伴而生。从丁玲的角度考察，无论是 50 年代初期创办中央文学讲习所，培养文学的新生力量，还是鼓励和具体指导作家“深入生活”，抑或主编和创办中国作协主管的《文艺报》和《中国》文学期刊，力图在文学创作和批评中别开生面，贯穿其中的一条主线，就是如何在中国作协的领导下，做一位合格和优秀的专业作家。令人瞩目的是，在参与文学组织和刊物出版的同时，丁玲总是伴随着程度不同的创作高峰的出现，无论是“左联”时期围绕着《水》等作品的创作，还是延安时期的《在医院中》《“三八节”有感》等，还是在1949年之后，围绕《太阳照在桑干河上》续集《在严寒的日子里》及一系列理论文章和散文的创作，似乎都与某种程度的创作力的爆发、创作方向的调整紧密相关。

第一次文代会召开前，丁玲还在犹豫是回到东北进行专业创作，还是完全投入新中国文学和文化的组织工作。最后听从周扬等的劝告，服从组织安排，留在北京参加全国文协的组织工作，担任新成立的全国文协副主席。在20世纪50年代初文协／作协的早期工作中，创办和主持中央文学研究所／讲习所是丁玲投入时间和精力最多的一项工作。中央文学研究所于1949年开始筹备，1950年12月在北京正式成立。这是新中国成立后第一所以培养作家为任务的专业学府，是根据中央人民政府文化部的工作计划，全国文联四届扩大常委会的决议创办的，经政务院第61次政务会通过后，丁玲被任命为中央文学研究所主任，张天翼为副主任，当时主要由丁玲直接领导的文协创作组成员，如田间、康濯、马烽等，都参与了文研所的筹备，并先后担任了行政职务。文研所的创建受苏联高尔基文学院的影响，其主要目的是“培养共产党自己的作家”，尤其是工农出身的作家。这也与新中国成立初期作家队伍的构成状况有关。第一届文代会代表主要是来自国统区和解放区的两类作家。来自国统区的作家又分成左翼作家和自由派作家两类，来自解放区的作家也分成两类，一类是到解放区前就已成名的作家，一类是在解放区或革命队伍中成长起来的作家。无论是来自国统区，还是来自解放区，作家们都存在政治学习、思想改造和加强文化学习的问题，只不过不同类型的作家学习和改造的重点各有侧重。中央文学研究所的创办，主要是针对解放区成长起来的新作家，因为这些新成长起来的作家，虽然革命斗争经验和生活经验比较丰富，但文化素养和文学上的训练比较缺乏，“他们需要加强修养，需要进行政治上的、文艺上的比较有系统的学习。同时领导上可以有计划地、有组织地领导集体写作各种斗争、奋斗史。”

文研所从1950年12月创办，到1957年11月停办，共招了四期学员。有的来自各地方、部队宣传部门或文联的推荐，有的由知名作家推荐，有的是自己慕名寻来。他们之中，有革命经历和创作经验、来自革命队伍内部的占大多数，其中有些是文化水平较低的工人、农民，文研所为这些经历丰富、有创作前途的创作者提供了学习和培训的机会。文研所也招了一些大学毕业生，以培养文学编辑、教学和理论研究者，而且，随着文研所的工作走上正轨，招生、教学和其他各项工作都趋向正规。在丁玲的设想中，文研所不仅是一个文学教学和培训的学校，而且还是一个文学创作和批评、研究的基地。从文研所第一、二期的课程设置和辅导内容看，文研所几乎动员了当时能动用的知名作家和文学研究者，内容涉及文学史、文学理论、现代文学等，每四五个学员还配备了一位创作辅导老师，由知名作家担任。

在参加文研所/文讲所四期培训的近300名学员中，有三分之一毕业生参加了中国作协、文联和各地方作协、文联的领导工作，还有约三分之一毕业生担任了各级刊物、出版机构的编辑出版工作，剩下的部分毕业生成为专业创作人员、文学教师和研究人员，或者仍然参加具体的实际工作，如记者、工人等，为共和国的文学和文化事业，做出了贡献。

在中国作协，丁玲虽然担任主要的领导职务，但她考虑工作和问题的立足点和出发点仍然是一位专业作家。在1949年7月召开的第一次文代会上，丁玲做了题为《从群众中来，到群众中去》的专题发言，1953年9月召开的第二次文代会上，又发表了题为《到群众中去落户》的专题发言，在这前后，还发表了《知识分子下乡中的问题》（1950年）、《跨到新的时代来——谈知识分子的旧兴趣与工农兵文艺》（1950年）、《创作与生活》（1950年）、《要为人民服务得更好——纪念毛泽东〈在延安文艺座谈会上的讲话〉发表十周年》（1952年）、《作家需要培养对群众的感情》（1953年）、《生活、思想与人物》（1955年）等文章和讲话。这些文章和讲话都是从作家主体创作论的角度出发的，其中贯穿一条红线，就是怎样“深入生活”的问题。丁玲是亲历了毛泽东《在延安文艺座谈会上的讲话》的作家，她本身的生活、思想和创作都经过了“讲话”的重新塑造。可以说，如何“深入生活”的问题，是她之后思考和探索最多、最深入的问题，这也是一笔有待深入整理的当代文学的宝贵遗产。

丁玲的“深入生活”是以作家为主体，从作家的创作论角度出发的。在第一次文代会的专题发言中她说：“我们下去，是为了写作，但必须先有把工作做好的精神，不是单纯为写作；要以工作为重，结果也是为了写作。”如果单纯是为了写作，就会临时搜集到一些有趣的故事，见到一些人物的表面活动，这有可能写出较好的报道和一般性的文学作品，但不易“掌握政策，理解人物”，只有在斗争中去了解的人物才会更有血肉、有感情。在这种情况下，创作主体的生活习惯，喜恶爱憎，“自己的生活作风、思想作风”自然也就起了变化，也就“不会写出与群众的需要相反的作品”。丁玲号召要“深入生活，较长期的生活，集中在一点”。她认为作家不只要熟悉群众的生活，而且还要熟悉他们的灵魂，“要带着充分的爱爱他们，关心他们，脑子中经常是他们在那里活动，有不可分的关系”，这样作家在创作中对群众生活才能运用自如。

在第二次文代会的专题发言中，丁玲进一步论述了如何通过“深入生活”进行提高的问题。丁玲从创作主体的立场出发，强调“生活”高于观念，这个经过主体体验过程的“生活”，其前提是创作主体“忘我”的投入。她说：“什么是体验呢？我的理解是：一个人生活过来了，他参加了群众的生活，忘我地和他们一块前进，和他们一块与旧势力、和阻拦着新势力发展的一切旧制度、旧思想、旧人作了斗争。”在这个过程中，创作主体和群众经由感情的互相激发和融合，处于一种水乳交融、不分彼此的共同体状态。在丁玲这里，人对感情的需求，人与人之间的情感关系是“生活”的本质，也是创作的依托，也是革命政治的内在性要素。以丁玲的观点，无论是长期“深入生活”，还是参加具体实际工作，都是创作者的手段，而并非目的。“深入生活”的目的是打破自我的封闭，通过与群众的密切互动而创造一种新的生活感觉和生活欲望，把创作主体从一种固定的“生活”状态中解放出来。只有这样，“工作”和“生活”才能互相重新界定，写作也才能从观念的束缚中摆脱出来，才能回到真正意义上的写作。

丁玲自己是从这条“深入生活”的道路上走过来的，她关于“深入生活”的理念也影响了一批作家，赵树理回到山西晋城老家，写作《三里湾》等一批作品，周立波回湖南益阳老家，写出了以《山乡巨变》为代表的一批作品，柳青蹲点陕西皇甫村 14 年，写出了代表作《创业史》，这些作家们都抱有相似的理念，并在写作中成功实践了这一原则。尤其是文研所中丁玲极为看重的一些青年作家，如徐光耀、陈登科等，都遵循了丁玲关于“深入生活”的原则，分别回到了河北雄县和安徽老家，扎入基层，进行长期的“深入生活”。但正如近期有研究者指出的，丁玲重构的“深入生活”原则固然在创作上是有力的，但它却与“文艺服从于政治”所衍生出来的“及时反映现实”的要求之间构成冲突。因为根据“深入生活”原则的要求，这是一个长期、缓慢的过程，而革命工作、革命运动的变化都需要及时的反映和宣传。因此，对于“深入生活”后会遭遇的工作危机，丁玲只能用一种理想主义、浪漫化的道理加以弥合，并不能有实际针对性地解决下乡工作者的问题。（详见程凯《“深入生活”的苦恼——以〈徐光耀日记〉为中心的考察》）但不管怎样，丁玲关于“深入生活”的思考从作家的创作主体出发，思考深入系统，贴近创作主体，是当代中国文学留下的宝贵遗产，在当代生活日益科层化、“领域化”的今天，重新思考这一遗产对于创作和文学研究都是有益的。

丁玲在革命文学中的位置，既是一位创作者和组织者、领导者，同时也是一位活跃的文学编辑。从"左联"时期的《北斗》，到延安时期的《解放日报》文艺栏，到新中国成立初期的《文艺报》，到80年代初期的《中国》文学期刊，编辑生涯贯穿了她的一生，也构成了她参与革命文学组织活动的重要内容。在中国文协/作协的组织架构下，她最早担任了1949年9月创刊的《文艺报》主编，一直到1952年1月，才由冯雪峰接任。在丁玲主编《文艺报》期间，《文艺报》发表了大量重要的理论文章，为新中国成立初期的文学建设廓清了道路，进行了宝贵探索。在新中国成立初期复杂的政治环境和频仍的政治运动中，丁玲主编的《文艺报》主持了对萧也牧《我们夫妇之间》的批判，丁玲自己也写了《作为一种倾向来看——给萧也牧同志的一封信》，对作品中的"小资产阶级知识分子倾向"提出了诚恳严肃的批评，应该说，这是一次作家间关于创作思想的认真讨论，尽管这次批判日后给萧也牧本人的个人命运带来了严重的影响。但27年后，丁玲回忆起这封公开信，仍然觉得这封信本身并无过分之处："我觉得这封信是很有感情的，对萧也牧是爱护的，我是说他那篇小说的倾向很不好。"

《中国》是丁玲一生最后创办和主编的刊物，1984年底创刊时，丁玲已年届80高龄。《中国》是中国作协领导下的大型文学期刊，只存在了短短不到两年的时间，但丁玲为这个杂志的创办和编辑、存续工作花费了大量心血，照丁玲最后一任秘书王增如的说法，如果不是因为办《中国》杂志，丁玲的生命可能还会更长。

王增如在《丁玲办〈中国〉》一书中认为，促使丁玲下决心创办《中国》的，是两把"火"：一把是全国经济改革的大形势，让她深受感染，放开了胆量；另一把是纠缠困扰了她40多年的所谓"历史问题"终获解决，使她焕发出昂扬进取、奋发有为的精神状态，再次萌生了建功立业的雄心壮志。在我看来，丁玲终究是一位有想法、有抱负的大作家，她不会仅仅满足于个人的文字，在对中国文学的事业上，她仍想尽到组织者、推动者的责任，所以，尽管生命之火即将燃尽，为了完成未尽的创作，时间已极为宝贵，但她还是燃起了团结新老作家，创办一个新的大型文学期刊的雄心。在创办之初，甚至还提出了自筹资金、自负盈亏的大胆想法。

《中国》的创办最初以一些成名于三四十年代的老作家担纲，以丁玲、舒群、曾克等为核心，由牛汉、刘绍棠等中年作家担纲，也容纳了冯夏熊、王中忱等青年编辑。面对"新时期"文学日新月异的局面，作为20世纪新文学主要过程的亲历者，丁玲在《中国》创刊招待会上大声疾呼："我们大家都很懂得，我们的革命史，我们文学的奋斗史，我们事业成功的经验，挫折的教训，都告诉我们，团结是我们的生命，团结是我们的根本，团结便是胜利。”在为《中国》创刊号所写的《编者的话》中，她再次呼吁团结，提出《中国》是在党中央“大鼓劲、大团结、大繁荣”的号召下，在城市经济改革的蓬勃浪潮鼓舞下诞生的。《中国》不是同人刊物，不是少数人的刊物。“刊物的撰稿人将包括五湖四海、老中青。我们希望所有的老作家能把自己的丰富经验和写作经历，积极介绍出来，帮助读者，帮助青年，在创作上少走弯路，健康成长。我们要大声呼叫，为那些把心灵浸入到新的社会生活中去的，把心灵与艺术创作难解难分地纠结在一起的那些年轻作家和奋发有为的文学爱好者们鼓劲。”言辞之间，似乎50年代初那个意气风发的丁玲又重新回来了。在这篇《编者的话》中，丁玲鼓励读者就杂志发表的作品展开讨论和争论。丁玲编辑文学刊物，刊登文学作品，从来极为重视文学批评和理论文章，她甚至认为，批评和文学理论文章是一个文学刊物的灵魂。她提出，“文艺上的思想问题是学术问题，可以自由讨论，各抒己见”。她甚至还鼓励和要求刊物的编辑“要经常与人民保持接触，同作家一样深入生活、关心人民、关心政治。这样才能理解社会、理解人民在变革中的思想感情，辨别作品中反映的是否确切”。应该说，无论是当时还是现在，在文学期刊的主编中，她的这些看法和要求都是非常独特的。

《中国》出刊近两年间，刊发了大量老作家和中生代作家的作品，也刊发了大量新锐作家的作品，尤其是到了后期，很多“85新潮”后涌现的年轻作家都是在《中国》上先露面的。在丁玲主编《中国》期间，与在主办文研所时期一样，丁玲也极为重视提拔和培养青年作家，有意识地与年轻作家建立沟通渠道，可惜世异时移，在20世纪80年代上半期的时代氛围中，丁玲与年轻作家的沟通并不顺利。在80年代上半期求新求变，以新奇、反叛为潮流的背景下，丁玲创办《中国》，呼吁中国文学界的大团结，有可能在新时期文学时代转变的大潮中起到承上启下、开启新局的作用，可惜时不我与，在急速变动的时代潮流中，老作家的雄心已难以施展，《中国》在丁玲去世后半年左右，即调整休刊，成为丁玲一生文学编刊事业的绝响。

无论是创办和主持文研所，培养新作家尤其是工农作家，抑或鼓励作家“深入生活”，打破固有的生活状态，形成新的创作动力，还是创办刊物，在新的形势下，团结新老作家，繁荣创作和文学事业，都是丁玲围绕新中国的政治和文学组织结构，在中国作协的体系下，作为一位专业的创作者和文学工作组织者，所进行的思考努力和实践探索，其积累的经验至今仍然值得我们珍视。

（何吉贤：中国社会科学院文学研究所《文学评论》编辑部编审）

“深入生活”的苦恼

——以《徐光耀日记》为中心的考察

程　凯

在毛泽东时代文艺体制中，“深入生活”构成一个贯穿性原则，几乎成为每个作家必须完成的“规定动作”。然而，不同阶段提倡“深入生活”的出发点，提倡的强度、范围，规定方式，配合形势均有差异；由此决定了不同时期，“深入生活”具体形态与经验的不同。然而，虽然很多当代作家有着丰富的“深入生活”经验，但由于“深入生活”通常被视为创作前提，是为了把握“社会生活”而必经的途径，作家反而很少把“深入生活”过程本身作为书写对象。而事实上，毛时代的“深入生活”不是一个单纯搜集素材的过程，其目的在实现创作者与工农的结合，而“结合”之必要与路径的规定又与左翼文学不尽相同——尤为强调文艺工作者需在深度参与基层工作的前提下深入生活：“要打破做客的观念，真正去参加工作，当作当地一个工作人员而出现”，“不要抱收集材料的态度下去，而要抱工作的态度下去”，“不要抱暂时工作的态度下去，而要抱长期工作的态度下去”。[①]这使得“深入生活”同时成为一种工作方式。它的实际运行结合了一系列因素——干部改造，群众路线，思想宣传和组织动员，培养模范、典型带动的工作方法等。可以说，“深入生活”在中华人民共和国成立后的社会改造实践中是作为一个系统性的群众路线工作方式的一部分发挥着作用。其效用不只限于作品，

①凯丰：《关于文艺工作者下乡的问题——在党的文艺工作者会议上的讲话》（1943年3月）（《延安文艺丛书·文艺理论卷》，168页，长沙：湖南文艺出版社，1987年）

同时体现于工作过程中。

事实上，很多经由“深入生活”创作出的作品并不成功，甚至越深入工作越写不出作品。这反映出“深入生活”的要求中对“生活”与创作关系设定所存在的某种扭曲，也取决于创作要求对写作的规范、制约，以及作家在消化这些要求时能力上的参差。然而，正因为作家是带着创作任务参与基层工作，因此，在看待现实的方式上，在对人的理解、把握、态度上，在掌握政策和动向上均提供着不同于一般基层干部的视角。相应的，在他们提供的文学叙述中（包括虚构性创作或纪实报道），通常能够呈现出不同于一般文件记录、经验汇报的品质，更多表现与生活逻辑、与社会关系、与人的精神动能相关联的现实流变。只是，这种文学呈现通常经过了多重创作指导的折射，需要经过一番抽丝剥茧的解读才能透视出其认识价值。

而在作品之外，渗透于“深入生活”过程中的工作记录，与地方干部、群众的互动，寻找素材、题材的历程，培养典型模范的起伏，以及作家自己思想情绪的波动则提供了更立体的认识材料。因为，无论作品也好，工作文件、经验汇报也好，大部分公开文字中都有一个配合政策方向的“应然”逻辑占据支配地位。即便批评性材料也常带有确定导向，即，预定了某种“落后”状态可以通过特定工作方式加以扭转，其方式往往参照着上级彼时的方针、指示。这意味着，在许多叙述性材料中，观察性、描述性因素并不高，时常是把具体人、事按经验、素材形式组织进一个指导性叙述。于是，无论表扬也好，批评也好，正面也罢，反面也罢都服务于将运动（政策）推向某个预定方向。因此，这类材料中经常出现过于整齐的一致性，乃至为了突出政策导向而故意择取极端案例。这也造成了日后在使用这些材料时的偏听偏信。因此，深入那个时代社会叙述形式所产生的特殊过程、生成机制和复杂经验显得尤为必要。在此意义上，“深入生活”本身变成一个特别需要“深入”剖析的经验过程。

很多毛时代作家都有丰富的“深入生活”经验。一些代表性作家纷纷摸索出属于自己的“深入生活”路径——像，赵树理的方式、周立波的方式、秦兆阳的方式、魏巍的方式、李準的方式等，各不相同——有的蹲点，有的跑面，有的去先进地区，有的在落后地区，有的在老区，有的在新区，有的跟着典型走，有的自己培养典型；其扎根的层级（县、区、乡、村），参与的工作形式也各有千秋（宣传报道、办合作社等）[①]。他们在“深入生活”期

①一些非解放区出身的作家亦有或长或短的“深入生活”经历，相关状况可参考杜英：《“深入生活”：空间转移、身份重构与文艺创作》（《文艺理论研究》2011 年 4 期）

间往往有较为充分的记录——通常采取日记方式，包括工作日记和素材日记、创作笔记等。这些记录的价值迄今尚未被充分认识。一些日记的整理、发表多采取类别摘录方式（将工作与创作分开），不能有效还原创作与工作、生活交织的完整过程。从这个角度讲，2015 年出版的《徐光耀日记》有很大突破。其优点在于“全面”“完整”以及直率、深入。日记内容非常丰厚，它不间断地记录了一个部队出身的青年作者从 1944 年到 1957 年的生活、思想、工作经历。作者有借写日记锤炼写作能力的意志，特别注意记录自己的思想活动、精神状态和情绪变化，记录那些对自己有影响、有帮助的人与事。同时，它又是“学习笔记”，但凡作者读过的书、学习过的文章，看过的演出、电影都予以记载和评论。此外，作为写作训练和搜集素材的一部分，日记中还存有大量“生活观察”，体现着工作过程中对各色人等状态的把握、判断、评价。

作为一个部队出身的业余作者①，徐光耀的创作理念、写作方式完全是被根据地、解放区的文艺路线塑造出来的。解放战争时期，他曾在华北联大文学院短期学习，1950 年因写出长篇小说《平原烈火》一炮打响成了崭露头角的新秀，之后被选派进丁玲主办的中央文学研究所，成为被重点培养、寄予厚望的工农兵作家。这一成长历程中，师友对他的教育、提点，他的自我要求都严格遵循毛泽东文艺路线在这一阶段的主导方针。因此，当 1952 年“文艺整风”中提出“深入生活”号召后，他立即响应，回到自己的老家河北雄县挂职副区长，开始为期三年多的基层蹲点，并着手创作农村题材小说。他下乡的三年（1953 年到 1955 年）正是土改结束后从“两种积极性”（农村自发势力与互助合作）相互竞争到毛泽东两次推动合作化运动高潮的大变动时期。徐光耀在基层完整经历了这一过程，参与了从“重点办社”到“统购统销”“总路线”宣传，再到全面合作化的历次工作。他一方面无保留地投入工作，一方面忠实、详细地记录工作过程与农村状况的方方面面。然而，现实与期待有着不小的落差。基层工作的烦琐、地方干部的懈怠、工作的“不展开”、群众的不稳定以及家庭的牵扯使得他希望从“火热”的现实中锻炼成长、汲取创作灵感的愿望常常落空，工作亦举步维艰。“深入工作”令他

---

① 徐光耀 1938 年 13 岁时在老家河北雄县参加八路军，先后担任 120 师 359 旅特务营勤务员、冀中抗战民众自卫军锄奸科文书、冀中警备旅技术书记、锄奸科干事、宁晋县大队特派员等职。因爱好文艺，抗战胜利后转任军事报道参谋、政治部宣传科摄影记者、前线剧社创作组副组长。（闻章：《小兵张嘎之父——徐光耀心灵档案》，保定：河北大学出版社，2011 年）

有如入泥潭之感，创作欲望几乎消磨殆尽。为摆脱工作和创作上的双重困境，他多次调整工作方式和创作方式，从“蹲点”变成“跑面”，再变成参观先进。这种调整固然使他一时摆脱了烦琐工作的纠缠，初步找回写作状态。但，其调整却与写农村新人新事的初衷背道而驰，重回写抗战生活的轨道[①]。这意味着通过深入工作来把握、表现新生活的受挫。再者，其新创作几乎都达不到自己的预期。他的本义是希望通过“深入生活”把握一种新的生活形态和生活理解，从而产生表现新生活的新形式，在这其中完成自我的成长（改造）、工作的成就和写作的突破。然而，他最后发现，他在工作中和在写作中所体会、表现的新生活似乎远不如他在战争年代体会和表现过的生活那么鲜活。他真正的“生活”几乎永远是那个还未进入专业写作之前经历的，刻骨铭心的战斗与生活经历。他一生最成功的创作绝大部分是围绕那段生活书写出来的。而他费尽气力去“深入”的生活最终未能变成他足以不断汲取的生活资源。

徐光耀“深入生活”之不成功和他遭遇的种种苦恼如细究成因，与其严格遵循50年代“深入生活”要求中汇聚的各种创作要求、工作要求不无关系。事实上，无论是五十年代农村社会主义改造的政治路线还是文艺路线本身均充满矛盾、起伏、斗争。于是，愈是沉入基层工作就愈能切身感受到政策估计、工作方法、干部状况、群众觉悟之间的摩擦、龃龉，越能体会到规范性认识与实际条件、状况的落差。一方面承受这种矛盾，一方面作为下乡干部又担负着大于地方干部的、贯彻中央精神的意志，徐光耀的压力可想而知。尤其在上级方针、政策经常调整、变化的情况下，基层干部如想创造性地工作，需努力理解政策实质，知其然知其所以然，甚至突破政策本身的矛盾、盲点，结合基层状况提出方案、方法。这需要很强的，乃至高于决策思想的政治思考能力，否则难免被政策牵着鼻子转，很难创造性地工作，也就难以从工作中激发、体会、捕捉到创造性。同样，在创作要求上，无论是“深入生活”的路径、“及时反映现实”的原则或是写新人新事、表现新英雄的要求、社会主义现实主义方法等，名目繁多的指导意见细究起来也包含很多

---

①他在1955年4月17日的日记中写到：“我的思想是奔入创作了。只是，它却不往互助合作方面溜，它只想往抗日、往武装斗争，尤其往瞪眼虎身上深入。”（《徐光耀日记·第七卷》，199页，石家庄：河北教育出版社，2015年）

冲突与矛盾，如全盘接受不免导致作家无所适从[①]。徐光耀在“深入生活”中感受到的种种苦恼、压力、焦虑与不能有效应对这些要求有很大关系。

当然，“深入生活”并不必然失败——同样在1952年开始下乡蹲点的柳青就在长期扎根基层的基础上写出了《创业史》。关键在于找到真正属于自己的“深入生活”方式，这不仅包含着找到自己的工作方式、写作方式，还包含着找到自己的生活方式，面对自我的方式，与地方干部、群众打交道的方式，属于自己的群众工作方法，找到理解、转化政策的方式。要具体的、创造性地，而非抽象地找到这些方式构成对作家的真正考验。“深入生活”对于毛时代作家来说不是一条大路，而是一道要过的关，一座要翻的山，只有过了这关，作家才不会被击垮，才能进行创作。这其中充满超出写作范围的多方位的考验，挑战着作家的思想能力、政治能力、创作能力，甚至生活能力。这种多层面的要求意味着那个时代对作家的期待超出一般干部的标准。一个干部之合格与否或者以其能否完成任务衡量，进一步或者以能否掌握党的路线、建设性地工作来衡量。而“深入生活”中的标准，除了要求作家成为一个优秀干部之外还要宏观把握生活全貌和“先进”工作的生成逻辑，结合对革命方向的理解书写出有教育意义的“典型”。因此，一个“深入生活”的过程不是单向地从基层工作中汲取素材，而是一个革命者在工作生活中既向外拓展又向内拓展，既积累经验，又提升思想，既锻造观念，又培养感受力的过程。可以说，它代表着革命对革命者最高标准的期待。因此，当年“深入生活”的种种努力——哪怕失败的——在今天来看依然珍贵。因为其中汇聚了革命实践中从理念运行到执行层次、基层构造、群众状态以及革命工作者思想追求、精神动能等多层面、多维度的问题。对“深入生活”遭遇的种种苦恼的构成与成因加以分析或者可以帮助我们真切地认识五十年代革命经验所具有的挑战性。

---

① 1956年1月10日的一则日记集中反映了他进入写作构思时的苦恼：“最烦恼的是：我脑子里净是概念，各式各样的概念。一会儿要表现时代气氛，一会儿要有地方特色，一会儿要有阶级关系、贫农的优势，一会儿又要团结中农的政策，再隔一会儿又来了是否批判保守主义的问题……刚刚想到一点具体的事件或人物时，马上又被概念截断了：啊，这是个阶级力量对比的问题；啊，这是个生产力解放问题；啊，这是贫雇农的社会主义积极性的表现；啊，这一点正好表现社会主义高潮的形势和规模，如此等等，好像脑子里专为回答这类问题似的。”（《徐光耀日记·第七卷》，368页）

一

“深入生活”成为毛时代文艺创作的制度性要求，其依据可追溯到毛泽东《在延安文艺座谈会上的讲话》中一段著名的话：

> 中国的革命的文学家艺术家，有出息的文学家艺术家，必须到群众中去，必须长期地无条件地全心全意地到工农兵群众中去，到火热的斗争中去，到唯一的最广大最丰富的源泉中去，观察、体验、研究、分析一切人，一切阶级，一切群众，一切生动的生活形式和斗争形式，一切文学和艺术的原始材料，然后才有可能进入创作过程。①

这段话是毛时代提及《讲话》时最频繁被引用的，可以说是《讲话》的第一原则。但新时期后对《讲话》精神予以重构时，被置于首位的变成了“生活是一切文学艺术的取之不尽、用之不竭的唯一的源泉”。这是一种对《讲话》文艺本体论式的改造。即，把《讲话》这一应当放置在“整风运动”的整体结构中，针对革命政治和革命者的自我改造所提出的要求变成了专门针对文艺领域的“文艺论”。如果我们联系《讲话》发表前后毛泽东在诸如《五四运动》《青年运动的方向》等文本中不断重申的——“革命的或不革命的或反革命的知识分子最后的分界，看其是否愿意并实行和工农民众相结合”②——就可以看出知识分子出身的新革命者与革命政治、与群众隔膜所隐含的危机是毛泽东在整风运动中要急迫处理的问题③。在此意义上，“长期地无条件地全心全意地到工农兵群众中去，到火热的斗争中去”有着超出文艺目的的指向。可以说，不是生活作为创作的唯一源泉这一文艺本体论的判断自然生成了长期深入生活的必要，而是与工农兵相结合的政治要求产生了对

① 毛泽东：《在延安文艺座谈会上的讲话》（《毛泽东选集·第三卷》，817 页，北京：人民出版社，1966 年）

② 毛泽东：《五四运动》（《毛泽东选集·第二卷》，523 页，北京：人民出版社，1966 年）

③ 胡乔木论整风运动的针对性时曾提及：“到 1942 年初，全国党员有 80 万，党领导的军队有 57 万，大部分是抗战以后在民族浪潮高涨时加入革命的。成千上万的青年知识分子从国统区来到延安。在全党，新党员、新干部占 90%。”（胡乔木：《胡乔木回忆毛泽东》，205 页，北京：人民出版社，1994 年）

工农兵生活与知识分子生活的对立式界定：前者是“火热的斗争”生活，后者是依赖观念形态的生活。而知识分子要摆脱、抛弃观念先行的思想与实践路径，不能止步于到一般性的“生活”中去寻找源泉，只有进入到“火热的斗争”生活中，进入到异质的、不依赖观念而富于斗争性、创造力的工农兵革命实践中去才能实现自我的更新。

这是一种革命方法、路径的改造。其中当然包含着对工农兵群众身上蕴含的革命创造力的理想设定。但值得深究的是，如果工农兵群众身上的革命创造性是显存的，如果工农兵群众的革命性只是革命政治的工具性显现，那么，“长期地无条件地全心全意地”是否必要？既然与工农兵相结合就是与革命政治相结合，那这个结合有效与否的标准就不应该在长度而应在结合的密切程度、准确性和深度上。况且，如果“文艺为政治服务”是更基本的原则，那么，文艺工作者改造自己的方式难道不应该是更有效地直接与革命工作衔接？就如“文艺为政治服务”所依据的列宁的说法——党的文学应该成为“无产阶级总的事业”的“齿轮和螺丝钉”[①]。而在列宁那里并没有把与工农兵结合作为一个必要命题提出来。因此，“长期地无条件地全心全意地到工农兵群众中去”成为比“文艺为政治服务”更首要的原则尤其对应着中国革命的特定条件、状况。

恰如毛泽东在《讲话》中讲的：“文艺为政治服务”的“政治”不是、不能是少数人的政治、贵族的政治，而是、必须是多数人的政治，是阶级的政治、群众的政治[②]。革命党只是群众的、阶级的政治意志的工具。但这是从革命政治逻辑上讲的“应然”，现实却是作为潜在革命主体的、被压迫的劳苦大众隔绝于政治，而承续了新文化运动遗产的进步知识分子、新青年从思想、心理、惯习上隔膜于，乃至对立于一般大众。党与群众，革命者与群众，

---

① 列宁：《党的组织与党的文学》（《列宁选集（第一卷）》，647页，北京：人民出版社，1972年）

② 毛泽东《在延安文艺座谈会上的讲话》：“我们所说的文艺服从于政治，这政治是指阶级的政治、群众的政治，不是所谓少数政治家的政治。政治，不论革命的和反革命的，都是阶级对阶级的斗争，不是少数个人的行为。革命的思想斗争和艺术斗争，必须服从于政治的斗争，因为只有经过政治，阶级和群众的需要才能集中地表现出来。革命的政治家们，懂得革命的政治科学或政治艺术的政治专门家们，他们只是千千万万的群众政治家的领袖，他们的任务在于把群众政治家的意见集中起来，加以提炼，再使之回到群众中去，为群众所接受，所实践，而不是闭门造车，自作聪明，只此一家，别无分店的那种贵族式的所谓‘政治家’……”（《毛泽东选集·第三卷》，817页）

知识分子与群众的关系成为形成革命有机体所要迫切翻越的障碍。就此而言，之所以提出必须“长期地无条件地全心全意地到工农兵群众中去”，恰是因为群众的革命性、创造性无法通过主观估计、赋予就获得，它们只有经由革命者耐心、细致、不厌其烦地互动、调动才能激发出来。“长期地无条件地全心全意地”中强调的“长期”不单指时间，更指一种主观意愿的强度，它意味着将要面对、改造的现实非如其表面式地存在，也不能指望其顺利地突变或一劳永逸地翻转。这个“深入”的长期性和改造中国社会的长期性相一致，因而它也有着超越具体革命阶段、革命任务的含量。由此不难理解，为什么在《讲话》指导下，很多长期扎根基层的根据地文艺工作者也要重新“深入生活”[①]。按说，他们一直扎根农村，置身工农群众之中，做的也是面对民众的宣传工作。而《讲话》带给他们的新感觉、新觉悟是要将已经熟悉的工农兵生活重新陌生化和“再熟悉”——不是按其“生活”的本来面目（“自然主义式表现”），而是依照挖掘其创造性的要求再度把握。就此而言，“长期”“无条件”诉诸的不是直观的“久”，更是自我改造的意愿与深度。

在毛时代，非常清楚的一点是，《讲话》的核心理念不只对作家有效，更涵盖一切革命者。1952年，为纪念《讲话》发表十周年，《人民日报》刊发社论《继续为毛泽东同志所提出的文艺方向而斗争》，概括《讲话》最重要的理论贡献是：“在中国革命文艺运动上第一次明确地深刻地解决了文艺工作中的根本问题——文艺和工农兵群众结合的问题”，给“一切革命知识分子”“指出如何改造自己以求得和工农兵群众相结合，如何为工农兵群众

---

①晋察冀军区“抗敌剧社”的编导胡可曾回忆了根据地文艺工作者接受“深入生活”的过程：“一九四二年春，大部分同志两次到敌占区进行政治攻势。……尽管在敌后根据地的农村，我们本身就处在‘生活’当中，住得久的村庄，通过日常的群众工作，也观察到形形色色的农村人物；通过报纸上和上级的形势报告，也知道一些对敌斗争和根据地建设的消息；何况还有那几乎一年一度的反‘扫荡’呢。但是尽管如此，离开文艺工作者的圈子，到担负作战任务的部队里，到沟线外斗争激烈的艰险环境中，和拿枪的农民子弟生活在一起，和游击区风尘仆仆的基础干部生活在一起，和敌寇压榨下痛苦的乡亲们生活在一起，和他们一起经历那动荡艰苦的日子，被他们信赖，被他们当作亲人，那感受究竟是不大一样的。因为有了这样一些实际感受，所以当一九四三年秋季读到毛泽东同志《在延安文艺座谈会上的讲话》的时候，……立刻被我们这些创作人员心悦诚服地接受了下来。此后，我们就开始用‘深入生活’这个词儿来代替‘搜集资料’、‘体验生活’的简单提法。”（胡可：《实践中学习的十年》，《抗敌剧社实录》64页，北京：军事译文出版社，1997年11月）

服务的正确道路”。并指明：

这些问题，不仅在文艺工作中是重要的，在其他一切文化思想工作中和革命工作中同样是根本性质的问题。因此，这个讲话，不仅对于文艺工作的前进和发展，具有伟大的指导意义，而且对于一切思想工作、一切革命工作的前进和发展，都具有伟大的指导意义。这是一部关于革命文艺的，也是关于革命的思想工作的辉煌的科学著作。①

事实上，通过下放、下乡，迫使干部、知识分子、知识青年离开机关、城市参加基层工作、生产劳动，尤其是农村的生产劳动，走与工农相结合的道路，成为中华人民共和国成立后解决、预防“革命变质”——由于官僚化、城市化、“资产阶级化”造成的“脱离政治、脱离群众”——所习惯采取的路径。正因为这种与工农相结合的思路中包含了越来越泛化、扭曲的改造意识——暗含着对一切城市、知识分子因素的防范、警惕和对工农群众革命性脱离实际的估计——因此新时期之后，毛泽东时代与工农相结合的要求被普遍认为是失败的，至少是天真的。这也连带出对作家“深入生活”必要性、有效性的质疑。胡乔木就曾讲：“作家必须深入生活，这是普遍的规律，但要求每个作家都长期地下厂、下乡、下部队，也是不可能的。”②

但如前所述，在毛泽东的本义中，与革命工作结合的紧密性、有效性更为根本，在此前提下“长”和“久”才有意义，所谓“长期地无条件地全心全意地”是为了达成这一目的、效能而需要准备的决心、意志与心理条件。在毛泽东那里，创作本身的独立性、需要的条件不是一个特别值得重视的问

①1952年5月23日《人民日报》社论：《继续为毛泽东同志所提出的文艺方向而斗争——纪念毛泽东同志的〈在延安文艺座谈会上的讲话〉发表十周年》（吉林师范大学、吉林大学文艺学编写组：《文艺方针政策学习资料》，408页，长春：吉林人民出版社，1961年）

②胡乔木：《胡乔木回忆毛泽东》，270页，北京：人民出版社，1994年。

题[1]。问题是，工作的深入和群众政治的深入一定能激发出“新的人民文艺”创造力的前提是革命政治、群众政治处于一种高度有活力状态。整风运动后，群众路线的被高度肯定和充分运用一时造成了群众政治的高峰状态。但是，如果不满足于结合群众政治的创作而有着另外的抱负——那种要书写、记录、“表现”革命时代“现实”、生活和精神的全貌——也就是说，要重新进入作品性创作时，就会遭遇工作深入并不能替代文艺深入的困境。

事实上，创作上要“提高一步”的愿望到解放前夕变得越来越强烈。一方面，过于注重实用性的创作模式渐显公式化、概念化的弊端，对群众创造能力的夸大和过高要求使得群众创作的动能衰减；另一方面，革命即将胜利，工作重心将从乡村转向城市的前景，使得文艺工作者开始考虑根据地的一套在城市能否“吃得开”；此外，新中国建设的迫近也令苏联的社会主义文艺经验成为新的学习标杆。丁玲在1949年访苏后就检讨了解放区文艺为政治服务的方式过于直白，而苏联诉诸“高级文化”的教育人民的方式更“高一级”：

我们今天的文艺工作，是停留在教科书上，总是告诉人家一定要这样做、这样做才对。在农村里的剧团演戏，像《白眼狼》描写土改斗争地主的戏。所有这样的戏一定是地主耍花样，而且一定有狗腿子，一个富农，一个中农，一个贫农，一个工作干部。这些戏是教育了群众，因为看了戏群众知道了不要上当。我们总是拿这些事情告诉人家。但在苏联看过了一个戏，人家问我怎么样，我说很美，可是心里想这种戏和实际有什么联系呢？但后来又看了两三个戏，才明了人家比我们高一级。苏联的艺术是提高你的思想、情感，使你更爱人类，更爱人民一些。因此苏联选了很多古典的东西来上演，像《青铜骑士》、《安娜·卡列尼娜》等戏都是提高人民的感情的。[2]

---

①对此，洪子诚在《中国当代文学概说》中有如下分析：“在1948年版的《讲话》中，毛泽东将‘社会生活’称为‘自然形态的文艺’，有时又称为‘原料’或‘半制品’，将创作过程称为对原料、半制品的‘加工’过程。到50年代《毛泽东选集》中，删去了这些词语，用‘创造’来取代‘加工’。但是，很难说已改变对文学创作性质的这种看法。……在多数情况下，‘加工’与艺术创作的区别，是表达一种稳定的、普遍性观念与表现不可重复的独创性的区别，是创作过程中对直觉、情感、想象和形式感的重视程度的区别。”（《中国当代文学概说》，13页，北京：北京大学出版社，2010年）

②丁玲：《苏联的文学与艺术》（《丁玲全集·第七卷》，135页，石家庄：河北人民出版社，2001年）

事实上，中华人民共和国成立初的文艺方针一直处于一种结构性矛盾中。表面上，以《讲话》为准绳的文艺方针居于无可置疑的指导位置：下厂、下乡，走与工农兵相结合的道路，不仅是改造新解放区作家的手段，也是许多老解放区作家依然自觉遵循的原则。在“不要忘了普及”的警示下，群众创作仍被大张旗鼓地提倡。但另一方面，随着新的创作标准、新的政治要求不断涌现，《讲话》的一些基本原则被微妙而决定性地重构了。像，《讲话》非常强调一切书本、作品对创作而言只是“流”，不是“源”，要向生活学习，不要向书本学习。而1951年为了提高工农兵作家创作水平建立的中央文学研究所则把学习中外文学名著、文学理论、文学史置于课程核心部分，加强文学修养成为与深入生活并列的“提高”途径。更关键的是，“深入生活”本身的内涵、导向也发生了变化。1952年的“文艺整风”将公式化、概念化与“资产阶级对革命文艺的腐蚀”并列为两种主要错误倾向，号召展开“两条路线的斗争”。而从具体论述中可以看出，对公式化、概念化的克服更加急迫。因为，它代表着一种表面为政治服务，实际上脱离群众、脱离政治的效果：

这种倾向主要地是由于庸俗地了解文艺的政治任务而来的。这种作品，除了拾掇来一些口号和概念之外，空无所有。它的人物是没有血肉没有性格的，它的内容是缺乏生活的。它只是把肤浅的政治概念和公式化的故事粗糙地揉合在一起。它既不是现实生活的深刻的反映，因此，也就不会对群众产生真正的教育作用。①

这里，与《讲话》站在政治立场破除了文艺的自主性相反，文艺重新被放置在它原有的体系中加以衡量——对“人物”是否有血肉、性格的评价，对“内容”是否有生活的衡量；文艺对现实的作用方式也回到“反映论”的基点上——作品要能“深刻”地“反映”现实才能起教育作用。《讲话》后曾一度实验的文艺实践与社会实践，生产与接受，作者与观众融合在一个过程、一个空间中亲密无间的状态再次被分离。其必然导向的逻辑是——如果作品本身不成功，它就起不了政治作用：“尽管他们的作品仿佛很强调政

① 1952年5月23日《人民日报》社论：《继续为毛泽东同志所提出的文艺方向而斗争——纪念毛泽东同志的〈在延安文艺座谈会上的讲话〉发表十周年》（吉林师范大学、吉林大学文艺学编写组：《文艺方针政策学习资料》，410页）

治，而实际上却是取消了文艺为政治服务的真正功用。”这近于鲁迅当年批评激进革命文学的立场——“一切文艺固是宣传，而一切宣传却并非全是文艺”[①]——一种文艺本位的文艺政治论。

1952年文艺整风中标举的足以克服公式化、概念化的首要方式就是回归《讲话》的第一原则：“长期地无条件地全身心地到工农兵群众中去”。但是，与1943年下乡运动时侧重搁置作家身份不同，此时重申《讲话》的相同段落，重点却落在了后面一句——“观察、体验、研究、分析一切人，一切阶级，一切群众，一切生动的生活形式和斗争形式，一切自然形态的文学和艺术”。于是，深入生活固然要忘我工作，但到“火热斗争生活”中去的目的是更好、更有效地“观察、体验、研究、分析”，为“进入加工过程即创作过程”做准备。之后，再进一步引用《讲话》：“文艺就把这种日常的现象组织起来，集中起来，典型化，造成文学作品或艺术作品，就能使人民群众惊醒起来，感奋起来，推动人民群众走向团结和斗争，实行改造自己的环境。”这样的讲述方式把文艺的“提高”——比生活更集中、更典型——顺理成章地树立成文艺能够起政治作用的前提。由此，文艺的提高、创造典型、培养真正的文艺家具有了优先位置。哪怕与工农兵相结合成为一个优秀的工作者，但如果在创作上是“懒汉”就依然要被淘汰出文艺工作队伍。

除了文艺工作者的身份被强化、固化之外，对“深入生活”时所把握的现实方向、内容也有了更明确的规定：“真实地具体地深刻地反映生活中间的最本质的东西，表现现实生活中的最根本的矛盾和这种矛盾的各方面的运动形态……”[②]无论在“下乡运动”阶段、“群众文艺运动”阶段或“写政策”阶段并不特别强调“反映生活中最本质的东西”，“最根本的矛盾”。因为真正处于“火热的斗争生活”中，一切矛盾是流动变化的，一个投入的、有创造力的工作者的能力恰好体现在于流动的矛盾中把握力量的消长，因势利导。相反，斗争生活的流动性衰减则会助长对“最本质的东西”“最根本的矛盾”的规定性认识。相应的，对群众的理解也发生着变化。整风运动时对群众路线的理解中多将群众的创造力作为一种集体意志的产物，所谓“三

---

①鲁迅：《文艺与革命》（《鲁迅全集·第四卷》，85页，北京：人民文学出版社，2005年）

②《继续为毛泽东同志所提出的文艺方向而斗争》（《文艺方针政策学习资料》，411页）

个臭皮匠顶个诸葛亮”[①]。“先当群众的学生”并不特指向群众中那些有光彩的人物学习，而是要向一切群众学习，因为，即便是落后群众身上也携带着、甚至更深地体现着革命者可能隔膜而又必须突进的现实维度，不突破这些维度就不能完成革命的突进和革命者的改造[②]。因此，在“深入生活”中对落后状态、落后现实的理解、把握至关重要。而新的“深入生活”要求中，发掘、塑造榜样人物成了首要使命：

在我们的许多作品中，还没有创造出真正可以被千百万人当作学习的榜样的人物；而这种人物，在现实生活中是很不缺少的，他们是推动生活前进的先进力量。艺术家的责任，就是要揭示这种力量，用最大的热情来表现这种力量，使他成为千百万人的榜样，鼓舞人们去为美好的理想而斗争。[③]

这种对模范人物带动力量的高度期许势必影响理解群众的方式。它又与文艺创作中的“提高”方向——塑造现实主义典型，参照苏联文艺经验以英雄形象教育人民——构成同构关系。这些使得新的“深入生活”实践中工作要求、创作要求的重心、内涵都发生了偏移、变化。

二

1952 年的“文艺整风”带动了中华人民共和国成立后第一轮“深入生活”高潮。纪念《讲话》十周年社论提出的指示——“一切有创作才能、有

---

①毛泽东在《组织起来》中讲：“‘三个臭皮匠，合成一个诸葛亮’，这就是说，群众有伟大的创造力。中国人民中间，实在有成千成万的‘诸葛亮’，每个乡村，每个市镇，都有那里的‘诸葛亮’。我们应该走到群众中间去，向群众学习，把他们的经验综合起来，成为更好的有条理的道理和办法，然后再告诉群众（宣传），并号召群众实行起来，解决群众的问题，使群众得到解放和幸福。”（《毛泽东选集·第三卷》887 页）

②像谭政在 1944 年西北局高干会所做的报告（曾列入部队整风文件）中就强调：“在任何一个带群众性的运动中，在我们的宣传鼓动工作上，在我们的组织步骤上，首要的问题，是照顾中间分子和落后分子的问题，要从中间分子甚至落后分子的水平出发，要选择为中间分子和落后分子也能接受的组织形式与工作方法，要适应中间分子与落后分子的进度，而规定整个运动的进度。”[谭政：《关于军队政治工作问题》，《中共中央文件选集（第十四卷）》，204 页，北京：中共中央党校出版社，1992 年]

③《继续为毛泽东同志所提出的文艺方向而斗争》（《文艺方针政策学习资料》，408 页）

创作经验的文艺工作者应该使他们逐步从行政工作中解脱出来，转而深入生活，从事创作”——成了这一轮“深入生活”高潮的动员令。革命作家们纷纷离开城市、机关到农村、基层去挂职，像柳青挂职陕西长安县副书记，秦兆阳挂职河北雄县宣传部部长，开始为期一两年乃至十几年的“深入生活”实践。

到1953年9月二次文代会上，丁玲做的大会报告《到群众中去落户》中进一步提出号召：

想写出几个人物或一本好书出来，就必须要长期在一定的地方生活，要落户，把户口落在群众当中，在那里面要有一种安身立命的想法，不是五日京兆，而是要长期打算，要在那里建立自己的天地，要在那里找到堂兄、堂弟、表姐、姨妹、亲戚朋友、知心知己的人，同甘苦，共患难。①

丁玲此时倡导到群众中落户要克服的对象已经不单是“公式化、概念化”，而尤其针对用“生活分析”和“生活研究”来取代生活体会的“提高”方式：

现在似乎有些人在过分强调对生活的分析和研究，并且把分析、研究和生活机械地分开。这种看法影响了一些青年作者。最近我听到好几个同志同我说，说他的问题主要是对生活认识和分析的能力问题，并非生活不够的问题。他们还说：别人到生活中只去了三五个月，就写出了一部好作品，我去了一两年，还是得不到东西，我看主要还是自己认识生活和分析生活的能力太低。

老实说，我不同意这种看法。对生活当然必须有分析和研究，可是以为我们生活已经够了，而问题只在于马克思列宁主义、政策思想的问题，我觉得不是这样。我甚至以为这种看法现在在传染着很多人。这样就会使许多人对于深入生活这一最主要的原则发生动摇。②

丁玲强调“生活”高于观念，这固然基于她的创作感觉，但更具个人色彩的是她从创作立场出发产生出一种对于“生活”的感觉路径。这种属于丁玲的“生活”感觉路径与革命政治视野下的“现实”“生活”感觉构成某种

①丁玲：《到群众中去落户》（《丁玲全集·第七卷》，363页）

②丁玲：《到群众中去落户》（《丁玲全集·第七卷》，357页）

对峙——丁玲所说的“生活”必须经过一个主体“体验”的过程，这个体验的前提是“忘我”的投入：“什么是体验呢？我的理解是：一个人生活过来了，它参加了群众的生活，忘我地和他们一块前进，和他们一块与旧的势力、和阻拦着新势力的发展的一切旧制度、旧思想、旧人作了斗争”。“忘我”的参与使得深入的主体与深入的对象（群众）融合成一种不分彼此、近于命运共同体的状态。所谓“忘我”并非“无我”，在此过程中他会刻骨铭心地“经历各种感情”，“他在生活中碰过钉子，为难过，痛苦过。他也要和自己战斗，他流过泪，他也欢笑，也感到幸福”。而且感情的投入一定会得到群众感情的回馈：

我们在那里是一个负责任的人，严肃的人，热情的人，理解人的人，而且最重要的是没有私心的人，我们慷慨地、勇敢地把力量拿出来，我们也将会得到最多的、丰富的、各种各样的情感。到那个时候，我们就不贫乏了，我们就富有了一切生活中多彩多样的人的心灵的、生动的生命的跃动……[①]

所谓“深入生活”最终要达成一个经由感情互相激发而产生的水乳交融的状态。感情在这其中起着黏合剂的作用，没有真正感情的交流就没有真正的融合。这一定程度上也是一种政治理想。“群众路线”要着力克服的难题之一就是先锋立场的革命者与“保守”现实的对立、隔膜，只有革命者与群众达到连心、连情，心往一处想，劲往一处使，革命才有力量。因此，毛泽东也强调革命者的改造要落脚于“感情上起变化”。但是，对于感情因素在政治过程中的有机作用，一般的革命政治论恰好缺乏讨论与认识。毛泽东也只是单方面从革命者调整自我心态的角度谈到感情。而丁玲从创作角度理解的感情是不断生成、彼此激荡的。它使得的人的主体改造挣脱观念化、标准化的压抑，达致“心灵的、生动的生命的跃动”。这种主体改造的理想承续着五四新文化运动对人的解放的想象——人经由自我破除、突破桎梏而最终获得解放。只是这种“革命启蒙”下的解放不是孤立地回收到个人身上，而是把自我解放融入多数人共同解放的洪流中，它才能生成真正的创作状态——“我们就会觉得写不胜写，而且写得那样顺手，那样亲切了”。

在丁玲的立场上，人对感情的需求，人与人之间的感情关系是“生活”最本质的东西，也是创作的依托，亦为革命所不可或缺。在丁玲这里，“生活”不是被革命政治全面规定、支配的，而是大于革命，并可以生成、培养

①丁玲：《到群众中去落户》（《丁玲全集·第七卷》，363页）

真正的革命感情、革命实践和革命创作的土壤。她之所以反感用分析、研究生活取代在生活中的体验（“在生活中生活”），就是因为它们会取消感情的位置，取消产生感情的过程与效用，那就意味着取消了“生活”存在的意义，取消了革命工作的内在动力。为此，她格外强调“深入生活”要付出感情，要“爱人”，从“爱”中才能产生责任心，才能以心换心。所谓“落户”并不是直观意义上的待在基层：

所谓真正去“落户”，是从精神上来讲，要我们的精神、情感和群众能密切联系，同群众息息相关；并不是指我们搞创作的要永生永世住在一个村子里，把我们的户口放到一个村子里去住一辈子就算落户了。[①]

在丁玲这里，长期深入也好、参加工作也好都是手段，并非目的。最终目的还是要打破现代自我的封闭趋向，打破只在一个环境中生成的“生活”，通过与群众息息相关，通过与群众的互动而创造一种新的生活感觉和生活欲望。而创作的欲望、灵感、素材正是从这种生活欲望、生活创造中生发来的。所谓“工作”的本义既包括对封闭、扭曲生活的突破又包括对更健康、更具活力、创造性的生活的打开。如果不致力于打造自身主体的深度、强度，仅“长期”“无条件”地投入工作，产生的效果通常是非但不能通过深入工作来获得生活和灵感，反而很快被事务性工作淹没。正是过于强调知识分子改造、革命工作的“非主体”一面，无形中越来越造成“工作”与“生活”的对立。特别是随着革命取得政权，“工作”越来越科层化，群众运动的动能又逐渐消退。这时的改造要求就会造成一种扭曲。一方面，反复要求革命工作者“无条件”地安于事务性、烦琐的工作，似乎越是事务化、非创造性的工作越能考验自我改造和革命性的决心与纯度。所有基于自我成长要求而提出的工作考虑都是一种“自我打算”[②]。另一方面，“工作”布置的自上而下维度大大加强，自下而上因素对工作的影响越来越小。“工作”的执行性、刚性的增加削减着工作者的创造空间。在此前提下，继续强调“长期”“无条件”地深入工作而能自然达到深入生活的效能变得越来越困难。

因此，丁玲此时对“深入生活”的阐发中特别突出“生活”的独立价值，似乎“生活”有着修复活力、产生灵感的效能。这阶段，许多下乡文艺工作

①丁玲：《生活、思想与人物》（《丁玲全集·第七卷》，420 页）

②五十年代《中国青年》杂志上围绕安于平凡工作和由上进心造成的“个人打算”有持续的讨论与批评。

者都遭遇工作和创作间的冲突，认为投入工作会破坏创作情绪。而丁玲的回答是“生活并不会消灭人的诗情诗意”，“生活本身就是创作”，融于生活的工作也就必然带着诗意，“给人以创作的欲望和材料”。

这几天有人向我说工作太多了，忙得连创作的情绪也没有了。我想是不会的。生活，并不等于事务，并不要你事务主义。生活本身就是创作，而且作家是在任何时候也在进行创作的。一个普通人在生活和工作中，常常有所感，有种诗意，也想写点什么，有创作的冲动。①

丁玲的回答是在工作与生活日渐分离的趋势下，试图以生活来重新界定工作。因此，她的“深入生活”就不是必经深入工作来把握生活而是以生活的意志、欲望来工作，来突破事务主义的屏障。对生活意志、欲望的调动、培养比“长久”“无条件”更根本，更有效。

那为什么在这一时期丁玲又特别强调“到群众中去落户”？这与中华人民共和国成立后作家专业化、机关化造成的弊端有关。丁玲办中央文学研究所培养工农兵作家意在促进业余作者专业化，但她同时意识到这些基层出身的业余作者的优势全在于“有生活”，即积累了大量部队、农村、工厂经验——这些革命生活经验正是日后文艺创作中要大力表现的。就内在理解革命生活而言，这批新作家相比老作家有很大优势。他们创作的初衷也来自传达自身经验的强烈冲动。丁玲对徐光耀为什么能写出《平原烈火》就有这样的观察：

当徐光耀写《平原烈火》时，他的文学水平不如现在，但他在冀中平原上跟着打游击十多年，那些生活惊心动魄，那些人生龙活虎，都时时激动他，在他的脑子里挤来挤去，都要他写，他就凭着他的感受去写了。他只觉得要写的太多，他对人物和事件是不犯愁的，他努力的只是一点，如何克制自己的感情，割爱一些，多剪去一些，使其精炼。徐光耀能写出《平原烈火》，主要他是从生活中来的。②

徐光耀这些工农兵作家的经历似乎可以印证《讲话》中暗含的意思：革命本身的丰富经验和创造性远大于文学想象的创造性。即便在写作能力不够

①丁玲：《到群众中去落户》（《丁玲全集·第七卷》，365 页）

②丁玲：《到群众中去落户》（《丁玲全集·第七卷》，360 页）

强的情况下，徐光耀仍然可以凭借他丰富的生活积累和经验感触写出富于表现力的作品。相比之下，走上专业写作道路后徐光耀反而退步了：

徐光耀这几年来文学修养、理论水平都提高了，他也到朝鲜去了一年，也写了几个短篇，却都不及《平原烈火》，原因就是他对新的生活不如他对抗日战争那段生活熟悉。所以我劝他不要着急写，他应该再回到生活中去……①

其实变化的要害不在于对生活熟悉与否，而在徐光耀有了一个前提性的“作家”身份和“写作”任务，决定性地改变了他和“生活”的关系——从不自觉的主体性“生活”变成了自觉的，但按照一系列观念设定、参照去进入、体验的客体“生活”。由此，“写作”要求中对于写什么、怎么写的种种规定开始左右他进入生活的角度、立场。就此形成的负担、压力和无所适从丁玲颇有洞察，所以在给他的信中直言不讳地指出：

你关心你的写作问题比关心政治生活（即生活的政治意义）多。因此你的心中是空空洞洞的，并没有使你非写不可的东西，所以你就怎么也写不出，写不好，而且觉得无什么可写。……

第一，我劝你忘记你是个作家。……把那些好心思忘记掉，你专心去生活吧。当你在冀中的时候，你一定也没有想到要写小说，但当你写小说的时候，你的人物全出来了。那就是因为在那一段生活中你对生活是老实的，你与生活是一致的，你是在生活里边，在斗争里边，你不是观察生活，你不是旁观者，斗争的生活使你需要发表意见。所以你现在完全可以忘记你去生活是为了写作的，是为了你的读者朋友等等的想法。

第二，你不要着急任务。我们并没有加给你什么任务，你的任务是去生活，去好好改造自己，学习生活，学习做人，学习做一个好党员，一个有知识，有学问，有见解的好党员，一个有修养的党的文艺工作者。……

第三，暂时可以不回。……如果的确不能深入下去，我以为就要回，免得在那里虚度光阴，以后再下去也是一样。生活中的方式、运动、变化是很多的，但也不是非死捏着不放，死捏着也不一定就懂了。②

---

①丁玲：《到群众中去落户》（《丁玲全集·第七卷》，360页）

②徐光耀：《昨夜西风凋敝树》（《徐光耀文集·第三卷》，339页，石家庄：河北教育出版社，2005年）

表面看，丁玲劝诫的重心是先做好工作最重要。然究其实际，丁玲所说先去做一个好党员、先去生活的意思是要徐光耀摆脱写作观念的束缚。当“写作”越来越成为一套观念机制时，只有学到、磨炼出挣脱观念束缚的能力、途径才能找回真正意义上的“写作”。这里面暗含着丁玲自己的写作信仰：她相信写作是不能“造作”的，一旦“造作”“刻意”就虚伪，就丧失了动人的能力。生活之所以最重要，因为生活同样不能“造作”、无法“造作”，生活是虚构的反面（不仅是真实，而是无法刻意），而文学是虚构，但并非虚伪，只有从未经造作的生活经验中才能生成虚构而真实的文学，这其间不容有虚伪、造作的余地。对丁玲而言，生活、写作的意义之一就在打破观念式的生存，如果写作反而使人套上观念枷锁，那就不如忘掉自己是个作家，去真正地生活，“学习做一个好党员”，“学习做人”——“多理解人吧，不是为写作和人做朋友，是尊敬人、帮助人，是向党负责的去爱人、帮助人。”同样的，如果“工作”变成形式、教条，那就“不要死捏着不放”，“免得在那里虚度光阴”。

可以说，丁玲是从回到“生活”的本源意义，乃至“生活”的抵抗意义中去强调“深入生活”的必要。此外，强化了丁玲“深入生活”立场的还有她对现实主义创作难度的体会。她 1955 年所写的《生活、思想与人物》中把从参与工作到熟悉人到形成人物的过程描述得漫长而几乎没有终点：

你就得长期的给她什么，给她感情，将心换心，你要找她，管她的事，给她出主意，帮她的忙，诚心诚意地对待她，直到有一天，她觉得和你是平等的，她完全信服你了，这样，你这个朋友才算交定了。交定了这一个朋友还是不行，你以为你为她花了很多工夫，她就有一篇小说交给你，哪里有那么便宜的事？或者以为她就有个人物给你，你将来可以写她，也完全不是那么回事。也许她并不是一个人物，她什么也不是，但你还是要花很多工夫对她，而且不只对她一个人，还要对这个、那个……①

这样一来，创作变成了一个不断延宕的过程，令“深入生活”变得不能不“长期”。但这个“长期”与《讲话》的本义已发生了偏移。可以说，丁玲是在创作问题上采取一种更激进、更严格的“现实主义”立场来重构了长期深入生活的必要。柳青蹲点皇甫村十四年写作《创业史》是基于相似的觉

①丁玲：《生活、思想与人物》（《丁玲全集·第七卷》，421、422 页）

悟。只是，这种重构的“深入生活”原则在创作上是有力的，但它却与“文艺服从于政治”所衍生出来的“及时反映现实”的创作要求之间构成冲突。而后者正是“深入生活”要求中的另一个重要面向——既然革命工作、革命运动的变化需要及时加以表现、宣传，则通过创作及时反映基层动态、书写先进典型、配合宣传成了文艺工作者不可推脱的任务。越是工作分量重、政治压力大、运动高潮频起时就越会催促作家拿出配合现实的作品。丁玲重申的要慢、要积累在创作任务的催逼下成了一种过于理想主义的创作态度。

三

作为中央文学研究所第一批学员，1953 年毕业后，徐光耀即遵照“深入生活”的指示回到老家雄县挂职、写作。毕业前夕，丁玲针对部队生活带给他的正负影响有一番评估：

你这样人的性格很单纯。有一些是像个部队出身的样子，如听说，和组织上的关系搞得比较妥帖，有一定的组织纪律观念。可也有的地方不像，不活泼、不够热情、不大开窍、太拘谨、太孤僻啦！部队上的人有他的好处，可也有他不用脑子想事情、太集体化的毛病。单纯有好处，一个革命同志总的方面应该是单纯的。就是他没有自己，对革命事业没有两个心眼儿。可他也必须复杂，人是复杂了好，关系多，知道得多，生活知识丰富，问题就看得透彻、尖锐。①

少年参军的徐光耀，部队是其主要成长环境。与野战军不同，徐光耀所在部队经历了冀中艰苦的平原游击战，尤其是 1942 年“五一大扫荡”逼迫部队长期在地下活动。徐光耀检讨自己“孤僻”的性格就是在这阶段恶化的：

我过去本来是很活泼的，并不像今天这样“老成”。然而“五一扫荡”后，部队便转入了隐蔽活动，一天价藏在屋子里，连院都很少出来。说话都用交头接耳的方式。闷，闷，闷！连闷了一年多的时间。孤僻的性情就被闷得愈厉害了。②

①1953 年 5 月 19 日日记，《徐光耀日记·第六卷》，130 页。

②1944 年 11 月 22 日日记，《徐光耀日记·第一卷》，31 页。

对于部队生活而言，尤其如徐光耀这般做“机关工作”的人，“孤僻”未必是大问题。可当“善于做群众工作”越来越成为基本要求时，徐光耀“不好接近群众”的性情，那种“不但不想接近群众，且有时要躲避群众”的态度就成了不断要检讨、纠正的缺陷。与一般战士“不用脑子想事情、太集体化”相反，徐光耀天生有上进心，羡慕“有才”的人，也努力要使自己成才：

我往往以貌取人，然而却是死命地爱才，简直是个“才迷”！……我拼命地爱着一切聪明人。我愿一切人都聪明，都成才。

正因为爱才的缘故，所以，我也很克服自己，很要求自己，唯恐自己不才，唯恐自己的落伍。于是，我便拼命地追求知识，拼命学习别人之才，把自己培养成才。①

他的爱好文学，一门心思走写作之路正源于这种成才的自我要求。为此他高度自律，不断自我克服、自我提升，同时也生出好胜心、竞争心，克制不住地去和那些优秀的人比，甚至嫉妒别人的成功，激发出要较量一番的心理。这种自律进而转化成以高标准来衡量周围的人，常看身边人的不足，总以批评眼光打量环境。这不免影响到他写作、取材的方式：“在看问题的时候，就自然而然地去到处挑毛病，看一切都不顺眼，只看见落后的那一面，看不见新生的、向前发展的积极的那一面，也是光明的那一面。因之，毛病看的太多了，越滋生厌恶之感，就越影响自己的情绪，写起文章来就不能不是对某些事物表现了深恶痛绝的（这有它好的一面）态度，自然而然地跑进人物的改造方面（主题）去了。”②

这种秉性令他在集体生活中颇显“各色”。尤其当集体主义、群众观点成为党员基本要求时，那种“不好接近群众的性情”、自我成长式的上进心就被界定为一种值得警惕的、潜在的“小资产阶级品性”。徐光耀1953年的整党鉴定中就有如下评语：

搞创作有从个人名誉出发的成分。……在事业上是个人追求，个人奋斗，强调决心、毅力、有志者事竟成，比较抽象地承认党的培养教育和群众创造，具体地肯定个人的努力和功劳。……又由于个人打算多，和同志接近计算得失，帮助人感到是“支出”，与人谈话是“浪费”，所以不愿意接近人，孤

①1946年11月21日日记，《徐光耀日记·第一卷》，227页。

②1948年6月15日日记，《徐光耀日记·第二卷》，392页。

僻，把自己从群众中孤立起来，相当地脱离了群众，表现群众观点不强。[1]

而工农兵作家的“小资产阶级化”正是进城后特别被警惕、防范的。这种“小资产阶级化”与文艺体制正规化带来的“名利”也有关系。像徐光耀，由于进城后很快写出了长篇小说《平原烈火》，在大部分解放区作家还未转型的情况下弥补了大作品的空档，立刻从一个面临转行危机的军队干部成为炙手可热的青年作家。《平原烈火》在短时间内十数次重印，译成数种外文，成了解放区军事题材的代表作。随后源源而来的是荣誉、版税收入、社会活动，处处被赞扬和掌声所包围。他也如愿以偿进了中央文学研究所，成为被重点培养的青年作家、新中国文学未来的中坚力量。

然而，对写作而言，巨大成功背后往往接踵而至的就是能否继续的危机。丁玲私下与别人交流意见时，对徐光耀遭遇的瓶颈说得很直白：

《平原烈火》把生活本钱花光啦，到朝鲜呆了一年，从信上就感到收获不大。回来了，总是辛苦一年，不好打击情绪。银行存款，年轻的爱人，名望……害了他！应深入长期生活一下再说。[2]

而徐光耀自己，从道理上明白践行“深入生活”之必须，可临到付诸实践时不免再三踌躇：

我自己要求到农村中去，而且知道越长期越好。但一旦答应了这个要求时，说真心话：我又有些害怕它，尤其是害怕长期的下去。吃不了苦是次要的，真正的痛苦是舍不得长久离开我的芸！因为，她太痛苦了，她太舍不得离开我了。我做了爱情的可怜的奴隶。

……我，有些堕落了！

丁玲警告我：不要沉到个人家庭的小感情圈子中去，不要把自己的心胸、眼界都束缚、缩小拢来。我原先还以为我有信心，不至于沉入去。可是，当我真的要拔起时，我显得这样软弱无力，我甚至私心中要跌倒和屈服下来。我心灵中有一处在谨慎地却是高声地悄悄地叫喊：“留在北京吧！至少先留下半年也好吧！就是当编辑也好吧！如要下到农村去，也不要一去两年，顶

①1953年2月2日日记，《徐光耀日记·第六卷》，197页。

②《王林十七年文艺日记（之二）》《新文学史料》2013年3期，159页。

多一年就算了，就回来吧！”[①]

这是一种真实的“生活”的侵蚀。这个“生活”不是革命聚光灯下的生活，而是隐身在革命之后，却决定性地左右、改写着生活面貌的“日常”：

会客室有好几起等待接见的人，大家互相闲谈着。我偶尔从旁听来，实在惊讶入城以来给人们思想生活上带来的巨大变化：一个人谈着近来坐电车往返奔跑，花了多少钱，真够呛。另一个要求干部借给他一些钱，以便去治病和应付日常花销。又一个正诉搬动孩子和保姆的困难。再一个则大叫这次的调动使他遭受了很大损失，一大堆东西都给丢在另一个小城市了。

总是，钱、东西、老婆、孩子……战争、工作的题目销形敛迹了，生龙活虎、集体的意愿和志向被遗忘了，代之而起的烦琐的生活事务及个人圈子中的得失。[②]

丁玲看来，最大的危险莫过于“热情”的丧失。一旦陷入“小日子”的枷锁就意味着心胸、眼界的缩小，随之难免的是意志消沉——“你好像力气不够，有些消沉的样子。没有以前的热情和朝气蓬勃了，好像泄了气了”，而搞文学的人“应该生龙活虎，生命力要能燃烧，燃烧得很旺才成”。要恢复“热情”就必须突破身边“小生活”的圈子，投入到另一种生活中去。虽然农村生活对于本乡本土的人是日常，但对于带着改造使命的工作者而言，那里的生活就变成了被革命搅动的“大生活”。另一种生活的价值在于一个人不能惯性地生活，不知不觉地被周边生活的逻辑所左右，应该有勇气用“应该有的”生活的理想去改造现实，为此或者还要牺牲自己个人、家庭的生活。这也许是残酷的，但对于广义的创作者而言，未必不是一种必要的残酷——用打破惯性自我的方式去获得更阔大、更具创造动能的自我。

针对徐光耀的“孤僻”“单纯”，丁玲的叮嘱是通过“深入生活”学会“做复杂的人”：

要做复杂的人，必须自己去争取，要自觉、自动地去争取去克服。只是一个单纯的人，就到了复杂环境中也还是单纯的。因为你谁也不接近，什么都和你没有关系，你还不是单纯的？

---

①1953年5月20日日记，《徐光耀日记·第六卷》，132页。

②1953年5月20日日记，《徐光耀日记·第六卷》，137页。

争取不单纯，就要多管事情，多参加别人的事情。参加了别人的事情了，你就有热情了，你就能懂得多了，自己便和别人多方面搅合在一起，就成了复杂的人。[①]

对于重建创作能力、找回创作冲动而言这是治本之道。

徐光耀之所以选择回老家“深入生活”，一个重要原因是他一直未放弃写抗战题材的计划，尤其想以自己为原型写一个八路军干部的成长。但在1953年的时间点上，革命历史题材未必最急需，下乡的首要目的是写最新的现实。因此，他在向华北军区政治部的文艺领导侯金镜报下乡计划时，首先提到“了解农村建设的发展（或创建）过程”，其次是：“复员军人回乡生产的情况”，最后才轮到“抗日及解放战争的斗争历史”。而侯金镜给他的指示是：

第一，他认为康濯、秦兆阳的农村小说有一个共同的弱点是没有反映现在农村中阶级关系的变化或阶级斗争，因之显得思想性薄弱、肤浅、不深厚，而且缺乏社会意义。写农村生活，只有写出阶级关系的变化，才能本质地反映农村问题，也才能有深远的社会意义。……

第二，经常写些短小的文章，至少两三个月内有一篇。其好处是经常保持对自己文学上的特殊训练，更深入地研究和观察生活，促进对生活的认识和记忆，利于生活的积累，有助于（至少是无害于）更长篇幅的创作。……

第三，三个、四个或五个月后，便回北京一趟，与人们研究念叨一番，以便不致陷入狭小的圈子中，随时跟上文艺发展的轨道前进，不致脱出这一规律。……

第四，他认为关心复原回乡参加生产的军人生活，是与部队有直接联系的，是一重要题材。……[②]

侯金镜的指示体现着这一阶段“深入生活”要求中几个突出规定：一是反映社会本质，写农村生活要写出阶级关系变化才算本质地反映了农村问题。其次是不能放弃“及时反映现实”，要写小文章。“深入生活”不等于脱离了服务现实的创作任务，不等于和单位脱了线，“深入”中还要随时完成交派工作。此外，“深入”要避免只“下去”不“上来”。“深入”要达至的

①1953年5月19日日记，《徐光耀日记·第六卷》，130页。

②1953年7月8日日记，《徐光耀日记·第六卷》，185页。

效能不是被“下面”同化，而是不断用“上面”的新指示、新精神改造“下面”。因此，要随时跟踪政策动向，“跟上时代思想的先进水平”——身体扎根基层，思想却得与中央同步。“深入”的过程中不断“上来”充电也就成了下乡工作者必要完成的功课。

四

徐光耀下乡的雄县属保定市下辖保定专区。抗战期间，此地属晋察冀边区的冀中分区。这里既是徐光耀老家也是他打游击的地方。他担任副书记的第三区更是他自己家所在地。为此，徐光耀也曾犹豫、担心是否会面临家庭、亲朋关系的种种烦扰。但其选择回乡工作的心态如晚年所述：

> 农村合作化运动是党号召的，是天大的好事。这样的好事，当然要先让我家乡的人得到。战争年代，这里属于平、津、保三角区，敌人蹂躏过久，他们太苦了，让他们早一天过上幸福日子，早一天离共产主义近一些，纵是得罪人也在所不惜。①

显然，他造福乡梓的心理寄托在对中央号召完全信赖的基础上。相对于乡亲们的需求，他更看重党给农村设定的道路、前景。这种责任感向下，但眼光、心理完全向中央认同的状态与一般地方干部颇有不同。因此，他落户后首先深感触目的就是基层干部的政治迟钝。

刚到区里的第一天，大家在听广播时突然收到朝鲜停战的消息，徐光耀立刻为之雀跃：“多大的世界大事啊！自此我国可结束‘边打边建’的处境而专心致力于建设了。……”可与之形成反差的是：“这样的大事，我们县区干部（不下 14 人），对这一消息的兴趣，尚不及月食的十分之一。政治上迟钝到了什么程度！”②

基层干部的“迟钝”折射出来他们与“国家大事”之间的距离。在根据地时期，革命的“大事”和地方事务有着密切关联，诸如减租减息、“大生产”、互助合作等是把老百姓的生产生计直接变成革命的“大事”。而中华人民共和国成立后，朝鲜战争这类“国家大事”却很难让基层干部真切体会

---

①闻章：《小兵张嘎之父——徐光耀心灵档案》，169 页。

②7 月 26 日日记，《徐光耀日记·第六卷》，215 页。以下如无特别标注，日记部分均引自 1953 年日记，出自《徐光耀日记·第六卷》，仅标出日期和页码。

到那种联动性。徐光耀这种"上面"来的人可以马上意识到朝鲜停战之于国家建设的影响，可以明白它的"政治意义"，而基层干部、老百姓却没有反映或了解的欲望："报也懒得看，广播也懒得听。仿佛世界上并没有发生什么事情一样。可怕呀！"①

与"迟钝""迟滞"相伴的是工作上的被动："我有这样一个感觉：县区干部相当弱，政治上不敏感，缺乏活力和前进的追求力。"②尤其在中央已确立为农村工作方向的互助合作运动上，县区几乎无所作为："以前是不重视，未能好好搞。现在重视了，却是还不曾学会搞的方法。"③

事实上，同样"深入生活"，是深入"先进"地区还是深入"落后"地区差别很大。"先进"地区有模范、有典型，干部能力强，有先进工作方法、新鲜事物，还有帮助工作的驻村干部，文艺工作者可以较快找到符合标准的表现对象，也能在新人新事上获取灵感。潜在危险是太容易把目光集中在典型身上，忽视造成典型的特殊条件和其他更富挑战性的现实状况。而在"落后"地区，干部、群众、工作、生产条件的不理想意味着下乡干部的工作压力会大大增加，要全力投入工作去改变现状，而且有可能投入了精力依然势单力孤不能有所成就。

问题是，"先进"和"落后"的区别是如何造成的？这不单取决于干部素质，更牵涉到方方面面的政治、经济、社会条件和历史因素。比如，一般老根据地都是共产党介入早而深的地区，在配合形势上有一定优势，干部素质应该高一些。但实际上，很多老区原有生产条件差、文化水平低，革命战争年代抽调、外调干部多。在中华人民共和国成立后转向发展生产的形势下，生产条件好，粮食产量高的地区更容易被培养成先进，于是出现老区和新区关系的倒转。此外，"先进""落后"的标准常根据一阶段的"中心工作"来确定。像土改阶段，分田分得好、农会组织得好就是"先进"，而当1952、1953年互助合作确定为农村工作方向后，"互助合作运动"搞得怎么样——有没有成功的试办社，合作社的数量——就成了衡量"先进""落后"的主要指标。这种指标的单一化会不会导致其他工作的"贬值"，会不会无形中影响干部的心态与积极性？

因此，基层干部对国家大事的反映"迟钝"、工作被动是一个要用结构性眼光去分析的问题。为什么在同一地区，革命战争年代的基层干部可以对

---

①7月27日，217页。

②7月26日，215页。

③7月27日，215页。

革命号召有内在理解、积极响应，而在中华人民共和国成立后则变得被动、疲沓？这与革命总体目标的变化，其变化落实于地方、基层带来的后果，以及相应的要求、选拔各级干部的方式都有关系。尤其是1952、1953年，土改等运动高潮已过，合作化还未全面铺开，农村工作缺乏大方向，革命年代和土改运动中入党的基层党员“退坡”思想流行，不再积极参与公共事务，老村干不工作、“躺倒不起”的情况颇为普遍；乡、区、县级的工作方式则趋于行政化、一般化、零散化，干部精力多放在应付上级上，缺少与群众互动，由此形成被动式工作和与革命、与国家大方向的疏离。

这一系列变化背后的原因、构成徐光耀下乡之初并无能力深究，只是直观地感到落差、失望，捎带对自己“深入生活”的前途忧心忡忡：

……再也睡不着，因很多忧虑齐集心头。又担心芸在哭，她的病仍在发展；又担心两年的农村生活也许把自己搞落了后；又担心这儿的领导不是强有力的；又担心与区干部搞不来；而最担心的却是我自己的情绪不稳定。好像我自此之后，将是碌碌庸才，没有什么出息了。①

不过，下乡工作的目的就是要自我改造和改造现实。自我克服就包括不将干部的“落后”看死、看绝对，要努力发现干部身上可转化、可激发的优点、积极因素：“我也确实发现这帮区干部还是颇有优点的，内中有先进和追求进步的积极热情分子，直爽、坦白、单纯、肯干，只是办法少些。”②

像徐光耀这种下乡挂职干部不属于上级下派的工作组，其任务是参与工作而非检查、指导工作。理论上，他与地方干部属合作关系。但由于他不真正隶属地方，并且有着从中央来的作家身份，地方干部当然会以特殊的眼光看待他。这使他的“参与”工作变得不那么自然。地方干部对他难免有一分客气，也有一分尊重、期待；另一方面，对他的实际工作能力，对他能否真正融入基层工作又抱着审视态度。同样，徐光耀看待地方干部的方式也有双重性：一则，他迫切要求尽快“深入工作”，“打破做客观念”，不拿彼此当外人；再则，他的“参与”工作又不是单纯融入、不分彼此，相反，他的“深入”一定要同时具备观察、评估、批评的视野，能够站在更正确、更原则的立场参与、建议、纠正、执行。

要“打破做客观念”的突破点是敢于直言不讳发表意见。可是，当自以

①7月27日，215页。

②7月29日，218页。

为正确的意见超出一般干部水平时要不要把它说出来却构成考验："我的毛病乃是：心里把这些话说过很多遍，却不曾在会上说出。"[①]他为此颇感懊恼、自责。但他的不说里其实体现着某种实在的责任感。毕竟，他对自己的期许是真正负责，不是讲道理式地负责。负责某种程度上意味着不把自己置于安全位置上，要敢于犯错误，敢于起冲突，敢于不顾情面。他的自责就是因为张不开口中包含顾及情面的"自私"性。当他开始忍不住对其他干部发火时，他才感觉到自己是真正站在了工作责任的立场上，"打破做客观念"了："几乎对刘殿云发了一顿脾气。一方面说这是不好的，另一方面说，这正证明了我深入了工作。"[②]

随着工作深入，徐光耀日渐对地方干部的处境、困境感同身受。虽然他仍不时为身边干部的状态感到难过，甚至愤怒，但已非单纯的按照应然标准去衡量他们，而开始学会站在村乡干部的立场上观察症结：

我现在感到的问题有：开会多，布置多，布置不成一套，零布零开，会开得使群众发腻，连互助组都不承认了。群众和干部变得疲塌，工作效率极低。区乡干部也开会而不能深入，为搞数字及收集汇报，煞费苦心。真正的力量没有使在群众工作上，都放在了统计、开会、应付上级上。[③]

在他看来，要打破自上而下的形式主义，只有调动"群众路线"，抓典型事例，以点带面：

脑子中再次考虑会议内容时，猛感到自己政治敏感的迟钝。我为什么不把韩全治棉虫和刘凤亭积肥的办法和精神大大在乡中宣传呢？这不是最生动的典型经验吗？天天嚷创造典型，典型就在眼前，却熟视无睹！

我跃起来赶到群众大会上，……便在王区长讲完话之后，给群众们说清了这两件事。一般说，群众是爱听的。但问题不在这儿，问题是我今天懂得了"从群众中来，到群众中去"的方法，我兴奋极了。

晚上，为了贯彻个别访问的工作方法，和小韩摸黑找到刘凤亭家，进一步了解他的互助组情况。我以为，这个互助组颇有前途，可以树立旗帜。……而刘凤亭这个人，善于思索、算账，能研究文件，勇于接受新的东西，有发

①8 月 3 日，222 页。

②8 月 10 日，231 页。

③10 月 25 日，299 页。

展成农业互助合作运动骨干的极大可能。[①]

相对于打开工作局面，他更在意的是要确认自己真正掌握了群众路线的工作方法。他对“群众路线”的寄望使得他对于什么是好的、什么是坏的工作方式确立起一套标准。以此为衡量，他发现很多工作逻辑、状态超出他的预计，挑战他的标准。像1953年10月底，县里布置“秋耕突击”就引起他的反感，认为这种布置突击、汇报进度的方式是典型的一般化领导，不会得到群众拥护，可结果出乎徐光耀的意料，各村干部情绪十分热烈，互相挑战把积极性一下调动起来：

段岗全体干部认为10天完成毫无问题；赵岗则下了双保险的保证；十间房也不示弱。程岗稍微有点儿问题，心中无底，不敢说硬话。邢岗干部则发觉了自己村的白地最多，任务最重。大家想办法积极行动起来，来势颇有气色。……

后来，程岗青年团自动发起向邢岗青年团挑战，邢岗青年团干部们蹦起来响应。段岗也在总支书启发下，议决11月7号前完成棉地之外的所有白地，并与程岗村提出了挑战。会上，这战一挑，挑起了火来。程岗、邢岗、赵岗、十间房，纷纷起来应战，一时情绪达到了空前的激奋热烈。李宝发当场保证三天之内，把白地耕完，并提议到8号那天，各村出一人去检查，不能光放空炮。于是，一个联合检查组也自行成立起来了——群众一旦发动起来，便立即呈现轰轰烈烈的气象！[②]

这其中，各村间的互相“较劲”起了关键的助推作用。为什么会形成这样一种态势还有待更充分的资料才能深究。而徐光耀立刻把它理解成群众、干部身上有超出预计的觉悟，自己显得过于保守了：

……我完全没有料到，今日会上会有这样的收获和这样的效果！我对群众的觉悟，是估计得低了。

会上给了我一个很大的很好的教育：我们的干部大部分是品质优良、积极肯干的，问题是要我们能不能和善不善于领导。你看他们是出了怎样的力气和拿出多大热情来参加工作的啊！他们一答应做，便把自己整个儿投进来

---

①8月7日，227页。

②10月30日，304页。

了！①

在丁玲他们对“深入生活”的阐发中一直重申要有热情，要带着热情投入工作才能在群众身上得到热情地回馈。而在现实环境中，徐光耀最不满的就是基层干部缺乏热情，不仅对群众缺乏热情也对自己的工作没热情。所以，他尤为珍视干部、群众身上迸发出来的热情，视之为对自己的教育，并由此激发出自己对干部们的热烈感情：

我对这些干部们产生一种难舍的、真心爱护和真心喜欢他们的感情。我本心眼里愿意给振舟调解离婚的事；本心眼里愿意范廷祥和潘自新之间是和睦的相亲相爱的；我一听说张桂芬有了病，便担心，便想亲自去慰问她，替她解决困难！②

从他日记中的叙述看，他对村干们为什么会在一个态势中迸发出热情并未有意识地去分析，也许就错过了一种真实面对基层干部行为逻辑的契机。但由此产生的不仅从工作上，还要从生活上爱护、喜欢这些干部的激情帮助他真正走进这些人的生活，在工作之外的生活中去了解他们，和他们建立一种“难舍”的关系。对于徐光耀而言，缺乏“群众作风”一直是困扰他的瓶颈——“唯一最难的是还不善于入群，不能很快熟悉和认识人，不能一见如故，打成一片”③。基于高标准的意义感和价值需求，通常意义上的拉关系、交朋友为他所不屑，他所期待的连带要基于深刻的工作、成长关系：

我还没有看到所培养的人迅速成长的那种喜悦。同时，我更缺乏的是我没有那样大的热心去教育自己手下的人。我必须把这些人教育培养起来，我应该有看到他们迅速成长的喜悦！④

扎根雄县一个月后，他在日记中写下一段既自我肯定又自我检讨，还带着自我说服意味的话：

---

①10 月 30 日，304 页。

②10 月 30 日，304 页。

③8 月 9 日，229 页。

④8 月 9 日，230 页。

到雄县来整整一个月时间了。

我当然还没有深入。但，我却感到很踏实，安下心来了。而且，我也隐隐感觉到，眼前有很多事情需要我做！我可以在今后大肆展开活动，我可以有很多作为！——大概说，经常有这种感觉的人，该是很幸福的！

那么，我是一个幸福的人了？

那就是一个幸福的人。我应该意识到自己的幸福！①

五

徐光耀下乡工作经历中最“深入”的一段是在自己老家所在的段岗村办合作社。从 1953 年 11 月布置办社开始，到 1954 年 1 月 31 日段岗村合作社正式获批成立，前后历时四个月。

之前，徐光耀对区里工作多在“面上”跑颇不以为然。区乡的“指导性”和上传下达功能意味着工作非常零碎，常绕着上级布置的各种任务转，不能“聚焦”“沉底”。读了其他作家的下乡经验后，徐光耀觉得应改进方法：适当放松工作任务，用“大部分时间用去观察和理解人物”，由此产生的为难是“又负责又不想负责”②。所以，他对参与重点办社抱有很大期待：办社才是跟基层群众一起摸爬滚打，可以获得丰富的生活经验，有助于认识人、理解人；况且，合作化代表社会主义方向，对于写新人新事而言是再好不过的题材。他甚至幻想着，办社工作集中，可以摆脱杂务，匀出时间搞创作③。

而实际是，重点办社成了他下乡工作中最感艰难的一段经历。就在合作社正式成立前夕，胜利在望时，他还被拖得几乎精神崩溃：

我实在没有办法这样下去了，我要憋闷死了！不只我受不了，韩全也受不住了！我照这样下去，不得脑溢血，也要发疯！

让我自己想办法吗？我快没有办法好想了。我不能闭住眼睛，我知道，我一闭住眼睛，便会一切都能逃避开的。但，我又没有这肚量，我闭不住的。

可以改变我的工作方法吗？如，我不再兼这个职，我只是秦兆阳似的浮游着，到处访问与采访着。我愿意找人谈谈便谈谈，不愿意便去一个小屋里写我的文章。这方式倒是轻松的，且很少与人发生矛盾，也惹不着人的讨厌。

---

①8 月 24 日，243 页。

②8 月 30 日，249 页。8 月 31 日，249 页。

③11 月 3 日，308 页。

倒像是十分主动似的。我不是还有一个伟大的抗日战争和解放战争的题材吗？不去了解那些，倒来陷入这样的困境中，不是自找麻烦吗？[①]

他没预料到办一个十几个人的小合作社那么复杂、曲折。在合作化已成为农村工作方向的情况下，有政策指导、领导支持，有积极分子，有合作社的各种“优越性”，办起一个社似乎应水到渠成。但实际过程中，政策指导、上级指示、培养带头人、串联社员、找配套支持、“四评”、搞副业、写社章、订生产计划——所有这些因素、步骤落实到具体层面却产生了无穷无尽的问题、矛盾和波折。徐光耀作为办社干部全力投入每一步工作，可以说，这个社是他一手办起来的。但，由于其介入之深，反使得办社对他高度依赖——“我感到最不安的是，我太包办了。我几乎抽不出手来。韩全老说我是他的一个拐棍，这是多么可羞耻而担忧的。”[②]“包办代替”本来在“群众路线”中是大忌，但诸多不如意又造成大量工作必须靠他亲自推动。这使得一旦工作受阻，他会不断自责，将其归结为自己的能力不足、性格缺陷和政治无能：

我似乎永远做不成英雄。我没有英雄的才能，也没有英雄的心怀，我太爱生气、发急和犯愁了！

我竟不知道怎样才能鼓舞起社内群众的情绪，怎样才能顺利地进行政治工作，进行社会主义前途的教育。我知道这些个困难，却不能打开它。我住到乡下来了，却仍是这般的孤独，这般的势单力薄，感到这样的束缚。

……

晚上，订生产计划时，我恨不能爆炸了！我用围巾把头扎起来，我要吼叫起来了！天哪，救救我吧！[③]

身陷泥潭的状况导致他毫无创作情绪：

近来常逢着人问我写了些什么，预备写什么，有了哪些材料。我在京时也曾下决心写些短小作品，但为什么现在竟连一点儿写作欲望也没有，一点儿创作冲动也没有呢？难道我已经不适于搞创作了吗？我的感情已经枯竭了

①1 月 26 日，396 页。

②12 月 21 日，356 页。

③1 月 7 日，376 页。

吗？①

深入工作固然使得他与群众真正建立起了“血肉联系”，但从中获得的经验、体验并不能直接、顺利地转化为创作。其症结究竟何在？

其中一个值得分析的层面是他在深入工作中触碰到的许多真实问题、真实感觉不能转化为有效表述。毕竟，关于合作化工作的步骤、程序，会遭遇哪些问题、阻力，应如何处理，都有一套“正确”“标准”的政策表述。这些政策设定容纳了相当的现实经验，同时又将许多现实经验纳入一个“理想”“规范”的解决方案中。工作者要遵循这些政策、方案去理解现实，处理实际矛盾。同样，创作者书写现实也不能突破这个框架。但，徐光耀扎根基层时，在实际工作中体会的问题面貌、框架、症结往往超出标准规范，甚至有些政策规定本身就是导致矛盾的根源，而这些感触实在、真切之处却缺乏表达途径，只能化成日记中克制不住的“牢骚”。为此，他还要三不五时地检讨、克服自己的牢骚。他之前就经常反省自己为什么在现实中老注意负面因素，少看正面因素。但或许真正的阻碍是，他缺乏将自己特别敏感的对象——那些不理想现状——有效认识、分析、表现的途径。由于其实心实意地“深入工作”令其处境、遭遇更能够切肤体验到“理想现实”与“实际现实”之间的裂痕，但他既不能在工作层面弥合这种矛盾，也难以在写作上想象性地处理这种裂痕。

另一方面的问题在于，中华人民共和国成立后文艺生产体制的正规化造成“深入生活”实践中“工作”（形态）与“写作”（形态）的某种分离。在根据地时期，尤其《讲话》发表之后提倡创作、演出“嵌入”基层具体工作，作为其中的一个环节发挥作用，从而在专业文艺工作者与乡村群众文艺活动之间建立起紧密的互动关系。徐光耀自己在冀中前线剧社时就有很多帮助群众创作的经验。但五十年代他重新下乡时，其日记记载中却几乎看不到当地群众文艺活动的影子。他对父亲搞村剧团时常抱着反感、排斥的态度。他自己的写作形态几乎是关门式的，目标都是写出那种能够刊登在《人民文学》《解放军文艺》上的“作品”，而不是为当地工作服务、面向当地群众的“小创作”。这使得他在创作构想时设定的理想读者不是身边村民，而指向那些城镇知识分子、干部、学生，甚至作家同行。这样一来，其创作责任的导向和选材、构思与其工作意识、生活感觉之间逐渐丧失相互的激荡和激发。换句话说，徐光耀虽置身基层工作，但其文艺创作的生产过程却在另一

①11 月 9 日，312 页。

个轨道上运转，与地方环境是离析的——这种工作与创作的“双轨制”一定程度上限制着徐光耀把工作感觉转化成写作素材。

在四个月的办社过程中，他的写作陷入危机，建社工作也并不出色。他主抓的段岗村合作社没有进入第一批建社名单，只在1954年春节前夕才搭上末班车。他培养的带头人（韩全）能力偏弱，入党申请迟迟未获通过。如果他能碰到能力较强的培养对象或许其工作能顺利些。但另一方面说，这种“运气不好”恰好反映出更普遍、真实的状况。因此，徐光耀日记中反映的工作“不顺利”要置于更宏观的框架加以把握，即，不是按照他自己的叙述逻辑去理解，而是把他讲述的状况作为症候，进一步追溯哪些结构性矛盾造成了这些问题。由此才能看出徐光耀工作经验中呈现的“一般性”下的“特殊性”，进而将这种特殊性与其他同类经验加以比对，得出关于“深入工作”遭遇的普遍性挑战的理解。

毛泽东在推动合作化运动时提出的一个基本方法是“书记动手，全党办社”——改变那种领导“绕开社走”，仅由一两个专职干部办社的方式，“从少数人会到多数人会”，“从区干部办社到群众办社”[①]。但从徐光耀的工作记录中可以感觉到，办社过程中，他没怎么得到各级干部的有效支援，大部分时间内，他是在独立、甚至孤立地工作。他所在的段岗村有21个党员，这些党员的作用几乎看不出来，建社过程中，党员与非党员在积极性、参与程度、带头作用上也看不出多少差别。反倒是徐光耀在闷头工作一段之后，猛然反省到自己太忽略与党组织沟通：

我今天始悟到在组织路线上又犯了错误。我和一把子非党员，内中甚至有富农分子，“乱叽咕”，都没有依靠党员和通过支部。人选、组织、干部等大问题，都是自己在瞎作弄，这还叫啥群众路线吗？[②]

很多时候，上级的插手、政策性干预反对建社起到阻滞作用：

（11月29日）……专职建社干部也将不让建了。因地委指示，专职建社将造成全体干部依赖心理和建社干部不关心于中心工作。

这一下使我完全发了懵。我们的重点建社计划及步骤方法等，全落了空，

①毛泽东：《〈中国农村的社会主义高潮〉按语》（《建国以来毛泽东文稿·第五册》，489页，北京：中央文献出版社，1997年）

②12月4日，334页。

底下人们鼓起的热气，也将受到挫折，而消沉下去。①

（12 月 10 日）会上公认段岗村的建社条件薄弱、基础太差。第一，有韩介民和王新这样的户，政治上不洁净，敌我不分。第二，有杨义文这样的无劳力剥削户。第三，没有会计。

会上又有两条对段岗社有关的规定：第一，不要不改变成分的地主分子。第二，不要无劳力只入地而主要劳力去经商的剥削者。这样便取消了韩介民和杨义文，这样便是取消了至少三个主要的户。②

（12 月 14 日）省委来的郭同志，其主观、武断、包揽一切的风势，真是不可一世！他简直对什么都不耐烦，什么都只有他对。我恨不能出个题目故意跟他捣蛋。③

（12 月 31 日）郭维城晚上来了，开口便想把韩介民逐出社，闭口又责备木匠铺是商业，三又打杨毓文的主意。这简直是非想把社拆掉不可！我一肚子腻歪，真想叫他们来组织一下看，我不管了。④

从这些例证可以看出，上级惯常采取的领导方式一是督促，再就是掌握“政策”标尺，不断用“政策”标准检查、衡量下级做的合不合规范。而其政策理解又特别集中在阶级成分、有无剥削、有无经商倾向等硬指标上，换句话说，是集中在如何保证建成的社不偏离社会主义方向上。但对于社会主义改造这样一个需要充分调动群众积极性、参与意愿的运动而言，第一位的标准显然不应是防范性的，“运用”政策的方式不是把政策变成戒尺，而首先应该把握政策中那些方向性、能动性要素，使之成为激发干部工作热情，指导其工作方式和调动群众积极性的燃料。因此，领导对政策理解、运用的第一步是要有能力充分宣传方针、政策。这意味着对政策的理解不能一般化，须善于把握其背后的方向、原理，才能讲出政策背后的意义、价值，它在革命整体进程中的位置，从而使各级干部明了为什么要执行这个政策，再由各级干部去发挥他们的主观创造性向群众宣传，组织大家展开实践，也就是说

①11 月 29 日，329 页。

②12 月 10 日，342 页。

③347 页。

④368 页。

要把政策变成行动的工具。上级对方针、政策的理解越透彻，意味着工作中各级干部对政策的运用就不是死板、僵化的，有创造空间。相反，如果上级对政策背后的原理没什么内在理解，政策就变成了一系列硬邦邦的指标，非但不能调动积极性，反而起到抑制作用。带动式工作随之变成管理式工作。

就像徐光耀遭遇的状况：在大多数群众对办社持观望态度的情况下，尽快在现有条件下建起一个社才能对运动产生实质性推动；况且，这阶段强调入社自愿，如韩介民这样地主身份的人愿意入社对建社工作来说有正面作用。然而，上级仅从合作社的阶级纯洁性考虑，一再把吸收韩介民看成缺点，不考虑一旦排除他会影响其他社员入社意愿——村民之间往往有亲戚与亲疏关系，在自愿结合的条件下，很多人首先考虑的不是阶级身份，而是彼此能否合得来，像徐光耀的父亲就跟韩介民关系很好，公开声称不吸收韩介民，他也不入社。另外一家“不合格”的杨义文是因为其经营颜料店，无劳力入地，“有剥削倾向”。对此，徐光耀很有保留意见：“这事如是我做主，便无论如何都要他家参加”——“既是个劳动者的组织，既是个农民自己的生产组织，干什么要这样束手束脚、挑三拣四的呢？”[①]

各级领导不能有力带动合作化与他们缺乏对合作化的理解有直接关系。1953 年底正是“总路线”宣传开始大张旗鼓地展开的时候。中央希望通过总路线宣传使农村干部、农民明确农村的社会主义方向、前途，鼓起干劲儿。毕竟，土改运动过后，农村工作渐失方向感，干部思想疲软，总路线宣传相当于是一次全面的社会主义思想教育。初次听传达时，徐光耀很感兴奋：“在现今这样的县区干部中，是一件大事，是新闻，真正是开了眼界，顿开茅塞。”[②]但他很快发现，许多干部对于学习文件缺乏热情和理解力，效果大打折扣：

……这一传达连记录也没有对一对，文不达意，谬误不通之处很多，边听边不敢相信。像这样的报告，只是这样马马虎虎地极不严肃地传达一下，错误百出，所受损失将不可估量。[③]

而且，逐级传达后，越往下，效果越差：

①12 月 15 日，350 页。

②11 月 6 日，311 页。

③11 月 6 日，311 页。

（11 月 13 日）关于总路线的讨论，乡干部接受起来差多了。我给人们读了一番文件，连解释带说道的，收效还好。张德全一主持讨论，人们立时便闷了头，怎样费力启发，仍不能达到哪怕是形式上的热烈。①

（11 月 14 日）仍去程岗、双堂乡参加沉闷而费力的讨论会，令人感到痛苦而且疲惫。不说我，连县专两级也有些松懈和麻痹起来了……

关于总路线，就是区委中至今仍存有大量的糊涂观念。各执一端，乱吵乱扯，真是成问题。②

即便传达比较忠实，也缺乏必要的发挥，起不到鼓动效果：

（11 月 26 日）互助合作干部会开了。董民同志（注：县委书记）去讲了几点，一般说内容还算正确，但却并不尖锐，并不新鲜，只是稍微解一点儿痒，而不能起什么推进和完成一件事业的作用。不能令人奋发，不能使人勇往迈进！③

赵树理曾经讲过，宣传工作和别的工作不一样，不能以主观上的“我做了宣传”来交代，而要以客观效果、以是否达到宣传目的来衡量，如果报告宣传的目的是鼓动人心，大家听了却无动于衷，那这个宣传就等于没做④。要达到宣传目的尤其需要对被宣传者的心思、需求有贴切体认，还要对宣传内容有自己的消化，不是照本宣科，而是针对群众心理有针对性、有发挥、有感染力地讲，才能打动人心。徐光耀自己宣传总路线时就力求讲得生动、动人：

11 点多，由我报告总路线。先讲了国家工业化，又讲了对农村的社会主义改造。中间，我插上了不少例子，人们聚精会神，颇为爱听，连一些老太太也手扶门框，目不转睛看着听着。可见人们是愿意说道社会主义发展和社会前途的。

近下午一点，我把总路线和农民为什么要走社会主义道路报告完。在我

①11 月 13 日，315 页。

②315 页。

③11 月 26 日，324 页。

④赵树理：《“总结之外”》（《赵树理全集·第二卷》，189 页，北京：大众文艺出版社，2006 年）

宣布我的报告结束时，人们不由得伸出巴掌，大声喊着鼓掌起来。散会后，还有的老头说，回去咱们多想想，戗邦戗邦苏联的集体农庄，看咱们也怎么走。……①

徐光耀之所以讲得好，有激情，前提是他高度认同总路线所指示的价值、立场，对总路线能打破农村停滞局面有强烈期待。他非常积极地阅读《人民日报》《河北日报》《河北建设》《学习》等报刊上的文章，加深自己的认识。再加上他作为写作者对群众心理的熟悉、体贴，自然使得他的报告、宣传独树一帜。相形之下，许多地方干部“不敢讲或弄不通总路线”，不单受文化水平限制，更要害的是，在他们的实践逻辑中，其工作、生活不是和一个远景直接挂起钩来的，或者说不是充分的价值引导式的。根据地时期的群众教育中曾反复宣传“把眼光放远一点”，就是意图打破农民身上只从眼前考虑的惯习、限制，逐渐培养一种价值引导、理念引导的行为方式——不是把工作看成“差事”，当差式地工作，而须先掌握、明白工作的“意义”，随之发挥主观能动性去创造性地完成；对工作“意义”的理解越深刻，认同感越强，主动工作、创造性工作的可能性就越大。为什么共产党的工作方式中特别强调开会、宣传、报告、动员、教育，就是力图在进入具体工作之前先打通思想。尤其在革命战争年代，对干部“独立工作”、克服困难的要求很高，因此政策指导中除了任务、指标之外首先要包含说服教育的内容。而中华人民共和国成立后，日趋规范化的“建政”过程无形中将干部逐渐纳入一套行政、治理体系，自上而下“贯彻”的方式不断强化，工作任务日趋零散、繁重，而让干部深入了解工作“意义”，加强认识的动力却在淡化：“这里的领导是根本不考虑下面干部的学习问题的，连一些最必要的文件，都没有工夫去看，更哪里谈研究。”②

恰恰由于之前状态懈怠，雄县开展合作化很晚，是受到地委的点名批评后才真正动起来。而且，刚开始布置合作化，另一项触及农村根本的工作——“统购统销”——就压了下来。如果我们假设存在两种不能截然分立但又有区别意义的工作形态——一种是“价值导向”的，另一种是“任务导向”的。那合作化更倾向于“价值导向”，因为其出发点是对理想的生产形态、社会形态、思想形态的设想，由一套“美好蓝图”所引导。而统购统销更偏“任务导向”，它的实施是要应对突然出现的粮食危机，力求短时间内从农民手

①11 月 28 日，328 页。

②11 月 14 日，315 页。

中征集到足够的余粮[①]。前者偏“软性”，代表着“先进”“光荣”，而且从试办、重点入手逐级展开，开始只涉及少数人；后者则“硬性”得多，是与民争粮，并且涉及大多数人（只有缺粮户相对不受影响）。因此，前者按理得大力发扬“价值导向”的工作方式，后者则不免采取强制手段。但在实际操作过程中，两者并非那么截然对立。首先，为了给“统购统销”赋予正当性和意义感，将其纳入了总路线宣传，视之为打击农村资本主义自发势力的一种手段。这造成总路线宣传中社会主义与资本主义两条道路对立、对决的色彩加重。其次，征购余粮给中富农带来的冲击、关闭粮食市场、打击私人粮食交易、限制商业等都冲击着“单干户”，从而追使单干户加入合作社寻求庇护，客观上以一种“自愿被迫”的方式推动了合作化[②]。老百姓面对这两种实质不同，但又被捏合在一起的工作很难看穿，态度也是摇摆不定，时而恐慌不安，时而积极配合。各级干部的态度也很复杂。总路线宣传本身是一次思想教育、路线教育，大家明白办好合作化是未来的工作重心，要学会重走群众路线，办好社，可“统购统销”又如泰山压顶，靠耐心细致的群众教育、群众工作势必缓不济急，“强迫命令”几乎难以避免。因此，统购统销固然在客观上帮助了合作化，但其助力的方式却是助长了与理想合作化方式相反的工作方法，使得总路线宣传中希望通过合作化改变农村工作方式的目标大打折扣。同时，地方干部全力投入统购统销，使得同时的办社工作陷入孤军奋战状态。徐光耀之所以在办社中体会不到干部的支援，常感孤立无助，与此不无关系。

对徐光耀自己而言，统购统销工作前前后后常有许多“出人意料”之处，他自己的态度、立场亦随之转移、起伏。初闻统购统销的传达，他是完全站在党和国家立场予以认同：“由此，奸商将再次被打击，人民由此更向社会主义的大道迈进一步。同时，国家的困难也就可以解决了。”[③]即便看到了农民的慌张、不安，甚至消极抵抗，他仍然一厢情愿地从正面去理解其行为、心理的“意义”：

早饭又去高家饭铺，粮食的猛涨，给这小铺以不少恐慌和牢骚。他们连

---

① 薄一波：《若干重大决策与事件的回顾》（北京：中共中央党校出版社，1991 年）中“统购统销的实行”一章。

② 田锡全：《革命与乡村——国家、省、县与粮食统购统销制度（1953—1957）》（上海：上海社会科学院出版社，2006 年）中“统购统销中的农业合作组织”一节。

③11 月 8 日，312 页。

火烧也不打了，冷着灶淡漠地迎接和应付顾客。他们说只有国家才能想出来办法。农民，在困难的时候，在没有办法的时候，他们已晓得依赖国家了，在这种时候，他们把“国家”这个字眼看得很亲切！这便是党的威信大大提高，已真正成了人民群众的依靠的表现。[①]

待到进入实际操作层面，开始自报征购数时，他的“天真”马上碰了壁：

陈乡长几个人叽咕了一阵，算出个程岗乡能购粮10万斤的帐来，就经我一催一问，他便当众公布了。张德全（刚被分配为程岗乡组长）立即催人吃饭，把这事压下。随后便留下乡干主要人和区干，说了说抛出“10万”之数，会影响工作，以后再不容易突突开这个圈了。张德全用了100万来压了他们一下——这个小小事件，似乎被认为很严重，又似乎与我的诱导有关。晚上区委们汇集情况时，众人皆有大惊小怪之感，这也是不必要的了！

然而，也证明我对农村工作缺乏经验，缺乏具体办法，尚不能得手应心，左右逢源。这原也是着急不得的。[②]

徐光耀显然缺乏操纵完成这一类征收任务的经验。正因为征收数额大、任务重，要完成任务上来就得“加码”，先用大数压下去，再讨价还价。下级自报时会尽量压低数额，以留出空间。要是像徐光耀这样一开始就接受了自报数额，公布出来，后面再加码就难了。所以地方干部赶紧叫停、纠正。而徐光耀自己却认为干部们把这个失误看得很严重未免小题大做。他恐怕认为这套“潜规则”式的“工作方法”只是小计，殊不知这些上不得台面的工作技巧正是基层工作经验中非常核心的部分。

进入到重点试算阶段，他越来越体察到统购工作给基层带来的压力和紧张气氛：

中午，县委传下命令，让重点试算。下午，程岗乡进行试算，先抓住了许宪福算，他懵里懵懂的不知底细，经一算，该卖出1400斤粮来，傻了眼！半天灰溜溜，噘着牙花望天，眼都发直了。

在试算中，整个情绪极为紧张，真有些战斗的气氛，这便是斗争了。这斗争包括社会主义与资本主义之间，个人与国家之间及个人与党之间。很明

①11月15日，316页。

②11月16日，317页。

显，非党员的反抗是最激烈的。田玉修在讨论总路线时，一言不发，张福田也是如此。但一经试算，态度立即明朗化，积极热烈地为余粮户辩护，尽力为多留一些粮食斗争。他虽然极力装着镇定，态度仍然愈来愈激动起来。

这种斗争是深刻的，这里面大有生活。

晚上，进一步实行了试算，各村分小组自算。这又证明党的基础好坏对于工作的顺利与否大有关系。赵岗算出 13 万多斤，段岗则算出 12.7 万多斤，而祁岗只算出 5 万稍多一点。许宪福大约是算怕了，只算出两万多斤。可见党的基础是何等重要！

全程岗乡现在算来，已是 63.5 万余斤，把人们已经吓坏了。

区的干部也很害怕，全坐着无底轿，不知此数空间是大是小。大家已出现偏高往下压的情绪。可是，县里却还在攥拳头，不表明态度，让大家扎着猛子瞎摸。

我很为“傻牛”所感动，我总想应该写点儿什么。可是，竟一点儿写作的冲动也没有，这真是危险得很的现象！①

在这个试算场面的记录中，徐光耀更像个观察者、评论者，而没有那么强的参与冲动。对下级干部的叫苦、辩护，上级的心中无底、不动声色，他都很难轻易认同。他觉得这场“斗争”很有意义、很深刻，是因为看到争辩中真实的触动、情绪迸发出来。但这个斗争的“意义”却并不是那么直观地对应着他概括的“社会主义与资本主义之间，个人与国家之间及个人与党之间”。他能感觉到这其间有一种真实的斗争，却不能既实在又认识地把握到这个斗争。当他说“这里面大有生活”时，指向的正是这种不能言明的感觉。

程岗乡最后试算的结果是 63. 5 万斤，大大超出乡干部预期，把乡长“压得灰溜溜、呆痴痴的”，但县里还不断加码：

（11 月 18 日）黄昏，县里分配下收购粮食的数字，全区 560 多万斤，区又给各乡分配了一下：程岗乡和八洋庄乡各 71 万斤，板家窝 75 万斤，其余 60、50、40 不等。这数字分配十分草率，实是大有问题——现在区县领导对这样严重的问题，竟取这样轻举妄动的态度，真使人不寒而栗。②

（11 月 20 日）晚上，县里秘密分配数字表发下来，程岗摊了 74 万。张德全拿着表来问人家计算的数字，程岗乡共 1118 户，余粮户占了百分之七十

①11 月 17 日，317—318 页。

②319 页。

多，774户。这真不是闹着玩的，他们没有估计这一带人们的吃粮水平，大约也是原因之一。[①]

尽管明知道这些征购数字不合理，尽管对上级做法颇有抱怨，徐光耀还是站在工作立场上尽力贯彻、落实：

（11月19日）上午，去程岗乡小组看人们的情绪，一屋子纷纷算账“挤油”，情绪都不坏。只有祁岗田玉修霜打了一样，蔫头耷脑，没有一点儿精神气。据侧面了解，他有意无意对村里打掩护。我便提议在会上给他算算帐，看有多少余粮。

我的企图失败了。田玉修尽力缩小自己的实际产量，甚至有的隐藏不报，公粮除得太多，经济作物未出公粮，麦子的收成又没有计算在内。区乡干部们头脑麻痹，不对他进行必要但是明显应该的斗争。结果，算了半天，他还缺粮。李文峰还在那里大喊大叫地“给他减”，幸灾乐祸似的对人大笑。像这样根本没有立场、没有头脑的人，怎不把人气煞。

……

下午，到大魏庄、程岗、七米都转着看了看。前者，张允申还在帮着算，往外挤；中者已无事可做，学习干部的十项注意，党员的八条纪律；后者，已经把思想搞通，人们心情愉快，信心十足。干部也言欢色喜，不禁在手舞足蹈了。然而，不知是何缘故，我总是感到任务太重，情绪上压抑得很。有件什么东西塞在心口上一样。[②]

对比之前的“斗争”或许能看出，基层干部的“争”或“放”，“松”或“紧”都不太基于原则立场，他们有自己实用、实在的标准，有自己的认真和不当回事儿。而徐光耀这样的下乡干部则总是以原则立场、原则要求定位自己的工作和评价别人的工作。他其实对上级布置的征粮数有意见，但在执行中却认为必须对隐瞒不报的干部展开斗争；看到别的干部对购粮不上心，自己又忧心忡忡。的确，相对于那些围着具体工作转的干部，徐光耀显得更“忠诚”。这个“忠诚”既体现为对国家大政方针的深信不疑，更体现为对党的工作方向、工作原则的信任。所以，他不仅对应该做什么，而且对应该怎么做，应该怎么想都随时用原则标准加以衡量。这甚至使他对现实的理解、

---

①320页。

②319页。

态度很多时候是被认识意愿所主导的。像统购统销已经引起明显、普遍的不满时，他反而觉得是一种值得期待的考验，会“产生很多可描写的美妙题材”：

（11 月 26 日）晚饭后，接到小魏一封信，他们正学习总路线，关于粮食的统一供应，已开始在城市实行。他说遇到了很大阻碍，老百姓有吓得下不了炕的。他预言农村中阻碍将更大，他为我能参加这样复杂艰巨的工作，表示高兴，说这将给我很多收获的！

可也是啊！我也应有意识地主动地迎接这一统购粮食的工作。这确乎在农村中是一场激战吧！中间将表现各方面的矛盾和斗争，产生很多可描写的美妙题材。我思想上对此毫无准备，无认识，是大不应该的！我是太迟钝了！①

甚至对征粮引发的恐慌感到不可理喻：

（12 月 27 日）对购粮工作的惊慌万状，确实可笑至极！这也是农村工作中的方法问题，这样一件事，竟弄得这么大出妖魔似的人心不安。②

直到征粮全面展开后，“干部厌战，群众顶牛”，工作方式越来越恶化时，他才感到了忧虑：

（1 月 20 日）粮食工作的担子是沉重极了，而手段眼看是达到将违反政策边沿上了。有所谓“过三关”“锄奸科”等法，这村中虽未实行，确实看到近乎“熬鹰”的政策，据说就是连明彻夜地开会了。真是怎么好啊？③

由于转入重点办社，徐光耀没有参加后面的统购统销工作，但统购统销的全面铺开很快影响到办社。像合作社非常倚靠的副业油坊就一度因抑制商业有停工之庾。（徐光耀父亲对建社态度从开始积极到后来消极亦受此影响。）干部精力被大量牵扯，几乎无暇顾及合作化了：

---

①325 页。

②363 页。

③390 页。

（1月22日）又传达了一下县委近来急于收起摊子来的指示。各种工作扎了堆，干部、力量全分派不开了，不要说“突”，连摊子也收不起来了。

干部们全疲惫不堪，拉了抢杆子。[①]

六

徐光耀于1953年11月25日被任命为办社专职干部，帮助段岗村韩全互助组转社。接下来的三个月，其工作均紧紧围绕转社展开，这个社里的每一户、每个人成了他最熟悉的人，可以说是建立了“血肉联系”，“略有举动，便关心到每一个人的身上去了”[②]。社长韩全成为他全力培养的工作典型，他满心希望韩全能成长为一个优秀干部、劳动英雄，乃至“社会主义新人”的雏形。如果这个典型培养得确如徐光耀期待的那样成功，势必对调动、激发其创作欲望有很大助益。可现实是，虽然韩全也逐渐成长，却很难达到一个“新人”式的自觉、自主状态。他对工作勤恳、投入、不惜力，有责任心、有荣誉感，其组织能力亦持续提升，但他也总表现出情绪、心理的不稳、摇摆，工作的束手无策和对徐光耀的依赖。这究竟是其本身品性、能力的缺陷，还是徐光耀过于“包办代替”所致？徐光耀自己检讨两方面的原因都有。但是，扩大来看，韩全素质、能力的缺欠和徐光耀的“包办代替”恰好呈现出合作化工作中的“常态”。毕竟，如耿长锁那样能力、品质突出的新式农民并不多见。况且，耿长锁呈现出的“理想”状态有多少源于其品质，有多少是被复杂的机制、过程“打造”出来的，本身就值得考察、分辨[③]。另一方面，即便如柳青那样的下乡干部——具有超强思想工作能力和耐心，能调动对象潜力，成功培养“新人”——其工作能力、工作方式也非一步到位，而需经长期磨合锻造出来，其起始阶段未必没有“包办代替”的成分。徐光耀的培养韩全固然不那么成功，却可以真实地看出重点办社阶段的工作流程、要求是什么，依据了什么样的条件，会遭遇哪些困难，碰到什么难解的疙瘩。

重点办社中，由于意在树立标杆，因此，选准培养对象，确定带头人既是第一步，又是决定性一步。刚下乡时徐光耀就开始注意挖掘谁可作为互助合作骨干。他最早看上的是在积肥工作中表现突出的刘凤亭，觉得这个人“善

---

①392页。

②1954年1月12日日记，382页。

③耿长锁被树立为模范过程的分析可参见（美）弗里曼、毕克伟、塞尔登著：《中国乡村，社会主义国家》（北京：社会科学文献出版社，2002年）

于思索、算账，能研究文件，勇于接受新的东西"[①]，也有股子办社的雄心壮志。徐光耀去刘凤亭家探访，发现他家"俨然是河套一带的政治文化中心"，"老百姓们，成群搭伙聚在那儿商量事"。这显然是个乡村能人，有组织力、号召力，有魄力，还有些"先进"思想[②]。但徐光耀很快发现他有虚浮的一面：在秋耕中翻耕不及十分之一，对互助组转社没有那么大信心，有时招人反感："我喜欢不上来这个人，我觉得跟他很难处。由于他的不工作，不爱开会，这使我恼上了他。"[③]——"不工作""不爱开会"意味着他不愿意接受新政治的教育、影响。到互助合作会议前夕，徐光耀已经把刘凤亭排除出培养名单，把目光转向了韩全。

韩全是另一位互助组组长，他没有刘凤亭天生的组织力、号召力，其冒头与他在县互助合作会议上听完报告后的积极反映有关：

> 韩全已对转社中了"疯魔"！他每日缠着刘凤桥不放，问长道短，低下头来就琢磨转社的办法和步骤。他悄悄跟牛玉田说，你谁也别告诉，咱村得弄起头一个社来，报它个"头一名"！[④]

正因为韩全看上去全心投入，考虑了很多转社的具体问题，使得徐光耀感觉有信心和跟他在段岗"整整摽上他一年"[⑤]。一回乡，徐光耀就夜访韩全：

> 屋里灯烛通明，韩全正大嗓地叙述县中会议的情况，他自擂自吹地说着本组的优越性，说着人们给他的恭维。我诧异这样一个老实厚道的人，为什么也竟有些吹牛。后一想，也许是事业上的需要吧！不然，他用什么鼓动起人们的热情呢？[⑥]

徐光耀"整整摽上他一年"的估计基于之前试办社时中央强调的要耐心、长期、"稳步发展"。但县里顶了"右倾"帽子，限期一个月就要建成社。

---

①8 月 7 日，227 页。

②10 月 20 日，294 页。

③10 月 24 日，297 页；10 月 25 日，298 页；10 月 31 日，305 页。

④11 月 4 日，309 页。

⑤11 月 3 日，308 页。

⑥11 月 5 日，310 页。

徐光耀领了任务去动员韩全时，他的态度却畏缩起来："他开始打话把儿，并且说他吐血哩，要养病。"[①]徐光耀赶紧展开一对一说服，到韩全家谈了三个小时，"把总路线、社会主义前途、建设的办法、要吸收的户，都研究掂量了一阵"，"把韩全的心进一步点着了"[②]。接下来就得靠韩全他们去说服、串联其他人：

韩全的母亲之病，很有点儿意思：

她是那天晚上，听说劳五地五，韩润芳一耷拉脑袋，她一算账，也不行，心劲一窄，便病了的。那晚上之后，三妈问韩全：润芳这不是泄了气啦？

韩全：不碍，吃不了亏呀？

三妈：你光说吃不了亏，可到底有什么好处哇？

韩全：好处可多着哩，走社会主义道，光荣，全看得起……

三妈：光荣，看得起，有用吗？许给你个官做？

韩全：（玩笑）做官也容易，社成立好了，就许我个社长。

三妈：（愈气）你妈要死了呢？

韩全：那更没有什么啦！要是没有社，甭看你有这么大个儿子，你要真死了，不是卖"庄户"，就是卖地，要不得卖南边那场。不管怎么说，总得卖一样！把你发送了，你这儿子还得挨饿。要成立了社呢？大家伙你帮我助，互济互借，你三斗，他二斗，就把事办啦！也用不着卖房，也用不着卖地或场。欠着大伙儿的，碰见好年头，还了。碰不见好年头，就不用还，一个社里怎么也好说。

三妈：咳（惊异地），那可也不错。

于是，第二天便病倒了。左劝右劝的，这病好之后，她思想真弄通了。怎么都行，你们办社吧，怎么办怎么好，心里一点儿隔膜也没有。

韩全的斗争也开始哩！[③]

合作社开始组织时第一步常得打通家里人的思想，尤其老人、妇女的思想。很多老人、妇女的心思窄，其所想、所在乎的与当家人有所不同。这段对话中，对韩全有说服力的"光荣""看得起"对其母亲来说就不那么入耳，反而是社员间可以互助，发丧人不用卖地特别有吸引力。无论从自己、从家

---

①11 月 27 日，326 页。

②11 月 27 日，326 页。

③11 月 27 日，326—327 页。

的角度，她把办后事看得很重。一开始她急病是因为算地劳比的账，觉得会吃亏，等到韩全说从办后事上能得益，她就“弄通”了。可这个“弄通”并不是打心眼儿里认同、支持，而是不阻拦了，所谓“心里一点儿隔膜也没有”相当于这事儿与己无关，自己也搞不懂，由你们折腾去吧。从韩全“说服”的口气、先后、轻重中也能窥见在办社问题上他的“自我说服”：首先是“吃不了亏”，这很大程度上基于家庭整体利益的考虑；其次，有对他自己的意义，“光荣”“看得起”“当官”；再次，他对合作社“优越性”的认识、理解特别集中在互助性上，是把它看成庄户人之间可以互助、互济的组织，而不完全是一个发展生产的组织——“欠着大伙儿的，碰见好年头，还了。碰不见好年头，就不用还，一个社里怎么也好说”——这里面有点儿农民式的社会主义理解：你的就是我的，我的也是你的，不分彼此。

不分彼此是“理想”，其反面的实际就是大家很在乎入社时是否吃亏，焦点又集中在地劳分配是否合理。这个社的特点是地多人少。像徐光耀自己家，劳力只有老两口，如果不入社就只能雇劳力干活儿——“他说找人做活太难了，还要吃白面，和待‘戚’一样紧伺候，还得听凭他做活，爱做什么样算什么样，这个难就不用提了”①——因此，他父亲愿意入社。可一听说地劳比是劳五地五，地还要自己拿公粮，老汉“便有点儿‘次花’，没有先前那样上劲了”。其他家情况也类似：

（12月1日开建社会。）集合了四五家的主人，由张清智念着合作社问答。从社员的义务到土地入股、劳力评分、农具牲口的使用、自留地，一件一件都解决得很好。但一念到分红，收益分配，劳五地五，大姨妈上“次了花”，连说了六七个“得挨饿呀”！

这一夜，杨义文家老两口和来福差不多说了一夜，来福总说他妈糊涂。可是，他自己也未必明白哩！问题就在这里：地多劳力少的，总是吃些亏；地少劳力多的总愿意把别人（地多户）拉进来。有着最根本的利益矛盾，还有着次要的人事矛盾。②

（12月4日）一下子发生了很多矛盾，人事矛盾（父亲与大侉子，韩全等与韩介民），农事矛盾（伙车、伙牲口的都要揪断），经济矛盾（地五劳

①11月27日，326页。

②331页。

五，地多吃亏——这是当前最根本的）。我在这方面，也有些混乱了。[①]

由于缺乏每家每户的材料，我们很难判断韩全原来的互助组是按照什么条件组织起来的，老户、新户各自属于什么成分和经济条件。但大致可以看出一些端倪：大部分是中农以上水平，贫农较少；几家都是地多人少，觉得现有地劳比吃亏；有杨义文这样的经营户（开颜料店，没有劳力参加田间劳动，只土地入社拿分红，形成所谓“剥削”）；有韩介民这样地主成分户。之所以韩介民、王新这样“政治不洁净”的户也是发展对象，取决于人事关系。徐光耀的父亲和韩介民要好，他入社的条件就是得吸收韩介民，“如不要他，则他宁愿退出与他们单干”[②]。可韩全与韩介民有过节，坚决反对他入社，却一定要把王新拉进来[③]。按照办社的阶级标准，主力应该是贫下中农，尤其鼓励贫农办社，但实际上，要合作社能自愿组织、运转起来，吸收条件好的户入社和照顾人情关系都很必要。为此，徐光耀不禁反思自己是不是太迁就、温情了：

在处理这些问题上，我是寡断的。我太分不清主次，而且太迁就某些人，也太不敢斗争了。最主要的，我还缺乏明确的是非观念和坚定的立场。我用小资产阶级的温情主义，打算把社组织起来。结果，我是脆弱无力的，我在组织活动上表现为无能！我希望在这一场阶级斗争中锻炼得坚强起来。[④]

问题是，强化立场意识无助于解决组织中的具体纠葛，甚至造成更多的沟坎。他越来越体会到“建社这一工作看来是忙不得，急不得”，“一发急，便会搞得大家情绪不稳，心神分散”，必须耐心、细致地沟通、说服，想各种解决方案：通过算细账打消地多户的顾虑，吸收韩介民家入社但排除他本人等。这些说服、沟通都要徐光耀亲力亲为，作为“带头人”的韩全面对这些困难却打了蔫儿：

下午，去找韩全，他已像霜打的烟叶，根本不抬头了。我鼓励他，提示

---

①334 页。

②12 月 7 日，337 页。

③12 月 11 日，344 页。

④12 月 1 日，331 页。

他，启示他，都不抬头，对于建社已是局外人的样子。①

甚至，他为了维护原互助组成员（王新）留在社里，排斥韩介民，不惜搞起了“斗争”：

晚上韩全召集的会，有润芳两口，振荣家里，韩全两口，如此而已。（注：都是其原互助组成员）

第一个问题是王新，三个女将全部拥护他，不忍辞出。韩全也是这样，他发动了三个女人，与我抗衡，保护王新。第二个问题是韩介民，他又发动了两位女将与我抗衡，坚决反对他进来。他自己却站在旁边敲边鼓，实际是指挥的地位。②

本来，从互助组到合作社，之所以要不断扩大“组织起来”的规模，从思想教育层面就是力图扩大农民“公”的意识，从眼光限于一家一户到把亲邻好友联合起来，再到把超出“朋友圈”的村民组织起来。每一步范围的扩大都是对原有连带关系的突破，也意味着克服各种经济、地位、品性差异带来的不适、障碍，扩大自己的责任连带，用提升“公”的责任心改造“小农”的狭隘、保守。因此，能否突破“小自私”（一家一户）、“大自私”（小集体、小团体）对自身的制约构成检验农民思想是否成长的主要指标。而徐光耀从韩全和其组员的“保守”、计较上特别看出其拒绝跨出前进一步的“自私”，深感这个社前途渺茫：

组员的狭隘、保守，是建社的最大阻力。这便是落后的根本原因，是他们贫困、不能干大事的根本原因，是他们总处于被其他阶级玩弄，总处于愚昧状态的根本原因。

……

这个社的发展前途是不大的——这是可以肯定的结论。③

实际上，越是面对面地做群众工作，“群众”话语中那些整体、抽象的判断、理解就越变得架空，随之浮现的是层出不穷的、难以被回收到理论认

①12 月 11 日，343 页。

②12 月 11 日，343 页。

③12 月 11 日，344 页。

识中去的琐碎矛盾。可这些矛盾背后恰好是乡村生活世界的实态，或者更准确说是乡村原有的社会、生产构成，人际关系，行为逻辑在新政治、新事物的冲击下会产生的反应方式。因此，怎么看群众状态的种种不如意颇考验干部的修养与水平。像徐光耀面对群众的“狭隘、保守”显得如此愤恨，急于将其归结为小农的本性时，就会丧失贴切把握群众心理、行为逻辑的契机，而且这种灰心、怨念必然耗损他的耐心，令其放弃与群众一起商量的尝试，更多地靠自己想办法来解决问题，“包办代替”也就愈发难免。事实证明，所谓的积极、消极都是不能看“死”的，一度消沉的韩全在另一位积极分子的鼓动下很快又被带动了起来：

晚饭后去找韩全。王宝柱正在那儿，他是从昝岗贷款回来，不久将开油坊及豆腐坊。他来是特意拜访韩全的，看一看这里的情况怎样。他的积极热情，可能鼓励了韩全，这也是新的积极分子容易被感染的可喜之处。

韩全已能自己展开活动，昨晚便各门各户都串了一通，主动动员人们入社了。[①]

在集体化运动中，积极分子的激烈和保守是个很值得讨论的问题，即他们在什么形势、条件下会变得积极、甚至狂热，什么时候又趋于保守。像王宝柱的“积极”就让徐光耀很惊讶：

给我刺激最大的是王宝柱，他简直是扬风奓毛，云山雾罩、大有不可一世的样子了。真个是救过龙架擒过番兵的气派，说话的腔调和姿势都有改变，可见是何等的短见。略有一点儿得意，便把他们放置不下了。难道为了这点儿小小成绩，也值得“烧”成这个样子吗?

当然，“烧”一下，也许新的意识在增长着。他的洋洋得意和傲视一切，或者正是宣布着新生事物的胜利吧？这也便难说了。[②]

徐光耀显然对其超常的积极有怀疑、保留——韩全一开始不也“疯魔”过，“吹牛”过？——但又不得不承认这种“烧”或许在运动中能起到正面作用：韩全不就被他重新带“热”起来？只是，这种想法实际上是一种工作立场上的实用主义态度，未能进一步深究群众身上这种忽起忽落的态度究竟

①12 月 14 日，347 页。

②12 月 15 日，349 页。

基于什么逻辑。这意味着在最重视群众的工作原则中并没有建立把群众当作真正的主体去把握的认识论，而是把群众置于革命运动所需要的功能性立场去看待、运用。由此造成“实用性”贯穿于看似最讲原则的革命运动中，而对这两者的矛盾与相互侵蚀缺乏整理、认识。当徐光耀这样“忠诚”的革命者按照革命政治提供的观念、视野、方法去动员、改造农民时，时常发现他本来熟悉的农民身上有很多他“不理解”之处：

（1月10日）我十分生气这个社里的人都干活儿不起劲儿。一切劳动条件都具备着，有牲口、有大车、有磨、有人领导、有钱、有国家支持，他们却仍是像当伕一样，像给村中“办公”一样，能擦滑蹭懒便擦便蹭，能靠别人就靠别人！明白劳动可以赚钱的，却懒得动。明明家中没得吃，也懒得动。明知道地里缺粪，却懒得积肥。谁知道这些人是抱了个什么心思呢？他们另外还有什么打算吗？社外正有大量的人羡慕我们，我们却摽着膀子不干活儿，这真是把我给气苦了。①

（3月8日）全社人们去挖猪圈，快活而又紧张。这是劳动人民的可爱处。可是晚上一统计全年收入和消费时，特别是粮食消耗，人们便尽量扩大开支和消费额，只嫌说得自己不穷。这种自私，又着实可恨！②

这种“不理解”准确地说是难以容忍，尤其针对所谓“不积极”与“落后”。这里的症结在于，他过于设定了在工作到位情况下群众就应该达到某种状态，而未意识到合作化所包含的现实设定本身存在什么问题，所以他难以把群众超出预计、不符合预计的反映（无论消极的或积极的）作为反思工作设定的契机。在“深入工作”进而“深入生活”的设想中是把群众的超出预计只限定在配合革命的方向、轨道上——所谓群众潜在的革命意愿和创造力；而实际上，群众的超出预计、不合预计是分布在各个方向上，乃至与革命目标相反的方向上。所谓不积极、落后、消极、冷淡和积极、热情、创造性一样是群众对“工作”、动员的应对方式。在有经验的群众路线工作中会同等重视这些消极、落后所传达出的信息，并有针对性地调整。问题是，调整的主导权通常不掌握在那些直接面对群众的基层工作者手中，而一线工作者在认识不足的情况下又只按照上级指示要求群众，缺乏将群众真实反映反

①380页。

②434页。

馈给上级的能力和渠道。即便如徐光耀这种有思想水平的干部在面对群众状态时表现出的也是要求多于理解。

在另一些工作场合，他要面对的不是群众的“落后”，而是群众的执拗：

（12 月 31 日）晚上，又在老德家开会，开头讨论要韩润亭的驴的问题，起始人们反对者甚多，恨得我牙痒着急。后父亲来了，对大伙儿一说，人们又转过圈来，又议决了要。最后郭维城宣传了组织起来的好处，便散了。可是，人散了，蒋振荣来又把人们都召集到一起，又讨论起来。他处处说了些泄气的话，把人们全部都说得耷拉了脑袋。

我很生气，他明明是起了破坏作用，故意刁难，且出言狡诈欺人。[①]

（1954 年 1 月 1 日）韩全告诉我，昨日散会之后，人们都自动地不愿走，故又由蒋振荣复召集开会，推翻了买韩润亭牲口的决议。假如有此一举，更足证明群众的不可违拗。唯蒋振荣着实可恨。[②]

这个买驴只是建社中的小环节，但从社员们自发召开“会后会”推翻原有决议能看出他们很在乎这件事。这种群众在枝节问题上的“坚持”、执拗其实很有意味，隐隐体现着群众自己的“原则”，和坚持原则的方式。徐光耀在这件事上也最终选择了妥协：“散会后，我终于明白了众意不可违的道理。便劝父亲放弃自己的意见，任大家另外买叫驴算了。”并认为这是给自己上了一课：“我的进步，便是心眼儿活了，便是深一步懂得了依赖群众的道理！不能偏听偏信和固执己见。否则，是会把事情弄糟的。”[③]对比他在这件事上的反应和他很多时候看到大家消极就起急的态度可以感觉到其群众工作经验是在随着进入更多操作细节而不断积累。所谓“依赖群众”不单停留于看到、利用群众身上好的一面，也在于用群众言行的挑战性破除自己的固执己见。换句话说，就是学会真正站在群众的立场体会群众。由此，他就更能体会群众言行中难得、可贵的一面：

一开门便刮大风，窗纸都呼嗒嗒一派风声。父亲说要上大冻，就要封河了。我想起了韩全来，难道他就冒着这么大风奔了雄县吗？

但我，甚至母亲都相信他会去了。他说了去，便一定会去。这是韩全的

---

①368 页。

②369 页。

③369 页。

特色，他的特别可爱处。[①]

随着工作的进展，在韩全身上他也逐渐看到一个“带头人”的成长：

（1月13日）韩全也敢说敢道，把工作掌管了起来。似此，则前途大可乐观，我心安矣。[②]

（1月15日）参加一个大组讨论会。韩全发言显著地特别积极，差不多有一半时间是他说话了。工作走在前头一点儿，果然是扬眉吐气的啊！他今日的感情我尚未全部理解，但他是令人羡慕的。[③]

（1月17日）韩全在讨论上的勇敢多话，批评人的义正词严，对建社事业的无限热诚，去找刘志彬的心气儿，都逐渐使我惊奇，使我不能理解了。思之许久，大约“光荣”这件东西是最能引诱人上进的。[④]

此时此处的“不能理解”显露出群众路线所期待的那种正面的超出预计，显示着“蜕变”的可能。而真正令徐光耀感动的是韩全在得知未进入第一批办社名单时的反应：

最使我感动的是韩全。在大会上公布已批准的新社时，由于没有出现段岗的名字，他竟出了通身的热汗。吃饭时，也少吃了三个窝头，面对徐副区长的质问时，眼里挂着泪花！——是的，荣誉，劳动的果实，这是最为人尊重至贵的。

就是我，在郭维城预先跟我说时，我尚且满不在乎。但一在众人跟前公布，虽已一再解释，我仍是心中热乎乎的，不免有些羞愧！我的自尊心矮了下去，我支不住架子了。我不能不后悔我态度的不适宜，我后悔我竟没有坚持早日批准。

我脑子里应逐渐树立起韩全的形象。[⑤]

之前，徐光耀一直耿耿于怀的是，包括韩全在内的很多社员并未充分地

①12月20日，355页。

②383页。

③385页。

④387页。

⑤1月19日，389页。

把办社看成自己的事，总有一种被动性，似乎这个社是为干部办的。但，没能入选名单的打击却经由“荣誉”的中介真正调动起一种内在欲望，那个未被批准的社成了韩全真正渴望、想要的对象。韩全的惭愧、羞愧中包含着一种办社中没有充分激发出来的责任感，但它可能成为接下来投入的动力。正是这个羞愧打动了徐光耀，使他从一个新的角度重新打量韩全。而他自己也感到羞愧，并且是他之前没有意识到的可能的羞愧。此刻的羞愧同样基于对那个未被批准的社所负有的责任，他尚未意识到这个责任已是那么深。这个责任不是完成任务式的责任而是带着感情的责任，羞愧让他看到了这层感情，他也感受到了韩全身上的这层感情。在这种感情的共鸣中他们结成了血肉相连的共同体。同时，也是在感情的共鸣中，他开始树立起韩全作为一个“形象”的存在。丁玲之前关于“深入生活”的论述中一再强调要建立与对象的感情，它才能变成形象，而徐光耀一直苦恼的是，他在工作中不断看到的不足、落后使得他无法真正对他们产生感情。只有当他看到韩全身上发自内心的责任意识时才有了对他产生感情的冲动。与那种基于个人、自我的感情意识连带起的共同体不同，这里感情的激发却是植根于对共同体的认同、责任，似乎是在建立集体认同的过程中，破除了原有的个人、自我，才建立了新的个人感情，在此基础上才会有“新人”的诞生。

韩全固然远未达到“新人”的程度，但徐光耀还是能体察到他的巨大进步：

润芳和韩全的进步是极为显著的。第一，晓得了运用组织……；第二，晓得了大家先从内部研究，心中有数后，再提交大会讨论通过（润芳）；第三，晓得了有事经过酝酿，以便在会上取得支持，不使领导陷于孤立，会场陷于“闷功”境地的艺术……；第四，掌握了多奖励，少批评，必要时一定批评，批评后又须善后——提高情绪的领导才能！群众是在大步前进着啊！我心中甚喜。①

韩全和他的感情也在加深。他在回京过春节之前，韩全和润芳两个社干不约而同一大早蹲在门口送他，让他颇为感动。只是这种感情里面也含着一种让徐光耀警惕的依赖：“他们说，我不在，他们便感到不踏实，没有主心骨似的。我一来，哪怕不说话，他们便把心定下来了。”②直到徐光耀离开段

①2 月 11 日，412 页。

②410 页。

岗前夕，韩全和他的合作社依然不能使他放心、放手，以至于他对社的前途始终难以乐观：

这韩全实在前途不大，骨干太软弱了，轻率地在这儿组织这个社，是一个错误。我尝够教训了！①

在合作化的重点办社阶段，虽然有统购统销等运动式工作的干扰、影响，但办社工作本身是力图遵循理想的群众路线工作方式——面对面、手把手地做群众工作、培养带头人，强调入社自愿，不强迫命令。但是，从徐光耀的经验中反映出来，这样一种耐心、细致的群众工作方式对指导干部的思想素质、品格、修养，工作能力有着极高要求。即便如徐光耀这样的干部也常感力不从心，他一手扶植的合作社也难以达到独立、良好运行的状态。因此，对于重点试办、带动一般、层层铺开的理想状态，许多基层干部并不寄予太大希望，反而盼着用一种全面发动的手段，用群众运动来冲破合作化的胶着状态。所以，当 1954 年 8 月，徐光耀获悉上级将开始以分派任务的方式，采取一种“进攻”式、运动式的手段推动合作化时，他由衷为之欢呼：

（7 月 30 日）得悉秋前有一次大规模的发展合作社，省里要求入社户占总户数的 20%，地委则要求 25%。……要求党员 50% 以上入社，真是大规模的了。首先是党代表大会，然后是建社骨干会议。

只要采取进攻，便可解决很多问题，进攻乃是最好的防御。

只要一进攻，旧社中的问题也会随之取消。

我欢呼这个运动的到来。——柳暗花明又一村啊！②

运动一来，办社中的种种不如意都被归结为资本主义势力的残余、阻碍，一旦发动行政力量从上而下地解决问题，困难都将迎刃而解。以往，对于合作化运动的不断加速，一般都会归结为毛泽东个人的激进与意志贯彻，但从徐光耀此时的心情可以窥见，运动强推的方式未尝不是基层干部所翘首期待而会积极配合的。由此可能带来的“群众路线”的变形，即便是徐光耀这样讲原则的干部似乎也无暇深思、顾及了。这样一种“革命功利主义”的倾向是否意味着在深度融入地方工作之后，徐光耀那种基于理想、原则的政治立

①524 页。

②《徐光耀日记·第七卷》，24 页。

场已在不知不觉中被“任务导向”的现实政治逻辑所“改造”？

1954年中，徐光耀逐渐脱离了让他深感疲惫的段岗村合作社，回到区里工作。办社的挫折使得他对深入蹲点以获得“生活”的方式产生了怀疑。为了对抗挫折带来的“虚无”，他从1954年底开始走访河北各地的合作社，访问那些有名的劳动英雄。其中，给他印象最深的是河北赫赫有名的老劳模耿长锁：

耿长锁的确是个了不起的好人，鲜明的社会主义农民的形象。尤其使我感兴趣的，是他的气质、风格和性格都地地道道是中国的，是中国农民的。禁得住万钧重负，经得住惨痛的折磨；勤奋而诚恳，踏实而谦逊；最富于同情心，又讲信义，忠实于事业，任劳任怨；绝不浮夸，始终虚心；一贯艰苦，不慕奢华。……听他上午2个小时的谈话，我几次涌上眼泪来。我惭愧为什么以往来此的艺术家竟没有把他的面貌真实地介绍给人民，我惭愧以前的中国作家们，竟没有创造出像他这样鲜明的新型农民的形象。

假如我不是背着雄县的包袱，我会长住下来，为他写一部作品，这个人本身就是多么好的一部《政治委员》啊！然而，也许正由于我有了雄县生活的基础，我才能充分地感受他和认识他。假如一下来便到五公，也许我并不能充分估价他的存在也说不定。

雄县的生活，帮助我了解饶阳和五公，五公和饶阳又帮我深化对雄县生活的认识和体会。双方的生活又互为壮大，互为组织，互为诱发。眼里看着饶阳，雄县的韩全、李秋潭、李民等，也在我头脑中生长着。今日见了耿长锁，韩全、凤仪、萧贯中，都成长了、发展了，从一种类型中分裂开来了（韩全、凤仪等死老实、死做法，耿长锁却是软中有硬）。

今日见了耿长锁的冲动，是我下乡来很少有的情形。[①]

采访耿长锁给他的激发使得他重新认识了雄县的办社生活，重新认识了韩全，也调动起久违的创作冲动。但他最终没有把构思已久的《韩全》写出来。他真正的创作冲动还是向着抗战时期他生活中积累的一个个形象，并最终在反右运动后深陷精神困境的情况下，自救式地写出了代表作《小兵张嘎》。是他的“深入生活”还不够吗？是他自身有缺陷吗？还是这一时期的“深入工作”“深入生活”本身就蕴含着诸多难解的矛盾？如何能打开这些矛盾，把它变成我们自下而上地认识这段历史的资源？这是我们仔细审视其

①《徐光耀日记·第七卷》，204页。

“苦恼”的动力。

表面看起来徐光耀 1953 年的“深入生活”是受挫的，但他的日记提供了一种既不同于官方公开宣传报道，又不同于地方档案的经验记录，它构成了一种比地方档案更丰富、更立体的自下而上的经验视角，能够和那种自上而下的革命视角、国家视角形成某种对峙、参照、互补。使得我们不仅能从革命的主观立场去看社会的可能，还能从社会的实际运行状态去看革命的问题。尤其是他笔下那些未经规范书写整理的群众状态、干部状态真实刻画着合作化运动中基层的矛盾构成与行为轨迹、思想逻辑。同时，它也呈现了一个革命者，一个忠实按照革命要求去践行的行动者如何在现实面前遭遇认识的挑战和虚无的侵袭，他又是怎样带着这些困扰和革命意志努力前行的。因此，日记中所记录的那些接连不断、层出不穷的苦恼、挫折特别有一种认识价值，它帮助我们去看到基于理念的行动逻辑与基层现实构成、状况之间的摩擦与磨合，它们共同构成了五十年代革命实践的“现实”。

（程凯：文学博士，中国社会科学院文学所研究员）

中央文学研究所（讲习所）与作家培养

孙向阳

内容摘要：中央文学研究所（讲习所）就是我国第一所专门以培养和扶植文学新人为己任的文学机构，它被人们称为作家培养的“黄埔军校”。它所开展的文学教育工作以及相关文学创作活动，已经成为当代中国文坛的一个不可或缺的组成部分。它对当代文学新人的培养做出的积极努力，对当代作家培养机制的有益探索，对促进中国当代文学的生成与建构，是一种历史贡献，也是一种客观存在。我们在研究中国当代文学的生成与发展时，中央文学研究所（讲习所）这一特有的具有中国特色文学教育机构是不容遗忘的。

关键词：中央文学研究所（讲习所）　文学教育　作家培养　文学生产　文学制度

1949年以后，“新的文学”的建设主要依靠什么来实现，是当代文学建设中的一个难题，也是一个迫切需要解决的问题。由国家层面来创办一所类似于高尔基文学院的专门机构，则在相当程度上回答了如何培养新文学（文化）建构者的问题。中央文学研究所（讲习所）就是我国第一所专门以培养和扶植文学新人为己任的文学机构，它被人们称为作家培养的“黄埔军校”。它不仅仅是一个文学教育机构，也是当代文学创作与研究活动的中心，为当代中国文学的生成与发展做出了不容忽视的贡献。中央文学研究所（讲习所）所开展的文学教育工作以及相关文学创作活动，已经成为当代中国文坛的一个不可或缺的组成部分。

一、中央文学研究所（讲习所）成立始末

早在1949年7月第一次文代会上成立中华全国文学艺术界联合会时，在《中华全国文学艺术界联合会章程》里面就把“积极帮助并指导全国各地区群众文艺活动，使新的文学艺术在工厂、农村、部队中更普遍更深入地开展，并培养群众中的新的文艺力量”①作为一项十分重要的工作任务，并把“筹办文学院”列入1950年的工作计划。②1949年10月24日，就由中华全国文艺界协会创作部草拟了一份《关于创办文学研究院的建议书》，呈送给文化部审批。建议书内容如下：

全国面临着新形势，正如毛主席所指示，文化部的文化建设任务也要增强。思想教育更有重要意义。因此我们建议创办文学研究院。按文学艺术各部门来说，文学是一种基础艺术；但目前我们有戏剧、音乐、美术各学院，恰恰缺少文学院。所以有创办文学院之必要。自五四新文学运动以来，除延安鲁迅艺术学院文学系及联大文学系用马列主义观点培养文学干部而外（经验证明他们是有成就的），一般的文学工作者大都是自己单枪匹马，自己摸路走，这是他们不得已的事情，这是旧社会长期遗留下来的人们的学习方法。至于过去各大学的文学系，也由于教育观点方法的限制及错误，从来很少培养出多少真正文学人才。我们接收以后，教育观点与方法虽然要改，但也不一定能适合培养各种不同条件的文学工作者，不一定适合培养作家。所以，也有创办文学院之必要。

另外，在我党领导下，近十几年来，各地已经涌现出许多文学工作者，有的实际生活经验较丰富，尚未写出多少好作品。有的已经写出一些作品，但思想性、艺术性还是比较低的。他们需要加强修养，需要进行政治上的、文艺上的比较有系统地学习。同时领导上可以有计划地、有组织地领导集体

---

①中华全国文学艺术界工作者代表大会宣传处编，中华全国文学艺术界联合会章程（1949年7月14日中华全国文学艺术界工作者代表大会通过），中华全国文学艺术界工作者代表大会纪念文集，新华书店1950年版，第573页。

②1950年周扬在全国文联四届扩大常委会议上的报告《全国文联半年来工作概况及今年工作任务》，提到了全国文联半年来的工作概况，以及1950的工作任务。其中第二项就是“筹办文学研究所，征调一定数量的有实际工作经验和相当写作能力的文艺青年，加以训练，提高其写作水平”，参见《人民日报》1950年2月13日。

写作各种斗争、奋斗史。……

1949年10月24日[①]

这份建议书，旗帜鲜明地指出了创办文学院的必要性，而且目标指向也非常明确，就是要培养作家，就是要帮助两类青年文学工作者进行提高。不仅要从政治和艺术上组织他们系统地学习，还要组织他们从事集体创作。一句话，要在党和政府的领导下有计划地培养文学人才。至此，正式开启了中国第一所也是唯一一所国家级作家培养构的创办征程。

自从文化部把筹办文学院的工作列入1950年个工作计划，并在报纸上公布后，立即引起了各地青年文学工作者的关注，纷纷写信询问，迫切要求及早创办文学院。1950年3月，经陈企霞执笔，刘白羽、周立波、雷加、艾青、曹禺、赵树理、宋之的、陈淼、碧野、杨朔、何其芳、何仲平等人参讨论和修改，以全国文联的名义呈报给文化部一份《国立鲁迅文学研究院筹办计划草案》（庆祝鲁迅文学院建院五十周年展览档案影印资料）。这份《草案》是一份手写稿，大约3000字，从机构名称、创办目的、学制课程、组织机构和招生计划等方面较为全面地反映了创办文学院的设想和当时想要办一所大型文学培养机构的雄心壮志。最终，因为创办国家文学院的计划过于庞大，转而只好办成一个规模相对较小的文学机构。因此，在1950年4月24日正式以公文形式上报文化部时，《草案》却被压缩为一份字数不多的打印稿。不过，丁玲等筹办者依然把名称坚持写成“中央文学研究院”。后来又采取折中意见，拟定名为“鲁迅学园”。但是，在中国文联收到的中央人民政府文化部办公厅的批复文件中，却是“仍用‘文学研究所’较妥”。其文件内容如下：

“兹接文委会五月三十一日（50）文委秘字五六四号批复称：‘鲁迅学园’名称嫌含混，仍用‘文学研究所’较妥。特此转知。”

待到6月26日中央人民政府文化部正式批复时，名称就是“文学研究所”：

本部为了培养一些较有实际斗争经验的青年文艺写作者及一些从事文学理论批评的青年，业经呈准文化教育委员会及政务院，决定本年内筹办文学研究所，并聘请丁玲、张天翼、沙可夫、李伯钊、李广田、何其芳、黄药眠、

---

①资料来源于庆祝鲁迅文学院建院五十周年展览档案。本章所引庆祝鲁迅文学院建院五十周年展览原始文本资料，除注明出处之外，均来自于此，不再注明。

杨晦、田间、康濯、蒋天佐、陈企霞等十二人为筹备委员组织筹委会并以丁玲为主任委员、张天翼为副主任委员，特此函达。

此致

康濯同志

中央人民政府文化部（盖章）

1950年6月26日

后来，据徐刚回忆，"中央文学研究所"这个名称是反复讨论了几次，最终是由当时的政务院副总理兼文化教育委员会主任郭沫若确定的。[①]

7月6日，中央文学研究所筹备委员会召开第一次会议，拟定筹备工作计划。会上，讨论通过了关于研究人员名额分配的决议和《中央文学研究所筹办计划草案》，并立马抽调有关人员成立了行政、研究人员调集和教学计划大纲三个筹备工作小组，加紧进行各项筹备工作，拟定于10月间正式开学。7月18日，文化部部长沈雁冰签署同意《中央文学研究所筹办计划草案》的批复：

一、《中央文学研究所筹办计划草案》及第一次筹委会会议决议七项照准，望即据此进行。

二、随此附发"中央文学研究所筹备委员会"长戳一枚。

中央人民政府文化部（盖章）部长：沈雁冰

1950年7月18日

9月底，各地选调的研究员（学员）开始陆陆续续报到。10月底，中央文学研究所筹备会根据学员报到情况，初步拟定了一个临时的两个月学习计划，并组织实施。12月1日，中央人民政府政务院第58次政务会议通过了中央文学研究所的任免名单，主任、副主任各一名："主任丁玲，文学家；现任中华全国文学艺术界联合会全国委员会常务委员。副主任张天翼，文学家；现任中央文学研究所筹备委员会副主任委员。"[②]此外，田间任副秘书长，康濯任第一副秘书长，马烽任第二副秘书长，刑野任行政处主任，石丁任教务主任。12月27日，中央人民政府文化部签发《中央人民政府文化部令》

---

①《徐刚访谈》，参见邢小群：《丁玲与文学研究所的兴衰》，河南文艺出版社2013年版，第144页。

②《政务会议通过的各项任免名单》，《人民日报》1950年12月11日。

（〔50〕文秘字第589号）。这份命令，标志了中央文学研究所的正式成立，它直属文化部领导，中国文联协办。

1951年1月8日，中央文学研究所举行了开学典礼，郭沫若、茅盾、周扬、丁玲、沙可夫、李伯钊、李广田等领导出席。“典礼并没有举行什么特别的仪式。在文学研究所的会议室里。在一个很大的斯大林和毛主席的圆形浮雕像前面，几十位研究员和来宾相对着坐在一起。丁玲同志将研究所创办的经过、现在的情况以及今后研究的步骤向大家做了介绍……郭沫若、茅盾、周扬、李伯钊等人发表了讲话。”①

1953年8月4日，中央人民政府文化部正式下发通知（〔53〕文部厅字第597号），“接政务院文化教育委员会1953年7月30日〔53〕文教秘字第626号复函，同意你所改归全国文学工作者协会领导。”至此，中央文学研究所正式更名为中国作家协会文学讲习所，吴伯箫担任所长。业务上划归中国作家协会管理，但是行政上还隶属于文化部。由于吴伯箫还兼任教育部教育出版社社长，实际主持中国作家协会文学讲习所工作的是副所长公木同志。

1957年11月14日，在中国作家协会整风办公室编印的《整风简报》第61期上，刊发了《书记处决定停办文学讲习所》的通报，正式表明中国作协将停办文学讲习所，决定撤销这一文学机构。关于中央文学研究所到文学讲习所的波折以及停办的原因，邢小群的《丁玲与文学研究所的兴衰》等著作已经做了较为详细的研究分析，这里不再赘述。

1980年1月8日，中共中央宣传部批复同意恢复中国作家协会文学讲习所。1984年6月，中国作家协会根据实际需要，决定把文学讲习所改为鲁迅文学院。同年9月，中共中央宣传部批复同意，在文学讲习所的基础上正式组建成立鲁迅文学院。至此，中央文学研究所（讲习所）终于完成历史使命，寿终正寝，退出了中国当代文学历史舞台。

二、中央文学研究所（讲习所）的作家培养实践

中央文学研究所成立后，在招生方面与普通学校有着明显不同，具有较强的针对性。面对当时国家经济基础薄弱和人力资源不足的实际困难，文学研究所竭力精简组织，缩减开支，控制学员名额，不搞大规模招生。初步确定第一批研究人员定额为60名，并对招生研究人员有一定的条件要求。当时的招生方式大致有三种：一是向各地方、部队宣传部门或文联发出通知，请

①白原：《记中央文学研究所》，《人民日报》1951年1月13日。

他们来推荐；二是由知名专家推荐；三是自己慕名寻来，然后被录用。学员招来后，根据学院的基本情况，为高级班和初级班，高级班的学员称为研究员，初级班的学员称为研究生。其中，研究人员的基本条件是：（一）经过一定的斗争锻炼和思想改造，基本上已经确立了革命的人生观，具有相当的生活经验者；（二）具有一定的文学修养，在创作上有所表现，或者在理论批评、编辑、教育、运动组织等方面有某些成绩与经验者；（三）有优秀才能或可能培养的工农兵出身的初学写作者；（四）身体健康，无严重疾病者。比如，第一期第一班（研究员班）录取的52名学员中，就有39人参加过抗日战争、解放战争，有徐光耀、陈登科等28人发表或出版过作品、作品集，也有工人张德裕、董遒相，农民杨润身，童养媳吴长英等。

根据文化部《1950年全国文化艺术工作报告与1951年计划要点》提出的“文研所不只是教学机关，同时又是艺术创作与研究活动的中心，同时也是一个培养能忠实地执行毛主席文艺方针的青年文学干部的学校”[①]的指示精神，中央文学研究所明确了办学定位：不只是教学机关，同时又是艺术创作与研究活动的中心，是一个培养能忠实地执行毛主席文艺方针的青年文学干部的学校。并提出了明确的办学方针：调集经过一定的斗争锻炼、具有一定的生活经验与文学修养，在创作上或理论批评上有某些成绩的文学青年，与具有优秀才能或可能培养的工农兵出身的初学写作者，经过两年的专门学习研究，提高其政治与业务水平，使其能更好地掌握毛泽东文艺方向，进行创作或理论批评工作，为人民服务。

鉴于招收的学员大多数都有一定的修养，又加上没有专职教授与适当的教材，当时就采用了以自学为主、临时组织专家讲授与集体讨论为辅的教学方针。后来，在康濯的调查研究基础之上，综合茅盾、周扬、叶圣陶、郑振铎、胡风、黄药眠、杨晦等领导和专家，以及青年作家们的意见，丁玲最终把教学方针确定为16个字：自学为主，教学为辅；联系实际，结合创作。[②]这就是后来人们常说的“十六字”教学方针。中央文学研究所又根据这样的办学定位和办学方针，拟定了基本的教育原则和教学内容。“第一，强调政治学习，学习理论，学习马列主义、毛泽东思想。第二，强调学习历史，学习‘五四’以来新文学的战斗传统，研究自己民族的艺术遗产，批判吸收其中优良的部分，发展我们的新文艺。第三，强调实践，发扬《在延安文艺座

①中央人民政府文化部：《1950年全国文化艺术工作报告与1951年计划要点》，《人民日报》1951年5月8日。

②参见邢小群：《丁玲与文学研究所的兴衰》，河南文艺出版社2013年版，第48页。

谈会上的讲话》以来人民文艺的伟大成就，加强思想改造，在生活实践与创作实践中，进一步贯彻毛泽东文艺思想。”①

其实，从 1950 年 10 月开始，到 1951 年 1 月 8 日中央文学研究所正开学，已经拟定了一个临时的两个月学习计划，并按此计划组织实施。其学习计划的详细内容为：“甲、政治学习：《辩证唯物主义与历史唯物主义》每日有课，临时穿插时事学习；参考书有《新哲学大纲》《大众哲学》等。乙、业务学习：1. 作品研究——《阿 Q 正传》《永不掉队》。张天翼、萧殷分别作辅导报告。2. 专题报告——胡风作‘关于读文艺作品问题’的报告，丁玲作‘关于创作与生活问题’的报告，刘白羽作‘关于部队创作问题’的报告。3. 写作——要求学员都有写作计划，并组织写作计划的专题座谈会。”②就中央文学研究所的学习内容以及学习时间的大致安排问题，第一副秘书长康濯曾向《文艺报》记者苏平作过较为详细的介绍，“学习的内容中，政治学习包括马列主义的基本知识，毛泽东思想，和有关当前国家建设的各种政策，时间占总的学习时间的百分之十六。业务学习包括有新文学史、中国文学史、文艺学、苏联文学、名著研究、作品研究、作家研究等，时间占百分之五十三。另外写作实践占总时间百分之三十一。”③这样一来，第一期的主要课程内容就基本上定下来了：政治、文艺理论、中国古典文学、“五四”以来新文学、中国新文学专题报告、“文艺学”与文艺学习问题、文艺思想与文艺政策、苏联文学、作家谈创作经验报告、中国革命史、近代世界史。

第二期学员赵郁秀完好保存了当年的笔记和讲义。她在《我们的队伍向太阳》这篇文章中回忆道，中国古典文学，除了郑振铎讲授文学史之外，这中间还穿插有：李又然讲《诗经》，游国恩讲《楚辞》和白居易，冯至讲杜甫，阿英讲《元曲》，宋之的讲《西厢记》，冯雪峰主持《水浒》的学习研讨总结。中国现代文学，李何林讲“五四”以来新文学发展道路，艾青讲“五四”以来的新诗，严文井讲“五四”以来的散文，吴组缃讲茅盾的小说，黄药眠讲郭沫若的诗歌，陈荒煤讲电影创作，柯仲平讲解放区文艺，康濯讲丁玲和《太阳照在桑干河上》，冯雪峰讲鲁迅的小说，胡风讲鲁迅的杂文，孙伏园讲鲁

①柴章骥、蔡学昌：《中央文学研究所创办录》，《新文化史料》1992 年第 1 期，第 58 页。

②柴章骥、蔡学昌：《中央文学研究所创办录》，《新文化史料》1992 年第 1 期，第 57 页。

③苏平：《访问文学研究所》，《文艺报》1950 年第 3 卷第 4 期（12 月 10 日），第 34 页。

迅生平。西方文学，杨宪益讲古希腊神话、史诗、戏剧，冯至讲歌德的《浮士德》，吴兴华讲文艺复兴文学、《威尼斯商人》和《神曲》，叶君健讲《堂吉诃德》，杜秉正讲拜伦的诗，蔡其矫讲惠特曼的诗，陈占元讲巴尔扎克，高名凯讲《欧也尼·葛朗台》，赵萝蕤讲《特莱瑟》，张道真讲《约翰·克利斯朵夫》，孙家琇讲《奥瑟罗》《李尔王》，曹禺讲《罗密欧与朱丽叶》，卞之琳讲《哈姆雷特》，吕荧讲《仲夏夜之梦》。俄苏文学，李何林和彭慧讲苏联文学概况，张光年讲《大雷雨》，潘之汀讲契诃夫，方纪讲托尔斯泰，冯雪峰、肖殷等很多名家讲法捷耶夫、伊沙科夫斯基及苏联电影创作，等等。①

在通过课程教学提高学员文学理论水平和文学素养的同时，中央文学研究所还实行导师辅导制，给每一个学员指定专门的写作辅导老师，帮助学员写作水平的提高。每一位导师辅导学员人数不等，据情况而定（见表一）。这种专人辅导的培养方式，针对性强，效果十分明显。也充分体现了国家对于培养新的文学才人的高度重视。

表一　中央文学研究所第二期作家辅导学员一览表

辅导教师	学员
丁玲	李涌　谷雨（峪）　羽扬　张凤珠
张天翼	刘超　邓友梅　孙肖平
康濯	漠男　李中耀
马烽　西戎	王惠敏　谭谊　李强　郭延萱　缪炳林
赵树理	钱峰　唐仁钧　周基
刘白羽	刘大为　周行　董晓华　赵忠
严文井	申德滋　刘真
光未然	魏连珍　张朴　金剑　苏耕夫　颜振奋
宋之的	胡海洋　赵郁秀　缪文渭　白艾　白刃
陈白尘	王丕详　李宏林　贺鸿钧　李赤　肖慎
艾青	吕亮　张志民　孙静轩　刘超
田间	和谷岩　胡查尔　苗得雨

①赵郁秀：《我们的队伍向太阳》，见《文学的日子——我与鲁迅文学院》，鲁迅文学院 2000 年编印编，第 365—375 页。

此外，中央文学研究所的培养理念或者说教学传统还有一点值得特别关注。就是学员在课堂学习之余，还开展了许多研讨、社会实践等活动。这是文学研究所的办学特点之一。这一特点，一直延续到了现在的鲁迅文学院。据《中央文学研究所第一学季学习情况与问题（1951 年 1 月到 4 月）》统计，“第一学季从 1 月开始，到 4 月为止，在政治学习方面，阅读与讨论了《实践论》和《马恩列斯思想方法论》（程度低的读《大众哲学》）。组织了几次关于《实践论》的报告和讨论……此外，这一学季还组织一些各种报刊上重要文章的学习，以及十余次电影、戏剧的鉴赏与学习，4 月间，并开始进行批判电影《武训传》的讨论。这一学季，在创作上，正式开学以前和旧历春节的时候，组织了大部分同志，短期下去，采访了一些材料；在镇压反革命运动中，也组织过一些采访。”[①]

在社会实践活动方面，除了经常组织常规性的实习活动以外，文学研究所还积极组织学员进行大规模的深入战斗前线和厂矿企业，到实践中学习提高。比如，1951 年 8 月至 12 月，全体研究员班学员就被临时组成八个小组，分别赴朝鲜前线，东北及京津一带工厂，河北、山西两地的老区，并有部分同志奔赴新区参加土改。到朝鲜前线去的学员就有徐刚、徐光耀、陈孟君、兰占奎、陈亦絮、胡昭、张德玉、高冠英、王谷林等。与此同时，中央文学研究所还响应中国人民抗美援朝总会关于捐献飞机大炮的号召，发起捐献鲁迅号飞机。丁玲当场捐献稿费五百万元，周立波捐献一百五十万元，康濯捐一百万元，马烽捐一百万元。全所与会者八十余人，当场就有三十七人共捐献人民币一千二百余万元。[②]这一善举，充分展现了中央文学研究所的社会责任和担当精神。

三、中央文学研究所（讲习所）的作家培养成效

从 1950 年 10 月到 1957 年 11 月，中央文学研究所（讲习所）共开办七年，先后开设四期五班，培养了 286 名学员。加上 1980 年文学讲习所恢复后又开办的四期，一共培养学员 454 名。

---

①《中央文学研究所第一学季学习情况与问题（1951 年 1 月到 4 月）》，《文艺报》1951 年第 4 卷第 7 期（7 月 25 日），第 4 页。

②《中央文学研究所发起捐献鲁迅号飞机——丁玲周立波等当场捐献稿费》。参见《文学的日子——我与鲁迅文学院》，鲁迅文学院 2000 年编印编，第 476 页。

如果单从新人培养的成效来看，中央文学研究所（讲习所）不但继承了延安鲁艺艺术人才的培养模式，而且综合了苏联高尔基文学院的办学优势，为新中国的文坛输送了一大批共和国作家和文艺干部。从1984年统计的文学研究所第一期到第四期培养的学员情况看，在全国作协、文联的干部有18人，约占总人数的7%；任省文联、作协主席副主席的有61人，约占23%；任全国刊物、出版社正副主编的有19人，约占7%；任省级刊物主编、副主编的有38人，约占14%；专业创作人员36人，约占11%；教授研究员11人，约占4%；其余为编辑、教授、记者、离休干部、工人、农民28人等。[①]从中央文学研究所（讲习所）创办的结果看，知名作家较少，文艺干部较多，其运行结果和体制的需要基本上是一致的。

虽然中央文学研究所培养出来的知名作家不多，但是这一期学员的创作实绩还是有目共睹的。据统计，中央文学研究所从开学后不久到第一学季结束，“这一学季，除两个同志外，都写了东西，数量达一百一十七篇（共文六十六万余字，诗八千二百多行）包括小说、散文、报告、故事、剧本、电影小说、诗、鼓词、评论等形式，在内容方面，直接反映当时三大任务的共二十七篇，其余也大多与当前政治任务有关。这些作品，到五月底止，发表了三十四篇（文约十万余字，诗一百八十八行）。”[②]此外，第一期一班学员马烽的小说和电影剧本《结婚》、张学新等的话剧本《六号门》、徐刚反映志愿军生活的小说《女护士陈敏》、段杏绵的儿童文学《新衣裳》、陈登科的长篇小说《淮河边上的儿女》等作品都是在研究所学习期间写作发表或出版的。工人出版社还于1951年6月为这期师生编辑出版了一套《收获文艺丛书》。[③]第一期二班学员龙世煇（辉），在人民文学出版社当编辑时，在成堆

① 参见邢小群：《丁玲与文学研究所的兴衰》，河南文艺出版社2013年版，第90—91页。

②《中央文学研究所第一学季学习情况与问题（1951年1月到4月）》，见《文艺报》1951年第4卷第7期（7月25日），第4页。

③《收获文艺丛书》由收获文艺丛书编辑委员会编辑出版，出版时间为1951年。丛书收录了田间的《一杆红旗》、路工（叶枫）的《煤山上》、邢也（邢野）的《不上地主当》、方立（李方立）的《步步登天》、李纳的《煤》、董伟的《小秋爱劳动》、刘艺亭的《八月家书》《前程万里》、王血波和张学新执笔的《六号门》、刘德怀的《夫妻关系》、陈森的《工长》、葛文的《一封信》等12部作品。其中，田间是第一期秘书长、路工是教学研究组教师、邢（野）是副书记兼行政处主任、方立是第二班副主任，其余的全部是第一期学员。

的来稿中发现了曲波的《林海雪原》。该书出版收到了广大读者的热烈欢迎，被誉为优秀的长篇小说，后来还成为“红色经典”。第二期女学员刘真文学程度较低，入学后刻苦学习，虚心求教，在严文井老师的指导下写出了短篇小说《春大姐》、中篇小说《我和小荣》。后来，人民文学出版社还出版了她的小说集《长长的流水》。与刘真同一期的学员董晓华写出了电影剧本《董存瑞》，和谷岩写出了小说《枫》，谷峪写出了短篇小说《一件提案》等。“据不完全统计，这期学员在学习期间共发表了评论文章18篇，小说52篇，散文13篇，戏剧和电影剧本16部，共184万字，另有诗4500行。”[①]（见表二）

表二　中央文学研究所（讲习所）学员学习成果统计表

期数	人数	代表学员	成果统计	备注
第一期第一班（研究员班）	52人	马烽、王血波、李纳、陈登科、徐光耀、胡正、张学新、徐刚、张德裕、吴长英、段杏绵、杨润身、胡昭等	小说、散文、戏剧约150万字，诗歌14000行	工人出版社出版《收获文艺丛书》一套
第一期第二班（研究生班）	25人	张凤珠、刘真、龙世辉（煇）、毛宪文、曹道衡、颜振奋、钱锋等	（未见数据统计）	这期学员大多数是北京大学、复旦大学等6所高校的应届毕业生，后来大部分学员走上了文学编辑岗位
第二期	45人	梁斌、邓友梅、张志民、董晓华、苗得雨、白刃、玛拉沁夫、谷峪、和谷岩、胡尔查等	小说52篇、散文13篇、评论18篇、戏剧和电影剧本16部，共184万字，诗歌4500余行	

①中国作家协会文学讲习所教务处编：《中国作家协会文学讲习所同学录》（内部资料），第4页。

续上表

期数	人数	代表学员	成果统计	备注
第三期	61人	吉学霈（沛）、李学鳌、胡万春、流沙河、张有德、阿凤、胡景芳、钟艺兵、朋斯克、谢璞等	（未见数据统计）	这期学员来自第一次全国青年文学作者大会代表，共61人
第四期	103人	林元、苗风浦、刘岱、刘翠林、沈毅、李孟昭、韦丘、庞嘉季、胡维汉、康志强等	（未见数据统计）	这期是文艺编辑班，共103人，是人数最多的一期
第五期	33人	王安忆、孔捷生、蒋子龙、古华、叶辛、叶文玲、张抗抗、贾大山、韩石山等	中、短篇150多篇，500多万字	小说创作班
第六期	43人	乌热尔图、尕藏才旦、格力登、马犁、于富（伊德尔夫）等	中短篇小说、散文、诗歌等340多篇，约330万字	少数民族文学创作班，来自19各少数民族
第七期	48人	高洪波、巴兰兰、潘自强、钟高渊、刘战英、李宽定、袁和平、袁敏、秦文玉、韩志君、肖建国、李剑、宋学孟等	评论约260多篇、130多万字，中短篇小说和诗歌等410多万字	贵州人民出版社出版中国作协文学讲习所第七期中篇小说选两集（《白天鹅》《山月儿》）
第八期	44人	邓刚、赵本夫、刘兆林、唐栋、乔良、姜天民、朱苏进、贺晓彤、储福金、李发模等	（未见数据统计）	这批学员既是文学讲习所的最后一批学员，又是鲁迅文学院第一批学员

注：此表数据主要来源于中国作家协会文学讲习所教务处编《中国作家协会文学讲习所同学录》（内部资料）。数据统计截止时间为 1984 年 9 月。

可以这样说，中央文学研究所（讲习所）在 1949 以后的文学新人培养和作家队伍建设方面，取得了十分显著的成绩，做出了十分重要的贡献，无愧于文学界的"黄埔军校"这个美誉。

鲁迅文学院在纪念建院 50 周年时，举办了一个成果展览。其中，专门列

表展出中央文学研究所（讲习所）学员在 1950—1966 年间的代表作品。（见表三）

表三 文学研究所和文学讲习所学员1950—1966年的代表作

作家	作品	体裁
徐光耀	《小兵张嘎》	电影剧本
邓友梅	《在悬崖上》	小说
马烽	《结婚》 《三年早知道》 《我们村里的年轻人》	小说 小说 电影剧本
董晓华	《董存瑞》	电影剧本
梁斌	《红旗谱》	小说
邢野	《平原游击队》	剧本（后改编成电影剧本）
刘真	《春大姐》《我和小荣》	小说
李纳	《明净的水》	小说
和谷岩	《狼牙山五壮士》	电影剧本
谷峪	《一件提案》	小说
陈登科	《风雷》	小说
王雪波 张学新	《六号门》	剧本
玛拉沁夫	《草原上的人们》 《草原晨曲》 《敖包相会》	电影剧本 歌词 歌词
白刃	《兵临城下》	电影剧本
郭梁信（梁信）	《红色娘子军》	剧本
朱祖贻	《甲午海战》《赤道战鼓》	剧本

从列表中的作品可以看出，大部分作品都是中国读者所耳熟能详的，许多还被公认为“十七年”的“红色经典”。或许有人会认为，上面这些成就

相对于四期五班286名毕业学员而言，“成果实在是少得可怜”，[①]但不容否认的事实是，确有不少学员在中央文学研究所（讲习所）里，理论水平得到了提高，创作实践能力得到了增强。更为重要的是在那里受到了文学的熏陶，使他们日后走上文坛成一名真正的优秀的作家奠定了坚实的理论和实践基础。换句话说，中央文学研究所（讲习所）为他们的学习和创作提供了良好的环境，使不少作家的创作从不自觉转化为自觉行为。后来使梁斌声名鹊起的成名作《红旗谱》，就是在中央文学讲习所这样的学习环境下产生创作灵感并开始创作的。[②]

中央文学讲习所第二期学员、后来成长为中国当代知名诗人和国家一级作家的苗得雨的一段深情回忆，颇能代表中央文学研究所（讲习所）学员的心声：

作为一个文学创作者，文讲所两年学习，是一个重要阶段，是使我的创作由不自觉到自觉的阶段……在那么多专家、学者指导下，有那样的环境与条件，读了那么多书……明白了文艺是怎么回事，知道了中外文学史、知道了许多重要作家的情况和他们的经验。也便自然而然地总结自己，回顾以往，知道了哪些作品好是怎么写好的，没写好又是为什么没写好的……在文学上，经过“科班”和不经过“科班”是不一样的。都说不上大学一样当作家，那是因为文艺是写生活，作者也可以自学成才，但能够“上大学”，还是上好。我是终生得益。[③]

小　结

朱靖华在接受邢小群采访时，曾这样说过：“我认为中央文学研究所的创办是一个喜剧，也是悲剧。包括学员和工作人员在内，开始是个喜剧，后来就是悲剧。”[④]朱靖华先生作为一名中央文学研究所（讲习所）兴衰的见证

---

①张柠：《再造文学巴别塔（1949—1966）》，广东教育出版社2009年版，第92页。

②参见毛宪文：《访梁斌在讲习所》，见《文学的日子——我与鲁迅文学院》，鲁迅文学院2000年编印编，第97—98页。

③苗得雨：《文学一、二期“黄埔”——文学讲习所回忆》，《名作欣赏》2010年第25期，第93页。

④邢小群：《朱靖华访谈》，见《丁玲与文学研究所的兴衰》，河南文艺出版社2013年版，第228页。

者和亲历者，他用生命体验得出这样一种渗透着当代文坛风云际会和个人命运跌宕起伏的“悲喜滋味”，既带有一丝历史悲情色彩，也让“历史在这里沉思”。

从 1950 年 10 月筹办到 1957 年 11 月停办、从 1980 年 1 月恢复招生到 1984 年 9 月更名为鲁迅文学院，中央文学研究所（讲习所）一共走过了 11 年多的办学历程。在这断断续续的 11 年多时间里，一共举办了 8 期学员培训班，[①]培养了学员 454 名。期间，有过辉煌，也遭遇过“滑铁卢”，[②]历史功过自有评说。但不管是喜剧还是悲剧，中央文学研究所（讲习所）这个专门培养作家的文学教育机构都是一种客观的历史存在。它对当代文学新人的培养做出的积极努力，对当代作家培养机制的有益探索，对促进中国当代文学的生成与建构，都是一种历史性的贡献，这是不争的事实。

换句话说，当我们在研究中国当代文学制度时，作为文学生产机制中的重要一环，文学机构对作家培养所做出的努力与探索是不能忽视的。当我们在研究中国当代文学的生成与发展时，中央文学研究所（讲习所）这一特有的具有中国特色文学教育机构也是不容遗忘的。而丁玲作为创始人，她对当代文学新人的培养做出的积极努力，对当代作家培养机制的有益探索，对促进中国当代文学的生成与建构，都是一种历史性的贡献，这是不争的事实。

（孙向阳：铜仁学院教授，南京大学博士，硕士生导师）

①1980 年 1 月 8 日，中共中央宣传部批复同意恢复中国作家协会文学讲习所后，又举办了小说创作班、少数民族文学创作班、编辑及评论班三期，第八期学员因为 1984 年 9 月文学讲习所更名为鲁迅文学院而自然进入鲁迅文学院学习。因此，有人说中央文学研究所（文学讲习所）一共只开办了七期半。

②这是借用邢小群的说法。她在《丁玲与文学研究所的兴衰》一书中称“文学研究所成了丁玲的‘滑铁卢’”。

1979年前后丁玲的言行、心态及若干史实

——以一封书信为中心

张元珂

内容摘要：本论文主要依据新发现的丁玲的一封轶信，并结合已发表的书信，再次对丁玲与历史的纠葛、在逆境中的心理状态，以及晚年的言行，做深入研究。同时，该信还具有重要的文献价值，不仅有助于厘清《战地》的创刊过程、编务活动及文艺宗派关系，还为解读1940年代延安纪念萧红事件提供了崭新视角和内容。

关键词：丁玲　《战地》　萧红　文艺宗派　非常规言行

祖林：

关于“战地”蒋锡金可能只知一面，“战地”那时在武汉出版，是党在领导的，凯丰都叫我去谈判过。“战地”是周扬等想方由舒群去办的，而利用我的名字，目的有压倒胡风的七月的意思（这只能是揣想，无证据）。胡风是讨厌“战地”的。曾写信给我说我为人利用。吴奚如是文学领导小组，但吴是偏袒胡风的，也写信给我说我对舒群是轻信的。后来我声明不偏了，舒群自然无法维持。这都是内幕。我们不能讲许多没有证据的事和话。

蔡文我已于上信说明。

追悼肖红文，是姜德明写的。据说此人还好。他写文章是在去年修稿时，亦在今年三月。那时是不敢提丁玲的，不见得是有心。比如，新主编作家词典，关于丁玲一栏全是贬词。可是他们找到我这里检查他们自己，说是会根据林默涵去年“人民文学”五期上讲的格调写的。他们年青，不懂，这群人

还是很好，今年我去他们学校和外国学生座谈，就是他们再三再四来请。这次座谈会只有我和冰心（自然是陪衬，反响也不大）他们还写了文章，只是杂志未用。我们不要冲动。这种事主要是那群阴谋家。我们一生气，抓住出面的人，也就要上当的。

我的意见可以由你或别人以丁玲读者、研究丁玲的人出面为妥。因为看见文史上的材料故而询问我，由我答你们信，你们再去信提意见（语气不要急）。建议他们最好忠于史料，不要道听途说，特别是关系到55年—57年等被错误批判过的人和事，必须多方对证、核实，否则不只是不能反映真实历史，而是歪曲历史，混淆是非，以讹传讹，给研究者以困难，误人误事，希望他们严肃认真对待史料。

史料主持人原是黄沫，现是牛汉，牛汉原是胡风分子，冯夏熊也是熟悉的。不会是有意贬低我；因为历史已经被那群人搞得是非颠倒，而我近十年都坐在被告席上，只有诬谣，没有辩白，因此在人们脑子中早已歪曲得不像样子，现在，只要不写你，就是好人。事情还有得斗咧，些许小事，我是不愿动辄出面争吵的。第一拿硬货。第二，以轻松的回忆形式嬉笑怒骂。困难的就是我的时间与精力。叔叔的笔头不快，他能帮我考虑一些问题，帮我修改文章，当不能帮我写。打官司已由他全盘包办，就减轻了我的一大包袱。又要处理日常各方面的问题，事物（务）多，也就够乱的。

关于姜德明，可以说两句，他是人民日报文艺栏报馆人物，对延安追悼肖红自然是翻阅过报纸资料的，为什么不据实引用，而自作聪敏。开追悼会是延安文艺界、文协负责人，自然有我，肖军比较了解肖红，故做长篇发言，何其芳、周立波与肖红毫无关系，无非官样文章，不得不去，而现在凡是要列名单时，他们总占得主要位置。如这次周扬的报告草案中，提到被迫害的名单就是何其芳、冯雪峰……柯仲平连个名字也没有，不只是对我，而是山头与非山头的关系。文艺界从二十年代来就是搞宗派，但那时大家都无权，一到有权后就有计划的消灭异己，凡不拜老头子，不入伙的都在打倒之列，自然有轻重不一。权是厉害的，有人害怕，不能不看权者的眼色。即使原是好人，也要逐渐捲进去的，因为你要生存，你要工作，心有悸（不是余悸）是常理。我们要了解，问题不在小民，而在官。对小民要求可以松些。文艺界从延安起就是少数弄权，五七年是高峰。现在又卷土重来了，死灰复燃，以后还要厉害。不过困难重重，小民之中有觉悟的，有感于言者。（但也有不少人又看风跑过去了，趋炎附势。找真朋友，找真的战士，是很难的。现在缺少一个像雪峰那样的人，或更有魄力更为全面的人。胡风是有魄力的，但他有私心，不同于雪峰。）我是一个搞创作者，对运动，对理论都是无法同他们斗的。保卫自己都不易。哪能同这一群诡计多端、党羽众多的人斗争呢？不是不为党出力，实有心无力，无能为也。

有些老人，不是不了解，实在心力俱碎，亦徒叹气而已。这个人似亦无真心者。我又不愿多在此等书中多花精力与时间，有时也迫不得已，只好看破红尘自己修行算了。

十八日，我的发言还未动笔呢，只写了一个开场白。

妈　妈

这是一封丁玲写给蒋祖林的信，共六页，1559 个字，写在"人民文学专用稿纸"上，现保存于中国现代文学馆手稿书信库（编号：DXDX003297），该信由陈明捐赠，钢笔书写。落款为"妈妈"，无写信日期，但根据信中"……会根据林默涵去年'人民文学'五期上讲的格调写……"这段话，可推知应是 1979 年。因是母子之间的私人通信，丁玲在信中可谓话无遮掩、应说尽说，且话语直指重大文艺事件。最新版的《丁玲全集》第 11、12 卷为书信卷，不知是编者的疏忽，还是有意排除，这封书信未收入其中，但其价值实在不容低估。它不但有助于深入推进丁玲及相关历史的研究，还有助于解决一些悬而未决的文艺问题。

一、丁玲、"西北战地服务团"与《战地》之间的关系

有关《战地》，《中国现代文学期刊目录汇编》是这样介绍的：

《战地》，文艺半月刊。一九三八年三月二十日创刊于汉口。署名丁玲、舒群合编，实际丁玲当时不在汉口，由舒群单独编辑，战地社发行，上海杂志公司总经销。同年六月五日出至第一卷第六期停刊。共出六期。十六开本。

《战地》是抗日民族统一战线形成后，八路军总部派舒群在汉口创办的文艺刊物。舒群到汉口前曾绕道延安集稿，所以刊物前两期发表的延安稿件较多……①

我们再看看专家学者们怎么说的：

蒋锡金："这个刊物的所以名为《战地》，乃是由于它最初是用以丁玲

① 唐沅、韩之友、封世辉等 6 人联合主编：《中国现代文学期刊目录汇编》（下），天津人民出版社 1981 年版，第 1968 页。

为团长、舒群（似乎还有周立波同志，因为听史沫特莱说起这个团体时，总是把‘舒群立波’联在一起说的）为副团长的‘西北战地服务团’的名义来创办的。”①

李华盛、胡光凡：“《战地》半月刊虽然是以丁玲、舒群的名义合编的，并取名为《战地》，但它却不是以‘西北战地服务团’的名义创办的。‘西北战地服务团’的团长是丁玲，副团长是吴奚如，舒群和周立波都不是‘西北战地服务团’的成员，当然谈不上是它的副团长。史沫特莱之所以总是把‘舒群立波’两人的名字联在一起说，大概是由于他们两人曾一起在华北前线做战地记者，与史沫特莱同住在八路军总部，常常一起去前线采访，接触较多的缘故。……创办《战地》半月刊是任弼时同志在八路军总部决定的。……”②

朱星男说：“《战地》就是西北战地服务团编辑的一个刊物。至于由舒群编辑的《战地》可能是另一种刊物，不能说《战地》是谁办的或‘不是’谁创办来代替事实，况且西北战地服务团创办的《战地》一九三七年八月即出刊了创刊号，而舒群创办《战地》是在一九三八年三月，这两者不能混为一谈。”③

《中国现代文学期刊目录汇编》、李华盛与胡光凡，完全否认《战地》与西北战地服务团之间的关系，蒋锡金、朱星男直接肯定《战地》就是西北战地服务团编辑的刊物，但朱星男认为“由舒群编辑的《战地》可能是另一种刊物”（注意：他用了“可能”一词）。

很显然，学界有关《战地》的认识是存在重大差异的。如何看待上述四家说法呢？其实，关于《战地》，一直以来就存在的争议点主要是：《战地》是以西北战地服务团的名义创办的吗？《新中华报》上的《战地》（创刊号）与舒群创办的《战地》是同一家刊物吗？对这两个问题的不同回答，正是产生上述不同说法的根本原因。

关于舒群在武汉创办《战地》的经过，丁有详细介绍：

1937 年冬或 1938 年初，西北战地服务团随八路军总部驻在洪洞万安镇一

①蒋锡金：《“左联”解散以后党对国统区文艺工作领导的亲历侧记》注释，《新文学史料》，1979 年第 4 辑。

②李华盛、胡光凡：《〈战地〉不是以“西北战地服务团”创办的》，《新文学史料》，1981 年第 1 期。

③朱星男：《关于〈战地〉》，《新文学史料》，1981 年第 2 期。

带。舒群、周立波以记者身份至八路军总部。舒群曾来西北战地服务团住了几天。那时西北战地服务团有一个油印刊物《战地》，登载本团团员们反映战地生活的短小的文艺作品和通讯报道。常感篇幅太小，刻钢板、油印等又太繁杂，很想能有铅印条件。舒群建议他返回后方时，路经西安，可以同西安的报纸商量，作为附刊，每周出版一张，稿件由我提供，他在西安为我们编排校印。西战团团员都觉得这样很好。舒群和我都以为这事应经过总政治部批准。于是我和他两人同去总部，向任弼时同志汇报。任弼时同志同意，并且决定，如能出版，仍用《战地》名义，由我主编，舒群副之。这样，舒群就走了，并带去了几篇稿件。

武汉《战地》是由舒群一手操办的，丁仅是挂名主编，并没参与实际的编辑活动，但后来在武汉出版的《战地》违背了丁的初心。丁觉得“受了欺骗”，非常“愤懑”：

四月间吧，忽然收到舒群寄来的十六开本《战地》月刊。封面署丁玲　舒群主编（大致如此）。一看目录，全是大块文章，无一篇西北战地服务团的文章，也看不出与西北战地服务团有什么联系。不少团员有意见，我个人也有受了欺骗的愤懑情绪。随后我收到舒群来信，说他到了延安，把我们出刊物的事向周扬、艾思奇说了，他们意见要在武汉出大型月刊，并给了他一些文稿。舒群便以他们的这一授意与介绍，到武汉联系，由叶以群同志介绍，在一家书店出版。这实际与我们西北战地服务团毫不相干，但却又借用了“丁玲”与“战地”的名义。我那时连文章内容也没有看。只知道有艾思奇与周扬的文章，其它还有些什么，我也未注意。……我即刻给舒群去信，请他免去我的主编，我对《战地》不能负责。信去后还未接到复信时，第二期又寄到了，仍是由他自己找来的文章，无一篇我们“西战团”的。我便写了一封信给叶以群，说明这个刊物与我无关，希望他向书店说明，以后不要用我的名义。否则，我将公开发表声明。这时舒群在武汉，请凯丰同志致电西安林伯渠并转我，要我去武汉商量。我在西安把详细情况向林老汇报清楚，说我不去。林老同意我的意见，并复电给凯丰。舒群为此来了一封信，把我骂了一顿，可是《战地》寿终正寝了。[①]

至此，可以得出如下结论：《战地》是任弼时倡议的、由西战团主办的

① 《丁玲文集》第10卷，湖南文艺出版社1995年版。

油印小报；1937 年 8 月 19 日，《战地》正式创刊，创刊号随《新中华报》一起发行；但《战地》不是《新中华报》的副刊，而是独立刊物（上有“西北战地服务团出版”字样）。因此，认定《战地》是以“西北战地服务团”名义创办，是合乎历史事实的。而且，从渊源上来说，两者之间的承继关系是不能否定的，因为作为“西战团”主任的丁玲依然是挂名主编，副主任吴奚如是重要编辑。“一九三七年冬，我在山西，舒群和我商定，把西战团的油印小报《战地》拿到西安铅印出版，由我主编，舒群副主编，并呈请总部任弼时批准。此后舒群从山西到延安，到武汉，并未征得我同意，也没再度请示任弼时同志批准，擅自改在武汉出版《战地》月刊。……后来，舒群为此写信到西安向我解释，说《战地》改在武汉出版，是他到延安和周扬商量，由周扬同志等决定的。”[①]由此可推定，舒群在武汉主办的《战地》与“西战团”的《战地》存在渊源关系。

其实，丁玲这封信的更大价值并不在于揭示二者是否存在渊源关系，而是首次揭示了《战地》编辑部“内幕”以及胡风与周扬、《七月》与《战地》之间可能存在着的紧张对立的关系。“‘战地’是周扬等想方由舒群去办的，而利用我的名字，目的有压倒胡风的七月的意思（这只能是揣想，无证据）。胡风是讨厌‘战地’的。曾写信给我说我为人利用。吴奚如是文学领导小组，但吴是偏袒胡风的，也写信给我说我对舒群是轻信的。后来我声明不偏了，舒群自然无法维持。这都是内幕。我们不能讲许多没有证据的事和话。”在此，丁玲所言是否完全属实，尚有待进一步考证，但她提供这条信息着实重要，对深入研究自延安以来的文艺宗派关系及其期刊社团的运营状况，都是大有裨益的。

二、延安悼念萧红活动中的一些细节

1940 年代，不论国统区还是延安解放区，悼念萧红都是文艺界的一件大事。萧红与鲁迅的关系、萧红的文学成就，以及作为文化事件的“萧红之死”，不仅都能与启蒙、救亡话语联系在一起，还很容易被纳入政治意识形态阐释的渠道。就延安文艺界来说，作为中共中央机关报的《解放日报》曾先后刊载了萧红病逝消息以及召开悼念活动的通知：

---

① 丁玲：《致中共中央组织部》，《丁玲全集》第 12 卷，河北人民出版社，2001 年版第 94 页。

【本报桂林讯】据《广西日报》专访，女作家萧红于香港沦陷后，未几即病逝！萧氏原患肺病，港战时奔走避难，病势转剧，且贫病交加，竟尔不治，按萧氏著有《生死场》《回忆鲁迅先生》《马伯乐》等书①。

追悼萧红同志启事②

兹定于五月一日（星期五）下午二时假兰家坪文抗—作家俱乐部举行追悼女作家萧红同志大会敬希各界届时参加特此通知。

文艺月报社　解放日报文艺栏　部队文艺社　诗刊社　谷雨编辑委员会

1942年5月1日下午，延安文艺界50多人在兰家坪“文抗”作家俱乐部举行了悼念萧红活动。这50多人分别代表了延安各个文艺团体。1942年6月4日，重庆《新华日报》对之做了报道：

（延安通讯）女作家萧红在港因贫病交加及受敌摧残而致死，恶耗传来，此间人士深切哀悼。留延文化界人士，特于五月一日下午二时，假文抗作家俱乐部举行追悼会。参加者有文抗，边区文协、文艺月报社、草叶社、谷雨社、解放日报文艺栏、部队文艺社、诗刊社及鲁艺等团体。作家及文化艺术工作者有丁玲、萧军、舒群、艾思奇、周文、立波、塞克、何其芳、艾青、罗烽、柯仲平、白朗、陈企霞、公木等五十余人。会场壁上悬挂萧氏画像，由丁玲主席并致开会词，萧军报告萧氏生平及其著作，语多亲切而沉痛。舒群谓萧红今年只有三十二岁，正当年少力壮，发展事业的时期。然而她却离开我们长逝了。周文、何其芳于致悼词中特别强调作家的团结，周文说：人在生时，常多隔阂，及至死后，大家才说好。这种生前与死后的不同的看待，应该首先从文艺界加以清除。刘白羽则诵读《悼萧红》一文代讲话，至此，大会于严肃悲痛气氛中结束。按萧红遗作有《生死场》《手》《回忆鲁迅先生》《马伯乐》等。

该通讯报道作为一份考察延安文艺界悼念萧红事件的重要材料，为当时各家媒体开展新闻报道③和此后学术界从事萧红或与之相关问题的研究所倚

---

①《解放日报》，1942年4月8日。

②《解放日报》，1942年4月29日。

③1942年6月4日，重庆《新华日报》对之做了报道，文字上与这篇通讯稍有差异。

重。1978年，姜德明发表《鲁迅与萧红》一文[①]，在论及萧红与延安关系时，其中有关悼念萧红活动的论述就参阅了该报道：

参加的作家有艾思奇、何其芳、周立波、刘白羽、艾青、柯仲平、公木、丁玲、周文、陈企霞、白朗、舒群、肖军、罗烽等五十人。会场上悬挂着肖红的画像，何其芳等人讲了话，刘白羽还朗读了肖红的散文[②]。

两相比较，可以明显看出，姜所述与原报道有很大出入：1. 改变出席人的排序。突出何其芳、周立波、刘白羽等所谓“周扬派”人员的位次，而将丁后移至无关重要的位置。2. 避而不谈丁致开幕词和萧军做报告事宜。由于姜采取避重就轻策略，对相关内容做了取舍，故丁在这一活动中的重要地位以及所发挥的作用就基本遮蔽。这让丁很不满，认为姜“不据实引用”“自作聪敏”。然而，在当时，姜如此做并非个案，而带有普遍性，即由于丁尚未“平反”，研究者大都绕开与之相关的敏感事件，更不愿触碰其身份和历史问题；丁似乎成了一块烫手山芋，大家唯恐避之不及，也即丁所言：“那时是不敢提丁玲的”“只要不写你，就是好人”。针对姜“不据实引用”问题，丁希望由儿子或其他丁玲研究者出面，敬告包括姜在内的研究者，要“严肃认真对待史料”，以避免“歪曲历史，混淆是非，以讹传讹，给研究者以困难，误人误事”。如何订正呢？丁所设想的方式是“唱双簧”，即“由你或别人以丁玲读者、研究丁玲的人出面为妥。因为看见文史上的材料故而询问我，由我答你们信，你们再去信提意见”。至于后来是否如约执行，结果怎样，笔者也曾向姜德明、蒋祖林问询过，他们都说没什么印象了。不过，从“不见得是有心”“不会是有意贬损我”等话可看出，丁对姜还是予以充分理解的。

因为宣传鲁迅及其追随者——何况，鲁迅与萧红的关系如此不同寻常——在民族抗日战争中的斗争形象实际上正是战时延安所需要的，这就决定了谁参加、谁不参加、谁是主宾、谁不是主宾，似乎都不是简单的个人事务，而涉及身份、地位、文艺派别等更为复杂的、更为深层的关系。丁玲在这封信中既阐述了自己参加这次活动的原因，也解释了萧军做重要发言、何其芳和周立波为何参会的原因。丁玲做出如此解释，本是为回应姜德明的“不据实

①即丁玲所指的“追悼肖红文”。笔者就此曾询问过姜德明先生，他说他在该文中论述的1942年延安文艺界悼念萧红事件，所依据的材料就是《解放日报》上的这段通讯报道。

②见《新文学史料》1979年第4辑。

引用”，行文至此，本应就此打住，但她由此而进一步作了延伸，认为，既然大家都是以文艺社团负责人（或代表）身份参加这次悼念活动的，此后再提及该事件参加者时，就不该分出轻重主次、三六九等来，至于以“山头”排定座次的做法，则就是文坛向来存在着的宗派恶习使然。很显然，丁对文艺界有些人故意歪曲事实、诬陷人格、党同伐异的做法是非常气愤的。

其实，早在1942年4月发表的一篇文章中，丁说：“因为这世界上有的是戮尸的遗法，从此你的话语和文学将更被歪曲，被侮辱；听说连未死的胡风都有人证明他是汉奸，那么对于已死的人，当然更不必贿买这种无耻的人证了。鲁迅先生的‘阿Q’曾被那批御用的文人歪曲地诠释，那么《生死场》的命运也就难免于这种灾难。在活着的时候，你不能不被逼走到香港；死去，却还有各种污蔑在等着，而你还不会知道；那些与你一起的脱险回国的朋友们还将有被监视或被处分的前途。我完全不懂得到底要把这批人逼到什么地步才算够？猫在吃老鼠之前，必先玩弄它以娱乐自己的得意。这种残酷是比一切屠戮都更恶毒，更需要毁灭的。”①丁如此评价萧红，也未尝不是对自己命运遭际的一种现身说法。

三、文艺界由来已久的文艺宗派现象

丁玲对“左”“右”之祸的体验、痛恨可谓至深至巨。这些复杂而隐秘的体验在其晚年致亲友的书信中得到淋漓尽致地展现。她恨极了那些制造祸端的人：“我们在半个多世纪里，甚至八十多年来，经历各种浪涛颠簸，九死一生，死而复生，为什么还不能为人所容？现在我们的年龄，都到了某些人诅咒‘火化’的时候，居然还有少数人违抗党中央和国务院的指示，违反宪法的规定，企图保存文化大革命中陷害我们的档案材料，这些披着人皮的豺狼想干什么呢？还想秋后算账！还想置同志以死地。对这种人，我们讲人道主义？讲人性论？和嗜血的人拉手？不能，不能！”②愤怒到极致，她甚至起了骂腔：“从剪报上看，就是要肯定我犯了很多错误，而他们对我是宽大的。我的生活很好……他妈的！是的，我承认过我是反党反……，一九五七年时，我们是因为觉得那时是最高领导点了头，我们一切都应该接受。以后也是如此。在文化大革命时，更是不敢违抗。既然现在党中央提出实事求是，那我们就应该实事求是，还能当一个愚民吗？即使承认了，也不算数；不算

①丁玲：《风雨中忆萧红》，《谷雨》，1942年第5期。

②《致陈学昭》，《丁玲全集》第12卷，河北人民出版社2001年版，第218页。

数的事多的很。”[①]她表达了“斗”下去的决心：“这几年的情绪，特别是我，总还是脱不了那另一个四人帮，或三人帮、五人帮等干扰。要同他们斗，也要甩掉他们，你看呢？”[②]但最终她以退却和明哲保身之姿消解了历史的荒唐与残酷：“我明确告诉你，假若《苦恋》是我写的，你可以想见那些左的右的都会汇成一股洪流来围剿的。难道二十多年来还不能得点教训吗？不学一点乖吗？文艺事大不可为，希望在五十年后，在我，在我们死后不久，或可有勇气的（也许那时不需要勇气），真正无私的，有真知灼见的人们。不过首先得把封建特权扫除干净。我们还须要杂文，只是比鲁迅时代要艰难得多。甚至比你当年（一九五七年）还有困难。现在只就文艺来说局势复杂的迷人，简直叫人摸不清。因此，只有不管它，自己按自己的认识写文章。我就坚持不入伙，免得学别人倒来倒去，演笑剧。”[③]

相比于上述已收入全集的书信，这封信的最大价值就是为我们文艺界的宗派斗争提供了更为直接、尖锐、新意的史料。“文艺界从二十年代来就是搞宗派，但那时大家都无权，一到有权后就有计划的消灭异己，凡不拜老头子，不入伙的都在打倒之列……文艺界从延安起就是少数弄权，五七年是高峰。……我是一个搞创作者，对运动，对理论都是无法同他们斗的。保卫自己都不易。哪能同这一群诡计多端、党羽众多的人斗争呢？不是不为党出力，实有心无力，无能为也。”在此，丁以“无法同他们斗”“保卫自己都不易”“不是不为党出力，实有心无力，无能为也”表达了对蔓延于文艺界宗派斗争的痛恨和无可奈何，乃至逼得她要“看破红尘独自修行”。因此，这封信直接、充分、鲜明地揭示了文艺界一直存在的宗派关系，以及此种关系给丁带来的心灵创伤。更重要的是，它向我们呈示了深处各种“运动”及宗派斗争中的丁玲最为真实的、原生态的心灵样态。

我们知道，在 1979 年，丁因为对中国作协复查结论中有关历史问题那部分不同意，中国作协便一直拖着不给她恢复党籍、行政级别和工资待遇。为此，丁几次写信都无回音，她很气恼，当时在作协掌权的，还是 1957 年把她打成右派的那些人，丁认为他们还在搞宗派，而且是利用手中的权力搞宗派，所以在信中说，“文艺界从二十年代来就是搞宗派，但那时大家都无权，一到有权后就有计划的消灭异己”。“权是厉害的，有人害怕，不能不看权者的眼色。”丁玲同年 11 月在四次文代会上的长篇发言也是阐述了这个观点，

---

①《致陈明》，同上，第 176 页。

②《致陈明》，同上，第 273 页。

③《致宋谋瑒》，同上，第 176 页。

它们是一脉相通的。

四、为呈现1979年前后丁玲非常规言行、心态提供珍贵史料

丁玲先后被定为“丁、陈反党小集团”和“丁、冯右派反党集团”主要成员，后被划为“右派”并下放北大荒，“文革”期间被投入监狱，出狱后被发配山西，直到1984年才完全恢复名誉。人生的三分之一就这样过去了，历史之残酷、现实之无奈、生命之悲痛，由此可见一斑。与同时代作家的争相反思、控诉不同，她几乎不谈自己悲惨的命运遭遇，也不触及荒诞历史的本质。她虽也“以轻松的回忆形式嬉笑怒骂”，但这种控诉与反思并没触及历史深层问题。或者说，她以弱化乃至遗忘方式回避或消解了有关个人在历史中的悲惨遭遇。

她为什么这样做？

信仰使然。她公开声称“作家是政治化了的人[①]”，但在一段相当长的时期内党对这位“同道中人”并不完全认可：“看一个人不是看几年，而是要看几十年。……党对你希望很大，信心不足。……以后可以到工厂，写工人……”[②]在党的领袖看来，丁玲仍是需要不断被改造的对象，但后来的历史证明，党最终还是抛弃了自己的这个“女儿”。但历史的悖论在于，丁始终认定自己是党的人，虽屡遭遗弃和迫害，但她始终忠于党，并一再表达“定要加倍努力工作，以不辜负党给我的再生恩德”[③]的意愿。可以说，这种坚守是丁的一贯信仰，历久弥坚！1978年秋天，她在致陈荒煤的信中说得更为充分：“总算因为曾受过党的教育，坚决相信党，相信群众，靠党的力量承受了多年来的艰难险阻，特别是四人帮施于我的欲置死地而后快的折磨，我不只活过来了，而且更坚定了我曾有过的不可动摇的意念。”[④]其实，从丁的人生履历来看，左联时期从事党团工作，到延安后成为文艺界的显赫人物，1949年后也一直在文艺界核心部门工作，可见，其一生的辉煌时期出现于自延安以来的十几年间，而这十几年的生活、工作、人生价值无不与党的历史活动息息相关；从其文学之路来看，延安时期和“十七年”时期分别是其文学创作的两个高峰，并以此奠定了她在中国新文学史上作为“经典作家”的

①《作家是政治化了的人》，《文艺理论研究》，1980年第3期。

②《致中共中央组织部》，《丁玲文集》第12卷，第96页。

③《致胡耀邦》，同上，第88页。

④《致陈荒煤》，该信未发表，现藏于中国现代文学馆作家手稿库。

地位。如此看来，丁自觉地向党看齐，并以党内人身份从事文学活动，即便接连遭受打击、迫害，她也不觉得党做错了什么，反而把这当作一种考验，这是有其深层次原因的。作为“党内人”“体制内人”并极力坚信和维护的这种信仰的丁玲怎么可能做出触碰“本质”的言论或举动呢？假如像韦君宜们那样做出彻底的反思、批判，她岂不否定了自己的革命历程和辉煌的文学历程？因此，于公于私，丁玲都不会这么做！

“心有悸”使然。20多年的被“斗”、被“整”、被诬陷，给丁的精神世界带来严重的摧残，即使她意志再坚强，但在一次次“运动”面前，还是有所怕的，也即信中丁说的“心有悸”。她说话、做事不得不更加谨小慎微。因此，1979年前后的不利处境也是其三缄其口的重要原因。我们知道，“文革”虽早就结束两年了，各种“平反”也早就提上了日程，但对丁玲来说，其境遇似乎依然严峻，特别是1978年一篇颇有影响力的文章，更让丁玲雪上加霜。“丁陈小集团和胡风小集团是两个长期隐蔽在革命队伍中的反党和反革命集团。一个隐藏在革命根据地延安，一个隐藏在国统区。他们之间是遥相呼应。”[①]这种由时任文化部副部长林默涵做出的“结论”使得丁玲顿然感觉到了事态的严重性。她立即致信胡耀邦，说“其中提到我的地方，使我十分惊异”[②]，她也深刻体会到由此带来的后果：“林部长的寥寥数语，是要把我定为和胡风一样的暗藏的反革命，便于作为不落实党中央的政策，不解放丁玲的借口和理由。”[③]事实上，这种自上而下的定性也直接影响到了丁在文学界的评价与地位，也即她在这封信中所说的“新主编作家词典，关于丁玲一栏全是贬词”，座谈时“自然是陪衬，反响也不大”。因此，在这种对自己“平反”极端不利的情况下，她不能不时时处处注意自己的言行，唯恐给人以口实和把柄。

“摘帽”诉求使然。“反党”“大右派”、被开除党籍，等等，这些“罪名”不可谓不严重。对丁玲来说，没有什么比“摘帽”、恢复名誉更让其觉得是人生中的大事。以前，她对外界的非议习惯于置若罔闻、不管不问，但1978年后，她还是比较关注外界的各种“声音”，一个突出的表现就是，她与研究界的互动，她对史料真伪的考证或答疑，她对写作的直接的功利指向，都侧重朝向这一问题的彻底解决。在这封信中，丁玲表达了对“歪曲历史，

① 林默涵：《解放后十七年文艺战线上的思想斗争》，《人民文学》，1978年第5期。

②《致胡耀邦》：《丁玲文集》第12卷，第88页。

③《致中共中央组织部》，同上，第89页、第90页。

混淆是非，以讹传讹”做法的反感，要求对方“要严肃认真对待史料”，并叮嘱祖林要以合适方式、方法澄清事实，并妥善解决问题。

结 语

新史料的整理与发掘对推进丁玲研究的重要性无须赘言。这封未刊书信涉及《战地》办刊经历、1940年代延安悼念萧红活动、丁玲在1979年前后的言行与心态等重要文艺事件、活动或思潮，可从微观角度为推进丁玲和相关文学史研究提供崭新视角与内容。

（张元珂：中国现代文学馆副研究员，文学博士）

文学新生时期丁玲散文中再现的新感情、新意识

徐　栋

内容摘要： 写于1981年至1983年的《序〈叶圣陶论创作〉——从头学习》《〈殷夫集〉再序》《回忆邵力子先生》《序〈李又然散文集〉》《回忆宣侠父烈士》这五篇散文中呈现出了文学新生时期丁玲散文中再现的新感情、新意识。这种新的感情和新的意识，归结起来，就是相信党、建立与人民群众的血肉联系。当然，在新的发展阶段，它有着新的丰富的内涵，比如如何在新的情势下对党和人民有着更深和更新的理解，如何认识革命时代的最后十年，与人民群众深化感情和加强对先进共产党员和革命者的学习之间的关系，如何将"不得不提的二十年"中的经验和感悟进行转化。这五篇散文是读懂"八十年代丁玲"的一个重要入口。

关键词： 丁玲　文学新生时期　新感情　新意识

写于1981年至1983年的《序〈叶圣陶论创作〉——从头学习》、《〈殷夫集〉再序》《回忆邵力子先生》《序〈李又然散文集〉》《回忆宣侠父烈士》这五篇散文，是丁玲以接触新的文学界出版活动[①]为契机，在文学新生时

①这里所说的文学界新的出版活动主要包括，浙江文艺出版社出版的《殷夫集》、长江文艺出版社出版的《李又然散文集》、文史资料出版社出版的《西北远征记》、列入中国现代作家论创作丛书的《叶圣陶论创作》、列入中国近代人物文集丛书的《邵力子文集》。

期[①]对她自己的新感情、新意识的发生和发展进行追忆式再现的产物。新感情、新意识，是丁玲把自己完全交给党之后在三十年代对“自我改造”的一种期许和总结：“所有的理论，只有从实际的斗争工作中，才能理解得最深刻而最正确。所有的旧感情和旧意识，只有在新的、属于大众的集团里才能得到解脱，也才能产生新感情和新意识”[②]。这种新的感情和新的意识，归结起来，就是相信党、建立与人民群众的血肉联系，“到广大的工人、农人、士兵的队伍里去，为他们，同时也就是为自己，大的自己的利益而作艰苦的斗争”[③]。

丁玲“总是善于辨别和寻找适合于最为朴实和自然地展开自己要写的全部思想内容的一定形式”[④]。某种意义上，对形式的辨别和寻找本身就是一种扎下身子进入社会的实践活动，在此过程中，对控制和奴役、压迫身体的势力有足够清晰的认识，并且对这具身体的未来位置有所展望，从而对自己的感情、意识有所规定，何者为新，何者为旧。

丁玲的文学创作的一生中间，对形式的辨别和寻找有三个比较重要的“事件”。

在受到五四新文化运动鼓舞的时期，以“《觉悟》”为形式是对心中青年力量的激发，是对自己的被压迫的反抗。通过借用一种文学形式，来帮助自己思考，认清社会中的进步力量和颓败变质的力量。丁玲反对三舅父对自己和母亲的压服，“把平时在《觉悟》等报刊杂志上读到的那些反封建、反

①这里所说的文学新生时期主要有两个含义，一是指一种在“拨乱反正”时期发展出来的“文学新生”的总体情绪；二是就丁玲自身而言自一九七九年恢复工作后进入的文学创作的新的小高峰。二者之间有着必然的联系。本文主要借助对文学新生时期丁玲散文的考察，处理以下几个问题：在新的小高峰上丁玲为党的文艺事业贡献余生的感情、意识作为新感情、新意识的新的发展阶段如何被认识；文学新生时期的文学创作作为象征意义上的欲望之流将最终流向何方；以及这种新感情、新意识如何在一次又一次的以文学书写和社会革命为具体形式进行的“自我改造”实践中被进一步“叠加”和“渲染”，并且在此意义上那一不得不被提及的二十年间的新经验和新认识如何融入这一整体的“叠加”和“渲染”活动中。

②丁玲：《对于创作上的几条具体意见》，载《丁玲全集》第七卷，河北人民出版社，2001年版，第9页。

③同上。

④张炯、王淑秧：《使人精神升华的闪光篇页——读丁玲的散文》，《齐齐哈尔师范学院学报》（哲学社会科学版），1982年第2期。

豪绅文章中的字句”写进了她的文章里[①]。这种“我控诉”（J`Accuse）式的文学形式，包含了孤独的人直面黑暗的社会的想象，是难以有它的继续的发展的。这一阶段丁玲的文学创作虽然是不断地抒发自己的苦闷和愤慨，起到了一定的社会影响，但是她却感到自己是在勉强地写，她需要寻找一种与不断变化的社会更加贴合的形式。

后来，走不出自己划定的写作的逻辑的丁玲，决定投入到火热的工作之中，成为左联的一员，以反思自己文学生产方面的无力。这一时期，她的生活“有一个新的转变”，发现“材料太多”，突然有太多的文学创作要进行，但是“自我改造”的完成度还没有达到足以理解对工人、农民、士兵的所思所想的地步，“还没有力量，把它集中和描写出来”[②]。她找到了比五四新文学更好的文学形式，她也找到了党。文学形式的寻找与在具体的政治境况中的个人对改变这一政治境况的未来图景的寻找，是同一事物的两个方面。

这种新形式、新感情、新意识，是从找到它之后至死都没有改变过的。只不过，与这种新的形式的直接对话和将之融入自己的生命血液之中，不是一下子就完成的，它需要一辈子的磨合。谁也不能说自己就完全掌握了这一新形式的真谛，谁也不能说这种新感情、新意识一旦产生，就不需要悉心地培养了。在丁玲去世之前，她接到了中组部为她恢复名誉的9号文件，这是她的全部实践活动（包括文学创作）得到人民群众的广泛认同的瞬间，同时也是新的文学形式得到人民群众的广泛认同的瞬间。吮吸着党和人民提供的奶汁，接受人民群众给予她的最好的教育，丁玲的以寻找未来图景为架构的情感生命，似乎可以说已经完成了整一个自然段。因此，她感到任何在句号之后的句号都是多余。然而从另一种角度来看，这种“多余”恰是文学技巧意义上的“匮乏”。“我写文章已经近六十年了，可是到今天我才第一次感到我的文字是不够用的，我从脑子里找不到最合适的字眼来充分地表达我现在的心情”[③]。

《序〈叶圣陶论创作〉——从头学习》《〈殷夫集〉再序》《回忆邵力子先生》《序〈李又然散文集〉》《回忆宣侠父烈士》这五篇散文，就是写

---

①丁玲：《回忆邵力子先生》，载《丁玲全集》第六卷，河北人民出版社，2001年版，第276页。

②丁玲：《我的创作经验》，载《丁玲全集》第七卷，河北人民出版社，2001年版，第11—12页。

③丁玲：《致中央组织部并转党中央》，载《丁玲全集》第十二卷，河北人民出版社，2001年版，第242页。

在一九八四年的这一句号之前，就是写在有了新形式、新感情、新意识之后、与之磨合的延长线上。与三十年代相比，它们构成了一种长线回忆。它们又是最接近一九八四年的句号的。它们的文学史的、文学风格的代表性就表现在这个地方。

一、新感情、新意识的新的发展阶段

在《序〈李又然散文集〉》一文中，丁玲书写了对李又然同志的两种不同的认识，同时也是对于“命运”“运气”的不同认识。一种是从李又然同志作为“姑母”，作为“暗暗地为别人祝福，寂寞地过着自己的日子”的人出发，来表现他投身时代之后的遭遇，仿佛是历史的苦难压弯了他的腰身。“可惜的是，这个姑母却生在二十世纪的中国，随着革命的进程，经历了多次的运动和灾难的十年，他现在是瘫了，病了，出不了门”①。我们是容易对这样描述出的李又然同志产生一种个人对个人的同情的，这种同情容易转向一种对革命时代话语政治变成一种空洞的仪式的反思。正如迈斯纳所言，“无论怎样高喊‘社会主义民主’一类的口号，都不过是为了使国家能继续操控社会而提出的空洞借口。在毛时代，却没有使人民民主自由的诉求得到一丝的曙光”②。迈斯纳的这一论述，在处理革命时代留给后革命时代的“复杂而矛盾的遗产”时，是有一定针对性的。但是谁也不能说就掌握了历史真实的全部。邓小平的时代某种意义上是站在对革命时代话语政治变成一种空洞的仪式的反思基础上的，但是后革命时代的话语本身也是复杂和矛盾的。

《序〈李又然散文集〉》中对李又然的另一种讲述，则与前一种讲述在比较地来看时显出极大的差异性。在这一讲述中，李又然不是“姑母”，而是壮士、战士、身心健康、充满干劲。“他的感情是一个战士的感情。可惜后来他没有得到继续发挥的机运，他的身体也确实不很好了”③。这就是说，“命运”“运气”在于李又然同志不能继续为党发挥自己的光和热，因为他的身体状况不允许，这是党和人民的损失。这并非是把自己的苦难归结到革

---

①丁玲：《序〈李又然散文集〉》，载《丁玲全集》第九卷，河北人民出版社，2001年版，第124—125页。

②[美]莫里斯·迈斯纳：《毛泽东的中国及其后——中华人民共和国史》，杜蒲译，香港中文大学出版社，2005年版，第293页。

③丁玲：《序〈李又然散文集〉》，载《丁玲全集》第九卷，河北人民出版社，2001年版，第125—126页。

命时代最后十年的话语政治的变化的方面，而是充分体认到党和人民对他的关心和支持，充分体认到比起党的损失来看，个人的损失不算什么。

在一篇散文中，出现了两种指向性有所不同的讲述。这两种讲述是与如何理解革命时代的最后十年有着重要的关系的。显然，第二种讲述更接近于丁玲恢复工作以后的一系列表态，以及作为一个段落的句号的1984年信中的“我年事不小，有点宿疾，但身体还可以，精力也算充沛，脑子还不糊涂。今后我更要鼓起勇气，为党的文艺事业的发展，贡献余生”①。

这就是散文中体现出的新感情、新意识的新的发展阶段，即对党和人民在新的情势下的认同问题。丁玲是“革命的肉身形态”，要理清“丁玲的逻辑”，确实不太容易。甚至说，对它的阐释本身就构成了不同时期思想的特点②。仅就丁玲散文中再现出的这种两种讲述方式并存的现象而言，第一种讲述方式似乎是丁玲于散文创作中不经意的流露，从中能够找到其与二十年代

---

① 丁玲：《致中央组织部并转党中央》，载《丁玲全集》第十二卷，河北人民出版社，2001年版，第242页。在将丁玲的自述加以录音整理形成的《党给了我新的生命》中，丁玲有着类似的表述，“还没有到最后的日子，我不能死：到生活底层去！到人民中间去！即使是屈辱地活着，即使是流血、流汗、再苦、再累，活着，我总还是可以替人民做点事情嘛！”（丁玲，《党给了我新的生命》，载《丁玲全集》第六卷，河北人民出版社，2001年版，第285页）对于这种在段落句号处的表态，问题在于，是将它处理为得到好的消息后突然充盈的新的希望，还是将之当成丁玲一生一以贯之的所思所想，也就是说把党对自己的平反看作是原因还是契机。

② 贺桂梅在2003年的《转折的时代：40—50年代作家研究》一书中写道，丁玲在复出后坚持将纯粹的革命者（自我）和不纯粹的革命者（他者）对立起来，以维持一种使得“革命”走向纯粹化的实践逻辑，这使得她在后革命时代显得落伍。“对自我纯粹性的坚持，则使得丁玲越来越丧失了与社会现实之间对话的可能性，最终使得‘革命’仅仅成为由党性规定的一套仪式性话语。无论如何，后期的丁玲的遭遇是悲剧性的，她始终没有跨越体制划定的话语疆界，并在一种偏执的努力中将自己永远地钉在话语的空位上”（贺桂梅，《转折的时代：40—50年代作家研究》，山东教育出版社，2003年版，第287页）。在2015年的《丁玲的逻辑》一文中，贺桂梅对自己之前的看法有所修正。在丁玲与时代的看似的不对位的方面，很有可能丁玲“并没有错”，而是我们对时代的想象出现了问题，我们将一些事情看作是自然而然的，却忽视了其他的可能性。“具体到文艺体制的重构方面，很难说八十年代的丁玲就一定是落伍的。‘新时期’是以破竹之势展开的，共同的历史情绪使人们将那次断裂看作‘历史的必然’。但正是丁玲的存在，显示出了‘新时期’的‘时’之建构性”（贺桂梅：《丁玲的逻辑》，《读书》2015年第5期）。

丁玲的某种联结。在行将接近段落句号的时刻，却有着连同指向三十年代的长线回忆都无法触摸到的声音，这是饶有意味的事。在《回忆邵力子先生》一文中，也有类似的声音出现。在这篇文章中，丁玲将自己入党前的在上海的政治参与表述为在先进知识分子之间的互相吸引产生的圈和网络中开展行动。“后来我到北京去了，离开了许多在上海的老熟人。二十年代末和三十年代初，我再回上海时，只同李达、施存统、陈望道、瞿秋白等有一点联系”①。这份感情、意识，在当时，在二十年代，自然是真实的。但是，在放入到一九八三年的创作语境时，它明显作为了未被充分过滤掉的历史的残余，与新感情、新意识放在一起。这一现象也充分表明，文学新生时期丁玲散文是具有感情、意识方面的复杂性的。一边是有意识进行的使得自己的革命性更趋纯粹化的新感情、新意识的萃取、提炼过程，另一边则是丁玲文学创作的最初阶段、那一起源处的“无意识”的渗漏。因此，丁玲文学新生时期的散文作为“自我改造”的具体性，才有着肉的形态，有着可信的特殊，而不完全是在讲故事中被夸张出来的东西。

二、文学新生时期的创作冲动与新感情、新意识的关系

在《回忆宣侠父烈士》一文中，丁玲写道：

我曾经多么想同他谈天，了解他的过去，现在几乎天天见面，就该好好谈谈了，却谁知又好像忘了这件事。当前的问题，紧张的工作，完全顾不上，想不起这件事。因此他过去的生活，始终像一个谜似的，影影忽忽在我脑中飘浮。但在实际生活中，他却给我留下了更多更深的印象。在这时期的我的工作中，他常常给我出主意，想办法。现在只要有人向我提到西北战地服务团，提到西安，提到同国民党反动派的摩擦，我都会想到宣侠父同志，只要有人谈到宣侠父同志，我都会立刻想到他曾给我的帮助，和他的为人。去年我读到金戈同志整理的、金铃同志生前写的他的传略，今年又读到他自己写的《西北远征记》，我才全面地了解了他的多么令人起敬的一生，原来他一直是在极大的困难中完成党交给他的艰巨的任务。我深感我欠了他什么，又似乎是我自己欠了自己什么。骨鲠在喉，不吐不快，我应该写点什么，才能

---

①丁玲：《回忆邵力子先生》，《丁玲全集》第六卷，河北人民出版社，2001年版，第278页。

心安。①

值得注意的是时间的跳回，一种是回忆的时间，即“当我们一到西安，住入梁府街女子中学的校舍”之后；另一种则是《西北远征记》和《宣侠父革命烈士传》出版的时间，八十年代初。自然，对宣侠父的“令人起敬的一生”通过书本有了更多的了解之后，能够帮助丁玲更好地回忆她与宣侠父过去的交往经历，理解之前可能并未理解清楚的事件瞬间。同时，这也意味着时间带来的遗憾：并未能在他生前就对他有非常深的了解。这又是与宣侠父的被害有关。这种解读当然没有任何问题。但是我总感觉这样的解读缺少了些什么。

在散文《回忆宣侠父烈士》中，丁玲首先是凭着见面相识的印象开始对宣侠父的“过去”充满兴趣的。这里的“过去”不是单指一个人过去的遭遇，他在与丁玲会面之前的生活是怎样的。而是说，他的对人生、社会、国家、理想的见解认识把握是从什么地方来的，这或许是阅读《西北远征记》《宣侠父革命烈士传》所不能满足的。他的“过去”，某种意义上就是他的“现在”和“将来”，即他的身份的认同和由这一身份认同出发对外表现出的性格的统一性②。从“爱文学的以国民党军官为职业的人”转向“一个在国民党军队内做党的工作的秘密党员”（《回忆宣侠父烈士》），从“狄更斯小说中考柏菲尔德姑母”到“爱祖国，爱人民，爱共产党，爱社会主义事业”的“一个壮士，一个战士”（《序〈李又然散文集〉》）。这不仅是狭义的社会学范畴中的社会身份、头衔、地位等的变换，它更多的是投身革命的丁玲对革命者、同志、战友的从陌生到熟悉的过程，在此过程中，丁玲对何为“共产党员”的认识也由浅入深，从疑心自己能否做好，到愿意一次比一次做得更好。

“骨鲠在喉，不吐不快”，在文学新生时期，丁玲想要急切吐露的是什么呢？我们知道，在被开除党籍的这段时间，丁玲一直是作为共产党员来要求自己的，她对自己的要求丝毫未变，而如何更好地做一名“共产党员”，需要以对自己的“过去”，即自己的对人生、社会、国家、理想的见解认识把握是从什么地方来的，做一个具体的详细的总结，自己身上残余的恶习是

---

①丁玲：《回忆宣侠父烈士》，《丁玲全集》第六卷，河北人民出版社，2001年版，第215页。

②贺桂梅在《丁玲的逻辑》一文中写道，“这种巨大变化和内在一致性，共同构成了‘丁玲的逻辑’”，我想，这或许也可以用来解释宣侠父烈士的一生。

要丢弃的，自己身上的革命传统是要保持的[①]，改革开放时期出现的资产阶级自由化的回潮是需要警惕的[②]。

以先进共产党员为榜样，照亮自己前进的道路，这是丁玲甫一复出就通过自己的文学书写有意识地开展的工作，除了向党表忠心之外，更重要的是如何在“属于大众的集团”认识自己，如何身体力行地实践“集体中的个人”身上的新感情、新意识，这条线自三十年代丁玲把自己全部交给党之后，一直没有断。在新感情、新意识的新的发展阶段中，如何认识革命时代的最后十年，和如何认识作为共产党员的自己，二者之间是密不可分的。

在写于1980年的《她更是一个文学作家——怀念史沫特莱同志》一文中，丁玲通过对自己与史沫特莱的交往反复加强的是这样一种信念，向史沫特莱同志学习，努力做好党给予自己的工作。“每当我看到她工作时，不免总有内愧，觉得自己常把时间浪费在闲谈上了，有时冥想太多，显得散漫，缺少现代人应有的紧张”[③]。当然，史沫特莱不是一位共产党员，但是在丁玲看来，史沫特莱比一些共产党员做得还要好。“我以为她是一个没有拿到党证的共产党员。世界上也确实有拿着党证的非党员，我想我这个看法没有错”[④]。

在文学新生时期，丁玲散文创作的冲动，都是以对自己的“过去”进行总结为出发点的，表面上看是对自己与他人的交往的回忆和怀念，实际上背后隐含着以他们为镜照，向他们学习的文学情感逻辑。

---

①丁玲：《〈般夫集〉再序》，《丁玲全集》第九卷，河北人民出版社，2001年版，第176页；丁玲，《似无情，却有情》，《丁玲全集》第八卷，河北人民出版社，2001年版，第326页。

②丁玲：《〈般夫集〉再序》，《丁玲全集》第九卷，河北人民出版社，2001年版，第176页；丁玲：《向昨天的飞行》，《丁玲全集》第七卷，河北人民出版社，2001年版，第125页；丁玲：《说一点心里话》，《丁玲全集》第八卷，河北人民出版社，2001年版，第74页；丁玲：《根》，载《丁玲全集》第八卷，河北人民出版社，2001年版，第351页。

③丁玲：《她更是一个文学作家——怀念史沫特莱同志》，《丁玲全集》第六卷，河北人民出版社，2001年版，第82页。

④同上。当然，丁玲的这段话还有一层隐含的意思，即作为一位“被开除党籍的共产党员”，希望自己的热情和工作能够重新得到党这一伟大母亲的认可。

三、新感情、新意识的“叠加”和“渲染”

在《〈殷夫集〉再序》一文中，丁玲写道，“五十多年前，我读殷夫同志的诗，我喜欢；三十多年前，我为殷夫同志的选集写序，我重读他的诗，我激动。现在，五十多年以后，我再读他的诗……”。这一表述分别对应了丁玲的三十年代、五十年代和八十年代，其对殷夫同志诗歌的反复重读，是作为一个象征，表现出新感情、新意识的“叠加”和“渲染”。但是这“叠加”和“渲染”并不是简单的重复。

丁玲三十年代读过殷夫的诗，是作何想，我们并不知道。但是，五十年代读过殷夫的诗的丁玲，她的感受已经被她自己写进《序〈殷夫选集〉》文章里去。在《序〈殷夫选集〉》这篇文章中，我们看到了一幅集体群像，这幅群像展现的是人民的斗志和无产阶级的团结。可见，在五十年代，丁玲将殷夫的诗视为知识分子用自己的笔恰足地讲述人民故事的实践，殷夫的心情，同时也是人民的心情、人民的悲欢。

我以为每首都像大进军的号音，都像鏖战的鼓声。我们听得见厮杀的声音，看得见狂奔的人群。这战斗像泰山崩裂，像海水翻腾，像暴风骤雨，像雷电交鸣。我们感得到被压迫的人们的斗争的决心，无产阶级团结起来与统治阶级的殊死的斗争。①

在写于1983年的《〈殷夫集〉再序》中，丁玲再现的是新阶段的新感情和新意识，即注重“自我的纯粹性”，向先进无产者学习，回忆自己投身革命的经历，借着已逝志士烈士文学作品中的鼓点继续前行。因此，她所展现的是集体中的自己和集体中的“一个一个”。

我觉得好像我仍在和着他的咚咚的战鼓声，举着红旗，无所畏惧地挺胸前进；而且当年在上海坚持斗争的我们年轻战友们的身影，一个一个涌现在我眼前。②

① 丁玲：《序〈殷夫选集〉》，《丁玲全集》第九卷，河北人民出版社，2001年版，第84—85页。

② 丁玲：《〈殷夫集〉再序》，《丁玲全集》第九卷，河北人民出版社，2001年版，第175页。

但是，丁玲在五十年代和八十年代两种不同阶段表现出的新感情、新意识的不同的方面，绝对不是用一个去反对另一个。《殷夫集》自然是革命战士表达无产者心声的作品，同时也是一个优秀的革命者以自己的身体力行鼓舞同志战友的作品。在1983年丁玲致丁景唐的信中，写道，“看到你们搜集和出版这样丰富的烈士遗作，真像打了一次大胜仗那样的喜悦，而且对你们这些参战的勇士产生了莫大的敬意”①。这种极高的评价，显然应该从以上两种意义上加以理解。巩固自“左联”以来一直到延安文学，再到新中国成立以来的革命传统，形成一种尊重人民、热爱人民、理解人民的良好风气，连同知识分子通过“自我改造”以最大限度地融入群众中间，共同构成了革命时代给后革命时代的宝贵遗产。

在五十年代，丁玲曾反对知识分子把自己看作“人类灵魂的工程师”，认为这有自我拔高的意味。但是，在写于《序〈叶圣陶论创作〉——从头学习》丁玲却对叶圣陶的这一看法表示认同。这绝不是一种“妥协”，而应看作是对感情、意识的一种重新编排，只要对“自我纯粹性”的坚持依然存在，那么从为党和国家、人民的事业做足贡献的党外人士如叶圣陶的身上，也能够汲取到“自我纯粹性”提高的动力力量。“叶老把作家看作人类灵魂的工程师。因此叶老在论著中反复着重说到作家的修养问题。一个人类灵魂的工程师首先得把自己的灵魂净化。要写出好的作品，作家本人就得随时随地注意自己的灵魂，也就是要不断地改造自己”②。

这种将感情、意识重新编排、重新阐释的行动，也同样出现在《〈殷夫集〉再序》文中。本身，将“左联”时期甚至更早阶段的人追为“烈士”，就是一种重新编排、重新阐释的实践，但是重新编排、重新阐释得出的，也本来就是它的“应有之义”。因此，重新编排、重新阐释，也构成了如何寻找“左联”时期和延安时期的本质性联系这一问题的一种探索。“群众观

---

①丁玲：《致丁景唐》，《丁玲全集》第十二卷，河北人民出版社，2001年版，第213页。

②丁玲：《序〈叶圣陶论创作〉——从头学习》，《丁玲全集》第九卷，河北人民出版社，2001年版，第149页。当然，这一例子，也非常复杂。既有笔者所谓的对感情、意识进行重新编排、重新阐释的路径，也有一种对“自我改造”逐渐形成自己理解的路径。可以看出，八十年代丁玲所坚持的“自我改造”，与五十年代“先做人民的学生，再做人民的老师”的话语政治有所不同，但是，我依然要强调，这绝对不是用一种反对另一种。这某种程度上也构成了“八十年代丁玲”的难度和价值。

点”是在延安时期发展成熟的，寻找殷夫诗歌中体现出的“群众观点”，显然是对“左联”时期经验的某种有意义和价值的调用和激活。这与将之归为“五四”式以个人之力进行启蒙的情绪的延伸，有着不同的政治的文学的逻辑。

在《回忆邵力子先生》一文中，这种对经验的调用和激活体现得更加明显。邵力子积极促成国共和谈，拥护共产党的事例，被看作“为实现祖国统一而努力工作”的积极经验。

邵力子先生留给我的印象是一位忠诚的爱国主义者，是人民可靠的朋友。因此，我对和谈的成功，曾寄予希望。果然，在和平谈判中的种种事实，邵先生的言行表现，都是很有说服力的证明。后来由于国民党反动派的阻挠和破坏，和谈没有成功，但邵先生等拥护中国共产党，热心祖国和平统一的恳切心情，和光明磊落的作为，是人所共知，人所共见，并永昭后世的。①

六届人大及六届政协第一次会议胜利结束，祖国和平统一的大业，行将出现崭新的局面。邵力子先生的一生言行主张，必将在海峡两岸引起新的怀念和影响。我自己也勉励自己：“邵先生曾是我的老师，而且永远是我的老师。”我将更加奋发有为，为实现祖国统一而努力工作。②

丁玲散文中对感情、意识的重新编排的活动，甚至超出了革命时代，进入后革命时代。这句话听起来似乎很怪，因为丁玲“确实”是在后革命时代写的这些散文。但是往往以对抗资产阶级自由主义的回潮为主要方面，很少顾及后革命时代真正具有新的生产力的政治性构造。这篇《回忆邵力子先生》是后者中的一例。在后革命时代，用“和平统一，一国两制”的方法解决台湾问题，争得祖国统一的新的机会，这是在历史上没有任何先例的，香港、澳门、台湾问题的解决方案与西藏、新疆问题的解决方案有所不同，后者是依靠民族区域自治制度的制度设计。如果后革命时代的政治性构造全然是与它的过去“断裂”的，那么这种丁玲从新中国成立前夕的国共关系中找联系的实践活动就会被认为是不可能发生的。因此，《回忆邵力子先生》可以看作丁玲在遇到新的问题时，灵活使用重新编排、重新阐释的方法路径，解决

---

① 丁玲：《回忆邵力子先生》，《丁玲全集》第六卷，河北人民出版社，2001 年版，第 278—279 页。

② 丁玲：《回忆邵力子先生》，《丁玲全集》第六卷，河北人民出版社，2001 年版，第 279 页。

问题的勇气和智慧。

在文学新生时期丁玲散文中新感情、新意识的“叠加”和“渲染”既表现为新感情、新意识的不同的方面的“叠加”和“渲染”，也表现为通过重新编排、重新阐释感情、意识而产生出来的“叠加”和“渲染”的可能性，前者更加侧重于状态分析，后者更加侧重于动作分析。

四、作为新感情、新意识资源的“不得不提的二十年”

阅读丁玲文学新生时期的散文，还有一个问题要处理，那就是散文中再现的新感情、新意识与自“反右”斗争以来一直到丁玲恢复工作的这“不得不提的二十年”之间的关系。在《序〈叶圣陶论创作〉——从头学习》一文中，丁玲写道，“既然政治不是外在的，不是勉强粘合的，就应该把政治，把正确的人生观、世界观融入自己的一切行动当中”①。这一表态值得关注。丁玲的这一表态与她在“不得不提的二十年”中得出的体悟有关系吗？这是一个很重要的问题。

在丁玲复出后她有一些散文、影评、访谈的生产，都是指向同一个问题，即相信人民，与人民群众一起劳动。在我看来这是非常朴实的想法，而非违心之论。在《“牛棚”小品》中，她写道，她不愿意自己被关起来，她愿意到广场上和人们一起劳动，不能到广场上劳动，到院子里劳动也行，有一份力出一份力，她不愿意因为自己的身体的等各方面的原因与人民群众脱离开来。“啊！即使只能在这些地方洒扫，不到广场上去，即使我会腰酸背疼，即使我……我就能感到我们都在一同劳动，一同在劳动中彼此怀想”②。在与美籍华裔女作家於梨华的谈话中，丁玲写道，“我住在农场里，那里，人人都在生产，我一个人坐在房子里写，那就是把我同所有的人都隔绝了，这个隔绝对我的痛苦，比我不写作所造成的痛苦，厉害得多了”③。

这种朴素的感情，是与丁玲的三十年代有着关联的，也是与毛泽东在1930年的《反对本本主义》中做出的“没有调查就没有发言权”的论断有着

---

①丁玲：《序〈叶圣陶论创作〉——从头学习》，《丁玲全集》第九卷，河北人民出版社，2001年版，第149页。

②丁玲：《“牛棚”小品》，《丁玲全集》第六卷，河北人民出版社，2001年版，第1页。

③丁玲：《与美籍华裔女作家於梨华的谈话》，《丁玲全集》第八卷，河北人民出版社，2001年版，第31页。

关联的。1931年，在丁玲加入共产党之前，她写的《我的自白》中，是有着与人民群众走在一起的共产党人民政权的情感逻辑具有共通之处的。在《我的自白》中她写道，“不过我对于由幻想写出来的东西，是加以反对的。比如说，我们要写一个农人，一个工人，对于他们的生活不明白，乱写起来，有什么意义呢？”[①]因此，在八十年代介绍《杜晚香》的创作经验时，她特别强调创作对象是人民，要对她们的情感心理有所理解。“杜晚香是黑龙江的标兵。做了那么多好事，了不起！我是无法像她去做那么多好事的。但我了解她，我们是好朋友。她曾因为和我的关系受牵连，打下去劳动好多年。她的感情我理解，虽然她不能把那些东西告诉我”[②]。

要理解人民的所思所想，就要敢去把身子放低，听人民讲他们自己的故事，这是丁玲在“不得不提的二十年”中的收获。“辽阔的垦区到处在建立农场，人民一开口就是谈生产。我不愿到招待所吃饭，担心人家认识我丁玲，会在一旁看着我，我坐不下去。我就跑到街头的小馆子里吃，那儿人很多，来来往往，谁也不认识我。在那儿，人们一见面就谈生产、谈农场，因为不认识我，也就毫无顾忌地跟我交谈”[③]。

上文提到，文学新生时期的丁玲散文中体现出的新感情、新意识的新的发展阶段，即对党和人民在新的情势下的认同问题，在这期间新感情、新意识呈现为不同的方面，既有与人民群众发展感情的一面，也有向先进革命者学习的一面，在这一意义上，丁玲的《杜晚香》的创作是以“向杜晚香学习”为主旨的创作，“向杜晚香学习”既是向人民群众学习，也是向先进革命者学习，因此在这一层面相信党和相信人民群众，可以达到高度的统一。

---

①丁玲：《我的自白》，《丁玲全集》第七卷，河北人民出版社，2001年版，第2页。

②丁玲：《文学创作的准备》，《丁玲全集》第八卷，河北人民出版社，2001年版，第181页。在《关于〈杜晚香〉》中丁玲对这一点有更多的表述，可参见。“我小时候受到一些进步的教育，愿意革命，但也受到封建社会给我的许多旧东西，二十年代末，我在上海开始写文章，有点劲头。写来写去就停滞在一个地方了，再不能前进了，为什么呢？就是因为我只生活在那样一个小圈子里，我所接触的人，我能体会到的东西就只限于那个小圈子，我没有突破它。后面我命令自己，压着自己，勉强自己，跑跑工人区，到工厂，到工人宿舍，虽说跑得很少，但跑一点，就突破了一点。后来，我到了陕北，突破就更多一些”（丁玲：《关于〈杜晚香〉》，《丁玲全集》第九卷，河北人民出版社，2001年版，第268页）。

③丁玲：《漫谈〈牧马人〉》，载《丁玲全集》第九卷，河北人民出版社，2001年版，第333页。

两位日本学者认为，在“不得不提的二十年”中解开官职的束缚，对丁玲得出这样的经验和体悟是有着帮助的。中岛碧在《丁玲论》一文中写道，“从这二十年的经验里，她得到了很多东西。如果她没有受到批判，一直是中央文艺界的领导人、高级文化官员的话，她决不能得到这么多的东西。这就是对‘革命’、对‘社会主义体制’和在这个体制中生活的人们的进一步的坚信和乐观”①。杉山菜子在《丁玲文学的新生及其二十年的下放生活》一文中写道，“丁玲把全力倾注于对群众的信赖上。而群众，特别是创业初期为开垦北大荒而战天斗地的群众并没辜负丁玲的期望，这成为丁玲之所以能在这二十多年漫长岁月中挺过来的最大动力”②。这些结论大致不错。

“不得不提的二十年”要成为新感情、新意识的资源，这里面也存在着对感情、意识的重新编排、重新阐释的问题。北大荒的农垦，很有可能让丁玲联想到了新中国成立前的土改运动，那样的精神劲头和知识分子与农民融在一起的感觉。在写于 1982 年的《序〈杜烽剧作选〉》中，丁玲对土地改革有着无限的回忆和怀念。“我们很快结束了《土地法大纲》的学习，大家整装上阵，有的随军进石家庄，准备接管城市，我就背着包袱去到新解放了的农村，和农民一起掀起土改斗争，实现耕者有其田，支援解放战争。那是多么豪迈、辉煌的战斗生活和多么紧张、扎实的创业时代呵！”③

写于 1981 年至 1983 年的《序〈叶圣陶论创作〉——从头学习》《〈殷夫集〉再序》《回忆邵力子先生》《序〈李又然散文集〉》《回忆宣侠父烈士》这五篇散文，是丁玲以接触新的文学界出版活动为契机，在文学新生时期对她自己的新感情、新意识的发生和发展进行追忆式再现的产物，也是读懂“八十年代丁玲”的一个重要入口。丁玲在文学新生时期创作的散文，充分表明，她的新感情、新意识正进入辉煌的新发展阶段。她对党和人民在新的情势下有了自己的新的理解，但是新的理解不是要去反对过去的理解，这是“叠加”和“渲染”的问题，是深化的问题。

（徐栋：同济大学人文学院中文系中国现当代文学专业硕士研究生）

①［日］中岛碧：《丁玲论》，袁蕴华、裴峥译，载袁良骏编《丁玲研究资料》，天津人民出版社，1982 年版，第 552 页。

②［日］杉山菜子：《丁玲文学的新生及其二十年的下放生活》，沈宇澄译，孙瑞珍、王中忱编：《丁玲研究在国外》，湖南人民出版社，1985 年版，第 351 页。

③丁玲：《序〈杜烽剧作选〉》，《丁玲全集》第九卷，河北人民出版社，2001 年版，第 154 页。

当代作家“复出作”的文学史价值

——从丁玲的《杜晚香》《“牛棚”小品》等作品谈起

郭剑敏

内容摘要：“复出作”与当代作家平反复出现象紧密相连，是作家解冻、文艺解冻的标志，是作家重回文坛的标志，是文学复苏的标识，是中国当代文学发生转型的标志性作品，有其独特而丰富的研究价值。《杜晚香》《“牛棚”小品》及《在严寒的日子里》是丁玲复出之际创作的三部重要的作品，通过对这三部作品的解读，可以从中审视重返文坛时丁玲复杂而微妙的内心世界；同时也通过对以丁玲为代表的一批作家的复出作的来解析，来重新认识发生期的新时期文学的写作特征与历史内涵。

关键词：丁玲　复出作　《杜晚香》　新时期文学

“复出作”，即作家重返文坛后公开发表的第一篇作品。就中国当代作家的创作轨迹而言，“复出作”有其特殊的意义和价值：“复出作”与当代作家平反复出现象紧密相连，是作家解冻、文艺解冻的标志，是作家重回文坛的标志，是文学复苏的标识，是中国当代文学发生转型的标志性作品，有其独特而丰富的研究价值。当代作家的复出及复出作的发表对于新时期文学而言具有发生学的意义。可以说，作家的复出与复出作的发表是新时期文学的真正起点。作家于复出文坛之际发表的复出作具有记录历史、见证历史的作用。它出现在新时期文学大潮将兴未兴之际，是对文学转型期千滋百味的历史内涵最为生动的记录，同时它也是新时期文学叙事、抒情的开端，其所包蕴的种种面向未来的期待成为之后新时期文学发力的最初动力所在。

一、《杜晚香》之于丁玲复出的意义

1975年5月，丁玲离开待了五年的秦城监狱后，与丈夫陈明被一同分配到山西长治地区的嶂头村，在这里度过了三年监督改造的农村生活。1978年7月16日，丁玲得到通知，摘掉了自1957年起戴上的右派分子的帽子。平反伊始，丁玲便开始考虑自己复出之际的亮相作品，而她最终选定的便是一篇早已写出却一直没有发表出来的作品《杜晚香》。丁玲这时很乐观，开始考虑复出时，拿什么作品作为奉献给广大读者的见面礼，她选定了《杜晚香》。[①]

《杜晚香》发表于1979年7月号的《人民文学》，被丁玲视为自己的复出作。这部作品并不是丁玲复出之后新创作的，作品最早写于1965年，当时丁玲还在北大荒的宝泉岭农场，这也是丁玲自被划为右派后写出的第一个作品，作品完成后未及面世，便因运动骤起而只能束之高阁了。1978年7月获知平反后，丁玲将这篇作品找了出来并进行了修改，总计两万余字。同年底，经上级批准，丁玲回到北京治病。回到北京后，丁玲先是将《杜晚香》投给了《人民日报》，但《人民日报》的编辑认为这篇作品篇幅太长，不宜在报纸上发表，希望能进行压缩，丁玲不同意，便把稿子拿了回来转投给了《人民文学》。《人民文学》编辑看后，同意刊登，但希望修改，删去一些文字，丁玲不愿意，便又拿了回来。这时，《十月》编辑部的苏予和刘心武向丁玲约稿，丁玲便把《杜晚香》的稿子交给了他们。刘心武在当晚给丁玲的信中写道：“杜晚香这个形象‘是从无垠的干旱的高塬上挤出来、冒出来的一棵小草，是在风沙里傲然生长出来的一枝红杏’。当前的中国，实在需要更多的默默无语、扎实苦干的杜晚香；我们的文学画廊中，也实在需要增添杜晚香这样的形象！”[②]随后便通知丁玲准备在1979年第三期的《十月》上发表这篇作品。但《杜晚香》最终没有发表在《十月》，而是发在了《人民文学》上，发在《十月》上的是《“牛棚”小品》。其中缘由，刘心武后来回忆说，正值小说即将刊出的一天，中国作家协会的负责人葛洛来找他，“不及进屋就问我：‘丁玲的《杜晚香》在你手里吗？’我说：‘我已经编发了。稿件现在在编辑部。’他气喘吁吁地说：‘那就快领我们去你们编辑部’”[③]。这

①李向东、王如增：《丁玲传》，中国大百科全书出版社2015年版，第598页。

②李向东、王如增：《丁玲传》，中国大百科全书出版社2015年版，第631页。

③刘心武：《〈杜晚香〉与丁玲的平反复出》，《羊城晚报》2009年4月11日。

时刘心武从葛洛处得知，中央通知作协决定给丁玲平反，要求作协必须立即安排丁玲复出事宜，并以最快的速度在《人民文学》上刊登丁玲的作品。中央有关方面已通知编辑部，丁玲落实政策的第一篇作品最好是在《人民文学》上发表。到了编辑部，人民文学出版社的严文井正赶到，也是得到中央要为丁玲平反的通知，出版社要赶着编丁玲的书，书里要收入《杜晚香》。正是在这一背景下，《杜晚香》最终还是在《人民文学》上刊出，成为丁玲复出文坛的标志性作品。丁玲为向《十月》杂志及刘心武表达歉意，特意将自己于 1979 年 1 月在友谊医院的病床上写出的记述自己和陈明在宝泉岭农场被关"牛棚"的往事和经历的《"牛棚"小品》交给了《十月》编辑部。

从内容上来看，《杜晚香》写一个上进的乡村女性的成长史，写她在平凡的岗位上不平凡的业绩。杜晚香是西北高塬上一个村庄里的农家女孩，十三岁那年嫁到邻村李姓家做媳妇，17 岁时，丈夫李桂参军去了抗美援朝前线，后来，杜晚香在来到家乡的土改复查工作队的带动下迅速成长，成了村里的妇女主任并加入了中国共产党。1958 年，杜晚香追随丈夫来到了北大荒农场，她迅速地投入了北大荒火热的劳动生活中，并成为一名劳动标兵。小说注重写杜晚香的成长史，着重表现一个新中国的乡村女性如何在党的教育和培养下成长为一个理想的社会主义的新人。正如杜晚香在被评为标兵后的发言中所讲："我是一个普通人，做着人人都做的平凡的事。我能懂得一点道理，我能有今天，都是因为你们，辛勤劳动的同志们和有理想的人们启发我，鼓励我。我们全体又都受到党的教育和党的培养。我只希望永远在党的领导下，实事求是，老老实实按党的要求，为共产主义事业奋斗终生。"①丁玲在这里借杜晚香之口，表达了自己对党的感激之情，表达了自己对北大荒及北大荒人的感激之情。一个读者在读了《杜晚香》后给丁玲写信道："虽然前段时间报纸上出现过你的名字，给你平了反，但在我心中却没有给你平反。这次，我以中国青年公民的身份来彻底给你平反，从心眼里摘掉'右派'帽子！"②

《杜晚香》的写作前后历经十余年，这是丁玲被划为右派后写出的第一篇作品，也是丁玲平反后在《人民文学》上的亮相之作，在丁玲的心目中占据着重要的地位。丁玲之所以如此看重和喜爱这部作品有着多方面的原因：首先，作品描写的是北大荒农场的生活，而丁玲与自己的丈夫陈明从 1958 年至 1975 年就是在北大荒的汤原农场和宝泉岭农场生活、劳动，对这块土地有

①张炯主编：《丁玲全集》（第四卷），河北人民出版社 2001 年版，第 313 页。

②李向东、王如增：《丁玲传》，中国大百科全书出版社 2015 年版，632 页。

着深厚的感情，丁玲将复出之后的第一篇作品献给北大荒，也是对自己一段生活的记忆。其次，丁玲十分喜爱作品中的女主人公杜晚香，是因为自己与这个人物有着很深的情感，正如丁玲自己所说：“我写杜晚香对北大荒的感情，实际也是我自己的感情，也是北大荒人共有的感情。尽管我写的不够，但如果我自己没有这样的感情，我是写不出杜晚香的。”[①]杜晚香的原型是北大荒宝泉灵农场第七生产队一个名叫邓婉荣的女标兵。1964 年丁玲从汤泉农场调到宝泉灵农场后在工会工作，负责组织职工家属学习，邓婉荣当时从生产队调到场部工会任女工干事，场长让丁玲帮邓婉荣学习文化，俩人由此结识，并结下了深厚的友谊，所以丁玲写《杜晚香》也是对自己在人生低谷时所收获的一份美好的友谊的纪念。再次，作品中的杜晚香身上其实也包含了丁玲自己的身影。作品中写杜晚香是从西北高塬来到的北大荒，这恐怕不是随意的安排，而是有意为之，丁玲当年在延安的西北战地服务团时，有一段时间就在西北高塬活动，所以说，杜晚香的身上带着丁玲对往昔岁月的珍贵记忆。这样来看，丁玲珍视《杜晚香》也便自然而然了。《杜晚香》于《人民文学》1979 年 7 月号上发表后，丁玲特地将这期《人民文学》分别寄给了邓颖超、康克清以及宝泉岭农场的场长高大钧和小说中杜晚香的原型邓婉荣。丁玲以此向关心她的人宣告，“我又回到了文坛”。

二、《“牛棚”小品》之辩

《杜晚香》虽然被丁玲视为自己的复出作，但从发表时间上来看，散文《“牛棚”小品》才称得上是丁玲真正意义上的复出作，这篇作品发表于 1979 年第 3 期的《十月》，而且这也是丁玲平反后创作的第一篇全新的作品，同时也是一篇与新时期初期文学思潮契合度最高的作品，有其特殊的意义。

《“牛棚”小品》是丁玲以纪实的手法写自己与丈夫陈明于“文革”初期在北大荒宝泉岭农场被关在牛棚的一段经历，这也是丁玲复出后第一次对自己被划为右派后遭遇的叙述。所以，谈《“牛棚”小品》这部作品，有必要对丁玲在反右运动后的经历做一下回顾。在 1957 年的反右运动中，丁玲与在北京电影制片厂工作的丈夫陈明均被划为右派。1958 年 2 月已被划为右派的陈明被下放到黑龙江密山进行监督劳动。那时，时任农垦部部长的王震在黑龙江搞农垦事业。陈明曾说起，早在 50 年代中期，他和丁玲就对关于北大

①张炯主编：《丁玲全集》（第九卷），河北人民出版社 2001 年版，第 267—268 页。

荒农垦劳动的报道有过关注，而且很向往那里的生活。“50年代中期，北京青年杨华带领一支青年垦荒队，到了北大荒，参加农业劳动，团中央书记胡耀邦亲自给他们授旗。这件事当时登了报，也引起了我们去北大荒的兴趣。我们还在《人民画报》上看到过介绍黑龙江新兴的林业城市伊春的一组照片，我和丁玲都十分向往，希望能有机会去那里看看。”[①]陈明到北大荒见到王震后便向王震提出了丁玲也想到北大荒的想法，王震当即表示欢迎。这样，1958年6月，丁玲也来到了黑龙江密山。王震将丁玲和陈明一同安排到了汤原农场。在汤原农场工作一年后，又是在王震安排下，丁玲夫妇被调整为文化教员，负责搞扫盲工作，陈明做生产二队文化教员，负责组织群众文化活动。1963年国庆节前夕，丁玲因身体原因请假去北京看病，住在中国作协招待所，见到了严文井、周扬，周扬了解了丁玲在北大荒的情况后同意丁玲调回北京。在等调令过程中，丁玲参观了农垦局的五大农场。在这次活动中，应853农场领导的邀请，丁玲与陈明写信给中国作家协会，请求缓调，后又写信给王震，表示愿意留在北大荒。这样，在1964年底，经王震的安排，丁玲与陈明调到了高大钧任场长的宝泉岭农场，主要是负责组织职工家属的学习。可以说一直到“文革”爆发，丁玲与陈明在黑龙江农场的生活还是可以的，生活上受到了诸多照顾，这也使得丁玲与北大荒结下了深厚的情谊，离开后还念念不忘，平反后还专程回到北大荒探望。“文革”爆发后，丁玲夫妇开始遭到造反派的冲击和批斗。1968年夏，丁玲在宝泉岭被单独关押在“牛棚”长达十个月，1969年5月从“牛棚”出来后又被押解到21队，在群众管制下进行劳动，扫厕所、掏粪水、下大田割麦，对六十多岁的老人来说实属不易，这是丁玲在北大荒时最为艰难的时光，而《“牛棚”小品》正是对这段最为艰难时光的经历的叙述。

《“牛棚”小品》包括《窗后》《书简》《别离》三章。丁玲在作品中以小说的笔法记下自己被关牛棚的经历，也写与丈夫陈明之间的真挚情感，重点写被革命小将们关押失去自由后对丈夫的思念，也有和丈夫短暂相见后的欢欣与安慰。其中《窗后》是写自己在被关押的屋里透过窗子与丈夫无声而短暂的交流，以及这种交流在这艰辛困顿时刻带给自己的莫大的安慰与鼓舞。《书简》则是写被关押在牛棚期间，丈夫陈明如何冒着生命危险，把一些鼓励自己的话写在碎纸片上或火柴盒上，并想尽一切办法避开看押者的视线，将这些小纸片抛送给自己，正是通过这些细节的叙述，作品将一对遭受

---

①陈明口述，查振科、李向东整理：《我与丁玲五十年——陈明回忆录》，中国大百科全书出版社2010年版，第155页。

政治磨难的夫妻之间那种相濡以沫的真挚的情感书写了出来。“这些短短的书简，可以集成一个小册子，一本小书。我把它扎成小卷，珍藏在我的胸间。它将伴着我走遍人间，走尽我的一生。”①而《别离》是写自己被从牛棚转移关押前与丈夫的一次短暂的见面，匆匆一面，前程未卜，但丈夫的关爱、安慰与坚毅，成为从容面对困境的最大的精神动力。上述《“牛棚”小品》这三章，后成为丁玲晚年所写的回忆录《风雪人间》的一部分。

《“牛棚”小品》发表后产生了较大的反响，也成为当时伤痕文学思潮里一篇重要的作品。平心而论，与《杜晚香》相比，《“牛棚”小品》更契合新时期初期的文学思潮，但丁玲本人却一再声明自己更看重的是《杜晚香》而不是《“牛棚”小品》。1982 年 3 月《“牛棚”小品》获得了《十月》文学奖，在颁奖礼的致辞中丁玲特意强调：“现在《十月》还给了奖。难道真的我个人不了解我自己的作品吗？不过，昨天，今天，我反复思量，我以为我还是应该坚持写《杜晚香》，而不是写《‘牛棚’小品》。自然，这里并没有绝对相反的东西，但我自己还是比较喜欢《杜晚香》。是不是由于我太爱杜晚香，人民更需要杜晚香的这种精神呢？我想或许是的。”②之所以盛赞《杜晚香》，不仅仅是因为《杜晚香》发表在更高级别的《人民文学》上，而在于历经政治运动后复出的丁玲，不愿再让人贴上任何有“右”的意味的标签，所以虽然《“牛棚”小品》获得了好评，但丁玲并不想让自己和这样一篇充满反思意味的作品捆绑在一起。同年在北京语言学院与留学生的一次座谈会上，丁玲又谈及自己对《“牛棚”小品》的看法：“但是我自己今后走的道路不是《‘牛棚’小品》，我只是偶一为之。粉碎‘四人帮’之后，我看了一些抒写生死离别、哭哭啼啼的作品，我不十分满足，我便也写了一篇。我的经历可以使为哭哭啼啼，但我不哭哭啼啼。这样的作品可以偶然写一篇，但不想多写。我还是要努力写《杜晚香》式的作品。”③言谈之中，论及的是对自己进入新的历史时期文学创作的定位，但其中折射出的却是历经波折重回文坛之后丁玲的心境。

三、终未完成的长篇：《在严寒的日子里》

谈及丁玲复出之际的创作，还有一部作品值得关注，这便是长篇小说《在

①张炯主编：《丁玲全集》（第六卷），河北人民出版社 2001 年版，第 7 页。

②张炯等主编：《丁玲全集》（第八卷），河北人民出版社 2001 年版，第 299 页。

③张炯等主编：《丁玲全集》（第八卷），河北人民出版社 2001 年版，第 292 页。

严寒的日子里》。这是丁玲在“文革”后提笔开始写作的第一部作品，同时这部作品是丁玲继《母亲》《太阳照在桑干河上》之后创作的第三部长篇小说，而在内容上也正是《太阳照在桑干河上》的续篇。

1979年6月14日的《人民日报》上刊登了题为《作家丁玲撰写新作》的消息。文中提到：“著名女作家丁玲应人民文学出版社之约，正在重新编定她的作品集。这套新的选集将分为小说、散文、评论三辑出版。她的长篇小说《太阳照在桑干河上》也即将重印出版。她正在撰写长篇小说《太阳照在桑干河上》的续篇——《在严寒的日子里》。”丁玲当年写作《太阳照在桑干河上》时便有了创作《在严寒的日子里》的打算。她在1948年为《太阳照在桑干河上》所写的前言中便说道：“写作过程中得到了一些沦陷的桑干河一带护地队斗争的材料，是很生动的材料。”“我幻想再回到那里去，接着写小说的第二部，因此在写的当中，常常便想留些伏笔。”新中国成立后，丁玲身兼数职，事务繁多，但她写作《在严寒的日子里》的愿望也越来越强烈，为此她于1953年先后推掉了《人民文学》副主编、中央文学研究所主任等职，只保留了中国作家协会副主席、党组成员这两个不需要负责具体工作的职务，全力为自己创作做准备。1954年夏天，她应时任安徽省文联副主席陈登科的邀请而去黄山避暑，在黄山的五十多天里，丁玲开始潜心写作《在严寒的日子里》，写出了五万多字。1955年，丁玲又远赴无锡待了三个多月，一方面对已写出的部分进行修改完善，另一方面又写出了三万字，总计八万余字。正在这时，丁玲被召回北京，开始接受所谓的“丁陈反党集团”的批判，从而中断了写作。1956年初，中宣部又成立调查小组对丁玲、陈企霞问题重新调查，丁玲也向上级党组织写了申诉材料，丁玲问题有望改正，在这一背景下，是年10月，《人民文学》刊发了《在严寒的日子里》的前八章。而这之后，丁玲很快于1957年的反右运动中被划为右派，创作自然又一次中断。在下放到北大荒后，丁玲又断断续续地写出了一部分。1975年5月丁玲与丈夫陈明被一同分配到山西长治的嶂头村，稍稍安顿之后，丁玲又开始惦记着完成《在严寒的日子里》的写作。1976年3月，在丈夫陈明的帮助下，丁玲先是对1956年在《人民文学》上发表的前八章进行修改。上述《人民日报》所登载的关于丁玲创作《在严寒的日子里》的消息正是指的这时的情形，小说“自1976年3月动笔，至1978年3月停笔，丁玲在修改前八章的基础上，一共完成24章，计12万字”①。而这写出的部分，在丁玲的计划中只是一个铺垫，一个开场。这之后，因平反通知下发，丁玲将创作的重心

①李向东、王如增：《丁玲传》，中国大百科全书出版社2015年版，第589页。

转向了自己复出后亮相之作《杜晚香》。1979 年 1 月丁玲回到北京，是年 2 月，时任安徽省作协主席的陈登科给丁玲来信希望她能将手头的稿子投给刚刚创刊的《清明》杂志，并派公刘来京与丁玲面商。有感于当年小说最初动笔就是在陈登科邀请下赴黄山时而启动的，丁玲最后把写出的手稿交给了《清明》。1979 年 7 月《清明》的创刊号上刊登出了这部小说，总计十二万字。1985 年 6 月，丁玲本打算长住桑干河畔的蔚县完成这部作品，临行前却因身体原因住进了医院，1986 年 3 月丁玲去世，这部作品最终没能完成。1990 年 2 月，人民文学出版社据此出版了小说的单行本。

《太阳照在桑干河上》着重写党中央"五四指示"发布后暖水屯村的土改运动过程；《在严寒的日子里》则写的是解放战争爆发后，随着局势的变化，在果园村里复杂的斗争形势以及土改成果所经受的严峻考验。故事的时间背景是 1946 年的秋冬时节，地点是桑干河边的果树园村，重点写随着国民党的疯狂反扑，在曾经的解放区的形势变得复杂起来，小说一开篇即写当地群众的主心骨、区委书记梁山青在去果树园村的路上与从部队开小差的地主赵金堂的儿子赵贵遭遇，冲突中赵贵开枪打中梁山青，梁山青跌落路边沟里，生死未卜，这也为整个作品故事的展开作了铺叙。着重聚焦果树园这个刚刚经历过土改运动的小村，在这样的一个战争格局下，写出了革命形势的复杂化和艰巨化，写出不同身份的人心理的变化，写出了土改中被斗倒的地主高永寿、赵金贵等如何在形势的突变下蠢蠢欲动，联合起来伺机反扑，也写出了在严峻的革命形势下，经历土改运动锻炼和洗礼而成长起来的村干部李腊月、刘万福等，如何团结村里的群众来守护土改的胜利果实。可以说作品对当时动荡的历史和激烈的斗争作了真实的描绘，既写出形势的严峻，斗争的复杂，也写出了人民在严峻的斗争波涛中所表现的英勇奋斗和锻炼成长，小说在内容上承接着《太阳照在桑干河上》，同样是一部具有史诗规模的富于时代特色和历史深度的作品。

四、丁玲等作家的复出作之于新时期文学的发生学意义

以作家的复出及"复出作"的发表来审视新时期文学的起源可以使我们对新时期文学发生期的文学史内涵的认识更为深入。作为一种文学现象，作家的复出有着比伤痕文学更为丰富的历史信息。这种丰富性体现在三个方面：其一，由作家复出联系着的是转型期文艺环境、文艺政策的特殊性与复杂性。在这一时期，诸如文艺命题的讨论、文艺政策的出台以及文学会议的召开都具有一种发端、启动、转型的意味。其二，与作家复出相联系的是中国当代

知识分子的思想改造史，由此也必然需要重新审视新时期文学与五十至七十年代文学之间的内在关联。其三，由作家复出现象而追溯新时期文学的发生，可以使我们对新时期文学的起源及新时期文学发生期的文学面貌及精神特征的认识更为深刻。作家复出是一个复杂的历史过程，这也构成了新时期文学发生期文学特有的面貌。以王蒙为例，1977年12月，王蒙在《新疆日报》的副刊上发表了题为《诗，数理化》的一篇小短文，主题是歌颂高考的恢复，文章本身不足为奇，但这却是王蒙在时隔十三年之后又一次公开发表文章。继这篇作品之后，王蒙相继又在《新疆文学》上发表了小说《向春晖》，在《人民文学》上发表小说《队长、野猫和半截筷子的故事》。上述作品便是王蒙重返文坛之际连续推出的作品。这些作品从选材到主旨立意都有着鲜明的一致性，这便是对中心政治的刻意表现，力求政治上的安全性，有着一种主题先行的味道。同时，在这些作品中，作者回避“自我”的言说和表述，努力契合着时政主潮来组织叙事，作品的艺术性乏善可陈。究其原因，正是因为王蒙写作这些作品时，自己在政治上还没有平反，这一时期的写作更多地带有试探和观望的性质，这种心态在当时复出的作家中可以说具有极大的普遍性，而这种普遍性的心理状态，又直接对作家复出期的创作产生了直接的影响。这种状况的出现，正与复出作家于彼时的处境、身份及创作心态有关，而这些又都构成了新时期文学发生期文学的基础面貌和特征。正如王蒙在谈及当年自己复出之际，应《人民文学》编辑向前的约稿而构思创作小说《队长、野猫和半截筷子的故事》时说：“这时的思路完全是另一样的了，它不是从生活出发，从感受出发，不是艺术的酝酿与发酵在驱动，而是从政治需要出发，以政治的正确性为圭臬，以表现自己的政治正确性为第一守则乃至驱动力，把调动自己的生活积累，调动自己的生命体验与形象记忆视为第二原则，视为从属的却是不可或缺的手段。”[①]所以我们可以鲜明地看到，涌现于新时期文学发生期的这些“复出作”的创作走向，与后来兴起的伤痕文学及反思文学的作品有着明显的区别。这一阶段的作品即使触及“昨天”，作家也严格地把对“昨天”的讲述限定在揭批“四人帮”这一中心政治的范畴之内，而更深层次的有关人性的、历史的、文化的反思则完全没有进入作品。不仅如此，作家在这一阶段的创作中努力回避对“个人历史”的叙述，同时也回避在叙述中融入作家个人的感受与认知，可以说是一种“无我”的叙事，而这种创作特点恰恰体现出新时期文学发端期的创作特征。

第二个方面，通过对作家“复出作”的研究，可以清晰地看到新时期发

①王蒙：《王蒙自传·第二部：大块文章》，花城出版社2006年版，第5页。

生期的文学在写作模式、写作风格、写作理念上与“十七年”文学的内在联系，甚至可以说，新时期文学最初的兴起，并不是以向五四文学的回归为流向的，而是表现为与“十七年”文学的承继与接续，这一特点在丁玲、艾青、从维熙、王蒙、流沙河、高晓声、路翎等作家的“复出作”中有着十分突出的体现。前述丁玲的复出作《杜晚香》就极具代表性。再比如诗人艾青的复出作也是如此，艾青的复出作是1978年4月30日在《文汇报》上发表的诗作《红旗》，这是一首十分典型的政治抒情诗，抒发的是一种“大我”的情怀。诗歌以对红旗的礼赞，表达了对中国共产党领导下的中国革命的歌颂，表达的是对红旗凝聚着的中国精神的歌颂，诗歌在开阔的历史视野中，歌颂党的丰功伟绩以及中国人民不屈的斗争精神。王蒙的小说《向春晖》写的是清水县花园公社种子站技术员向春晖指导当地少数民族农民开展农业生产的事迹，故事的时间背景是1976年初至1977年。小说着重表现了向春晖这名汉族技术员如何扎根基层，在公社种子站带领当地农民抵住各种左的干扰，历经三年成功地繁育出了双杂交玉米良，从而赢得了当地农民的信任，极大地调动了农民生产劳动的积极性。小说采用不同身份、不同立场路线的人分别发声辩论的方式对当年的政治气候进行了直观的图解，故事的展开紧紧契合着当时掀起的实践是检验真理的标准的讨论而进行组织，小说呈现出十分典型的“十七年”式的歌颂社会主义新人形象的叙述风格。可以说，作家在新时期之初的复出期的创作中的这种向“十七年”文学回归的写作特点，并不是个案与偶然的现象，其中有着一种在特定的时代氛围及历史时期，历经改造的作家在归来之际的特有的政治文化心理的承载和体现。曾经因文获罪而被错划的作家们在重回文坛之际，通过作品首先想要向读者、向社会表达和传递的是自己政治上一贯的忠诚与可靠。所以，对作家复出做的研究，可以让我们从中审视这些历经多年的运动冲击与政治改造的作家在重归文坛之际的那种特有的政治文化心理，而这种心理在创作中的表达，又恰恰形成了发生期的新时期文学与“十七年”文学之间的内在关联。可以说，新时期文学的发端并不是建立在对五四文学全面复归的基础上的，它最初更多地对接着的是五六十年代文学的写作范式。

通过对作家复出之际的创作的研究可以发现，作家对自己所经历的沧桑历史的叙述大多是在复出期第二个阶段的创作中才渐渐触及，由此逐渐汇聚而成新时期文学的那种启蒙式的、知识分子式的以及深层的历史反思式的文学发展流向，而这正是我们在当代文学史叙述中通常赋予新时期文学的那种特征。以王蒙为例来看，小说《最宝贵的》《布礼》《蝴蝶》《春之声》等作品构成了王蒙在复出期第二个阶段最主要的创作，从这些作品可以看出，王蒙开始从最初的那种政治主题先行的“无我”式的写作，逐渐向敞开心灵、言说自我、审视历史、凝视现实的写作方向进行调整和转移。这种特征在路翎的身上体现的也十分明显。1981 年第 10 期的《诗刊》上发表了的《诗三首》，即《果树林中》《城市和乡村边缘的律动》《刚考取小学一年级的女学生》等是路翎复出后第一阶段的作品，诗歌传递和表达的是对社会主义新生活的礼赞与歌颂，有着十分浓郁的颂歌体的特点。进入八十年代中后期，路翎在创作中逐渐开始书写自己受运动冲击之后的那段个人的经历。1985 年第 2 期的《中国》上发表的小说《拌粪》以及后来写下的回忆录《监狱琐忆》等，路翎在这些作品中着重写的是那些关于自己当年在狱中及劳改农场的经历，而在这些作品中我们看到是完全不同于复出期第一阶段的叙事走向与叙述风格。第一阶段作品中的那种欢欣、喜悦、透明的叙述语调不见了，取而代之的是一种痛苦而凌乱的记忆，有一种不堪回首的沉重包含在其中。这种现象同样出现在复出后汪曾祺的小说创作中，在发表于 1981 年第 2 期《北京文学》上的小说《寂寞和温暖》中，汪曾祺借讲述在某农业科学研究所工作的科研人员沈沅被划为右派的故事，道出的是自己当年受批下放改造时的心理感受。发表在 1981 年第 5 期《收获》上的小说《七里茶坊》，写的是自己被划为右派后一次去张家口的公厕掏大粪的劳动经历。诗人艾青在推出自己的复出作《红旗》之后，于 1978 年 8 月 27 日的《文汇报》上发表了总题为《诗二首》的《鱼化石》和《电》。如果说《红旗》抒发的是“大我”之情，那么《鱼化石》是“小我”的写照，艾青在这首诗里真正将视角转向了诗人自我，通过对极具象征意蕴的鱼化石的咏叹，表达的是诗人自我历经磨难之后对生命的价值与意义的沉思。总的来看，复出的作家在新时期文坛上大多有过一个从“大我”书写向“小我”倾诉这样一个渐次转向的轨迹，而这一轨迹也显示了新时期文学创作中作家主体意识的逐渐回归。

总的来说，中国当代作家复出做的研究有其特有的学术价值和应用价值。复出作本身是一种特有的当代文学史料，而挖掘、整理、考证复出作也正是对当代文学中一种特有的文学作品现象的钩沉与研究。可以说，对复出做的研究是对一段特定的文学历史和特有的文学现象的定格与放大，从而将文学转型期的那种意味深长的历史内涵充分地挖掘出来。其次，复出作也有着重要的文学史价值，无疑，复出作是当代文学发展过程中的一种特有的历史现象，它本身包含着丰富的文学史信息，这其中既有复出作对于作家个体文学创作本身而言的转折意义，也有着复出作作为一种文学史现象对当代文学来说的历史意义和文学意义。复出作出现在文革文学与伤痕文学之间，对当代文学来说可以说是补了一个缺口，八十年代的文学并不是由文革文学直接转折到伤痕文学的，这中间的一个过渡性的文学潮流便是作家的复出作，它体现的是新时期文学发端期创作走向和特征。可以说，复出作对接着当代文学的两个重要的历史时期，上接五十至七十年代的毛泽东文艺时代的文学，下接八十年代文学，它是新时期文学发生的一个起点。所以，对复出作的研究也是对中国当代文学史研究的一种推进和深化；再有，复出作还包含着十分丰富的思想史价值。复出作是作家大难之后重获生机的一种记录和见证，是作家重返文坛的标志。作家的复出以及复出作的问世，这其中沉淀着有关当代中国知识分子的思想改造、话语表达、历史命运等诸多命题，所以对复出作现象的研究以及对复出作本身的解读，也是对当代中国知识分子精神脉络和思想心态的一种分析和研究。

（郭剑敏：文学博士，浙江工商大学人文与传播学院副教授，中文系主任）

反观“新时期”中国的美国视野

——重读丁玲《访美散记》

倪文婷

内容摘要： 1981 年 9 月至 1982 年 1 月，丁玲到美国参加爱荷华大学“国际写作计划”并写下《访美散记》。在丁玲研究中，《访美散记》较少受到讨论，因为它的表述方式很容易被看成官方意识形态宣教。本文尝试重构《访美散记》的成书经过与理想寄寓，旨在说明《访美散记》并非出自丁玲的意识形态成见，而是通过访美见闻与真实互动，反观了新时期中国的崇美风气与伤痕反思运动的潜在危机，并对这一危机的历史形成进行了同情的理解与深刻的批判。因而，丁玲的访美之行不仅是为了汲取美国的现代化经验，还是为了探寻新时期建设祖国的思想资源。对丁玲而言，此趟访美之行是一次从美国视野反观新时期中国症候的机会，《访美散记》正是她的借鉴成果。

关键词： 丁玲　《访美散记》　新时期　中国主体　伤痕反思　美国视野

引　言

1981 年 9 月至 1982 年 1 月，丁玲到美国参加爱荷华大学“国际写作计划”并写下《访美散记》。在《访美散记》成书前，其篇章曾经连载于两份刊物：《新观察》杂志与《文汇月刊》——前者旨在树立新时期的思想标杆，后者旨在复兴新时期的文艺创作。为什么这些篇章会从偏思想性的《新观察》转移到偏文学性的《文汇月刊》呢？这或许与一名读者投书有关：1982 年 4 月《新观察》刊登《会见尼姆·威尔士女士》不久后，丁玲收到了一名青年读者来信。青年读者认为，丁玲在文中以中美两国制度下作家的不同命运“论证资本主义的弊病和社会主义的优越性”是一老生常谈的论断，他尤其愤懑于，如此了无新意的文章被新时期思想标杆的《新观察》登载。[①]此事之后，《访美散记》便转移至《文汇月刊》连载。[②]

从《访美散记》转移了发表刊物一事，可见读者对该书有无思想性（创见）是持有争议的。在目前个位数的书评与论文中，《访美散记》出现了两极分化的评价：有论者认为《访美散记》的美国书写失之偏颇、流于作家的意识形态[③]，然而，有论者却认为《访美散记》的美国书写持论公允、出自作家的真情实意[④]。可以说，论者对于《访美散记》的两极意见，关涉中国如何借鉴美国经验推动改革开放的不同立场。值得注意的是，改革开放三十年后，论者对《访美散记》的批评方式发生了变化：以“中国文化中心主义”[⑤]取代了“社会主义的优越性”[⑥]；论者担忧，《访美散记》突出了中美文化的本质差异，从而将美国视为一个绝对他者，有碍于中国向美国汲取经验的改革开放国策。[⑦]

那么，丁玲是否在《访美散记》中固守意识形态、老调重弹呢？丁玲是

---

①《青年读者与丁玲的通信》，《新观察》1982年5月。

②李向东认为，《访美散记》转移至《文汇月刊》连载，与《文汇月刊》主编梅朵盛邀丁玲文稿有关。参见：李向东：《她让丁玲触摸美国——聂华苓与丁玲的交往》，《书城》2008年、李向东　王增如：《丁玲传》，中国大百科全书出版社，2014年，第687页。

③参见：《青年读者与丁玲的通信》，《新观察》1982年5月、秦林芳：《在文化中心主义阴影的笼罩下——丁玲〈访美散记〉的文化学考察》，《学海》2010年4期、秦林芳：《视像之“变”与视点之“常”——丁玲散文集〈欧行散记〉〈访美散记〉综论》，《扬子江评论》2014年6期、龙敏君：《信仰的坚守——浅谈新时期的丁玲及其创作》，《武陵学刊》2014年5期。

④参见：万平近：《前进的脚印，升华的轨迹——读丁玲〈陕北风光〉〈访美散记〉》，《中国丁玲研究会专题资料汇编》，1992年、李向东：《她让丁玲触摸美国——聂华苓与丁玲的交往》，《书城》2008年、李向东　王增如：《丁玲传》，中国大百科全书出版社，2014年。

⑤秦林芳：《在文化中心主义阴影的笼罩下——丁玲〈访美散记〉的文化学考察》，《学海》2010年4期。

⑥《青年读者与丁玲的通信》，《新观察》1982年5月。

⑦秦林芳：《在文化中心主义阴影的笼罩下——丁玲〈访美散记〉的文化学考察》，《学海》2010年4期。

否绝对化了中美差异，以致不将美国视为中国现代化的绝对标准，而只视为一种相对参照？

本文将显示这些批评都忽略了丁玲对当时中国与美国的认识不但有着客观的印证基础、主观的长期体验，还有和美国友人互动而来的真实反映与切身反思。对此，本文将从以下两点来说明：

首先，当时中国将美国现代化成就绝对化的崇美风气，乃是中国主体性丧失的危机，这一认识不仅是丁玲也是在美华人归国时的观察。只是，丁玲比在美华人更进一步地肯定了中国革命必须作为当代中国主体性的基础。这个“中美差异”（政治的而非文化本质的差异）最终造成了丁玲与在美华人的“同而不和”。

其次，丁玲对美国的认识与思考，以及由此形成对中国的反观——也就是通过参照美国这面镜子而更认识中国——是从丁玲访美之前与在美华人的交流便展开的，例如丁玲发现在美华人身上竟然都具有中国人逐渐丧失的中国性。至于访美期间，丁玲也不单观察美国、接收新知，还对美国友人与美国人民的态度（不得不）做出了即席反应：她多次批驳了美国所赋予她的受难英雄标签，并切身地感受到中美的政治意识形态而非文化本质的差异。

以上两点将在本文的第一节加以陈述，回应前述丁玲《访美散记》所受到的批评。本文的第二节则更正面地阐述丁玲《访美散记》的意图与理想。丁玲认为，在崇美风潮下的中国社会中，青年其实更多的受到了文革遗留的极端无政府个人主义影响，这样的体认则来自丁玲波折奋斗的人生经历。因而，丁玲对新时期青年的迷失有所体谅。然而不只新时期青年，丁玲发现到，许多革命老作家也受到伤痕反思情绪的影响而加剧了崇美风气或怀忧丧志。丁玲对伤痕反思虽然抱有同情理解，但是，她警觉其导向的怀旧复古情绪。为此，丁玲通过自我剖析，号召青年与老革命作家为了革命理想同自我与环境做不断的斗争。这些发抒是在丁玲与诸多“美国因素”（包括白先勇）碰撞后，反观中国的结果。

总的来说，丁玲通过访美见闻写作，反观了新时期中国的崇美风气与伤痕反思运动的潜在危机。可以说，丁玲的《访美散记》是借着批判新时期的潮流来对推动新时期的发展工作，亦即，丁玲不仅有意于扬长避短地吸纳美国经验，还有意于重整革命队伍，呼吁老革命作家与青年和衷共济，是以延续新时期中国革命的精神实践。

一、丁玲何以访美：“受难英雄”的（去）标签化

丁玲复出文坛后的第二年即1979年，中美正式建交。此后，人们评价中国与美国的方式出现了“此（中）消彼（美）长”的形势。1980年，在美华人於梨华发表于《人民日报》的文章写道：由于祖国的崇美之情日盛，她感到了一种恐惧。她犹记1975年第一次回国时，不但没有听闻人们说起美国，还看见祖国一切“都是进步完美的”。然而，她1977年回国时，人们不再论及祖国的美好，而是哀悼祖国的“苦难”。值得注意的是，自1979年回国，她开始被人们“问起美国的一切，不仅是问，而且要证实从别处听来的关于美国的种种‘花花绿绿’的消息”。於梨华三次回国期间，经验了祖国人民对美国从不闻不问到推崇备至。她担忧祖国人民“对美国的一切有……许多不正确的印象，因而抱着不该有的幻想，这将造成祖国人民访美之际的认知失调”。[①]因而，於梨华投书《人民日报》，急于纠偏祖国人民对美国的不切实际幻想，从而认识美国社会的利弊共存。[②]

丁玲以其敏锐也关注到在美华人反思中国的崇美危机。丁玲写作《访美散记》，正是为了反思新时期中国的崇美风潮为何引发了（中国）主体矮化，特别是她与几位具有十足“中国性”的在美华人接触后，体认到“中国人丧失中国（主体）性”的对比。1978年复出后，丁玲开始接见回国探亲的在美华人。她由于见到了三位在美华人——於梨华、梅仪慈与聂华苓——身上的中国作风，大感意外。丁玲意外之于，开始思索：华人长居美国，为什么她们的中国性被强化，而不是全盘西化（美国化）？为此，丁玲记录下对三位在美华人的印象反差：1979年9月，丁玲接受於梨华的访谈。於梨华因为听闻丁玲的文革遭遇，啜泣不已，这使丁玲感到於梨华“哪里像是一个外国作家？简直就是一个纯朴、善良、热情的中国女孩子”[③]。丁玲接待梅仪慈时，她观察到梅仪慈的作风亲民、装束素净，根本不像是双（美国）博士学位的

①崇美幻想在接触到实际美国时，可能影响自我认知，张洁或许是个例子：1988年，张洁的小说《只有一个太阳》写道：1979年中美建交之初，男主人公在美国陷入了一种总是被窥视和裸体的狂想，特别是小说描写美国的方式，无论是时间空间还是人物形象，都缺乏了连贯性叙事。学者孟悦在《历史与叙述》中分析：这是由于张洁的访美体验过于震惊，引发起其精神绝境，从而影响她无法完善叙事统一性。

②本信为1980年2月10日於梨华首次投书《人民日报》。转引自於梨华：《美国的来信——写给祖国的青年朋友们》，人民日报出版社，1989年。

③丁玲：《於梨华》，收入《访美散记》，长沙：湖南人民出版社，1984年，第103页。

女精英，反倒像是“三十年代，四十年代……朴实，勤工俭学的女学生”[①]。丁玲与聂华苓长期相处后，她也确证了聂华苓“是一个非常中国式的中国人……讲究人情、殷勤能干、贤惠好客……”[②]。正是从在美华人身上，丁玲体认到，中国性可以在异国他乡根深蒂固。她发觉了一种强烈对比——“在异国他乡仍然具有中国性”与“在中国反而没有中国主体性”。可以说，丁玲为了提醒中国读者“反观”新时期症候，她刻意在《访美散记》构建了一种中美比较视野（如同上述的三个例证），这基本上成为丁玲在《访美散记》屡次运用的写作策略。

不过，丁玲在反思新时期中国的过程中，却与新时期主流渐行渐远。实际上，新时期的崇美主流有着借“西风”压倒“东风”的意图。它意在告别毛时期的失败革命，迎接新时期的现代化运动。显然，丁玲赞同新时期的现代化运动，却反对毛时期革命被排斥在新时期主流之外，这亦造成了她与新时期主流的分道扬镳。然而，在美华人很难察觉到丁玲与新时期主流的分歧，虽然他们反对祖国人民崇洋（美）媚外，但是，他们很容易认同新时期主流的“告别革命”。是以，在美华人由衷同情丁玲的文革遭遇，即便见到丁玲对自身遭遇淡然置之也不疑有他。1980 年 7 月 18 日，聂华苓在给丁玲的短笺上写道：“多少年来，关注您的处境，为您悲哀、气愤、不平……终于见到您后，您自己却是那么平静恬淡，这就叫人更感动了。”[③]聂华苓认为，丁玲历劫归来却一表淡然，关涉到国内的严密监控，所以，她邀请丁玲参加爱荷华大学国际写作计划，以便两人在美国“面对面、心对心的长谈”[④]。

出乎意料的是，丁玲访美期间，仍坚持反思新时期主流的特殊立场，因而未能达成聂华苓预期。相反地，丁玲甚至与聂华苓的丈夫、“国际写作计划”创办人保罗·安格尔发生了争执。聂华苓事后如此追忆两人的争执缘由：

他们没有再见。一九八六年，丁玲去世了。一九九一年，Paul 也走了。丁玲和 Paul 两人，彼此好奇，彼此喜欢，彼此尊重。他们两人都饱经二十世

---

①丁玲：《在梅仪慈家作客》，收入《访美散记》，长沙：湖南人民出版社，1984 年，第 72 页。

②丁玲：《保罗·安格尔和聂华苓》，收入《访美散记》，长沙：湖南人民出版社，1984 年，第 23 页。

③王增如、李向东：《丁玲传》，北京：中国大百科全书出版社，2015 年，第 682 页。

④王增如、李向东：《丁玲传》，北京：中国大百科全书出版社，2015 年，第 682—683 页。

纪的风云变幻。他们两人都有灵敏的感性和率真的性情。他们甚至同一天生日，十月十二日。他们都有非常坚定的使命感。所不同的是丁玲对共产党的使命感，Paul 对美国梦的使命感。丁玲和 Paul 两人在一起，一本现代史的大书就在我眼前摊开了。①

聂华苓为了消除丁玲与保罗·安格尔的争端，尝试在两人身上求同存异。她不单指出了两人同天生日、共享作家的灵动、脾性，还突出了两人身上的神圣使命感。聂华苓认为，丁玲与保罗·安格尔的差异在于效忠了不同的“民族使命”：前者效忠了“共产党”；后者效忠了“美国梦”，但是，两人同样地“饱经二十世纪的风云变幻”。也就是说，丁玲与保罗·安格尔的争执并非是个人冲突的对立，而是 20 世纪冷战局势的对抗缩影。因此，聂华苓有感，丁玲与保罗·安格尔并肩在爱荷华一隅，已然体现了一种“和而不同”，这仿佛是一本“现代史的大书”平摊在她的眼前。尽管聂华苓看似化解了丁玲与保罗·安格尔的争执缘由，但是，她同时解构了两人坚守一生的主体认同。更耐人寻味在于，聂华苓以“现代史大书”的比喻将中美建交之际的历史变局描述成“历史终结”，这无异于暗示了保罗·安格尔的“美国梦”击败了丁玲的“共产党”信仰。

幸而丁玲在《访美散记》里，记下了她与保罗·安格尔的争执缘由，提供了本文参照解读的空间。丁玲认为，她与保罗·安格尔与聂华苓夫妇实为“同而不和”，特别是双方看待文学的态度不一。丁玲写道：聂华苓夫妇认为，“文学艺术是超阶级的，艺术就是艺术，那里没有很多政治、思想等；即使有，也可以只谈其中的艺术性”②。可以说，聂华苓夫妇相信，文学艺术是一种普遍主义话语，所以，他们举办爱荷华大学国际写作中心是为了提供世界各地的作家一个超越（冷战）意识形态的交流园地。然而，丁玲极快地察觉了，聂华苓夫妇的事与愿违，她曾被聂华苓告知夫妇两人：“只在集中精力，专门写作的时候才享有无限的愉快。一旦触及到有关政治关系的事情时，便会不胜其烦了。”③为此，丁玲指出，聂华苓夫妇想象的“一尘不染是

---

①聂华苓：《三辈子》，台北：联经出版社，2017 年，第 432 页。

②丁玲：《保罗·安格尔和聂华苓》，收入《访美散记》，长沙：湖南人民出版社，1984 年，第 20 页。

③丁玲：《保罗·安格尔和聂华苓》，收入《访美散记》，长沙：湖南人民出版社，1984 年，第 20 页。

很困难的”[①]，因为文学不可能独立于政治，政治则无处不在。因而，爱荷华大学的国际写作中心必然成为冷战意识形态的战场之一。1984 年，王安忆随同母亲茹志鹃参加爱荷华大学的国际写作计划时，陷入了精神错乱，她在自传体小说《乌托邦诗篇》写道：“这时候，我忙忙碌碌，神经兮兮，一会儿快乐，一会儿苦闷。”[②]王安忆一方面因为体验了美式的现代化生活而乐此不疲，另一方面却因为中国的落后水平深陷苦闷。可见爱荷华大学国际写作中心由于邀请海外作家体验美国先进，它客观上承担一部分美国现代化意识形态的宣传工作。所以，聂华苓夫妇追求的文学独立性确实难以企及。

实际上，丁玲也亲身证实了美国意识形态的无处不在以及它如何制约了美国人民认识真实中国的方式。在美期间，丁玲不单无法畅所欲言，还屡次欲言又止。1981 年 9 月中旬，丁玲首次在爱荷华公开发言后，她收到了负面反馈：“阿姨！你的讲话被认为太官气了，好象官方代表讲话，这里人不喜欢听，他们希望你能讲讲自己。”[③]丁玲被美国听众期待的“形象”，是一名文革受害者而不是一名共产党员，特别是她被剥夺写作自由的作家身份。也就是说，美国听众期望丁玲讲述其长达二十年的受难经历——反右运动被打倒、北大荒劳动改造、文革被批斗、监禁秦城监狱六年、山西长治劳动改造，一方面哀悼自我，另一方面控诉加害者暴行，从替中国作家争取创作自由。丁玲一旦在美国公开指控文革施暴者，她便会从一名受害者晋升为一名受难英雄，这正是美国听众的无意识期望。

然而，丁玲始终拒绝美国意识形态赋予她的“受难英雄”标签。为此，她屡次与美国意识形态发生了正面交锋。在 1981 年 11 月华盛顿酒席上，丁玲表示：“文革期间养鸡……很有趣味，在生产队为国家饲养几百只鸡也很有意思，孩子、病人、太太们每天都须要有高蛋白的鸡蛋嘛！”[④]丁玲尝试以共产党员的身份，对“文革”期间的“受难”经历表示积极，从而消解了美国意识形态的消极看法。丁玲这一反美国意识形态的答话，着实刺痛了在场宾客的情感结构，并引发了现场的议论纷纷：

---

①丁玲：《保罗·安格尔和聂华苓》，收入《访美散记》，长沙：湖南人民出版社，1984 年，第 20 页。

②王安忆：《乌托邦诗篇》，上海：华东师范大学出版社，2011 年，第 10 页。

③丁玲：《中国周末》，收入《访美散记》，长沙：湖南人民出版社，1984 年，第 65 页。

④丁玲：《养鸡与养狗》，收入《访美散记》，长沙：湖南人民出版社，1984 年，第 114 页。

这时站在我对面几个人当中的一位先生开口了：“一个作家，不写文章，却被处罚去养鸡，还认为养鸡很有趣味，我真难理解，倒要请教丁女士，这意思，不知从何而来？哈哈……”

我左边的那位太太附和着，简直是挑衅地在笑了。我心里暗想，应该给他们上一课才好，只是又觉得他们程度低，得从什么地方开始呢？

我正在犹疑，另一位先生从对面人丛中岔过来说：“昨天在华盛顿大学听丁女士讲演，非常精彩。以丁女土的一生坎坷，仍然不计个人得失，有如此爱国爱民的高尚情操，真是坚强典范，令人钦佩。鄙人想冒昧说一句，丁女士是否打算写一本自传小说？如能以丁女土的一生遭遇，化为文章，实是可以教化一代人士；若能在美国出版，一定是非常畅销。”

我看一看四周，一双双眼睛瞪着。我答道：“我不打算写，个人的事，没有什么写头。”

又有人连声说道：“伟大，伟大……”①

可惜的是，丁玲所谓“不计个人得失”“爱国爱民的高尚情操”，都被（华盛顿酒席的）在场宾客视为一种商业宣传的套路：强化“受难英雄”的姿态回顾“受难”经历，从而博得媒体的关注曝光。也就是说，（华盛顿酒席的）在场宾客不相信丁玲的说法出自她的真心实意，而是认定丁玲对美国畅销书的商业逻辑游刃有余。对此，丁玲无可奈何，她的一席肺腑之言被视为一种美式个人主义的商业戏法，尽管她有心给在场宾客“上一课”，但是，她却无从入手，因为在场宾客的“程度太低”。因而，丁玲退居《访美散记》重申：“我不打算写，个人的事，没有什么写头”。丁玲之所以写作《访美散记》，她意在祛除美国意识形态赋予她的“受难英雄”标签。丁玲注意到，美国倡导的“受难英雄”标签与新时期中国的伤痕反思运动息息相关，这构成了《访美散记》反观新时期症候的美国比较视野。

二、丁玲的美国视野：反观“新时期”中国的潜在危机

1981 年 9 月 1 日，丁玲入住爱荷华大学的五月花公寓后，写下了《访美散记》的开篇《向昨天的飞行》。在文中，丁玲回应了第一节所分析的新时

①丁玲：《养鸡与养狗》，收入《访美散记》，长沙：湖南人民出版社，1984 年，第 114 页。下划线为笔者所加。

期主流——崇美风潮与伤痕反思运动——的潜在危机。从下面引文可以看出，丁玲探索如何解决新时期危机的思路：

祖国呵，长期的苦难堆压在你的身上，你现在真是举步维艰，旧的陈腐的积习，不容易一下摆脱；新的、带着“自由”标签的垃圾毒品，又象虫虱一样丛生。……年轻有为的一代，正在经受考验。朋友呵，战友呵！千万把时间留住，要多活几年，你不能生病，不能瘫痪，不能衰颓，不能迷茫，你还有责任啊！年轻人呵！快些长大，不要消沉，不要退缩，不要犹疑，不要因循。要坚定无畏地接过老一代的火炬，你们是国家的顶梁柱，你们是早晨八、九点钟的太阳，希望在你们身上。振兴中华，建设祖国的重任已经历史地落在你们一代年轻人的肩上。①

丁玲此番陈述看似教条，但是，她却展露了一种看待“新时期”问题的特殊思考：首先，丁玲提出，“长期的苦难堆压在”祖国（抽象的共同体）而非国民（实在的个体）身上。其次，丁玲提及“旧的陈腐的积习”与“新的、带着‘自由’标签”掣肘了新时期中国的现代化运动。为何丁玲采纳了旁敲侧击的隐喻，却不采用单刀直入的说明呢？为了理解丁玲的用意所在，本文结合了1982年5月丁玲与青年读者的通信加以说明。

丁玲在复信中提出，新时期的隐患关涉“文革”遗毒，她写道：“有一部分读者，甚至还有一部分根本不读书的人，在十年动乱期间，深受毒害，至今仍喜欢无政府、无纪律、浪漫、疯狂、歇斯蒂理。”②丁玲提出的五个关键词——“无政府、无纪律、浪漫、疯狂、歇斯蒂理”——正是她1930年代“向左转”前的创作主题。丁玲在早年成名作《在黑暗中》里多塑造了此类女性形象，莎菲女士尤为代表。学者贺桂梅认为，这是丁玲受到五四期间“无政府主义的个人话语”的影响产物。③因而，《访美散记》开篇批评的“旧的陈腐的积习”具体所指，即是五四期间无政府主义个人主义在“文革”期间的全面复苏。就丁玲看来，这一套“无政府主义的个人话语”在遇见了新时期的崇美风气，便冒充一种“新的、带着‘自由’标签的垃圾毒品”。所以，

① 丁玲：《向昨天的飞行》，收入《访美散记》，长沙：湖南人民出版社，1984年，第1页。

②《青年读者与丁玲的通信》，《新观察》1982年5月。

③ 贺桂梅：《丁玲主体辩证法的生成：以瞿秋白、王剑虹书写为线索》，《中国现代文学研究丛刊》2018年5期。

丁玲认为，这是一种旧疾复发而不是一件新鲜事物，她将“新的、带着‘自由’标签的垃圾毒品”形容为“又象虫虱一样丛生”，这表明了新时期的崇美风气有长期以来的内因根源。

因而，丁玲担忧的不是“新时期盲目崇拜西方资本主义腐朽生活方式的思潮”①，而是其引发的虚无主义思想：“极端的个人主义、尔虞我诈、尽情享受”②。丁玲观察到，新时期青年普遍陷入了一种思想空虚状态。可以说，丁玲收到青年读者的来信无关乎她重申“社会主义的优越性”这一老生常谈，而是关乎她的文章无法解决青年读者的思想空虚问题。这位青年读者是一名工科的在读学生，他向丁玲写道：

有人说，现在的年轻人思想太空虚了……可是有谁论证过他们的思想为什么空虚呢？……我可以坦白告诉您，尽管我是这一代人中的幸运儿，但是我的思想基本上是空虚的。诚然，这……是自己的人生观不太正确……但是，不得不承认社会影响的效果，而其中最主要的可能还是有政治宣传及文学艺术等因素的。③

青年读者告诉丁玲，新时期中国青年普遍地遭遇了一种思想空虚状态。事实上，丁玲早已察觉，青年读者的思想空虚与文革复发的问题即无政府主义的个人主义话语息息相关，这实为一个横亘 20 世纪中国革命的难题。是以，丁玲才会在《访美散记》的开篇感慨：“年轻有为的一代，正在经受考验。”④可以说，新时期青年的考验始发自五四，复发于文革。因而，丁玲才会号召老革命同志携手疏导青年问题，她说道：“朋友呵，战友呵！千万把时间留住，要多活几年，你不能生病，不能瘫痪，不能衰颓，不能迷茫，你还有责任啊！”⑤丁玲所谓的“责任”，是指老革命者（特别是老革命作家）有义务告知青年如何克服无政府主义个人主义的话语作用，毕竟这正是他们走过的革命道路。

---

①《青年读者与丁玲的通信》，《新观察》1982 年 5 月。

②《青年读者与丁玲的通信》，《新观察》1982 年 5 月。

③《青年读者与丁玲的通信》，《新观察》1982 年 5 月。

④丁玲：《向昨天的飞行》，收入《访美散记》，长沙：湖南人民出版社，1984 年，第 1 页。

⑤丁玲：《向昨天的飞行》，收入《访美散记》，长沙：湖南人民出版社，1984 年，第 1 页。

但是，丁玲同时发现，老革命作家由于“文革”遭遇，他们也面临了“旧疾”复发的问题。老革命作家同样出现了崇洋（崇美）媚外的倾向以及伤痕反思的情绪。为了协助老革命作家克服自身“旧疾”，丁玲在复信给青年读者的信中说道：

有些作家的脚跟不稳，跟着这种歪风乱跑，一方面是迎合读者，一方面多少也是心有同好。有的地方为这些作品大开绿灯。这对于我们正在全力建设的社会主义精神文明是眼中的障碍和危害。我们文学艺术工作者正在党的领导下，继续深入生活，以我们的艺术创作，和全国人民一起，反对、扫除这种有毒的思潮。①

丁玲认为，“有些（老革命——笔者所加）作家的脚跟不稳”是由于他们“旧疾”复发所致。丁玲所谓的“作家的脚跟不稳”，是因为老革命作家受到“文革”时期复苏的无政府主义个人主义的顽疾所干扰，这是一种自五四发轫的“旧的陈腐的积习”。所以，丁玲认为，老革命作家自身的革命根基不稳，致使“跟着（新时期的崇美风气——笔者所加）这种歪风乱跑”。可以说，丁玲忧虑的，不是老革命作家艳羡美国的自由主义思想，而是老革命作家重新追求无政府主义个人主义的行动——即“极端的个人主义、尔虞我诈、尽情享受”②。这不单是危害了长期以来“全力建设的社会主义精神文明”，还扰乱了新时期青年的空虚思想。因此，丁玲要求文学艺术工作者严肃以待，齐心协力“反对、扫除这种有毒的思潮”，以防革命成果的历史倒退。

其次，值得注意的是，丁玲并未反对老革命作家创作伤痕反思的文艺作品。丁玲在1982年5月答复青年读者的回信里说道：

有个别人写过一些有缺点、有错误，偏离了大方向的作品，这是不能完全避免的。这样的人原来对祖国、对人民也是充满着热爱，只是象社会上某些人一样，受到一点挫折，容易消沉，认为对现实生活应该多点针砭，他们也是流着眼泪来写自己的作品的，他们希望自己的作品能起积极作用；我们应该理解这一点。他们作品中出现的缺点、错误，和他们创作中的问题，和

①《青年读者与丁玲的通信》，《新观察》1982年5月。

②《青年读者与丁玲的通信》，《新观察》1982年5月。

那些崇洋的、腐朽的思潮是不相同的。①

丁玲认为，老革命作家因为“文革”期间受挫，所以新时期出现了消沉反应，创作了大量的伤痕反思作品。访美期间，丁玲遇见了台湾作家白先勇，白先勇的伤逝主题受到了新时期（文学）批评家的热议追捧。因而，丁玲在《访美散记》中，她通过描写与白先勇的短暂交流，反观了新时期的伤痕反思运动，并指出了潜在危机。丁玲写道：

一些评论家们，可能是看多了近三十年来的多写斗争题材的作品，而又嫌平铺直叙，文章实而不华，到了“四人帮”横行时期，几乎都是令人讨厌的“假大、空”，现在骤然接触到这种精雕细刻的精品，内中人物很有韵味，似乎可以呼之即出，不觉欣喜。可能也还有这样的评论家，虽无白先勇的旧时生活，但对这种生活情调与感伤，也有同感，因此也就拍案叫绝。……我总希望作家能从怀旧的感情中跳出来，把眼界扩大，写出更绚丽多采，更富有生命力的文章。我曾对他说：回国内走一趟吧，新中国还是有许多新的可看可爱的东西的。我愿意帮助你，新中国一定会欢迎你。②

丁玲认为，新时期的“白先勇热”反映了两项问题：其一，新时期读者对白先勇作品的耳目一新，是因为他们反感毛时期社会主义现实主义的文艺作品趋于僵化，特别是到了“‘四人帮’横行时期”只剩下了“令人讨厌的‘假大、空’”。所以，新时期读者见到了白先勇的现代主义文学才会欣喜不已。可以说，新时期读者推崇白先勇文学的背后，是为了借“西风”压倒“东风”，告别“文革”的失败经历。其二，新时期读者偏好白先勇作品的怀旧主题与伤逝情调，攸关他们对新时期伤痕反思运动的态度。实际上，丁玲十分警惕“怀旧”潜藏了一股“复古”暗流，因为“怀旧”的极端正是走向了永无止境的“复古主义”。丁玲担忧这有碍于新时期作家直面未来、推动祖国建设。因而，丁玲提倡，新时期作家应当节制地创作伤痕反思的主题，这既有助于排遣“文革”后的消沉情绪，也有助于尽快地投身新时期的建设工作。可以说，丁玲分辨了“怀旧”与“除旧”的差异：“怀旧”使人们沉溺逝往，“除旧”却使人们直面未来，从而催生其“布新”能力。因而，丁

① 《青年读者与丁玲的通信》，《新观察》1982 年 5 月。

② 丁玲：《中国周末》，收入《访美散记》，长沙：湖南人民出版社，1984 年，第 66 页。

玲邀请白先勇回祖国大陆走动，她不单是为了白先勇，而是为了新时期作家。她希望，新时期作家重拾新中国那些“新的可看可爱的东西”，放下旧的、不值一看讨厌的债务，特别是“文革”期间复发的无政府主义个人主义旧疾。如此一来，她认为，“（新时期——笔者所加）作家能从怀旧的感情中跳出来，把眼界扩大，写出更绚丽多采，更富有生命力的文章”。这即是丁玲对新时期作家的期许：“除旧”而非“怀旧”。

纵观丁玲自1978年复出文坛避谈文革遭遇，实为她有意为之的“除旧”举措，她甚至表现出一笔勾销的姿态。与其说丁玲缺少了反思“文革”的能力，莫若说她采用了不同的反思“文革”方式。因而，丁玲避谈个人荣辱，不是因为她未曾感慨“文革”期间经历的黑暗时刻，而是因为她时刻警惕新时期的伤痕反思运动从“除旧”走向了“怀旧”的误区。实际上，对丁玲而言，她关注的不在于“除旧”，而在于“除旧”之后的“布新”，亦即如何布置新时期中国的建设工作。可以说，丁玲积极地响应了新时期的重大任务：社会主义现代化运动。在《访美散记》开篇里，丁玲呼吁了新时期青年投身祖国建设，她写道：“（青年——笔者所加）快些长大……不要犹疑，不要因循……要坚定无畏地接过老一代的火炬……希望在你们身上……振兴中华，建设祖国的重任已经历史地落在你们一代年轻人的肩上。”[①]这反映了丁玲反思“文革”与“除旧布新”的能力。面对青年读者质疑《访美散记》是官方意识形态宣教，丁玲表现得十分积极，她不去反驳青年读者，而采取侧面回应。她写道：“你说我的文章生不逢时，的确几年来我还没有学会盲目跟风，一味迎合某些人的嗜好……现在你说我也跟风，使你失望。我以为你了解得不够，但我不想解释了。”[②]乍看之下，丁玲“不想解释了”，像是受误会的无奈之举，但实际上，她是为了阐明自身如何实践“除旧”而非“怀旧”的思路。丁玲到底如何克服“怀旧”情绪，又如何降伏“文革”期间复发的无政府主义个人主义念头？这正是丁玲复信青年读者的要旨：

难道我们这些老一代的人就认为我们现实社会一切都好，好得不得了吗？我们的思想里难道就再不会偶尔也产生一丝的消极或失望的感触吗？我们不过是因为年龄大一些，经历丰富一些，知道的多一些，能够有所比较，更主要的是我们早期受到马列主义思想的教义，有一个坚定不移的理想和必胜的

---

①丁玲：《向昨天的飞行》，收入《访美散记》，长沙：湖南人民出版社，1984年，第1页。

②《青年读者与丁玲的通信》，《新观察》1982年5月。

信念。我们常常就依靠它来克服自己思想中偶尔出现的、一刹那的对于艰难险阻的屈服，满怀信心地去从事消灭黑暗、创造光明的工作。我们这些老人也都曾年轻过，在青年时代，我们也有过各种各样的思想，经历过各种各样的实际生活，我们也有过苦闷。但我们对自己作斗争，对环境作斗争，尽力寻找人生的真谛，为着理想奋斗，不惜牺牲自己。①

丁玲在信中说到，她“文革”期间出现了无政府主义个人主义的念头。她形容那念头，是一种“偶尔出现的、一刹那的对于艰难险阻的屈服”与“黑暗”，也是一种“偶尔也产生一丝的消极或失望的感触”与“苦闷”。值得注意的是，丁玲通过一连串修辞，描绘了她心中刹那间冒出的无政府主义个人主义，但是，她不直言那念头的“实指”。相反地，丁玲却直接地说明了如何降伏那“念头”的法宝即“一个坚定不移的理想和必胜的信念”：“马列主义思想的教义”。在此，值得深思之处不在于丁玲构建了无政府主义个人主义与马列主义的二元对立项，而在于丁玲如何辨析二者关系？丁玲的“方法学”是反复地“比较”二者。丁玲所谓“比较”不代表了马列主义永远战胜无政府主义个人主义，而代表了二者始终处在“比较”的动态中，这就像是日与夜的关系：革命是一项“消灭黑暗、创造光明的工作”。通过阐发革命实践是夜以继日的进程，丁玲从而说明了“比较”无政府主义个人主义与马列主义也是一项永无止境的工作。可以说，无政府主义个人主义与马列主义与是一对立项，它们之间相生相克。因此，丁玲所谓“比较”表明了一种革命意志：“对自己作斗争，对环境作斗争”，“比较”的实指正是个人意识中的“自我斗争”“斗争环境”。是以，丁玲的“自我”不是一种稳固不动的静态，而是一种斗争不懈的动态，这使她说出了“不惜牺牲自己”一语。她不惜牺牲的自己，其实是一种如如不动的“自我”意识。因为，丁玲认为，“自我”的理想与“人生的真谛”始终介于一种“尽力寻找”的过程，它不是一成不变的真理。可以说，丁玲的“自我”不破不立、破而后立，以上可谓是她革命主体辩证法②的演绎过程。

实际上，丁玲此番自我剖析不仅意在培养新时期青年，还意在呼吁老革命作家如何克服文革复发的“旧疾”，如何引导新时期青年的思想工作。丁玲说道：

---

①《青年读者与丁玲的通信》，《新观察》1982 年 5 月。下划线为笔者所加。

②贺桂梅：《丁玲主体辩证法的生成：以瞿秋白、王剑虹书写为线索》，《中国现代文学研究丛刊》2018 年 5 期。

现在，我们这一代作家，应该懂得现在的年青人，同情他们，同他们交朋友，给他们以温暖，写他们的苦闷，同时又要激励他们，使他们有勇气战斗，帮助他们建立、巩固、坚持一个高尚的、为人民服务的信念和情操，引导他们学习、探索、比较，逐渐培养社会主义的新的道德品格。我们无论如何对青年都不能简单的一意苛求，而忘记了自己幼年时代走过来的路子。[①]

就丁玲看来，老革命作家经历了半生的革命实践，他们知悉革命实践是一种“革命主体辩证法”的身体力行：在个人意识中反复地“比较”一个二元对立项：无政府主义个人主义与马列主义。因而，丁玲认为，所谓“社会主义的新的道德品格”不是一种官方意识形态宣教，而是一种循循善诱引导思考的“信念和情操”，所以老革命作家的重任便在于创作相关主题，从而培养新时期青年的革命主体。

丁玲在《访美散记》开篇里，她说到自己不是飞向太平洋，也不是飞向美国，……是飞向天外，飞向理想的美的世界。可以说，丁玲访美之行不仅是为了汲取美国的现代化经验，还是为了探寻新时期建设祖国的思想资源。丁玲在《访美散记》说道：“我以为我们大家都能在这一面‘海伦的镜子’中照出我们的幸福，照出我们光明的祖国。”[②]她以“海伦的镜子”指代了美国，这意味了美国既不是中国的理想投射，也不是对立的绝对他者，而是反观新时期中国的万花筒。就丁玲而言，此趟访美之行是一次从美国视野反观新时期中国症候的机会，《访美散记》正是她的借鉴成果。

（倪文婷：北京大学中文系2017级博士研究生）

①《青年读者与丁玲的通信》，《新观察》1982 年 5 月。

② 丁玲：《会见尼姆·威尔士女士》，收入《访美散记》，长沙：湖南人民出版社，1984 年，第 126 页。

丁玲当代散文作品中的爱情观

邱跃强

内容摘要：丁玲的爱情观是与她的家庭出身、个性气质、时代环境、爱情体验、人生经历等紧密相连的。从丁玲的爱情观中，我们既可以看出她的价值观、人生观，同时，也能感受到她作为一个知识分子的担当与博大的胸襟。当然，她的爱情观中也带有一定的局限性。

关键词：丁玲　当代散文　爱情观　价值观

提到丁玲当代散文作品中的爱情观，一个不能忽略的事情就是丁玲自身的爱情经历。就大家所熟知的，丁玲一生中至少有四段爱情经历。第一段是和胡也频之间的爱情。丁玲对胡也频并非一见钟情，而是在胡也频的穷追不舍、死缠烂打之下逐渐被感动，更重要的是，她看到了胡也频身上的昂扬斗志和革命精神，胡也频全力支持丁玲的写作事业，丁玲也全力支持胡也频的革命事业，两人相处是很默契与和谐的。1931 年胡也频被捕后惨遭杀害，这段爱情与婚姻也就画上了句号。丁玲与冯雪峰之间有过爱情，但没有婚姻。丁玲对冯雪峰是属于一见钟情式的爱情，她被冯雪峰身上的诗人气质、革命热情、人生理想等深深吸引，但这段爱情最终也无疾而终。丁玲与冯达的爱情开始于胡也频牺牲之后，丁玲与冯雪峰的爱情也没有结果之后，此时，孤寂的丁玲需要有一个人来爱护她，此时，冯达便进入了丁玲的生活，两人由爱情步入了婚姻的殿堂，但最终也没能收获美满的结局。丁玲与陈明之间的爱情，经历过种种磨难，但两人相依相偎，互相鼓励，相濡以沫，直到 1986 年，丁玲去世。不管是哪一段爱情，都带给了丁玲独特的爱情体验与人生感悟，不仅丰富着她的文学作品与思想，而且也加深着她对爱情、对人生的理解与体悟。

一、《青年恋爱问题》中的爱情观

《青年恋爱问题》一文，是作者1950年4月28日在清华大学的演讲文稿，作者在面对这么多富有朝气和无限希望的青年面前，既没有给学生讲怎样学习，也没有给学生讲怎样写作，而是和学生探讨了恋爱问题，由此可见，爱情在作者心中的重要性，正如作者开篇明义中就说道："恋爱问题是青年的切身问题之一。"①青年正处于情窦初开、富有激情和理想的阶段，爱情问题是这个阶段无法回避，更无法抑制的问题，是"切身"的问题，但青年在这个阶段，往往在心智、世界观、人生观等方面并未完全成熟，而"对恋爱问题的看法和处理，和一个人的思想认识、人生观，对整个社会的看法、分析问题的方法等都有关系。……也与一个人自小生长起来环境对他的影响有关，与一个人的品质以及工作锻炼等等方面有关。"②作者本身也是从青年过来，经历过人生的悲欢离合，起起伏伏，尤其是爱情的历练，因此，作者真正懂得青年、了解青年，站在青年的角度思考问题，愿意和他们分享和交流自己对爱情的看法，愿意对他们切身的问题进行探讨。从中我们可以深切地感受到，作者对青年的深切关爱如同鲁迅对青年的深切关爱一样，都对青年寄予着巨大的希望，尽自己所能去帮助他们，尽量让他们少走弯路，从这里我们也可以看出，丁玲作为一个知识分子的开阔心胸和坦率真诚，即使经历过尘世的喧嚣和洗尽人生的铅华之后，初心依旧。

在丁玲当代散文的爱情书写中，爱情是时代发展、社会进步的一个侧面反映，"谈一谈这问题是不是好呢？我想是好的。过去不可能谈，只是争取恋爱自由，还不是怎样恋爱的问题。过去要谈，不用说不能像今天这样站在台上公开地谈。"③从五四开始，无数的仁人志士，都在努力争取人的解放，人的自由，恋爱的自由，婚姻的自由，但正如丁玲所说："但绝大部分仍没有达到目的。妇女的经济不能独立，政治上不平等，就不可能有恋爱自

---

① 丁玲著，傅光明选编：《青年恋爱问题》，《丁玲散文》，浙江文艺出版社，2002年版，第69页。

② 丁玲著，傅光明选编：《青年恋爱问题》，《丁玲散文》，浙江文艺出版社，2002年版，第69页。

③ 丁玲著，傅光明选编：《青年恋爱问题》，《丁玲散文》，浙江文艺出版社，2002年版，第69页。

由。”[①]通过接受教育，妇女能在思想上得到一定程度的解放，但若想在恋爱和婚姻的选择上获得真正的自由，就必须在经济、政治等方面有自己的地位，作者能从事物的表面看到事物的本质，妇女只有经济独立、政治平等，才能真正拥有话语权，才能真正和男性站在同一高度上进行对话，不然，则只能是男性的附庸，很难拥有自由，享受幸福。而妇女要想在经济上独立、政治上和男性获得一样的平等地位，仅仅依靠个人的努力是很难实现的，要求得整个社会的改变和进步，中华人民共和国的成立，则使这一切成为可能，“今天社会根本上变了，妇女在政治经济上都有平等地位，社会观念也不同了，妇女有了权利，可以恋爱自由了”。[②]

从丁玲当代散文中的爱情书写中，我们也可以看出丁玲直率、坦诚、敢爱敢恨的性格。对于那些想谈恋爱，但又惧怕谈恋爱的同学，丁玲坦率地说：“有些人想做而不敢做，晚上又睡不着，很苦闷，那么谈一谈，弄清楚，免得老是想而又不敢做，浪费时间浪费精神，问题解决了可以更集中精力用在学习上面。”[③]丁玲是相当了解这个年纪的青年的，她也很熟知有些青年的思想，对待爱情的态度还依然留有封建思想的残余，因此，她很直截了当地指出这些问题，心平气和、苦口婆心地去给这些青年们交流与沟通。当爱情来了，逃避是没有用的，要学会去正视它，这样才不会使自己陷入苦恼而无法自拔。

对两性关系不敢正视的青年，丁玲也抱有理解的态度，“由于旧社会的环境，一切活动很单调，和异性接触的机会比较少，于是，有些人旁边坐了一个女同学时就老觉得不自在，站起来走也不是，继续坐下去也不是，别扭得很。”[④]虽然寥寥几句，却极具画面感，将青年男女，尤其是男青年在异性面前的紧张，甚至手足无措，都很形象地描绘出来，从中也可以看出，封建残余思想对人们的束缚，相比之下，青年时候的丁玲就勇于突破封建思想，表现出勇敢革命的一面，“1920 年暑假，丁玲因不满校方解聘陈启民，同杨

---

① 丁玲著，傅光明选编：《青年恋爱问题》，《丁玲散文》，浙江文艺出版社，2002 年版，第 70 页。

② 丁玲著，傅光明选编：《青年恋爱问题》，《丁玲散文》，浙江文艺出版社，2002 年版，第 70 页。

③ 丁玲著，傅光明选编：《青年恋爱问题》，《丁玲散文》，浙江文艺出版社，2002 年版，第 70 页。

④ 丁玲著，傅光明选编：《青年恋爱问题》，《丁玲散文》，浙江文艺出版社，2002 年版，第 72 页。

开慧等六名女生一起转入长沙岳云中学，成为湖南男女同校之创举”。[①]也就是说，丁玲在面对青年时，敢想敢说，而对于了解丁玲的人来说，就知道丁玲还敢做，因此，她的演讲就极具说服力和可信度。

丁玲的爱情思想中不乏对封建思想的抵制和批判。“就我所看到的一些知识分子来说，很多人脑子里还有封建残余的玩意儿。有一种人不愿意承认有这一个问题，……这说明她的思想还停留在旧的圈子里，生怕别人知道自己想恋爱。”[②]时代虽然在进步，但封建思想的残余依然在青年的爱情观念中发生作用，导致他们不敢正视自己内心真实的想法，被封建的思想束缚，面对爱情，一再逃避和隐藏，扼杀着自己的人性，丁玲对于这一点，是毫不留情地指出来，因为她深知封建思想的危害，是怎样毒害和摧毁一个年轻的心灵。“丁玲生于湖南省常德县城外祖母家。她呱呱坠地之初，外祖母余太守夫人便金口玉言：给她表哥当媳妇！”[③]在丁玲外祖母那个时代，很多小孩一出生就被订下了娃娃亲，子女的婚姻大事都是听从长辈的意愿，几乎自己不能做主，而且，当时也没有近亲不能结婚的科学观念，好在这事最后未成，好在丁玲承继了母亲身上具有的反叛和革命精神。在 1919 年五四运动之际，15 岁的丁玲就随着五四的狂风巨浪上街游行，反对封建主义和帝国主义，她对封建礼教对人的束缚和压抑深恶痛绝，因此，当她看到最富有朝气和希望的青年，爱情观中仍有封建思想的残余时，丁玲是急于想帮青年摆脱封建思想的束缚的。

丁玲自身的爱情体验与经历，在她关于爱情书写的散文中，在字里行间都可以深切地感受到，有时，作者虽然是在讲述别人的爱情故事，或者是在给青年解答有关爱情的迷惑，她并不拿自己的爱情经历作为讲道理、摆事实的依据，但从她的字里行间、用词用句中，我们依然可以想象到那就是她，就是她经历过的爱情，青年不会觉得那些有关爱情的道理是高高在上的空谈，相反是将他们自己内心想说而没说的话，亲切而到位地表达了。

例如，丁玲在解答青年们提出的“关于恋爱要不要条件与要怎样的条件方面”[④]的问题时，认为“根据‘相面’来确定合不合乎条件，这是旧的观

---

①蒋祖林，李灵源：《我的母亲丁玲》，辽宁人民出版社，2004 年版，第 1 页。

②丁玲著，傅光明选编：《青年恋爱问题》，《丁玲散文》，浙江文艺出版社，2002 年版，第 71 页。

③杨桂欣著：《情爱丁玲：惊世女子骇俗恋》，文化艺术出版社，2006 年版，第 3 页。

④丁玲著，傅光明选编：《青年恋爱问题》，《丁玲散文》，浙江文艺出版社，2002 年版，第 77 页。

点，不对。美的东西多得很，要是思想落后，趣味低级，那这个人本质上就不美”[①]，丁玲在规劝青年，判断一个人是否美的标准，是一个人的思想，是一个人内在的精神，如果简单地只是根据外表的美丑去决定要不要跟这个人在一起，那么很有可能会酿成一场悲剧的爱情。从中我们会发现，丁玲的爱情观与她的价值观、人生观等方面是契合而统一的，一个人的美丑、好坏，绝不在于外表所展现出来的表象，而是更内在、更本质的，是这个人的思想健康与否，是积极还是落后，如果思想既不健康，而且又落后，那么两个人在一起肯定会有各方面的摩擦与冲突，因为他们的人生观、价值观等都有着很大的差异，那么在一起一定不会长久，也必然不会幸福。但又不得不承认，如果一个人的外表很美丽，人会自然地想去接近和了解，而且，也不一定外表美，思想就不美，思想的美否，是需要时间和实践去检验的，绝不是一朝一夕的事情。真正的爱情像酒，随着时间的沉淀，越加芳香。

二、《牛棚小品》中的爱情观

1942 年，丁玲和陈明在延安结为夫妻，两人虽然年龄悬殊较大（丁玲比陈明大 13 岁），但他们之间的感情经得起时间和实践的检验，尤其是在十年政治劫难中，两人的感情反而有增无减，愈加弥坚。《牛棚小品》发表于 1979 年，记述的是作者被打成右派，关押在牛棚时所经历的事情与真实感受的记录。陈明也因为丁玲的原因，受到牵连，但陈明对此毫无怨言，他一直坚信丁玲的清白，他对丁玲的爱是无怨无悔的。

1968 年 9 月底，陈明从其他地方来到丁玲所在的农场牛棚，但两人是分开住的，陈明有时会找一些理由来和丁玲相聚，“而且有时吃中饭，陈明还端着饭盒，借口送点咸菜、辣椒，跑到我这间小屋和我一起吃。”[②]从字里行间，我们既能感受到当时的社会氛围，同时，也能强烈地感受到，陈明和丁玲之间的爱情的温馨，每每读来，总是令人深受感动，不得不惊叹于爱情的伟大，让两颗受伤的心得到慰藉。“尽管彼此十分相思，但咫尺天涯，被无

① 丁玲著，傅光明选编：《青年恋爱问题》，《丁玲散文》，浙江文艺出版社，2002 年版，第 77—78 页。

② 丁玲著；范桥，卢今编：《牛棚小品》，《丁玲散文》，中国广播电视出版社，1996 年版，第 264 页。

情隔离，不能会面。”[①]两个人在艰难困苦中，仍心系彼此，从彼此的眼神中获得继续支撑和坚持下去的信念。即使在两人中间，存在着太多阻碍，即使两人连见一面都是奢望，但这些都无法隔断两颗真心相爱的人，更无法阻隔他们对彼此的思念。

“即使只准我在大门内、楼梯边、走廊里打扫也好。……；我就能感觉到我们都在一同劳动，一同都在劳动中彼此怀想，……，我们就可以互相睨望，互相凝视，互相送过无限的思念之情。”[②]每当读到这些，我都会忍不住红了眼眶，我们常说“大难临头各自飞”，丁玲和陈明并没有，反而是这些艰难和坎坷让他们对彼此的爱日益加深，更加坚固，他们彼此给对方安慰，彼此又是对方的依靠，彼此给予对方无限的希望，他们相互扶持，他们是彼此在漫长的黑暗中的一道亮光，照亮着前行的路，让两颗受伤的心依然在坚强地跳。他们之间不需要什么语言，只要彼此的一个眼神、一个微笑，他们彼此都能感受到对方的心跳，从中汲取面对一切严寒的力量。是啊，在那段极其严寒的时期，他们就是彼此的火把，温暖着对方，他们用对彼此无限而深情的爱，让这支火把能够一直在他们的生命中照亮。不管时间如何流逝，世事如何变迁，丁玲和陈明之间的爱永远是那么新鲜而年轻，就像他们最初相识的时候一样，“我也将像三十年前那样，从那充满了像朝阳一样新鲜的眼光中，得到无限的鼓舞，那种对未来满怀信心，满怀希望，那种健康的乐观，无视任何艰难险阻的力量……。”[③]这不就是爱情最初的模样吗？正如丁玲在《青年恋爱问题》一文中所说的：“结婚前有恋爱，结婚后还有恋爱，在婚后还要把恋爱保存、培养、发展起来。”[④]不管过去多少年，都永远对方给予自己的希望和力量，使彼此有勇气共同面对一切的坎坷挫折，对生活和未来永远保有着希望和乐观，这就是爱情的力量，经得起一切困难的检验。这是最好的爱情，不掺杂任何的功利与物质，而是一种精神上的纯净与互动，既能一起分享快乐和幸福，也能一同承受痛苦和艰难。同时，这也是最令人

---

①丁玲著；范桥，卢今编：《牛棚小品》，《丁玲散文》，中国广播电视出版社，1996年版，第265页。

②丁玲著；范桥，卢今编：《牛棚小品》，《丁玲散文》，中国广播电视出版社，1996年版，第265页。

③丁玲著；范桥，卢今编：《牛棚小品》，《丁玲散文》，中国广播电视出版社，1996年版，第265页。

④丁玲著，傅光明选编：《青年恋爱问题》，《丁玲散文》，浙江文艺出版社，2002年版，第83页。

向往和希望能够拥有的爱情，当然，这种爱情也是可遇不可求的，丁玲和陈明也是经历了几多磨难之后，才最终走在了一起，也就是说，即使是真爱，也并不是一帆风顺的，也总会经历各种磨难与考验。

在牛棚的日子里，陈明用自己的方式守护着丁玲，甚至是冒着生命危险去给丁玲送去温暖和安慰。“我看见了，在清晨的，微微布满薄霜的广场上，在移动的人群中，在我窗户正中的远处，我找到了那个穿着棉衣也显得瘦小的身躯，在厚重的毛皮帽子下，露出来两颗大而有神的眼睛。……，他看见我了。他迅速地大步大步地左右扫着身边的尘土，直奔了过来，昂着头，注视着窗里微露的熟识的面孔。他张着口，好像要说什么，又好像在说什么。他，他多大胆呵！我的心急遽地跳着，赶忙把制服遮盖了起来，又挪开了一条大缝。我要你走得更近些，好让我更清晰地看一看：你是瘦了，老了，还是胖了的更红润的脸庞”。①

“这个玻璃窗后的冒险行为，还使我在一天三次集体打饭的行进中，来获得几秒钟的、一闪眼就过去的快乐。”②虽然是短暂而惊险的快乐，但给了丁玲以极大的慰藉，“这些微的享受，却是怎样支持了我度过最艰难的岁月，和这岁月中的多少心烦意乱的白天和不眠的长夜，是多么大地鼓舞了我的生的意志呵！”正如杨桂欣在《情爱丁玲：惊世女子骇俗恋》一书的前言中所说的：“我一直以为，如果没有陈明，丁玲是活不到 82 岁的”，③陈明在那个特殊的时期，用自己的爱给予了丁玲以生的希望，两人共同扶持，撑过了那段难熬的时期。

陈明和丁玲从 1968 年 7 月就被强制分开，丁玲从那时起就被独自关在宝泉岭农场水利大楼的一间牛棚，陈明是 1968 年 9 月底搬到这里，住在和丁玲邻近的一个大间里，最开始的时候，陈明和丁玲还能偶尔见个面，坐在一起吃饭，但是，后来对他俩的看管越来越严，禁止他们两人往来，因此，他们虽然离得很近，都在一栋楼里，一门之隔，但是，又是天涯的距离。但同时，两人的默契感十足，陈明在户外劳动时，经常会制造一些声音，“一个很轻很轻而往往是快速的脚步声，或者能听到一些轻微的咳嗽和低声的甜蜜的招

① 丁玲著；范桥，卢今编：《牛棚小品》，《丁玲散文》，中国广播电视出版社，1996 年版，第 266 页。

② 丁玲著；范桥，卢今编：《牛棚小品》，《丁玲散文》，中国广播电视出版社，1996 年版，第 267 页。

③ 杨桂欣著：《情爱丁玲：惊世女子骇俗恋》，文化艺术出版社，2006 年版，第 3 页。

呼……”[1]丁玲每次都会仔细聆听这些声音，因为这些声音来自最爱的人，是丁玲在这段艰难困苦的岁月中的支撑和希望，当所有人都远离她的时候，她知道，有一个人他一直陪在身边，一直想尽各种办法接近自己、保护自己、给予自己最大的力量，这个人就是陈明啊，就是她的爱人啊，用生命去呵护她的陈明啊！

有时，陈明也会想尽办法，将写着自己心里想对丁玲说的话的纸条偷偷给丁玲。“其实，我那时的心啊，真像火烧一样，那个小纸团就在我的身底下烙着我，烤着我，表面的安宁，并不能掩饰我心中的兴奋和凌乱。‘啊呀！你怎么会想到，知道我这一时期的心情？你真大胆！你知不知道这是犯法的呵！我真高兴，我欢迎你大胆！什么狗屁王法，我们就要违反！我们只能这样，我们应该这样……’”[2]爱情有时会让人格外的勇敢，即使知道危险就在眼前，但一样会为了所爱的人奋不顾身。

1969 年 5 月 12 日，“一个穿军装的人”来到丁玲的房间，通知她去二十一队劳动，面对这突然的安排，丁玲最先想到的就是陈明。尽管禁止他们两人见面，但至少他们还在同一个屋顶之下，而此次丁玲只身去二十一队，那陈明怎么办，“他的命运前途如何呢？离开我，没有我，他将怎样生活呢？”[3]丁玲并不怕二十一队的劳动有多辛苦，那里的人可能对待她更加不友善，但这些都没关系，让丁玲放心不下和牵挂的是陈明，他们好不容易才相见，转眼又是分离，陈明在丁玲身边，丁玲是感觉暖心的，是有所希冀的，但此时“我的生命同一切生趣、关切、安慰、点滴的光明，将要一刀两断了。只有痛苦，只有劳累，只有愤怒；只有相思；只有失望……。”[4]没有了陈明，作者的世界顿时失去了颜色，一切都变得黯淡起来，但“他走进来。整个世界变样了。阳光充满了这小小的黑暗牢房。……我们相对无语，无语相对，都忍不住让热泪悄悄爬上了眼睑。可是随即都摇了摇头，勉强做出一副

---

①丁玲著；范桥，卢今编：《牛棚小品》，《丁玲散文》，中国广播电视出版社，1996 年版，第 265 页。

②丁玲著；范桥，卢今编：《牛棚小品》，《丁玲散文》，中国广播电视出版社，1996 年版，第 269 页。

③丁玲著；范桥，卢今编：《牛棚小品》，《丁玲散文》，中国广播电视出版社，1996 年版，第 277 页。

④丁玲著；范桥，卢今编：《牛棚小品》，《丁玲散文》，中国广播电视出版社，1996 年版，第 274 页。

苦味的笑容。他点了点头，低声说：‘我知道了。’”[①]在没有见面的时候，双方心里都有一肚子的话想向对方诉说，但当见了面，语言仿佛一瞬间失去了它的作用，此时，只有泪水，只有滚烫的泪水能表达心中的所有，所有想向对方倾诉的，对方都能在这有着热度的泪水中感知一切，包括幸福和痛苦。

丁玲和陈明爱的太深，情太浓，即使什么也不说，但从对方的眼中便能读懂一切，这种爱情，是彼此一起经历过太多、太多的辛酸、痛苦和幸福，一切经历过生死，依然紧握着彼此的手，死亡绝对无法将两人分开，但离别却让双方痛苦，因为太爱对方，因为太舍不得，因为在这冰冷的人世间，彼此才是温暖对方的那一盏灯，甚至是唯一的，仅有的一盏灯，不管是哪一方失去哪一方，都是巨大的崩溃，都足以使人陷入无尽的黑暗，况且，这次别离“是生离呢，还是死别呢？这又有谁知道呢？”[②]

三、《漫谈恋爱》中的爱情观

《漫谈恋爱》一文，是日本中国问题研究专家大芝孝根据丁玲 1984 年 1 月 15 日谈话整理而得，这是丁玲继 1950 年《青年恋爱问题》一文之后，时隔近 34 年，又一次直接谈及爱情话题，在这 34 年中，作者经历了太多的人生浮沉，但她对爱情的信仰依然没有改变，从丁玲的爱情观中，我们依然会惊奇地发现，虽然岁月在流逝，社会在变迁，但浮现在我们眼前的依然是那个留着短发，一身干练的，敢爱敢恨的丁玲，如果仅从文本和语言看，我们完全想不到丁玲此时已八十岁的高龄，她对爱情的看法，以及爱情于人生、社会的价值和意义，和几十年前的她如出一辙。

爱情是一个永恒的话题，如同一道永不消退的光，照亮着每个人的生命。无论你是谁，从事什么职业，贫穷或是富有，爱情都会在你生命的某一个时段，如期而至。恋爱是不分年龄的，人在少年、青年、中年，哪怕是老年，都可以怀有对爱情的憧憬，尤其对于那些文人们来说，爱情似乎成为他们笔下的常客，牵连着他们的喜怒哀乐与人生体悟。正如丁玲所说：“对于恋爱

① 丁玲著；范桥，卢今编：《牛棚小品》，《丁玲散文》，中国广播电视出版社，1996 年版，第 274 页。

② 丁玲著；范桥，卢今编：《牛棚小品》，《丁玲散文》，中国广播电视出版社，1996 年版，第 275 页。

这个题目，即使到这个年龄（指八十岁），我也是很感兴趣的。”[①]“要从文学和艺术作品中除掉恋爱和爱情，几乎是不可能的。任何文学都要直接或间接地涉及到恋爱问题。”[②]从这段话中可以看出，爱情是文学作品中必不可少的一道风景，作家不管在人生的哪一个阶段，都是渴望爱情、向往爱情与赞颂爱情的。

“那么，我主张什么样的爱情呢？直截了当地说吧，我是主张‘一见钟情’的，但要‘白头偕老’。”[③]爱情的开始有时是很奇妙的，可能就是初次见面的一个眼神，一个微笑，就会让对方觉得熟悉和温暖，爱情也就此发生了，第一眼的感觉和印象很重要，有些人见了无数次的面，也不见得会产生爱情的情愫，从这里我们可以看出丁玲的价值观，多情不是滥情，对待每一段感情都是认真的，都是奔着“白头偕老”去的，绝对不是图一时的新鲜，图一时的刺激，而是两个人心灵之间的契合，是要厮守终身的。但同时，丁玲也指出一见钟情式的恋爱也是有条件的，“要附加一个条件，绝不是说不论对什么样的男人或女人都能够‘一见钟情’的。我觉得这个‘一见钟情’就是许多男女具有的一种特别的‘灵感’，也可称之为‘精神的闪光’，但不是‘冲动’之类的东西。”[④]其实，丁玲在这里强调的是，一见钟情不仅仅是源于外表的美丽和好看，她重视的是更为内在的气质，是两人虽然第一次见面，但在性格、理想、追求等方面有着很大程度的相似或契合，因而会给人一种熟悉和亲近的感觉，仿佛是多年前就认识的一样，而这种观点，丁玲在 1950 年于清华大学的演讲中就以及申明过，即使时间过去了这么多年，丁玲依然坚守着自己对爱情的看法和观点，爱一个人，爱的是他的灵魂，不是爱一个人好看的皮囊。

同时，丁玲也特别尊重和欣赏那些纯洁的、不掺杂物质利益的爱情。她特意以古典小说《李娃传》为例，认为书中李娃和郑生的爱情之所以一直被大家喜爱和欣赏，“那就是因为这个剧所表现的爱情，是纯洁的，完

---

①丁玲著；范桥，卢今编：《漫谈恋爱》，《丁玲散文》，中国广播电视出版社，1996 年版，第 646 页。

②丁玲著；范桥，卢今编：《漫谈恋爱》，《丁玲散文》，中国广播电视出版社，1996 年版，第 646 页。

③丁玲著；范桥，卢今编：《漫谈恋爱》，《丁玲散文》，中国广播电视出版社，1996 年版，第 646 页。

④丁玲著；范桥，卢今编：《漫谈恋爱》，《丁玲散文》，中国广播电视出版社，1996 年版，第 646 页。

全没有物质的东西。”[①]“我认为像这样纯洁的爱情，是十分美好的，特别值得尊重。”[②]两个人之所以在一起，是彼此相互的吸引，这吸引不是物质，也不是美貌，而是相同的价值观和理想，只有这样，两人在一起才能长久，而且，金钱也好，美貌也罢，都会随着时间的流逝而逐渐消失，而一个人的内在，一个人的思想，却会随着时间的流逝而愈发闪光，愈发具有魅力。丁玲看重和追求的绝不是一己的私欲和满足，而是关乎每个人真正幸福与否的追求，她传递的是一种永不过时，而且正能量的爱情观、价值观。

这也正如丁玲自己所说：“总之，对于人来说，最重要的是精神，它比金子还可贵。这就是人之所以不同于禽兽的地方。现在，很多人的价值观是错误的。认为没钱的人就没价值。可是，人的价值，必须由人的心地是善良，还是丑恶，是为人民服务，还是光为自己来断定。”[③]丁玲之所以在讲述爱情的时候，提到一个人的价值与价值观，那是因为，在丁玲的观念中，爱情是和一个人的价值观紧密相连的，如果一个人连正确的价值观都没有，他也就不可能拥有幸福的爱情，因为爱情这事，说小了，是两个人的事情，但往大了说，它关乎一个家庭、一个社会，甚至是一个民族的兴亡。

我们不应该小看恋爱，也不应该认为恋爱只是关乎个人的事情，丁玲认为：“如果你不懂恋爱，也没有恋爱生活的话，那么你也不懂生活上的痛苦。你最终就会陷入虚无主义，……。我想你对恋爱采取不严肃的态度，那么对工作、对社会、对他人也一定会采取同样的态度。”[④]爱情带给一个人不可能一直都是幸福，在这个漫长的过程中，有甜蜜也有痛苦，有感动也有心酸，有许多无奈与说不尽的感受，懂得了爱情，也就懂得了生活的酸甜苦辣。生活与爱情在很大程度上是相通的，爱情本来也就是生活的一部分，而且是最具特色的一部分，爱情会让一个人成长、成熟，一个人在

① 丁玲著；范桥，卢今编：《漫谈恋爱》，《丁玲散文》，中国广播电视出版社，1996年版，第647页。

② 丁玲著；范桥，卢今编：《漫谈恋爱》，《丁玲散文》，中国广播电视出版社，1996年版，第648页。

③ 丁玲著；范桥，卢今编：《漫谈恋爱》，《丁玲散文》，中国广播电视出版社，1996年版，第648页。

④ 丁玲著；范桥，卢今编：《漫谈恋爱》，《丁玲散文》，中国广播电视出版社，1996年版，第649页。

爱情里长大和成熟了，那么，他在面对生活中的坎坷与挫折时，也便能够正确对待与处理了。同样，一个人如果能够对待爱情采用认真严肃的态度，那么他对工作、社会与他人都能够认真对待，绝不会当作儿戏，因此，从这一点来说，爱情关乎社会的进步与落后，甚至关乎一个民族的兴衰也并不为过。

最后，丁玲特别强调，理想在恋爱中的重要性，“最后一点就是，一个没有理想的人，绝不会完全给你爱的，因为那样的人是没有资格谈恋爱的，也根本不可能有真正的爱情。”①一个没有理想的人，就是一副没有灵魂的空皮囊，即使这副皮囊外表再好看，也只是一个绣花枕头，经不起岁月和时间的检验。而一个没有理想的人，很难拥有真正的爱情，即使拥有了爱情，这份爱情也不会长久，因为让一段感情持续下去的是爱情双方内在的理想和目标，美貌会随着时间衰老，但理想永远年轻，永远使人热血澎湃，不管遇到什么样的艰难和困苦，爱情双方都会彼此扶持，共同向前迈进，这就是理想的力量，这就是爱情的魔力。

结　语

丁玲的爱情经历是坎坷的，但每一段爱情都丰富着她的人生体悟。丁玲的爱情观也正是在这个过程中不断得到深化和发展。从丁玲当代散文作品中所展现的爱情观来看，爱情不仅与一个人的个性气质、人生阅历、价值理想等密切相关，而且，也与社会环境、时代氛围等紧密相连，真正的爱情来自双方内在气质的吸引、灵魂的契合与理想的共鸣。

当然，丁玲的爱情思想中也有一些局限，例如，作者在《青年恋爱问题》一文中所说：“要了解要相爱要共同进步，拿什么来巩固来发展呢？靠政治认识。”②“今天的诗和小说都不写这个，在为人民服务的大旗下、马列主义的教育中，可以跳出苦海。”③在越来越现代化与个性化的今天，丁玲的这些话似乎有些不合时宜，当然，这也是当时的时代局限，不能仅归咎于丁玲个

① 丁玲著；范桥，卢今编：《漫谈恋爱》，《丁玲散文》，中国广播电视出版社，1996年版，第649—650页。

② 丁玲著，傅光明选编：《青年恋爱问题》，《丁玲散文》，杭州：浙江文艺出版社，2002年版，第79页。

③ 丁玲著，傅光明选编：《青年恋爱问题》，《丁玲散文》，杭州：浙江文艺出版社，2002年版，第82页。

人，况且，丁玲的出发点是好的，她希望青年要破除封建思想的残余，要有正确的价值观、爱情观和人生观，同时，也要做一个对待爱情严肃认真，并富有理想和激情，有责任和担当的青年。

（邱跃强：陕西师范大学文学院博士研究生）

丁玲与20世纪文学革命主体书写

“忠贞”的悖论：丁玲的烈女/烈士认同与革命时代的性别政治

符杰祥

内容摘要： 丁玲动荡曲折的一生，堪称二十世纪中国文学与革命政治最生动的映照。在最后的遗作中，丁玲所回忆的那些历史上的“忠臣烈女”的故事，已成为她自己人生的一部分，并终将缠绕她的一生。对新女性来说，“忠贞”与其说是一种否定，不如说是一种解放。丁玲在礼教意义上拒绝烈女，在政治意义上认同烈女，在一种矛盾而不自觉的双重态度中，最终走向现代的烈士崇拜。在新的意义上，女烈士既是对烈女的超克，也是对烈女无法完全的超克。颂扬烈女不朽的故事，是建立在必死的基础上的。“虽然高下不同”，颂扬烈女/烈士的生产机制仍可能存在一定程度的一致性。死烈情结意味着丁玲被特务绑架的历史，同时亦可能被一种要求死烈的情结所绑架。

关键词： 烈女　烈士　革命　忠贞　死烈情结

在现代中国女作家中，丁玲（1904—1986）的文学创作也许并不是最为出类拔萃的，文学生涯无疑却是最为曲折复杂的。这很大程度上是因为，丁玲与革命中国深入肌理的血肉联系。“革命成就了她，革命也磨砺了她。丁玲生命中的荣衰毁誉，与二十世纪中国革命实践不分彼此、紧密纠缠。”[①]英国左派学者艾瑞克·霍布斯鲍姆（Eric Hobsbawm）将二十世纪视为“短促

①贺桂梅：《丁玲的逻辑》，《读书》2015 年第 3 期。

的世纪”与“极端的年代”①，近现代中国亦是危机重重，风云动荡，从文学与政治相互运动、抑或相互抵抗的复杂关系来看，以“革命的逻辑”总结丁玲一生尽管不无深刻的片面，却的确道出了问题的症结所在。借用夏济安（1916—1965）的话来说，相对于“职业革命者”，丁玲和左联五烈士其实都是“业余革命者，写作才是他们的正业”。②但无可否认，历史的吊诡或必然性就在于，当这批献身于革命政治的文学青年在用文学书写革命政治的同时，其命运最终也会被笔下的革命政治所书写。革命政治中的解放与压迫、忠诚与背叛、斗争与牺牲，不仅演绎于他们的文学创作中，也映现于他们的现实人生中。在这个意义上，丁玲动荡曲折的一生，堪称二十世纪中国文学与革命政治最生动的映照。丁玲与现代中国许多重要的历史时刻发生过交汇，也发生过错位。在碰撞或擦肩之中，丁玲的文学／人生正如一个充满迷魅的巨大谜团，既散发着迷人的魅力，也充斥着迷离的困惑。黑暗与光明、颓废与昂扬、细腻与粗暴、尖锐与检讨、辩护与辩白、否认与承认、敏感与平庸、激烈与保守……追求革命而备受摧折的丁玲及其文学世界相互表演、相互塑造，种种戏剧性的矛盾与悖论，集于典范性的个体一身，表征的却是整个“革命时代的症候”③。革命时代的性别问题内在于革命问题，亦无法超越革命问题，它不是一种附属、一种色彩，而是一种映射、一种镜像。本文借由丁玲文学与人生世界中的烈女／烈士认知，探寻其所诉求的“忠贞气节”与传统女德、革命政治相纠缠的压抑、变形、扭曲、扬弃等一系列问题。坦白来说，这些问题是性别的，也是超于性别的；是丁玲自身的，也是超于丁玲自身的。这意味着，如果只是讨论性别问题或只是从性别讨论问题，只是讨论革命问题或只是从革命讨论问题，都可能形成一种相互的遮蔽、障碍与漠视。

一、“死之歌”：“忠臣烈女的故事”

1986年7月，丁玲生前一年于协和医院病床上的一篇口述录音在去世数月后经刘春抄录，并经“陈明整理、校定”，题目署为《死之歌》。这篇类

①艾瑞克·霍布斯鲍姆：《极端的年代：1914—1991》，郑明萱译，北京：中信出版社2014年版，第4页。

②夏济安：《黑暗的闸门：中国左翼文学运动研究》，万芷均等译，香港：香港中文大学出版社2016年版，第148页。

③夏济安：《黑暗的闸门：中国左翼文学运动研究》，万芷均等译，第145页。

似于遗嘱的最后之作①，以死为题，回顾一生，在最终的结束之前，又回到最初的开始。奇怪的是，贯穿丁玲一生而感受最深的却是一个不无心酸也不无悲壮的“死”字。所谓“死之歌”，极具象征意味，是女性自身的哀歌、挽歌，也是革命政治的悲歌、颂歌。鉴于丁玲生前最隐秘的日记部分在公开发表时曾被保留手稿的丈夫陈明修改润色或自我审查过，这篇最后的回忆录有无修改，就不得而知了。不过，即便丁玲的原声无法听到，整理后的文字亦无法遮蔽其中的真实性。对于丁玲这位备受政治磨砺的现代女性来说，她生前留下了大量公开发表或发言的文字，亦留下了许多未刊的手稿、书信、日记等文献。无论是公开的文字，还是私下的言论，作为一个人的两面，都是具有张力性的真实，它们从不同层面形塑了丁玲的文学及人生。倘要完整而辩证地看待，不仅要看她所言说的部分，还要看她未能言说或无法言说的部分。在这个意义上，丁玲生前未刊的手稿与文字具有特殊的价值。

《死之歌》前半部分由幼年时期“父亲的死”忆及“那个苦痛的时代”，诉说黑暗与不幸；后半部分则为幽囚南京的不死大费周章，表露“忠贞气节”。这两段文字，实在是丁玲一生微妙而心酸的写照，内含着死与不死、言与不言的诸多隐忧 / 因由。有意味的是，在描述父亲之死带给自己可怕的死亡印象后，丁玲又特别提到了母亲常常讲给自己听的两位女性的死亡故事：一位是为未婚夫守节的表嫂，一位是“为革命牺牲”的秋瑾。前者是一位贞节烈女，后者是一位革命烈士，前者悲惨，后者悲壮。丁玲在转述母亲的故事给自己心灵带来深刻影响的时候，她的态度似乎是鲜明的，对守节的烈女充满了同情，斥责封建礼教的“吃人”与“黑暗”；对献身革命的女烈士则与母亲一样满怀“崇拜”。然而，在丁玲的表述中，烈女与女烈士两种形象并非界限分明，模糊而又含混：

---

①最后的口述除《死之歌》之外还有另一篇文章，是 1985 年 12 月 19 日为《冯乃超文集》口述的序言，题为《永远怀念他的为人——〈冯乃超文集〉代序》。这篇序言其实是一篇怀人的文章，其中也再次提到胡也频的牺牲。序言在丁玲口述两日后即开始整理，于 12 月 24 日定稿，发表在 1986 年 3 月 16 的《羊城晚报》上。《死之歌》是在 1985 年 7 至 9 月口述的，比前一篇早几个月，但奇怪的是，整理工作迟至丁玲去世数月后的 1986 年 7 月 30 日才开始启动，正式发表于《湖南文学》1987 年第 1 期。也许这篇回顾作者一生的《死之歌》有更多的难言之隐吧。从发表时间与文章内容两方面来看，笔者倾向于将《死之歌》视为遗嘱式的最后之作。相关条目参见王增如、李向东编著：《丁玲年谱长编》下卷，天津：天津人民出版社 2006 年版，第 807、822 页。

我母亲是一个寡妇，她也有自身痛苦的经历。她是一个学生，一个知识分子，她读了很多书。我以为她的感受，她的想象是很复杂的，又是很丰富的。但是，我母亲从来都把这一切埋在她的心底。我从没听到她讲过，也从未看到过她叹气流泪；即使有过，也很少。我母亲经常给我讲的是一些历史上功臣烈女的故事。她又把这样的书给我看。所以，我从小的时候，对一些慷慨悲歌、济世忧民之士便很佩服。我看《东周列国》的时候（我现在想不起那些具体的故事了），那里记载的许多忠君爱国的仁人义士，视死如归的故事，给我的影响很大。我佩服这样的人，喜欢这样的人，这些是我心目中最崇拜的人，最了不起的人。尽管故事很短，也很多，可是，我觉得是非常有意义的。①

这一段话，从守节的表嫂讲到献身的秋瑾、从死亡的不幸讲到死亡的意义，其过渡性颇富象征意义。而为幼年丁玲讲述这些故事的母亲，其母教的身份与位置也同样耐人寻味。丁玲母亲余曼贞（1878—1953）是和秋瑾（1875—1907）同时代的女性，出身于士大夫家庭，深受晚清以来女性解放思潮的影响，向往革命，对秋瑾极为敬佩。丁母在丈夫病逝后改名蒋胜眉，放脚读书，奋发自强，转变为一位独立的职业女性，可谓是跨越新旧两个时代的人物。如丁玲所言，母亲作为“一个寡妇，她也有自身痛苦的经历”，但同时“是一个学生，一个知识分子”，一方面背负着寡妇守节的旧伦理，同情贞女；一方面也学习着革命带来的新知识，崇拜烈士。在新旧道德之间，没有截然的对立，传统烈女与现代女烈士的形象也并不冲突。从丁母所讲的“功臣烈女”（疑记录笔误，应为“忠臣烈女”）来看，忠臣与烈女都是“历史上”的故事，可以并存，可以共享，可以同质，都是“忠君爱国”，都是“视死如归”，都是“非常有意义”。如丁玲自己所说，这的确是“丰富”与“复杂”的。丁玲在回忆母亲讲述的故事时，仍然是一种非常崇拜的态度：“我佩服这样的人，喜欢这样的人，这些是我心目中最崇拜的人，最了不起的人。”对于礼教吃人的节烈问题虽有所批评，丁玲却似乎无意区分烈女与女烈士两种概念，也似乎没有意识到有区分两种概念的必要，而用“忠臣烈女”一视同仁，一并搁置了。历史最深层的悲剧也许就在于，即便像丁玲这样写出《莎菲女士的日记》《三八节有感》的优秀女性，在经历了历史的悲剧之后，仍然无法超克历史的悲剧。在最后的文章中，她并未走出母亲那一

① 丁玲：《死之歌》，《丁玲全集》第6卷，石家庄：河北人民出版社2001年版，第313—314页。

代人的影响，也同样未走出母亲那一代人的命运。

对于母亲所讲的表嫂守节的故事，丁玲充满了同情，批判的锋芒由此指向“那个封建的吃人的黑暗时代”：

表哥病了，死了，表嫂还得嫁过来。我外祖父是一个封建文人，但他并不希望她过门来，他也感到这个日子是很难过的。但是，处在那个时代，那个封建的吃人的黑暗时代，我的表嫂还是迎亲过门来了。两家还临时赶办嫁妆，全是蓝色的，再也没有红的了。但是，表嫂过门来的那一天还是穿着红衣服，戴着凤冠霞帔。我家四姨抱着我表哥的木头灵牌，和表嫂拜堂成亲，结为夫妻。结婚仪式以后，表嫂回到洞房，脱下凤冠霞帔，摘下头饰，然后披麻戴孝，来到堂屋，跪着磕头祭灵。她哭得昏过去了。人们把她架着送回新房。就这样，她一直留在我舅舅家里，守活寡。后来，我外祖父调到云南，把她留在常德，住在她娘家。但是，在自己娘家，像她这样的妇女怎么过下去，她有什么希望呢？她有什么前途呢？她有什么愉快的事情呢？什么都没有了！这个世界已经不属于她了。留给她的只是愁苦、眼泪和黑暗。这样，没有过一年，她死了；我母亲是很同情她的。母亲对我讲她的时候，我也非常难过，我常常想着这个结了婚，实际是未婚的不幸的年轻女性，怎样熬过她的一生。

丁玲故事中这位与木头灵牌结婚的表嫂是女性节烈谱系中最惨烈的一种贞女现象。贞女是未婚女子而守节，与节妇在丈夫死后守节有所不同。在儒家道德体系内，二者最根本的区别是：“虽然贞节是任何正派女子都应遵循的古老美德，但儒家从不反对未婚女子再次订婚。”[①]因为过于残酷与违背人性，即便在最极端化的明清时期，许多文人精英也并不赞同。丁玲的外祖父虽是“一个封建文人”，“也感到这个日子是很难过的”，并不希望表嫂过门来“守活寡”，便是如此。作为一位深受“五四”新文化影响的新女性，丁玲远比身处儒家文化内部而相对开明的外祖父更为激进，对传统节烈观的“封建”与“吃人”无疑是反对与排斥的。

“五四”时期，周作人率先在《新青年》1918 年第 4 卷第 5 号译介日本女作家与谢野晶子的《贞操论》，反对“贞操道德”的虚伪、压制、不正与不幸，倡导“新道德”，希望实现出最真实、最自由、最正确、最幸福的

---

① 卢苇菁：《矢志不渝：明清时期的贞女现象》，秦力彦译，江苏人民出版社 2012 年版，第 5 页。

生活。随后引起胡适、蓝公武等人关于“贞操问题”的呼应与讨论[1]。作为“贞操论”的响应，鲁迅也用唐俟的笔名发表了《我之节烈观》，痛斥节烈是一种“无主名无意识的杀人团”，发愿“要除去于人生毫无意义的苦痛。要除去制造并赏玩别人苦痛的昏迷和强暴”。[2]如卢苇菁所论，对批判封建礼教、鼓吹思想革命与女性解放的新一代知识分子来说，“贞女不过是儒家性别压迫的象征，是专制主义的产物”。[3]这种论说，反映出欧美学界近年所流行的一种对“五四”史观与反传统主义的普遍质疑。就性别研究而言，便是所谓的“受害者的主流假说”[4]。“主流假说”意在强调：传统女性作为“受害者”的形象认知之所以广为流传，完全是出于主流文化的意识形态建构，并非女性自身所亲历过的历史事实。曼素恩（Susan Mann）、高彦颐（Dorothy Ko）等著名学者，均是其中的代表人物。用高彦颐的话来说：“受害的‘封建’女性形象之所以根深蒂固，在某种程度上是出自一种分析上的混淆，即错误地将标准的规定视为经历过的现实。这种混淆的出现，是因缺乏某种历史性的考察，即从女性自身的视角来考察其所处的世界。由此而论，受害女性形象”不过是一种“‘五四’公式”，“‘五四’对传统的批判本身就是一种政治和意识形态建构，与其说是‘传统社会’的本质，它更多告诉我们的是关于20世纪中国现代化的想象蓝图。”[5]从这种观点来看，女性空间在传统中国即便有限，亦有自我实现的可能。的确，节妇烈女现象也需要放在具体的历史语境中具体分析、具体考察，但由此为了批评“封建的、父权的、压迫的‘中国传统’是一项非历史的发明，是意识形态和政治传统罕见合流的结果”[6]，而不惜全盘否定，则走向了另一个极端，焉知不是另一种形态的“非历史的偏见”？西方学者对中国历史相对隔膜，缺乏现实体验，这导致他们所讲的中国故事，自然会产生不无美化的偏执想象。丁玲母亲在所谓的“‘五四’公式”未发明之前，就以亲历者的身份讲述了一位家族女

---

①胡适：《贞操问题》，《新青年》1918年第5卷第1号；《蓝志先答胡适书：贞操问题》，《新青年》1919年第6卷第4号。

②唐俟：《我之节烈观》，《新青年》1918年第5卷第2号。

③卢苇菁：《矢志不渝：明清时期的贞女现象》，秦力彦译，第262页。

④程为坤：《劳作的女人：20世纪初北京的城市空间和底层女性的日常生活》，杨可译，三联书店2012年版，第5页。

⑤高彦颐：《闺塾师：明末清初江南的才女文化》，李志生译，江苏人民出版社2005年版，第4页。

⑥高彦颐：《闺塾师：明末清初江南的才女文化》，李志生译，第3页。

性在“愁苦、眼泪和黑暗”中死去的悲惨故事，从而坐实与指认了“女性受害者”的事实。这样的叙事并非来自“五四”思想的启蒙与照亮，而是来自女性同胞朴素而本能的同情心。

二、认同的悖论：新女性、烈女与女烈士

丁玲是母亲的女儿，也是“五四的女儿”，“革命的女儿”，从读书时期就表现出一种新女性非常激进的先锋性与叛逆性，诸如较辫剪发、参加游行、解除与表哥的包办婚姻、放弃学籍去上海读平民女校，以致后来的写作与革命。丁玲这一笔名的由来，也是在废姓之后，从报名当电影演员开始的[①]。作为城市商业化与现代化发展的结果，女演员登上舞台，是从 1912 年民国政府废除禁令才开始的。在此意义上，女演员尤其是活跃在电影、话剧新舞台上的女演员，不啻为挑战传统性别秩序与男性主宰空间的“先锋”女性[②]。尽管做女明星的梦想在现实中没有获得成功，但丁玲还是把一种先锋性的都市女性形象成功地写入自己的第一篇小说《梦珂》之中。在丁玲所有的文学创作中，从梦珂、莎菲到贞贞、陆萍，塑造的最好的形象就是具有现代气息的新女性、新青年，个个敢爱敢恨，敏感而又自尊，大胆而又叛逆[③]。比如处女作《梦珂》，从手稿看，原文是经过叶圣陶修改润色过的。丁玲的笔迹是纤细的钢笔字，叶圣陶的修改是圆润的毛笔字。其中最突出的一处修改，是将开头一句“她和几个新认识的同学”改为“女学生”。这一修改可谓妙笔生花、画龙点睛，突出了新文化教育所成功塑造的“女学生”形象。如季家珍（Joan Judge）所言：“女学生，她们是西方方式的本土化化身。这些学生成了一道新奇的城市风景，她们信奉的是诸如自由婚姻和女性自主等文明的价值观。她们既被看做中国社会文明的希望，又被视为即将出现社会崩溃的危险信号。”[④]女学生是西方新式教育与价值观所塑造的新女性，追求

---

①丁玲：《致叶孝慎、姚明强》，《丁玲全集》第 12 卷，第 118 页。

②程为坤曾专文讨论过女演员与北京城市空间的问题，不过其主要对象是旧戏舞台上的女演员。参见程为坤：《劳作的女人：20 世纪初北京的城市空间和底层女性的日常生活》，杨可译，第 140 页。

③参见拙文：《在苏菲亚与茶花女之间：丁玲的新女性重塑与近现代中国文武兴替思潮》，《文学评论》2016 年第 4 期。

④季家珍：《历史宝筏：过去、西方与中国妇女问题》，杨可译，南京：江苏人民出版社 2011 年版，第 71 页。

“自由婚姻和女性自主”，当然不会认同节妇烈女的旧式道德。

日本学者秋山洋子（Akiyama Yoko）曾探讨过苏联女革命家柯伦泰（Alexandre Kollontay 1872—1952）的恋爱观对丁玲的影响[①]。作为苏联第一任女部长，国际共产主义妇女运动领袖，柯伦泰一度被视为苏联女性解放的象征，其红色恋爱观尽管在1922年前后遭遇苏联官方意识形态的清算，被斥责为“吞下了一大堆女权主义垃圾”[②]，但被禁后反而在域外广为流行。作为一种女性解放思潮，柯伦泰的创作随着1928年上海的《新女性》杂志的译介与讨论进入中国。夏衍、周扬等人先后翻译过其《三代的恋爱》《赤恋》《姐妹》《恋爱与新道德》等小说与文章。柯伦泰的新恋爱观主张性自由与性解放，其中所谓的“一杯水主义”，在当时引起很大争议与讨论。比如剑波发表在《新女性》上的文章《性爱与友谊》《论性爱与其将来的转变》，就是在认同柯伦泰的基础上，提出“基于自由意志的不受束缚的性自由，认为在将来的自由社会里不存在贞操占有，性交自由了，贞操破灭了”[③]。在胡也频的小说《到莫斯科去》中，几位女主角公开谈论柯伦泰的《三代的恋爱》，亦可见红色恋爱观在丁玲这一代新女性中的流行与影响。尽管“杯水主义”的恋爱观遭到苏俄正统派与列宁等人的批评，作为译者的夏衍后来也指出柯伦泰的理论“已经获得一个正确的解决”[④]，但直到1944年夏天，《新民报》主笔赵超构去延安访问时，在途经西安的西北青年劳动营中，还看到女生队的中山室中挂有“苏联共产党的妇女领袖”柯伦泰的画像，与宋庆龄、宋美龄、居里夫人的画像并列，这让随行的美国记者大为惊异。随后在采访“延安新女性”包括丁玲等人的报道中，记者还猜想，这里很早以前也许有过“‘喝开水’主义一类的男女关系”[⑤]。

再从丁玲与冯雪峰之间“德娃利斯”（俄语“同志”）的同志爱来看，也有浓厚的“赤恋”痕迹。在胡也频牺牲后，丁玲在孤独与感伤中给冯雪峰写了多封书信，倾诉心中的苦闷与寂寞。除了已公开发表的《不算情书》之外，还有数封书信手稿未公开，其中一封有这样的话：

---

①参见秋山洋子：《柯伦泰的恋爱观及其影响》，秋山洋子等：《探索丁玲：日本女性研究者论集》，台北：人间出版社2007年版，第54页。

②程映虹：《柯伦泰：从斗士到花瓶》，《炎黄春秋》2012年第9期。

③剑波：《论性爱与其将来的转变》，《新女性》1928年第3卷第12号。

④转引自秋山洋子：《柯伦泰的恋爱观及其影响》，秋山洋子等：《探索丁玲：日本女性研究者论集》，第66页。

⑤赵超构：《延安一月》，北京：中国国际广播出版社2013年版，第7、164页。

你那末无用的留在我身边，你那末胆怯的想着一些大胆的事，真使我难过。做一个真正的有精神的布尔塞维克爱我，超过肉体，或就只是肉体。做一个我爱的人的那样的人，做一个我的精神上生活上的好“同志”，不只是一对好爱人，而且是一对好朋友。你不要自馁，不可以做到的，我还是为你保着最好的印象。

从未刊手稿来看，丁玲的话语风格犹如《莎菲女士的日记》，有着强烈的莎菲气息，追求灵肉一致，大胆而勇敢，是同志的爱，又超越了同志的爱。在丁玲那里，无论是“五四”的影响，还是革命的影响，也无论是否存在差异、存在误读，其大胆热烈的赤恋精神与女性解放的新道德观是一致的。那么，如何看待丁玲对节烈的反对与对忠贞的强调？二者是否矛盾？其实，反对节烈，并不意味着舍弃“忠贞”。对新女性来说，“忠贞”与其说是一种否定，不如说是一种解放。换言之，新女性的忠贞观不是一种道德规训的简单颠覆，而是一种自由意志的内在超越。由此我们可以理解，丁玲在给冯雪峰的《不算情书》中，为何反击那些“背地里把我作谈话的资料”的人，为何反驳这样的说法：“丁玲是一个浪漫的人，好用感情的人，是一个把男女关系看做有趣和随便的人。”①丁玲早年去上海平民女校读书时，母亲的唯一告诫便是守身如玉②。而在最后的遗作《死之歌》中，丁玲再度重提“忠贞气节”，也并非偶然。

接下来的问题是，新女性的忠贞观既然如此自由与解放，那么《死之歌》从同情烈女到赞颂“忠臣烈女”、继而崇拜烈士的逻辑，又是如何发生的？忠烈需要“无论男女以奉献身体、牺牲性命来表达忠诚”③，但忠烈又是有性别之分的。《旧唐书·列女传》有所谓“政教隆平，男忠女贞。礼以自防，义不苟生”之说，忠臣属于男子独占的公领域，为国为君；节烈属于女子的私领域，为家为夫。“忠臣烈士”是专属男子的美德：“忠臣烈士，天地之正气，身可杀，名不可灭。”④将两性的忠诚并列对照，往往有借女德讽士、激励男性之意。以明清时期为例，汤显祖有云：“为臣死忠妇死节，丈夫何

①丁玲：《不算情书》，《丁玲全集》第5卷，第20页。

②李向东、王增如：《丁玲传》，北京：中国大百科全书出版社2015年版，第21页。

③衣若兰：《史学与性别：〈明史·列女传〉与明代女性史之建构》，太原：山西教育出版社2011年版，第328页。

④潘耒：《遂初堂集》，卷6，转引自衣若兰：《史学与性别》，第328页。

必多须眉。”清初的女教书《女范捷录》更是将忠臣与烈女的儒家道德观相提并论：“忠臣不事两国，烈女不更二夫，故一与之醮，终身不移。”[①]尤其在国家危亡的危急时刻，忠臣与烈女两种性别，就会象征性的高度重叠，被赋予同样高尚的道德意义。比如顾炎武的养母，在十七岁时做了贞女，在六十岁时杀身殉明，成为政治烈士。这说明，“对于有强烈道德原则的女性来说，为夫守节和为国尽忠代表着履行同一道德信念的两种方式”[②]。因此，相较于“忠臣烈士”，丁玲由同情烈女而赞美烈女，在逻辑上是矛盾的，但也是可能的。当“烈女”和“忠臣”在政治上的忠诚相提并论时，烈女也由闺阁的私领域进入政治的公领域，具有了政治化的象征意义。烈女的象征意义一旦上升为国家、政治的层面，就理所当然地获得了神圣性与合法性。在另一篇回忆文章中，丁玲曾描写自己童年时期的家族“安福县蒋家”：“皇帝封敕的金匾，家家挂，节烈夫人的石牌坊处处有。”[③]牌坊与金匾林立并立，可谓“忠臣烈女”获得官方旌表与民间流传的生动写照。所以，并不奇怪的是，尽管控诉节烈是封建礼教的吃人现象，但当“烈女”前面加缀“忠臣”二字后，便在思想批判上具有了神奇的免疫力，随即获得新女性政治正确的赋权与承认。然而，男女有别的儒家道德体系只可能在危机时代达成暂时的妥协，其中掩盖的矛盾无法真正化解。丁玲对此似乎浑然无知，也缺乏足够反思。对跨越晚清民国两个时代的母教故事，丁玲直到 1980 年代的最后回忆中依然充满温馨，充满敬意。对忠贞观的认知悖论，在某种程度上也隐含着丁玲自己也无法索解的历史悲剧。

出于思想批判，丁玲在礼教意义上拒绝烈女；出于“忠贞气节”，丁玲在政治意义上认同烈女。在一种如此矛盾而不自觉的双重态度中，丁玲由古典的烈女认同，最终走向现代的烈士崇拜。在回忆自己一生所极为崇敬的、与自己有所交集的重要历史人物时，丁玲所提到的几乎全都是为革命献身的烈士，而且贯穿了从晚清到民国的不同时期。从秋瑾、刘和珍到向警予，从宋教仁、李大钊、方志敏到胡也频，丁玲异常自觉而清晰地建构了一个跨世代的烈士家族／谱系。在以自己的人生故事梳理一条向烈士致敬的英雄谱系时，丁玲最终也成功将自己的人生故事纳入英雄谱系之中。如其所言：“自己在 1930 年代被国民党特务绑架，虽然没有死在南京，死在国民党的囚禁

①汤显祖：《汤显祖集》卷 20，王节妇：《女范捷录》，转引自衣若兰：《史学与性别》，第 329、204 页。

②卢苇菁：《矢志不渝：明清时期的贞女现象》，秦力彦译，第 8 页。

③丁玲：《遥远的故事》，《丁玲全集》第 10 卷，第 256 页。

中，但我是死过的，我是死过了的人。”①借由革命谱系的合法性及其显示出的精神血统的纯洁性，丁玲回击了对自己的“历史问题”提出质疑的批评者，并由此实现了向革命政治、向“党”表达“忠贞气节”的最终诉求。

三、死烈崇拜：烈士/烈女必死？

值得注意的是，在以“死之歌”勾勒一条与自己人生有所交集的跨世代的烈士谱系时，丁玲是以晚清革命、辛亥革命、护法革命、“三·一八”惨案、“四·一二”事变、左联五烈士等重大事件为序的，其中有秋瑾、刘和珍与向警予这样的女烈士，也有宋教仁、李大钊、胡也频这样的男烈士。有意味的是，丁玲重点回忆或回忆重点是秋瑾与向警予两位女烈士的故事。首先是有近代中国第一女烈士之誉的秋瑾：“我母亲最喜欢讲秋瑾，我常常倚在母亲的膝前听她对我讲秋瑾。秋瑾是我母亲最崇拜的一个。她讲她怎样参加革命、怎样为革命牺牲，我从小对这些故事知道很多。”②篇幅最多的则是与丁玲母亲结拜为姊妹的“九姨”向警予（1895—1928）：“在我母亲的心目中，是最推崇向警予的。我小的时候，母亲是我的榜样，是我最崇敬的人，除母亲之外，再一个就是向警予。”③秋瑾与向警予两位女性都是“为革命牺牲”的先烈，也都是女性解放运动的先驱，丁玲反复运用诸如“最崇拜”“最喜欢”“最推崇”“最崇敬”“最可尊敬”这样的最高修辞，表达对两位女烈士的致敬之情。在聆听母教的意义上，秋瑾与向警予成为丁玲自觉追溯的革命源头与精神教母。

与此同时，丁玲还提到另一位在“三·一八”惨案中牺牲的女烈士刘和珍（1904—1926）。刘和珍与丁玲是同时代人，也都是女学生，但应该没有什么交往。那么，丁玲为什么会提到这位女烈士呢？据其回忆说，是因为自己在“三·一八”那天也参加了学生运动，我那时几乎没有在学校。我已经离开了我的母校，来到旧北平，大学不能进，只住在公寓里。但那时，我也跑上了街头。听说那天要到铁狮子胡同，要打卖国贼曹汝霖的家。我跟着冲进去了。有意思的是，丁玲这段以亲历者讲述的故事却有一个明显的失误，经过陈明的润色也没有修改过来。“要打卖国贼曹汝霖的家是‘五四’运动发生的事件，到铁狮子胡同向段祺瑞政府抗议才是‘三·一八’发生的事件。

①丁玲：《死之歌》，《丁玲全集》第6卷，第322页。

②丁玲：《死之歌》，《丁玲全集》第6卷，第314页。

③丁玲：《死之歌》，《丁玲全集》第6卷，第316—317页。

记忆失误是因为回忆本来就是‘从当下出发’的一种重构需要，变形与扭曲不可避免。”[①]人之所以回忆，乃是为了寻求一种意义与认同。“尽管我们相信自己的记忆是精确无误的，但社会却不时要求人们不能只是在思想中再现他们生活中以前的事件，而且还要润饰它们，或者完善它们，乃至我们赋予了它们一种现实都不曾拥有的魅力。”[②]所以，记忆的失误反倒说明，丁玲的女烈士故事是在自觉寻求与重大历史事件的意义关联，将个人记忆积极纳入与革命时代进步思想相一致的集体框架中，从而获得革命政治的接纳与认同。作为一位深度介入中国革命的新女性，生命过往中的女烈士故事，或许让丁玲更有一种生命深层的共鸣与感触吧。

晚清的一代先驱们大多思想上激进，道德上保守。比如对于秋瑾的接受与排斥，章太炎执意将秋瑾与古代列女放在一个谱系接受祭奠，坚持用“列女传”这一传统女德来规范对“列女秋氏”的表彰，拒不承认秋瑾享有与徐锡麟等男性牺牲者同样的烈士地位[③]。与之相对，丁玲不仅让秋瑾等女性先驱们由“列女传”进入过去由男性所独占的“烈士谱”，而且以个人强烈的生命感受给予女性烈士更为重要的位置，至少显示出了新女性一代观念上的开放与进步。不过，这并不意味着性别问题在丁玲那里可以或已经获得真正解决。章太炎将“列女”与“烈士”相互区隔，丁玲将“忠臣烈女”与烈士故事相互关联，两相对照，反倒从不同方面揭示出传统女德与革命政治盘根错节的复杂关系。与章太炎的烈女认同相反，丁玲明确地赋予了秋瑾等人烈士的尊严与位置，看似新旧分明，却又模糊不清。烈女与女烈士两种女性形象之间构成一种怎样的关系？女烈士故事是否实现了传统烈女的超克？从烈女到女烈士，丁玲表达“忠贞”的诉求未免过于曲折。而这种曲折的表达正像丁玲自己曲折的人生故事，充满了种种迷惑与困惑。那么，这样的曲折又是为了什么？围绕“死之歌”所缠绕的“不死”心结，也许才是丁玲表达“忠贞”的最大心结。

烈女与女烈士之间暧昧不明，或在于对“烈”的不同理解或解释。从理论上来讲，烈女的节烈是一种女性贞节，女烈士的壮烈是一种革命气节，界

---

①阿莱达·阿斯曼：《回忆空间：文化记忆的形式和变迁》，潘璐译，北京：北京大学出版社2016年版，第22页。

②莫里斯哈·布瓦赫：《论集体记忆》，毕然、郭金华译，上海：上海人民出版社2002年版，第91页。

③参见拙文：《女性、牺牲与现代中国的烈士文章：从秋瑾到丁玲》，《东岳论丛》2015年第11期。

限足以确立；但事实上，作为一种无形的文化制约，传统与现实常常纠结一团，难以一分为二。由此也不难理解，作为新女性的丁玲对两种“烈”尽管有所分辨（通过烈女的故事表达礼教“吃人”的控诉，通过女烈士的故事表达崇高的敬仰），却为何对“忠臣烈女”呈现出一种矛盾而含混的态度。借用柯伦泰的小说《三代的恋爱》来说，烈女与女烈士在文化意义上也是一种“三代人”的关系，有发展、有突变，然而也有基因、有遗传。新的可以突破旧的，却也受到旧的制约。在新的意义上，女烈士既是对烈女的超克，也是对烈女无法完全的超克。

无论“烈”的性质与意义如何分辨，是传统还是现代，是礼教还是革命，丁玲笔下的烈女／烈士故事都无一例外，指向了牺牲与死亡。由此而来的问题便是：烈女／烈士的不朽精神，是否以必死的故事来书写与颂扬？

从词源上讲，“烈女”与“列女”古时其实通用，最初即有壮烈之意。据载，中国史书中最早描写“烈女”事迹的是关于勇士聂政之姊聂荌的奇迹伟行。首先出现在《战国策·韩策》里，用词为“列女”，此后的《史记·刺客列传》则写作“烈女”：“非独政能也，乃其姊亦烈女也。司马迁赞美聂荌为弟扬名，不重暴骸之难，必绝险千里以列其名。”“烈女”之“烈”，乃是“重义轻生”，与此后仅强调“节烈”的狭义不同[①]。西汉刘向编撰的《列女传》作为中国历史上第一部女性传记，“列女”之“列”最初只有罗列、列选之意，所列女性有恶有善，有贬有褒。《列女传》的入选德行包括贤明、仁智、节义、辩通之类，本来是丰富多样的。不过，自汉唐以来，尤其到了元之后的明清时期，《列女传》中表彰贞节、节烈的人数与篇幅大增，“列女”的史传内涵逐渐演变为以节烈殉死为必要条件的“烈女”。以至于有学者感叹说：“《列女传》遂成了《烈女传》，‘列女’也就与‘烈女’几乎成了同义语。”[②]从《列女传》的演变来看，“《列女传》由‘率尔而作，不在正史’”[③]，到进入儒家正统意识形态，“烈”的道德标准也越来越狭隘与窄化，逐渐变异为一种节烈至上、崇尚死烈的极端风气。

《女范捷录》的“贞烈篇”有云：“艰难苦节谓之‘贞’，慷慨捐生谓

①参见衣若兰：《史学与性别：〈明史·列女传〉与明代女性史之建构》，第111—112页。

②高世瑜：《〈列女传〉的演变透视》，邓小南、王政、游鉴明主编：《中国妇女史读本》，北京：北京大学出版社2011年版，第19页。

③《隋书·经籍志》，引自衣若兰：《史学与性别：〈明史·列女传〉与明代女性史之建构》，第112页。

之‘烈’。‘烈’即是‘死’。用鲁迅的话来说，就是‘烈者非死不可’。因为道德家分类，根据全在死活，所以归入烈类。”[①]对于女性传记书写中重烈轻节的风气，明代的吕坤曾极力反驳说：“贞烈之妇，心一道同。慷慨者杀身，从容者待死。”[②]越是这样拨乱反正，越是可见崇烈之风的盛行。在“喉间白练飞白虹，扶得青娥上青史”[③]之类鼓励女性以死殉名的诗文中，女性入史的标准已变调为以死为尚的奇苦惨烈。如明万历年间的《吉安府志》所载：“列女，惟已经旌表及激烈杀身者，乃得书，余概不录。”[④]屈大均则声称：“烈女以死为恒，死贤于生矣。”戴名世也为一位自杀多次的烈女之死发表感慨：“何其死之苦也！然不如是之苦，无以见其烈妇之奇。”[⑤]烈女之死的“苦”与“奇”，是旧时代的文人精英亦有所知的，为何以死烈为范以及以书写死烈为范的现象仍连绵不绝、愈演愈烈？这一点，鲁迅说得很透彻：

这也是死得愈惨愈苦，他便烈得愈好，倘若不及抵御，竟受了污辱，然后自戕，便免不了议论。万一幸而遇着宽厚的道德家，有时也可以略迹原情，许他一个烈字。可是文人学士，已经不甚愿意替他作传；就令勉强动笔，临了也不免加上几个“惜夫惜夫”了。[⑥]

“死得愈惨愈苦，他便烈得愈好”，文人学士方有愿意“作传”的可能。文人学士何以要为节妇烈女“作传”，而节妇烈女何以要文人学士“作传”？其后的隐秘在于儒家追求“不朽”的传统。《春秋左传》有立德、立功、立言的“三不朽”说，胡适总结为“不问人死后灵魂能不能存在，只问

①鲁迅：《坟·我之节烈观》，《鲁迅全集》第1卷，人民文学出版社2005年版，第124页。

②吕坤：《吕新吾先生去伪斋文集·于节妇墓碣铭》，转引自衣若兰：《史学与性别：〈明史·列女传〉与明代女性史之建构》，第320页。

③范壶贞：《杨贞女诗》，《国朝闺秀正始集》，转引自卢苇菁：《矢志不渝：明清时期的贞女现象》，第143页。

④衣若兰：《史学与性别：〈明史·列女传〉与明代女性史之建构》，第323页。

⑤戴名世：《戴名世集》，屈大均：《翁山文外》，转引自卢苇菁：《矢志不渝：明清时期的贞女现象》，第53、55页。

⑥鲁迅：《坟·我之节烈观》，《鲁迅全集》第1卷，第122页。

他的人格，他的事业，他的著作有没有永远存在的价值。”[①]“不问人死后灵魂能不能存在”之说，虽则忽略了佛道的鬼神信仰对塑造中国人心灵世界的重要意义，但胡适对儒家道德理想追求不朽的现代解说大体准确。儒家文化男尊女卑，但追求不朽也并非男性专有。清代才女吴琪（1644—1661）有言：“然则古今女子之不朽，又何必不以诗哉？”[②]贵族阶层的女性有书写特权，才女文化可以凭借诗文创作来追求不朽，但对更多中国民间女性而言，儒家道德体系下被动或主动的节烈名声，恐怕是一种更现实也更无奈的选择。“女子自己愿意节烈么？答道，不愿。人类总有一种理想，一种希望。虽然高下不同，必须有个意义。”[③]“必须有个意义”就是一种“不朽”的追求，即便“节烈很难很苦”，“不合人情”。“烈得愈好”，愈可能借助文人的“作传”获得名声的不朽；“烈得愈好”，文人的“作传”也愈可能获得文章的不朽。就像有学者所指出的：“即使那些愈演愈烈的女性自杀风潮持批评态度的人来说，也存在着一股强大的反潮流：从美学和心理学的角度来说，存在着一种写作颂词的‘诱惑’；从道德角度来说，有一种向这种死亡‘致敬的义务’。”[④]在文章与道德、烈女与文人之间，就构成了这样一种相互生产、相互制造、相互激励的追求“不朽”的生产机制。这样的生产机制，越是在危机时代，越是扭曲与发达；这样的“畸形道德”，也“日见精密苛酷”。用鲁迅的话来说，“国民将到被征服的地位，守节盛了；烈女也从此着重”，“因此世上遂有了‘双烈合传’，‘七姬墓志’，甚而至于钱谦益的集中，也布满了‘赵节妇’‘钱烈女’的传记和歌颂。”[⑤]烈女不朽的传记、牌坊、墓志铭与纪念碑，是建立在必死的基础上的，而只有必死（肉身），才能不死（名声）。节烈的矛盾与忠贞的悖论即在于此。

“鼓吹女人自杀”的种种节烈观与节烈传，在“五四”一代看来，都是“不利自他，无益社会国家，于人生将来又毫无意义的行为，现在已经失去

---

①胡适：《不朽：我的宗教》，《新青年》1919年2月15日第6卷第2号。

②吴琪：《红蕉集·序》，转引自李国彤《女子之不朽：明清时期的女教观念》，南宁：广西师范大学出版社2014年版，第1页。

③鲁迅：《坟·我之节烈观》，《鲁迅全集》第1卷，第129页。

④胡缨：《性别与现代殉身史：作为烈女、烈士或女烈士的秋瑾》，彭珊珊译，载游鉴明、胡缨、季家珍主编：《重读中国女性生命故事》，南京：江苏人民出版社2012年版，第118页。

⑤鲁迅：《坟·我之节烈观》，《鲁迅全集》第1卷，第126、127页。

了存在的生命和价值”。[①]对丁玲这一代新女性来说，自然是排斥与拒绝的，不成问题。真正值得深思的问题是，“以死为恒”“非死不可”的死烈崇拜在烈女那里存在，在烈士那里又是如何呢？是否因为革命的意义取代了礼教的意义而不复存在？这是需要思考的。节烈作为儒家道德文化，本是男女共享，烈士与烈女不过是节烈的两种性别形式。如鲁迅所说：“节烈这两个字，从前也算是男子的美德，所以有过‘节士’，‘烈士’的名称。然而现在的‘表彰节烈’，却是专指女子，并无男子在内。”[②]烈士意涵在革命中国历经演变与重构，现在几乎成为革命烈士的代名词，但这并不意味着传统烈士的道德观念已经由此消解或断绝。历史的制约与思想的革命同样是无形而漫长的。尤其对于女性来说，即便获得同样的地位与承认，女性烈士仍可能比她们的男性同志多承受另外一种性别的压力。更需要注意的是，“必须有个意义”的不朽诉求，“虽然高下不同”，颂扬烈女／烈士的生产机制仍可能存在一定程度的一致性。在最后的“死之歌”中，丁玲的回忆中同时涌现出许多有名、无名的牺牲女性，有旧时代的“忠臣烈女”，也有新时代的女烈士，这也许并非偶然吧。

四、“以死明志”：是烈女还是烈士？

丁玲在胡也频牺牲后要求入党，主编《北斗》，出任左联党团书记，创作《水》等一系列普罗小说，都是在一种继承遗志的烈士精神的激励之下完成的。然而，历史的曲折在丁玲那里再次发生。1933年5月14日，国民党特务的秘密绑架事件发生，应修人在搏斗中牺牲，丁玲则被囚禁在南京。当局迫于“社会舆论与国际影响”[③]，使得丁玲没有如己所“早有准备”的那样成为“牺牲的烈士”，在三年之后成功逃往延安。而这段绑架的历史，如同梦魇，注定在丁玲以后的历史反复出现。历史与现实，更像是一种巨大的考验与反讽，被反复绑架，大做文章。

尽管事实上没有成为烈士，但丁玲当时在各种报刊、各种版本的故事中已经成为烈士。“丁玲女士之死”“丁玲被杀害”“丁玲已被枪决”[④]的消息

①鲁迅：《坟·我之节烈观》，《鲁迅全集》第1卷，第129—130页。

②鲁迅：《坟·我之节烈观》，《鲁迅全集》第1卷，第122页。

③李向东、王增如：《丁玲传》，第103页。

④小澜：《丁玲女士之死》，《世界日报》1933年6月30日。无名氏：《丁玲被杀害》，《中国文坛》1933年第2卷第8期。《丁玲已被枪决》，《涛声》1933年第2卷第25期。

到处传播，大量的纪念文章与传记评论开始迅速涌现。尚在人间的丁玲被送上革命圣坛去做献祭的烈士想象虽然奇怪，但不过是消息封锁与误传而已。最隐蔽也最残酷的问题也许还不是被作为烈士，而是被逼为烈士。当未死的烈士活着归来，活下来非但得不到同情与理解，反而会因活下来遭遇为何不死的嫌疑与质疑。在这个意义上，丁玲的悲剧与其说是活着的时候被作为烈士，不如说是被作为烈士后活着归来。革命的“忠贞”在饱经磨难之后，又要遭遇无休无止的死烈情结的残酷折磨。

死烈情结意味着丁玲在被国民党特务绑架的时候，她同时亦可能被一种要求“死烈”的烈士情结所绑架。“忠贞”的悖论还在于，道德压力最大的考验不是敌人的审判，而是同志的质疑。对于敌人的审判，她可以用“始终不屈的保持着沉默”来抵抗；对于同志的质疑，她却不能不无奈地发声来辩解，甚至在烈士道德的压力下，对自己所坚持的观念也可能有所动摇、有所屈服。在1943年严重扩大化的“抢救失足者”运动中，丁玲因为难以承受巨大的精神负担，一度违心承认自己是国民党复兴社的“特务”，“说了我的反党的罪行”①。在一种逼迫的认同中，死烈情结就成为受难者被迫自揭伤痛的难言的心结。

对革命者来说，生与死从来不是一个哈姆雷特的问题，而是一个忠诚与背叛的问题。在晚年的南京囚居回忆中，丁玲用“死也不容易啊”来描述生不如死的痛苦：

我的过去，引不起我的悲苦；我的将来，引不起我的幻想。我想：我只能用鲜血来洗刷泼在我身上的污水，用生命来维护党的利益。我死了，是为党而死。我用死向人民和亲人宣告：“丁玲，是清白的，是忠于自己的信仰的。”我这只能这样，用死来证明我对党的忠诚。

可是，怎么死呢？……想触电是不可能的。看来我只能用中国可怜的妇女姊妹们通常采用的最原始最方便的方法，上吊。②

丁玲的囚居回忆《魍魉世界》在手稿上原题为《魍魉地狱》，揭示的是囚禁期间“地狱”般的精神折磨。回忆录的写作始于“文革”结束后的1983年6月30日③，这期间，丁玲再度从流放地归来，但所谓的“叛徒”问题仍

---

①王增如、刘向东：《丁玲传》，第309页。

②丁玲：《魍魉世界》，《丁玲全集》第10卷，第30—31页。

③王增如、李向东编著：《丁玲年谱长编》下卷，第672页。

尚未彻底解决。这本回忆录，在现实意义上也是一种为自己辩护的申诉书。潜在的读者，除了“组织”，还有那些始终怀疑自己革命的道德家们。“用死来证明我对党的忠诚”表达的是一种“宁可玉碎不能瓦全”的烈士精神，但烈士的豪情壮志中又不无烈女的暗暗心酸。为了证明自己的“清白”和“忠诚”，丁玲不惜用了中国妇女最常用的上吊自杀，“来洗刷泼在我身上的污水”。丁玲用“可怜”来形容中国妇女姊妹，心情是矛盾复杂的，她不认同这种节妇烈女的死亡方式，但一种死烈情结又逼迫她用这样的自杀方式来证明“清白”。这“不得不自杀”的一切，是谁造成的呢？首先是敌人，但难道又只是敌人所造成的吗？鲁迅曾尖刻地指出，“秋瑾是被一群人劈劈拍拍的拍手拍死的”①，而毫无同情的质疑，何尝不是另一种形式的拍手？

丁玲的幸与不幸在于，经历“五四”之后，其继承烈士遗志的行为没有再像清末谭嗣同之妻李闰、林旭之妻沈鹊应、徐锡麟的党内同志秋瑾等女性那样，被视为一种烈妇殉夫而遮蔽了女性自身的革命意义。然而，胡也频遇难后小报上散布的“丁玲以泪洗面”②的各种谣言，不也暗含着一种烈女殉夫的阴暗的期待吗？及至“活着”归来，一种性别身份所附加的烈女心结与道德压力也始终困扰着她。对于囚禁中所写的欺骗敌人的“一个条子”，和冯达所生的“一个孩子”，丁玲不得不反复辩说。而在1943年的“抢救失足者”运动中，她甚至要被迫回应当年上海小报的谣言，解释姚蓬子是否对自己“表示爱慕”③。女性的贞节与革命的气节在一种奇怪的逻辑中难解难分，贞节即是气节，气节即是贞节。直到最后的遗作，丁玲仍在为自己的幸存一再辩解：“我落在魔掌里，我没有办法脱离。而且我知道，敌人在造谣，散布卑贱下流的谎言，把我声名搞臭，让我在社会上无脸见人，无法苟活，而且永世休想翻身。这时，我的确想过，死可能比生好一点，死总可以说明自己。”④“只有一死”才能证明自己的“忠贞气节”，这是一种怎样的惨烈；而“要活下去”便无法摆脱“失节”的嫌疑，这又是一种怎样的扭曲。

---

①鲁迅：《而已集·通信》，《鲁迅全集》第3卷，第465页。

②丁玲：《死人的意志难道不在大家身上吗？》，《丁玲全集》第7卷，第7页。

③徐庆全：《革命吞噬它的儿女：丁玲、陈企霞“反党集团”案纪实》，香港：香港中文大学2008年版，第137页。

④丁玲：《死之歌》，《丁玲全集》第6卷，第322页。

结　语

在某种意义上，丁玲一生的文学都在书写自己的故事。而她自己的故事，却最终需要别人来书写。在最后的遗作中，当丁玲回忆起自己幼年时代那位为了节烈而死去的表嫂时，她是否意识到，那些历史上的“忠臣烈女”的故事，也已成为她自己人生的一部分，并终将缠绕她的一生呢？

（符杰祥：文学博士，上海交通大学人文学院教授）

“自杀意象”与丁玲的无政府主义思想之探寻

熊　权

内容摘要： 无政府主义思想不仅促成丁玲一举成名，而且长期存在于丁玲的文学世界中。早期丁玲笔下的“自杀意象”讲述现代的冲突与撕裂，与虚无党刺客主动赴死的“烈士情结”精神相通，都体现了无政府主义思想难以克服的内在悖论。文化批判意义上的无政府主义作为一种隐在但顽强的思想资源，推动丁玲时时碰撞、对话占据中国近现代主流的“民族国家话语”，是左翼文学研究中值得深入探讨的现象。

关键词： 丁玲　自杀意象　无政府主义思想

丁玲成名之后，相关阐释逐渐形成了两大框架，一个是沿着五四“个人的发现”思路表彰丁玲创作的反封建意义，另一个是站在现代女性主义立场推崇丁玲对男权文化的反思与反抗。随着丁玲“左倾”转向、进入共产主义革命话语体系，相关研究又增加了一个重要的阐释方向，即丁玲面向政治意识形态的对话与抵抗。在这一路向上，本文尝试从研究界不那么关注的无政府主义来阐释丁玲。针对丁玲的无政府主义思想，老一辈的茅盾、冯雪峰以及当代的周良沛、袁良骏、贺桂梅等都有论及，但一般简短带过、大多视为早年丁玲的消极部分。张全之的《丁玲与中国无政府主义运动：破解丁玲研究之谜》让人耳目一新，不仅对丁玲接受无政府主义做出翔实考据，而且正面肯定了它对丁玲创作的启发意义。[①]有关丁玲无政府主义思想的言辞未尽以

①张全之：《丁玲与中国无政府主义运动：破解丁玲研究之谜》，《西南大学学报》2007年第6期。

及褒贬不定，都显示出这是一个有待讨论与发挥的话题。

本文认为无政府主义思想不仅是促成丁玲成名的要素，而且如同一个挥之不去的幽灵长时间游荡在丁玲的文学世界中。在政治的层面上，无政府主义是共产主义的“敌人”，成为后来评论家屡屡批判以及丁玲自己不得不澄清的“坏的倾向”；但在文化批评的层面上，无政府主义思想大大深化了丁玲的文学创作。

一、自杀意象：现代的冲突与撕裂

在丁玲的早期创作中，重复、盘旋着一个值得注意的“自杀意象”。深入剖析这一意象，我们发现青年丁玲震惊文坛、一举成名并非反封建的个人主义或者寻求解放独立的女性意识所能涵盖。早年丁玲的独异之处是直视现代人的冲突与撕裂，把自杀上升为反思人生的哲学问题。追根溯源，这份“独异”又与她早年接受无政府主义思想密切相关。

回望丁玲初涉文坛，迎来了众多好评和厚望。有人形容她的文字给文坛抛下了一颗炸弹，产生了震动视听的效果。[①]有人认为她超越了“五四”一代女作家，推崇她是继冰心之后最引人注目的文学新星。[②]丁玲发表《梦珂》《莎菲女士的日记》之时新文化运动的高潮已过，个性主义、女性解放经过前辈作家的多次呼喊演绎已经不是那么新鲜的话题，如果丁玲仅仅言说这些“应有之义”很难让人眼前一亮。值得注意的是，一些敏感的评论家们发现了丁玲的独异，撷取一些特别的形容词评价她：“Modern girl”“世纪末的病态”“专门寻欢求乐的倾向”[③]这样的遣词把丁玲与“五四”时代的众多女作家区分开来。相对冰心、淦女士、凌淑华等不脱传统闺秀风范的文学书写，丁玲是彻底地离经叛道，散发出一种激烈乖张、令人不安的气息。

基于“个人的发现”，“五四”新文学抒发自恋自伤之情的比比皆是，激烈偏执到自毁自杀者却毕竟少见。偏好描写自杀或只求速死的人物是早期丁玲“令人不安”的一个重要表现。《阿毛姑娘》细腻而惊人地展现了一个乡村姑娘自寻死路的心理过程，《自杀日记》通篇写伊萨只求一死的苦闷牢骚，《莎菲女士的日记》中的莎菲虽然没有真的自杀但时时感觉生不如死，冷不防就冒出一句：“说不定明天我便死去了！”并由此产生游戏人间的念

①毅真：《丁玲女士》，《丁玲研究资料》，天津人民出版社1982年版，第223页。

②茅盾：《女作家丁玲》，《丁玲研究资料》，天津人民出版社1982年版，第253页。

③钱谦吾：《丁玲》，《丁玲研究资料》，天津人民出版社1982年版，第226—227页。

头："我的生命只是我自己的玩品"。小说结尾，莎菲还在强调生无可恋："在无人认识的地方，浪费我生命的剩余……悄悄地活下来，悄悄地死去。"富有意味的是，早期丁玲还会不断描写人物进入"昏睡"，而且往往以"昏睡"完结一个文本。《日》描写伊赛白天到黑夜的赖在床上，一心与熙熙攘攘的市声隔离还是不得不应付各种应酬，最后只好昏昏地睡着了；《他走后》中的丽婀送走情人，在回味无穷当中耗费时间，终于在天亮前入睡；《岁暮》中的佩芳因为女伴移情别恋满心失落，在小说末尾进入昏昏沉沉的睡……这种"世人皆醒我独睡"的反常行为，传达出一种主动放弃自我意识的态度，说明人物为逃避世事纷扰宁愿过无知觉的行尸走肉生活。频频写"昏睡"称得上用心良苦，这是丁玲针对自毁自杀心理所做的补充和延展。昏昏沉沉地睡，任性放纵地自毁，激烈决绝的自戕，从精神之死到肉体之死，多层次地构成了早期丁玲笔下的"自杀意象"。

通过普遍化、集中化地描写自杀行为和自杀心理，丁玲获得了一种反思人生的契机。从存在主义哲学以来，自杀被视为一个值得严肃思考的问题：它不是软弱逃避而是敢于承认生命无意义、不惜以死对抗价值虚无；它不是自我毁灭，而是通过肉体消亡换取精神升华的"向死而生"。可以很明显地看到，早期丁玲塑造的求死之人并非受困于某种具体条件走投无路，而是体验到生活无意义，所以主动毁灭肉体。她们身陷不可解决的矛盾分裂，从而精神焦虑内心虚无。相比之下，"五四"儿女为争取婚姻自主对抗家长、以死相挟，毕竟信奉自由恋爱；郁达夫式蹈海自杀，还要扯上"祖国啊祖国，是你害了我"，毕竟觅得一个心安理得的理由。这些自杀种种各有意义归属，自杀者就能免于虚无之苦，与丁玲笔下的哲学性自杀有着根本区别。

细读早期丁玲享誉很高的两篇作品《莎菲女士的日记》《阿毛姑娘》，小说人物一个带着求死之心勉强活，一个主动决绝地选择死，充分显现了所谓现代的冲突与撕裂。莎菲女士接受过现代教育，有鲜明的自我意识，但她内心萦绕着巨大困惑，那就是对一切都产生怀疑、批判，以至于找不到任何价值依托。莎菲对周围人事诸般"挑剔"，她嘲弄性格软弱的苇弟，看不惯毓芳与云霖做一对禁欲主义的爱人，蔑视凌吉士的市侩庸俗……到头来，莎菲连自己也怀疑了。最典型的是，她一边居高临下地审视凌吉士卑劣的灵魂，一边鄙视那个贪恋他俊美躯壳的自己；一边为征服凌吉士得意欢呼，一边恶狠狠地诅咒自己不配有好的命运。从莎菲剧烈的自我冲突可以看到，"个人的发现"并没有带领她占据自信自强的制高点，反而让她迷失在价值虚无地带。一旦看清楚自我的撕裂，莎菲对外部世界发动的"挑剔"都反转回来，她悲哀地意识到，最难解决的不是别人不完美而是自我冲突："凡一个人的仇敌就是自己”，“我用所有的力量，来痛击我的心”。小说末尾，莎菲搭上南下的列车悄悄离开，黯然预言将来唯有浪费余生，分明一个丧失价值依托、承受矛盾分裂之重的现代人形象。

《阿毛姑娘》则细致、完整地呈现了乡村姑娘阿毛从自然、自足变得焦虑分裂的“成长史”，也是她自杀求死之心的形成发展史。阅读小说，我们发现阿毛的痛苦并非源自某个现实问题，关键是她感知了一个无比向往却又无法企及的世界，由此变成一个类似莎菲的“分裂人”。以平常眼光看来，阿毛婚后怎么也算更上层楼，日常生活远比做女儿的时候富足，丈夫、婆婆也对她关照爱护。未嫁之前阿毛身居荒僻山谷，而夫家地处西湖之滨，她能够见识繁华种种。然而痛苦恰恰从感知丰富始，阿毛眼前渐次展开一个新奇世界：去城里买衣料目睹各种风物，羡慕邻居三姐嫁给军爷后的光彩得意，暗暗观察那对来到西湖边避世疗养的艺术家夫妇……当精神飞升到了想象的天堂，肉体却还滞留在不值一顾的凡俗现世，阿毛陷入了难以自拔的分裂。她唯有通过作践身体皮囊来消解内心痛苦，不停歇地劳作，故意触怒家人打骂自己，衣裳单薄地站在风口挨冻……最后，终于从绝望自虐滑向惨烈自杀。老实本分的陆小二根本无法了解年轻妻子的虚无感，眼见阿毛临死惨状，他连声追问：“阿毛！说，为什么你要寻短见？”濒死的阿毛回答：“不为什么，就是懒得活，觉得早死了也好。”“懒得活”三个字，对庄稼人陆小二而言是完全的不可思议，在阿毛这里掷地有声，体现了以主动求死拒绝无意义生活的存在主义哲学逻辑。配合邻家传出的一曲提琴奏鸣低沉终了，阿毛的生命戛然而止，一个中国现代文学的自杀意象完美确立。

虽然莎菲与阿毛身份迥异，一个是敢作敢为的“五四”新女性，一个是无知无识的乡下姑娘，但二者矛盾分裂、陷入虚无的境地全然一致。有批评者指出，村姑阿毛不可能具有复杂如知识分子的内心！诚然有理。但如果不拘囿于现实主义原则，多少就能理解丁玲的“罔顾事实”。早期丁玲不过辗转寻找同一个人，她或者叫莎菲，或者叫阿毛，还变换出梦珂、伊萨、伊赛、丽婀、佩芳、承淑、嘉瑛等诸多面孔。这个人物最突出的特点是批判否定一切以至于自我，从而陷入不可解决的虚无。丁玲把她（或她们）的自毁自杀视为自我搏斗的复杂体验，在强烈的批判否定意识中锻造出矛盾分裂的人格，为彼时的文坛带来了现代美学风格。现代主义向来不遵循现实主义原则，所以当年激赏丁玲的评论家也并不坚持“真实”“道德”等评价标准。众所周知，审美现代性是对世俗现代性的反思，它关怀个人在经济技术时代精神漂泊价值虚无的痛苦，是工业文明发展到一定程度的产物。然而作为“抒情诗人”的丁玲所处并非“发达资本主义时代”而是中国的“五四”后期，不得不让人另眼相看。

二、虚无之重：难以克服的无政府主义悖论

为什么早期丁玲能够直视人的矛盾分裂，二十多岁的她何以标新立异、横空出世？解释这份“独异”不能不把目光停留在丁玲接触、接受无政府主义的经历之上。研究者对丁玲接受无政府主义已经做了很有说服力的考据工作，如丁玲“废姓”是响应无政府主义运动的“不称族姓”之举；她曾与众多无政府主义者接触交往并受其影响，包括一贯的无政府主义者朱谦之，也包括曾经的无政府主义者瞿秋白、施存统、沈泽民、张闻天、汪馥泉等；[①]她还接受了一些具有无政府主义倾向的国外思想家影响，参与桑格夫人宣传的节育、性解放运动，熟知柯伦泰的性解放论等。[②]这些史料为探寻丁玲的无政府主义思想提供了重要支点。本章则尝试将丁玲植入中国近现代无政府主义思潮的历史，阐明她笔下的“自杀意象”正与无政府主义悖论血脉相通。

既然确认丁玲接受过无政府主义思想，那么值得进一步追问的是她究竟汲取了什么内容。按张全之先生的看法，无政府主义作为一种激进政治乌托邦催生了丁玲文本中的“性爱乌托邦”，并认为“从一种激进的政治乌托邦衍生出更为激进的‘性爱乌托邦’是五四时期中国无政府主义传播的突出特点”。这样的思路自有创见，但难以解释丁玲笔下为何别有一番“世纪末病态”。笔者强调，无政府主义思想对丁玲影响至深不仅在于废除一切外在制度（如国家、家庭、婚姻等）的彻底性，还有不可克服的内在悖反性——它造就了丁玲人物矛盾分裂、触及虚无，进而沉溺、玩味自杀。

世人往往被无政府主义破毁一切的彻底性、激进性所吸引，其实在彻底、激进之下，它更有一个虚无的底子，由本身不可克服的悖论所决定。探寻丁玲的无政府主义思想，同样不能忽略这一重要的无政府主义悖论。无政府主义思想在中国的晚清至“五四”的一段时间非常流行，然而终于退出历史舞台也与其自身悖论有莫大关系。热衷暗杀、不惜主动赴死的虚无党徒，则堪称无政府主义悖论的症候产物。政府主义自传入中国就与冒险暗杀活动纠缠在一起，晚清知识分子最初是通过俄国虚无党来接受无政府主义的。虚无党

①张全之：《丁玲与中国无政府主义运动：破解丁玲研究之谜》，《西南大学学报》2007年第6期。

②白露：《〈三八节有感〉和丁玲的女权主义在她文学作品中的表现》，《丁玲研究在国外》，湖南人民出版社1985年版，第273页。

徒反抗沙皇暴政、热衷刺杀的言行种种让他们大感兴趣，一时间出现了不少效仿的身体力行者，如蔡元培、杨笃生、徐锡麟、吴樾等都是暗杀风潮中的积极分子。连少年汪精卫的“慷慨做楚囚”，也可以视为剧变时代与虚无主义思想相结合的产物。①有的研究者形容中国引入无政府主义的初级阶段充满“‘爆裂弹’的威胁与诱惑”，无非强调时人对暗杀活动十分着迷。②后来，随着理解深入以及理性甄别，国人接受无政府主义才突破暴力暗杀进入到社会改造、道德修身的理论层面。然而一举奏效、富有美学意味的暗杀行为仍然深深影响着相关认识，巴金在《灭亡》中塑造的无政府主义刺客就震撼并吸引了众多读者，小说描绘一个名叫杜大心的青年萌生暗杀之心，细致剖析了他行刺前既纠结又决绝的心理。

爱生恶死是人之本能，虚无党徒为何热衷赴死？从根本上说，是无政府主义思想的内在悖论导致追随者不堪承受矛盾分裂之苦，转而寻找暴力宣泄之途。借一段描述对无政府主义思想稍做了解：

简单说来，它（无政府主义）是一种关于“人的解放”的社会理论，直接指向人的“绝对自由”，不仅要求消除包括国家制度，而且要求消除包括政府、法律、宗教、家庭等一切对追求个体自由构成障碍的所有社会强制因素，以及人与人之间权力支配关系，从而实现一种具有最大限度个人自由的社会，在那种社会中物质财富得到公平的分配，公共职责通过自愿达成的协议而得到履行。③

虽然无政府主义思想流变纷繁，但它的理论构架始终存在一个相同的悖论，即一方面坚持个人的绝对自由、一方面又期待出现整体的社会公平。以上所引言辞既说“人的解放”又说“最大限度个人自由的社会”，多少也体现了这个悖论。我们发现无政府主义设定的终极目标是双重且互相矛盾的，按照无政府主义者的畅想，无须借助政府、军队、法庭、监狱等国家制度的约束，彻底自由的个人自然而然就能组合成一个公正社会。然而按照理性逻辑，这是一个无法解决的悖论。如果坚持前者，后者就无法实现；如果达到

①参见许纪霖：《虚无时代的任性牺牲》，《读书》2015年第3期。

②孟庆澍：《无政府主义与五四新文化——围绕〈新青年〉同人所作的考察》，河南大学出版社2006年版，第21页。

③孟庆澍：《无政府主义与五四新文化——围绕〈新青年〉同人所作的考察》，河南大学出版社2006年版，第2—3页。

后者，就必然限制、削弱前者。

克鲁泡特金作为无政府主义发展史上的代表人物曾力图解决悖论，他的重要贡献是提出“互助论”。克鲁泡特金批判社会达尔文主义者过分突出“弱肉强食”转而强调“互助合作”，他认为人类既然具有互助合作本能，就有可能在自愿契约基础上结合成为一个整体社会。这样一来，在自由发展的条件下个人意志依然能与社会群体意志保持完美一致。克氏的设想从理论上说不无道理，但“互助论”落实到具体操作还是遇到问题。当“五四”时代的中国成为无政府主义思想的试验场，“工读互助”“新村”等运动其兴也勃其亡也忽，又一次提醒其内在悖论不易克服。这正是丁玲接受无政府主义的大环境，而众多无政府主义者的改弦易辙也隐含了丁玲后来的“转向”逻辑。

在“五四”新文化运动中，以少年中国会为中心的“互助团”、由周作人倡导的“新村”，都是在“互助论”指导之下建立的理想社会模型。众多的新文化知识分子憧憬那种毫无约束、压迫的“大同社会”，所以纷纷投身小范围的互助合作实验。但互助团也好新村也好，奉行自愿合作摒除任何外在约束，在具体实践中很快难以为继。短短几个月时间，大小实验团体分崩离析，先后散伙走人。①经此一役，众多追随者纷纷抽离无政府主义、重新思考改造社会的途径。富有意味的是，具有强烈集权意志的国家主义以及强调高度组织纪律的共产主义恰恰都是从无政府主义这一极度警惕制度和权力的“母体”分化出来的。一度鼓吹“工读互助”的曾琦、左舜生等成为提倡“国家主义”的一支，而从无政府主义转向共产主义就更是一个大规模现象了，张闻天、瞿秋白、沈泽民、恽代英甚至毛泽东等许多著名的中共党人都曾热衷“工读互助”，为“无家庭、无婚姻、无宗教”热血沸腾。时至今日，研究者也不再讳言中国的共产主义是从无政府主义分化这一史实。②

在从无政府主义转向共产主义的知识分子当中，瞿秋白回忆自己“转向”的一段话很有代表性：

记得当时懂得了马克思主义的共产社会同样是无阶级、无政府、无国家

---

①关于五四时期“工读互助”运动、“新村”运动主要参考：高亚非《论王光祈的工读互助思想与马克思主义在中国的传播》（《中华文化论坛》2013年第1期）、孟庆澍《无政府主义与五四新文化——围绕〈新青年〉同人所作的考察·第四章》（河南大学出版社，2006年）、吴小龙《少年中国学会研究》，上海三联出版社，2006年。

②参考顾昕《无政府主义与中国马克思主义的起源》（《开放时代》1999年第2期）、方宁《无政府主义对中共创建的积极作用》（《党史文苑》2011年4月上半月刊）。

的最自由的社会，我心上就很安慰了，因为这同我当初无政府主义、和平博爱世界的幻想没有冲突了。所不同的是手段。马克思主义告诉我要达到这样的最终目的，客观上无论如何也逃不了最尖锐的阶级斗争，以致无产阶级专政——也就是无产阶级统治国家的一个阶段。为着要消灭“国家”，一定要先组织一时期的新式国家；为着要实现最彻底的民权主义（也就是所谓的民权的社会），一定要先实行无产阶级的民权。①

瞿秋白说得再明白不过了，无政府主义改造社会的完美设想深深吸引了他，他是经由无政府主义思想指引才走近马克思主义，而马克思主义之所以后来居上，则因为不仅与无政府主义理想相近而且能够提供切实可行、快速奏效的手段。基于同样的思路，另一位早期共产党人邓中夏也把无政府主义和共产主义做了一番比较：

共产主义与无政府主义终极的目的没有什么两样，无政府主义的好处，共产主义都有；共产主义的好处，无政府主义却没有了。共产主义有目的，实行有步骤、有手段、有方法，反之，无政府主义除开他视为掌上珠、图案画、绣花衣的最美妙的理想目的以外，却空空毫无所有了。②

可以得知，众多从无政府主义转向共产主义的知识分子遵从着一个非常相似的逻辑：面对急迫的救亡任务，无政府主义的最大短板是无视逻辑、罔顾效率。我们只能慨叹克鲁泡特金的“互助合作”虽然竭力修正“弱肉强食”法则，仍然未能挽救无政府主义在近现代中国的败落。

无政府主义让人体验初遇的狂喜，但其内在悖论却极易导致人的矛盾分裂。追随者悲凉地看到现实与理想已经一分为二，万难逾越，那么自我何处安放？现实世界不愿待，理想世界去不了。不难理解，无政府主义者体验到的“虚无”并非真的内心空虚，而是走到了意义的空白地带。不堪承受这样的生命之重，虚无党徒充当冒险刺杀的“烈士”成了一种双赢选择：对社会是警醒和除害，对个人是摆脱重压取得身后美名。早期丁玲人物，如莎菲、阿毛，也是因为陷入矛盾分裂不惜主动赴死，她们触及并承受的虚无之重虽然不至于转化为冒险的政治行为，却足以在文本中建构起一个颓废的“自杀意象”。

①瞿秋白：《多余的话》，《瞿秋白文集·政治理论编（7）》，人民出版社，1991年。

②邓中夏：《共产主义与无政府主义》，1922年1月25日《先驱》创刊号。

促使早年丁玲触及、思考虚无问题的，除了无政府主义思潮在“五四”之后没落的大环境，应该还有作为女性的生存经验。据国外研究者白露所言：“丁玲有点像俄国人那样把女权主义和无政府主义融为一体”。[①]这里不妨引入中国近现代史上另一个受无政府主义思想启发从而发出独异之声的女性何震，丁玲与她的最大相似点在于都得到无政府主义思想启发、提出了超前的女性观，但都遭遇了类似的“虚无境遇”——她们一个在理论上无立足之境，一个在文学中无立足之境。作为一个有相近思路的女性前辈，何震为探寻丁玲接受无政府主义提供了一种有意味的对照。

何震是晚清女权先锋，也是一个著名的无政府主义者。她冠父母双姓，又称“何殷震”，与丈夫刘师培一起主办《天义报》宣传无政府主义思想。[②]值得注意的是，“双姓”或“不称族姓”在清末民初的无政府主义者那里非常流行，丁玲“废姓”应该与这段历史颇有渊源。[③]何震的“女界革命论”大大得益于无政府主义思想的激发，她自己曾说：“吾于一切学术，均甚怀疑，惟迷信无政府主义，故创办天义报，一面言男女平等，一面言无政府。”[④]必须承认，何震的女性观远远超出同时代，当梁启超、金天翮等男性启蒙者还认为培养新女性是为塑造“国民之母”、将“女界革命”仅仅视为“民族革命”的从属，何震说出的是：“尽覆人治，迫男子尽去其特权，退与女平，使世界无受制之女，亦无受制之男”。[⑤]这样的言辞一方面把“女界革命”从民族国家话语中单独拎出，另一方面干脆说“尽覆人治”，有着鲜明的“视政府为万恶之源”的无政府主义印记。

梳理何震言论会发现，“怀疑一切”是最大的特点。她对中国的礼教传统质疑，“儒家之学说，均杀人之学说也……黠者援饰其说以自便，愚者迷

---

①白露：《〈三八节有感〉和丁玲的女权主义在她文学作品中的表现》，《丁玲研究在国外》，湖南人民出版社1985年版，第273页。

②刘慧英《从女权主义到无政府主义——何震的隐现与〈天义〉的变迁》（《中国现代文学研究丛刊》2006年第2期）一文强调何震是前期《天义》真正的或至少与刘师培并重的主办者，但历史往往遮蔽忽略了她。

③“废姓”通行于《天义》同人内部，成为倡导无政府主义的标志。如汪公权只署“公权”、周怒涛（大鸿）之只署“大鸿”、陆守民（恢权）只署“守民”或“恢权”等。著名的无政府主义者刘师复1912年宣布“废姓”，倡导无政府主义的“心社”还把“不称族姓”列入社约。

④公权：《社会主义讲习会第一次开会记事》，《天义报》1907年第6卷。

⑤震述：《女子解放问题》，《天义》1907年第7卷。

信其说而不疑，而吾女子死于其中者，遂不知凡几”[①]；对西方传来的女子参政体制质疑，“女子而欲谋幸福，在于求根本之改革，而根本之改革，不在争获选举权……慎勿助少数女子，俾之争获参政权”[②]；还对当时男性启蒙家谈论的“女界革命”质疑，“近日之男子亦有著书报提倡女权者，然由于好奇心及好名心，非有爱于女子也”[③]。何震又振聋发聩地喊“女子复仇”，认为天然的男女性别其实就构成了阶级，女子当反压迫以暴力制男子。[④]无处不质疑以至于质疑人类最基本的性别关系，何震的魄力呼应着强大的、无政府式破毁激情，她一往无前地反对任何形式的不平等和不自由，体现出强大的、面向乌托邦的战斗力。

然而“战斗中”的何震遭遇了类似莎菲、阿毛的困境，现实可憎理想邈远，那么立足何处？对什么都怀疑、什么都批判，何震的艰难在于无法立论，更拿不出什么具体可行的方案。如果说对晚清知识界普遍肯定、羡慕的西方女子教育权、参政权、工作权都要一一批判，抽空各项具体社会事务之后女子可行事务，就只剩下暗杀一项了，然而何震还鼓吹这是实行无政府革命的“首务”。这让后世的研究者也有些不以为然。[⑤]推崇无政府主义的何震必然陷入困境：

何震期望躐等而行、直接进入的“实行男女绝对之平等”的无政府世界，则因阻断了现实进路，而更加渺不可及。在这里，无政府主义的彻底性反而造成了何震“女界革命”论的失却现实根基。[⑥]

何震一生的遭际也耐人寻味，她先是倡导无政府主义思想发出了令人惊叹的女性声音，但仅仅昙花一现，后来不知所踪。有的说出家，有的说经历幽闭和疯狂而死。

如果说何震与丁玲都可以纳入中国近现代无政府主义思潮，尤其是女性接受无政府主义的谱系，那么她的尴尬境遇也从一个侧面提醒我们，谈论丁玲尤其应当注目“自杀意象”。丁玲早期文本主张女性享受性爱，对妓女、

①震述：《女子复仇论》，《天义》1907年第3卷。

②震述：《妇人解放问题》，《天义》1907年第8、9、10合卷。

③震述：《女子解放问题》，《天义》1907年第7卷。

④震述：《女子复仇论》，《天义》1907年第3卷。

⑤夏晓虹：《何震的无政府主义“女界革命论”》，《中华文史论丛》总第83辑。

⑥夏晓虹：《何震的无政府主义“女界革命论”》，《中华文史论丛》总第83辑。

婚外情、同性恋一律报同情之理解固然大胆惊世，但其中还伫立着一个挥之不去的“自杀意象”，传达出与何震极为类似的、找不到现实基点的艰难。在“性爱乌托邦”的狂放不羁之外，我们阅读早年丁玲明明也能体会那种身为现代女性，但无从立足、无法落地的惶惑感。先锋激进与虚无颓废，犹如一枚硬币的两面，表明那个时候的丁玲确实深味无政府主义思想并触及了它冷硬的核心悖论。

三、在无政府主义与“民族国家话语”之间

在无政府主义思想的视野下讨论丁玲，还有一个值得追究的问题，她后来是否与之彻底告别了？丁玲会反思早年接受的无政府主义，却未必与之截然断裂。发挥无政府主义的文化批判功能、与作为现代文学主流的“民族国家话语”对话，是丁玲文学“转向”后仍然贯彻的线索。值得注意的是，由于解放区文学体现更加鲜明的党派、集团意识，以无政府主义思想为根底的文化批判愈发彰显力度。

与中国近现代许多从无政府主义转向共产主义的知识分子相似，丁玲“左倾”伴随着反思、反抗虚无的精神过程，小说《韦护》给我们留下了追踪线索。《韦护》向来被视为丁玲转向的标志之作，体现“革命”与“恋爱”的冲突是众多阅读者的共识。如果从接受无政府主义思想的线索来看，《韦护》却称得上是一篇反思“初衷”之作。表面上，韦护的痛苦是因为“恋爱”“革命”发生了冲突，但细读文本我们发现真正令他耿耿于怀的是那个借恋爱还魂的“旧我”。韦护感慨：

> 这热情的，有魔力的女人（指丽嘉——引者注），只用一眼便将他已死去的那部分，又喊醒了，并且发展得可怕。他现在是无力抵拒，只觉得自己精神的崩溃。①

生怕说得不清楚，丁玲描绘人物内心时又一次重复上述言论：“这冲突并不在丽嘉或工作，只是在他自己”。据韦护自述，那复活的“旧我”不过一种病态人格：“完全神经质的、对一切都起着幻灭之感的人”，但足以让他恐惧异常。晚年丁玲曾说，写《韦护》的自己并没有真正理解人物原型瞿秋白：“他的矛盾究竟在哪里，我模模糊糊地感觉一些……但要写得更深刻

① 丁玲：《韦护》，《丁玲文集》（第1卷），湖南人民出版社1983年版，第110页。

一些却是我的力量所达不到的”[①]。

其实，韦护的“冲突”或者说瞿秋白的“矛盾”，恰恰根源于无政府主义思想。青年丁玲感受到、却说不清楚的“矛盾”，重现在瞿秋白为鲁迅杂感集所写序言中的“薄海民”身上，重现在瞿秋白临终所写《多余的话》中的“读书的高等游民”身上，他们正是“完全神经质的、对一切都起着幻灭之感的人”。那是一种从中国传统秩序中分离出来、转而拥抱无政府主义的知识分子，当他们失去一个传统世界恰好遭逢无政府主义的魅力光彩，允诺人的完全解放、鼓舞乌托邦激情、提供对抗“弱肉强食”的“互助合作”方法……然而，无政府主义悖论又毫不容情地将瞿秋白这样的追随者推入虚无，逼迫他们承认“可爱者不可信”。如同无物之阵、让人自杀或求死的“虚无”令一心重建行动力的韦护感到精神崩溃、感到真正恐惧。韦护离开丽嘉投奔广州革命策源地，实际是为了摆脱纠缠如冤鬼的虚无。在这个意义层次上，丁玲通过观察她早年最熟悉的共产党人瞿秋白抓住了共产主义之所以取代、淘汰无政府主义的肯綮，这也是丁玲自己“转向”的逻辑。

思想具有延续性与继承性，反思并不意味着截然断裂。被召唤归来的既可以是暮气沉沉的故鬼，也可能是智慧闪烁的幽灵。进入解放区之后，丁玲的写作依然隐现无政府主义线索，但追踪的困难增加不少。因为一旦皈依“先进”意识形态，无论作者本人还是旁人都忌讳提及败落过时、甚至臭名昭著的无政府主义。还是从文本细读寻找线索。在《三八节有感》中，丁玲感慨革命政权下的女性仍然受制于各种客观、主观条件无法摆脱生活难题，她说出“这同一切的理论都无关，同一切主义思想也无关，同一切开会演说也无关”[②]，分明隐现无政府式激情，所以不臣服任何主义教条或思想理论。《我在霞村的时候》细致描写贞贞遭受轻蔑嘲笑的境遇，不仅出于同情贞贞沦为日军慰安妇、叹息“女人真作孽”，而且提出了抗战大义与个人价值抵触冲突的问题。在解放区政权宣传个人利益与民族及政党利益一致、号召全民抗战的大局势之下，这种意见非常敏感。只能说丁玲在认可政权话语的前提下仍然无法忘怀、并且努力寻找个人的位置，所以民族利益与抗战大局遮蔽不了贞贞遭遇的深沉苦难。在这里，无政府主义放眼社会整体又坚持个人自由的“兼美”理想有迹可循。又如《在医院中》，借陆萍的眼睛看延安周边医

①丁玲：《我所认识的瞿秋白同志》，《丁玲文集》（第 5 卷），湖南人民出版社 1983 年版，第 101—102 页。

②丁玲：《三八节有感》，《丁玲文集》（第 4 卷），湖南人民出版社 1983 年版，第 389 页。

院的脏乱差、观察解放区民众的冷漠愚昧，莎菲女士“对什么都怀疑”的性情又一次跃然纸上。即使经过“无腿人”现身说法陆萍最终与外在环境达成和解，她仍然强调有所作为的个人：“人是要经过千锤百炼而不消溶”“人是在艰苦中成长”。随着陆萍的“成长”，小说展现了一个对革命有同情理解之心、但又坚持反思批判的个人形象。此时丁玲眼中的个人不再是“五四”时代孤傲狂狷、与世难容的个人，而是直面琐碎和困境、力求形成和发展自己的“革命人”。从孤独个人到革命人，就算丁玲建构起一个以共产主义话语为根基的文学世界，仍有不死的无政府主义幽灵游荡其中。

从无政府主义的文化批判功能着眼，丁玲在解放区发出的异端声音与她在“五四”末彰显的“独异”其实一脉相承。无政府主义作为丁玲一种隐在却顽强的思想资源，与占据时代主流的“民族国家话语”时时碰撞对话。“五四”文学与解放区文学都以“救亡”为起点、以创建“新中国”为目的，贯穿着同一的“民族国家想象”。①早期丁玲文本以颓废虚无的“世纪末病态”，标新立异于“立人”的启蒙思潮；“左转”后的丁玲以文学的方式重提无政府主义顾全社会与个人的“兼美”，在组织化纪律化的政党政权之下当然也是不合时宜。

文化批判与政治效用，原本属于两种不同的观察、评判视角。无政府主义高喊“消灭国家”，与中国近现代追求强大民族国家的大潮明显背道而驰，导致它在救亡运动中迅速边缘化。然而用处从“无用”处开始，“无为”也能生产“有为”。从政治运动黯然退场的无政府主义，因为向往乌托邦、执着“兼美”理想，在文化批判的意义上焕发了长久的生命力。正如著名的无政府主义者巴枯宁所说：“为了做可能的事，就必须想象不可能的事。无政府主义的挑战有一个卓越的贡献，就是愿意对现存的秩序视若神明的一切制度提出疑问。”②无政府主义思想鼓舞知识分子在任何既定的社会格局之下不懈追求“人的解放”，持续生产出反抗与颠覆的冲动。

同样的道理，从政治的眼光来看早期丁玲人物，大多堪称缺乏行动能力的“废物”。与莎菲、阿毛同批次的“废物”还有不少，如在电影摄像机面

①中国现代文学的主要任务是想象、建构一个强大统一的“新中国”，它发生发展在强国保种的救亡语境之下，可以称为“民族国家文学”。参见刘禾《文本、批评与民族国家文学——重返〈生死场〉》（收入王晓明主编《二十世纪中国文学史论》第4卷，东方出版中心，1997年）以及旷新年《民族国家想象与民族国家文学》（《文学评论》2003年第1期）。

②特里·M·珀林编：《当代无政府主义》，商务印书馆1984年版，第277页。

前感觉无处可跑、突然晕倒的梦珂，乘坐小火轮到异地谋生、充满漂泊感的节大姐以及试图在同性间寻找情爱乌托邦的承淑、嘉瑛、佩芳等。但在文学艺术的世界中，她们是体现自我冲突与心理搏斗的“多余人”，总以挑剔眼光审视包括自身在内的一切、在批判现有规范秩序的道路上不断掘进。因为对什么都怀疑，她们矛盾分裂跌入虚无，同时她们获得超越，那种颓废的、具有“恶之花”意味的风姿抵达了对生存本身的思考。

值得注意的是，由于无政府主义具有与国家形式、专政体制尖锐对立的特点，一旦指向规范化、秩序化的政党或政权组织尤其具有杀伤力。这也可以解释为什么在中华人民共和国成立后的丁玲批判中，《莎菲女士的日记》等早期作品最多被指责为“玩弄恋爱”“卖弄风情”的生活作风问题，[①]而《三八节有感》《在医院中》等却往往被上纲上线到“反党”“反人民”的地步。《在医院中》描写陆萍对延安郊区的医院不满：“她寻仇似的四处找着缝隙来进攻，她指摘着一切。她每天苦苦寻思，如何能攻倒别人，她永远相信，真理在自己这边。”“寻仇”“进攻”“攻倒别人”等词汇从丁玲笔下倾泻而出、挟裹着令人不安的激烈与紧张，导致 1950 年代的周扬“慧眼识珠”，在批判丁玲时特意逐字引用作为重要凭据。[②]孤傲不逊的个性主义在周扬眼中当然是“罪证”，但更关键的是，他窥见了无政府主义思想针对权力与秩序的强大批判力。

余论　左翼文学、左翼知识分子与“他者”革命意识形态

以政治立场为标准的文学批评强调是非对错、充满斗争色彩，在这样的视野之中，谁追随、同情无政府主义无疑就是“反革命”。然而过于明辨是非的批判者们忽视了，在已经选择共产主义的知识分子眼里，作为政治实践的无政府主义虽然意义耗尽，但作为文化批判理论的无政府主义并没有决然了断。不止丁玲如此，中国现代一些著名的、有过文学与政治错综的人物，如张闻天、蒋光慈、胡也频、瞿秋白等都经历了从无政府主义到共产主义的“转向”，留下了可供追溯、探寻的无政府主义思想的“遗迹”。

在特定年代，文学批评体现“必不容反对者有讨论之余地”的风范，我

①张天翼：《关于莎菲女士》，《丁玲研究资料》，天津人民出版社 1982 年版，第 399 页。

②周扬：《文艺战线上的一场大辩论》，《丁玲研究资料》，天津人民出版社 1982 年版，第 415 页。

们忌讳提到长者、尊者身上有无政府主义思想之类的“坏的倾向”。但在远去刀光剑影的今天，从政治决定论的“敌我思维”转变为尊重历史、重视文化批判的“兼容思维”，我们就能看见无政府主义也是中国20世纪现代性思潮之一、在中国的革命进程中扮演了重要角色，是不同于共产主义的“他者”革命意识形态。应该承认，正视文化批判意义上的无政府主义，发掘它与共产主义的互动对话有助于如实地、深入地把握左翼文学。在这样的兼容视野中我们才能打破将左翼文学视为“政治工具”的固定思维，看到它内在的差异与张力。

（熊权：河北大学文学院副教授，硕士生导师）

现代女教员的文学书写

——以丁玲早期女性小说为例

王 烨 王良博

内容摘要：女子师范教育是我国近代以来最早开启的一种女子职业教育。在女子师范教育发展过程中，女教员被视为最切近女子天性的理想职业，是女子服务社会、提高女性地位的最好途径。女教员进入投身教育事业后，发现这个女子社会职业事实上并不理想，普遍遭遇谋职难、薪水低、教职与母职冲突、发展受限等职业问题。在现代女教员的文学书写谱系中，丁玲是较有反映女教员职业问题的女作家，其《暑假中》《小火轮上》等小说反映了城乡女教员心间的诸多失落情绪，不仅将女教员的文学书写推向“现实化”新阶段，而且呈现了对现代女子社会解放的历史反思及现实思考。

关键词：女子师范　女教员　丁玲小说

在近代以来的女子解放运动中，女子职业被视为女性走向经济独立及实现男女平等的唯一途径，而女教员被视为最利于发展女子母性、最适合女子的理想职业。受此观念影响，近代以来各省女子师范教育发展迅速，大量女子师范毕业生投身教育事业、成为中小学校的教员。然而，因谋职难、薪水低、进修难等社会原因的影响，女教员的职业问题越来越成为社会关注的话语，女教员的现代神话被社会现实无情地粉碎。在五四现代女作家中的文学书写中，庐隐的短篇小说《一个女教员》呈现了女子献身教育、服务社会的“职业神话”图景。丁玲在四处漂泊、探寻人生道路的苦闷时期所创作的《在黑暗中》，多以城乡女教员为书写对象，反映女教员遭遇的各种职业问题及失落情绪，彻底解构了近代以来女教员的社会职业神话，不仅将女教员的文学书写推向“现实化”新阶段，而且呈现了对现代女子社会解放的历史反思及现实思考。

一、近代女子师范教育的发展

鸦片战争以后，中国民族危机日益加深，逐渐沦为帝国主义者的半殖民地。不断加深的民族危机，使得近代中国逐渐形成“教育救国”的民族主义思潮，女子教育观念也开始了现代化的历史转型，由注重“母教”转向了“职教”。

近代女子教育的宗旨实为“贤妻良母”教育，国人最早的女学堂为经元善、梁启超于1898年创办的经正女学堂。早在1896年，梁启超就为此开始了舆论准备，他指出“妇人学而生利、妇人学而有德、妇人学而母教兴、妇人学而胎教盛”，认为“然吾推极天下积弱之本，则必自妇人不学始”[①]。梁启超认为只有妇女成为生利之人才能使得国强民富，只有好的母教、胎教而国家才有更好的未来，美国因女学发达而国力强盛，印度、波斯等国因女学衰弱而国家衰弱，由此“妇学实天下存亡强弱之大原也。”[②]1897年，他发表《倡设女学堂启》，指出女学的价值“上可相夫，下可教子，近可宜家，远可善种”[③]，被大部分学者认为是“贤妻良母主义”的话语源头。在“贤妻良母”教育观念下，近代女子教育新旧交杂，如经正女学中文课程包含《女四书》《女孝经》等传统礼教内容。由此可见，晚清至民初的女子“贤妻良母”教育宗旨，仍在维护封建礼教与道德，女性并未真正被视为一个独立的国家公民，其人生空间仍被限于家庭内部，即通过承担相夫教子“天职”而间接服务国家，女子教育实为以辅助男权、益于国族为主旨的附属性教育。

民国成立以后，女子教育宗旨由造就“贤妻良母”转向造就“女国民”，以使女子不仅可以享受与男子平等的权利义务，而且可以使女子投身社会服务、国家服务。教育部由此开始制定新的教育计划，民国元年至民国二年教

---

①梁启超：《论女学》，载陈元晖主编，汤志钧，陈祖恩，汤仁泽编：《中国近代教育史资料汇编　戊戌时期教育》，上海教育出版社2007年版，第99页。

②梁启超：《论女学》，载陈元晖主编，汤志钧，陈祖恩，汤仁泽编：《中国近代教育史资料汇编　戊戌时期教育》，上海教育出版社2007年版，第102页。

③梁启超：《创设女学堂启》，载舒新城《中国近代教育史资料》下册，人民教育出版社1981年3月第2版，第789页。

育部公布“壬子癸丑”学制，规定初小男女可以同学，女子高小以上可设女子中学、女子师范及女子高等师范，打破了以前的两性双轨制，高了女子教育范围、年限与程度。“壬子癸丑”学制破除了男尊女卑的封建观念，肯定了男女都有平等受教育的权利。但随着袁世凯政府推行“推孔教为国教”的文化复古主义，女子教育又回归到“贤妻良母”教育宗旨。1914年袁政府教育总长汤化龙在《对于女子教育的意见》中指出，“民国以来，颇有一派人士倡导一种新说，主张开放女子之界限，其结果致使幽娴女子提倡种种议论，或主张男女同权，或倡导女子参政，遂至有女子政法学校之设立，以余观之，则实属可忧之事也……余对于女子教育之方针，则在使其将来足为贤妻良母，可以维持家庭而已。”[①]1915年，袁政府制定新的教育要旨，在“戒贪争”这一要旨上则尤其强调“女子则勉为贤妻良母，以竞争于家政”[②]，甚至指出“女子更舍家政而谈国政，徒事纷扰，无补治安。”[③]由此，女子教育又回到贤母良妻主义的“母教”观念上。1922年北洋政府教育部出台新学制即壬戌学制，改男女双轨运行的旧学制改为男女合一、不分性别的单轨学制，第一次在学制上规定了男女受同等教育的权利[④]，女子获得了平等教育权，不仅从小学到大学实行男女同校，而且课程也不再有男女之别。因此，直到南京国民政府成立，男女平等的教育宗旨战胜“贤妻良母”的教育宗旨。

在近代以来的女子教育发展历程中，女子师范教育占据着重要地位，人们认为女子细心谨慎、耐心认真的天性最适宜做小学教员。梁启超《论女学》率先指出，“西人分教学童之事为百科，而由母教者居七十焉，孩提之童，母亲于父，其性情嗜好，唯妇人能因势利导之。以故母教善者，其子之成立也易；不善者，其子之成立也难……”[⑤]竞志女学创办人候鸿鉴也认为，“小学教师之对于儿童训练管理，非有耐心、忍性、和悦、慈祥诸德不能收养护逊于之效”，而“女子性质勤劳、慈善最为相宜”，“女子性质特优专长，论其赋禀之特异而能力之最适宜者，既以师范教育为第一”。1925年《女友》1期刊发的《女教员的优劣问题》，也提出女教员的优点，如“较男子更

①程谪凡：《中国现代女子教育史》，中华书局1936年版，第98页。

②陈元晖主编，璩鑫圭，童富勇，张守智编：《中国近代教育史资料汇编　学制演变》，上海教育出版社2007年版，第777页。

③同上，第778页。

④杜学元：《中国女子教育通史》，贵州教育出版社1995年版，第412页。

⑤梁启超：《论女学》，载陈元晖主编，汤志钧，陈祖恩，汤仁泽编：《中国近代教育史资料汇编　戊戌时期教育》，上海教育出版社2007年版，第870页。

有教育手腕；更适合当女孩的教育者；对于裁缝和家事科目更为擅长；女教员具有优良的态度，和平的性情；女教员可以弥补没有母亲的学生的遗憾；女教员更易接受别人的意见；独身女教员比有家庭的男教员更为热心教育事业”①。由此可见，社会多认为女子的天性“母性”更适宜做女教员，促使了近代以来女子师范教员的发展。

较早出现的女子师范教育为女学开设的“师范科”。1903 年的务本女塾开办师范科，1905 年无锡私立竞志女学也开设师范科。1905 年，张謇设立南通女子师范学校，为较早出现的女子师范教育专业学校。1907 年，清廷学部颁布《奏定女子师范学堂章程》，正式在学制上承认了女子师范教育的合法性。女子师范学堂以“养成女子小学堂教习，并讲习保育幼儿方法，其于俾补家计，有益家庭教育为宗旨”②，为女子接受公立教育、成为职业教师敞开了大门。在本文研究的时间范围内，女子师范成为最能被社会接受的女子职业教育，为女性走出家庭、服务社会及提高社会地位起到重要作用。但受“贤妻良母”女子教育宗旨的影响，近代女子师范教育也注重女德及女工，如《奏定女子师范学堂章程》就规定女学必须强调“女德”，“凡为女、为妇、为母之道，征诸经典史册，先儒著述，历历可据。今教女子师范生，首宜注重于此，务时勉以贞静、顺良、慈淑、端俭诸美德”③。而在具体课程设置中，修身、家事、裁缝、手艺等约占总课时的 34%。

民国成立后，教育部 1912 年 9 月、12 月先后公布《师范教育令》及《师范学校规程》，以造就女子中学校、女子师范学校教员为目的的女子高等师范教育被纳入师范教育系统。由于民初女子中学发展迅速，女中学教员紧缺而成为一个待解决的重要问题。由于女子高等师范教育机构缺失，有意深造的女子中学或女子师范学校的毕业生没有升学机会，一定程度上造成教育资源的浪费。在此背景上，1916 年 10 月全国教育会联合会召开第二届年会，提出《请设女子高等师范学校》建议，要求“从速筹设女子高等师范学校，先由北京设立，以后各省逐渐推广。”④1919 年 3 月，教育部正式颁布《女子高等师范学校规程》，为女子高等师范教育建立和发展提供了法律依据。

---

①纯人：《女教员的优劣问题》，《女友》第 1 期，1925 年。

②《奏定女子师范学堂章程》，载舒新城《中国近代教育史资料》下册，人民教育出版社 1981 年 3 月第 2 版，第 803 页。

③同上，804 页。

④陈元晖主编，璩鑫圭，童富勇，张守智编：《中国近代教育史资料汇编　实业教育　师范教育》，上海教育出版社 2007 年版，第 865 页。

1919年4月北京女子师范学校改为北京女子高等师范学校，这是第一所国立女子高等教育学校，从此女子开始与男子接受同等层次的师范教育。在课程设置方面，女高师与男高师的不同在于“家事科”的设置，其内容几乎涵盖家庭事务方方面面。总的来说，这一时期女子高等师范学校课程设置注重师范性，强调教育学和心理学的专业学习，但也针对女性而设置“家事科”，将女子师范教育与女性教育结合起来。1922年壬戌学制的“师中合并”“高师改大”等教育改革措施，女子高等师范学校升格为女子师范大学，提高了女子师范教育的地位和办学层次。但另一方面，由于“师中合并”措施模糊了师范教育与普通教育界限，削弱了师范教育的独特性与专业性，因此，女子中等女子师范教育水平参差不齐。

总之，随着女子师范教育及办学层次的发展，愈来愈多的毕业生走进社会而成为投身教育的女教员，城乡各地都有她们的身影。女教员的现代生成，是近代以来男权社会对“女性”及“女教”历史期待的产物，也是现代女子“自我”解放的产物。但具有历史讽刺性的是，许多女教员在期“女教员”社会职业中，并未能获得职业幸福及自我期待的满足，普遍感到谋职难、薪水低、社会地位底、发展空间有限、教职与母职的冲突等职业问题。可以说，女教员的职业问题已成为五四以后现代女界最为关注的社会问题之一。

二、民国时期现代女教员的职业问题

随着女子师范教育的发展及女教员的不断增多，在南京政府实施训政时期，女教员愈来愈感到“女教员”这一女子社会职业并不理想，普遍感到谋职难、薪水低、地位不稳定、职业发展有限、教职与母职难以兼顾等社会现实问题。这些职业问题解构了“女教员”的历史神话，引发改良女教员职业的诸多社会思考。

民国时期女教员首先遭遇的是师范毕业后谋职的问题。民国时期经济发展不稳定，尤其是在1929—1933年受世界经济危机的影响，社会失业人口剧增，连男大学生毕业后都难以找到工作，使得男女两性在谋职上的社会竞争尤为激烈，“到处都是被面包驱迫着的男子死死生生的霸占，像军阀底盘似的决不肯放松一步，女子加入实在不容易”[①]。不仅如此，民国时期，师范毕业生谋职多依靠其社会关系或母校的推荐，本人自谋职业成功的概率极小。中华职业社1934年对大中小学教师谋职的途径做了一次社会调查，在接

①江素涵：《剪刀与浆糊的工作》，《妇女杂志》，第10卷6号，1924年6月。

受调查的小学教师里，由亲友介绍的男性占72.1%，女性占87.5%；本人自谋（含聘请）的男性占18.1%，女性仅占2.5%（皆被聘）；由母校介绍的男性占9.8%，女性占10.0%。由此可见，自谋职业的女性比例远低于男性，而且其中自谋教员的女性全部由校方主动聘请，女子个人获得教员职位的可以说没有。[①]此外，即使凭借自个资格被录用，若无保人也无法成功获得职位，这无疑为家境贫寒且无背景的女师范毕业生谋职再添了一重社会障碍。

女师范生求取到一个教员职位后，并不代表就可以从此高枕无忧，她们常面临无端被解聘、被取代的“职位不稳”风险及焦虑。因为师范毕业生增多而社会教职位置少等原因，社会权势阶层及学校校长常运用权力、社会关系安插自己亲朋，故意借事端或无端解聘女教育，女教员受歧视和污蔑几乎成为社会常态。庐隐在其自传中谈到，她在河南女师及宣城某中学任教时，当地一些守旧派人士对新来的女教员看不惯，利用各种手段刁难，使得庐隐如履薄冰，学期一结束便离开了学校。不仅如此，学校校长常借女教员恋爱或怀孕等之机解聘女教员，以便空出职位安插自己人。对于此种情况，翘翘的小说《女教员》就有相关描绘。王莲芳是一所小学教员，教学认真负责，但她怀孕后就感觉到“学校方面似乎很不喜欢她”[②]，待将生产时需要告假时，校方便辞掉她，致使她生产后的生活日渐窘迫。莲芳的遭遇恰是当时女教员普遍的社会遭遇，她们工作满怀热情兢兢业业，但一旦怀有身孕便随时处于被别人顶替的风险中。因此，当时不少女教员为了维持这份来之不易的教职，不敢、不愿恋爱及生育，被迫晚婚乃至为能在社会立足而选择“独身”。陈东原在《中国妇女生活史》不无同情地说到，他几乎“不忍看那因为二十几块钱而抱独身主义的女教员”[③]。由此可见，女教员因为“性别”原因而维持教职的艰辛，以及常被解聘而陷入生活无着的人生无奈。

女教员还存在薪水薄、社会地位低下这一职业问题。民国时期中小学教员收入水平总体不高，小学教员薪资尤为微薄。更为不幸的是，北洋政府由于军阀混战频繁，教育经费每被挪用，教员薪俸时有拖欠现象发生，无疑使女教员日常生活“霜上加霜”。南京政府成立后，1928年7月公布了《小学薪水制度之原则》，规定了小学教员最低工资标准，即“两倍衣食住（以舒适为度）三事之所费为最低限度之薪水”。然而，此项规定并未获得严格执行，许多国立小学教员薪水收入都未达到标准，私立小学教员薪水收入更难

①何清儒，郑文汉：《大中小学教师的人事研究》，《职业与教育》第152期，1934年。

②翘翘：《女教员》，《女子月刊》第1卷第12期，1934年。

③陈东原：《中国妇女生活史》，上海文艺出版社1928年1月版，第8页。

达此标准。据研究，公立小学教师平均月收入可达45元左右，私立小学仅有二十几元，收入上的巨大差距使得公立学校成为男教员的首选，公立学校女教员所能得到的职位远少于男性。[①]因此，难以进入公立学校的女教员只能到私立或乡村学校谋职，依靠微薄的工资收入养活自己。

女教员不仅教职不稳定、薪水低，而且要奔波于家庭与学校之间，担负着教学和操持家政的双重责务，大多数面临着教职与母职难以兼顾的生命困境，不仅身心俱疲而且产生职业厌倦感。《妇女杂志》曾介绍过一位女教员的这般处境，家中马上要有六个孩子的丈夫还在大学读书，公公婆婆每人一支枪除了吞云吐雾其他均不管不顾，而学校里“今年兼任校长，事务多繁忙，日间抽不出空溜出来，晚上带着疲劳回家，看看孩子，满身肮脏，一个个像泥萝卜……孩子们哭哭啼啼地诉着苦，做妈妈的还得耐性地抚慰，料理，这是多么沉重的一副担子！”[②]陈东原《中国妇女生活史》也讲述了女教员的这种社会境遇，她们“一周担任二三十小时功课，回家还要带小孩，烧饭，洗衣，晚上还要改卷子，预备功课，一有闲暇，还想打毛线衣，做小孩鞋袜，即使雇佣女仆，有许多事还是要亲自做的；这生活该有多苦！但这还是平常的现象，如果又怀孕，便不得不为生育着急了，差不多的时候变得暂停职业，一个孩子出世了，精神颓废了一大半。”[③]由此可见，女教员身负着教务与家务的双重压力，它们令女教员疲于奔命、身心俱疲，有些女教员因为家庭而失去了服务社会的热情，有些女教员为了赢得社会地位而牺牲了家庭及家人。

这些问题也引起政府及教育界的关注及重视。1924年，浙江、汉口等地先后颁布《浙省小学教师优待办法》《改良女教职员待遇之先声》《汉口市女教员之优待条例》，规定“女教师与分娩前后应给假两个月，前项假期中，仍得在原校支给原薪”。[④]在全国保障女教师权利浪潮的推动下，南京政府教育部公布的《小学规程》中，特别规定了“小学女教职员在生产时期内，应予六个星期之休息。其代理人之俸薪，应由学校呈请主管教育行政机关另行支给。”[⑤]这些条例、规程虽一定程度上保障了女教员的权利，由于现实原因而并未能如实执行。1931年，京沪教育界人士邰爽秋、谢循初、程其保等

①教育部编：《全国初等教育统计》1933年，第199页。

②赵美玉：《传统与现代：近代中国妇女的职业角色冲突》，桂林：广西师范大学学士学位论文，2004。

③陈东原：《中国妇女生活史》，上海文艺出版社1928年1月版，第398页。

④《教育杂志》，第16卷9期第10页，第21卷2期第134页，第22卷3期132页。

⑤《小学规程》，1933年3月教育部公布。

人，有感于教师待遇不高、地位不稳等状况，倡议设定“教师节”以维护教师的权利、提高教师地位。1931 年 6 月 6 日，教育界人士在南京中央大学致知堂举行第一次庆祝“教师节”大会，大会主席邰爽秋报告“六六”教师节设立的宗旨是为“改良教师待遇”“保障教师地位”和“增进教师修养”。“六六”教师节的发起及设立，反映了民国成立以来教师遭遇的社会问题，也象征着民国以来女教员“职业问题”的社会严重性。

三、丁玲早期女性小说的女教员书写

胡适曾建议通过文学作品了解历史，他认为“杂记与小说皆无意于伪造史料，故其言最有历史的价值，远胜于官书。”①王德威也认为，“文学与其说是印证了历史的独一无二的理性逻辑，不如说是提醒了我们潜藏在其下的想象魅域、记忆暗流。游走虚实之间，文学将我们原该忘记的，不应或不愿想起的，幽幽召唤回来。”②因此，梳理及考察民国时期女教员的现代文学书写谱系，既可以了解女教员这一近代中国最先形成、数量众多的职业状况，又可以窥探她们对“女教员”这一女子职业的真实感受及认同状况，有助于深入思考及反思现代女子解放的历史命题。

现代文学中的女教员书写，大致经历了“神话”叙事与“现实”叙事的发展历程。受五四女子解放思想及“教育救国”思潮的影响，女教员这一个现代社会职业被赋予了女子经济独立、服务社会、适宜女子天性等神话功能，女教员的文学书写呈现了积极投身教育、热情献身教育的“理想性”教员形象，庐隐的短篇小说《一个女教员》、芜茗的短篇小说《一个女教员的日记》等即为代表。随着五四新文化运动的退潮及战争、世界经济危机等影响，女教员的文学书写走向了日常生活的现实书写，多关注女教员的职业辛苦、生活艰难等个人化遭遇，呈现了女教员对教员生涯的不满、厌倦等“消极性”情绪，反映了现代作家对“女教员”这一女子理想职业的质疑及解构，丁玲的“系列小说”《梦珂》《暑假中》《小火轮上》及老舍的《微神》《新时代的旧悲剧》、冰心的《西风》等即为代表。

丁玲是较早涉及女教员职业现实问题的女作家，她早期女性小说《暑假中》《小火轮上》等，反映了女教员薪水薄、职位不稳定、社会地位低等问题。丁玲对女教员的文学书写偏爱，跟她幼年跟随母亲在湘西各学校读书的

---

①同②，第 1 页。

②王德威：《现代中国小说十讲》，复旦大学出版社 2003 年版，第 2 页。

校园人生经历有关。她母亲为了自立及抚育子女，曾做过教员及校长。丁玲从自己母亲及母亲的同事等身上，感受到了女教员的生活艰辛及社会生存挣扎。如丁母就曾对丁玲说：“要不是为了你，我可以继续我的学业，在世界上做重要的工作，到处游历而不是不得不待在这里。”①丁母由于教员工作不能及时照顾自己的一双儿女，导致幼子寄宿在校突发疾病无人照顾而身亡。丁玲从自己母亲的教员生涯中，感到了女教员想在社会立足而不得四处奔波的艰辛。

《暑假中》借四位乡镇年轻女教员暑假中的空虚生活及心理活动，呈现了她们难以在“女教员”获得心理满足及人生幸福的精神苦闷。嘉瑛、承淑、德珍、志清都接受过现代教育，本以为在献身教育中可获得生命意义，但事实却是难以在事业里自在栖居。在暑假中，承淑向往着爱情及婚姻生活，慨叹到“无知无识的终日操劳着那简单的毫不需用思想的一些笨事，把生命浪费去，不强于现在这孤零的住庙生活吗？”②志清则“对于自己起着很大的反感，尤其当望着那一堆账簿时，金钱能值个什么！她以自己的劳力便足够负担自己简单的伙食的，她不缺少钱，但她缺少一种更大的能使她感到生命意义的力。”③“嘉瑛其实更苦，她厌烦着学校所以跑出去打牌，然而她就不厌烦打牌吗？这也是无法摆脱的呵。实在学校太寂寞了，寂寞给她许多空闲去想到一切的事，她又无能再细嚼那悲苦的往事……”④由此可见，她们对教员生活是不满意的，渴望一种更为高远的生命意义来发展自己，但周遭的社会环境却使她们看不到、找不到它。她们的心理渴望及现实无奈，象征着小学女教员这一职业社会位置的低端性，它缺失高深的知识、优厚的社会待遇、职业的发展空间等，致使了许多青年学生不愿读师范、不愿做教员。丁玲《暑假中》解构了近代以来建构的“女教员”职业神话，揭示了“女教员”精神世界的世俗性及空虚性，它们要么驱使“女教员”成为以维持生计为目的普通大众，要么驱使“女教员”脱离教职而转向其他事业更好发展自己。

《小火轮上》表现了女教员职位不稳定的社会问题。节大姐是一位工作勤勉认真的女教员，她因为恋爱问题被学校察觉，学校便在学期结束后不愿续聘她，始终期待拿到下学期聘书的她最终未接到聘书，不得不独自带着行李离开曾服务的学校，乘小火轮离开此地而走向难料的迷茫未来。小说借节

①海伦·福斯特·期诺编著：《中国新女性》，中国新闻出版社1985年版，第227页。

②丁玲：《暑假中》，载于《丁玲文集》第二卷，湖南人民出版社1982年版，第117页。

③同上，118页。

④同上，120页。

大姐离开学校的心理委屈及怨恨，反映了女教员为维持职位的谨慎及勤勉，学校辞退女教员的无理及蛮横，女教员被辞退后的心理沮丧及前途迷惘，“若是辞退的理由，是她不善教，那没有什么……虽说同事都瞭然她的苦衷，曾为她向学校去说，但因为名誉的关系，已无商量的余地了。她真恨那诬陷她，蔑视她的学校当局，她更恨自己这次上的当太大了。”[①]小说以节大姐的不幸遭遇，隐喻着男性社会传统观念对现代职业女子“女教员”的敌意及道德拘束，她们应相夫教子而不应与男性一切参与走“社会竞争”，她们应倾心教育、服务社会而不应“分心”个人的婚恋及生育。这种男性社会确立的思想藩篱，让走进社会的“女教员”倍感无奈、深感挫败。节大姐本来担心自己的“恋爱”会影响自己的学校位置，也极力避免“恋爱”影响到对自己的本职工作，但令她不解的是，学校还是借此辞退她而不顾她教学上“突出”的教绩。因此，满怀委屈的节大姐深切感到了“女教员”的社会无助及个人的无力，她不仅在恋爱中被已婚男子骗得一直单身，而且学校还无理、无情解聘了自己赖于安身的工作。从节大姐这一女教员身上，明显能感到民国时期女教员所难以承受的社会压力。

（王烨：厦门大学中文系现当代文学教授、博导
王良博：厦门大学中文系现当代文学专业2018级硕士生）

① 丁玲：《小火轮上》，载于《丁玲文集》第二卷，湖南人民出版社1982年版，第221页。

自由的悖论

——对丁玲早期小说中女性主体自由的再思考

丰　杰

内容摘要：丁玲笔下的莎菲形象一直被视为男权文化的挑战者和封建文化的反叛者。但当我们重读梦珂、莎菲、丽嘉等丁玲早期小说中的女性形象时，却发现她们既没有在经济上脱离原生家庭的经济供养而获得独立意识，也没有从精神上反叛封建文化去建构现代自我，更没有获得两性关系中的主体地位。莎菲式形象实际上蕴含了放浪不羁、多愁善感、浪漫主义等青春叛逆期的少女特征。当青春期少女在“女性解放”的时代呼声下，脱离了原生家庭的形式管束，投入“新男性”的怀抱时，却发现自己成为“男性乱爱”的牺牲品。因此，丁玲通过莎菲式形象揭示了女性主体自由的建构困境，并预言女性唯有在革命洗礼中才能走向心理成熟，寻求新的自由之可能性。

关键词：丁玲　女性解放　主体自由　自由悖论　《莎菲女士的日记》

《莎菲女士的日记》一直以来被认为是塑造了“‘五四’退潮后小资产阶级叛逆、苦闷的知识女性中最重要的典型。”并且她带有着“一部分知识青年身上的时代阴影——使反抗带有病态但仍是反抗——表现出莎菲形象的全部矛盾性”。[①]研究者极为重视20年代丁玲小说中“灵肉冲突”这一主题，并且从弗洛伊德精神分析学的角度认可其在同时代作品中的先锋性。阐释者又以丁玲对女性身体和情欲的大胆书写为证据，赋予其反封建的社会意义。

①钱理群等著：《现代文学三十年》，北京大学出版社1998年版，第231页。

典型如认为《莎菲女士的日记》“因其独特的女性体验与现代意识而成为世界文学的经典”，认为莎菲是一个“向男权文化传统宣战的叛逆者……解构男性神话的现代女性”[①]。可以说，正是由于“五四”启蒙的大背景与“灵肉冲突”主题的强行粘连，让莎菲女士这一类形象被抬升至女性解放之楷模的重要位置。然而，当我们重读丁玲在20年代以青年女性为主人公的作品——《梦珂》《莎菲女士的日记》《韦护》——时，却发现一系列令人极为困惑的问题。梦珂、莎菲、丽嘉到底在反抗什么？她们又缘何苦闷？她们的出路何在？这些问题最终归结为一个核心命题：莎菲式形象究竟是以启蒙理性主导的现代女性、反封建英雄，还是处于青春叛逆期的感性少女？解决这一系列问题对于我们重估丁玲笔下莎菲式女性形象的文学史价值具有至为重要的意义。

一、“莎菲”反抗什么？

为完成辛亥革命所未完成的思想启蒙之重任，“五四”语境下诞生的现代小说天然地肩负着反封建的文化使命。陈独秀在《孔子之道与现代生活》中说：“三纲之根本义，阶级制度是也。所谓名教，所谓礼教，皆以拥护此别尊卑、明贵贱制度者也。近世西洋之道德政治，乃以自由、平等、独立之说为大原，与阶级制度极端相反。”[②]基于这种逻辑，现代生活与中国传统伦理道德，由家庭到政治都是对立的。《狂人日记》正因为狂人读出了封建文化的“吃人”本质，于是成为中国现代文学第一部现代意义上的短篇小说。“反抗带有病态但仍是反抗”，这是莎菲形象的先锋性所在。尽管钱理群并没有给这个反抗动作添加一个确切的宾语，但我们理所当然地认为这个反抗的对象是封建文化。可是当我们重新走进莎菲女士的生活场景和心灵世界时，我们却有一个深深的疑问：莎菲到底在反抗什么？她是不是如狂人一样在反抗封建文化？

莎菲女士和狂人形象有两个重要的区别值得我们注意。其一，狂人的反抗有清晰的对象——即狼子村人们思想中的吃人欲望，而莎菲女士的反抗没有一个可以抽象出来的明确对象。其二，狂人有一个很明显的启蒙动作——他试图“劝转”吃人的人，而莎菲没有启蒙动作。我们可以这样解释：莎菲

---

①邹永常：《莎菲形象与现代气息——解读丁玲〈莎菲女士的日记〉》，《名作欣赏》2005年第5期。

②陈独秀：《孔子之道与现代生活》，《青年杂志》第2卷第4号。

是用自己的身体完成自我意识的现代化，是在进行自我启蒙。这种自我启蒙的意义当然不能说逊色于狂人对他者的启蒙。但这种拔高的说法是不可靠的。发展心理学认为，女性在青春期发育过程中发现自我身体与男性的不同，然后经历一系列的心理过程从而确认并接受“自己是女人”这个事实。如果莎菲女士对身体的自我发现这一心理过程，不能促进她形成与社会民主进程相关的理性认识，即获得真正的“反叛传统”的意义，那么莎菲女士自我启蒙的时代价值就会变得可疑。

实际上，无论是从马克思主义还是民主主义的理论出发，经济因素都是个体获得自由的前提。陈独秀用以驳斥康有为的便是“西洋个人独立主义，乃兼伦理、经济二者而言，尤以经济上个人独立主义为之根本也。”①将“个人独立主义”中的“独立”二字抽离，而单谈“个人主义”，显然是把经济问题这一根本给浪漫地忽略了。我们对现代文学中的女性形象做一个梳理，便可以发现如果女性不获得经济上的独立，所有的“解放”都是空谈。老舍笔下的小福子、月牙儿因为走投无路而卖身为娼，最后悲惨死去。叶绍钧笔下的伊因失掉了保姆的职业而回到了夫家，成为旧道德的牺牲品。而许地山笔下的春桃在逃难进城后因成了一名拾荒者，拥有了足以养活一个家庭的经济实力，故而可以不顾舆论非议，拥有两个丈夫，成为家庭的核心。鲁迅针对风靡一时的娜拉热，早就说过：“梦是好的；否则，钱是要紧的。”②由此，我们可以对丁玲笔下具有“反叛性”的女性做细微地辨析。梦珂、莎菲、丽嘉和丁玲《母亲》中塑造的曼贞在经济上的独立性是截然不同的。曼贞离开农村去城里读书，因为钱财花光了而不得不卖地，由是割断了自己与封建经济形态的联系。这客观上促成了她的现代化转型。她的收入所得不仅可以养活自己，还可以抚养女儿。而丁玲笔下的第二代女国民，却并没有表现出超越其母亲的现代性。梦珂、莎菲和丽嘉这些“大学生”（这个身份也是不确定的），理应是曼贞在学堂里所羡慕的“大脚同学”，但她们并没有如曼贞般在经济上割裂与封建家庭的联系，也就谈不上成为一个真正独立的个体。她们思想上的“反叛性”是可疑的，而她们身上体现出来的青春期叛逆却是明显的。

我们来看几个证据。梦珂本来在学校读书，却因为一件小事而厌恶学校，于是先在朋友家借住几天，又长时间寄居在姑母家。她不仅在课业上如此随

---

①陈独秀：《孔子之道与现代生活》，《青年杂志》第2卷第4号。

②鲁迅：《娜拉走后怎样》，《鲁迅全集》（第1卷），人民文学出版社2005年版，第167页。

意，在生活上也近乎奢侈。看到表姊们都穿上了斗篷，她也想做件皮袍。“凑巧，父亲在这天竟一次汇来三百元，是知道她住在姑母家里，要用钱，赶忙把谷卖了一大半，凑足了寄来的，并说等第二年菜油出脱时才能再有钱来，但决不会多……”[①]她用这些钱做了什么？先是买了一件245元的貂皮大氅，再请姑母辈吃了一顿大餐。据物价水平估算，民国33年的1银元相当于现在60元人民币的购买力[②]。袁币和孙币在1927年之后仍然一起流通，直到抗日战争爆发才发生了较大的通货膨胀。因此，不考虑每年较小幅度的通货膨胀，1927年的1银元的购买力应该大于等于60元人民币。也就是说，梦珂先花费了约1.5万元买了一件衣服[③]，然后请人吃了一顿约3千多元的饭。这些金资是父亲一年收成的大半卖得的。如此的父女相处方式，实在不能说挥金如土的豪放女儿比赚钱养家的劳苦父亲高明和先进吧！梦珂穿了貂皮大氅去看匀珍，“匀珍总不转过她的脸色。单为那一件大衣，她（梦珂）忍受了四五次的犀锐的眼锋和尖利的笑声，使她觉到曾经轻视过和还不曾用过的许多装饰都是好的。”[④]匀珍的父母早已在城市立足，但梦珂豪放奢侈的大手笔也令匀珍震惊了。对于同辈人的嘲讽，梦珂的心理活动是：“为什么一个人不应当把自己弄得好看点？享受点自己的美，总不该是不对吧！”[⑤]“爱美”“攀比”和“享受”，对于一个青春期少女而言并非值得批判，但非要给这些建立在啃老基础上的价值追求冠以“现代”“启蒙”之名，就着实太过牵强了。

同样是从原生家庭走出来到城市里读书的女孩，莎菲租住在一个单人公寓里。莎菲与梦珂相比，更清晰地展现了青春期少女的内心状态。小说前四段将这个女孩在城市的学习生活娓娓道来。开首第一句是“今天又刮风！”这句带着惊叹号的天气描述，奠定了小说“气闷”的基调。让莎菲如此气闷的并不是社会民生问题，而是“风”。为什么呢？因为这“风”让莎菲“睡不着”，“又不能出去玩”，所以“只是每天都在等着，挨着”。因无事可

①张炯主编，蒋祖林、王中忱副主编：《丁玲全集》（第3卷），河北人民出版社2001年版，第21页。

②张秀枫主编：《历史深处的悲哀》，二十一世纪出版社2013年版，第69页。

③按2019年的物价水平，一件非品牌（不考虑品牌附加值）的貂皮大氅，售价在2万—3万元。

④张炯主编，蒋祖林、王中忱副主编：《丁玲全集》（第3卷），河北人民出版社2001年版，第23—24页。

⑤张炯主编，蒋祖林、王中忱副主编：《丁玲全集》（第3卷），河北人民出版社2001年版，第24页。

做，她先是把牛奶煨了三四次也不是为了喝，再是把一叠厚厚的报纸的每个部分都看完。她既没有固定的学习任务，更无须工作，为了追求凌吉士还挥金租房。和梦珂一样，她花的自然也是父母的钱。莎菲很理直气壮地恃宠而骄：“偏偏我的父亲，我的姊姊，我的朋友都如此盲目的爱惜我，我真不知他们爱惜我的什么；爱我的骄纵，爱我的脾气，爱我的肺病吗？有时我为这些生气，伤心，但他们却都更容让我，更爱我”[①]。从这种描述不难看出，莎菲不仅接受着原生家庭的经济供养，而且还和家人有着极为牢固结实的情感关系。对一个肺病患者，医生不建议住院治疗，也未开西药中药，而是让她“多睡，多吃，莫看书，莫想事”。这个治疗方案无疑切中了莎菲之病的要害，这是“精神上的肺病”，无须物理上的疗救！这病有两大特征，一是无聊，二是生无名火。莎菲对自己的症结有这样的概括：“我却宁肯能找到些新的不快活，不满足；只是新的，无论好坏，似乎都隔我太远了”[②]。丁玲写于 1931 年，未完稿的《莎菲日记第二部》实际上对莎菲形象已经有了较为清晰的评价：

“我读了我几年前的东西，没有一点感伤和留恋……我是还在一个极旧式，比我过去还可能到更堕落的地步去的。……同时我得审判我自己，克服我自己，改进我自己，因为我已经不是一个可以只知愁烦的少女了。”[③]（着重号为笔者加）

“堕落的”“只知烦愁的少女”便是丁玲对莎菲的形象定位！莎菲“为赋新词强说愁”的身心状态，与其说具有反封建意义，实在不如说是极为传神地表现了青春期少女的叛逆心理。

颇有意思的是，《韦护》的女性主角从一个变为了两个。丽嘉与珊珊，似乎是莎菲形象的一分为二。丽嘉保持着莎菲骄纵任性的青春期个性，而珊珊则显现出理性稳重等趋于成人的特点。丽嘉有着典型的莎菲式苦闷：“厌倦了学生生活，无耐心念书，然而又无事给她做，她又不愿闲呆着……她所

---

①张炯主编，蒋祖林、王中忱副主编：《丁玲全集》（第 3 卷），河北人民出版社 2001 年版，第 43 页。

②张炯主编，蒋祖林、王中忱副主编：《丁玲全集》（第 3 卷），河北人民出版社 2001 年版，第 8 页。

③张炯主编，蒋祖林、王中忱副主编：《丁玲全集》（第 4 卷），河北人民出版社 2001 年版，第 8 页。

想的都是梦，她知道行不通，所以苦恼”[①]。丽嘉这时候是女生团体中的“精神领袖”。薇英原本到南京来是想学体育的，因为经济不宽裕，想通过读书找一份踏实的工作。但她的想法“却为丽嘉和珊珊反对，说她不适宜，强迫她一同呆下来学音乐，学绘画，看小说的玩过去了，她的成绩都不好，只在思想上，个性上受了很大的同化，她从前是一个拘谨守旧的人。……正是因为她受了她们的影响，她很爱自由，又爱艺术，但她觉得若不能将自己的经济地位弄得宽裕些，那一切只全是美梦。”[②]小团体对于个体的“道德绑架”，本来就是一种青春期女孩的典型交往规则。微妙之处在于，叙事者这样评价丽嘉对女孩们不要各奔前程的建议：“她说了五打以上的梦想，说得像真有其事一样来蛊惑她的朋友们。”[③]“蛊惑”而非“启蒙”的措辞，很显然表现出了叙事者对丽嘉之价值观的警惕。当然，无论多强的“道德绑架”，最终还是会被经济理性冲垮。这个群体并没有支撑多久，最后大部分女孩还是去铸造经济基础了。丽嘉向往法国的生活，但她后来既没有去法国留学，也没有在国内学习或工作，而是走进了同居的小家庭。

我们从这三部小说中，可以看到丁玲对这些女性逐渐有了更为深刻的认识。珊珊这个同样有着丁玲意志影射的人物，象征着理性精神已经从梦珂、莎菲形象中分离并成长起来，构成了对莎菲式人生观与价值观的反思姿态。珊珊始终“坚持她的意见，她要纠正那错误”[④]。“错误”是什么？一是玩弄小聪明，因无知而无畏——“处处我们都显得很聪明……但是，到底我们思想的依据在哪里，我们到底懂了那些没有？没有呀！我们没有潜心读过几本书，我们懂的全是皮毛。”[⑤]其二是懒惰，纵情挥霍青春——“我们都太年轻

---

①张炯主编，蒋祖林、王中忱副主编：《丁玲全集》（第1卷），河北人民出版社2001年版，第53页。

②张炯主编，蒋祖林、王中忱副主编：《丁玲全集》（第1卷），河北人民出版社2001年版，第26—27页。

③张炯主编，蒋祖林、王中忱副主编：《丁玲全集》（第1卷），河北人民出版社2001年版，第27页。

④张炯主编，蒋祖林、王中忱副主编：《丁玲全集》（第1卷），河北人民出版社2001年版，第55页。

⑤张炯主编，蒋祖林、王中忱副主编：《丁玲全集》（第1卷），河北人民出版社2001年版，第54页。

了。所以我们的懒惰总是胜过我们别的方面，它将害得我们一无成就。"[①]归根结底，"错误"是因为"幼稚"与"年轻"。正如丁玲借几年后的莎菲之口说的，"那时完全是小孩"[②]。青春叛逆和启蒙反叛最大的区别在于：前者是历时性的可以自我修正，与荷尔蒙的分泌有紧密联系；后者则是建立在理性基础上的长期的抗争过程。青春叛逆展现于人发展中的一个时期。绝大部分人过了这一时期又会向家庭回归。而反叛行为的主体尽管可以被打败，但他的精神始终是难以战胜的。如鲁迅笔下的狂人、孤独者、过客等形象，始终坚韧执拗地前行。总而言之，莎菲式女性既未在经济上建立独立性，又未在思想上理性地反对封建文化。仅仅因为其生活上奢侈、无聊、任性的特点，"把'随意'和'自由'混为一谈"[③]，说莎菲们已经拥有了一个具有现代性的自我，这实在是站不住脚的。

二、"莎菲"缘何苦闷?

美籍华人何林华撰写的《发展心理学》，由中华书局于1937年出版，其在"鲁钝期——青春期"一章开首就谈及了青春期在各种文艺和学科中的形象：

"浪漫文学则以描写青春期为其特色。诗歌、小说、教育学及半科学的记载，其写青年生活，都以放浪不羁的热情为其特征。诗与小说，其旨趣在热情之狂炽。教育学与《心理卫生》的论调则以为青春期好像一种病，或像一种有机与精神的激变，儿童经过这种激变，其进程遂可达于成熟期。"[④]

可以看到，"放浪不羁的热情"几乎是青春期的代名词。也许我们可以说，从传统女性"进化"到现代女性，也如个体生命发展过程中要经历青春期一样。女性在这个阶段里发育成熟，并伴随着身体成熟而形成一种主体自由意识。但这种说法是不准确的，是把女性孤立对待，而没有放在一个男女

---

①张炯主编，蒋祖林、王中忱副主编：《丁玲全集》(第1卷)，河北人民出版社2001年版，第27页。

②张炯主编，蒋祖林、王中忱副主编：《丁玲全集》(第4卷)，河北人民出版社2001年版，第12页。

③叔本华：《叔本华论道德与自由》，上海人民出版社2018年版，第61页。

④[美]何林华：《发展心理学》，王介平、蒋梦鸿译，中华书局1937年版，第207页。

共生的社会中去看问题。波伏瓦认为："女人并非为其所是，而是作为男人所确定的那样认识自己和做出选择。因此我们必须首先按照男人所想象的那样描绘女人，因为'她为了男人而存在'是她的具体境况的基本要素之一。"[①]因此，从男性视角来评价"五四"时期女性解放的进展程度，或许更具说服力。高长虹在20年代发表了一篇鼓吹女性解放之檄文——《论杂交》。他在文中列举了婚姻制度的十大罪状，认为"家庭或婚姻的束缚尤其是女子的致命伤，不革除这些困难，除退回原路之外女子解放很不容易有别的结果"，最后推导出"杂交之与女子的关系，就是解放的唯一的途径"的结论。[②]高长虹的宏论并无太多反驳的价值，但我们可以从中窥见"五四"时期男性心中新女性的理想面貌，即所谓新女性最大的新质乃是性观念的开放。

丁玲小说所描写的男性对新女性的幻想也可构成一条证据链。在《韦护》中，柯君因自己结识了一群新女性而十分得意。他如此对自己的男性友人鼓吹："我有几个女朋友，都是些不凡的人呵！她们懂音乐！懂文学，爱自由！她们还是诗！……"末了，还做出了这样的总结陈词："而且……她们都是新型的女性！"这段描述的滑稽之处在于，依据后来的情节发展，男性友人们对新女性之文艺天才评价颇少，而对新女性的身体发育却投以全身心的关注。初来乍到的韦护"望过去，连丽嘉有五个，都在十七、八、九上下，是些身体发育得很好的姑娘，没有过分瘦小的或痴肥的。血动着，在皮肤里；眼睛动着，望在他身上。他知道柯君要来这里的缘故了。"[③]这"缘故"显然不是文艺天才。又如已婚的浮生和丽嘉散步时，"不断地拍着她的手，只觉得她天真活泼有趣，而且美丽可爱。唉，那白嫩、丰润的小手，不就正被他那强健有力的手捻着吗？"[④]当丽嘉来到韦护的住所时，韦护看着丽嘉剥橘子就有这样的心理活动："她那又软、又润、又尖的手，在那鲜红的橘皮上灵

①[法]西蒙娜·德·波伏瓦：《第二性》（第1卷），郑克鲁译，上海译文出版社2011年版，第196页。

②高长虹：《论杂交》，《高长虹全集》（第1卷），中国编译出版社2010年版，第482页。

③张炯主编，蒋祖林、王中忱副主编：《丁玲全集》（第1卷），河北人民出版社2001年版，第11页。

④张炯主编，蒋祖林、王中忱副主编：《丁玲全集》（第1卷），河北人民出版社2001年版，第19页。

巧的转着。他不由的想起一句'……纤手试新橙……'的古词来。"[①]在发生恋爱关系后，韦护高谈道"我为我们爱情的享受而生活"，于是抛弃了理性，和丽嘉在公共场所忘情地接吻。旁边的办事员被他们骇得直摇头，心里想："大约这便是所谓新人物吧！"[②]韦护还直白地这样评价丽嘉——

"她是那末善于会意的笑，那末会用眼向你表白她的心，一个处女的心。她一点不呆板，不畏缩，她没有中国女人惯有的羞涩和忸怩，又不粗鲁不低级。他早先对于她的印象，只以为是有点美好和聪明而放浪的新型女性。"[③]

在三篇小说中，男性对新女性之"自由"的认识，也不外乎"放浪"二字。正是"太崇拜了自由"的缘故，她们较于传统女性而言，挣脱了原生家庭的管束，又无须得到男友在经济上的供养（此刻供养新女性的是她们的父亲）。这种放浪的女性形象某种程度上印证了，或者说兑现了高长虹的"女子解放"理想，这也是为何她们如此受男性欢迎的根本原因！

杜威认为："一个社会制度是能够继续存在下去的，只要它满足了人性中某些在过去得不到表达的因素。"[④]"灵肉冲突"这个主题被赋予启蒙意义，正是因为他如此大胆坦率地表达了人的身体与欲望。但"灵肉冲突"的时代苦闷在男性作家和女性作家笔下，并不能等而同之。"五四"时期以郁达夫《沉沦》为代表的自叙传抒情小说在表现"灵肉冲突"时，实质上表现了人性自由的绝对主义思想影响下，欲望奔涌而出又无法尽情施展的躁动之苦闷。后来钱钟书在《围城》中幽默地谈及了这一问题。方鸿渐看到校园里男男女女的新式恋爱，好不眼红，所以给家里写信要解除包办婚约。方父明察秋毫，快人直语道："汝校男女同学，汝睹色起意，见异思迁；汝托词悲秋，吾知汝实为怀春"[⑤]！方父对所谓新式恋爱的"怀春"实质的点评是犀利见血的。

---

①张炯主编，蒋祖林、王中忱副主编：《丁玲全集》（第 1 卷），河北人民出版社 2001 年版，第 74 页。

②张炯主编，蒋祖林、王中忱副主编：《丁玲全集》（第 1 卷），河北人民出版社 2001 年版，第 97 页。

③张炯主编，蒋祖林、王中忱副主编：《丁玲全集》（第 1 卷），河北人民出版社 2001 年版，第 73 页。

④[美]杜威：《自由与文化》，傅统先译，商务印书馆 2017 年版，第 32 页。

⑤钱钟书：《围城》，人民文学出版社 2019 年版，第 8 页。

无论“五四”时期的丁玲自己是否意识到，她的这批作品形成了对女性启蒙的深刻反思。笔者认为，《梦珂》《莎菲女士的日记》《韦护》所表现的苦闷之内涵，并不是郁达夫《沉沦》所表现的“灵肉冲突”这么简单。因为即使在赤裸的“灵肉冲突”中，也不得不承认这一事实——女性解放是在男权文化的主导下进行的。这是更深层次的文化苦闷。梦珂和莎菲玩弄小伎俩，都是为了让男性肯定自己并爱上自己。这和《围城》中苏文纨、孙柔嘉之爱情套路异曲同工。似乎唯有得到了男性的肯定，才显出女性自由之彻底，解放之到位。丁玲在小说中还多次将妓女作为女性解放的参照对象。《梦珂》中，一向“谦和、温雅、小心”的表嫂，忽然对梦珂说：“愿意把自己的命运弄得更坏些，更不可收拾些，现在，一个妓女也比我好！也值得我去羡慕！……”[①]梦珂听了这“大胆的，浪漫的表白”，一时被骇住了。表嫂接着说：“这不过是幻想，有什么奇怪！你慢慢就会知道的……”[②]潜台词就是想当妓女的愿望是年轻女子在未来必会出现的，但“想做妓女而不得”却是中国女性最大的悲哀！而当梦珂见到“中国的苏菲亚女士”时，却因为她是“斜眼”而对其不屑一顾。“妓女”与“中国苏菲亚”一高一低的心理位置，其实质无外乎是其对于男性的性吸引力有天壤之别。因此，丁玲小说并未停留于表现女性的“灵肉冲突”，而是更深层次呈现了在“灵肉冲突”中女性的他者地位，道出了女性以自由解放之名，实为取悦于男性的悲哀处境！

众所周知，所谓“启蒙道德”正义性的根基是反封建，那么“女性解放”的题中之义自然是反包办婚姻。于是，表嫂攻击旧式婚姻，认为“嫁人等于卖淫”。但丁玲借梦珂之口反驳表嫂：“新式恋爱，如若只为了金钱，名位，不也是一样吗？并且还是自己出卖自己，不好横赖给父母了。”[③]这一反问，揭示了“消灭家庭不一定能解放女性”[④]这个残酷的事实。女权主义在辛亥革命前后被广泛地利用，助力于社会整体的反封建运动。易卜生塑造的娜拉形象成为全中国女性的精神偶像和时代神话。然而“直接依附于国家，女人并

---

①张炯主编，蒋祖林、王中忱副主编：《丁玲全集》（第3卷），河北人民出版社2001年版，第29页。

②张炯主编，蒋祖林、王中忱副主编：《丁玲全集》（第3卷），河北人民出版社2001年版，第29页。

③张炯主编，蒋祖林、王中忱副主编：《丁玲全集》（第3卷），河北人民出版社2001年版，第28页。

④[法]西蒙娜·德·波伏瓦：《第二性》（第1卷），郑克鲁译，上海译文出版社2011年版，第81页。

不会少受男性的压迫。真正社会主义的伦理学，就是说寻求正义，而不取消自由，给个体负担但不消灭个体性，由于女性的状况问题，它处于非常尴尬的局面。”[①]反抗包办婚姻，往往只能通过一种报复性的堕落来实现。这个过程被简化成了从家庭妇女走向妓女的道路。如《梦珂》中，表嫂以“卖淫”来抨击包办婚姻，又反过来羡慕“妓女”的现代性。这一逻辑悖论，正揭示着女性解放的尴尬境地。鲁迅认为：“娜拉或者也实在只有两条路：不是堕落，就是回来。”[②]波伏瓦也表达了相似的观点：“在社会解体时，女人获得解放；但当她不再是男人的臣属时，却失去了她的采邑；她只有一种否定的自由，只通过放荡和挥霍表现出来。”[③]从结果来看，所谓“女性解放”之路，让男性获得“自由乱爱”的合理借口的同时，并没有因为取消包办婚姻而让女性获得真正的自由，反而可能将其推入一个更痛苦的深渊。

无论是同居也好，“杂交”也好，生理学早就告诉过我们，女性因天然的生理特点而成为苦难的承受者。澹明、凌吉士、韦护等男性形象对女性的身体消费，和高长虹对于新女性的人生设计一样，是实践着男性视角的女权主义运动。而女性对此从无意识到意识到其悲剧性需要一个拐点和仪式。我们从三篇小说中，可以梳理出梦珂、莎菲、丽嘉三个女性角色对自我形象的“破却”过程。即她们冲破自己建构的自我形象幻影，站到自我之外，借由男性视角甚或社会视角来反观作为他者的自我。也唯有如此，女性才真正形成对自我的完整认知。梦珂自以为得到了表哥和澹明的爱，还纠结于如何选择，心生愧疚。但她偶然在花园里却听到了表哥与澹明正在议论自己。原来，在两个男性眼中，自己不过是个猎物。澹明说“我们七八年的交情，难道为一个女人而生隔阂！”[④]表哥则得意于他在女性面前的“假劲”之效用。梦珂在两性交往中的自信与骄傲瞬间崩塌。莎菲一方面因将苇弟控于股掌之中而心有同情，另一方面又精心设计着俘获凌吉士的爱情圈套。但当她终于打算为了凌吉士美丽的皮囊而“献身”时，却得知凌吉士是一个已婚人士，且在

①[法]西蒙娜·德·波伏瓦：《第二性》（第1卷），郑克鲁译，上海译文出版社2011年版，第81页。

②[法]西蒙娜·德·波伏瓦：《第二性》（第1卷），郑克鲁译，上海译文出版社2011年版，第165页。

③[法]西蒙娜·德·波伏瓦：《第二性》（第1卷），郑克鲁译，上海译文出版社2011年版，第188页。

④张炯主编，蒋祖林、王中忱副主编：《丁玲全集》（第3卷），河北人民出版社2001年版，第32页。

和自己的交往中不过是顺水推舟、乐得其所罢了。莎菲的“成熟老练”在凌吉士看来原来是“幼稚可怜”。韦护在与丽嘉过了一阵昏天暗地的同居生活后，却终于感到革命事业之于自己的重要了。读完分手信时，丽嘉才幡然醒悟，原来韦护并不是她的战利品。梦珂、莎菲、丽嘉都经历了“幻想自己是爱情高手”到“明白自己才是情欲猎物”的情感体验。她们在响应“五四”启蒙呼声，成为“新女性”时，实际上就开启了这个荒谬而残酷的情爱故事的开关。在男女交往中，女性无从建构起一个真正的主体，并获得超脱男性文化的自由，这才是梦珂、莎菲、丽嘉之苦闷的根源。

三、“莎菲”出路何在?

爱情理想破灭后，这些女性形象的人生选择耐人寻味。梦珂逃离了姑母家，打算去实现自己的明星梦。当她改名林琅并走红后，却发出了“这和妓女又有什么两样”的自我拷问。莎菲受情伤后“陷到极深的悲境里”，于是南下疗伤去了。前者麻木，后者消沉，同样都是悲哀的。那么，莎菲式女性的出路究竟在哪里?

笔者认为《莎菲女士第二部》《母亲》《我在霞村的时候》《夜》《在医院中》等小说为无路可走的莎菲，提供了一条理想之路，那就是投身革命的集体。《莎菲日记第二部》虽然仅有两篇日记，但已经交代了丁玲对莎菲出路的初步设计。“五月四日”的日记，交代后来莎菲并没有“跑到无人认识的地方，浪费她生命的余剩”[①]。几年后的莎菲减持了浪漫和幻想，变得很理性，认为是“到了要读书，开始做事，开始重新做人的时候了”[②]。莎菲遇到了一个十九岁的男孩，并与之一同向着光明靠拢。在丈夫去世后，莎菲也没有消沉下去。可以说，是革命理性将莎菲拯救了。“五月五日”一篇则感性许多，谈到她为一个爱情的纪念日而特意去找一朵牡丹花。这种浪漫的行为，让莎菲马上警觉起来。她感到：“这意识真可怕”[③]。这部残篇本身，意味着丁玲日记体叙事的终结。一种以感伤情调为基础的日记体叙事，已经

①张炯主编，蒋祖林、王中忱副主编：《丁玲全集》(第4卷)，河北人民出版社2001年版，第9页。

②张炯主编，蒋祖林、王中忱副主编：《丁玲全集》(第4卷)，河北人民出版社2001年版，第10页。

③张炯主编，蒋祖林、王中忱副主编：《丁玲全集》(第4卷)，河北人民出版社2001年版，第12页。

不再符合她对人物形象的心理预期了。这也恰恰预示着丁玲在创作上的理性“左转”趋势。从理论上来说，投身革命之所以能够实现对女性的救赎，是因为它预期将女性拔离出传统道德的评价体系，让她告别性别所带来的天然弱势。《我在霞村的时候》将两个评价体系非常清晰地建构起来。其一是传统道德评价体系。其二是革命道德评价体系。贞贞在前者中是个“缺德的婆娘”①，而在后者中则是一个意志顽强的革命战士。贞贞拒绝了夏大宝的求婚“施舍”，实质上就是拒绝了第一个评价体系的灵魂“救赎”。她说：“我还可以再重新作一个人，人也不一定就只是爹娘的，或自己的。”②贞贞这一宣言既意味着女性告别了青春期，也告别了个人主义的女性自我，归入了社会性的大我。通过转换评价体系来改变女性命运，在一定时间内也会有明显的正面效果。

女性投身集体革命，需要进行一系列的自我改造，建构一个“去女性化”的自我形象。首先要做到的就是精神上的禁欲。“灵肉冲突”让我们认识到力比多的存在，并赋予它反封建的意义，但人在这途中实际上又沦为了力比多的俘虏。为了反拨个性过度自由而带来的不自由，叔本华说：“要获得解救，就必须否定意欲”③。具体到创作时，丁玲用理性来控制人物的欲望。在设定陆萍这个人物时，丁玲认为“不须把她的外型写得很美丽或妩媚，因为她不是使用自己的性别或青春去取得微薄的满足的人物。不要恋爱故事，也不应该感伤。”④在《夜》中，我们可以看到在两性碰触将要产生火花时，理性的控制力：

“他感到一个可怕的东西在自己身上生长出来了，他几乎要去做一件吓人的事，他可以什么都不怕的，但忽然另一个东西压住了他，他截断了她说道：

‘不行的，侯桂英，你快要做议员了，咱们都是干部，要受批评的。’

---

①张炯主编，蒋祖林、王中忱副主编：《丁玲全集》（第4卷），河北人民出版社2001年版，第219页。

②张炯主编，蒋祖林、王中忱副主编：《丁玲全集》（第4卷），河北人民出版社2001年版，第232页。

③［德］叔本华：《叔本华论道德与自由》，上海人民出版社2018年版，第224页。

④王增如、李向东：《读丁玲〈关于〈在医院中〉（草稿）〉》，《中国现代文学研究丛刊》2007年第6期。

于是推开了她”[①]。

曾经作为启蒙动力去抗击封建道德的力比多，此时地位被反转，成为政治理性所压制的对象。作为启蒙者的男性革命者，不断地向女性灌输着这样的逻辑：“不行的……你快要做议员了”（《夜》），“为恋爱而妨碍工作是不行的”（《在医院中》）。在政治理性中，女性对于爱情的需求成为她们追求新生的累赘。从这个层面来看，贞贞拒绝夏大宝是一种理性的必然。其次，是审美上的雄化。丁玲曾用很多笔墨来描绘梦珂、莎菲、丽嘉的身体魅力。而当她写贞贞和侯桂英的出场时，却刻意回避了“女性之美”的描摹，显出了一种“无性化”的叙事追求。“阴影把她的眼睛画得很长，下巴很尖。虽在很浓厚的阴影之下的眼睛，那眼珠却被灯光和火光照得很明亮”[②]。这唯一一句对贞贞的面部描写还有着很强的理性寓意。在写侯桂英时就更简洁——“一个人影横过来”[③]。《在医院中》中陆萍的室友，是一个典型的雄化形象。她“仿佛没有感情，既不温柔，也不粗暴”[④]，走路时风云叱咤，还会熟练地骂脏话。《母亲》将女性雄化的审美趋势，写得最为具体和细腻。曼贞羡慕农妇和同学们的大脚，于是把自己的小脚慢慢放大。那双畸形丑陋的小脚，曾经是封建社会里女性引以为傲的取悦男性的身体标志，被三太太当作是最可宝贵的财富。当曼贞终于把脚放大了。同学们对她的评价是“雄多了”！曼贞不仅在身体上克服了封建社会对女性的歧视，还变得更加勇敢，更有担当，成为家庭中的经济与精神支柱。

革命事业帮助年轻女性告别了青春感性的叛逆，从而走向政治理性上的成熟。丁玲的《在医院中》就试图把莎菲式女性直接放入第二个评价体系，期待她自我成长。“她们都富有理想，缺少客观精神，所以容易失望，失望

---

①张炯主编，蒋祖林、王中忱副主编：《丁玲全集》（第4卷），河北人民出版社2001年版，第223页。

②张炯主编，蒋祖林、王中忱副主编：《丁玲全集》（第4卷），河北人民出版社2001年版，第259页。

③张炯主编，蒋祖林、王中忱副主编：《丁玲全集》（第4卷），河北人民出版社2001年版，第260页。

④张炯主编，蒋祖林、王中忱副主编：《丁玲全集》（第4卷），河北人民出版社2001年版，第260页。

会使人消极冷淡，锐气消磨了，精力退化了，不是感伤，便会麻木。”[①]从失望而陷入感伤或麻木，正是莎菲和梦珂的人生注解。但很快丁玲就意识到，两个评价体系不可能截然分开。第二个评价体系也不可避免地与男权文化发生着交叠。热情、理想主义的陆萍很快便被舆论扣上了“小资产阶级意识，知识分子的英雄主义、自由主义等等的帽子”[②]。她再度成为和环境格格不入的“异类”。杜威认为，人们容易把“个人性”和“社会性”互相孤立起来，“一方面是把人性中的某一个东西当作最高的动机，另一方面是把社会活动的某一种形式当作是最高的。”[③]莎菲女士正是在男权文化下感受到不自由，所以去到革命文化中寻找自由。然而，她又需要面对一个新的自由悖论：“个人只有跟大规模的组织联系起来，才能得到自由，而这样的组织又成为自由的限制，这两方面都有使人信服的论据。”[④]丁玲在写作《在医院中》时感受到了这种矛盾：“我所肯定的那个人走了样，这个人物是我所熟悉的，但不是我理想的，而我却把她做为一个理想的人物给了她太多的同情，我很自然的这样做了，却又不愿意。”[⑤]最后丁玲为小说添置了陆萍被“双腿残疾”的革命党精神启蒙的结局。陆萍从他身上获得了理性的力量，从而振作起来迈开步子前去。《在医院中》客观上建立了这样一种耐人寻味的叙事结构。初来乍到的陆萍想成为改造医院的“启蒙者”，但她的“启蒙”理想和行为将她推向了精神的绝境，最后她又以“被启蒙者”的形象而获救。这就具体演绎了革命启蒙对“五四”启蒙的覆盖，革命拯救启蒙的逻辑过程。

值得注意的是，在丁玲20年代至40年代初以莎菲式形象为主人公的作品中，始终存在一种女孩与母亲的精神呼应关系。丁玲多次在《梦珂》《韦护》《在医院中》《莎菲日记第二部》中用孩子来定义女主人公。当她们在现实生活中遭遇挫折心灰意冷时，又往往有一个明显的精神还乡动作。梦珂的精神还乡是这样的：

---

①王增如、李向东：《读丁玲〈关于〈在医院中〉（草稿）〉》，《中国现代文学研究丛刊》2007年第6期。

②张炯主编，蒋祖林、王中忱副主编：《丁玲全集》（第4卷），河北人民出版社2001年版，第251页。

③[美]杜威：《自由与文化》，傅统先译，商务印书馆2017年版，第19页。

④[美]杜威：《自由与文化》，傅统先译，商务印书馆2017年版，第56页。

⑤王增如、李向东：《读丁玲〈关于〈在医院中〉（草稿）〉》，《中国现代文学研究丛刊》2007年第6期。

“像喝醉酒那样来领略这些从未梦想过的物质享受，以及这一些所谓的朋友情谊。但，实实在在这新的环境却只扰乱了她，拘束了她……真的，想起那自由的，坦白的，真情的，毫无虚饰的生活，除非再跳转到童时。”①

这种精神回归也出现在陆萍身上：

“她想着南方的长着绿草的原野，想着那些溪流，村落，各种不知名的大树。想着家里的庭院，想着母亲和弟弟妹妹，家里屋顶上的炊烟还有么？屋还有么？人到何处去了？想着幼小时的伴侣，那些年轻人跑出来没有呢？听说有些人到了游击队……她梦想到有一天她回到那地方，她呼吸那带着野花、草木气息的空气，被故乡的老人们拥抱着；她总希望还能看见母亲。她离家快三年了，她刚强了许多，但在什么秘密的地方，却仍需要母亲的爱抚啊！……”②

梦珂们通过精神还乡达到与原生家庭的情感和解，让现实生活中受挫的灵魂得到慰藉。唯有到了这个时候，她们才度过了青春叛逆期，进入成年期。《母亲》何尝不是丁玲在现实困境中怀念母亲、怀念童年的精神还乡之作？还应指出的是，当丁玲从母亲的人生轨迹中寻求新生的动力时，她发现自己对母亲的精神传承与她对革命的信仰产生了合流效应。换句话说，推动丁玲走向无产阶级革命的精神力量，不仅是女性解放的现实困境，还有她在梳理母亲和其故乡的历史时所意识到的当时无产阶级革命的必然性。

丁玲在 1932 年 6 月写的《致〈大陆新闻〉编者》中谈到《母亲》的创作预想：“这书里包括的时代，是从宣统末年写起，经过辛亥革命，一九二七年大革命，以至最近普遍于农村的土地骚动。”③在《母亲》第三部提纲手稿的第一章下，我们可以大致梳理出母亲与时代之互动：

“革命失败后，小城市之黑暗腐败。对革命之压迫，母亲生活之感寂寞

---

①张炯主编，蒋祖林、王中忱副主编：《丁玲全集》（第 3 卷），河北人民出版社 2001 年版，第 11—12 页。

②张炯主编，蒋祖林、王中忱副主编：《丁玲全集》（第 4 卷），河北人民出版社 2001 年版，第 247 页。

③张炯主编，蒋祖林、王中忱副主编：《丁玲全集》（第 12 卷），河北人民出版社 2001 年版，第 8 页。

悲苦。……母亲之消沉痛苦寂寞……革命虽然失败，母亲并不灰心……母亲不能活动，孤独无援……母亲只有对革命心向往之。”①

这段话中，第一个革命指的是国民大革命，而第二个革命指的是无产阶级革命。这两个革命实际上指向了民国革命的两个传统和两条道路。大革命失败所造成国人精神上的严重创伤，客观上推动着鲁迅和丁玲等一批独立作家向时在上海的无产阶级运动靠拢。丁玲所列的这份提纲，既是对其母亲人生的纪实，实际上也投射了她自我人生的理性选择。也就是说从莎菲到曼贞再到陆萍，丁玲清醒地认识到：只有投身无产阶级革命才是中国女性的唯一归途。尽管在这个革命语境中她也将感受到苦恼和困惑，但是她清楚不能再回去，也没有再回去。她决心用革命理性来战胜青春感性，坚持“在艰苦中成长”②。丁玲对莎菲式女性形象的建构和对其出路的预设，深刻描绘了“五四”启蒙与革命文学的内在逻辑联系：大革命之后，“五四”启蒙的个性主义走入了绝境。“无产阶级革命”从“革命”这一词汇中挣脱而出，替代了原来意指“民主革命”的“革命”，开启了新的政治启蒙机制。因此，我们可以说，不是“启蒙”选择了“革命”，而是“革命”拯救了“启蒙”。

（丰杰：文学博士，湘潭大学文学与新闻学院副教授，硕士生导师）

---

①王增如：《丁玲〈母亲〉第三部写作提纲初探》，《现代中文学刊》2014 年第 6 期。

②张炯主编，蒋祖林、王中忱副主编：《丁玲全集》（第 4 卷），河北人民出版社 2001 年版，第 253 页。

女性意识和革命意识的艺术表达

——以丁玲小说语言为中心

袁盛勇　王　珍

内容摘要：丁玲是一个具有独特个性的现代作家。丁玲以别具一格的语言特色，展示出独特的视角与思考，其小说所蕴含的女性意识和革命意识也在其语言的出色运用中获得一种难得的艺术表达，而其文学语言的不断自我调适和变化，更展现了现代中国社会和革命的曲折历程。

关键词：丁玲　女性意识　革命意识　小说语言

丁玲是一个具有独特个性的现代作家。她那不卖“女”字的宣扬和革命意识的形成与变迁，在其小说中都得到了历史化呈现，且创作个性在其小说的有机整体中显示了能够持续引起人们审美感受的创造性魅力，这个创造性从较为恒定的方面而言，即指其风格的形成。丁玲是一个较早形成了自己文学风格的作家。文学语言是作家风格最具体的呈现方式之一，也是作家独特思想、意识得以呈现的载体之一，丁玲小说复杂的思想意蕴正是通过其较为富有个性的语言运用来予以表达和暗示。在谈到生活、思想和语言的关系时，丁玲曾言：“创作中用来表现思想的，主要靠语言。”[①]具体来说，丁玲以别具一格的语言特色，展示出独特的视角与思考，其小说所蕴含的女性意识和革命意识也在其语言的出色运用中获得一种难得的艺术表达，而其文学语言

① 丁玲：《谈创作有关诸问题》，《丁玲全集》第7卷，石家庄：河北人民出版社，2001年，第334页。

的不断自我调适和变化，更展现了现代中国社会和革命的曲折历程。本文即是要从这个角度来探讨延安文艺整风之前丁玲小说创作的独特风貌，而整风之后的丁玲小说在语言及其主题表达上均发生了一些重要变化，当另文探讨。

一、丁玲早期小说语言与女性意识初现

作家的人生经历不同，其生活环境、社会阅历及个人素养等都会影响其选择创作的参照对象与审美视域，进而导致创作题材及表达方式的选择差异，形成不同的创作个性。作家创作之间的风格差异与其各自采取的表达方式、语言结构、修辞技巧有关。丁玲早期小说的语言特色主要表现在文白夹杂明显、欧化色彩较浓以及善用修辞技法等三个方面，而其独特的女性意识也正是在其对人物语言的把握和话语实践中得以最初呈现。

丁玲早期文学语言是在中国古典文学和"五四"新文学基础上，又吸收了外国文学语言尤其是翻译语并杂糅部分方言而形成的。这些语言成分在其作品中往往杂糅一起，显得既清新亮丽，又古典时尚。丁玲小说从其诞生伊始，之所以能引起广大读者喜爱，恐怕在其独特的女性意识和革命意识之外，这也是一个原因。那些以为丁玲小说语言不太工整通顺的人，实在是没有理解丁玲较为陌生化的语言风格和艺术之美。

先来看丁玲早期作品中现代白话和文言、方言杂糅运用的情形。此种语言表达可谓频繁出现，令人印象深刻。比如《莎菲女士的日记》写道："医生说顶好能多睡，多吃，莫看书，莫想事。"①其中"顶好""莫"是湖南方言，前者为"最好"，后者是"勿""不要"的意思。《阿毛姑娘》中说"大嫂是一个已过三十的中年妇人，看阿毛自然是把来当小孩子看，无所用其心计和嫉妒，所以阿毛也感到她的可亲近。"②又说，"昨天看妥房子，知道我们是看门的，一出手就给了两块钱，说以后麻烦我们的时候多着呢，说话交关客气。转去时又坐了阿金的船，阿金晚上转来，喝得烂醉"。③其中"把来""转去""转来"也是湖南方言，代表"拿来""回去""回来"的意

①丁玲：《莎菲女士的日记》，《丁玲全集》第3卷，石家庄：河北人民出版社，2001年，第41页。

②丁玲：《阿毛姑娘》，《丁玲全集》第3卷，石家庄：河北人民出版社，2001年，第121页。

③丁玲：《阿毛姑娘》，《丁玲全集》第3卷，石家庄：河北人民出版社，2001年，第130页。

思。如此频繁的家乡话语使用，一方面说明丁玲创作伊始不经意流露出较为浓厚的方言色彩，另一方面，部分方言的出色运用，也可增加作品的乡土气息，更能使读者感同身受，有利于较为深刻地理解、体会所写人物的思想与情感。再来看小说中的文言词汇。《莎菲女士的日记》开头第一段写道："我是每天都在等着，挨着，只想这冬天快点过去；天气一暖和，我咳嗽总可好些，那时候，要回南便回南，要进学校便进学校，但这冬天可太长了。"[①]三月四号日记中莎菲又说，"可恨阳历三月了，还如是之冷"[②]。其中"要……便""如是之"等用的就是文言词汇或句式。《阿毛姑娘》有言："若果阿毛有机会了解那些她所羡慕的女人的内部生活，从那之中看出人类的浅薄，人类的可怜，也许阿毛就能非常安于她那生活中的一切操作了。// 阿毛看轻女人，同时就把一切女人的造化之功，加之于男子了。"[③]其中"若果""安于""加之于"兼有文言成分又接近口语的白话使人读来别有一番风味。《母亲》中此类用语出现频率较多的是妯娌们嬉戏时的对话，如于家善于奉承的堂侄媳妇女推辞敬酒时说，"叔叔晓得了会骂我老癫子没规矩"[④]，"当日叔叔抱在手里的时候，还不知撒了多少泡尿在我身上呢……"[⑤]。"癫子""撒了多少泡尿"等方言与白话的组合运用，使得人物形象更丰富、饱满，方言的妥切运用有效缓解了妯娌间的尴尬与沉闷，使对话更生动、活泼、有趣。丁玲较为熟练地使用古典词汇、现代白话和湖南方言，或深入主人公内心深处，直白女性的内心苦闷与压抑，或以客观的描述，从侧面展现出女性处于男权中心文化社会的尴尬位置与困窘，多维度呈现女性的生存状态，表达了独特的女性意识。

丁玲这种文白夹杂的语言特色，在一定程度上不仅继承了中国传统文化尤其是古典小说的语言精髓，还与中国新文学的发展现状密切相关。文白夹

① 丁玲：《莎菲女士的日记》，《丁玲全集》第3卷，石家庄：河北人民出版社，2001年，第41页。

② 丁玲：《莎菲女士的日记》，《丁玲全集》第3卷，石家庄：河北人民出版社，2001年，第57页。

③ 丁玲：《阿毛姑娘》，《丁玲全集》第3卷，石家庄：河北人民出版社，2001年，第138页。

④ 丁玲：《母亲》，《丁玲全集》第1卷，石家庄：河北人民出版社，2001年，第158页。

⑤ 丁玲：《母亲》，《丁玲全集》第1卷，石家庄：河北人民出版社，2001年，第159页。

杂的写作是“五四”新文化运动时期的产物。彻底反对旧文学、提倡新文学的文学革命，在文学观念、思想内容以及语言形式上均发生了从未有过的大变革，但是，语言变革中的现代白话和国语的形成，并非一蹴而就，而是经历了一个渐进的过程，况且，现代文学发展初期的文学家大都具有较为深刻的国学底蕴，因之，此时的新文学创作带有文白夹杂的特点那是非常自然的事情。鲁迅当时的小说创作，就既是地道的现代小说，但其语言的国学气质也是从其文本中汩汩而出，这跟鲁迅融汇了不少古语、文言和方言词汇也是不无关联的。其实，中国文学发展到今天，文白夹杂和方言的融合也可成为一种新的常态，语言的典雅和表达的丰富性、生动性，应该成为当代中国文学的一种新的气质和追求。丁玲是一个深受“五四”新文学影响的作家，也是一个不断奋进和裹挟在现代文化旋涡中的人，因此，语言的自觉和丰富在其作品中得以不断呈现，那是再自然不过的了。

此外，丁玲小说语言还具有欧化色彩较浓的特点。丁玲在《和湖南青年作者谈创作》中曾经明确指出：“我是受‘五四’的影响而从事写作的，因此，我开始写的作品是很欧化的，有很多欧化的句子。当时我们读了一些翻译小说，许多翻译作品的文字很别扭，原作的文字、语言真正美的东西传达不出来，只把表面的一些形式介绍过来了。”[①]作为欧化文字的一个表征，丁玲小说语言的一个明显特点是她的小说文本中有很多较长的句子。这种长句的首要特征就是摒弃了文言那种追求简明扼要的朦胧多意，而更多地考虑完善表意的周全与准确，更加具体化、详细化。如《阿毛姑娘》中介绍邻居：“阿招嫂是用她的和气，吸引得阿毛很心服的，年纪才二十多一点，是穿得很时款的一个小腰肢的瘦妇人，住在那靠左边的一家。”[②]《莎菲女士的日记》中“足足有半年为病而禁了的酒，今天又开始痛饮了。明明看到那吐出来的是比酒还红的血。但我心却像被什么别的东西主宰一样，似乎这酒便可在今晚致死我一样，我不愿再去细想那些纠纠葛葛的事……”[③]“吸引得”“为病而禁了的酒”“致死我一样”等句式的应用与当时流行的欧化语有关，用来详尽地表达人物各种矛盾的心情或天马行空的思绪。对于这种欧

①丁玲：《和湖南青年作者谈创作》，《丁玲全集》第8卷，石家庄：河北人民出版社，2001年，第317页。

②丁玲：《阿毛姑娘》，《丁玲全集》第3卷，石家庄：河北人民出版社，2001年，第122页。

③丁玲：《莎菲女士的日记》，《丁玲全集》第3卷，石家庄：河北人民出版社，2001年，第56页。

化现象，茅盾在《从牯岭到东京》也提到“日常说话颇带欧化气的青年，现在已经很多，我就遇见过许多”。从当时的情境看来，要想让更多的读者易于接受你的作品，不仅要从思想上，而且语言上也要考虑是否易为读者所接受。从这方面来说，欧化语也许是丁玲在某种程度上有意而为之的一种选择。然而，对于丁玲的欧化句子，毅真在《丁玲女士》中评析道：“可惜作者的文字不熟练，有时写得颇不漂亮。作者好叙述，而少发抒。例如作者最喜用‘是……’的句子，即是告诉读者是怎么怎么一回事儿。譬如：‘然而阿毛更哭了，是所有的用来作宽慰的言语把她的心越送进悲哀里去了，是觉得更不忍离开她父亲，是觉得更不敢亲近那陌生的生活去。’这么上小段里，在句子上竟用了三个‘是’字，这种句子带有告诉的语气，而缺少感情的成分。在她的作品中，我们几乎随便翻开那一页，都可找到。作者那样高的天才，不幸为不十分流利的方字所累，真是令我觉得有些美中不足。”[①]正如陈明所言，在丁玲创作之初，“在文学方面似乎没有作很多准备，有不少的地方不合语法规范”，“欧化的，有时又夹着湖南土语，并且有些显得拖泥带水的文字。”[②]丁玲语言欧化的特点离不开她对国外文学作品的借鉴与吸收。五四时期，由于大量翻译作品的引进，不可避免地影响了丁玲，甚至可以说其丰富的养料把丁玲推向了文坛。在假期或是短暂的退学停课期间，丁玲就喜欢阅读商务印书馆或《小说月报》上翻译过来的国外小说。丁玲曾言：“那时我爱读中国的古典小说，觉得那里面反映了我所处的社会时代，我可以从那里得到安慰，得到启示。同时，我也爱读欧洲文艺复兴时期以及十九的世界文学，这些，孕育了我后来从事文学写作的最初的胚芽。”[③]“我偏于喜欢厚重的作品，对托尔斯泰的《活尸》、《复活》等……好像一张吸墨纸，把各种颜色的墨水都留下一点淡淡的痕迹。”[④]“喜欢的不只是莫泊桑、福楼拜……真正使我受到影响的，还是19世纪的俄国文学和苏联文学，还是托尔

①毅真：《丁玲女士》，袁良骏编：《丁玲研究资料》，天津：天津人民出版社，1982年，第225—226页。

②苏珊娜：《会见丁玲》，《中国文学》（法文版），1984年第2期。转引中国丁玲研究会编：《二十世纪中国社会变革的多彩画卷——丁玲百年诞辰国际学术研讨会论文集》，长沙：湖南文艺出版社，2006年，第546页。

③丁玲：《我的生平与创作》，《丁玲全集》第8卷，石家庄：河北人民出版社，2001年，第229页。

④丁玲：《鲁迅先生于我》，《丁玲全集》第6卷，石家庄：河北人民出版社，2001年，第107页。

斯泰、屠格涅夫、高尔基这些人。直到现在，这些人的东西在我印象中还是比较深。”[①]这些翻译过来的世界名著，不仅在思想上给丁玲以震撼，而且在语言上给丁玲以全新的感受，这也是对她后来小说创作中语言“欧化”的直接根源。

除了语句具有欧化特点外，丁玲在作品中给人物命名都喜欢用颇有西方味道的名字，如“淩吉士”“莎菲”“梦珂”“伊莎”等，陈明曾言“她不喜欢用中国小说惯用的那些玉兰、金凤、桂英之类”而“采用了像莎菲这样较欧化的名字。”[②]颠覆中国男性作家给女性命名的传统，丁玲初登文坛就以完全革新的形式开始其女性反叛之旅，以另一种新的方式表达其独特的女性意识。

不同修辞的出色运用是丁玲小说的另一语言特点，它们通常被作者用来衬托氛围或表达情感。比如写“它们呆呆的把你的眼睛挡住，无论你坐在哪方；逃到床上躺着吧，那同样的白垩的天花析，便沉沉地把你压住。”[③]在此丁玲巧妙地用拟人手法描述了天花板和四面墙的包围中给女主人公心境所造成的压抑、窒息之感，突显出莎菲焦躁烦闷的情绪。《母亲》中“随着阳光，随着风，随着山上的小草，随着鸟儿的啾啾，随着溪水的泊泊而一同走到春天来了。”[④]这一串的排比形象地描绘出曼贞从丈夫与母亲逝去的悲痛中走出来后，坚强地面对生活，对未来充满希望的愉快之感。其中叠词、拟声词“啾啾”“泊泊”的使用，更突显出如释重负后的轻松欢快心情。不同的修辞手法，或表达新女性的内心苦闷与压抑，或描述历经家庭巨变之悲痛后的坚强母亲对未来生活的向往之情，从日常生活各角度、各方面关注女性的生命生存状态，展现出其独特的女性意识。呈现出的人性关怀与社会责任感，彰显出丁玲在同时代众多作家中别具一格的人格魅力。

一个作家的文学语言，是其阅历、思想、情感和智慧经过加工提炼后的

---

①丁玲：《谈自己的创作》，《丁玲全集》第8卷，石家庄：河北人民出版社，2001年，第90页。

②王中忱，尚侠：《丁玲生活与文学的道路》，吉林人民出版社，1982年。转引中国丁玲研究会编：《二十世纪中国社会变革的多彩画卷——丁玲百年诞辰国际学术研讨会论文集》，长沙：湖南文艺出版社，2006年，第545页。

③丁玲：《莎菲女士的日记》，《丁玲全集》第3卷，石家庄：河北人民出版社，2001年，第42页。

④丁玲：《母亲》，《丁玲全集》第1卷，石家庄：河北人民出版社，2001年，第140页。

综合传达，是其生命形态与主观意识的流露，是无法靠技巧堆积出来的。丁玲小说历经近一个世纪的风雨飘摇而经久不衰，究其原因最终离不开承载其丰富思想内涵的独特语言。其语言的形成并不是孤立发生的，既继承了中国传统小说语言的精髓，又吸收了外国文学的养分，还运用了适当的方言，因而丁玲在创造现代白话的同时，内外兼收，结合她个人的经历与思想，终于形成了独特的审美风格。

二、丁玲语言变化与革命意识凸显

初涉尘世的丁玲生活圈子较小，导致初登文坛时创作的小说社会生活面并不怎么广阔，其早期小说呈现出一种“自我表白”或“私语体”的形式。主要特征是打破传统的叙事结构，没有具体的故事情节，通过散点透视的方式，以欧化的充盈长句，随心所欲的独白展现人物成长过程中内心的困惑与矛盾。比如，《莎菲女士的日记》《自杀日记》中，作家以日记的形式把人公内心的矛盾、冲突、挣扎与困惑呈现出来；《阿毛姑娘》通过从偏远山村嫁到小城镇的阿毛姑娘由希望到盼望到绝望的心理变化，展示她那可望而不可即的都市欲望如何一步步将自己逼入绝境；《庆云里的一间屋子》中妓女阿英在为了生存做妓女与嫁人享受家庭之乐间所做的选择与纠结。如此等等，作者以欧化的充盈长句，详尽地描绘年轻女人在“闺房中”的内心矛盾与纠葛，展现新女性不甘屈服于周围逆境或宿命而不得不承受的不幸与苦闷，呈现了女性意识的觉醒及其最初反抗。

1929 年底至 1933 年丁玲被软禁前创作的《韦护》《一九三零年春上海（一）》《一九三零年春上海（二）》，丁玲小说主角不再是之前囿困于闺房的苦闷女性，换成了或是逃避爱情、独自走向革命的男主角韦护，或是遭受爱情失败后立志走向革命道路的丽嘉，或是引领女性走出新的家庭困惑的若泉，或是逃避现实、沉迷于感伤主义苦恼中的子彬，或是在革命者若泉的引领下走向街头去参加运动的美琳，或是为了革命牺牲爱情的望微，或是为了爱情也曾尝试去努力接近革命的玛丽。如在《一九三零年春上海（二）》中描写女售票员：“每次见面都加强了他对于她的尊敬，她是那么朴素，那么不带一点粉气，而又能干，脸色非常红润，一种从劳动和兴奋之中滋养出来的健康的颜色。从她的形态和言语中，他断定她不是一个没有受教育的女子，而是有着阶级意识的，对政治有着一种单纯的正确的了解的。他好多次都想和她谈话，因为他觉得同她很亲热了……”[①]这种望微眼中的预设女革命者形象开始出现在丁玲的革命文学作品里，诸如“能干”“脸色红润”“健康的颜色”“觉得很亲热”等词语，在此后丁玲的很多类似的革命小说里几乎成了革命者形象的代言词。尽管小说中革命书写没有爱情来得细腻与生动，但这也是丁玲试图接近文学主流的革命话语，是作者遭遇创作危机后转向革命题材的努力尝试。

到《田家冲》《水》发表的时候，丁玲的创作题材有突破性转变，也获得了评论界的高度评价，丁玲的小说语言也逐渐克服冗长、拗口的欧化语，开始以朴素生动的农民语言展现工农百姓的疾苦与顽强的生命力。如《水》中“各人的心都被一条绳捆紧了，像吹涨了的气球，预感着自己的心要炸裂。”[②]“人群的团，火把的团，向堤边飞速的滚去。”[③]人物的愤怒、个性、腔调等从丁玲朴实而刚健的语言里生动形象地呈现出来。然而，从另一角度来讲，此阶段的丁玲语言在某种程度上被主流文学革命话语的洪流淹没并同化了，出现了当时主流革命文学的“通病”：概念化，工具化。如《田家冲》中“他们看到了远一些的事，他们不再苟安了，他们刻苦起来。现在是全家开会，讨论着一切，还常常引一些别的人来，每次散的时候，赵得胜用会附和着他的儿子说：“好，看吧！到秋天再说。”[④]《水》中“这嘶着的沉痛的声音带着雄厚的力，从近处传到远处，把一些饿着的心都鼓动起来了。他的每一句话语，都唤醒了他们……甘心听他的指挥，他们是一条心，把这条命交给大家，充满在他们心上的，是无限的光明。”[⑤]模糊的群像，形象的空洞、抽象的对话、高声的呐喊……无疑成了政治的传声筒。夏志清曾遗憾地评论“《水》……这个故事的主题具有重大的人性意义……由于作者的重点落在马克思主义的宣传及文字的美化上丁玲明显地忘记了在灾荒下灾民的心理状态。”[⑥]在概念化与集体化的追逐趋势下，丁玲的“文字组织是过于累

---

①丁玲：《一九三零年春上海（二）》，《丁玲全集》第3卷，石家庄：河北人民出版社，2001年，第301—302页。

②丁玲：《水》，《丁玲全集》第3卷，石家庄：河北人民出版社，2001年，第409页。

③丁玲：《水》，《丁玲全集》第3卷，石家庄：河北人民出版社，2001年，第410页。

④丁玲：《田家冲》，《丁玲全集》第3卷，石家庄：河北人民出版社，2001年，第398页。

⑤丁玲：《水》，《丁玲全集》第3卷，石家庄：河北人民出版社，2001年，第434页。

⑥夏志清：《中国现代小说史》，上海：复旦大学出版社，2005年，第193页。

赘和笨重”，“读起来也很沉闷”[①]。随着丁玲思想意识的逐渐转变，此阶段丁玲的文学语言逐步克服欧化的弱点，开始以群众粗犷呼喊与宣传式的对话使得革命意识得以凸显，女性意识在革命洪流中逐渐弱化甚或淹没。

三、女性意识与革命意识在语言探索中交织呈现

丁玲小说语言在各个阶段都有其特色，分别呈现出女性意识或革命意识，但女性意识与革命意识在丁玲小说中的呈现绝非泾渭分明，在很多阶段是相互杂糅、交织在一起的。自《韦护》《一九三零年春上海（一）》《一九三零年春上海（二）》等小说出场，丁玲小说不再是以前“自我表白”型的心理小说了，而是开始出现了两种话语表达：一种是试图接近文学主流的革命话语，一种是无法根除的源自内心的女性启蒙话语。这既是丁玲接近革命的结果，又是作者于创作中对于自我的坚守，女性意识与革命意识的糅杂与碰撞，促成了其后丁玲小说的某种独特风貌。

1932 年创作长篇小说《母亲》，熟悉的题材与经历，触动了丁玲最眷恋的温柔之地，即使同样书写革命，丁玲的语言仍延续了前期的风格，以细腻、温柔的笔致叙述一个家道中落、丧夫遗子的中年妇女坚强蜕变的故事。亲情、母爱、乡愁的记忆，使丁玲的文学语言又回归之前的“莎菲时代”，小说人物形象又恢复了之前的动人魅力。如写母亲丈夫死后回娘家初夜的心境：“她一点也不能同她兄弟相比。他是一个有为的、从小就以聪明能干为人称道的男子。而她呢，她只是一个软弱的女人。他拥有着很丰富的产业，她却应该卖田还债……尤其使她不甘服的，就是为什么她是一个女人，她并不怕苦难，她愿从苦难中创出她的世界来；然而，在这个社会，连同大伯子都不准见面，把脚缠得粽子似的小的女人，即便有冲天的雄心，有什么用！”[②]《母亲》不仅使丁玲找回“莎菲”时的语言魅力，而且超越了前期的“自我表白型”或“私语体”风格，不再是空虚女性的虚无嗔怨，而是勇于冲破封建藩篱的顽强抗争。然而，当小说中写到母亲思想进步与同窗们谈论国事、分析社会形势、向往革命时，语言却又失去了前面细腻、生动、活泼的魅力，如“她有

①冯雪峰：《关于新的小说的诞生》，袁良骏编：《丁玲研究资料》，天津：天津人民出版社，1982 年，第 251 页。

②丁玲：《母亲》，《丁玲全集》第 1 卷，石家庄：河北人民出版社，2001 年，第 151—152 页。

绝大的雄心，她要挽救中国。"[①]"她很高兴听一些关于行刺的故事，她觉得那些人都可爱。"[②]过多评价式的语言显得呆板而空洞，似乎又有了革命宣传的味道。《母亲》是丁玲众多小说中将女性意识与革命意识结合较好的一部小说，通过两种话语的交替，具体而生动地展示作为母亲的第一代的女性知识分子如何通过自己的努力克服自我困境，走向革命，为自己探寻一条光明的出路。《母亲》原计划是写三部的长篇，后因丁玲被软禁而夭折，不得不说是中国现代文学史上的一件憾事。

逃离南京三年的囚禁生活，丁玲直奔革命根据地延安，成为国统区作家奔向延安的领头羊。之后，还在抗战前线收到了毛泽东用军用电报发来的《临江仙》："壁上红旗飘落照 / 西风漫卷孤城 / 保安人物一时新 / 洞中开宴会 / 招待出牢人 / 纤笔一支谁与似 / 三千毛瑟精兵 / 阵图开向陇山东 / 昨天文小姐 / 今日武将军"。[③]作为毛泽东唯一题赠作家的诗词，《临江仙》一方面塑造了"文小姐"与"武将军"的传奇与神话，另一方面也为丁玲日后宏大叙述下集体语言遮蔽的个体言语挣扎埋下了伏笔。到延安后，丁玲的小说努力摒弃先前的自我情绪创作向主流意识形态靠拢，但此时的女性意识与阶级社会意识并不能充分地融合，预设的理念往往与创作效果出现断裂，导致事态发展变得突然或牵强。丁玲曾言："一些想象不到的最好的语言，是从一个人心灵深处迸发出来的。"[④]抵达延安后，丁玲小说语言与之前的小说语言相比，融入了细腻的心理描写和景色衬托，语言表达也较精致、成熟，但涉及斗争场合而欲意传达某种要旨时，文艺整风之前小说中有些表达仍然带有一定较为生硬的宣讲意味。比如《东村事件》，讲述得禄为了抵债将童养媳七七送往地主家做丫头，七七失贞后却将一切怨恨发泄于七七身上的凄凉爱情故事，丁玲本是想通过受传统思想影响的陈得禄的内心痛苦与行为，来展现女性在传统男权中心主义文化压迫下沦为物沦为性消费品的悲惨境遇，可

---

①丁玲：《母亲》，《丁玲全集》第1卷，石家庄：河北人民出版社，2001年，第187页。

②丁玲：《母亲》，《丁玲全集》第1卷，石家庄：河北人民出版社，2001年，第202页。

③李向东，王增如：《丁玲传》（上），北京：中国大百科全书出版社，2015年，第162—163页。

④丁玲：《美的语言从哪里来》，《丁玲全集》第8卷，石家庄：河北人民出版社，2001年，第339页。

文章结尾要“活捉赵阎王，打倒剥削我们的恶霸地主！”[①]的书写，作者话锋一转，突然转换到了对地主赵老爷的批斗中，似乎地主赵老爷才是导致七七悲惨命运的罪魁祸首。《在医院中》，前面讲述陆萍到延安后遭遇的种种“碰壁”，隐秘的内心矛盾与挣扎显示人物与环境的冲突与隔阂。文末结尾处断腿者“解释着，鼓励着，耐心的教育着”[②]，一番话就轻易把陆萍这个积极改造者反转成了被改造者。语言的断裂和探索使陆萍这个知识女性思想转变显得较为突然与牵强，导致作者的表达意图含混而模糊，是对延安种种弊端表达不满，还是要歌颂青年女性知识分子思想的努力转变和进步成长？丁玲努力通过不断进行的话语调整来遮蔽叙述中出现的矛盾，语言的断裂及其还未完全成熟的语言探索，突显出丁玲女性个体意识与战时写作之间的矛盾与冲突。作者此后的一些小说通常以此种较为牵强的转变使文本回归于预设理念中，进而使女性自我意识遮蔽于战时宣传之下。尽管如此，丁玲后来的一些小说仍遭到了批判，致使其不断进一步放弃了她为女性呐喊的女性立场，从女性主义文学世界悄然消退。当然，消退并非消失，丁玲在其延安文艺整风之后的文学创作和日记等私语空间中，在经典长篇小说《太阳照在桑干河上》等文本中，仍然可以看到其较为复杂的面影，而这也正显示了丁玲文学的可贵。

综上所述，不论是在理念上，还是在话语实践中，丁玲都是一个具有强烈文学语言自觉意识的作家，人们可以明确感受到她在语言选择与创造上的种种努力。她在小说中所表达的女性意识和革命意识及其纠结与变奏，总是跟其文学语言的创构联系在一起，这是值得肯定，也是值得予以不断深入探究的问题。[③]

（袁盛勇：陕西师范大学文学院教授，博士生导师
王珍：湖南都市职业学院）

①丁玲：《东村事件》，《丁玲全集》第4卷，石家庄：河北人民出版社，2001年，第149页。

②丁玲：《在医院中》，《丁玲全集》第4卷，石家庄：河北人民出版社，2001年，第253页。

③参阅袁盛勇：《文学是“语言的花朵”——对丁玲文学形式创造及其观念的考察》，载《中国现代文学研究丛刊》2019年第1期。

女性立场、革命想象与文学表述

——以《太阳照在桑干河上》和《秧歌》为例

颜 浩

在众多土改题材的现当代小说中，两位女性作家的作品《太阳照在桑干河上》和《秧歌》可谓风格鲜明，但也命运迥异。丁玲的《太阳照在桑干河上》曾被视为解放区文艺路线的代表作，获得了“我们社会主义现实主义最初的比较显著的一个胜利”之类的赞誉。[①]而张爱玲的《秧歌》自出版后便争议不断，毁誉参半。除了“反共小说”这顶大帽子外，批评意见主要集中于对张爱玲是否了解农村、是否有能力驾驭政治题材的质疑。王德威便曾不无遗憾的指出：“明火执仗的写作政治小说毕竟不是她的所长，如果彼时她能有更好的选择余地，她未必会将《秧歌》与《赤地之恋》式的题材，作为创作优先考虑的对象。”[②]袁良骏更直指《秧歌》和《赤地之恋》“这两部作品乃是张爱玲的败笔，毫无可取之处”。[③]但在另一种视角下，《秧歌》同样因为其政治关注而受到高度的赞誉，被褒扬为“中国小说史上的不朽之作”“一

①冯雪峰：《〈太阳照在桑干河上〉在我们文学发展上的意义》，《丁玲研究资料》，袁良骏主编，天津人民出版社 1982 年版，第 340 页。

②王德威：《此恨绵绵无绝期——张爱玲，怨女，金锁记》，《现代中国小说十讲》，复旦大学出版社 2003 年版，第 186 页。

③袁良骏：《张爱玲的艺术败笔：〈秧歌〉和〈赤地之恋〉》，《华文文学》2008 年第 4 期。

部充满了人类理想与梦想的悲剧”。①近年来随着学术研究视野的拓展与深化，对延安文艺和左翼文学的重新审视与反思往往将《太阳照在桑干河上》作为分析样本，“政治式的写作模式”转而成为批判矛头的主要指向：“这种政治式写作在小说叙事上表现出来的最大特点是叙述者自己的对故事解释的视角几乎完全隐去，像一个毫无自由意志的传声筒”“文学中具有同情心和人道热情的人文传统至此完全绝迹，它被毫不留情的残酷斗争的新传统所取代。”②

事实上，无论是将《太阳照在桑干河上》简单地判断为意识形态预设的产物，还是单纯从政治视角来解读《秧歌》，都存在着对作品的创作意图与审美意蕴的误读和遮蔽。而这两部看上去南辕北辙的小说，在深层内涵上却有着诸多相似的特性。尤其是两位女作家或隐或显的女性意识对其革命想象与文学表达所产生的影响，更有必要做出深入的阐释与辨析。摒弃简单的价值判断与立场评估，对这两部作品的解读也能使我们对现当代历史、政治与文学之间的复杂关系有更深刻的认识。

一、“女性”：视角建构与叙事意义

众所周知，强烈的女性意识和鲜明的女性人物是丁玲早期创作的主要特色之一。而《太阳照在桑干河上》被认为是丁玲服从延安文学体制改造、彻底放弃性别立场与思考的标志。证明之一就是她笔下那些特立独行的女性形象已经踪影不见，而代之以符号化的单面角色：或者是狐狸精型的“坏女人”和地主婆，或者是苦大仇深的贫雇农妇女，无不按照阶级身份对人物进行了概念化的简单处理。女性主义研究著作《浮出历史地表》认为在这种有意识的“根本性的转变”之后，丁玲的创作“不再是一种发问、思索，而更近于一种翻译”，只是将意识形态的概念“翻译”成艺术文本，“而不再去触动这些概念本身”。因此《太阳照在桑干河上》虽然是一部复杂的、有艺术力的小说，“但却是工具化了的艺术和工具化艺术的功力”。从妇女解放运动的角度来看，丁玲的全面放弃与妥协也标志着已经觉醒的女性性别意识“重

①夏志清：《中国现代小说史》，香港中文大学出版社2001年版，第335、367页。

②刘再复、林岗：《中国现代小说的政治式写作——从〈春蚕〉到〈太阳照在桑干河上〉》，《再解读：大众文艺与意识形态》，唐小兵主编，北京大学出版社2007年版，第46、44页。

新流入盲区”。[①]

然而，通过对作品的细读不难发现，相较于面目模糊的男性群像，女性仍然是《太阳照在桑干河上》真正的主角。而从这些女性人物所附带的信息可以看出，性别观察的视角在小说中依然存在，只不过呈现出更为曲折与复杂的状态。在努力理解和服从革命意识形态规训的同时，创作惯性又促使丁玲不自觉地寻找自身意愿的表达空间。政治话语与女性话语的交错扭结，以及由此产生的游离、怀疑与犹豫，不仅折射出作者内心的认同焦虑，也对文本的结构与叙事方式产生了深刻影响。

作为小说中塑造得最出色的“地主婆”，李子俊女人不仅出身富贵，容貌美丽，而且要强、精明，善于见风使舵。在暖水屯的土改过程中，她和她的家庭都是斗争的主要对象。丁玲尽职尽责地写出了民众如何从畏惧、犹豫到觉醒和反抗的过程，无疑是对土改政策与效果最理想的阐释。然而，在整个“斗地主”的过程中，作为男性家长的李子俊基本上处于缺席和隐身的状态，原本养尊处优、躲在他身后的女人则被迫走到了幕前。这种男女地位的翻转不仅改变了故事情节的演进过程，也为革命叙事增加了性别观看的视角。李子俊女人不仅是一个需要“斗争”的地主婆，更是一个站在聚光灯下、被暖水屯男女审视的性别角色。在小说中她甫一出场，便是借助于男性的视角，展示了“一个三十来岁的生得很丰腴的女人”的惊惶与不安，引来了男性的怜悯与同情。为了自保她刻意讨好那些原本看不上眼的长工，动用的也是女性的性吸引力：“这原本很嫩的手，捧着一盏高脚灯送到炕桌上去，擦根洋火点燃了它，红黄色的灯光便在那丰满的脸上跳跃着，眼睛便更灵活清澈得象一汪水。”在面对越来越强大的革命压力时，她也以自己的女性身份与之对抗：“她只施展出一种女性的千依百顺，来博得他们的疏忽和宽大。”

而在男人们的眼中，这个原本遥不可及的地主的女人如今成为可以随意赏玩的对象，这一事实本身就标志着土改的胜利。在瓜分李子俊果园的同时，李子俊的女人也成为他们调笑的目标：“在树上摘果子的人们里面不知是谁大声道：‘嘿，谁说李子俊只会养种梨，不会养葫芦冰？看，他养种了那末大一个葫芦冰，真真是又白又嫩又肥的香果啦！’‘哈……’旁树上响起一片无邪的笑声。”[②]在传统观念中属于家族私有财产的女性，在战争或革命中

①孟悦、戴锦华：《浮出历史地表：现代妇女文学研究》，河南人民出版社 1989 年版，第 139 页。

②丁玲：《太阳照在桑干河上》，《丁玲全集》，张炯主编，河北人民出版社 2001 年版，第 2 卷第 128、131—132、187—188 页。

面临重新被分配的命运，这本是中国政治文化的常态。《太阳照在桑干河上》通过李子俊女人的形象塑造，写出了女性的挣扎、怨恨、无助与尊严的被剥夺。虽然这一切都被置于政治正确性与道德正义性之下，但丁玲那一句忍不住的评论“可是就没有一个人同情她”，还是隐约暴露出了作者的女性立场。在李子俊女人的故事中，性别意识不仅构建了丁玲观察与表现生活的视角，也成为小说情节演进的推动力量。借助于一个“坏女人”的身份变迁与命运沉浮，暖水屯的土改从政策到细节得以渐次展开，并呈现出丰富而多元的内在世界。

事实上，如果联系丁玲的其他创作可以发现，“女性”一直是她延安时期关注与思考的重心之一。《在医院中》那位“种田的出身，后来参加了革命”的院长以“看一张买草料的收据那样懒洋洋的神气”①接待上海产科学校毕业的医生陆萍，无疑是一种极富象征意味的隐喻。在小说《夜》和杂文《“三八节”有感》中，丁玲探讨了延安妇女被“落后”的恐惧所束缚的精神世界与现实处境：那些抱着凌云志向投奔革命的女性表面上获得了和男性同等的权利和地位，但事实上曾经制约她们的男权体系与性别歧视并未改变，她们逃不脱被讥讽为“回到家庭的娜拉”以至于遭到背弃的命运。这些“同一切的理论都无关，同一切主义思想也无关，同一切开会演说也无关”②的情节，既隐含着作者对政治权力掌控女性命运的担忧，更体现出她对于延安革命语境下的性别关系模式的质疑，其理论出发点与“五四”时期并无二致。以女性视角来观察与想象革命，呈现出性别观念与社会主流意识的矛盾与冲突，使得丁玲延安时期的作品显示出自《梦珂》和《莎菲女士的日记》而来的内在延续性。

也正是在性别意识与革命想象这一共同的立足点上，丁玲与张爱玲之间有了对比阐释的可能。《秧歌》的主线之一是通过女子月香的眼睛观察土改过后的乡村社会，她的返乡、求生、抗争及最后的死亡，构成了小山村的革命图景。而月香这样依附于城市的女性因为分到了田地而还乡生产，无疑也是“乡下跟从前不同了，穷人翻身了”的有力证明。但另一方面，观察者月香同时也是被审视与被观察的对象。对外来的革命作家顾岗来说，从月香的女性魅力中获得的精神满足是克服饥饿与寂寞的有效手段：“他回过头来，看见月香笑嘻嘻的走了进来。在灯光中的她，更显得艳丽。他觉得她像是在

①丁玲：《在医院中》，《丁玲全集》，河北人民出版社2001年版，第4卷第240页。

②丁玲：《“三八”节有感》，《丁玲全集》，河北人民出版社2001年版，第7卷第61页。

梦中出现，像那些故事里说的，一个荒山野庙里的美丽的神像，使一个士子看见了非常颠倒，当天晚上就梦见了她。”[①]革命的激情被性的幻想所覆盖，正义性与崇高感被现实生活的庸俗与鄙陋所消解，张爱玲依然凭借着惯用的“参差的对照”的价值判断与审美眼光，打量着变革的时代与人性。

张爱玲强烈的女性意识在《秧歌》中更为直接的表现，则是看似旁逸斜出的“沙明的故事”。这段被胡适认为应该删除的情节，其实并非无关紧要的闲笔，张爱玲借助这个故事集中呈现了她对于革命的本质性认知。从个人身份上来说，沙明同样是一个典型的“出走的娜拉”。只不过她所受的感召不是女性解放的启蒙宣传，而是“延安与日军接战大胜的消息”。她为了参与那些“太使人兴奋”的“秘密活动”离开了家庭，更换了新的名字，投身革命队伍。从文化心理上而言，更名意味着与家族血脉和过往生活的决裂。刻意选择“很男性化”的新名字，也显示了隐藏性别身份、追寻独立自我的目的。

然而，对于大多数男性革命者而言，沙明这样为革命激情而出走的“娜拉”和普通女性其实并无区别，承担的依然是性别想象的角色。丁玲曾经感叹过延安女性始终是性别凝视的焦点：“不管骑马的，穿草鞋的，总务科长，艺术家们的眼睛都会望着她。”由此产生的直接后果是女性婚姻的不自主：“女同志的结婚永远使人注意，而不会使人满意的。”[②]张爱玲笔下的沙明也没有逃脱类似的命运，她的年轻、清俊和少女美很快引起异性的关注，她的婚姻同样是解放区女性的典型形态，只不过更增添了一些张爱玲式的刻骨冷嘲：“此后每星期接她来一次。她永远是晚上来，天亮就走，像那些古老的故事里幽灵的情妇一样。”[③]

但在沙明与王霖关系的书写中，张爱玲并没有停留于简单的对错批判，她更愿意呈现的是环境压迫下人性的扭曲与变异。尽管没有什么感情基础，但与沙明短暂生活的王霖是快乐而有人性的，这与他在小山村中乏味无聊、刻板僵化的党干部形象反差甚大。究其原因，为了效忠革命而抛弃患病妻子的举动，是他人生与性格的转折点。因此可以说，“沙明的故事”不仅体现了张爱玲书写革命的方式，也是整部小说情节推进和叙事逻辑不可或缺的一环：“其实在王霖的人性僵化的渐进里体会沙明的象征性意义，就知道现存

---

①张爱玲：《秧歌》，皇冠出版社1968年版，第57、105页。

②丁玲：《“三八”节有感》，《丁玲全集》，河北人民出版社2001年版，第7卷第60—61页。

③张爱玲：《秧歌》，皇冠出版社1968年版，第73页。

所有有关沙明过往的叙述都切合题旨。”①

从李子俊女人、沙明等女性的形象塑造和命运书写中可以看出，在思考与阐释革命时代的两性关系时，丁玲与张爱玲这两位风格迥异的作家可谓殊途同归。她们从不同的领域切入政治与革命，理念与思路不尽相同，文学表述方式各有千秋，得出的结论自然也有所差异。然而，共同的女性立场却使她们拥有了近似的视角，并对文本的叙事方式与结构产生潜在的影响。这或许并不仅因为两位创作者都是女性，更重要的因素还在于性别意识已经根深蒂固地决定了她们认知与想象世界的方式。

二、性别视野下的“翻身”想象

作为长期在城市生活的知识女性，丁玲与张爱玲对于乡村都说不上熟知。丁玲自称是在离开乡村重返城市后，“在我的情感上，忽然对我曾经有些熟悉，却又并不深深熟悉的老解放区的农村眷恋起来”，这种情感本身便显示出她的旁观者地位。因此她也承认，“我的农村生活基础不厚，小说中的人物同我的关系也不算深”，在晋察冀边区一个多月“走马看花地住过几个村子”的经验便是她写作《太阳照在桑干河上》的基础。②早期张爱玲对于农村的认识主要来自她的乡下保姆们，她们身后那片遥远的土地在想象中是模糊而陌生的：“她心目中的乡下是赤地千里，像鸟瞰的照片上，光与影不知道怎么一来，凸凹颠倒，田径都是坑道，有一人高，里面有人幢幢来往。”③虽然张爱玲自承“写《秧歌》前曾在乡下住了三、四个月”，④但就算加上《异乡记》中那段长途寻夫的经历，她的农村生活经验也仍然单薄。然而，两位女作家都凭借着敏锐的观察与思考，较为准确地把握住了土地改革带来的乡村社会的深层变化。尤其是传统乡村政治的瓦解和伦理体系的裂变，在两部作品中都有较大篇幅的表现。值得注意的是，女性群像的塑造成为两位女作家的底层观察与乡村书写的切入点。女性立场的引入与坚持，使得变化中的乡村世界在她们笔下有了更为具体和独特的呈现。

①高全之：《张爱玲学》，麦田出版社 2011 年版，第 188 页。

②丁玲：《〈太阳照在桑干河上〉重印前言》，《丁玲全集》，河北人民出版社 2001 年版，第 9 卷第 97 页。

③张爱玲：《小团圆》，皇冠文化出版有限公司 2009 年版，第 249 页。

④殷允芃：《访张爱玲女士》，《华丽与苍凉：张爱玲纪念文集》，蔡凤仪主编，皇冠文学出版有限公司 1996 年版，第 159 页。

从《太阳照在桑干河上》可以看出，丁玲是从人身依附和精神压抑的双重角度，关注和展示了乡村女性的生存状态，矛头指向的不仅是男权中心意识，更重要的目标还是传统宗法制的社会体系。在这种创作意图的影响下，暖水屯最有势力的地主钱文贵的家庭成为批判的样板。他的妻子被塑造成唯丈夫之命是从的影子式的人物：“伯母是个没有个性的人，说不上有什么了不起的坏，可是她有特点，特点就是一个应声虫，丈夫说什么，她说什么，她永远附和着他，她的附和并非她真的有什么相同的见解，只不过掩饰自己的无思想，无能力，表示她的存在，再末就是为讨好。”钱文贵的媳妇顾二姑娘则视公公如猛虎：“她才二十三岁。她本来很像一棵野生的枣树，欢喜清冷的晨风，和火辣辣的太阳。她说不上什么美丽漂亮，却长得茁壮有力。自从出嫁后，就走了样，从来也没有使人感觉出那种新媳妇的自得的风韵，像脱离了土地的野草，萎缩了。……她怕，她怕她公公。”侄女黑妮在这个家庭中更是无足轻重，她虽然痛恨钱文贵破坏自己的幸福，但也无力反抗伯父的权威，“因此在这个本来是一个单纯的、好心肠的姑娘身上，涂了一层不调和的忧郁”。

女性在家庭结构中居于从属地位，服从于夫权和父权的约束与规训，这是以家族为本位的中国式人伦关系的基本形态，也是“家国同构”的宗法制度的主要特征之一。因此丁玲对钱文贵家庭内部男尊女卑状态的呈现，落足点并不仅是妇女的解放，更是为土改等政治性手段介入家庭、并最终实现由家庭改造转向社会变革的目标寻求合法性依据。所以与钱家“有着本能的不相投”的黑妮在“八路军解放了这村子”后就获得了自由，她的新生并不被认为是个人抗争的结果，而是革命路线的胜利：“她原来是一个可怜的孤儿，斗争了钱文贵，就是解放了被钱文贵所压迫的人。她不正是一个被解放的么？”尤其是她出现在土改之后“怒吼的群众”的游行队伍中，给予钱文贵以反叛者的沉重一击，更是“这世界真是变了”的最佳写照。

然而，政治性话语的强势渗透并没有完全改变丁玲对于女性命运的深层关注。钱文贵老婆一辈子依附于家庭，没有自己的主见，但在丈夫遭受批斗的倒霉时候，她仍然“守在他面前，不愿意把他们的命运分开”。虽然丁玲尽职尽责地写出了“地主婆”被群众运动所震慑时的“丑态”，但克制的用词和语气背后隐含的，还是对缺乏自主意识的女性的“哀其不幸，怒其不争”。

这种对于女性精神世界的敏锐观察，在底层妇女群体的书写中有更为集中的表现。小说中的贫雇农妇女的地位更加卑微，她们与丈夫之间不仅是嫁鸡随鸡的附属关系，更要承受长期贫穷带来的肉体和精神的双重折磨。即使是村里最泼辣的女人周月英，用打骂和争吵来掩饰常年独守空房的内心怨恨，最终也只能选择忍耐与屈服。丁玲描写了短暂的相聚后她重新送丈夫外出的场景，“她送他到村子外，坐到路口上，看不见他了才回来”，并同情地感叹“她一个人的生活是多么的辛苦和寂寞呵”，这种细腻的体察与感受都显示出丁玲始终不曾放下的女性立场。

受此影响，丁玲不仅着力表现了乡村女性对于物质贫困的无奈与麻木，更震惊于她们灵魂深处的困顿与苍白。村副赵得禄的女人在这方面最具代表性，她在小说中的第一次出场就是触目惊心的：“有一个妇女正站在一家门口，赤着上身，前后两个全裸的孩子牵着她，孩子满脸都是眼屎鼻涕，又沾了好些苍蝇。……她头发蓬乱，膀子上有一条一条的黑泥，孩子更像是打泥塘里钻出来的。”挨了丈夫的打骂之后，她再度在公众面前赤身露体：“只听哗啦一声，他老婆身上穿的一件花洋布衫，从领口一直撕破到底下，两个脏稀稀的奶子又露了出来。”如果说早年丁玲通过莎菲、梦珂等知识女性探究了女性身体与社会认知的关系，那么赵得禄女人这类乡村女性的出现，则拓展了这一问题的思考空间。随意裸露的“身体”在这里不再具有性别层面的意义，只是作为丈夫和家庭的附属品而存在。女性放弃了经营自己身体的权力，不仅意味着她们对这种依附关系的彻底服从，更折射出她们精神世界的空虚与荒芜。

正因为如此，在展示土改的胜利成果时，女性的精神觉醒成为丁玲重点表现的部分。而在丁玲看来，乡村妇女思想落后的重要根源是衣食温饱的基本需求尚未得到满足，物质贫困遮蔽了精神改造的可能性：“从前张裕民告诉她说妇女要抱团体才能翻身，要识字才能讲平等，这些道理有什么用呢？她再看看那些人，她们并不需要翻身，也从没有要什么平等。”要从根本上改造乡村妇女的生存状态，必须首先将她们从困窘的生活中拯救出来。正是在这种思维逻辑之下，土改运动从性别层面上获得了合理性支持。丁玲也确实写出了革命浪潮袭来后底层妇女命运的变化——赵得禄女人终于有了蔽体的衣服，也由此获得了基本的人身尊严：“她穿了一件蓝士林布的，又合身又漂亮。”周月英在运动中表现积极，她的家庭矛盾也因此得到了缓解：“妇女里面她第一个领头去打了钱文贵，……她在这样做了后，好像把她平日的愤怒减少了很多。她对羊倌发脾气少了，温柔增多了，羊倌惦着分地的事，在家日子也多，她对人也就不那末尖利了。这次分东西好些妇女都很积极，参加了很多工作，她在这里便又表现了她的能干。”①

革命的介入以“均贫富”的方式改变了乡村宗法制社会的伦理体系与价值规范，女性的权利在一定程度上获得了承认与默许。丁玲这种基于政治考量的审慎乐观，在张爱玲的笔下也同样有所表现。刚回到家乡的月香见到的第一个共产党员王霖，一开口便对她宣讲“现在男人女人都是一样的”，给她留下了很好的印象：“从来没有一个人像这样对她说过话，这样恳切，和气，仿佛是拿她当作一个人看待，而不是当一个女人。”然而与丁玲明显不同的是，张爱玲并不认为革命的发生会对女性地位的提升产生实质性的影响，更不认为性别问题可以通过政治革命获得解决。成为劳动模范的金根与妻子的相处方式一如从前，两人同桌吃饭时月香只有趁丈夫背转身才敢伸筷子夹菜的场景，体现出乡村社会固有的伦常观念并未因革命的到来而有所更易。那些男女平等的大道理就像他们身后“白粉墙高处画着小小的几幅墨笔画”一样，“都是距离他们的生活很远的东西”。因此王霖和顾岗十分看重、被认为是思想改造重要手段的冬学，在月香身上并未产生效果。她虽然学会了唱革命歌曲，但显然认为一切的宣传鼓动都与己无关：“她对于功课不大注意。她并不想改造她自己。像一切婚后感到幸福的女人一样，她很自满。”②

与《太阳照在桑干河上》类似，张爱玲在《秧歌》中同样对底层女性的生存困境和精神世界予以了深切的关注。但不同于丁玲将注意力集中于外部环境的改造，张爱玲依然坚守着对幽微人性的考察与审视，月香、谭大娘、金花这些在灰暗人生中挣扎的“不彻底的小人物”是乡村故事真正的主角。在应对无孔不入的贫穷和饥饿时，她们展示的不是觉悟与反叛，而是尽力求生的本能。月香的精明算计、谭大娘的阳奉阴违、金花为自保出卖哥嫂，无论是作为政治运动的参与者还是受益者，她们的形象都称不上光明和上进。但正是这些卑微琐碎的人性之常，不仅增加了土改叙事的表达层次与深度，更为重新审视革命的手段与意义提供了极具个人性的视角。

更为重要的是，张爱玲的历史认知和价值观念并未随着新时代的到来而发生根本转变。她虽然清楚地意识到“旧的东西在崩坏，新的东西在滋长中”，但依旧认为“斩钉截铁的事物不过是意外”，她的目光仍然落在饮食

---

①丁玲：《太阳照在桑干河上》，《丁玲全集》，河北人民出版社2001年版，第2卷第19、15、59、165、30、298页。

②张爱玲：《秧歌》，皇冠出版社1968年版，第58、63、92页。

男女这样的小事情之上，她所惯常书写的“生活的斗争，家常的政治”[①]在《秧歌》中同样有着充分的发挥。这一点在月香夫妇与顾岗的关系变化上，有着最为明显的体现。顾岗偷吃独食的个人行为，将他与月香、金根及整个乡村之间小心翼翼建立起来的信任完全破坏。几个私藏起来的茶叶蛋，成为最终悲剧发生的隐性导火索。以如此“平淡而近自然”的方式呈现出“日常生活的一切都有点不对，不对到恐怖的程度”，或许比任何繁复描写和宏大叙事都更为惊心动魄。

由此可见，个人命运与激变时代之间的离合关系，是丁玲与张爱玲书写土改前后乡村故事的重心。而女性群像的构建和女性立场的带入，使得“女性”作为家国叙事重要维度的意义得以凸显。相较而言，丁玲对于政治运动改造底层妇女的精神境界、使她们获得新的生命能量抱有信心，因而有意识地将妇女解放置于革命实践的大背景之下加以考察。张爱玲则对妇女解放议题本身的合理性与可行性秉持着怀疑的态度，更着力于表现“存在于一切时代”“有着永恒的意味”[②]的人性，关注革命语境下人性的常态与变异。两位女作家从相似的起点出发，在意义的探索中走向分野，不仅显示出各自文学理念与社会认知上的差异，更鲜明地昭示了现代文学在想象和表述革命时的不同路向。

三、乡村书写中的性别政治

虽然顶着所谓“反共小说”的标签，但张爱玲在《秧歌》中对于土改的原始目的——重新分配农村的土地和财富——并未表示质疑。月香返乡的当晚，就和丈夫金根秉烛查看分配得来的地契：“她非常快乐。他又向她解释，‘这田是我们的田了。眼前日子过得苦些，那是因为打仗，等打仗完了就好了。苦是一时的事，田是总在那儿的。’这样坐在那里，他的那只手臂在她棉袄底下妥帖地搂着她，她很容易想象到那幸福的未来，一代一代，像无穷尽的稻田，在阳光中伸展开去。这时候她觉得她有无限的耐心。”[③]土地对于中国农民的意义是不言而喻的，张爱玲对此并不陌生。早年从保姆何干“总

---

①王德威：《重读张爱玲的〈秧歌〉与〈赤地之恋〉》，《一九四九：伤痕书写与国家文学》，三联书店（香港）有限公司2008年版，第85页。

②张爱玲：《自己的文章》，《华丽缘——散文集一·一九四〇年代》，皇冠文化出版有限公司2010年版，第115页。

③张爱玲：《秧歌》，皇冠出版社1968年版，第38页。

是等着要钱，她筋疲力尽的儿子女儿”以及何干宁可在城中乞讨也不愿回乡的恐惧心态中，她早已敏感地察知了“背后那块广阔的土地”①的真相。因此对于月香从土地中获得的满足与安稳感，张爱玲表现出了充分的理解。

但随后围绕那面意外得来的镜子展开的情节中，张爱玲在这一问题上更为深入的思考得以呈现。已经完成的土改留在月香家的印记，除了金根的劳模称号外，就是一面红木镶边的大镜子。这个“斗地主”的胜利果实令村中的每个人艳羡不已：“金有嫂向来胆小，但是一提起那面镜子，她兴奋过度，竟和她婆婆抢着说起话来。”第二日妯娌俩再度相见时，大镜子仍然是令金有嫂激动的话题，“她憔悴的脸庞突然发出光辉来”。但这个得而复失的战利品只令月香沮丧，反而是与她日常使用的残破镜子形成的反差更加刺目：“平常倒也不觉得什么，这时候她对着镜子照着，得要不时地把脸移上移下，躲避那根绒绳，心里不由得觉得委屈。”

“镜子”一直是张爱玲小说中的重要意象，承载了她对于生命虚空与人世无常的深切体验。然而与此前发生在镜子前的都市故事不同，《秧歌》中作为土改战利品的镜子被赋予了更加复杂的时代内涵。从表面上看，新旧两面镜子的对比凸显出农村土改前贫富悬殊、财富集中于少数人的基本事实，“均贫富”的革命模式由此获得了正义性。但对于月香来说，这面令人羡慕的大镜子本身就是镜花水月，其作为象征物的意义只停留在想象中。残破的旧镜子里别扭而尴尬的幻影，才是时代风潮中现实世界的折射。与镜子问题同时出现的，是月香重新回归已然陌生的故乡时的不适与失望，以及在乡村和城市之间游移不定、找不到安身之所的惶惑与恐惧。

更进一步而言，作为胜利象征物的镜子的得而复失以及月香在土改之后才返回家乡这些细节，也意味着她不是在政治运动现场被解放的女性，她对于土改没有“翻身乐”之类的切身体验。她的全部生活理念只建立在“她总相信她和金根不是一辈子做瘪三的人”这一思想基础之上。在小乡村中她是真正见过世面、“有本领的女人”，种种求生手段证明她并不是等待革命或男性解放的弱者。和张爱玲其他小说中的女性一样，月香也是“现实狡猾的求生存者，而不是用来祭祀的活牌位”。显然，张爱玲无意将月香打造成反叛的英雄，她最后点燃粮库大火的抗议举动遵循的主要还是生活自身的逻辑。或者也可以说，张爱玲对于被政治裹挟的批判或认同的立场表达没有兴趣，她关注的仍然是轰轰向前的时代列车上个体的命运与际遇。

然而，在顾岗为土改胜利唱赞歌的剧本中，死去的月香却以一个充满诱

①张爱玲：《雷峰塔》，皇冠出版文化有限公司2010年版，第228页。

惑力的“坏女人”的形象登场：“她主要的功用是把她那美丽的身体斜倚在桌上，在那闪动的灯光里，给地主家里的秘密会议造成一种魅艳的气氛。”[①]在小说结尾悲凉氛围的笼罩下，这个反差极大的虚幻想象显得愈加意味深长。男性凭借外在的力量征服和改造堕落的女性，原本是中国传统两性文化的常见法则，也是近代以来启蒙知识分子在性别问题上最常采用的解决方式之一。顾岗的剧本既延续了这种习见的性别模式，又增添了土改、国民党间谍、特务破坏活动等与争夺和巩固政权相关的内容。在小乡村的现实世界中，顾岗因为偷吃的举动在月香那里颜面尽失。但在虚构的艺术创作中，他可以通过重塑月香的形象将羞辱感完全释放，并重新掌握两人微妙关系中的主动权。月香不仅再度成为男性欲望投射的对象，更在政治话语的重新解读中改头换面。而在一场以强制分配财产为手段、以重新规划社会阶层为目标的革命中，满足男性对于异性的想象却成为最为醒目、也是最无所顾忌的标签。其中政治权力与性别权力的媾和与共谋，是张爱玲对顾岗的“戏中戏”最为犀利的嘲讽，也是她在《秧歌》中书写土改故事的重心所在。

性别政治参与土改的历史逻辑合法性的建构，在《太阳照在桑干河上》也有直接的呈现。作为小说中最为特殊的人物，黑妮的故事集中承载了丁玲对于革命背景下的女性命运的思考。在地主伯父钱文贵的眼中，与他有血缘关系的黑妮并不是真正的亲人，只不过是一个随时可以用来交换好处的筹码：“并不喜欢她，却愿意养着她，把她当一个丫嬛使唤，还希望在她身上捞回一笔钱呢。”颜海平正是从女性与宗法制社会权力关系的角度，肯定丁玲对于黑妮形象的塑造：“传统和现代的种性政治一旦用一种强加的身份——它同时也是一种社会扭曲——占有黑妮并把她工具化，黑妮就成了现代中国那些在日常生活中人们被抹杀了的、快乐的化身和喻象。她是生命快乐的显现，而只有当这两种权力关系都被拆解的时候这种快乐才会显现，这种拆解发生在丁玲笔下划时代的土地改革的时刻，土地改革给中国农民带来了翻天覆地的变化，为中国革命赋予了真实的内容，为人性再造、生命再生留下了一份无价的想象财富。”[②]这固然可以在普遍意义上解释土地革命对于农村女性的解放意义，但不足以概括黑妮“这一个”所携带的丰富而暧昧的信息。

更重要的是，丁玲不仅写出了黑妮命运的不幸与处境的尴尬，更对她的恋爱与婚姻成为男性利益权衡的筹码给予了密切关注。在暖水屯众人的眼中，

①张爱玲：《秧歌》，皇冠出版社1968年版，第45、49、185页。

②颜海平：《中国现代女性作家与中国革命，1905—1948》，季剑青译，北京大学出版社2011年版，第362页。

黑妮给人的印象并不坏：“觉得她是一个好姑娘，忘了她的家庭关系”。但在曾经的恋人程仁眼中，这个地主家的女子是影响自己前程的障碍物。以新的身份重新回到故乡后，他对黑妮的态度有了彻底的转变：“只是程仁的态度还是冷冷的。”值得注意的是，程仁主动背弃爱情的原因，并不是由于与黑妮在革命认知上的差异。八路军进驻之后就当了妇女识字班教员的黑妮，“教大伙识字很耐烦，很积极，看得出她是在努力表示她愿意和新的势力靠拢，表示她的进步”。程仁不再将黑妮视为结婚对象，最关键的因素还是她的出身，这近乎原罪的政治属性切断了恋爱的可能性：“程仁现在既然做了农会主任，就该什么事都站在大伙儿一边，不应该去娶他侄女，同她勾勾搭搭就更不好，他很怕因为这种关系影响了他现在的地位，群众会说闲话。”

不难看出，这种两性关系的处理模式是较为典型的革命书写：向往进步的革命青年通过主动放弃私人情感，来保持内心的忠诚与纯洁。在暖水屯的土改斗争最为激烈之时，程仁拒绝了钱文贵送上门来的“美人计”，更使他对黑妮残存的歉疚感都消散殆尽：“程仁突然像从噩梦惊醒，又像站在四野荒漠的草原上。……他不再为那些无形中捆绑着他的绳索而苦恼了，他也抖动两肩，轻松的回到了房里。”程仁从一个“落在群众运动浪潮尾巴上”的犹豫者，成长为率先冲上台去批斗钱文贵的积极分子，“正确”处理了与黑妮的关系无疑是其中最关键的因素。曾经在五四时期作为“人的发现”重要象征的自由恋爱，在革命文学的表述中转而成为被否定的破坏力量。

不过从丁玲对“黑妮的故事”的讲述方式上看，她对于这种爱情模式的意识形态内涵心存疑惑，对于将女性视为政治平衡器和牺牲品的逻辑合理性也并未完全接受。尽管她按照政策的要求给了黑妮一个看似光明的结局，但黑妮的故事仍然不是典型的革命叙事。她与男权和父权的矛盾与对抗，与“五四”妇女解放运动的道路与观念更为契合。她对旧式家庭的反抗、在遭遇背叛时的冷峻反应，都塑造出了一个觉醒的“娜拉”形象。这种“五四”启蒙话语对革命话语的渗透与改造，借助于女性形象的构建得以实现，更能显示出丁玲在革命与女性问题上的基本立场与态度。

然而，与张爱玲不同的是，丁玲对于通过革命手段改造世界和人性始终保持着信心。黑妮的故事发生在“暖水屯已经不是昨天的暖水屯了”这个光明的背景之下，服务于“这是一个结束，但也是开始”的思维逻辑和创作原则。丁玲通过梳理黑妮的人生道路，探索了政治运动中女性解放的可能性，但并未将这种思考向纵深推进。黑妮与程仁在瓜分地主财产的欢庆人流中重逢，两人的表现迥然不同。重新将黑妮视为阶级同志的程仁神态轻松，“像一个自由了的战士”，黑妮则只是“收敛了笑容一言不发远远的走着”。丁玲没有就他们的未来做更多的描绘，只用“在他们后面更拥挤着一起起的人群”[①]将矛盾与分歧轻巧地掩盖，个体的身影再度淹没在群体的洪流中。但值得深思的是，脱离了宗法制旧式家庭控制的黑妮，在新的政治权力的掌控下会有怎样的命运？在拥有初步的性别自主意识之后，她又该如何处理变化了的两性关系？丁玲没有、也不可能提供答案，这必然地决定了《太阳照在桑干河上》只能是未完成的、有限度的女性主义。在这一点上，塑造了真实的月香和虚构的月香双重幻象的张爱玲，显然比丁玲走得更远。

从性别与革命这一宏大主题的文学表现来看，《太阳照在桑干河上》和《秧歌》这两部土改题材的小说都具有典型代表性。丁玲与张爱玲以各自不同的政治眼光切入生活，作品的创作意图、写作方式和社会评价等方面都有较大差异，但强烈而执着的女性意识却将她们导向了相似的立场。她们忠实于自己对时代的审视与思考，构建出极富个人特色的故事与人物。尤其是其中女性群像的塑造和对女性命运的探索，显示出两位创作者以性别视角观察革命的共同愿景。这种思想内涵和价值观念上的同与异，以及在对比中呈现的张力和可能性，正是将这两部作品进行比较研究的意义所在。

（颜浩：中国传媒大学人文学院教授，博士生导师）

① 丁玲：《太阳照在桑干河上》，《丁玲全集》，河北人民出版社2001年版，第2卷第19、21、247、300、275页。

从“闹”说起：论丁玲《太阳照在桑干河上》的“翻言”问题

文贵良[①]

内容摘要：《太阳照在桑干河上》中，暖水屯村民、区上的工作同志以及叙事者都喜欢用“闹”来描述土地改革，暗示了小说建立土改语言共同体的想象，从而为农民“翻言”的实践创造了言说平台。“翻言”是翻身者对自身“翻心”的具体表达。“闹”最重要的语言形态是农民“翻言”的实践：接受话语引导而得以发生，但过程非常艰难，往往以斗争会上斗垮地主、采用政治符号命名而获得胜利为标志。但作为未来国家主人的表达，此种“翻言”还处于起步阶段。小说的语言融入方言、脏话，塑造了可听可懂的书面汉语，节奏舒缓又不乏诗意，形象地表达了暖水屯人的土地改革之“闹”和农民的“翻言”，形成了自身独特的诗学特质。

关键词：闹　翻言　政治符号　话语引导　汉语诗学

一、“闹”与土改语言共同体的想象

丁玲的《太阳照在桑干河上》中有一个词语特别扎眼，这个词语就是“闹”。小说的叙事可以概括为：“闹——土地改革”。举数例如下：

①本文为作者作为首席专家的国家社科基金重大项目“文学视野中中国近现代时期汉语发展的资料整理与研究”（16ZDA185）的阶段性成果之一。

程仁："土地还是（有）许多道理，咱们今天就来把它闹精密，……"①

文采："咱们这回是闹土地改革，土地改革是什么呢，是：'耕者有其田'，就是说种地的要有土地，不劳动的就没有……"②

董桂花："要是穷人翻了身，一家闹一亩种种多好。"③

李嫂子："天呀，翻身，翻身，老是闹翻身，我看一辈子也就是这末的，明天死人，咱也不来了。"④

顾二姑娘转述钱文贵的话："这次村子上要是闹斗争，就该轮到顾老二了。"⑤

顾二姑娘转述钱文贵的话："她公公还说这一改革，要把全村都闹成穷人。"⑥

（他们——顾涌兄弟）好容易闹到现在这一份人家，可是要闹共产了，……⑦

她们就小锅小灶的自己闹起来了，都自以为得计，并不会明白这正是公公所安排好的退步之计。⑧

"闹"这个词语，暖水屯的村民喜欢用，区上来的文采同志也用，叙事者语言也喜欢用。它仿佛成了万能词语。"闹"可以出现于书面文言和书面白话中，也可以出现在口语中，不受语体的限制。"闹洞房""闹元宵"这样的表达在不同方言中普遍存在。但是《太阳照在桑干河上》中如此大量地采用"闹"字，有些用法可能是暖水屯这个地方的独特用法。暖水屯，应该属于河北张家口市，因为丁玲参加土改工作就在张家口市的怀来和涿鹿等地。查《河北方言词典》，没有收入"闹"。我请教了河北朋友，"闹"在河北张家口一带属于常用词语，比如"闹一套房""闹到这份上"。在张家口一带，还有一个例子：男人把女人"闹"了，就是男人把女人干了的意思。因此，"闹"确实带有一定的方言特色。"闹"的这种普遍性和地域性共存状

①丁玲：《桑乾河上》，哈尔滨：光华书店，1948年8月版，第85页。

②丁玲：《桑乾河上》，哈尔滨：光华书店，1948年8月版，第85—86页。

③丁玲：《桑乾河上》，哈尔滨：光华书店，1948年8月版，第94页。

④丁玲：《桑乾河上》，哈尔滨：光华书店，1948年8月版，第94页。

⑤丁玲：《桑乾河上》，哈尔滨：光华书店，1948年8月版，第102页。

⑥丁玲：《桑乾河上》，哈尔滨：光华书店，1948年8月版，第101页。

⑦丁玲：《桑乾河上》，哈尔滨：光华书店，1948年8月版，第101页。

⑧丁玲：《桑乾河上》，哈尔滨：光华书店，1948年8月版，第164页。

态，使得人物口头语言与小说叙事语言可以共享。

“闹”是一种行动。“闹土地改革”“闹翻身”“闹斗争”这类动宾结构，“闹”是动词，后面接名词。“闹”是一种行为与过程。“闹精密”“闹成穷人”这类结构表达“闹”的目的或效果。因此“闹——土地改革”这一结构，就“闹”而言：关涉“闹”的主体与对象，是哪些人实践“闹”的行为以及哪些人被“闹”，关涉“闹”的状态，以何种方式展开“闹”这一行为方式；关涉“闹”的效果，“闹”到什么样子，“闹”到何种地步；关涉“闹”的目的，“闹”这一行为的目的何在，为了什么而“闹”。

“闹”同时自带一种声响。宋祁的“红杏枝头春意闹”之所以成为名句，“闹”字不仅形容了春意盎然的可视的景象，而且仿佛使人听到由鸟鸣虫叫、草木生长发声、人们欢笑所组合的春之声。“闹”字本身的声音是一种响亮的声音。因此，“闹”字的大量使用，表征了丁玲在讲述土地改革故事时追求一种可听的小说语言。“可听”的文学语言，指那种听得懂又富有美感的文学语言。《太阳照在桑干河上》中，“闹”字打破了人物身份的界限、跨越了叙事语言和人物语言，完全可以自由出入在小说的语言之流中。“闹”的表达方式，显示了不同身份的人物在塑造着独特的“语言共同体”，从而为农民“翻言”的实践创造了可能。“闹”打通了暖水屯的人们从日常生活向政治生活的话语表达，构建了暖水屯人们对未来土地改革的诗意想象。这种“语言共同体”同时也表明了丁玲小说语言的大众化倾向，有学者对丁玲小说语言的大众化以实践意识的政治化不太满意。①如果语言的大众化自身成为一种艺术的表达，那又另当别论了。

据丁玲自己陈述，《太阳照在桑干河上》的主题表现农民的“变天思想”的。因此小说的叙事重点就落在农民克服自身的“变天思想”而展开与地主的算账与斗争过程。算账与斗争，既是“闹”的行动方式，也是“闹”的语言表达。“翻身”与“翻心”的问题，成为探索小说主题的维度之一。有当代学者指出，“翻心”是对作品主题“最经济的概括”。②佃户去地主李子俊家算账，被李子俊老婆的软话击败，暖水屯支部书记张裕民对此有一句评论。这句评论在1948年8月版的《桑乾河上》是这样的：“庄户主还没有翻身啦，他们害怕，不敢要嘛。”③丁玲修改如下：“庄户主还没有翻心啦，他们

①王中：《论丁玲小说的语言变迁》，《中国现代文学研究丛刊》2008年第5期。

②金宏宇：《名著的版本批评——〈桑干河上〉的修改与解读差异》，《武汉大学学报》2004年第1期。

③丁玲：《桑乾河上》，哈尔滨：光华书店，1948年8月版，第183页。

害怕，不敢要嘛。”[1]“翻身”这一日常行为的政治隐喻意义指向人们经济身份和政治身份的转换，从被压迫者变为土地的主人。在张裕民看来，要实现“翻身”，必得先“翻心”。“翻心”乃是一种更内在、更艰难的意识转变。这种转变还得用言语来表现，因此，借用“翻身”“翻心”之说，杜撰“翻言”一语以显示“翻心”的言语表达。在《太阳照在桑干河上》中，佃农的“翻言”主要表现为与地主算账、斗争地主时的言语行为。“翻言”的核心问题是农民能否说出自己诉求的问题。因此，“闹”的语言表达，在土地改革中，主要呈现为农民“翻言”的形态。

二、“闹”的语言形态之一：“翻言”的艰难呈现

在《太阳照在桑干河上》中，佃户们“翻言”过程曲折艰难。小说重点描写农民与地主的算账以及斗争地主的大会共有四次：侯忠全找侯殿魁算账、郭柏仁等找李子俊老婆算账、郭富贵等找江世荣算账、程仁带头控诉并斗争钱文贵，而这四次描写不妨看作农民“翻言”经过的四个阶段。

第一步：侯忠全找侯殿魁算账。算账需要一套语言表达。佃户侯忠全去地主侯殿魁家算账，他在院子里听到侯殿魁的一句“谁在院子里？”就回答说：“二叔，是咱呢。”“二叔”这一喊，宗族血缘关系奠定了两人说话的身份意识，再要继续算账下去，自然就非常艰难。因为算账是建立在地主—佃农这一阶级对立的身份意识上。不破掉这个对立，算账的“翻言”就无法启动。因此侯忠全自己放弃了算账的意志，他不但没有进屋，还找扫帚扫地。侯殿魁顺势发话：你还有良心，你欠的一万款子因为是一家人就算了。[2]侯忠全更加无话可对。侯忠全找侯殿魁算账，注定要失败。与地主算账，不借助众人的力量难以成功。侯忠全根本还没有“翻心”，当然也无法准备一套“翻言”的语言。因为地主面对算账，却自有一套应对的表达：地是我的，没地你种啥吃啥？租地，是你求我的，并不是我强加给你的。如此等等，佃农往往难以击溃这套言说。侯忠全虽有去算账的行动，但却没有任何“翻言”的准备，算账行为彻底失败。

第二步：郭柏仁等找李子俊老婆算账。[3]李子俊老婆不愧是洞察人情的狡猾女人，面对郭柏仁一众来算账的佃户，以“大爷们”开头，给佃户们最高

①丁玲：《太阳照在桑乾河上》，北京：人民文学出版社，1954年1月版，第232页。

②丁玲：《桑乾河上》，哈尔滨：光华书店，1948年8月版，第223页。

③丁玲：《桑乾河上》，哈尔滨：光华书店，1948年8月版，第180—181页。

的尊称，满足着佃户们的自尊需求。整段说话滴水不漏，再加上她谦卑、可怜甚至低贱的姿态，秒杀了佃户们算账的意志。佃户们进门后有人以“大嫂”称呼李子俊老婆，这一称呼显示了说话者与李子俊之间的兄弟关系，排斥了地主与佃户之间的阶级仇恨。等李子俊老婆一番话说完，众人离开了。而且，佃户郭柏仁也像李子俊老婆一样难受：“你别哭了吧，咱们都是老佃户，好说话，这都是农会叫咱们来的。红契，你还是自己拿着，唉，你歇歇吧，咱也走了。”郭柏仁干脆利落地把拿红契的责任推给农会。当农会的人去问这些佃户们时，他们只平淡地说：“李子俊在家也好说。一个娘们，拖儿带女，哭哭啼啼的，叫咱们怎好意思？又都是天天见面的。唉，红契，还是让农会自己去拿吧。”①从阶级话语角度看，佃户们的话确实没有阶级觉悟，一方面他们不愿意在女人小孩面前呈现群体的优越感，另一方面“天天见面”的世俗人情超越了他们萌发的阶级情感。面对李子俊老婆这样说话非常具有场合感的人，佃户们的“翻言”几乎无法萌生，但比侯忠全稍强，至少与李子俊老婆说上几句话了。

第三步：郭富贵率众找江世荣算账。郭富贵率众找江世荣算账，经过了与文采的排演，人又多，气势足。开始江世荣还想蒙混过关，带点威吓，但郭富贵没有入套，而是直奔主题：“咱们什么全明白，江世荣！咱们要来算算这多年的帐！”江世荣兼任村长，总算有些见识，他避开算账一事，提出主动献地，这就打断了郭富贵的思路，被王新田接过话头。江世荣早有准备，拿出献地的红契，王新田接过就往外跑。郭富贵那句“江世荣！你装的什么蒜！……”就完全被人忽视了。在程仁的指引下，跑出去的人又回来了。这时没有跑的郭富贵正在发窘，王新田把“红契”丢在桌子上，说：“谁要你献地！今天咱们只要自己的！”这句话把土地改革的理由说清楚了：算账，是算地主之前剥削而得的；所以要还出来；于是拿红契就理所当然。“献地”变成了江世荣是捐献者，而王新田他们是受捐献者，掩盖了剥削那层关系。郭富贵会意后，立即开始讲事实算账：“姓江的，咱们以前的帐不算，只打从日本占了这里之后，你说你那块地一年该打多少？咱们就不管什么三七五减租，只就咱们对半分吧，一年你看咱可多出了一石五六，还有负担，九年了利上打利，你说该退咱多少？还有你欠咱的工钱，你常叫咱帮你家里做这做那的，再算算。”接着其他人也嚷着算账，还有喊枪毙的。江世荣终于低头了：鞠躬到地，称佃户们为“好爷儿们”，哀求宽大，拿出全部的

---

①丁玲：《桑乾河上》，哈尔滨：光华书店，1948年8月版，第180—181页。

一百二十七亩地的红契，保证“做个好公民”。[①]“翻言”得到初步的胜利，以算账开始，然后再拿地契。

第四步：程仁带头控诉并斗争钱文贵。小说第五十章“决战之三”斗争钱文贵，是故事的高潮。第四十九章所写的农会会议上刘满对钱文贵的控诉可算是预演。钱文贵被押到台上，余威还在，会场上没有人说话。这场景特别让人焦急。打破这沉闷的是农会主席程仁：

他冲到钱文贵面前骂道：“你这个害人贼！你把咱村子糟践的不成。你谋财害命不见血，今天是咱们同你算总账的日子，算个你死我活，你听见没有，你怎么着啦！你还想吓唬人！不行！这台上没有你站的份！你跪下！给全村父老跪下！”他用力把钱文贵一推，底下有人响应着他：“跪下！跪下！”左右两个民兵一按，钱文贵矮下去了，他规规矩矩的跪着。[②]

程仁的身份很特殊：农会主席，钱文贵家的佃农，钱文贵侄女黑妮的对象。他该怎么说话？他采用“骂”的方式。“骂”，确实是最能突破害怕的有效方式。批斗钱文贵，大家因惧怕他的淫威，不敢发声。而“骂”是一种从日常生活话语表达向政治话语表达转移的方式，两者可以结合起来。“你这个害人贼！”的称呼完全是日常化的，没有带上土地改革的政治符号，并没有骂钱文贵为地主或者恶霸之类的。“糟蹋”“谋财害命”等词语将“害人贼”落实下去，“算总账”的词语明显带有土地改革的政治色彩。“你怎么着啦！你还想吓唬人！不行！”这些话，既是对钱文贵的批斗，又是给自己壮胆。程仁要钱文贵“跪下”，这是要彻底打落钱文贵的气势。程仁和民兵的一“推”一“按”，终于让钱文贵跪下去了。这一波取得了斗争钱文贵的初步胜利，但很关键。小孩子给钱文贵戴高帽子，丑化钱文贵，使得钱文贵成为可笑的对象：他卑微地弯着腰，曲着眼，他已经不再有权威，他成了老百姓的俘虏，老百姓的囚犯。程仁继续说：

父老们！你们看看咱同他吧，看他多细皮白肉的，天还没冷，就穿着件绸夹衫咧，你们看咱，看看你们自己，咱们这样还像人样啦！哼！当咱们娘生咱们的时候，谁不是一个样？哼！咱们拿血汗养了他啦！他吃咱们的血汗

---

①丁玲：《桑乾河上》，哈尔滨：光华书店，1948年8月版，第306页。

②丁玲：《桑乾河上》，哈尔滨：光华书店，1948年8月版，第225—230页。

压迫了咱们几十年，咱们今天要他有钱还债，有命还人，对不对？[①]

程仁的这一段话是对父老们讲的。批斗会的发言很有策略要求，要直接打击批斗对象，更重要的是要激起会场其他人的批斗激情。只有当会场人们愤怒、仇恨的情绪被激发出来，化为语言与行动的时候，批斗会才是成功的。程仁对父老们的说话，将钱文贵与自己、与会场的人们进行比较，通过"咱""你们""咱们"等代词，将自己与会场上的"父老们"凝聚为一个整体，获得共同性的认可。程仁比较肤色：钱文贵"细皮白肉"，"咱们"不是；钱文贵穿着"绸夹衫"，"咱们"没穿。这种比较因为拿眼前的情景对比，很具有说服力。程仁归结为一个质问句："咱们这样还像人样啦！"从"娘生咱们的时候都是一个样"这种朴素的"人"的平等性来控诉眼前的不平等现实。原来是"咱们拿血汗养了他啦！"，他才有今天的生活。更可怕的是，他吃了咱们的血汗，反过来压迫"咱们"。经过一番推演，最后喊出"有钱还债，有命还人"的斗争主张，一下子获得了父老们的认可。程仁这一段家常式的批斗，内部是土地革命的逻辑性。程仁朴素的语言建立了批斗钱文贵的合理性，使父老们相信批斗钱文贵非常正确，不要在对不对的问题上犹豫不决。程仁继续跟进，穷人翻身的时候，"不要怕他""不要讲情面"，这是要彻底打消父老们的顾虑。人们往往觉得批斗虽然对，拿地契虽然对，但由于害怕和情面，往往不敢走出批斗的第一步。程仁先自我检讨，头几天斗争也不积极，承认"不是人""忘了本"，"咱情愿让你们吐咱，揍咱，咱没怨言"。程仁抖搂钱文贵老婆收买他的事情，打开小白布包，抖落一张张地契。程仁不怀私心的批斗，扰动了与会的父老们："底下便又传过一阵扰攘，惊诧的，恨骂的，同情的，拥护的声音同时发着。"[②]

此时需要一个批斗的强音，即具有打击力的口号。程仁喊出了："哼！咱不是那种人，咱要同吃人的猪狗算账到底！咱只有一条心，咱是穷人，咱跟着穷人，跟着毛主席走到头！"李昌跟着喊叫："咱们农民团结起来！彻底消灭封建势力！"张裕民也伸开了拳头喊："程仁不要私情，是咱们的好榜样！""天下农民是一家！""拥护毛主席！""跟着毛主席走到头！"台上台下吼成了一片。批斗会不能没有口号。口号，相当于歌曲的主旋律，是批斗的最强音。与会者通过跟着呼喊口号，把自己的声音与其他人的声音汇聚成一个整体，获得被认可的力量。同样通过呼喊口号，情感上仇恨的力

---

①丁玲：《桑乾河上》，哈尔滨：光华书店，1948 年 8 月版，307 页。

②丁玲：《桑乾河上》，哈尔滨：光华书店，1948 年 8 月版，第 307—308 页。

量和生理上的力量同时被激发出来。于是，与会者纷纷冲到台上，抢着批斗钱文贵。刘满的批斗成为个人批斗的演示，同样获得了很大的认可：“人们只有一个感情——报复！他们要报仇！他们要泄恨，从祖宗起就被压迫的苦痛，这几千年来的深仇大恨，他们把所有的怨苦都集中到他一个人身上了。他们恨不能吃了他。”①

从侯忠全找侯殿魁算账到斗垮钱文贵，暖水屯的土地改革取得了彻底胜利。从侯忠全的“二叔”到程仁的“你这个害人贼”的称呼变化，比较清晰地显示了农民“翻言”的变化过程。程仁带头批斗钱文贵的斗争会，成了农民“翻言”的集中表达。

三、“闹”的语言形态之二：创造新的身份符号

丁玲的《太阳照在桑干河上》的语言中扑面而来的是各类人物的身份符号。这类身份符号标识阶级成分，指向政治属性。丁玲在小说作品中早已经开始使用这种符号，比如 1940 年发表在《大众文艺》上的《真》就是这样开头的：“战争改变了一切。许多可歌可泣，伟大的，惊人的战事在中国的土地上生长着：一个雇农，如何成了一个英雄的游击队长；一个小脚女人，如何由不出房门而变成一个乡长，一个妇联会主任；一个二十岁的姑苏小姐，现在在晋西北带领一团人的大队，使日本皇军的军官们感到头痛。”②在这段话中，一个“雇农”如何变成了“游击队长”，一个“小脚女人”如何变成了“乡长”和“妇联主任”，人物身份符号的变化，已经潜藏了故事惊心动魄的内容，同时也预设了故事的方向性结局。“雇农”“游击队长”“乡长”“妇联会主任”等，或标明阶级身份，或标明新政权中的行政职务，都成为丁玲言说战事的推进器。

《太阳照在桑干河上》的初版本没有给出人物表，但是 1954 年的人文版已经有人物表。③这个人物表对人物的介绍，涉及如下方面：阶级属性、行政职务、职业、亲属关系和婚姻关系。这样使得对小说中各类人物的身份以及人物之间的亲属关系有个初步的掌握。从排列次序上看，先县区工作组成员，后暖水屯各类人物。在暖水屯人物中，先列出各种机构的人物、小学教员，接着是地主、佃农、积极分子和不太积极的分子（李之祥）。当然这个表并

①丁玲：《桑乾河上》，哈尔滨：光华书店，1948 年 8 月版，第 310 页。

②丁玲：《真》，《大众文艺》（延安）第 1 卷第 1 期，1940 年 4 月 15 日。

③丁玲：《太阳照在桑乾河上》，北京：人民文学出版社，1954 年 1 月版。

没有将小说中的所有人物列出，比如钱文贵的女儿与老婆、顾涌的亲家胡泰就没在表上。这几位人物在小说故事中并不重要，不列也在情理之中。如果仔细琢磨这个人物表，列出了暖水屯支部书记张裕民和暖水屯副村长赵德禄，但没有暖水屯村长的名字。这确实有点奇怪。小说的正文告诉读者，暖水屯村长是地主江世荣。在人物表中，江世荣列为“地主”。那么，“地主”这一阶级属性与“村长”这一政治身份是否冲突？通俗地讲，为什么被打倒的地主江世荣能担任暖水屯村长？在土地改革过程中，一些地主利用手上的各种资源以及不正当手段，确实曾经攫取过村长这样的政治职位。赵树理小说《李有才板话》中的阎恒元在抗战前连年任村长，后来又把村长给了地痞流氓式人物阎富喜；再次选村长的时候，“老村长”（即阎恒元）的意思——即选刘广聚——公然在选举前传布。这就表明阎恒元任不任村长无所谓，村长的权力是一直掌握着的。后来老杨通知组织农救会，开斗争会，将三任村长的事情一起解决：阎恒元退地退租、阎富喜的赔款如数赔偿、刘广聚押送县查办，这才三任村长都被斗垮。这个小说中，村长的选任成为故事的主要线索。不过在《太阳照在桑干河上》中，选任村长不是主要线索，主要线索是斗争钱文贵。但是把被打倒的地主任命为村长，体现了土地改革中治理上的特殊性。小说的结尾处，江世荣的村长职务撤掉了，任赵德禄作村长。另外，张正典的介绍也很特别：“村治安员，地主钱文贵女婿”。在小说的叙事中，张正典的特殊身份增加了故事的曲折性与复杂性。

小说中许多人物的身份符号，是被叙事者预先就给定的，当然也可以理解为小说的故事发生之前，土地革命所赋予的。但像钱文贵这种人物的身份符号，在小说情节的发展过程中被不断创造的。在人物表中，钱文贵的阶级身份是“地主”。但在斗争会上钱文贵写的保状中，却没有写“地主”。他的保状如下：

恶霸钱文贵过去在村上为非作歹，欺压良民，本该万死，蒙翻身大爷恩典，留咱狗命，以后当痛改前非，如再有丝毫不法，反对大家，甘当处死。恶霸钱文贵立此保状，当众画押。八月初三日。

这个保状是笔者根据小说的内容拼起来的。小说写钱文贵边念保状边根据村民的要求修改。那么修改的内容主要有哪些呢？先看小说的叙事：

钱文贵跪在台的中央，挂着撕破了的绸夹衫，鞋也没有，不敢向任何人看一眼。他念道：

“咱过去在村上为非作歹，欺压良民……！”

“不行，光写上咱不行，要写恶霸钱文贵。”

“对，要写恶霸钱文贵！”

“从头再念！”

钱文贵便重新念道：“恶霸钱文贵过去在村上为非作歹，欺压良民，本该万死，蒙诸亲好友宽大……”

“放你娘的屁，谁是你诸亲好友？”有一个老头冲上去唾了他一口。

“念下去呀！就是全村老百姓！”

“不对，咱是他的啥个老百姓！”

“说大爷也成。”

“说穷大爷，咱们不敢做财主大爷啊！大爷是有钱的人才做的。”

钱文贵只好又念道：“蒙全村穷大爷恩典，……”

“不行，不能叫穷大爷，今天是咱们穷人翻身的时候，叫翻身大爷没错。”

“对，叫翻身大爷。”“哈……咱们今天是翻身大爷，哈……”

“蒙翻身大爷恩典，留咱残生。……”

“什么，咱不懂。咱翻身大爷不准你来这一套文章，干脆些留你狗命！”人丛里又阻住钱文贵。

“对，留你狗命！”大家都附和着。

钱文贵只得念下去道：“留咱狗命，以后当痛改前非，如再有丝毫不法，反对大家，甘当处死。恶霸钱文贵立此保状，当众画押。八月初三日。”①

钱文贵保状修改的内容主要有：第一，钱文贵的自我称呼，从“咱”改成“恶霸钱文贵”。钱文贵的身份很有复杂性，按照土地的数量来讲，他的土地不多。他采取分家的方式，把土地分给两个儿子，他自己名下的土地就很少了。两个儿子都已经娶妻结婚，独立门户也不是不可。因此在给钱文贵定阶级成分的时候，就非常棘手。冯雪峰认为钱文贵是“中等的恶霸地主”②。这个“中等的”加得很妙，实际上是对“恶霸地主”减分。孟家沟的陈武是恶霸，白槐庄的李功德是大地主。钱文贵与这两人都有差距，但是在暖水屯钱文贵是八大“尖”里的头一“尖”，他不斗垮，其他都是白说。钱

①丁玲：《桑乾河上》，哈尔滨：光华书店，1948 年 8 月版，第 312—314 页。

②冯雪峰：《〈太阳照在桑干河上〉在我们文学发展上的意义》，《雪峰文集》（第 2 卷），北京：人民文学出版社，1983 年 1 月版，第 407 页。

文贵土地不多，又不曾任甲长、保长、村长等职务，宗族势力比较弱（一个兄弟已死，一个兄弟钱文富是贫农），还是"抗属"，（这个说法是钱文贵给自己加的，他儿子钱义是在抗日战争胜利后当兵的，他说自己是"抗属"，说法不妥。不过，可算是"军属"。）这些牵制了对钱文贵阶级身份的判断。在阶级分析中，阶级成分有地主、富农、富裕的中农、中农、贫农、雇农，但没有"恶霸"。因此，"恶霸"这一身份符号，既是暖水屯村民预设的，也是叙事者预设的。

第二，"诸亲好友"改成"翻身大爷"。钱文贵既然被打成"恶霸"，他如何来称呼暖水屯的村民？他所用的"诸亲好友"显示了自己与村民之间的血缘或者朋友关系。很显然是在拉拢自己与翻身农民之间的关系。但翻身农民却不愿意接受一个恶霸是自己的"亲戚朋友"。但如何让钱文贵合理称呼翻身农民？这也相当棘手。"全村老百姓"这一称呼太冷静客观，几乎没有任何时代气息，也没有任何关系的显示。"大爷"只是暖水屯的尊称，也不恰切。"穷大爷"一词，在土改前，这些人确实是穷人，土改后分到一定的土地，但估计还是穷。但"穷"却与土改后获得土地的人们的心情不符合。"翻身大爷"一语，"翻身"指向了土改的实惠之处，即"耕者有其田"。但打倒钱文贵，并不能分到多少土地，更多是那种无形的压迫感没有了，因此"大爷"一词才是核心，即尊卑关系的颠倒。而这种尊卑关系不是建立在中国传统社会的乡村伦理关系上，而是建立在土地改革后新的经济关系和政治关系上。"翻身大爷"取代"诸亲好友"，意味着阶级属性对血缘亲属以及友情关系的取代。这种置换在新中国成立后的多次运动中有更突出的显示。

第三，"留咱残生"改成"留咱狗命"。在土地改革中，恶霸也好，大地主也好，被不被杀，是一个分界线。斗争钱文贵，只是斗垮他，还是枪毙他，这结论对钱文贵是生死问题。所以，钱文贵很担心自己被杀，哀求留条活命。"残生"一词文雅，显示了钱文贵作为乡绅的几许气息，但是村民不懂这个词的意思，所以强烈反对，提出"留你狗命"。"狗命"一词非常通俗，是一贱称。"狗命"一词隐含着将人类畜生化的语意倾向，满足了翻身大爷们翻身后自尊的需求。

地主江世荣的"村长"被撤掉，顾涌在丁玲修改时由"富农"改为"富裕中农"，钱文贵的女婿张正典的"村治安员"被撤掉，地主钱文贵被定为"恶霸"，多名年轻人被认为是"积极分子"，佃户们自创为"翻身大爷"。这些新的身份符号的撤掉与获得，内部隐藏的是土地改革进行的复杂与艰难。赋予政治符号的命名过程，既是人物成长与命运的变化的过程，也是土地改革进行的过程，也是"翻言"得以初步实现的标志。

四、“闹”的语言形态之三：“翻言”的话语引导

农民“翻言”，不能仅仅凭借“语言共同体”而实现；它需要话语引导。小说里写到了识字班。识字班有可能成为农民“翻言”实践的渠道，但是黑妮的识字班停留在最初的扫盲阶段，并不能与土改中人们的“翻言”需求之间建立有效的关系。简言之，识字班仅仅停留在识字的层面，还没有上升到翻身者“翻言”表达的高度。识字班的老师黑妮自己还没有实现“翻言”。土改工作组的话语教导是农民实践“翻言”的主要引导力。虽然对于工作组的话语教导，农民们并不能全部吸收，比如将“经营地主”误解为“金银地主”；也不知黑板报要成为“炸弹”是什么意思；虽然文采六个小时会议的大道理讲解，让辛苦一天的人们十分瞌睡和厌烦，但话语引导是实现“翻言”的必要引领。

程仁能算得上比较成功实现“翻言”的农民。从话语引领的角度看，他主要受了三种表达的引领，即文采的理论阐述、章品的斗争话语和张裕民的自我批评。

文采这个形象在小说中被塑造成从主观出发、不擅长实际斗争的知识分子干部形象，但忠诚于或者说热衷于对政策指示的阐释，却又体现了几分知识分子的书生气质。第二章写“区上来的人”组织召开村干部会议。文采详细解释了晋察冀中央局关于执行土地改革的指示，会开得很晚。小说没有具体展示文采讲述的内容。这种对政策的宣讲，一方面贯彻指示，改变听者的思想意识；一方面塑造话语，改变听者的言语表达。在“六个钟头的会”上，文采的发言：“咱们这回是闹土地改革，土地改革是什么呢，是：‘耕者有其田’，就是说种地的要有土地，不劳动的就没有……”①他的话里充满着“阶级”“历史”等现代名词。老百姓劳动一天很累，再来听这些根本不理解的现代名词，有的瞌睡，有的吵闹，非常自然。但第二次会效果要好得多：“文采同志为了要说服农民的变天思想，他不得不详细的分析目前的时局，……”②虽然还是名词太多，意思比较深，但有人物，有故事，有打仗，可就生动多了。小说直接赞扬文采同志的热心，“恨不得一时把心都呕给他们，让他们什么也明白，所以他无法压缩自己的语言”。③

①丁玲：《桑乾河上》，哈尔滨：光华书店，1948年8月版，第85—86页。

②丁玲：《桑乾河上》，哈尔滨：光华书店，1948年8月版，第140页。

③丁玲：《桑乾河上》，哈尔滨：光华书店，1948年8月版，第140页。

工作组、农会吸取了在李子俊老婆面前败阵的教训，当佃户们去跟地主江世荣算账之前，预先有一番排演。①这番排演，演练的是“翻言”的实践。土改工作组组长文采模仿地主的口吻质问郭富贵们：地是咱的还是你的？种地是你求的，还是逼你的？对于这个问题的回答，王新田以“地自个会给你长出谷子来？”质问，很显然，这个回答还是不足以驳倒地主，因为地确实不会自个长出谷子来；不过，地主也没有把地里长出的谷子全部收回（荒年可能不一样）。所以，郭富贵只能另辟蹊径，与江世荣算配给布、修房子等事情的账。文采所模仿的地主再次回答中“讹人”一词激起众怒，于是郭富贵们的情绪转为高扬：由“算”到“揍”。这也是工组组的所要想达到的效果。文采这个形象，因他开六个小时会议，不了解农村的现实状态，带有主观主义色彩，被认为是被讽刺的知识分子形象。诚然如此，但丁玲也没有把他简单化。所以赵园认为文采是作品中比较成功的艺术形象，虽然是一个被讽刺的艺术形象。②实际上，从农民“翻言”的角度看，文采的理论语言却又有启蒙的色彩。文采与佃农们的“翻言”操练，恰好显示了文采“说”一方面的现实功能。佃农们跟地主算账，在土地改革中是重要的环节，这个环节，需要用话语来表达。而佃农们能否说出一套“算账的话语”，往往成为土地改革中波动很大的环节。从这个角度再看文采这一形象，也许有不一样的看法。

文采的理论阐释，之所以效果不好，主要是策略不对，只一心想着要让老百姓一夜之间明白土地改革的精神特质，没有考虑老百姓如何接受效果才能最佳的问题，但小说没有否定文采的理论阐释本身的意义。

县宣传部部长章品的话生动接地气，“斗争意识”是他言语的根本动力。在“党员大会”上，章品一边大笑，一边说：“这些狗肏的不要廉耻的东西！李子俊这只寄生虫，赌钱喝酒，不干好事，剥削老百姓好几辈了。还有他兄弟，李英俊，一个也不要放松他。咱明天回涿鹿就把他搞回来，也让他吃吃苦头。老张！你是他长工，找他算帐呀——可别饶他。”③章品的斗争话语，消除了党员中“怕”的思想，从而能激发出实践“斗争”的热情。

张裕民是暖水屯的党支部书记，曾做李子俊家的长工，后参加革命，革命意志很坚定。他在“党员大会”上，做了一番自我批评：“咱张裕民闹革命两年多了，还是个二五眼，咱应该叫老百姓揍咱。……咱另外还有个意见，

①丁玲：《桑乾河上》，哈尔滨：光华书店，1948 年 8 月版，第 223—224 页。

②赵园：《也谈〈太阳照在桑干河上〉》，《芙蓉》第 4 期，1980 年 12 月。

③丁玲：《桑乾河上》，光华书店，1948 年 8 月版，第 267 页。

谁也得把自己心事掏出来表白表白。”[①]张裕民的自我批评带有“二五眼”等方言，完全是彻底的口语。采用诉苦式的对比方式，狠批自己的“害怕”思想，最后归结到“忘了本”这个基础上。所忘之“本”，同时也是文采理论阐释和章品斗争话语的核心内容——劳动者要有田地，穷人一条心。张裕民的自我批评全用地道的口语，情感真挚，内含土地革命的内在逻辑，所以能动人。程仁在批斗钱文贵大会上的发言，与此有好几分神似。

文采的理论阐释给了土地改革的最新精神内核与逻辑思路，章品的斗争话语给了排除害怕心理的力量与信心，张裕民的自我批评给了批评自己的语言方式。程仁的“翻言”表达，在这些话语的引导之下，终于得以实现。话语引导将因“害怕”而压抑的自我意识召唤出来，形成“翻言”的表达。

五、可说可听的语言与“翻言”的未完成性

上文已经论述到，暖水屯村民、县区的工作人员以及叙事者在表达土地改革时通用“闹”这一词语，仿佛作者有意在塑造一种表达土地改革的“语言共同体”。如果从“五四”新文学提倡白话继而进行国语建设的角度看，这种“语言共同体”在语言的形式上追求语言的可说可听。《太阳照在桑干河上》的语言得到了许多评论者的称许。司马长风赞“颇有立体的现实感”，“作者贯注了全部的生命，每字每句都显出了精雕细刻的功夫”，语言“多朴实，多生动”。[②]冯雪峰称赞小说开头描写顾涌的段落运用的“舒徐的富有诗意的笔”[③]，“果树园闹腾起来了”一章如“美丽的诗的散文”[④]。也有学者批评其不足，比如日本学者冈崎俊夫就认为，作家不仅试图采用中国传统的语法，而且也无法背离欧式文风，在描写上给人不一致的感觉。[⑤]不过整体而言，与周立波《暴风骤雨》的明快、赵树理的《小二黑结婚》等小说的流

①丁玲：《桑乾河上》，光华书店，1948年8月版，第272—273页。

②司马长风：《中国新文学史》（下卷）（1978），香港：昭明出版社有限公司，1983年2月再版，第120页。

③冯雪峰：《〈太阳照在桑干河上〉在我们文学发展上的意义》，《雪峰文集》（第2卷），北京：人民文学出版社，1983年1月版，第406页。

④冯雪峰：《〈太阳照在桑干河上〉在我们文学发展上的意义》，《雪峰文集》（第2卷），北京：人民文学出版社，1983年1月版，第415页。

⑤[日]冈崎俊夫：《〈现代中国文学全集第九卷·丁玲编〉后记》（1955），严绍璗译，《丁玲研究资料》袁良骏编，天津：天津人民出版社，1982年，第525页。

畅不同，《太阳照在桑干河上》的语言节奏舒缓，不疾不徐，可听可懂，自备一种美感。《太阳照在桑干河上》用舒缓的语调、不乏诗意的表达塑造农民“翻言”的实践，从而呈现出独特的现代汉语美质。

“五四”新文学以来，书面汉语的句式欧化是文学塑造理想国语的方式之一。但到了1940年代解放区文学，因为要面向工农兵，欧化的句式被当作一种太过异质的元素加以排除。丁玲1920年代末到1930年代的作品也存在相当欧化的成分。而到了《太阳照在桑干河上》，尽力不采用那种特别欧化的句式。要说还有些欧化特色，那么写果树园一段最为典型：“当大地刚从薄明的晨曦中苏醒起来的时候，在肃穆的，清凉的果树园子里，……这是谁家的园子呀！李宝堂在这里指挥着。”[①]这一段的语言很有质感，声音的响度、色彩的艳丽、姿态的多样，无不彰显着果树园的勃勃生机与人们的无限欢乐，富有浓厚的诗情画意。在语言构造上，这一段文字运用了丰富的修饰词来描写景物。有时用一个修饰语，如“薄明的晨曦”“浓密的树叶”；有时用两个修饰语，如“肃穆的，清凉的果树园”“累累的稳重的硕果”；有时用三个修饰语，如“在晨风中飞来飞去的有甲的小虫”；甚至有用四个修饰语的，如“一缕一缕的透明的淡紫色的、浅黄色的薄光”。虽然修饰语丰富，但语句结构并不复杂，多用单句结构，词语声音响亮，可听可懂，节奏感很鲜明。

丁玲有意识地运用一些方言词语，如暖水屯的“八大尖”“溜沟子”“拔胡槎”“做姑子”“水萝卜，皮红肚里白”等，但大部分在具体的语境能被读者领悟意思。方言多出现在人物的口语中，有时会造成阅读上的阻隔，但《太阳照在桑干河上》几乎不存在这个问题。第18章《会后》写得非常精彩，这一章写文采那场五六个小时的动员报告之后，董桂花等妇女回家路上的见闻，以及董桂花回到家后与丈夫李之祥之间的怄气对话。所写都是日常生活与日常对话，但能写出农村人物尤其是农村女性的神韵。董桂花回到家里与丈夫李之祥的对话尤其精彩。[②]董桂花为村妇女主任，而她丈夫李之祥却不太进步。夫妻夜间对话最具有私密性，两人又带有怄气的情绪，这种对话一般会用地道的家乡话来说。“白银儿的神神”“讨吃”“这搭儿”“好赖”等词语富有地方特色。但整段对话的属于以口语为基础的书面白话，能听能懂，不影响非河北的读者对这段话的理解。而且，李之祥听说许有武可能回暖水屯的传言后的胆小怕事，董桂花处事的得体明白，也都跃然纸上。

①丁玲：《桑乾河上》，光华书店，1948年8月版，第210—211页。

②丁玲：《桑乾河上》，光华书店，1948年8月版，第95—96页。

农民的语言有时会带上脏词，如果将方言、脏词融于一段话中，情形又会怎样呢？李子俊老婆在果树园里看到黑妮等人在钱文贵果树园里摘果子后，有一段心理描写：

李子俊的女人却忍不住悄悄的骂道："好婊子养的，骚狐狸精！你千刀万剐的钱文贵，就靠定闺女，把干部们的屁股舐上了。狗肏的们就看着咱姓李的好欺负！你们什么共产党，屁，尽说漂亮话，你们天天闹清算，闹复仇，守着个汉奸恶霸却供在祖先桌上，动也不敢动！咱们家多了几亩地，又没当兵的，又没人溜沟子，就倒尽了霉。她妈的张裕民这小子，有朝一日总要问问你这个道理！"①

李子俊女人对农会和土改组没有斗争钱文贵非常不满，虽然这确实是暖水屯土改的被动所在。但理由不像李子俊女人所想的那样下流，主要是人们还有"变天思想"。这一段话用了"好婊子养的""骚狐狸精""舐""狗肏的""溜沟子""他妈的"一系列脏话，李子俊女人的狠毒以及内心被强烈意志所压迫的愤怒不满显露无遗，与之前在算账的佃农面前的低微可怜判若两人。

除了上述所举例子之外，其余如小说开头写顾涌赶着车进村的描写、钱文贵与任国忠之间既结成同盟又互相施压的对话、在果树园里李宝堂们的诙谐戏谑，凡此等等，都表明小说所塑造的可说可听的语言，在向大众化方向迈进，让那个由"闹"而试图建立的"语言共同体"落地呈现。

这个"语言共同体"内，最为核心的动力在于人们实现"翻言"的意志。在可说可听的语言共同体中，"翻言"让汉语诗学染上鲜明的意识形态色彩。与"五四"时期，新文学的白话诗学力争凸显个性上的"人的解放"和启蒙主题不同，"翻言"以经济上的翻身为基础，以思想上的翻心为导向，要求在言说表达上实现自身的解放与独立。上文将暖水屯人们的"翻言"展现为四个阶段，最终在程仁的斗争话语中得以实现，但程仁（还有张裕民）属于暖水屯最为进步和觉悟最高的那一类人，而大多数暖水屯村民却远不能跟上这个节奏。大多数农民的"翻言"还在能否敢于诉苦、敢于斗争地主恶霸这个阶段。赵树理小说《李有才板话》中老槐树底下的农民先通过李有才的"板话"这种民间形式表达不满，最后在老杨同志的领导斗垮阎恒元和刘广聚。马烽的《金宝娘》中的金宝娘、《光棍汉》中的任绝根、《村仇》中的赵拴

①丁玲：《桑乾河上》，光华书店，1948年8月版，第217页。

拴和田铁柱也都在诉苦这个层次上。能敢于说出自己遭受的压迫，这是农民“翻言”的第一阶段。但是农民要成为新的国家的主人，“翻言”还必须向更高的阶段发展，即朝着要能采用自己的方式表达自己的意志方向发展。因此，《太阳照在桑干河上》的“翻言”还处在未完成状态。

2020年4月7日

（文贵良：华东师范大学中文系主任，教授，博士生导师）

“翻心”及“翻心”之难

——重读丁玲《太阳照在桑干河上》

王碧燕

内容摘要：本文以《太阳照在桑干河上》中农民的成长逻辑“翻心”为主要分析点，探讨丁玲如何在小说中对土改进行反思。首先分析“翻心”一词在小说中的特定内涵。小说内设的“翻心”实际上包含了三个层次，其最终指向的是丁玲对新国民的想象。但这一“翻心”的最终意涵在小说中并未完成，原因在于丁玲对“翻心”革命所采取的斗争形式局限性的发现。

关键词：丁玲　《太阳照在桑干河上》　翻心

1955年，丁玲在《〈太阳照在桑干河上〉俄译本前言》一文中这样概括《桑干河上》的内容：“我描写了土地改革是如何在一个村子里进行的，这个村子是如何成功地斗倒地主，村里的人们又是如何在土改过程中成长起来的”。[①]丁玲的概括点出了小说的主线——这是一部写农民成长的小说。其实早在延安时期，丁玲就有想写关于农民成长的长篇小说计划，但最终未能如愿，“在延安时，我有一个计划：想写一个长篇——写陕北的革命，陕北怎样红起来的。想写那些原很落后的农民，在革命发展中，怎样成为新的

①丁玲：《〈太阳照在桑干河上〉俄译本前言》，《丁玲研究资料》，天津人民出版社，第120页。

人。”[①]1945 年 10 月，丁玲离开延安准备赴东北从事新闻报道，这一未完成的心愿一直压在她心底，成为她之后参加土改的情感动因和写作《桑干河上》时的心理积淀。因此，《桑干河上》所呈现的农民成长的历程，是丁玲关于这一问题长期思考的结果。

一、何为“翻心”？

丁玲在《桑干河上》发行后有过两次对小说的修订。第一次是 1950 年 11 月，小说经由丁玲修订后由新华书店作为“中国人民文艺丛书”之一重新排印。这个版本可称之为“北京校订版”。在这次修订中，丁玲特意将小说第三十三章张裕民分析郭柏仁等人失败原因中的“翻身”一词改成了“翻心”[②]，这一修改表露出丁玲在农民成长问题上的自觉认知：土改不仅要让农民“翻身”，更要让农民“翻心”。问题在于，小说中“翻身”一词出现的频率不在少数，丁玲为何要将第三十三章的“翻身”修改为“翻心”？又为何要借张裕民之口来说出这个词？可见，这一修改并非丁玲一时兴起，而关系着“翻心”一词在小说中的特定内涵。

将小说第三十三章的“翻身”改为“翻心”与郭柏仁等人算账失败事件有着直接关联。当干部们询问张裕民关于郭柏仁等人算账失败的意见时，张裕民说道：“庄户主还没翻心啦，他们害怕，不敢要嘛”[③]。话虽短，但这一概括可谓一针见血。在郭柏仁出发之前，农会主任程仁和他有过一场意味深长的谈话：

“郭大伯，你种他那八亩地多少年了？”……

郭柏仁屈着手指，算了半天，答应道：“十二年了。”

“你一年交多少租？”

“咱种那地是山水地，租子不多，以前是一亩三斗，这几年加成四斗了。”

“为啥要加租子呢？”

---

①丁玲：《思想、生活与人物》，《丁玲全集》（第 5 卷），河北人民出版社，2001 年版，第 432 页。

②龚明德：《〈太阳照在桑干河上〉修改笺评》，湖南人民出版社 1984 年版，第 257 页。

③丁玲：《太阳照在桑干河上》，《丁玲全集》（第 2 卷），河北人民出版社，2001 年第 1 版，第 43 页。

“地比以前好了。这地靠山边，刚租下来的时候，石头多，土硬，从咱种上了，一年翻两回，上粪多，常挑些熟土垫上，草锄得勤，收成可比前几年强。”

……

“大伯，你想想么，你天天背着星星上地里去，又背着星星回家来，你打的粮食哪里去了？别人哪边阴凉坐哪边，手脚不动弹，吃的是白米大面，你说该也不该？”

“唉，地是人家的么！……”他用潮湿的眼睛去望着程仁。①

从以上的对话可以看出，在郭柏仁的认知里，之所以要加租是因为地的质量变“好”了，而地主是土地的所有者，所以加租是应该的。由此，地主剥削行为的正当性正在于其对土地的所有权。这一观念引出的是关于价值创造主体的追问，也即究竟是劳动创造价值还是土地创造价值？显然在郭柏仁等佃户的心里认同的是后者。因而程仁对郭柏仁劳动的强调并没有激发起他的斗志，他仍旧以“地是人家的嘛”这一回答来合理化地主的剥削行为。如蔡翔所言，“这一问题牵涉的‘理’不能仅仅用‘资本主义’来解释，相反，它支持了中国数千年农村的基本的所有制关系”②。这一观念在某种程度上已成为农民思想中的“常识”，农民要实现真正的成长，就必须颠覆这套认知，肯定自身劳动的价值并认可反抗的合法性。程仁等人虽然鼓励这些佃户去向地主算账，但是他们并没有在根本观念上告诉佃户们算账行为的合法性和正当性。不论是干部还是佃户，都屡次强调此次行动是由农会命令的，“你们去要吧，把你们自己种的那地契拿了来。她要不给，就她同算账，尽管说是农会派你们来的。”③程仁出发前的叮嘱已然预示出这场清算的失败，在遇到李子俊老婆的“苦情计”后，多数佃户因为“不忍”溃退而逃。郭柏仁在看到李子俊老婆泪眼婆娑的样态后，留下一句“这都是农会叫咱们来的”黯然离场，结束了这场清算。

事实上，郭柏仁等人对“算账”合法性怀疑的最大原因来自张裕民所说

① 丁玲：《太阳照在桑干河上》，《丁玲全集》（第2卷），河北人民出版社，2001年第1版，第157页。

② 蔡翔：《〈地板〉：政治辩论和法令的“情理”化——劳动或者劳动乌托邦的叙述（之一）》，《文艺理论与批评》，2009年9月24日。

③ 丁玲：《太阳照在桑干河上》，《丁玲全集》（第2卷），河北人民出版社，2001年第1版，第158页。

的“害怕”，这也是“没有翻心”的主要表现之一。这里所谓的“害怕”，并不是说他们害怕李子俊老婆，而是害怕村里的“旧势力”，也即钱文贵，今年春上斗争侯殿魁时，“农会的干部们在群众里叫着：‘你们吼呀！一句话！’老百姓也出拳头了，也跟着吼了，却都悄悄的拿眼睛看蹲在后边的钱文贵。”[①]村民们对钱文贵的“畏惧”一面来自其本身威势的压迫，更重要的在于他们对现实动荡的恐惧以及自身力量的不确信。这种不确信正是土改前村民们矛盾心理的根本原因，村民们将变革的希望寄托于外部，所以在无法确定哪一方能获得最终胜利时，大多数人仍会选择安于现状而不敢起来。正是这种不确信在郭柏仁等老一辈农民那里演变成了对“算账”合理性的怀疑。

这正是丁玲要将第三十三章“翻身”修改为“翻心”的原因，郭柏仁等人身上体现出村民们最普遍的心理——变天思想，如何克服这一思想正是“翻心”的关键所在。领导过两次清算斗争的张裕民深谙农民这一心理，因而从他口中说出“翻心”这一词无论是在人物身份还是小说叙事逻辑都顺理成章，这是张裕民根据他对农民了解得出的结论。在张裕民刚从区上接受土改通知返回暖水屯时，他的心里就怀揣着对土改工作能否顺利进行的疑问：

他深切的体会到要执行上级的决定，一般的是容易做到，因为有党，有八路军支持着，村子上的人也不会公开反对。但要把事情认真做好，要真真彻底铲除封建势力，老百姓会自觉的团结起来，进行翻身，可不是件容易的事。他总觉得老百姓的心里可糊涂着呢，常常就说不通他们，他们常常动摇，常常会认贼作父，只看见眼前的利益，有一点不满足，就骂干部。[②]

随后在果树园和杨亮的谈话中，张裕民又倾诉了类似的苦恼：

张裕民又说老百姓脑子没有转变的时候，凭你怎么讲也没用。他把侯忠全做例子来说明。张裕民过去领导两次清算斗争，都觉得很容易。他觉得老百姓很听他的话。这次当他明白到不仅要使农民获得土地，而且要从获得土地中能团结起来真真翻身，明了自己是主人，却是一件很难很难的事，因此

①丁玲：《太阳照在桑干河上》，《丁玲全集》（第2卷），河北人民出版社，2001年第1版，第163页。

②丁玲：《太阳照在桑干河上》，《丁玲全集》（第2卷），河北人民出版社，2001年第1版，第43页。

他显得更为慎重。同时在工作中又发生许多困难，他就甚至觉得苦恼。①

在张裕民看来，这次土改工作最大的难处就是要让村民的“脑子”发生转变，土改的目的不仅在于让“农民获得土地”，还要让他们真正“团结”起来，“明了自己是主人”。然而要实现这一目的并不容易，农民们身上有许多弱点，他们“常常动摇”，“认贼作父”，“只看得到眼前的利益”，而这些缺点最根本的源头正在于“变天思想”。丁玲曾在《思想生活与人物》这篇文章中表明她正是依据农民“变天思想”这一特质来“决定材料和人物”的：

“当时是在那样的情况下。战争马上要来到这个地区，全国解放战争马上要燃烧起来的时候，如何使农民站起来跟我们走，这是一个最大的问题。”“所以我在写作的时候，围绕着一个中心思想——农民的变天思想”，“就是由这一个思想，才决定了材料，决定了人物的。”②

小说中的“变天思想”有多重表现，除了郭柏仁等人因为“害怕”而不敢斗争之外，这一“变天思想”最典型的代表当属张裕民所提到的佃户侯忠全，在他那里，变天思想已经变成一种对现存“世道”的宿命式接受。和郭柏仁对自身被剥削处境的无知不同，侯忠全是看清了这一“世道”不公的人。他出身并不贫苦，而且还念过书，爱唱戏，还有过幸福的家庭生活，曾经也是被人歆羡的对象之一。但随后的天灾人祸彻底改变了侯忠全的命运，在家破人亡和出走无果的情况下，侯忠全完全屈服在了地主侯殿魁的压迫之下，接受了他所谓的因果报应说。他甚至将分给他的土地重新退还给了侯殿魁，在侯忠全看来，共产党的道理是有正当性的，但是他以自身经验得出的结论却是即使道理再正确，世道也不会改变，受苦的仍旧是老百姓。

八路军道理讲的是好，可是几千年了，他从他读过听过的所有的书本本上知道，没有穷人当家的。朱洪武是个穷人出身，打的为穷人的旗子，可是他做了皇帝，头几年还好，后来就变了，还不是为的他们自己一伙人，老百

① 丁玲：《太阳照在桑干河上》，《丁玲全集》（第2卷），河北人民出版社，2001年第1版，第115页。

② 丁玲：《太阳照在桑干河上》，《丁玲全集》（第2卷），河北人民出版社，2001年第1版，第43、115页。

姓还是老百姓。①

正如颜海平所言，“老侯对永远新同时也永远旧的权力关系的运作的认识充满洞见，但是这其中有某种不仅仅是悲观洞见的内容，示意着在何种程度上老侯不仅是置身于这样一个‘世道’，而且是相信暨接受了它的自然性或天然属性；前者是给定的历史条件，后者则与选择有关。他以自己的相信，参与生产了这个伤害他们的‘世道’的永恒性。”②也就是说，侯忠全不仅是这一不公“世道”的受害者，同时也是这一“世道”的缔造者之一。在这个意义上，小说内设的“翻心”内涵不仅在于使农民发展出一种对现存“世道”的批判性认识从而使其对自身被剥削的命运有所体认，更深层的意涵指向的是一种对自我的重新认知，换言之，农民想要彻底实现“翻心”，就必须相信自己并由自己来打破这一被他们接受为“从来都是如此”的“世道”，因为他们也是这一压迫结构的创造者之一，所以仅靠外力是无法使他们彻底挣脱出这一结构的。

此外，“变天思想”的另一种表现是过激的暴力。这一点也被张裕民体认到了：“老百姓总还有变天思想，不斗则已，一斗就往死里斗，不然将来又来个报复，那时可受不了。”③这种报复心理致使的过激暴力在之后县宣传部部长章品那里得到了强调，在斗争钱文贵之前，章品曾表达过他对农民们会产生过激暴力行为的担忧：

他经常在村子里工作，懂得农民的心理，要末不斗争，要斗就往死里斗。他们不愿经过法律的手续，他们怕经过法律的手续，把他们认为应该枪毙的却只判了徒刑。他们常常觉得八路军太宽大了，他们还没具有较远大的眼光，他们要求报复，要求痛快。④

并且，章品认为这种思想不仅存在于普通村民中，甚至在干部中也存在

---

①丁玲：《太阳照在桑干河上》，《丁玲全集》（第2卷），河北人民出版社，2001年第1版，第101页。

②颜海平：《中国现代女作家与中国革命》，北京大学出版社，2011年版，第368页。

③丁玲：《太阳照在桑干河上》，《丁玲全集》（第2卷），河北人民出版社，2001年第1版，第163页。

④丁玲：《太阳照在桑干河上》，《丁玲全集》（第2卷），河北人民出版社，2001年第1版，第253页。

类似的想法：

“章品也知道村干部就有同老百姓一样的思想，他们总担心将来的报复，一不做，二不休。一时要说通很多人，却实在不容易。”①

想要改变农民的这种心理，章品给出了自己的建议：

随便打死人影响是不好的。咱们可以搜集他的罪状交给法院，死人不经过法院是不对的。咱们今天斗争是在政治上打垮他，要他向人们低头，还不一定要消灭他的肉体。你得说服大家。②

在章品看来，想要让农民彻底消除“变天思想”，就是要让他们明白“随便打死人是不对的”，斗争对象要交给法院来处置，强调是要在“政治上打垮他”，而不是“一定要消灭他的肉体”。章品的嘱托意在让农民接受一套新的规则，从而将小说的“翻心”内涵推向了更深的层面——在使农民认清自己力量并起来挣脱原有的桎梏后还要让他们接受“新世道”的逻辑，也即新的象征秩序的合法性。

由此，“翻心”的意义跃出了单纯的农民成长视域而与构建新型国家和地方关系的可能性联系在了一起。丁玲是在对“新中国”的展望中看待土改的意义的，因为农民成长主题的最终指向，是与“新国家”相关的新的政治主体也即“新国民”的想象，这也是章品强调农民必须接受国家“法”的原因所在。让农民学会面对与乡土社会越来越紧密的国家，是“翻心”更深一层的含义。

至此，小说内设的“翻心”意涵实际上包含了三个层次：首先，对于郭柏仁等老一辈农民而言，“翻心”的第一步需要他们发展出一套对自身所处“世道”的批判性认知。其次，对于更甚一步的侯忠全来说，“翻心”更在于对自身的重新确认，认识到自己也是这一不公“世道”的缔造者之一，这也是郭柏仁等人在认清“世道”之后的必然走向，农民们需要认识到自身所蕴藏的革命力量从而实现自我赋权。最后，在张裕民和章品的眼中，“翻心”

① 丁玲：《太阳照在桑干河上》，《丁玲全集》（第2卷），河北人民出版社，2001年第1版，第253页。

② 丁玲：《太阳照在桑干河上》，《丁玲全集》（第2卷），河北人民出版社，2001年第1版，第254页。

的终极意义在于让农民接受新的象征秩序，也即克服报复意识，接纳“国家”的“法”，只有这样，才能认为是真正消灭了“变天思想”。

二、未完成的“翻心”实践

在《桑干河上》中，丁玲总共写了三次“斗争”。第一场发生在以郭柏仁为代表的李子俊佃户身上，如前所述，由于对斗争合法性和自身力量的不确信，这场清算斗争以失败告终。在这次斗争失败后，暖水屯干部们之间再次因为斗争对象产生了分歧，为了缓和矛盾，干部们决定“再进行一次有把握的胜利的战斗，用小小的胜仗来鼓舞士气”①，这就有了以郭柏仁儿子郭富贵和青年积极分子王新田为首的第二次清算斗争。第三次斗争是小说叙事的高潮，在县委宣传部部长章品的帮助下，参与土改工作的干部们终于确定了斗争对象——钱文贵，丁玲花了整整三章的篇幅来呈现这场规模最大的斗争大会。“翻心”的实践正是在后两场不同的斗争中进行的，在这个过程中，丁玲写出了农民在斗争中逐渐认清自身力量并生发革命意识的过程，然而从最后一场斗争大会的结果来看，真正的“翻心”却并未实现。

在丁玲笔下，农民革命意识的生发经历了一个从“算账—忆苦”到“诉苦—斗争”的过程。与郭柏仁等老农民不同，第二次清算斗争主要是以郭富贵和王新田等青年人为代表。此外，在这次算账过程中，丁玲有意突出了“算账”与“献地”之间的区别。

当郭富贵一群人来到江世荣家里时，江世荣主动拿出了部分红契，王新田等人在看到红契之后“心里就蒙了”，“抢过那包红契，便往外跑。别的人看见他一跑，又见红契也拿，也跟了出来。”②可以说，王新田等人的反应是非常具有代表性。对于农民而言，他们对“算账”的理解更多的在于结果，也即目的是要回红契，但对工作组的干部而言，“算帐”的目的在于和地主说清这个理，也即重点不仅在于“要回红契”这个结果，更在于如何“要回红契”。王新田等人随后在文采和杨亮等干部的提醒下明白了“算帐”与“献地”的区别：

---

①丁玲：《太阳照在桑干河上》，《丁玲全集》（第2卷），河北人民出版社，2001年第1版，第178页。

②丁玲：《太阳照在桑干河上》，《丁玲全集》（第2卷），河北人民出版社，2001年第1版，第199页。

咱们是要和他算账，咱们不要他献地。地是咱们的嘛，他有什么资格，凭着什么说献地？咱们不要他的地，要的是咱们自己的。你们不算帐，拿着红契就跑，不行，人家就说咱们不讲理呀，是不是？①

“拿回红契”不能靠地主主动献地，而应该通过“算账”的方式，讲清楚道理，也即红契是农民应得的，而不是地主们好心献出的。只有郭富贵对这一点有着清醒的认知，当所有人都因为拿到红契离去的时候，他留在了那里。郭富贵的坚持加之干部们的提醒，其余佃户最终返回到江世荣的家里，真正和江世荣作了清算，拿回了红契。显然，干部们动员农民找江世荣等人的目的是为了让他们知道反抗的合法性。

通过这次由青年人带头的“初胜”，农民们对自身所处的境地有了更为清楚的认知，发生最大转变的当属三个年老的佃户。他们原本是郭柏仁式的老实巴交的农民，从来不去想过去所受的苦，但经过这次清算，他们的思想和心理发生了巨大的转变。

“唉，这会总该高兴了，说来也怪，咱倒伤心起来啦！一桩一桩的事儿都想起来哪！”

“咱们穷，穷得一辈子翻不了身，子子孙孙都得做牛马，就是因为他们吃了咱们的租子。咱们越养活他们，他们就越骑到咱脖子上下不来。”

“再说有钱人，压迫咱们的也不光他一个，不把他们统统斗倒也是不成。咱说，这事还没完啦！”②

从这三个老佃户的话中，我们看到他们开始忆苦，并且在回忆苦日子的过程中试图将“苦”归因，也即之所以受苦是因为地主“吃了租子”。在这基础上，他们生发了想要将压迫者“统统斗倒”的斗志。和第一次清算时郭柏仁的心态相比，这三个老佃户已然认清了自身所处的境遇，并相信了反抗的正当性。而这一心态的转变，正是在“算账——忆苦”这一过程中发生的。

这次初胜激发了全村人的热情，“大家都几乎去想过去的苦日子了”“许

① 丁玲：《太阳照在桑干河上》，《丁玲全集》（第2卷），河北人民出版社，2001年第1版，第199页。

② 丁玲：《太阳照在桑干河上》，《丁玲全集》（第2卷），河北人民出版社，2001年第1版，第203—204页。

多人都着急了，一伙一伙的跑到合作社来找农会”。[①]然而，虽然暖水屯的村民“部分有了觉悟的萌芽，已经开始回想，自己的苦痛怎么样来，已经自动的来清算了”[②]，但丁玲表明，“这只是激动了群众情绪”，还不能说“群众已经完全觉悟，形成了一个运动”。[③]换言之，“算账”后的“忆苦”还只是一个归因的过程，人们自动的清算斗争并未形成规模化的群众运动，原因在于这些清算诉求是分散的，不同的佃户有不同的清算目标，因而，难以形成一个整体的运动。

真正使得暖水屯村民一同起来斗争的是之后斗争钱文贵的大会。在初胜之后，暖水屯的土改工作因为干群矛盾（刘满与张正典打架事件）的升级陷入了僵局，县宣传部部长章品的出现缓和了这一局面。章品取消了已布置好的农会，改开党员大会，在这次会议上干部们消除了分歧并正式将钱文贵确定为斗争对象。由于村民们对此次大会的热情过高，原本开农会的院子无法容纳过多的人群，干部们因此将原本的农会改成了群众大会，地点也从许有武的院子转移到了村中的戏台。地点的转移意在突出这场斗争大会的“表演”性质。当暖水屯的村民们汇聚到戏台后，丁玲花了整整一章的篇幅来写农民们的集体“诉苦”行为：

接着又一个一个的上来，当每一个人讲完话的时候，群众总是报以热烈的吼声。大家越讲越怒，有人讲不了几句，气噎住了后来站在一边，隔一会，喘过气来，又讲。[④]

在不断倾诉的过程中，农民们的情绪被全面调动起来。裴宜理曾经指出共产党对于“情感工作”的高度依赖并认为这是国共两党的重要区别之一。[⑤]诉诸情感以动员民众，在土改的集体诉苦中得到了最充分的体现：

---

①丁玲：《太阳照在桑干河上》，《丁玲全集》（第2卷），河北人民出版社，2001年第1版，第199页。

②丁玲：《太阳照在桑干河上》，《丁玲全集》（第2卷），河北人民出版社，2001年第1版，第205页。

③同上。

④丁玲：《太阳照在桑干河上》，《丁玲全集》（第2卷），河北人民出版社，2001年第1版，第259页

⑤裴宜理：《重放中国革命：以情感的模式》，《中国学术》，2001年第4期。

虽然批斗会是一种巧妙的表演，但是对参加者的情绪影响显然是强烈的。在鼓舞群众参与的过程中，对共产党所领导的土地改革的描述是与加强恐惧、苦难、仇恨和报复所具有的净化作用同时发生的。对公平观念的诉求也被置于这一过程的中心。①

如果说，之前的“忆苦”让暖水屯的农民们开始认清自身所处的“世道”并试图将其进行归因，那么这次集体“诉苦”则激发起了农民们一种普遍性的复仇意识。在这种意识的作用下，农民们确实自发地起来斗争钱文贵，形成了整体性的群众运动：

人们只有一个感情——报复！他们要报仇！他们要泄恨，从祖宗起就被压迫的苦痛，这几千年来的深仇大恨，他们把所有的怨苦都集中到他一个人身上了。他们恨不能吃了他。②

值得注意的是丁玲在描写群众运动形成的同时也有意凸显了其中的暴力因素，通过“诉苦”激发的仇恨意识不是依托于理性和德行的“情理”，而是带有非理性色彩的“情绪”。唐小兵在解读这一暴力场面时将其与《暴风骤雨》张寡妇打韩老六的场面归于同一类，认为这种暴力行为并不能召唤出新的主体意识，相反，“只能征兆出新的主体的不存在”，因为叙述者试试通过“物化一个斗争对象”和暴力语言的使用才得以“营造出行为主体这样一个幻觉”，③唐小兵以此来说明恰恰是暴力语言压抑和消解了农民的主体性。的确，丁玲在描写斗争钱文贵这一场面时确实有意将暴力景观化，但这并不如唐小兵所言是为了通过暴力语言来营造农民主体的幻觉，相反，这其中包含着丁玲对群众暴力形式的重新审视。回顾章品在斗争大前的嘱咐：“要往死里斗，却把人留着；要在斗争里看出人民团结的力量，要在斗争里消灭

①裴宜理：《重放中国革命：以情感的模式》，《中国学术》，2001年第4期。

②丁玲：《太阳照在桑干河上》，《丁玲全集》（第2卷），河北人民出版社，2001年第1版，第259页。

③“语言的匮乏在这个历史时刻只能征兆出新的主体的不存在；所谓‘解放’并没有释放出新的、摆脱既定循环的意义。只有通过一个物化的仇恨对象，通过施用暴力语言，叙述者才得以营造出行为主体这样一个幻觉，才得以推动故事情节的发展。”

变天思想”。[1]在这里，“农民如何克服自身的落后性，已经取代农民/地主的矛盾，成为农民翻身成长中的第二个关键点。”[2]由此，我们发现丁玲已经试图开始探寻导致土改激进化的内在原因。

丁玲通过章品之口指出的解决方案在于寻找某种不同于“肉体消灭”却仍要“往死里斗”的斗争形式。也就是说，“暴力”本身并不能释放出新的、打破历史循环的意义。对于革命和战争而言，政党需要动员农民生发出革命意识，形成斗争主体，但仅仅以“斗争”作为基点，却未必能生产出真正的主体性。这也就意味着，寻求新的“斗争”形式需要面对的问题是：如何才能在“斗争”逻辑的内部，避免新的压迫结构的生成？真的存在这样的斗争方式吗？正因为丁玲对暴力斗争实践形式本身产生了怀疑，所以暖水屯农民的“翻心”实践最终并未完成。如前所述，小说内设“翻心”意涵的最终指向是关于“新国民”的设想，也即农民需要自觉接受像政治新国家秩序的“法”。然而由于对斗争形式的怀疑，丁玲并不认为仅靠复仇情绪激发出革命意识的村民能够到达这个层次，所以在斗争大会的结尾，丁玲有意呈现了农民们在意识上的混杂性。

当钱文贵即将被村民们殴打致死时，张裕民出身制止了群众的暴行，农民们同意将钱文贵交由县上处置的决定，但这并不意味着他们接纳了国家“法”。农民们接受这一决定的原因一方面在于此时的他们已经看到了自身团结起来后所蕴藏的力量：

你们还怕他么？不怕了，只要咱们团结起来，都像今天一样，咱们就能制服他，你们想法治他吧。[3]

另一方面则是出于一种实际理性上的公平诉求，也即如果将钱文贵一股脑儿打死并不能赔偿农民们多年来所受压迫的冤苦：

老董走出来向大家问道：“钱文贵欠你们的钱，欠你们的命，光打死他

---

①丁玲：《太阳照在桑干河上》，《丁玲全集》（第2卷），河北人民出版社，第248页。

②刘卓：《光明的尾巴？——试以〈太阳照在桑干河上〉谈土改小说如何处理“变”》，《现代中文学刊》，2014年第6期。

③丁玲：《太阳照在桑干河上》，《丁玲全集》（第2卷），河北人民出版社，2001年第1版，第267页。

偿得了偿不了？”底下道：“死他几个也偿不了”。[①]

正是出于这样实际的考量，农民们自发形成了处置钱文贵的决定：没收他的财产并让他写“保状”。在钱文贵写“保状”过程中，丁玲有意突出了农民身上两套话语的混杂状态。这一“保状”用词有三处经过了农民的修改：“咱”修改为“恶霸钱文贵”，“诸亲好友”改为“翻身大爷”，“留咱残生”改为“留咱狗命”。从这三处修改中可看出农民们在接受“翻身”所代表的新话语和“翻身大爷”这一新身份时同时还保留着原有的话语习惯，两套话语被统合在“保状”这一契约文书中，而“保状”的有效性恰恰建立在人们对传统道德和正义观的接受上，由此可以看出斗争之后农民主体意识上的混杂性。

此外，在小说第五十七章，丁玲在暖水屯“庆祝土地还家”大会上设计了一个相当具有仪式感的情节。干部们带来了一张临时由画匠画的毛主席像，提议村民集体向毛主席鞠躬来表达感激之情。“通过这个仪式，它将翻身农民的主人地位与政治领袖之间建立起关系，将暖水屯纳入到一个更大的政治共同体中，这在一定程度上为翻身了村民找到了一种集体的政治认同。”[②]然而在这种新的政治认同中仍包含着传统的因素，也即这一表达形式来源于村民们的“报恩”心理。如侯清槐所言：“毛主席的口令一来，就有给咱们送地的来了，毛主席就是咱们的菩萨，咱们往后要供就供毛主席……”[③]侯清槐对毛主席的看法具有典型性，在小说中，毛主席的存在并不实指具体的人物，可以说在村民们心中这个称谓已然象征化了，人们的行礼仪式正是“报恩”心理的外化。

因而，虽然丁玲认为农民“翻心”的最终指向应该是对新的象征秩序自觉的接受，也即要明白随便打死人的无理，认可依法处置的正当性，但显然，暖水屯的村民并没有实现这一点。所以，在《桑干河上》中，丁玲虽然将“翻心”作为农民真正成长的逻辑，但是她并没有在小说的叙述中让农民真正实现“翻心”。这在客观上造成的阅读效果正如江青读完小说时的感受，1948

---

① 丁玲：《太阳照在桑干河上》，《丁玲全集》（第2卷），河北人民出版社，2001年第1版，第268页。

② 刘卓：《光明的尾巴？——试以〈太阳照在桑干河上〉谈土改小说如何处理“变”》，《现代中文学刊》，2014年第6期。

③ 丁玲：《太阳照在桑干河上》，《丁玲全集》（第2卷），河北人民出版社，第284页。

年 8 月 18 日，陈明写信给丁玲告知她江青的意见："她和老艾还有一个感觉，她说很不容说清楚。他们感到钱文贵对农民的迫害，农民后来翻身，两者的斗争，尚不尖锐。翻身大会写得很好，总觉得力量不够"①。这一点并非丁玲的不够"觉悟"，相反，这一未完成的"翻心"实践正是丁玲有意为之的结果。在《〈太阳照在桑干河上〉俄译本前言》一文中，丁玲表明这部小说在贫农如何提高阶级觉悟这一点上是不足的：

但是小说还没有充分揭示出：贫农如何在毛泽东思想指引下提高了阶级觉悟，他们如何迅速得成长为为争取建立一个自由民主的新中国而奋斗的坚强不屈的战士。②

可见丁玲对这所谓的"缺点"早有体认。

可以说，这一"缺点"有意为之的主要原因在于丁玲对暴力斗争实践形式的反思，这种反思一方面与她对土改激进化内在原因的探寻有关，另一方面，还来自丁玲对"顾涌"问题的发现。

三、"翻心"之难

"顾涌"是丁玲在怀来县东八里村参加土改时遇到的：

有一天，我到一个村子去，看见他们把一个实际上是富裕中农（兼做点生意）的地拿出来了，还让他上台讲话，那富裕中农没讲什么话，他一上台就把一条腰带解下来，这哪里还是什么带子，只是一些烂布条，脚上穿着两只两样的鞋。他劳动了一辈子，腰已经直不起来了。他往台上这一站，不必讲什么话，很多农民都会同情他，嫌我们做的太过了。我感觉出我们的工作有问题，不过当时不敢确定，一直闷在脑子里很苦恼。③

在丁玲看来，这个"兼做点生意"的富裕中农是不应该被斗争的。从他

---

①王增如、李向东：《丁玲传》，中国百科全书出版社，2016 年，第 400 页。

②丁玲：《〈太阳照在桑干河上〉俄译本前言》，《丁玲研究资料》，天津人民出版社，第 120 页。

③丁玲：《生活，思想与人物》，《丁玲全集》（第 7 卷），河北人民出版社，2001 年第 1 版，第 437 页。

的生活境遇来看，他过得十分辛苦，“烂布条腰带”，“穿两样的鞋”，丁玲明白，“他只要往台上这么一站”，很多农民“都会同情他”，丁玲也不例外，她由此觉察出“我们的工作有问题”。也就是说，当时的丁玲已然觉察到了土改政策与现实之间存在的龃龉。事实上，在初期的华北土改运动中，由于当时阶级划分的标准不明晰，的确出现了许多中农被错划为富农和地主的情况，“崞县一区下大林村‘五百余户的村子，订出地富一百来家’，后来改正时，发现中农错订富农者四十四户，中农错订地主者二十六户，中农错订‘下降地主’者五户，贫农订破地者八户，富农订地主者十户，共错订九十三户。”[①]因而虽然《五四指示》明确表明土改时“不可侵犯中农土地”，但还是有许多“顾涌”因高订成分而被斗争。丁玲是敏锐的，但当时的她无法通过自我调节的方式解决这个难题，因而，她决定通过写作来处理这个让她“一直们在脑子里很苦恼”的问题。丁玲曾说过，“顾涌”形象就是“从我工作中来的，在工作中因为这一问题我不能解决而来的。”[②]

问题在于，丁玲在小说中如何呈现“顾涌”的难题？若把小说中写到顾涌的章节做一个统计，我们可以较为直观地看出丁玲在处理这一难题时的思考轨迹。这些章节分别是：一、胶皮大车；二、顾涌的家；四、出侦；十二、分歧；十九、献地；二十二、尽量做到一致；三十五、争论；三十七、果树园闹腾起来了；五十一、胡泰；五十二、醒悟。全书总共五十八个章节，因而“顾涌”的难题可以说是贯穿小说叙事的始终。

在上述十个章节中，有三章与土改工作小组关于斗争对象的讨论直接相关，分别是“十二、分歧；二十二、尽量做到一致；三十五、争论”。从第十一章土改小组进村开始，小说的情节就开始不断地延宕，围绕着“应该斗争谁”这个问题，干部们之间产生了严重的分歧，顾涌正包含在这个分歧中。张正典和文采等干部认为，在暖水屯，除了李子俊等地主外就属顾涌家占地最多，所以理应将顾涌作为斗争对象。但在程仁看来，“李子俊是坐着不动弹，吃好，穿好，要钱……他老顾么，是一滴汗一滴血赚来的呀！”因而若要把顾涌和李子俊同样对待，“管保有许多人不乐意。”[③]关于斗争对象地分

① 黄道炫：《盟友抑或潜在对手？——老区土地改革中的中农》，《南京大学学报（社会科学版）》，2007年第5期。

② 丁玲：《生活，思想与人物》，《丁玲全集》（第7卷），河北人民出版社，2001年第1版，第437页。

③ 丁玲：《太阳照在桑干河上》，《丁玲全集》（第2卷），河北人民出版社，2001年第1版，第51页。

歧带出的是一个具体的政策问题也即该以怎样的标准进行阶级划分。丁玲在1946年11月开始写作《桑干河上》时，官方并未出台明确的关于阶级划分的政策，丁玲曾回忆道：“在当时，任弼时同志的关于农村划成分的报告还没有出来。我们开始搞土改时根本没什么富裕中农一说，就是雇农、贫农、富农、地主。”[①]在小说中，干部们最开始划分阶级的依据就是根据占有土地的数量，如前所述，顾涌通过自己多年来的“受苦”获得了不少土地，因而他成了土改干部的难题，干部们最开始将他划成了“经营地主”，但一些干部们也明白，他的土地是“一滴汗一滴血赚来的”，因而，顾涌成了干部们讨论斗争对象时的焦点之一。从这一点来说，丁玲是将她在现实中遇到的难题内化为了小说土改工作组的难题，顾涌在这里确实是作为“难题”出现的。

然而丁玲并没有仅限于此，在将顾涌难题表现为小说土改工作的难题外，她还穿插着写了土改不同阶段顾涌的家庭矛盾和其自身的困惑。这主要呈现在“十九、献地；五十一、胡泰；五十二、醒悟”三章中。在第一次农会时，顾顺因为父亲顾涌的成分不明而被拒绝参与农会，这极大地打击了顾顺的积极性，并由此引发了父子二人的矛盾。如果说“应该斗争谁”这个问题一直贯穿于土改工作的始终，那么顾涌家庭的矛盾则始终是围绕着“是否应该主动献地”这个问题展开的，这也是顾涌和顾顺之间最大的分歧。由此可以看出丁玲在思考这一人物时的复杂考量，她并没有仅将“顾涌”难题置换为土改工作组的难题来处理，而是将其放在与这场革命的关系中来考量，通过写顾涌对这场土改的困惑来反观这场运动本身。可以说，在小说中，顾涌是丁玲得以对土改进行审视的一个视角。

丁玲在斗争大会之后详细描写了顾涌内心的挣扎和困惑。在斗争钱文贵结束后，顾涌陷入了深深的苦恼，他在要不要献地这件事上非常犹豫。顾涌始终想不明白的是为什么土改干部们要将他和李子俊同样看待：

像我这样的人，受了一辈子苦，为什么也要和李子俊他们一样？我就凭地多算了地主，我的地，是凭我的血汗，凭我的命换来的呀！[②]

顾涌对干部们将他划成“金银地主”感到“很不舒服，不服气”，所以

---

①丁玲：《生活，思想与人物》，《丁玲全集》（第7卷），河北人民出版社，2001年第1版，第436页。

②丁玲：《太阳照在桑干河上》，《丁玲全集》（第2卷），河北人民出版社，2001年第1版，第278页。

才常常想："我就不献地，你们要多少，拿多少，你们要斗争就斗争吧。"[①]可见，顾涌并非不愿意献地，他只是不同意干部们将他和李子俊归为一类。正当顾涌陷入苦恼的时候，丁玲安排胡泰出场来解答顾涌的疑惑。胡泰是顾涌的亲家，在土改中被划为富农，虽然被拿了地，但是没有被没收其他浮财。胡泰劝顾涌献地，并给出了两个理由，一是因为"地多了自己不能种，就得雇人，如今工价大，不合算。八路军来了，跑买卖好……"[②]，二是认为"穷人一亩地都没有，自己也是穷人过来的，帮穷人一手是应该的"[③]。胡泰通过自身现状的分析以及对土改正义性的强调来安慰顾涌，顾涌在听了胡泰的话后觉得"听得很舒服，答应照着他说的办"[④]。然而仔细分析胡泰的理由和顾涌困惑的核心点，我们会发现胡泰的劝慰并没有正面解答顾涌对阶级划分的困惑。胡泰给出理由的重点在于"不吃亏"，也即他从实际的物质角度来分析献地这一事情的利弊，并且还能顺便"帮穷人一把"，而顾涌真正的困惑在于"不公平"，也即他认为自己和李子俊是有本质区别的，他的土地并非像李子俊那样不劳而获，而是通过几十年的受苦得来的，理应具有合法性。所以虽然胡泰的说法极大安慰了顾涌并给了他主动献地的决心，但顾涌最终还是没能献成地，当他看到曾经交好的李宝堂成了"办公事的"，干部们"有说有笑的，谁也没有看见他"，他害怕起来，站在远处想"连李宝堂也瞧不起人了"，在一种巨大的疏离感之下，顾涌最终放弃了献地。

既然胡泰的话没能彻底解答顾涌的疑惑，丁玲又为何要让他出场呢？并且，这一章虽然是写顾涌在斗争大会之后内心的矛盾，但丁玲却把"胡泰"作为这一章节的标题。事实上，在1949年发行的东北初版本中，这一章原名为"富农的想法"，可见，丁玲之所以安排胡泰出场，目的是为了让胡泰说出他内心对土改的看法，而非真正让他来解答顾涌的疑惑。他的观点之所以能够宽慰顾涌的心，是因为他们属于同一类人，有着相似的现实处境。胡泰在劝慰顾涌的话中多次表明"八路军来了，跑买卖好，大同一拿下来，咱们

①丁玲：《太阳照在桑干河上》，《丁玲全集》（第2卷），河北人民出版社，2001年第1版，第278页。

②丁玲：《太阳照在桑干河上》，《丁玲全集》（第2卷），河北人民出版社，2001年第1版，第279页。

③同上。

④同45。

买卖就好做了”[①]。正是这种对未来的展望，让顾涌相信“他们在新社会里生存，是只有更容易的”[②]。丁玲在这里有意凸显了胡泰和顾涌将来发展商品经济的可能性，这一点丁玲自己也在事后确认：

我在土改法公布以前就已开始写这部小说。我原想把顾涌这一形象描写成一个愿意把自己的一部分土地交给无地农民的中农。可惜，我在小说中未能把这种意图贯彻到底。可是我觉得，我在解决领导对待顾涌的态度问题上的处理是对的，因为，为了在中国发展商品经济，剥夺这类农民的土地是不应该的。[③]

在随后的章节里，当顾涌放弃献地的同时，干部们确定了顾涌的阶级成分，“大伙对于他的成分，争论很多，有人想把他订成地主，有人说他应该是富裕中农。从剥削关系上看，只能评他是富裕中农，但结果，马马虎虎把他划成了富农，应该拿他一部分地。”[④]显然，顾涌是这场土改的未竟之业，他自始至终都未能融入革命之后的新秩序中，革命对于他的处理也正如丁玲所言，是“马马虎虎”的。但丁玲最后并未让干部们没收顾涌的土地，这是因为她考虑到顾涌这类人将来发展商品经济的可能性。从这一点来说，丁玲对顾涌这个人物的考量内在于她理解土改的视角。如笔者在第一章所提及，丁玲是在对“新中国”的展望中理解土改可能带来的意义，对于顾涌，她同样看到了他这类人在未来“新中国”中的作用。

正是基于这样一种视野，丁玲肯定了顾涌所坚持的价值，也即以诚实劳动为代表的传统价值和伦理体系。经由这一中农的立场，丁玲得以对“翻心”的主要实践方式——闹斗争展开反思。

在小说的第四章，丁玲通过顾大姑娘之口道出了富农胡泰对即将到来土改的看法：

---

①丁玲：《太阳照在桑干河上》，《丁玲全集》（第2卷），河北人民出版社，2001年第1版，第280页。

②同上。

③丁玲：《〈太阳照在桑干河上〉俄译本前言》，《丁玲研究资料》，天津人民出版社，第120页。

④丁玲：《太阳照在桑干河上》，《丁玲全集》（第2卷），河北人民出版社，2001年第1版，第282页。

共产党，好是好，穷人才能沾光，只要你有一点财产就遭殃；八路军不打人，不骂人，借了东西要退还，这也的确是好，咱们家这大半年来，做点买卖也赚了，凭良心，比日本人在的时候，日子总算要强的多。可是一宗，老叫穷人闹翻身，翻身总得靠自己受苦挣钱，共人家的产，就发得起财来么？①

在随后的第三十六章，丁玲再次通过一个中农表达了类似的观点：

如今只有穷光蛋才好过日子，穷光棍又不劳动，靠斗争，吃胜利果实，吃好的啦。②

我们可以看到他们有着与顾涌相似的价值观。顾涌坚持的是诚实劳动的正当性。胡泰和第三十六章出现的中农同样认同受苦和劳动所代表的价值体系。从上述的言语中，我们可以看出这类中富农对土改的认知是有局限的，在他们眼中，土改仅仅是一场经济目的上的革命，但不可否认的是他们指出了土改所包含的一对结构性矛盾——翻身与生产的矛盾。③翻身（翻心）的主要实践方式是“闹斗争”，生产的主要实践方式是“劳动”。对于顾涌这些中农来说，后者才具有正当的伦理价值，和诚实劳动相比，“闹斗争”是不劳而获的非正当行为。从这一点上来说，以顾涌为代表的中农的疑问恰恰质疑了“斗争”的合法性。丁玲并非要经由顾涌来质疑土改的合法性，她是将顾涌的问题置于“翻心”革命的内部进行考量的。显然，她意识到了“翻心”的主要实践方式——斗争在面对以顾涌为代表的坚持以劳动为价值核心的乡村伦理时的矛盾。所以，丁玲才在最后斗争大会的时候刻意保持了一种节制，除却对“斗争”本身可能产生新的压迫结构的反思外，“斗争”对“劳动”价值的破坏也让丁玲对这一实践形式有所保留。如何处理“顾涌”的难题也即“斗争”与“劳动”之间的关系是丁玲对土改局限性的一个发现。

---

① 丁玲：《太阳照在桑干河上》，《丁玲全集》（第2卷），河北人民出版社，2001年第1版，第18页。

② 丁玲：《太阳照在桑干河上》，《丁玲全集》（第2卷），河北人民出版社，2001年第1版，第181页。

③ 详见李放春：《北方土改中的“翻身”与“生产”——中国革命现代性的一个话语—历史矛盾溯考》，《中国乡村研究第3辑》，北京：社会科学文献出版社，2005年版，第232—292页。

此外，与周立波等同样书写土改的作家不同，丁玲在关注到“翻心”的“翻”所带来的可能性的同时，还注意到了这一可能性必须面对乡村原有的“乡村之心”。这在小说表现为三个方面，一是此前提到的顾涌所坚持的以诚实劳动为主要实践方式的传统价值伦理；二是宗法乡村社会的乡土人情；三是农民身上以小农意识为主导的实际理性。当这场“翻心”革命进入暖水屯时，分别与之发生了碰撞。

除了通过顾涌来表现乡村社会道德伦理中对城市劳动正当性的坚持外，丁玲还通过对果树园及这一空间中所发生的变革的书写表现了劳动本身具有的能动性。在一种建构新型国家和地方关系的视野中，我们可以将乡村原有的以劳动核心的伦理价值视为“地方性知识”，因此，这一“地方性知识”如何纳入“新国家”的政治愿景中是土改必须要面对的一个问题。丁玲通过对地方“风景”——果树园的描写表达了对这个问题的思考。

唐小兵曾在《暴力的辩证法——重读〈暴风骤雨〉》一文中通过追踪暴力的象征意义对《暴风骤雨》的开头进行了解读：

全书明白无误地把“到来”这一刻表现成了历史的真正开端，突然间过去的一切完全成了痛苦的记忆，历史不再有任何连续性，成了猝然的断裂。我们刚刚目睹的“自然景色”（“空白地区”）便也被摔进了“历史”的漩涡——作品表现历史新“起始”的同时，也抹杀了历史，虚构出一个再生的神话。①

在唐小兵看来，周立波正是以“历史时间”取代并压制“自然空间”的方式来展开小说论述的，大马车的驶入以及工作队的到来隐喻了新“象征秩序”的强行插入，而表达这一新“象征秩序”的行为，就是对田园景色所代表的“自然景色”和平静穆的否定。与此完全相反的是，在《桑干河上》里，丁玲并没有让新的“象征秩序”压制“自然空间”，当象征着新秩序的土改工作队进入暖水屯时，丁玲保留了暖水屯代表性自然空间——果树园的自足性。这一自足性在小说中通过风景描写表现出来。

在小说第十七章，也即土改工作队刚入村庄召开第一次农会之时，丁玲插入了一段关于果树园的风景描写。在农民们纷纷因为会议的冗长和乏味躁动不安时，民兵队长张正国踏上了会场的屋顶，在屋顶上看到了远处处在黑

①唐小兵：《暴力的辩证法——重读〈暴风骤雨〉》，《再解读：大众文艺与意识形态》，唐小兵主编，北京：北京大学出版社，2007年版，第115页。

夜中的果树园：

房顶上一片月光，微风吹来，穿单衣也觉得有些凉。他极目四望，围绕着村子的三面的，都是黑丛丛的树林，月光在这丛丛的林子上边，漂浮着一层灰白，结连到远远的沥青色的天，桑干河就隐立在那林子后边。林子里有几处冒上来的一层薄烟，这烟不直冲上去，却流荡在附近的一片林子上。月光透过去，更显得朦胧轻柔。那是看园人，为了熏逐蚊虫而烧的蒿草艾叶。天上的星稀疏而明亮，天河也只是淡淡的一抹白色。北斗星已经横下去，左近不知哪家的毛驴又嗒嗒嗒的叫起来了。①

显然，这里的果树园并未像《暴风骤雨》中的“自然空间”那样迅速卷入到新“象征秩序”的时间意识里，它并没有因为土改工作组的到来而发生改变。相反，在党的工作者第一次向暖水屯村民传达土改政策的时刻，也即政党政治话语正式公开化的场合，这一带有田园牧歌式风景的嵌入显得尤其意味深长。“月光”“薄烟”“天河”等景物辅以“灰白”“沥青色”等色彩的渲染很容易让人联想到丁玲在五四时期的乡村风景描写。例如小说《水》中穿插在自然灾害间的“闲笔”：

沸腾了的这旷野，还是吹着微微的风。月亮照在树梢上，照在草地上，还照在那在太阳底下会放映出点绿油油的光辉的一片无涯的稻田，那些肥满的，在微风里噫噫软语的爱人的稻田。

天空还是宁静的，淡青色的，初八九月里的月亮，洒在茅屋上，星星眨着眼睛，天河斜挂着，有微风在穿过这凉快的夏的夜。②

无论是选用的意象还是叙述语调，这两段风景描写都呈现出惊人的相似性。如果说丁玲五四时期对乡村风景审美式的观照折射出的是她个人寻求情感皈依的冲动，所以《水》中的乡村风景书写才带有明显田园牧歌式的审美情调和怀旧意识，那么在《桑干河上》中，果树园就是丁玲为暖水屯村民找到的情感皈依场所。

---

① 丁玲：《太阳照在桑干河上》，《丁玲全集》（第2卷），河北人民出版社，第184页。

② 丁玲：《水》，《丁玲全集》（第3卷），河北人民出版社，2001年第1版，第175页。

从整体的叙事来看，小说一共有两次“高潮”，除了之前所提到的斗争钱文贵的大会之外，还有一次便是第三十七章“果树园闹腾起来了”。在动员郭富贵进行第二次清算之前，干部们决定先将地主和富农的果树园统制起来，由农会来统一组织采卖果子，这一决定使得果树园一下子“闹腾起来了”，相较于前一段，这段风景描写的情感更加强烈，之前在黑夜中静谧无声的果树园此刻苏醒了，显现出一片生机勃勃的景象。

当大地刚从薄明的晨曦中苏醒过来的时候，在肃穆的，清凉的果树园子里，便飘起了清朗的笑声。这些人们的欢乐压过了鸟雀的喧噪。一些爱在晨风中飞来飞去的有甲的小虫，不安的四处乱闯。浓密的树叶在伸展开去的枝条上微微的摆动。怎么也藏不住那一累累的沉重的果子。在那树丛里还留得有偶尔闪光得露珠，就像在雾夜中耀眼的星星一样。那些红色果皮上有一层茸毛，或者是一层薄霜，显得柔软而润湿。云霞升起来了，从那密密的绿叶的缝里透过点点的金色的彩霞，林子中反映出一缕一缕的透明的淡紫色的、浅黄色的薄光。①

这种强烈的抒情性恰恰应和了农民们此刻正在发生的转变。这一转变在看园老人李宝堂身上尤为典型：

他的嗅觉像和大地一同苏醒了过来，像第一次才发现这葱郁的，茂盛的，富厚的环境，如同一个乞丐忽然发现许多金元一样，果子都发亮了，都在对他夹着眼呢。②

李宝堂在暖水屯看了二十年园子，对于这份工作他并无多大感触，所以一直是“不爱说话”，“沉默”的，多数时候都在“无所动于衷的不断工作”。然而此刻的他从心底感觉到某种变化正在发生，他的感官在这一刻彻底苏醒了，原本麻木的、无动于衷的心也开始涌动起来，他“忽然成了爱说话的老头”，在果树园各处指挥着并向村民们介绍今年果树园中果子的情况。这其中已然包含着某种“心”的转变：人性开始从冰冷麻木朝向热烈生命复

---

①丁玲：《太阳照在桑干河上》，《丁玲全集》（第2卷），河北人民出版社，2001年第1版，第43页。

②丁玲：《太阳照在桑干河上》，《丁玲全集》（第2卷），河北人民出版社，2001年第1版，第45页。

归。李宝堂从此刻开始真正回归为一个有血有肉有情感的活生生的人。正如颜海平所言："在这里，李宝堂与转化性相凝聚，亦成为转化性的一种动态本身，他显示的是这样一个时刻，在这里每个人或者每件事，都有可能被重新想象和界定，包括人们和土地、劳动过程、和他人以及和自己的关系。"①农民们在这个空间中第一次挣脱了原有权力结构的桎梏，他们在他们在这一次摘果子的行动中真正体会到了劳动的快乐。"一阵哄笑，又接着一阵哄笑，这边笑过了，那边又传来一阵笑，人们都又变成好性子的人了。"②这种快乐对他们来说无疑是稀缺的生命体验，因为对身处于被压迫社会结构中的农民来说，劳动之于他们仅仅是维持生存的一种方式，生存的艰难几乎难以让他们体会到劳动本身所包含的乐趣。但是在果树园里，村民们通过劳动"解放"了自己，"他们敏捷，灵巧，他们轻松，诙谐，他们忙而不乱，他们谨慎却又自如。"③就连曾经看不起农民的土改工作组组长文采都惊讶于村民此时的风采。正是在这样一个开放性的场景里，劳动的意义和村民自身的力量被突显出来，在热烈人性复归的同时，也是对自身力量自信的回归，那个曾经对土改犹疑不定的李之祥，此时"已经展开了笑容，不像前一晌的畏缩了，他觉得事情是有希望的。"④在果树园中，当人性向热烈生命复归的同时某种主体性也在生成，在这个带有田园牧歌式意味的空间中，农民们挣脱了原有权力结构的压制，形成了某种基于传统乡土理想的，以对劳动和土地的热爱为主要表现的主体性。

然而，正如贺桂梅所言，"作为中国革命的一个重要组成部分的农民革命，主要是发动其参与、推动革命的发展，而不能停留在传统农民的情感特质之中。在革命话语与农民话语之间，前者是一个更高的层次，也是统摄后者，'教育'后者的绝对权威。……如果把农民的阶级主体性仅仅定义在'土地'和'劳动'这一层面，就容易与'革命'的整体进程脱节，无法表现'报仇的火焰燃烧起来'的'暴风骤雨'般的气势"⑤。显然，丁玲意识到了这个问题的存在，所以，在郭富贵清算江世荣获得胜利之后，暖水屯的村民开始

---

①颜海平：《中国现代女作家与中国革命》，北京大学出版社，2011年版，第368页。

②丁玲：《太阳照在桑干河上》，《丁玲全集》（第2卷），河北人民出版社，2001年第1版，第45页。

③同上。

④同上。

⑤贺桂梅：《转折的时代——40—50年代作家的研究》，济南：山东教育出版社，2003年版，"第五章丁玲"。

普遍忆苦之苦之时，果树园的热闹也烟消云散了。

如前所述，丁玲想象的“翻心”主体最终指向的“新中国”也即“现代民族 - 国家”的政治主体，在这个过程中，除了要将个人从“封建意义上的‘臣民’转化为现代意义上行的‘公民’”，使其参与公共政治外，还需要恢复一种“如亲族和族群那样的共同体的相互扶助之同情心”[①]。柄谷行人在《日本现代文学的起源》中所言：“nation 也并非仅以市民之社会契约这一理性的侧面为唯一的构成根据，它还必须根植于如亲族和族群那样的共同体所具有的相互扶助之同情心。我们甚至可以说，nation 是因资本主义市场经济的扩展族群共同体遭到解体后，人们通过想象来恢复这种失掉的相互扶助之相互性而产生的”[②]。这种“相互扶助的相互性”，在“现代 / 民族国家中，已经不可能诉诸于‘血缘’，所以‘只好诉诸于大地’”[③]。显然，丁玲在果树园所发生的变革中找到了这种可能性。在共同劳动的喜悦中，暖水屯的农民们找回了某种“共通的情感”。正是在这样的可能性中，如何处理劳动建构起的农民主体与通过斗争建立起的阶级主体成了“翻心”需要面对的难题，在小说中，丁玲通过这一难题看到了土改的局限，果树园的烟消云散即表明土改对这一问题的无能为力。

“翻心”进入暖水屯后遇到的另一个难题是这场以阶级话语为主导的革命要如何面对乡村原有的人情。这在郭柏仁等人的败阵中有着明显的体现。“一个娘们，拖儿带女，哭哭啼啼地，叫咱们怎好意思，又是天天见面的”[④]。虽然李子俊老婆的眼泪是假的，但是郭柏仁等人的“不好意思”确是真实的。可以说，对“人情”的顾忌穿插在暖水屯的方方面面。干部们之所以对钱文贵有所顾忌，原因之一正在于干部中张正典与程仁的存在，就像张裕民在党员干部大会上所言：“今晚上咱们凭良心说话，凭咱们两年多的干部，凭咱们是出生入死的兄弟伙子说话，咱们谁没有个变天思想，怕得罪人？谁没有个妥协，讲情面，谁没有个藤藤绊绊，有私心？咱们有了这些，咱们

---

①蔡翔：《革命 / 叙述——中国社会主义文学与文化想象（1949—1966）》，北京大学出版社 2010 年版，第 30 页。

②柄谷行人：《日本现代文学的起源》，中央编译出版社 2013 年，第 5 页。

③同上。

④丁玲：《太阳照在桑干河上》，《丁玲全集》（第 2 卷），河北人民出版社，2001 年第 1 版，第 157 页。

可就忘了本啦。”[1]如果说，干部们通过对“出生入死”兄弟情强调破除了原本的“私心”，那么郭柏仁等人的难题则自始至终都没能解决。

在斗争钱文贵的大会结束后，“革命第二天”的问题出现了。按照丁玲最初的计划，在写完“闹斗争”之后应该要紧接着写“分地”，虽然后来放弃了这部分的写作，但是丁玲仍然花了一章的篇幅来呈现斗争完钱文贵之后分地的情况。在第五十四章“自私”中，评地委员会的成员们在分地时遇到了一个问题，那就是要不要给干部们多分点好地。“郭富贵算是这里面最积极的分子，可是他说：‘干部嘛，总得不同点，他们一年四季为咱们操心，干活，比谁也辛苦，误多少工呀！咱看，就这么好。’”“这时李宝堂也就跟着说了：‘对，他们是有功之臣，应该论功行赏，嘿……’。”[2]显然，在这些评地委员会的农民们看来，分地不仅应该按照家境，而且还应该按照功劳大小论功行赏。正是在这种思维下，才会有之后赵全功与钱文虎因为所分地的质量而发生的争论。在这里，我们看到，土改也出现了“革命第二天”的问题，那就是在革命之后，革命者本身的付出开始要求得到回报。丁玲显然意识到了这一点，才会在斗争大会后以“自私”为题写了这一章。对于这场以“翻心”为旨归的集体革命而言，革命者应当是大公无私的，如若“翻心”变成了谋求私利的运动，那么革命的意义就荡然无存了。“人们在对恶霸地主的斗争上容易一致，但对个人的得失上，总是希望太多，心事不定，都想能多分点。”[3]“有些人嘴上也懂得，会说，心里还在盘算，怎么找评地委员说个情，好多分点地，分好地。”[4]这正是暖水屯村民们在斗争完钱文贵之后的普遍心态。所以，土改的“翻心”之难还在于要如何处理通过斗争建立起来的主体性与小农意识的实际理性之间的矛盾。丁玲意识到了这一问题的存在，但她并没有将这个问题在小说中继续展开，这成了土改又一项未竟之业。

（王碧燕：华东师范大学中文系　硕士研究生）

①丁玲：《太阳照在桑干河上》，《丁玲全集》（第2卷），河北人民出版社，2001年第1版，第238页。

②丁玲：《太阳照在桑干河上》，《丁玲全集》（第2卷），河北人民出版社，2001年第1版，第292页。

③丁玲：《太阳照在桑干河上》，《丁玲全集》（第2卷），河北人民出版社，2001年第1版，第292页。

④同上。

女性主体与民族革命的冲突

——读丁玲的《我在霞村的时候》

杨 飞

内容摘要： 丁玲的小说《我在霞村的时候》中的主人公贞贞是抗战队伍中的一员，但这一人物的言行和心理与革命话语之间存在裂隙，叙述者努力缝合这一裂隙，却又在不经意间留下诸多疑点，导致文本叙述前后不一。女性主体利益与民族国家利益之间的冲突是产生裂隙的根本原因，而叙述者对此裂隙的有意缝合则表明了女性话语对革命政权的主动臣服。

关键词： 丁玲 《我在霞村的时候》 贞贞 女性主体 民族革命

1928年，《莎菲女士的日记》让初涉文坛的丁玲声名鹊起，这篇小说以其对女性的性意识和性苦闷的大胆描写与揭示轰动当时文坛。紧接其后丁玲创作了多篇女性意识鲜明的小说，塑造了一系列“五四”退潮后因找不到出路而空虚失落的女性形象，这些小说中的女主人公不论是敏感纤细还是勇敢倔强，她们都一个共同点：被一种深深的孤独和迷惘所包围。但1930年后，丁玲的生活和写作总体上开始左转，其对女性问题的探索逐渐让位于对大众苦难和阶级革命的反映，她笔下的女性们或主动或被动，其生活都与革命扯上了关系，有的逃离革命，有的走向革命，这些被历史洪流卷入革命战争的女性，她们的命运将会怎样？由“五四”的呼声唤醒而为权利和自由奋争却终于陷入彷徨迷惘的知识女性们，在轰轰烈烈的为着一个共同目标而奋斗的集体大潮中，是否可以摆脱孤寂彷徨而重新找到一个坚定充实的自我？

1936年，丁玲逃离南京政府对她长达三年的拘禁后到达陕北苏区，积极热情地投入了革命生活，并很快创作了一批以边区农民生活和革命战士为题材的作品。但是在解放区亲身参与革命实践几年后，随着革命的深入和经历的增长，丁玲意识到，在追求“解放”的革命圣地延安，在男女平等的允诺下，传统道德观念对女性的束缚和现实中基于传统性别角色分工的男性对女性的压迫歧视依然存在，并敏感到革命战争给女性生理心理带来的伤害，于是女性问题再次成为丁玲创作关注的对象。在1940年到1942年发表的几篇小说和杂文中，丁玲直接或间接地提出了解放区存在的女性问题，小说《新的信念》《我在霞村的时候》和《在医院中》，对革命战争给女性造成的困扰和伤害有醒目的表现。

小说《我在霞村的时候》讲述一个农村少女贞贞，在抗日战争中被日军掳走而被迫做了军妓，后来利用其特殊身份为游击队送情报。故事很简单，但文本中交织着的多重叙事声音却耐人寻味。在20世纪50年代的反右斗争中，《我在霞村的时候》曾被视为丁玲“反党”的证据，[①]从当时统治者的角度来看，这也许并非是莫须有的罪名。因为这篇小说确实内含有某种可以被解读为“反党”的因素，这因素存在于小说中犹疑不定、欲盖弥彰的叙述裂隙，文本中的“我”对故事主人公贞贞性格的欣赏和对她苦难命运的深切关注，确实对革命的正义性和纯洁性产生了威胁。本文试图通过对贞贞形象的分析，解读文本中的叙述裂隙及产生这种裂隙的原因，揭示出女性主体利益与国族利益的分歧与冲突最终导致了革命话语对女性话语的压制。

贞贞：革命战争环境中的“娜拉”

在中国现代文学语境中，“娜拉”是主体意识觉醒后追寻自我价值的“五四”一代女性的代名词。和梦珂、莎菲一样，贞贞也是丁玲笔下“五四”一代女性形象的延续，只不过贞贞的生活环境不再是和平苦闷的都市，而是硝烟弥漫的农村。贞贞是一个在苦难和孤独中成长的女性，她的勇敢坚强、独立自主、健康洒脱的形象是随着故事叙述者“我”的视角逐步展现的。“我”是一个部队中的女作家，因为身体不好，被安排到霞村去休养。霞村与其他村子的不同处在于：有一个美丽的天主教堂和一个小小的松林。这意味着霞村不是一个封闭的村庄，有着传统农村所没有的新思想；有松林点缀的村子在一个作家的想象中应该是自然美丽而充满活力的。出发前，“我”知道自己就将住在靠山的松林里，从那里可以直望到教堂，所以对这村子很

①陆耀东：《评〈我在霞村的时候〉》，《文艺报》1957年第38期。

满意。但是到达村子后，整个村子的氛围与想象中的截然相反：杂乱、沉寂、空洞。住下后，窑洞的主人刘二妈一家又在“我”面前极有兴趣地、神秘地、压抑地地谈论着什么。在疲倦、猜测、不安之中，“我”终于知道了大家在谈论的是一个刚从日军那里回来的名叫贞贞的女孩。

第二天一早“我”出去散步时，听到了各种各样的关于贞贞的流言蜚语：“听说病得连鼻子也没有了，都是给鬼子糟蹋的呀”，“这种缺德的婆娘，是不该让她回来的”，“比破鞋还不如”[①]，这些指责、侮谩的风言风语有的就发生在天主教堂转角的地方，看来慈悲的上帝并没能让这个村子多一点宽容和悲悯。“我”的心情完全沉下来了，曾以为美丽的村子此时笼罩在一片“死寂的铅色的”天空下。

在不安、压抑的心绪中，“我”从刘二妈口里知道了贞贞被日军掳走的经过：贞贞倾心于村里的一个穷小伙子夏大宝，可是父亲要贞贞嫁给一个米铺老板做填房。夏大宝没有胆量陪她一起逃跑，无奈绝望的贞贞于是跑到教堂要求做姑姑，不幸被打进村来的日军抢走而被迫做了军妓。主动追求自己的爱情幸福，坚决反抗包办婚姻，这不就是“五四”那一代女性追求自由首先跨出的第一步吗？不幸的是，贞贞的反抗不但没有成功，反而在民族危难之中沦为战争的牺牲品，饱受身体和心理上的双重磨难与摧残。贞贞忍受着身体上的巨大痛苦，用她特殊的身份为游击队传递情报，可是她的苦痛和牺牲并没有得到村人们的同情和理解，更不要说认可与尊重，相反她遭到的是嫌厌与蔑视、诋毁和丑化。在村人们眼里，贞贞被蹂躏了的身体已然成为污秽与耻辱的场所，“尤其那一些妇女们，因为有了她才发生对自己的崇敬，才看出自己的圣洁来，因为自己没有被敌人强奸而骄傲了”，村民们妄自猜测：“还做了日本官太太”，“还戴得有金戒指”。仿佛贞贞不仅在身体上“失贞”，在民族气节上也“失贞”了，因此给村民们带来了耻辱，他们于是把贞贞描绘得如细菌、怪物一样可怕。

但是，“我”亲眼见到的贞贞与村民们的议论完全相反，那形象是出奇的美丽明朗：“阴影把她的眼睛画得很长，下巴很尖。虽在很浓厚的阴影之下的眼睛，那眼珠却被灯光和火光照得很明亮，就像两扇在夏天的野外屋宇里洞开的窗子，是那么坦白，没有尘垢”，她眼光安详，很有兴致地探视着我住的地方。贞贞坦然地、心平气和地向“我”说起她的苦难，自然平静得像是在说别人的经历。可是随着交往的深入，“我”明白贞贞表面的平静之

① 《我在霞村的时候》，《丁玲全集》第4卷，河北人民出版社，2001年（本文对该篇小说的引文都出自此版本，不再另行作注）。

下压抑着的是一颗深深受伤的灵魂，“正因为她受伤太重，所以才养成她现在的强硬，她就有了一种无所求于人的样子”。贞贞的强硬，谈到日本人时无所谓的“家常便饭”似的态度，其实是面对村人的歧视和羞辱时采取的一种蔑视的、决绝的、孤傲的反抗姿态。“不要任何人可怜她，她也不可怜任何人”，她决然地拒绝别人的同情，拒绝家人的牵扯，拒绝夏大宝那迟到的赎罪式的爱情。

当一个女人发现她的亲人、男人、朋友都不能依靠不能拯救自己之后，就会深深地意识到自己，这时苦难往往使她成长，使她坚强，使她对自己作为女性的命运有了深切的认识，“别人说我年轻，见识短，脾气别扭，我也不辩，有些事情哪能让人人都知道呢”，“人大约总是这样，哪怕到了更坏的地方，还不是只得这样，硬着头皮挺着腰肢过下去”，在对苦难的承担中，在舔疗伤口的孤独中，贞贞成长为一个坚强独立的女性。一种新的东西从她的内部生长起来了，她在寻求一种改变，渴望一个新的世界、新的自己：她羡慕南方女人甚至日本女人，因为她们都能“念很多很多书”，她“常常很好奇地问我许多那些不属于她的生活中的事”，她想去延安，因为那里除了可以治病，还因为那里学校多，可以学习新知识。这种新生长起来的东西“是更非庸庸俗俗和温温暾暾的人们所再能挨进去的新的力量和新的生命”①，正是这种力量使贞贞可以傲视村人的轻蔑，并踩着苦难向前走。可是这样一个自我意识强烈、渴望新知、追求独立的女性，却要以牺牲肉体、饱尝孤独为代价，家庭和故乡早已容不下她，何处才是可以供她歇息的家？

裂隙：女性主体与民族革命的冲突

《新的信念》和《我在霞村的时候》都以在抗战中遭受日军蹂躏的女性为主人公，前者站在民族国家的立场肯定赞扬了被日军伤害的女性之坚强及其对抗战所做的贡献，但后者则要复杂得多，这篇小说在民族国家的声音之外，还有女性自身的声音（恐怕也是作者本人最想要传达的声音），文本中这两种声音产生了不能缝合的裂隙。

革命男青年马同志认为贞贞很“了不起”，把贞贞视为革命英雄，但却无视或者说感受不到贞贞的痛苦，把贞贞的苦难经历视为可供写作的“材料”。

---

①冯雪峰：《从〈梦珂〉到〈夜〉——〈丁玲文集〉后记》，《丁玲研究资料》，天津人民出版社，1982年，第299页。

故事中的另一个女性革命者阿桂，为贞贞的遭遇感到难受，她同情贞贞，从女性自身感同身受的角度出发，哀叹“我们女人真作孽呀”。

“我”作为一个自我意识强烈的女性作家，同时又是一个革命者，则敏感地从贞贞的遭遇中看到了女性与男性及民族革命之间的冲突。首先，通过“我”的眼睛所看到的贞贞，并不符合民族革命话语所要求的为民族背负苦难的大义凛然的受难者形象，她看起来健康美丽、洒脱明朗，而且对逼她为妓的日本兵，贞贞似乎并没有多大的仇恨，还和鬼子兵一起欣赏他们的情人寄来的情书和照片。看来贞贞在日本人那里的生活并不如人们想象的那般惨痛不堪。正是贞贞这种看似无所谓的态度冒犯了村民们的“圣洁”，激起了他们的不满。这一形象不但是对保守腐朽的贞操禁令的蔑视，更重要的是消解了人们基于民族意识的对敌人的仇恨。其次，尽管贞贞为了给游击队送情报而忍受了很大的痛苦，但她并没有把自己看成是革命队伍的一员。文本中的一个细节很能说明这一点：贞贞提到革命阵营中的负责人时总是说“他们”，这一指称表明，对贞贞而言，她为之努力为之牺牲的对象是一个外来的、并不包括自己的“他者”。既然如此，贞贞为什么仍会冒死执行任务？

在中国，那些在战争中饱受凌辱的女性，在她们遭受了强暴的身体幸存下来后，她们的生命往往陷入了一种被歧视被羞辱的生存境地，在这样的境遇中，被打上“耻辱”烙印的她们该如何来支撑自己的生命？贞贞说“我总得找活路，还要活得有意思”，为游击队送情报是她唯一能找到的“有意思”的“活路”，所以授受这一任务的根本初衷与慷慨激昂的民族大义无涉，而是为了能“有意思”地活下去，是一种自我疗伤、自我拯救的方式。

但是这种方式并不能治愈贞贞心里的伤口，反而加深了她越来越强烈的女性自我与民族革命之间的矛盾。在因为不愿嫁给夏大宝而与父母发生的一次争吵中，贞贞终于将深埋心底的伤痛和怨憎爆发出来：她“把脸藏在一头纷乱的长发里，望得见两颗狰狰的眼睛从里边望着众人”，“她像一个被困的野兽，她像一个复仇的女神，她憎恨着谁呢？为什么要做出那么一副残酷的样子？”连作为她好朋友的“我”，此时可能也被当作“一个毫不足介意的敌人之一罢了”。贞贞无声的“复仇”使人想起被自己丈夫折磨后又被日本人强奸的金枝的“憎恨”：“从前恨男人，现在恨小日本子”，“我恨中国人呢？除外我什么也不恨”①。贞贞与金枝一样，来自男性和革命战争的伤害使人们的内心处于一种孤独决绝的境地。

---

①萧红：《生死场》，《萧红全集》之《呼兰河传》卷，凤凰出版传媒集团，2010年，第101页。

在民族革命战争中，女性总是更容易遭到多重威胁和伤害。梅仪慈早在1970年代就指出，糟蹋利用贞贞肉体的不仅是日军，还有我军，前者利用她的肉体，后者则藉其弄到情报[①]，这背后隐含着一种人尽皆知而人皆不言的逻辑：反正既然已经失贞了，如果能利用失贞的身体为打击敌人做出贡献，那么你遭受的耻辱反而能转化成为民族大义的奉献与牺牲。这里，女性身体和男性、道德、民族都扯上了关系。“正因为‘敌’‘我’双方都赋予女性身体同等的价值观，贞贞才得以往来两者之间，操作其任务。”[②]陈老太婆（《新的信念》中的主人公）与贞贞的遭遇，或是作为抗日宣传的政治工具，或是作为情报工作的战争工具，都是战争对女性身体的入侵与利用，这种利用是男性和国族对女性的双重利用，女性身体成了国家民族主义斗争的献祭品，女性主体的利益与民族国家的利益产生了严重的冲突，不管战争是否有“正义”与否的区别，目的并不能证明手段的合理。

民族国家在西方是中世纪以后出现的一种现代国家形式，民族不是一个自然的存在，它“是一种想象的政治共同体”，民族的属性被融入肤色、性别、出身、时代等我们无法选择的事物中，由于这样的宿命性，民族被设想为纯粹的、不带利害关系的共同体，因此，民族可以要求成员的牺牲。[③]在中国，现代民族国家意识是在反抗帝国主义国家侵略的历史条件下逐渐形成的，国家民族主义成了中国反抗侵略的理论根据，中国共产党领导的“全民抗战”就是要推翻封建统治、抵抗西方列强的入侵，建立一个独立自主的现代民族国家。在这样的语境中，民族国家更有理由要求它的每一个成员为之做出奉献和牺牲。问题是，中国的民族主体根本上是一个男性的空间，女性作为一个群体，遭遇的不仅是封建势力和帝国主义这“两座大山”的压迫，还得面对男性父权专制，在这样的历史语境中，女性是否可以在民族国家的意义圈之外追求自身的存在价值？如果她拒绝民族国家对自己的规定和阐释，她将面临怎样的生存境遇（革命的荣光并不属于女性，小说中，当“我”和贞贞越来越亲密时，“我”也被村民们当成了异类而不再被当作革命者来尊重）？

---

①[美]梅仪慈：《不断变化的文艺与生活的关系》，《丁玲研究资料》，天津人民出版社，1982年。

②王德威：《做了女人真倒楣？——丁玲的“霞村”经验》，《想像中国的方法》，北京，三联书店，1998年。

③[美]本尼迪克特·安德森：《想象的共同体——民族主义的起源与散布》，参看第一、第八章，上海世纪出版集团，2008年。

如果她进入民族国家这个空间，是否有自由发声的权力？①

缝合：女性话语臣服于革命政权

女性主体与民族革命的冲突不仅体现在贞贞的形象本身，还体现在“我”前后不一的叙述中。

贞贞的命运将会怎样？从贞贞和“我”的谈话中，我们知道这并不是她第一次从日军那里回来，她之前已经回来过两次，因为找不到适合的人，她又被派回去，据说这次回来是为了治病，而且不再去日军那里了。但是后面的叙述暗示我们，这不过是贞贞一厢情愿的梦想。首先，在“我”即将离开时，贞贞来告诉“我”说她也要去延安治病了：“他们叫我回……去治病”，一向快人快语的她为什么欲言又止？很显然这句话停了一下后其意思拐了个弯，而且她之前从来没有到过延安，根本说不上“回”；其次是在“我”快要走的那几天，贞贞“忽然显得很烦躁”“心神不宁”“坐立不安”“吃得很少，甚至常常不吃东西”，是什么使坚强有主见的贞贞变得如此不安？而“我”被急着召回的原因是“敌人又要大举‘扫荡’了”，这种时候，情报工作的重要性不言而喻。所以贞贞不可能去延安，她能“回”的只能是日军部队。看来，贞贞的苦难还没有结束，她的悲剧还将继续。

可是小说的结尾却说：“我心里并没有难受，我仿佛看见了她的光明的前途，明天我将又见着她的，定会见着她的，而且还有好一阵时日我们不会分开了。”“我”仿佛是怕自己也不相信似的，最后还让“马同志”来证实贞贞即将去延安的话是真的。“我”既然在前面的叙述中对贞贞的去向留下那么多的暗示，为什么又要来这么一个前后矛盾的光明尾巴？稍后写下的《在医院中》的结尾也突然用了一种“春天的心情”来软弱无力地告别前文那阴冷压抑的气氛，为什么？也许我们可以从《霞村》中的“我”以及现实中的作者的双重身份来解释。

《霞村》写于 1940 年底，那一年的丁玲正在接受党组织对她在南京那段历史的审查，虽然结论否定了她曾经自首的传说，肯定了她对党对革命的忠诚，但由审查带来的屈辱恐怕是不能让人平静的。丁玲把一个被认为在身体上和民族气节上双重“失贞”的小说人物取名为“贞贞”，这本身就意味深长。小说中的“我”是从“政治部”来的女作家，兼具革命者和女性的双重

---

①刘禾的《文本、批评与民族国家文学》对此有具体分析，见《再解读——大众文艺与意识形态》，北京大学出版社，2007 年。

角色，与现实中作者的身份重合。“我”正是因为“政治部太嘈杂”才到霞村来休养，“实际我的身体已经复原了”，但“精神不大好”，这说明“我”到霞村来养的是心病，而且“我”并不想急着回去，这就是说，“我”与革命的中心“政治部”之间有着某种不愉快、不和谐。也许正是因为这样，“我”才更敏感地意识到贞贞的悲剧与民族革命之间的错综关系。作为一个现代知识女性，“我”同情、喜欢、欣赏贞贞，被她内心那强大的精神力量所震撼，同时为她的遭遇焦虑担忧，自然站在女性的立场，为贞贞说话。但是作为一个革命者，“我”当然相信革命的重要性，意识到革命的正当性不容置疑，而“我”对贞贞的痛苦和孤独处境的强调与关注，则有可能产生怀疑民族战争的正义性、消解民族国家的神圣性的威胁，于是“我”尽管为贞贞的遭遇不平，为她的前途担忧，却也只能将贞贞的苦难暂时悬置，以一种虚幻的、自欺的光明前景来缝合女性主体与民族革命之间的矛盾冲突。

西方女权思想自晚清输入中国后，女性解放总是被男性先觉者们纳入民族国家解放的议程之中，而不是自发的以性别觉醒为前提的运动。如李陀所言：“自‘五四’以来，‘妇女解放’在中国一直是现代性话语不可或缺的部分。但是，很少有人警觉妇女的‘解放’从来不是针对着以男权中心为前提的民族国家。恰恰相反，妇女解放必须和‘国家利益’相一致，妇女的解放必须依赖民族国家的发展——这似乎倒是一种共识。不仅梁启超作如是观，毛泽东亦作如是观。”[①]马克思主义女权主义者认为，“性别之间的平等不是意志的产物，而是特殊历史环境的产物”，因此，只要消灭以私有制为基础的经济政治结构，进入共产主义，妇女解放的问题就可迎刃而解。[②]在这种共识下，妇女解放只能依附于民族战争、解放战争而不可能有独立的地位。在延安时期的民族革命战争中，共产党内主要的妇女运动领袖如蔡畅、邓颖超、康克清等就总是自觉地把民族的独立解放看成是妇女解放的前提。[③]但现实远比理论更有说服力，亲身参与了革命实践的丁玲已经不相信这种乌托邦神话，

①李陀：《丁玲不简单——毛体制下知识分子在话语生产中的复杂角色》，载《北京文学》，1998年第7期。

②[英]朱丽叶·米切尔：《妇女：最漫长的革命》，李银河主编：《妇女：最漫长的革命》，北京，生活·读书·新知三联书店，1997年。

③诸如“中国妇女，只有在积极参加抗战中，求得国家的独立、民族的解放，才能获得妇女的解放。”之类的话语是她们经常提到的。参看中华全国妇女联合会编：《蔡畅 邓颖超 康克清 妇女解放问题文选》，北京人民出版社，1983年。

她认为“首先取得我们的政权”不过是“大话”①，革命阵营内部女性受到的不公正对待是急需解决的问题。

在写于1942年的杂文《三八节有感》中，丁玲把她的不满情绪做了一次总的爆发。文章尖锐地提出了延安革命政权内部存在的性别压迫问题：多数女性在“革命”的要求下结婚了，继续着传宗接代的命运，在从事革命工作的同时还要承担繁重的家务劳动，在不堪重负中容颜早衰而被冷落、遭抛弃，且这一切都是在“革命”的口实下进行的。引起丁玲思考的，是在表面的自由平等之下，基于传统的贞操观念和性别角色的分工，女性受到的来自男性的不公正待遇和压迫。但是在要求紧密团结、一致对外的战争规范中，在以男性为主体的革命空间中，女性抗议男性的声音很可能被认为是个人主义，是“反党”“反革命”的，由此文而很快引发的对丁玲的批判有力地证明了这一点。在这次批判中，丁玲最后自我批评说，“我只站在一部分人身上说话而没有站在党的立场说话”②，贺桂梅对这句话的分析相当深刻：“如果说党的立场并没有包容女性这‘一部分人’的立场，那么‘党’作为最高层次的利益和权威，以全称指涉‘人民’的合法性就有了问题。”③

丁玲应该是清醒地意识到了在革命政权内部谈论女性问题的不合时宜与徒劳无益，否则她不会在《三八节有感》的后半部分将一个“与社会有关”的女性群体问题自我解构地转化为女性个人的修养问题，也不会在附记中说出那样愤慨伤感的话：“不过又有这样的感觉，觉得有些话假如是一个首长在大会中说来，或许有人认为痛快。然而却写在一个女人的笔底下，是很可以取消的。”④到此，我们就不难理解为什么小说《我在霞村的时候》和《在医院中》会拖着一条与故事主体不谐调的光明尾巴，这是丁玲看到了女性主体与民族革命之间的矛盾冲突时却不能解决的无可奈何。

在《三八节有感》之后不久，丁玲写下《风雨中忆萧红》，此时的丁玲正处在政治风暴的中心，这篇文章与其说是怀念萧红，不如说是丁玲在感受自己内心深处的风起云涌。她在文中提到了自己的好友冯雪峰和瞿秋白，从这二人的身上反思个体自我与民族革命的关系：前者忘我地为党奉献一切，

---

①丁玲：《三八节有感》，《丁玲全集》第7卷，河北人民出版社，2001年。

②丁玲：《文艺界对王实味应有的态度及反省》，《丁玲全集》第7卷，河北人民出版社，2001年。

③贺桂梅：《知识分子、女性与革命——从丁玲个案看延安另类实践中的身份政治》，载《当代作家评论》2004年03期。

④丁玲：《三八节有感》，《丁玲全集》第7卷，河北人民出版社，2001年。

后者却在政治风云中过着一种自我分裂的二重生活。她一面感叹萧红“不依赖于别的力量，有才智、有气节而从事于写作”[①]，一面又不认可萧红的逃避战争，认为“人的灵魂假如只能拘泥于个体的褊狭之中，便只能陶醉于自我的小小成就。我们要使所有的人都能有崇高的享受，和为这享受而做出伟大牺牲。”[②]丁玲最终用一种远大的理想来说服了自己：放弃小我，奉献革命。1942年接受批判之后的丁玲，认真领会毛泽东《在延安文艺座谈会上的讲话》，以其精神为指导，写出了以工农兵为中心中人物的《田保霖》《太阳照在桑干河上》等著名作品，尽管在写到个别倔强复杂的女性人物时，丁玲的笔端又焕发出耀眼的光彩（如《太阳照在桑干河上》中的黑妮），但基本上都是自觉地用无产阶级革命话语来为她小说中的人物分门别类了。

综上所述，贞贞是民族战争中的受害者，她走上革命道路是一种无奈的选择，对革命并没有认同感。小说中的叙事者“我”多处暗示民族革命战争对贞贞身体的利用还没有结束，却自我欺骗地为贞贞幻想出一个光明的前途，这是因为现实中的作者清醒地意识到了女性主体利益与革命目标之间的冲突，但来自革命政权的压力不容她坦言。丁玲本人的经历和写作说明：以平等自由为旨归、以男性为主体的民族革命，给了女性参与的空间和说话的权利，但她只能说革命者的话语，而心甘情愿或者不得不把属于女性自己的话语封藏起来。

（杨飞：《贵州大学学报》（艺术版）副编审，硕士研究生导师）

①丁玲：《风雨中忆萧红》，《丁玲全集》第5卷，河北人民出版社，2001年。

②丁玲：《风雨中忆萧红》，《丁玲全集》第5卷，河北人民出版社，2001年。

丁玲与左翼文学创作

从文学青年到文学革命家

——论胡也频与丁玲早期创作的相互影响

刘盼佳　李广益

内容摘要：本文探讨了胡也频与丁玲从文学青年到革命作家的蜕变过程中的相互影响。在对读二人作品的基础上，结合相关的史料记载，从个人经历、艺术手法和生命体验等方面，考察了胡也频的创作与丁玲早期创作的相互影响；同时，对这一过程中二人在思想倾向上的成长变化进行梳理，以其实际经历与作品为经，真切的生命“共情”为纬，在历史经纬中呈现了一代青年的成长心路。

关键词：丁玲　胡也频　革命　左翼　互文性

胡也频与丁玲于1924年夏天相识，一年后成为伴侣，共同生活了五年，直到胡也频牺牲，两人的生活与写作交织在一起。在这个过程中，胡也频逐渐从一位诗歌小说作者成长为一位青年革命家，作为文坛“摩登女郎”的丁玲也渐渐接近革命阵营，并最终加入左联。

胡也频虽然与丁玲有着极其密切的关系，并同为中国左翼作家联盟创建时期的重要人物，但由于胡也频在文坛的活动时间相对较短，且实际影响力弱于丁玲，因而关于胡也频的研究成果远远少于丁玲。已有的胡也频研究大致可以分为两类：一类是对于胡也频生平事迹和经历的记叙或考辨；另一类则是对胡也频作品的细读与赏析。除此之外，胡也频还在丁玲研究中频频“现身”，被视为丁玲“左倾”的推动者——有学者指出，丁玲早期思想转变的原因，除了其“长期的主观努力以及当时外界的革命形势的促进”之外，“她与胡也频之间的相互影响，同样是不可忽视的因素之一”。[①]在后一类研究中，胡也频多数情况下只是一个背景式的人物，学者们关注的主要是胡也频与丁玲的生活轨迹与革命事业，并未深入探究二者在文学创作上的关联。

近年来，已经有学者将二者的作品进行对读，找出了“互文”之处。[②]也有学者在考察二者作品的基础上，进一步比较了二人文学道路的异同。[③]笔者认为，对胡也频和丁玲文学作品的比较研究，还需要将“互文”现象置入二者在创作上相互影响这一动态过程，并进一步探析他们各自的创作在这一过程中产生的阶段性变化。而在具体文本之外，作者在创作中所处的时代环境与自身的生命体验同样是值得关注的。因此，本文试图在对读丁玲和胡也频作品的基础上，结合相关的史料记载，从个人经历、艺术手法和生命体验等方面，深入考察胡也频创作与丁玲早期创作的相互影响；同时，对这一过程中二者在思想倾向上的成长变化进行梳理，以其实际经历与作品为经，真切的生命“共情”为纬，力求在文章中织出缜密而切实的图景，展现丁玲和胡也频从文学青年到文学革命家的心路历程。

一、以文学为业的青年

胡也频和丁玲作为20世纪20年代文坛的后起之秀，他们的创作风格、思想倾向与活跃于新文化运动初期及中期的文人——例如陈独秀、胡适以及郑振铎、许地山等人——有着很大的不同。姜涛将五四之后文坛崛起的这一批新人称之为“文学青年”的一代，并指出，这些新人们对待文学的态度是将它作为一种“更多与个体的情感、生存、欲求问题相关”的“私人性的‘志业’”。[④]

胡也频早年的生活经历和文学创作，堪称这一群“文学青年”的典型之一。胡也频出身不高，幼时在金铺当学徒，因遭受不公待遇从金铺逃出后，过着半流落的生活。之后进过一所海军学校，学机器制造，学校停办之后，

---

①王中忱，尚侠：《丁玲生活与文学的道路》，吉林出版社1982年版，第58页。

②潘延：《谈丁玲与胡也频创作的“互文”现象》，《苏州科技学院学报（社会科学版）》，2004年第3期，第62—65页。

③苏敏逸：《从启蒙走向革命——论20世纪20年代至30年代初期胡也频与丁玲的小说创作》，全国第十一次（国际）丁玲学术研讨会，2009年12月26日。

④姜涛：《公寓里的塔：1920年代中国的文学与青年》，北京大学出版社2015年版，第3—13页。

胡也频没能考上官费的大学，继而从上海流落到了北京。在北京文化氛围的熏陶下，“要做技术专家的梦，已经完全破灭，在每天都可以饿肚子的情况下，一些新的世界、古典文学、浪漫主义的生活情调与艺术气质，一天一天就侵蚀着这个孤独的流浪青年”。[①]胡也频放弃自己原本所学，开始以文学为职业。最开始是和熟人共同编辑《民众文艺副刊》，在此期间结识了投稿的作者沈从文。沈从文形容胡也频的工作状态是，“每一份刊物寄出去时，都伴着做了一个好梦”，这个好梦是“只盼望所写成的文章，能有机会付印，印成什么刊物以后，又只盼望有人欢喜看看的”。[②]胡也频正是带着这样一个“文学梦”，步入文坛。

而丁玲在走上文学道路之前的成长历程却与胡也频大不相同。同鲁迅和张爱玲的经历类似，丁玲在幼时遭遇了家道中落的情形。丁玲虽然出生在安福县的一个大家族当中，但父亲“是个纨绔子弟，坐吃山空”[③]，去世之时丁玲不过四岁，家产已所剩无几，母亲还要负担沉重的债务。如此艰苦的成长环境，使得丁玲更易形成早熟的个性。在性格方面，丁玲还受到了学识渊博的父亲和独立自强的母亲两方面的影响。“丁玲在这样的环境里养成的个性，自是敏感、早熟、孤傲而近于文艺的。”[④]而在之后的青少年时期，丁玲与文艺更近了一步。在周南女中求学时，丁玲在老师的引导下积极尝试写作[⑤]；在上海求学期间，她旁听了沈雁冰和田汉等文学家开设的课程。这样的生活和学习经历，“使丁玲对文学虽非醉心以求，却是有备而来、有感而发的”。[⑥]比较之下可以看出，丁玲在文学上的天赋和素养都高于胡也频，也正因为有了这些绝佳的条件，丁玲的创作虽然起步晚于胡也频，但却“一提笔就非同凡响而后来居上也”[⑦]。

拥有文学天赋与素养的丁玲，为什么迟至1928年才正式发表自己的第一

---

①《胡也频选集》，福建人民出版社1981年版，第7页。

②沈从文：《沈从文全集》（第13卷），北岳文艺出版社，2002年，第4页。

③李向东，王增如：《丁玲传》，中国大百科全书出版社，2015年版，第3页。

④解志熙：《与革命相向而行——〈丁玲传〉及革命文艺的现代性序论》，见李向东，王增如：《丁玲传》，第5页。

⑤李向东，王增如：《丁玲传》，中国大百科全书出版社2015年版，第17—18页。

⑥解志熙：《与革命相向而行——〈丁玲传〉及革命文艺的现代性序论》，见李向东，王增如：《丁玲传》，第5页。

⑦解志熙：《与革命相向而行——〈丁玲传〉及革命文艺的现代性序论》，见李向东，王增如：《丁玲传》，第5页。

篇作品，开始自己的创作生涯？（与之相对，胡也频早在1924年便发表了自己的第一篇小说。）这大概是因为，丁玲一开始并未想过以文学为业。丁玲的成长环境和胡也频尤为不同：由于母亲和向警予、陶斯咏是好友，且她们都是热心于革命的新女性，因而丁玲从幼时起便接触到革命思想；在长沙读中学时，丁玲就已经参与过社会活动；而在上海大学旁听时，丁玲虽然对文学产生了兴趣，却并没有创作的念头，反而逐渐厌倦了上海的文化氛围，因为“北京的老同学来信说那里思想好”①，于是从上海奔赴北京。可以看出，丁玲的心之所向是一条与“走在时代最前面的一股力量”②靠拢的路径，即一条革命之路，并且这也是一种贯穿于丁玲一生的“内在精神气质”③。此外，无论是在思想上还是经济上，开明的丁母都给予丁玲极大的支持，为丁玲充分依照主观意志去追寻自己的人生道路创造了条件。在尚未感到经济压力的情况下，丁玲可以不急于确定自己的方向，而是过着一种几近“游牧式”的流浪生活。

关于为什么开始创作小说，丁玲的说法是：“因为寂寞，对社会不满，自己生活无出路，有许多话需要说出来，却找不到人听，很想做些事，又找不到机会，于是便提起了笔，要代替自己给这社会一个分析。”④由此可见，丁玲选择文学，主要是出于一种精神需要。丁玲起初最向往的志业是参与革命，她说自己到上海去是为了“找共产党”⑤，但接触到共产党之后，丁玲产生了犹豫：“我觉得共产党是好的。但有一样东西，我不想要，就是党组织的铁的纪律。”⑥丁玲放弃了入党，但是想要击水革命中流的愿望却没有改变，也正因为如此，丁玲来到新文化运动已经落潮的北京后，才会感到苦闷，进而开始自我抒写。

二、“爱神之降临”：青年作家的恋爱与创作

丁玲提笔创作，既源于内心的苦闷，也和胡也频有关：“《在黑暗中》作者的动笔，以及第一篇作品的问世，显然是出之于她这个同伴的鼓励与督

①李向东，王增如：《丁玲传》，中国大百科全书出版社，2015年版，第33页。

②丁玲：《丁玲全集》（第8卷），第293页。

③贺桂梅：《丁玲的逻辑》，《读书》，2015年05期，第37页。

④李向东，王增如：《丁玲传》，中国大百科全书出版社，2015年版，第47—48页。

⑤丁玲：《丁玲全集》（第8卷），河北人民出版社2001年版，第305页。

⑥丁玲：《丁玲全集》（第8卷），河北人民出版社2001年版，第306页。

促。”[①]但在此之前，胡也频的创作已经受到丁玲的影响。两人同居期间，胡也频创作了一些歌颂爱恋的炽热情诗，例如《别曼伽》《爱神之降临》《自白》等作品。作为胡也频的恋人，丁玲无疑是这些诗篇歌咏的对象，例如在《别曼伽》一诗中，胡也频写道：“你秀媚的眼光灿烂在黑暗里，并艳冶我既悴的心花；你那时温柔的微笑，便无意的眼波，今也‘何堪回首’了！”[②]当时与两人交往密切的沈从文看出，胡也频在这一时期的诗歌“差不多每一首都是在用全人格奉献给女子的谦卑心情写成的情诗”。[③]

同时，丁玲当时消沉的情绪亦影响了胡也频：“我那时候的思想正是非常混乱的时候，有着极端反叛的情绪，……，走入孤独的愤懑、挣扎和痛苦。所以我的狂狷和孤傲，给也频的影响是不好的。他沾染上了伤感与虚无”。[④]这一点在胡也频1925年到1928年期间的作品中显而易见。他在此期间写了大量抒发伤感情怀的悲歌，传达出颓废与绝望的情绪。在《公主墓前》中，胡也频写下了这样的诗句：“呵！一个渺茫世纪的过去，留下了冷漠与沧桑，无数异样的死之痕迹，点缀这宇宙的空虚。”[⑤]在《死狱之中》一诗中，这种悲观情绪表达得更为强烈：“要击破这如死的沉寂，我亦奋力而攘臂；但终须绝望地疲乏了，以无奈何的忍耐慰藉悲愤！”[⑥]传达出相同感受的还有《寒夜的哀思》《悲》以及《生活的麻木》等诗作。反观丁玲最早创作的《梦珂》和《莎菲女士的日记》，其中的伤感情怀也是十分明显的，尤其是在对生存的态度上，她和胡也频同样处于一种漠视生命的灰色情绪之中：“好在在这宇宙间，我的生命只是我自己的玩品，我已浪费得尽够了，那末因这一番经历而使我更陷到极深的悲境里去，似乎也不成一个重大的事件。”[⑦]

这种情感的产生与当时两人的人生际遇有关——“我们曾经很孤独的生活了一个时期。在这一个时期中，中国轰轰烈烈的大革命运动在南方如火如荼，而我们却蛰居北京，无所事事，也频日夜钻进了他的诗，我呢，只拿烦闷打发每一个日子”。[⑧]这种“蛰居”的生活状态与“烦闷”的心绪也在他们

①沈从文：《沈从文全集》（第13卷），北岳文艺出版社2002年，第19页。

②《胡也频选集》，福建人民出版社，1981年，第77页。

③沈从文：《沈从文全集》（第13卷），北岳文艺出版社2002年版，第19—20页。

④《胡也频选集》，福建人民出版社，1981年版，第7页。

⑤《胡也频选集》，福建人民出版社，1981年版，第92页。

⑥《胡也频选集》，福建人民出版社，1981年版，第74页。

⑦丁玲：《丁玲全集》（第3卷），河北人民出版社2001年版，第78页。

⑧《胡也频选集》，福建人民出版社，1981年版，第7页。

的创作之中也有所呈现。丁玲在《莎菲女士的日记》一文的开头写道："没有一些声息时，又会感到寂沉沉的可怕，尤其是那四堵粉垩的墙。它们呆呆的把你眼睛挡住，无论你坐在哪方：逃到床上躺着吧，那同样的白垩的天花板，便沉沉地把你压住。"①居所环境的逼仄和压抑，同样浮现在胡也频的诗歌中："终日是饱食而呆坐，痴笨的眼光望着白壁，和以单纯的低弱之鼾声，偷渡了时光之飘逝！呵，永远是疲乏、迟钝，蛰居这空漠之小室，如昏瞀的垂死之病人，任风悲月朗，宇宙色变！"②

1928年年初，丁玲与胡也频离京，在上海定居下来。数月前，《梦珂》的发表标志着丁玲正式踏入文坛。沈从文对此时丁玲与胡也频二人的创作情况介绍道："当她说把文章写成请求修改时，海军学生毫不推辞也毫不谦逊，以为'当然得改'。可是，到后来两人皆在上海靠写作为生时，我所知道的，则是那海军学生的小说，在发表以前，常常需那个女作家修正。"③由此可见，胡也频丁玲会彼此修改作品。起初，大概是丁玲拿文章向创作经验更为丰富的胡也频请教，但是到了上海之后，丁玲迅速地成长起来，二人在创作交流上的主导地位发生了变化，胡也频逐渐成为丁玲的"学生"。

三、"往何处去"：青年作家的创作瓶颈与人生困境

在踏上文学之路后，二人先后遭遇创作瓶颈。而这期间二人在创作上的相互影响，是各自能够渡过难关的关键所在。

在上海期间，胡也频发表的《北风里》《往何处去》《一群朋友》等作品中，都描述了写作者依靠微薄的稿费维生而稿子又不受书店老板欢迎所致的窘境。这种窘境，胡也频在现实生活中也亲身经历着："杂志上要文章时，常有人问丁玲要，却不向海军学生要。两人共同把文稿寄到某处时，有时海军学生的便被单独退还。"④胡也频虽然在北京期间已经发表了不少作品，但是上海的出版环境与北京极为不同，更为商业化且偏向于恋爱方面的作品，以写作为生的胡也频不得不去积极地适应。当到了生计难以维持下去之时，胡也频笔下的著作者也在现实面前萌生过另择他业的想法，但是人物又将写

①丁玲：《丁玲全集》（第3卷），河北人民出版社2001年版，第42页。

②《胡也频选集》，福建人民出版社，1981年版，第109页。

③沈从文：《沈从文全集》（第13卷），北岳文艺出版社2002年版，第75页。

④沈从文：《沈从文全集》（第13卷），北岳文艺出版社，2002年版，第78页。

作视为“生平的嗜好，无法革掉了”①，只能再次回到破败的住所中，继续过着“坐牢”②一般的创作生活。在面临创作瓶颈时，胡也频没有选择停笔，而是试图迎合文学市场进行创作。

而丁玲恰以恋爱题材的创作见长。《莎菲女士的日记》甫一面世，即登上了《小说月报》的头条，并以其开创性成为文学批评家们关注的对象：“女作家笔底下的爱，在冰心女士同绿漪女士的时代，是母亲或夫妻的爱；在沅君女士的时代，是母亲的爱与情人的爱互相冲突的时代。到了丁玲女士的时代，则纯粹是‘爱’了。爱被讲到丁玲的时代，非但是家常便饭似的大讲特讲的时代，而且已经更进了一层，要求较为深刻的纯粹的爱情了”。③丁玲不仅善于书写恋爱，她塑造的“近代的”“新女性”形象也得到了批评家们的肯定。而胡也频对丁玲的影响力心知肚明，并对她在写作上的突出才能加以肯定。在小说《一群朋友》中有一个名为一番女士的人物，胡也频形容她是“一位非常懂得恋爱心理的，刚刚作小说便被人注意的那‘曼梨女士的日记’的作者”。④这无疑指的是丁玲。

在此情形下，胡也频借鉴丁玲的经验，对自己的创作做出了一些调整。他写了一些以恋爱为主题的小说，例如描写三角恋爱的小说《黑点》，以及情欲氛围浓郁的小说《一对度蜜月去的人儿》。同时，胡也频将目光投向中国妇女的命运，甚至尝试从女性视角出发进行创作。在小说《生命》中，他通过展现女性生育过程的艰难与凶险，表达出对女性命运的同情和对夫权的批评。最能体现丁玲对胡也频的影响是《黎蒂》这一作品。从出身和生存环境来看，黎蒂明显是丁玲的化身。胡也频形容黎蒂：“她只是沉沦在破灭的希望和无名的悲哀里面，但又不绝地做梦，不停地漂泊，痛惜而终于浪费她的青春和生命……”⑤同时，小说中还有一个“苇弟”式的人物“罗菩”在追求着黎蒂。最终，黎蒂也像莎菲一样选择了离开北京，在别处继续“消磨我的未满的岁月”⑥，正如莎菲要“在无人认识的地方，浪费我生命的余剩”。⑦

---

①《胡也频选集》，福建人民出版社，1981年版，第404页。

②《胡也频选集》，福建人民出版社，1981年版，第448页。

③袁良骏编：《中国文学史研究资料全编·现代卷：丁玲研究资料》，知识产权出版社，2011年版，第190页。

④《胡也频选集》，福建人民出版社，1981年版，第495页。

⑤《胡也频选集》，福建人民出版社，1981年版，第571页。

⑥《胡也频选集》，福建人民出版社，1981年版，第578页。

⑦丁玲：《丁玲全集》（第3卷），河北人民出版社2001年版，第78页。

这些相似的故事情节与人物形象，使得《黎蒂》一文几乎可以看作是《莎菲女士的日记》的姊妹篇，足以体现丁玲对胡也频创作的影响。

但是，丁玲很快也遇到了自己的创作瓶颈。《红黑》创刊前不久，丁玲在叶圣陶的支持下，于1928年10月间出版了自己的第一个短篇小说集《在黑暗中》。相比同时代的新人作家，丁玲无疑走到了前列。丁玲的朋友对她开玩笑说："我们是背棍打旗出身，你是一出台就挂头牌了，在这上比我们运气好多了。"[①]但这个高起点之后，丁玲在继续发展的道路上却遇到了瓶颈："我写了《在黑暗中》那几篇后，再写的东西就超不过那几篇了，还是在这个圈子里打转。"[②]丁玲所描述的这个原地打转状态，正是贺桂梅概括的"遭遇并穷尽个人主义话语的困境"。[③]丁玲虽然能够精彩地书写爱情与展现欲望，但她的作品中的人物在觉醒的同时，也开始走向幻灭，城市女性莎菲和梦珂如此，乡村姑娘阿毛亦是如此。"爱情"不再能够使人走出困境，反而让人堕入更深的绝望。在大的文学环境下，胡也频所遭遇到的问题丁玲也未能幸免："'硬写'而不能的焦灼，生存的幽闭、'脱序'之感，以及文学生存与消费的怪圈，同样困扰着她笔下的人物"。[④]这也就意味着，胡也频即使学习丁玲，创作一些带有恋爱成分和情欲色彩的小说，也不能真正突破这一写作瓶颈。

而这一创作瓶颈，也折射出了二人在现实生活中遭遇的人生困境。丁玲和胡也频，都是在五四新文化影响之下成长起来的一代青年人，他们热烈地追求自由，追求解放，和梦珂、莎菲一样急切地渴望主宰自己的爱情与人生，但当他们与旧思想决裂，走到五四新思想的天空下时，他们却发现眼前并没有一条明晰的人生道路。正因为如此，这一时期的丁玲和胡也频才会陷入"混乱""孤独的愤懑、挣扎的痛苦""伤感和虚无"的精神状态。[⑤]只有在二人对革命的态度发生转变并将对它的理解融入自己的作品后，二人才逐渐突破了人生困境，并进入创作上的新阶段。

---

①丁玲：《丁玲全集》（第8卷），河北人民出版社2001年版，第3页。

②丁玲：《丁玲全集》（第8卷），河北人民出版社2001年版，第4页。

③贺桂梅：《知识分子、革命与自我改造——丁玲"向左转"问题的再思考》，《中国现代文学研究丛刊》，2005年第2期。

④姜涛：《公寓里的塔：1920年代中国的文学与青年》，北京：北京大学出版社，2015年，第212页。

⑤《胡也频选集》，福建人民出版社，1981年，第7页。

四、“到莫斯科去”：从文学青年到革命作家

胡也频和丁玲二人对于革命的态度，经历了一番曲折变化。从结果来看，胡也频早于丁玲加入左联。在胡也频牺牲后，丁玲才正式加入左联。但这并不意味着，胡也频相比于丁玲是“革命觉悟”更早的一方。施蛰存提到，丁玲在一次谈话中说：“在北京时，我是左的，胡也频是中间的，沈从文是右的。”且：“胡也频在认识我以前，没有认识一个革命者。”在他看来：“丁玲的革命思想，成熟得早于胡也频……。”①

可见，在胡也频和丁玲交往的早期阶段，于革命的认识程度上，丁玲是深于胡也频的。但为何丁玲并未顺利融入革命队伍？这关系到对于丁玲“左转”问题的认识，贺桂梅指出，学界对这一问题的研究“在很长时间都局限于某种单调的解释框架中”，“代表性的阐述方式都并不讨论丁玲立场转变前后思想和创作上的关联”；她试图突破这一单调的解释框架，从丁玲的思想和创作出发，为丁玲“左转”问题提供一种新的阐释可能。②本文吸收了这一新的研究思路，着眼于丁玲思想和创作的动态发展，尤其关注无政府主义思想这个因素。③早在 30 年代，茅盾就指出，在上海平民女校就读期间的丁玲和她当时很要好的两位朋友“全有浓厚的无政府主义的倾向”④。近期有学者爬梳了能够证明丁玲与无政府主义之关联的史料：丁玲到上海之后的废蒋姓并改名之举；丁玲和“无政府主义或者一度信仰无政府主义的人有过密切接触”，其中包括施存统和瞿秋白，以及朱谦之。⑤其实丁玲受无政府主义思想影响，或许可以追溯到更早的时期。蓬勃发展的新文化运动带动了无政

---

①施蛰存：《丁玲的“傲气”》，见《20 世纪 20 年代的上海大学》，第 1065 页—第 1066 页。

②贺桂梅：《知识分子、革命与自我改造——丁玲“向左转”问题的再思考》，《中国现代文学研究丛刊》，2005 年第 2 期。

③熊权认为，“无政府主义思想不仅促成丁玲一举成名，而且长期存在于丁玲的文学世界中”。参见熊权：《“自杀意象”与丁玲的无政府主义思想探寻》，《文学评论》，2007 年 01 期。本文则认为，无政府主义对丁玲的影响，在创作和生活两方面都有深刻体现。

④袁良骏编：《中国文学史研究资料全编·现代卷：丁玲研究资料》，知识产权出版社 2011 年版，第 214 页。

⑤张全之：《丁玲与中国无政府主义运动》，见《中国近现代文学的发展与无政府主义思潮》，人民出版社 2013 年版，第 250 页—251 页。

府主义思想在中国的大范围传播，1920年代初期，湖南的无政府主义思潮相当活跃，省城长沙涌现出一批由无政府主义者创办的组织——青年学会、青年俱乐部、湘雨诗社、湖南劳工会、健康书社等。[①]这些组织积极地在社会上活动，像其中的湖南劳工会，不仅发动工人进行斗争，而且主办夜校、读书会以及出版刊物，向工人甚至全社会，宣传带有无政府主义特色的思想。[②]丁玲于此期间在长沙求学，又在周南女中得一位“新思潮的鼓动者”——陈启明——的悉心指导。陈启明曾介绍丁玲阅读吴稚晖的《上下古今谈》，并且积极引导学生们阅读《新青年》《新潮》。[③]因而丁玲极有可能在这一时期，就已经接触到了当时作为新思想的无政府主义。

考诸丁玲当时的一些具体做法，无政府主义的影响清晰可辨。最明显的，是在政治组织的选择上。丁玲和多数无政府主义者一样，强烈地追求个人自由的实现，正是因为这一点，她始终无法以牺牲个人自由为代价而加入一个政党——“要服从铁的纪律，命令我干一件事，就非干不可，要我去做机器里面的一颗螺丝钉，放到哪里就在哪里，我心里自问，这个太不自由，这个不行。”[④]在婚恋问题上，丁玲的态度同样带有浓厚的无政府主义色彩。当时的无政府主义者抱持废除家庭、实现男女平等以及追求个人自由等主张，认为婚姻没有存在的理由，男女可以自由地处理自己的恋爱问题，甚至由此引申出更为激进的“性爱乌托邦”观念——恋爱自由与性爱自由。[⑤]丁玲说自己年轻时“很不愿有一个家庭。总觉得家是一面枷，它会拘束人，会把一个人的注意力、精力放在一个家的琐琐碎碎上边。”[⑥]并且，“也不愿用恋爱或结婚来羁绊我，我是一个要自由的人……”[⑦]这些想法隐含着废除家庭与婚姻的主张。而“性爱乌托邦”观念也在丁玲早期的作品中得到了充分展现，“梦珂、莎菲、阿毛姑娘和在庆云里卖淫的妓女，无论高贵还是卑贱，都不拒绝

①蒋俊、李兴芝：《中国近代的无政府主义思潮》，山东人民出版社1990年版，第203页。

②胡庆云：《中国无政府主义思想史》，国防大学出版社，1994年版，第186页—187页。

③李向东，王增如：《丁玲传》，中国大百科全书出版社，2015年版，第17—18页。

④丁玲：《丁玲全集》（第8卷），河北人民出版社2001年版，第306页。

⑤张全之：《丁玲与中国无政府主义运动》，见《中国近现代文学的发展与无政府主义思潮》，人民出版社2013年版，第259页。

⑥丁玲：《丁玲全集》（第11卷），河北人民出版社2001年版，第209页。

⑦丁玲：《丁玲全集》（第12卷），河北人民出版社2001年版，第268页。

对性爱的享用和幻想”。[1]丁玲的婚恋观一度充满矛盾。她既在作品中流露出无政府主义倾向，却又对其进行批评。当梦珂初次接触到无政府主义者——“那儿正有两对男女，歌声是那睡在躺椅上的男人所唱出，他的半身被一个穿短裤的女子压着，所以粗声中还带点喘。书桌前面的那一对，搂抱住在吸纸烟。”[2]看到男女之间如此亲近、近乎狎昵的相处方式，梦珂的反应是震惊和反感，而如此放纵的男女关系也是现实中的丁玲所不能接受的。在丁玲去上海之前，开明的丁母同意她解除婚约并只身外出，但只嘱咐丁玲一句话——“要守身如玉”[3]，丁玲并未违背母亲的这一嘱咐。

在丁玲和骆宾基的谈话中，她谈到过朱谦之和杨没累这一对“虽挚爱甚，然无两性关系”[4]的纯洁伴侣，并表示自己和胡也频也是这样相处的[5]。据沈从文的记述，1928 年 2 月胡也频曾表示，同居期间，他和丁玲一直是“在某种‘客气’情形中过日子”[6]。也就是过着一种“有爱而无性”的同居生活。造成此种局面的原因，一方面，丁玲像杨没累一样是一位“崇尚精神恋爱”[7]的新女性；另一方面，丁玲当时的想法是：“我要保持我自己的自由嘛，我觉得要是和你发生关系，那就好像定了。”[8]但在“保持自由”的同时，丁玲又对这样的做法持有怀疑。在此期间创作的《莎菲女士的日记》中的毓芳和云霖，其“精神恋爱”遭到了莎菲的嘲讽：“我忍不住嘲笑他们了，这禁欲主义者！为什么会不需要拥抱那爱人的裸露的身体？为什么要压制住这爱的表现？”[9]可见，丁玲在内心深处又觉得，“发乎情而止于精神”的做法是有违人性的。

这段时间，丁玲的内心其实一直挣扎在“性爱乌托邦”式的性放纵和“精神恋爱”式的性压抑之间。前者与丁玲的品性相违背，难以在现实生活中实践，只能付诸纸上；而后者虽然达到了“保持自由”的目的，却陷入压抑人

---

①张全之：《丁玲与中国无政府主义运动》，见《中国近现代文学的发展与无政府主义思潮》，人民出版社 2013 年版，第 259 页。

②丁玲：《丁玲全集》（第 3 卷），河北人民出版社 2001 年版，第 22 页。

③李向东，王增如：《丁玲传》，中国大百科全书出版社 2015 年版，第 21 页。

④丁玲：《丁玲全集》（第 11 卷），河北人民出版社 2001 年版，第 256 页。

⑤李向东，王增如：《丁玲传》，中国大百科全书出版社 2015 年版，第 53 页。

⑥沈从文：《沈从文全集》（第 13 卷），北岳文艺出版社 2002 年版，第 109 页。

⑦丁玲：《丁玲全集》（第 11 卷），河北人民出版社 2001 年版，第 256 页。

⑧李向东，王增如：《丁玲传》，中国大百科全书出版社 2015 年版，第 53 页。

⑨丁玲：《丁玲全集》（第 3 卷），河北人民出版社 2001 年版，第 52 页。

性的痛苦之中。贯穿《莎菲女士的日记》这篇经典之作的情欲强度，一直以来被笼统地解释为“五四之女”追求自由解放的心灵高扬，实际上源自作者真实而深刻的生命体验。莎菲一边强烈渴望情欲的释放，一边却极力抑制自己的激情和冲动——“我把所有的心机都放在这上面，好像同什么东西搏斗意义。我要那东西，我还不愿去取得，我务必设计让他自己送来”①；一边嘲笑着自己“禁欲”的朋友，一边又在爱人面前刻意保持着“严厉”和“端庄”的姿态②；得到了爱人的吻之后，一边为欲念的满足而感到“胜利”的喜悦，一边又“鄙夷”着自己的“堕落”③。莎菲的迷茫、渴望、抗拒、无奈，不也正是此时同样陷于灵肉困境的丁玲的内心写照吗？“啊！我可怜你，莎菲！”④这一声喟叹里，未尝没有丁玲的顾影自怜。

打破这一困境的，是1928年4月的杨没累之死。目睹昔日同窗固守“反人性”的理想而早逝，丁玲深受刺激。同时，她还陷入了与胡也频以及冯雪峰的三角恋情纠葛，胡也频无法接受这样一种开放自由的恋情，三人几乎成为仇人。种种这些使得丁玲彻底意识到，“应该要负一些道义的责任”，而那种“彼此没有义务，完全可以自由”的想法是“空想”。⑤在形成了新的认识后，丁玲才“决定应该和也频白首终身，断绝了自己保持自由的幻想”⑥。这一决定意味着，在个人层面上，丁玲放弃了对于无政府主义式“自由”的追求。

在胡也频这方面，他虽然较丁玲接触革命思想更晚，却先于丁玲认同并投身革命。究其原因，一方面是丁玲的无政府主义思想使她对革命组织暂时望而却步；另一方面，胡也频成长于社会底层的经历，让他更为果决地加入革命者的行列，正如丁玲所说的，胡也频能够较为顺畅地接受马克思信仰，“同他的出身、他的生活、他的品格有很大的关系”⑦。

在胡也频早期的创作中，除了带有颓废气息的诗歌，还有对社会底层生活的刻画。少年时代的漂泊，使他对残酷的社会现实和穷困窘迫的生活感受极其深刻，从而能够在创作中贴近社会底层人物的生存状况和生活心态。最

---

①丁玲：《丁玲全集》（第3卷），河北人民出版社2001年版，第51页。

②丁玲：《丁玲全集》（第3卷），河北人民出版社2001年版，第54页。

③丁玲：《丁玲全集》（第3卷），河北人民出版社2001年版，第77—78页。

④丁玲：《丁玲全集》（第3卷），河北人民出版社2001年版，第78页。

⑤丁玲：《丁玲全集》（第12卷），河北人民出版社2001年版，第268页。

⑥同上。

⑦《胡也频选集》，福建人民出版社，1981年版，第10页。

早发表的小说《雨中》，描写一户穷苦家人的饥饿；具有自传色彩的《诗稿》一文，感慨贫苦的生活和求学的艰辛；《一个穷人》描写底层人物挣扎在残酷的生存环境下，为了活命甚至到放弃尊严的地步。但胡也频并未仅仅停留在一个呈现的位置，他还从更高的角度审视和思考造成这些底层人物不幸命运的主客观因素，并展开了批判。主观因素方面，是底层人物自身思想的落后和人性的丑恶，如《活珠子》中一群泥水匠盲目迷信于宗教且为达到目的残忍施暴，又如《傻子》中底层小人物的相互倾轧；客观因素则主要是军阀势力和帝国主义的剥削压迫，例如小说《一个村子》展现了军阀争斗对于无辜村庄造成的极大破坏，《船上》一文描写了外国船主欺压中国乘客的现象，同时还有像《珍珠耳坠子》这样反映封建地主阶级剥削学徒的作品。

有学者指出了胡也频早期创作的局限性——“在反映劳动人民的抗争上，力量不足”。①但当胡也频接触到马克思主义思想之后，情况就发生了变化：“也频在一九二八年、二九年读了大量的鲁迅和雪峰翻译的苏俄文艺理论书籍，进而读了一些社会科学、政治经济学、哲学等书。他对革命逐渐有了理解，逐渐左倾。”②之所以胡也频会被革命思想吸引，进而左倾，一方面，固然与胡也频的出身和成长经历有很大关系；另一方面，则是由于革命思想对胡也频及其同时代的青年突破人生困境的确能够起到关键作用。王汎森指出，马列主义之所以能够吸引后五四时代的青年人，是因为它“提供了一套蓝图，将个人遭际与国家命运联系起来，将已经被打乱了的、无所适从的苦闷与烦恼的人生，转化、汇聚成有意义的集体行为”。③

人生观的转变，体现在胡也频的作品中，则是革命观念的逐渐生成，这使得他在底层书写上有了进步和发展。从编辑《中央日报》的副刊《红与黑》开始，胡也频在创作上获得了一定的自由，逐渐回到了自己原先的创作路线。在之后与丁玲、沈从文一起创办的《红黑》杂志上，他陆续发表了一些像《便宜货》《小县城中的两个妇人》这样富有批判性的作品。也正是在这个时候，胡也频在思想立场上的“左倾”愈发明显。丁玲介绍说：“这时胡也频左倾了，他读了卢那察尔斯基、普列汉诺夫的书。”④在《红黑》月刊第7期上，登载了胡也频的中篇小说《到M城去》。同期登载的丁玲所作《介绍〈到M

①《胡也频选集》，福建人民出版社，1981年版，第37页。

②《胡也频选集》，福建人民出版社，1981年版，第28页。

③王汎森：《后五四的思想变化：以人生观问题为例》，见《现代中国思想史论》，第111页。

④李向东，王增如：《丁玲传》，中国大百科全书出版社2015年版，第62页。

城去〉》一文中说："只要知道这M城是一个什么地方，就可以想见这一篇小说思想集中的焦点了。"[①]"M城指莫斯科"。[②]先丁玲一步"左转"的胡也频，将关注的目光投向了处于社会底层的特殊群体——工人。小说《黑骨头》中，胡也频在工人们身上看到的不仅仅是低微的出身，还有帝国主义和资产阶级的压迫和剥削。同时，他也感受到了一种抗争意识——工人们喊着"打倒资本家"的口号，在工会中批斗土豪劣绅，并且渐渐自觉树立起了无产阶级的革命观，"他们的生活都建筑在红色的信仰上面了"。[③]在胡也频牺牲前不久创作的一篇小说《同居》中，开始有对苏维埃社会的构想，并讨论到一些像妇女解放、婚姻制度这样更为深刻的社会问题，可见胡也频对革命观念的接受与理解均达到了一个较深的程度。

胡也频与丁玲各自的成长经历不同，进入文学创作的路径也不同，因而创作初期二者的作品面貌有着明显区别。但是，从1929年起到胡也频牺牲，这一时期二者的作品不仅在风格上极为相似，且在一些观念上产生了碰撞与交锋。这种局面的形成，与现实生活中两人关系的发展若合符节。丁玲和胡也频在杨没累病逝后，真正成为夫妻，不再因家庭问题纠结烦恼，这为之后二人携手致力于事业奠定了基础。在北京时，丁玲更多是"一个热情诗人的爱人或妻子"[④]而非创作者，她既未参与胡也频所在的文学社团，也没有活跃于文坛。但是到了1928年10月间，二人已经同以作家身份投入到创办《红黑》月刊的事业之中。更重要的是，二者开始将对于革命问题的思考融入自己的书写，由此打开了创作上的新局面。

1929年冬天完成的小说《韦护》，体现了丁玲创作上的全新气象。钱谦吾指出，在《韦护》中丁玲有了"飞速的进展"——"突破她第一期的思想，而走向革命"。[⑤]而胡也频在稍早于《韦护》时，即创作出了《到M城去》。其中的女主人公素裳，"完全是一个未来新女性的典型。她的性格充满着生命的力"。[⑥]同时，文中还专门叙述了一段素裳对于"《马丹波娃利》"（即《包法利夫人》）的理解。《包法利夫人》对丁玲颇有影响，沈从文说丁玲

①丁玲：《丁玲全集》（第9卷），河北人民出版社2001年版，第6—7页。

②王增如、李向东：《丁玲年谱长编》，天津人民出版社2006年版，第50页。

③《胡也频选集》，福建人民出版社1981年版，第626页。

④《胡也频选集》，福建人民出版社1981年版，第8页。

⑤袁良骏编：《中国文学史研究资料全编·现代卷：丁玲研究资料》，知识产权出版社，2011年版，第200页。

⑥《胡也频选集》，福建人民出版，1981年版，第693页。

“至少看过这本书十遍”[①]，可见，胡也频在塑造素裳的形象时，是捕捉了丁玲的影子置于其中的。男主人公叶平具有和胡也频相似的学徒经历，因此小说中也有胡也频对自身经历的投射。与《韦护》相同的是，《到M城去》同样有“革命者”和“非革命者”产生恋爱的情节，但两部作品对“恋爱”与“革命”关系的理解却截然不同。在《韦护》中，“恋爱”成了“革命”的阻力和牵绊，而在《到M城去》中，“恋爱”与“革命”是和谐的，甚至成为“革命”的催化剂。与挣扎于“爱情”与“工作”之间的韦护不同，叶平对两者有着极其乐观的信念：“我以后将从工作的辛苦中得到爱情的鼓励，我相信爱情可以使我更加有勇气。在工作中也许会把爱情暂时忘记的，但是疲倦和困难的时候一定会想到爱情，而且从爱情中又重新兴奋了。”[②]爱情最终也的确将女主角素裳引向了革命的道路。

反观《韦护》，男女主人公因“恋爱”与“革命”的矛盾分离之后，男主人公继续他的革命工作，女主人公则抱着一种“好好做点事业”[③]的态度生活下去，丁玲虽然没有否定其中任何一方，却也没有明确表明她的立场。这与丁玲对革命的实际态度有关：“但我也不喜欢也频转变后的小说，我常说也频，他是左倾幼稚病。……我那时把革命与文学还不能有很好联系的去看，同时英雄主义也使我以为不搞文学专搞工作才是革命，……否则，就在文学上先搞出一个名堂来。”[④]而这恰恰也是批评家认为丁玲的创作仍有欠缺的地方，例如钱谦吾虽然肯定丁玲在《韦护》中所展现的“思想上的发展”，但是同时他也提出了否定方面的意见——“简单的说，那就是这一部长篇依旧是一部恋爱小说，与革命并没有怎样深切的关联”。[⑤]在《韦护》中，丁玲虽然对革命和爱情有了新的思考，但是并未完全放弃之前所坚持的个人主义色彩浓厚的立场。

丁玲和胡也频确立夫妻关系，表明她已经在婚姻家庭层面放弃了受无政府主义影响的“自由”信念，但在组织行动上，丁玲对“革命”的态度仍是犹疑的。1930年3月2日，左联在上海成立，此前姚蓬子曾动员丁玲加入，

①沈从文：《沈从文全集》（第13卷），北岳文艺出版社2002年版，第82页。

②《胡也频选集》，福建人民出版社，1981年版，第755页。

③丁玲：《丁玲全集》（第1卷），河北人民出版社2001年版，第111页。

④《胡也频选集》，福建人民出版社，1981年，第9页。

⑤袁良骏编：《中国文学史研究资料全编·现代卷：丁玲研究资料》，知识产权出版社，2011年版，第201页。

丁玲不为所动。[①]然而，不久之后的济南之行，让丁玲改变了想法。

1930 年 2 月，为了还清《红黑》出版处关门之后欠下的债务，胡也频去济南教书，很快丁玲也奔赴此地。在济南期间，胡也频积极地进行革命宣传，组织学生活动，丁玲深受感染。由于活动引起了当局的注意，为了躲避抓捕，二人于 5 月返回上海。丁玲意识到，“革命不能孤军作战，还是要有一个组织来领导”。在学校活动期间，她甚至提出过找济南共产党协助以避免失败。[②]可见，在社会改造层面，现实让丁玲充分认识到组织的重要性。由此，丁玲的思想之舟不再为无政府主义的缆绳所束缚，扬帆驶向左岸。

正是在新的生活状态与同一思想层面上，二者进入了相互影响的更高阶段——在彼此呼应的创作中向往革命，追求理想。

胡也频 1930 年创作的长篇小说《光明在我们的前面》，更为深入地展现了革命。在这部作品中，恋爱发生在信仰共产主义的男青年刘希坚与坚持无政府主义的少女白华之间，两者间的矛盾已经进一步深入到社会思想本身的交锋：“他和她的爱情之中有一个很大的阻碍，那就是他们的思想——他认为只是她的那些乌托邦的迷梦把他们的结合弄远了”。[③]通过揭示无政府主义者在应对像“上海大屠杀”这样的帝国主义所制造的极端压迫事件时的组织涣散、无力抗争，打破了像白华这样坚持无政府主义的青年们的“美丽的乌托邦的迷梦”，让他们意识到：“我们实在要革命才行。”[④]最终，白华成为一位说出“要革命”的女性。白华的转变，显示出胡也频对革命必然性的理解。小说中坚持无政府主义的女主角白华，某种程度上是以丁玲为原型的；对无政府主义思想的反思、批判直至克服的过程，包含着胡也频左倾后和丁玲的思想交锋。

相比丁玲，胡也频正式加入革命队伍的时间更早，态度也十分坚定。丁玲说：“也频就是这样一个人：当他了解了革命真理的时候，他是不会踌躇退缩的”。[⑤]丁玲感觉到，自己在此时已经渐渐落后于胡也频。她诚恳地写道：“我感到他变了，他前进了，而且是飞跃的，我是赞成他的，我也在前进，却是在爬。”[⑥]此时胡也频已经成为左联的执行委员，并担任工农兵文学

①李向东，王增如：《丁玲传》，中国大百科全书出版社，2015 年版，第 67 页。

②李向东，王增如：《丁玲传》，中国大百科全书出版社，2015 年版，第 67 页。

③《胡也频选集》，福建人民出版社 1981 年版，第 783—784 页。

④《胡也频选集》，福建人民出版社 1981 年版，第 832 页。

⑤《胡也频选集》，福建人民出版社，1981 年版，第 28 页。

⑥《胡也频选集》，福建人民出版社，1981 年版，第 11 页。

委员会主席；而丁玲多数时间都在家中创作小说《一九三〇年春上海》（一）（二）两部作品。

对比《韦护》，丁玲在这两部作品中已经明显流露出对革命的赞许。《韦护》中的丽嘉陷入了“爱情”与“革命”不可兼得的矛盾，而美琳以一种投入社会的决心战胜了爱情。此刻，丁玲笔下的女性已经有了一种承担社会义务的自觉，这与胡也频在《到M城去》中的观点形成呼应：“女人在人类的生活中应该有她们重要的生活意义，并不是对于擦粉的心得和对于生育的承受之外便没有其他责任，一切女人是应该负着社会上的一切义务的”。[①]《一九三〇年春上海》（二）与《韦护》有着同样的结构——一个有着坚定信仰的革命青年和一个渴望爱情的美丽女子，但是丁玲的视角和态度已经有了明显的不同。和丽嘉相比，《一九三〇年春上海》（二）中的玛丽在丁玲笔下是一个被贬低的对象。丁玲深刻地剖析了这类女子，指出她们的处世态度是“一种极端享乐的玩世思想”，“她的缺点便是环境太好了，她只耽于一些幻想的美梦里，不愿接触实际，因为这些都太麻烦，都太劳人，在她看来是不美，太俗气了”。[②]虽然最终男主人公望微没能改变玛丽，但丁玲在结尾展现了一幅社会运动的场景，望微积极地投身于革命的队伍之中，并对自己逝去的爱情感到释然。丁玲的革命倾向已经十分明显，“爱情”让位于“革命”，同时，她的笔触也逐渐深入革命，写出了振奋人心的抗争场面。丁玲通过《一九三〇年春上海》（一）（二）两篇作品明确表达了转向革命的立场，这其中胡也频的影响是昭然若揭的。

结　语

纵观胡也频与丁玲的创作道路，二人在长期的互动中，吸收了彼此的创作经验与思想成果，最终携手走向革命，犹如两条河流汇入了同一片海洋。这之后虽然胡也频牺牲了，他的革命信念却在丁玲身上延续下去。正如茅盾所说，“丁玲女士个人对这XX恐怖的回答就是积极左倾，踏上了那五个作家的血路”。[③]从丁玲加入左联的行动与她之后的创作可以看出，她沿着胡也频未走完的革命之路，走得更远。

①《胡也频选集》，福建人民出版社，1981年版，第726页。

②丁玲：《丁玲全集》（第3卷），河北人民出版社2001年版，第319页。

③袁良骏编：《中国文学史研究资料全编·现代卷：丁玲研究资料》，知识产权出版社2011年版，第216页。

在二十世纪二三十年代间，从作家转变为文学革命家的人物不在少数，而胡也频和丁玲与他们相比，既有共性，也有独特之处——两位成长背景和思想基础颇有差异的文坛伉俪，通过相互影响在思想和创作上最终趋向一致，这一过程展现了那个时代的鲜活而又真切的文坛风貌。

（刘盼佳、李广益：重庆大学人文社会科学高等研究院研究生）

女性与革命的原点之思

——丁玲《母亲》系列文本研读

孙慈姗

内容摘要：长篇小说《母亲》以丁玲母亲余曼贞的成长经历与辛亥革命至大革命期间家乡小城的变化为主要题材，兼具宏阔的构思框架与细密的写实手法，同时寄托着作者自身的情感与回忆。作为丁玲失踪后出版的未完之作，《母亲》引发了评论界的广泛关注。在观点各异的评论中，女性与革命的关系问题始终被视为分析评价小说的重要线索。结合作家自述可以发现，《母亲》的写作的确蕴含着作者对女性与革命一系列原点性问题的反思。回归“现代中国”与“新女性”诞生的起点，《母亲》不仅试图探索近现代中国发生的各种形态的革命之间的积累与递进关系，更试图展现女性成长与社会变革之间的互动，探寻“前一代女性”怎样在身体状况、人际关系、情感与认知模式的变化中与正在发生的“革命”产生切身联系。同时，这部作品亦非孤立存在。丁玲母亲创作于1941至1943年的回忆录是“母亲”自述其成长经历的重要文本，母女两代人对女性经验与社会变迁的叙述可构成有意味的呼应与对照。而丁玲秘书王增如近年发现的《母亲》第三部提纲及残稿亦为研究《母亲》的续写计划、丁玲针对相关议题思考与创作方式的延续和演变提供了具体的切入点。准此，本文拟通过对《母亲》系列文本的研读，进一步探究丁玲作品中女性成长与社会变革两大主题的交织掩映，以及女性在与现代中国共同生长的过程中不断变换的体验与表达方式，并试图以此呈现认知革命与性别问题的一种可能。

关键词：丁玲　《母亲》　《丁母回忆录》　《母亲》续写　女性与革命

作为丁玲加入左联后创作的首部长篇小说，也是作家被捕失去消息时出版的未完之作，《母亲》引发了评论界的广泛关注。而来自左翼阵营内部的两篇评论文章或许恰好呈现出这部作品在主题、写法以及丁玲创作序列中定位等方面存在的争议。一篇是王淑明针对《母亲》的书评。王淑明认为，小说中事关母亲曼贞生活轨迹与思想转变的重要情节基本都被作者“当作偶然的事件叙述”出来，“而不能把它和那个时代的动向那些客观社会骚动的原因，有力地联系起来，辩证法的统一起来。”是以这部传记式的小说似乎并没能做到在呈现主人公经历的同时展示“那些动的现象”“那时代的革命发展的事实”，从而也无法穿透具体的事件去把握社会现象与历史发展的本质。[①]另一篇是来自茅盾的评价。如果说王淑明基于唯物辩证的创作方法对《母亲》目前章节所呈现的样貌表现出些许不满，那么茅盾则表达了更多的肯定与赞赏。茅盾从对《申报·自由谈》上《读〈母亲〉》一文的评论入手，这篇署名犬马的文章与王淑明文章的观点颇有近似之处。犬马同样认为，《母亲》对家族“盛事”与曼贞生平经历的感伤追忆并没能实际地“为那一时代的运动与转变划出一个明显的轮廓”，并且特别指出作品对其中包含的核心历史事件——“辛亥革命这一伟大运动的描写更是不拘、更是简单。”针对这样的批评，茅盾则似乎在作品主旨的层面另辟蹊径，指出《母亲》的写作意图本不是“创造辛亥革命的史诗”，而是在展现地方大家族的“衰败”与“分化”的过程中突显以曼贞为代表的“前一代女性怎样挣扎着从对封建思想和封建势力的重围中闯出来，怎样憧憬着光明的未来”。进而茅盾指出，文本中正是那些被认为不能体现时代风云与历史本质的女性生活细节“具体地（不是概念地）描写了辛亥革命前夜‘维新思想’的决荡与发展。”[②]

王淑明与茅盾对《母亲》的评价差异或许源于其所持有的文艺理念与批评视角的不同。而在这背后，两篇书评却共同指向了对《母亲》进行评价与定位的核心问题，即对女性经验心态的琐细描写与对历史进程的把握、温柔感伤的抒情追忆与客观有深度的社会分析是否在这部作品中得到了有机的结合。迄今为止针对《母亲》的分析评论基本都遵循着这样的思维模式。进而，旧式大家族的盛衰、女性于新旧过渡时期的处境与心境以及中国近现代社会的结构性变动在文本中的结合点与呈现方式也就成为关乎丁玲自身思想脉络、

①王淑明：《〈母亲〉书评》，载《现代》，1933年9月1日，第三卷第五期。

②东方未明：《丁玲的〈母亲〉》，载《文学（上海1933）》，1933年9月1日，第一卷第三期。犬马的文章《读〈母亲〉》载《申报·自由谈》，1933年6月30日。

文学诉求与《母亲》在三十年代左翼文坛中位置与价值的重要议题，对这一问题更为具体的探讨也为进一步研读《母亲》提供了切入点。

同时，这部文本在丁玲的人生经历及创作序列中并非孤立存在。除去与之有着相近题材的短篇小说与回忆性散文①，还有两个相关文本对《母亲》的研读至关重要。一是丁玲母亲余曼贞于 1941 至 1943 年创作的回忆录。②在这部回忆录中，丁母以不无文学性的笔法描绘了自己六十四年的人生经历，并与《母亲》最初的创作构想一样分为三段，分别题为《繁华梦》《幸生》《余生》。作为《母亲》的主人公，曼贞自己的声音或许可与女儿的叙述构成有意味的对照。另一个文本则是丁玲的秘书、《丁玲传》（中国大百科全书出版社，2015 年版）作者之一王增如近年发现的《母亲》第三部提纲与作品片段。众所周知，《母亲》的写作被突如其来的变故打断，因此这部在构思中规模宏大的作品实际只完成了第一部前四章节的内容。尽管屡有续写的意愿，丁玲最终也没能将原计划的三部分内容全部写出。因而存世的《母亲》诸版本为读者呈现的始终是这种“未完成”的形态。在此基础上，《母亲》第三部提纲与残稿的发现无疑具有十分重大的意义。它不仅弥补了这种“突然中断”的遗憾，使读者得以一窥作品的后续构思，同时也为进一步发掘《母亲》的文本意涵及其在丁玲文学与生命历程中的定位打开了更为丰富的空间。③因此，本文将通过对几部相关文本的比照研读，进一步探究《母亲》系列文本中“女性成长”与“社会变革”两大核心主题的交织掩映以及两代女性（两代“母亲”）在与现代中国共同生长的过程中有所延续而又不断变换的体验与表达方式，并试图以此呈现认知革命与性别问题的一种可能。

---

①前者如《过年》（1929）、《田家冲》（1931），后者如《遥远的故事》（1980）、《我母亲的生平》（1980）。

②这部作品在中国丁玲研究会编辑的《丁玲研究》发表时被命名为《丁母回忆录》，以下统用此题。

③关于《母亲》的续作情况，本文主要参考两份文献，一为王增如《丁玲〈母亲〉第三部写作提纲初探》，载《现代中文学刊》，2014 年 06 期。这篇文章展示了《母亲》第三部第一章、第二章的写作提纲，并初步探究了这份提纲可能的创作时间。二为在 2018 年 11 月第三届丁玲研究青年论坛期间李向东、王增如夫妇向笔者提供的《丁玲〈母亲〉残稿再探》，文中辑录了三篇与《母亲》相关的残稿，其内容与第三部提纲多有相符之处。文章还进一步确定了提纲及残稿的写作时间，为研究《母亲》系列文本提供了许多重要线索。在此感谢李向东、王增如夫妇的指导与帮助。

一

无论就丁玲自身的创作脉络还是左翼文学的时代特征而言，以“女性与革命”为主题的小说都并不鲜见。然而正如茅盾所言，不同于多数文本中modern girl们对都市革命浪潮与恋爱漩涡的双重陷溺，《母亲》所关注的则是“前一代女性”在革命大潮到来之前为自己“开一条新路”的果决而谨慎的探索过程。这类题材与人物在当时的文坛自有其独特性，可以说是填补了自新文化运动以来文学作品对“前五四”时期女性成长与自新经历叙述的空白，也呈现出辛亥革命前后一座湖南小城内部发生的种种变化。无论作者是否有意构建一部“辛亥革命的史诗”，《母亲》这部作品都以文学的方式与女性解放史和中国革命史发生着双重关联。要明晰这一点，还需参照丁玲同时期的创作情况与她在《母亲》创作伊始有关写作动机与创作手法的自述。

《母亲》创作于1932年6月至1933年5月，应楼适夷之约在其主编的《大陆新闻》上连载。《大陆新闻》被查禁后，丁玲于1932年秋接受了《良友文学丛书》编辑赵家璧的约稿继续创作，并拓展了原计划的小说规模，打算分为三部。在丁玲被捕时，《母亲》第一部还有两三万字即可成书。①据丁玲和茅盾等人的回忆，1931年携胡也频遗孤回乡探望母亲时，丁玲已然萌生了创作一部长篇小说的想法，并在与友人的谈话中逐渐明确了这部作品的基本构思。而在创作动机的生成与《母亲》实际开始动笔写作的这段时间里，丁玲相继完成了标志其“左转”成果的两部中短篇小说《田家冲》（1931）与《水》（1931）。《田家冲》同样取材于作者1931年的还乡经验，其中一些情节在《母亲》第三部提纲中也有所出现。由此，《田家冲》或许可以视为创作长篇小说《母亲》前的试笔与准备。②而这部与《母亲》具备相似风格的小说的主题似乎并不简单。经历了爱人的罹难、亲子的远离、对母亲的欺骗，目睹了家乡景象的变迁后，创作这部小说时丁玲的脑海中纠结着许多模糊难解的问题。稍早于此创作的另一篇小说《从夜晚到天亮》就用近乎意识流的手法呈现出主人公（很大程度上是丁玲的化身）这一时期的生活与创作

---

①赵家璧：《重见丁玲话当年》，载《文汇增刊》，1980年第4期。

②在《致〈大陆新闻〉编者》中丁玲说到以还乡见闻为题材创作长篇小说需要一个准备过程，而在这些见闻当中“只取了一点，便写成了那篇《田家冲》”。（丁玲《致〈大陆新闻〉编者》，见丁玲著《母亲》，上海良友图书公司，1945年版。以下《母亲》引文均出自同一版本。）

心态。在《田家冲》的整个写作过程中，感情与思想、“人性”与“理性”的纠缠冲突始终没有得到较为完满的解决。[①]这也可以解释这部以农村革命动员为主题的文本唯美感伤的格调与某些冗余物的存在，如大哥对三小姐难以名状的情愫。也许，这样的写作尚不足以将作者从自我感伤中拯救出来，以更高的理性去审视故乡土地上发生的变化，而作品的浪漫色彩甚至使得它在对革命的认知方面“至多不能比蒋光慈的作品更高明”[②]。于是“写了《田家冲》还不够，还要写《水》”。[③]冯雪峰认为，这篇有速写意味的《水》尽管在艺术上有诸多缺陷，却依然标志着“新小说”的诞生，而判定其“新”的标准就在于《水》以阶级斗争的分析方法处理了重大的现时题材，描绘出集体行动的开展。[④]是以《水》是继《田家冲》之后在创作题材与手法转向上的真正突破。但结合冯雪峰所给出的三条标准（重大现时题材、阶级斗争、集体行动），在《水》之后创作的《母亲》却似乎走向了与“新小说”开拓方向相反的路径——不同于对重大社会事件中群像的捕捉，《母亲》有意侧重于对个体经验与日常生活细节的把握。而在《母亲》第一部中，各色人物的阶级身份虽则得到了一定呈现，但以阶级斗争解释社会变动本质、透视历史发展方向的意识却似乎并不鲜明。《红楼梦》式传统小说笔法在这部作品中的出现更为之带来了几分古旧风味。那么，了解并参与塑造了左翼文学基本范型的丁玲为何要创作这样一部作品？在《田家冲》与《水》开辟的文学脉络中，《母亲》的位置究竟该怎样把握？丁玲在《母亲》创作伊始写给楼适夷的信或许能为这些问题提供初步的答案。这封信初载于《大陆新闻》，当《母亲》1933年再版时，赵家璧将其作为代序附于小说正文之前。

从这封信件可以看出，《母亲》的取材可谓是在多方面限制下的权衡之策。在信件开始，丁玲列举了诸多“不能”与“不愿”：

譬如工场夜景，我们觉得也很平常，但是听说西安的学生，假若有了这么的一本书，也就有罪。所以我为你们作想，就觉得不能不有点审慎。我又不会拍将军们的马屁，写一点上海战争中的骗人的英雄；又不能鼓吹杀人喝血，发挥民族主义精神；同时也不能写些上海的男女关系的黑幕，像现在流

①彬芷：《从夜晚到天亮》，载《微音月刊》，1931年5月，第一卷第三期。

②丹仁：《关于新的小说的诞生》，载《北斗》，1932年6月15日，第二卷第一期。

③丁玲：《答〈开卷〉记者问》，1979年8月，见《丁玲全集》第八卷，河北人民出版社，2001年版，第4页。以下《丁玲全集》引文均出自同一版本。

④丹仁：《关于新的小说的诞生》，载《北斗》，1932年6月15日，第二卷第一期。

行于好些日报上的小说一样……因此反决定了写这部《母亲》给你们。[①]

《大陆新闻》创刊之时正值丁玲主编的《北斗》面临被查禁的境况，考虑到书籍报刊的审查制度与舆论情况，为友人编辑的刊物撰写稿件自然需要格外谨慎。描摹“战争英雄”、鼓吹“杀人喝血”的民族文学自然与作者所属的革命文学阵营相对峙，但此时对革命的书写却也不得不另辟蹊径。在诸多考量之下，“母亲”成长经历这样的题材选择似乎就具备了优势。

而在谈及具体创作动机和意图时，丁玲仍然强调还乡经验对于小说写作的重要意义：

开始想写这部书，是在去年从湖南又回到上海来的时候，因为虽说在家里只住了三天，却听了许多家里和亲戚间的动人的故事，完全是一些农村经济的崩溃，地主，官绅阶级走向日暮穷途的一些骇人的奇闻。这里面也间杂得有贫农抗阻的斗争，也还有其他的斗争的消息。

而另外一方面，也有些是关于小城市中有了机器纺纱机，机器织布机，机器碾米厂，和小火轮，长途公共汽车的。更和一些洋商新贵的轶事新闻，和内地军阀官僚的横暴欺诈。这些故事，我是非常有趣的听到了。然而同我小时候在母亲身边听母亲讲的那些故事，便完全两样，而且每次回家，都有很大的不同。逐渐地变成了现在，就是在一个家里，甚或一个人身上，都有曾几何时，而有如沧桑巨变的感想。[②]

在这段叙述中，家乡的“奇闻”与“故事”带给丁玲的首先是一种情感上的冲击，让她产生“曾几何时而沧桑巨变”的感慨，这和一直居住在故乡的丁母在回忆录中对自身经历的“时代之变幻与各种的新奇”之“可惊可吓”[③]的感受殊为相似。而与此同时，丁玲也试图从经济结构的变化、新兴阶层的产生与不同社会力量的斗争等角度概括分析这些新闻轶事。这样的分析方法使她意识到，自身的见闻与母亲的讲述中那看似“完全两样”的世界之间实则存在着一个逐渐演变的过程，而这一过程就投影在一城、一家乃至一人的生命变迁中。从而，经由对这一演变的具体展开勾勒“一个社会制度在历史过程中的转变”也就成为《母亲》的创作主旨。从丁玲的自述亦可发现她在《母亲》三部曲的构思框架中为这一历史过程所寻找到的关键节点：

---

①丁玲《致〈大陆新闻〉编者》，见丁玲著《母亲》，上海良友图书公司，1945年版。

②丁玲《致〈大陆新闻〉编者》，同上。

③《丁母回忆录》，见《丁玲全集》第一卷，河北人民出版社，2001年版，第228页。以下引《丁母回忆录》文字均出自同一版本。

这书里所包括的时代，是从宣统末年写起，经过辛亥革命，一九二七年之大革命，以至最近普遍于农村的土地骚动。

对“辛亥革命”与“一九二七年之大革命”以及当时逐渐兴起的无产阶级革命运动的突出强调彰显了文本核心观照的中国近现代历史进程的几个转折点。事实上，围绕这几次革命发生发展历程的叙述也构成了现存《母亲》第一部与第三部提纲、残稿的主要内容。而在几场性质相异的革命的延续性这一层面，《母亲》与《田家冲》《水》等作品的关系也就更加明晰。《田家冲》与《水》所展现的乡土社会正在发生的变革背后实则有一个缓慢的积累过程，而这个过程本身不仅关乎生产方式、经济结构与社会制度的调整演变，还关联着每个个体认知方式、情感结构与文化心态的微妙变迁。对这一历史进程体贴而细致的把握需要宏观与微观视野的交替以及感性和理性的协同作用。由此，或可理解《母亲》对中国革命史的观照何以采取丁玲母亲的经验为核心线索。在清末资产阶级革命浪潮中，母亲所属阶层无疑更有机会接触到最为新鲜的观念和事物。而在丁玲看来，她所敬爱的母亲在“一切苦斗的陈迹上”所展现出的“过去的精神和现在的对于大众的向往”无论对于她自身还是这个时代的革命而言都有着继续发掘的价值。

在这篇自述文章中，“母亲”的女性身份没有被特意强调。然而从《母亲》的主要情节到茅盾等人的评论，女性成长的话题在文本中的重要性都得到了突显。就丁玲自身而言，是母亲将她带上了新生的道路，赋予她的未来更多的可能性，甚至改变了她自父系家族承袭而来的社会位置与阶级属性。① 而对于时代女性群体来说，“前一代女性”通过奋斗所取得的地位又是她们寻求“解放”与“进步”的起点。同时，前辈女性在成长经验中遭逢的问题、困境与隐痛也在她们身上延续。在时代语境的变化中，这些问题以不同形态反复出现。由此，在外部环境制约与内在反思心态的影响下再度书写“女性”与“革命”的主题，重返这二者发生关联的源头，并梳理它们在长时段中共同生长、相互作用的机制，这对于革命史与女性成长史而言都具有原点性的意义。而在进入《母亲》及相关文本的研读之前，一系列具有对话意味的前研究或许能为探讨《母亲》对女性与革命问题的处理方式提供更为具体的指向。

---

①在丁玲于1980年撰写的题为《遥远的故事》的回忆文章中，她认为自母亲带自己姐弟二人离开蒋家起，她就与这个行将没落的大家族割断了联系，虽然在填写干部调查表时应该按照父系的家庭成分填上“破落地主”，但“实际我只能按我母亲的职业填上‘自由职业者’。”见《丁玲全集》第十卷，河北人民出版社，2001年版，第256页。

由于种种原因，五十年代中期至八十年代丁玲的文学作品在国内一直遭受冷遇。在丁玲逝世一周年之际，严家炎有感于丁玲“在小说史上的应有地位至今尚未真正恢复”而写作了《开拓者的艰难跋涉——论丁玲小说的历史贡献》一文，将丁玲置于中国现代小说开拓者的地位。其中，《母亲》是严家炎给予突出赞赏的著作。在严家炎看来，这部小说真正代表了丁玲“左联”时期文学创作的最高水平。与茅盾的评价相似，严家炎认为《母亲》的显著特色便是“在从容舒展的日常生活描绘中，通过一个旧式女子向新式女子演进的经历，写出时代风云的种种变幻，历史脚步的艰难前移。”而在这篇文章中，“母亲”这一“有着巨大社会概括性的妇女形象”几乎被视为新旧交替时代理想女性的典范——是一位“既有传统的美德，又接受了新思潮洗礼的伟大女性”。[①]严家炎对《母亲》在现代小说发展史上之重要意义的强调一定程度上说明了文本统合女性成长与社会变革两大主题的艺术圆熟性，以及当时学者对“现代”的某种理想定位。而相比之下，孟悦、戴锦华以女性视角为核心对丁玲小说作品的观照似乎隐隐指向了文本的某种裂隙。在对创作于《母亲》之前的另一部长篇小说《韦护》的分析中，孟悦、戴锦华认为“韦护”的两副面孔最终在一种转向的逻辑下变得单一：“误选了大众作为神，作为善，作为绝对价值”的韦护从此只能看到“佛面”。在这种情况下，那所须剪除的“恶”也便简单明晰了许多。文章进一步认为，经过意识形态洗礼后的丁玲同样以“朝佛”的眼光重新审视了女性的命运，于是莎菲式的孤独女性消失了，在丁玲的视野中出现了另外一类女性，一种“幸运地走上了历史正路的女性”，而“母亲”就是这类形象的代表。一方面，《母亲》的创作流露出丁玲“把中断了的女性思索与大众的命运熔为一炉”的企图，而另一方面，母亲形象的正面性、其“属于大众的向往”，也正是只朝“佛面”的韦护眼中所能见的东西。[②]这段叙述似乎表明《母亲》在对这类与历史合拍的“幸运”“正面”女性形象的塑造中也同时剪除和遮蔽了许多更为复杂暧昧的女性经验。另外，“幸运”的判断也与王淑明捕捉到的母亲成长经历的“偶然”性有相近之处。

21 世纪以来，针对《母亲》的文本细读与相关话题的探讨进入了更为具体的层面，也展现出更为丰富的向度。而女性与革命的关系问题也依然是研究关注的核心。其中，丰杰的文章《儿童视野里的家庭新英雄——丁玲〈母

---

①严家炎《开拓者的艰难跋涉——论丁玲小说的历史贡献》，载《文学评论》1987 年 04 期。

②孟悦、戴锦华：《浮出历史地表》，人民出版社，1989 年版，第 159 页。

亲〉的辛亥革命叙事》聚焦于文本中母亲成长与辛亥革命的具体关联，指出辛亥革命前一系列维新与变革思潮在物质、生理与精神等层面为女性的现代转型提供的契机，并将母亲视为“辛亥革命这一时代分水岭惠泽下成就的第一批具有现代意义的女性代表”，进而以女性的“现代化”为基础探讨了“母亲角色的现代化转型”。而在分析《母亲》的革命叙事时，文章认为30年代丁玲所具备的无产阶级革命立场冲淡了她对辛亥革命的直接感知，以至有关辛亥革命的叙述总体呈现出一种“质朴冲淡的诗意之美”。[①]秦林芳则将《母亲》视为丁玲左联时期的“另类创作”，从“个性解放”的角度解释《母亲》的“革命”内涵，似乎意在发掘《母亲》与左翼文学集体主义诉求之间的微妙张力。[②]然而无论是从“个性”抑或“集体”的角度阐释《母亲》中革命的核心意涵，都不可否认在这样的文本里女性与“时代的大风雨”较之莎菲时期的创作更为显见的关联。正如学者所言，丁玲对历史变革中女性经验的珍视使得她们成为“社会历史中的敏感主体”，“并隐含着叙述性别和历史的另一种可能性”。[③]

梳理这些具有代表性的研究观点可以发现，在女性与革命关系的层面上解读《母亲》需要回应一系列具体议题：身处另一个“革命时代”，丁玲如何认知辛亥革命对于两代女性的意义？它是否是使得女性有机会成为“革命的肉身形态”的最初起点？[④]母亲的成长经历在何种程度上承载着现代女性生长历程中的复杂经验？时代的风云变幻怎样通过对日常生活细节的渗透作用于每一个个体？最重要的是，文学叙述又能以怎样的方式编织整合新女性的成长、个性解放与对“大众”的向往等丰富的时代主题并呈现其内在关联？

---

①丰杰：《儿童视野里的家庭新英雄——丁玲〈母亲〉的辛亥革命叙事》，载《南京师范大学文学院学报》，2014年03期。

②秦林芳：《〈母亲〉：左联时期丁玲的另类创作》，载《文艺争鸣》，2014年03期。

③冷嘉：《大风雨中的漂泊者——从1942年的“三八节有感”说起》，载《文学评论》，2012年第2期。

④贺桂梅在《丁玲的逻辑》一文中将丁玲视为“革命的肉身形态”，认为其个人成长史就体现了近现代中国革命的延续性与“革命”本身的逻辑。在文中，贺桂梅以丁玲跟随母亲进入幼稚园为其“革命生涯”的起点。见贺桂梅《丁玲的逻辑》，载《读书》，2015年05期。

二

如上所述，丁玲在《母亲》中对“女性”与“革命”关系之原点的回顾某种程度上源于她对现代女性处境的反思。在母亲这一形象出现之前，丁玲文学谱系中的女性形象几乎都已经是纯然现代的女子。无论是modern girl梦珂、莎菲还是来自乡村世界的阿毛、阿英，或是在公寓中从事文学创作的女作家，抑或是走向革命、参与社会活动的美琳，都已在都市的召唤或浸淫下获得了某种“现代意识”，而丁玲对这些女性形形色色的道路选择与生活方式的描绘使得她逐渐抵达了这样一种现代生活、现代观念的极限。从梦珂到美琳，这群现代女性或对镜自照感受某种角色的“扮演”，或以写作弥合感性与理性之两个“我”的裂隙，或是以自毁式的爱欲对抗日渐庸常的生活，或走上街头与“人群”交汇，种种尝试之下她们似乎依然很难突破相对于外部世界而言封闭而悬浮的个体状态，她们渴望“和许许多多的人发生关系”，而最终这种种“关系”的虚幻性脆弱性又是她们幻灭的根源。在这里，“个人主义话语的困境”①、“五四”精神动能的衰竭、现代都市文化的症候、女性解放的局限等问题都逐渐浮现。要探究这些问题的发生机制与可能的出路，则必须回归“现代女性”诞生的原初语境，也就是“现代”的起点。如果说“母亲”一代的苦斗为丁玲一代女性继续开辟更为广阔的天地奠定了基础，那么反过来，后代人的境遇也构成了对前代之返顾与叙述的基点。

在《母亲》第一部及《丁母回忆录》中，女性的视角和声音都构成了文本世界的核心。就女性与革命的关联而言，两部文本皆较为细腻地呈现出前者逐渐认知、把握后者的方式和过程。可以发现在丁玲与丁母的叙述中，“女学”这一事物都是“母亲”命运至关重要的转折点。除去对女性解放的意义，新式女子学校的出现也是中国教育史、思想文化史中的重大事件。在《母亲》第一部中，围绕母亲曼贞进入女学前后生活方式、人际交往与感知－行为方式的转变，文本揭示出社会变革与女性生存形态变迁之间通过多重媒介的复杂勾连。进一步，女性置身其中的多种关系模式也在母亲从少奶奶到女学生的转变过程中得以显影。而只有厘清这些“关系”的存在演变方式及其具体

①贺桂梅在《知识分子、革命与自我改造——丁玲“向左转”问题的再思考》一文中认为鲁迅等人的“左转”是基于五四启蒙主义的困境，而丁玲的转向则是以“遭遇并穷尽个人主义话语的困境作为其思想前提的。”见贺桂梅著《女性文学与性别政治的变迁》，北京大学出版社，2014年版，第31页。

作用，女性与革命的关联才能被更为具象地把握。

在种种关系中，两性关系无疑是女性生命经验的重要组成部分。尽管《母亲》现有章节构筑了一个颇似《红楼梦》的女性世界，男性的身影依然无处不在。文本中，想要进入学校的母亲曼贞首先就面临着家族中男性的制约。处于丧父、丧夫而幼子尚未长成的境地，在家族网络中有权控制曼贞母子行动的只有族中的男性长辈。而事实上正如幺妈和曼贞都意识到的那样，族中各位叔伯已然没有能力承担传统家族伦理所要求他们对曼贞母子担负的责任。因此，名义上的管辖权实际是十分无力的。正如前研究所注意到的那样，对于曼贞而言，实体性男权因素的缺席使得她具备了相对自由地选择自身未来道路（也即“自己处理自己”）的可能，这也是其“幸运”地走上历史正路的契机。然而细读文本可以发现，对于曼贞一代女性而言，要在男性主导的社会变革中获得一定的切实利益或参与权，某种男性因素的支撑仍然不可或缺。文中吴敏之等女性之所以能够成为女学堂的第一批学生，几乎都源于其家庭中“新派”男性亲属的支持，而曼贞从听闻到进入女子学校的全过程更是离不开作为维新人士的三弟于云卿。在曼贞下定“最后的决心”而与这位“有着新思想的兄弟”谈话时，她的说辞颇能体现某种对男性力量的依附：“你要能答应我这个麻烦，我一切事情才敢动手，我到底是一个女人，又只有你一个亲人。”[①]而这些尚处于显见层面。更多时候，某种隐形的男性因素实则更为潜在、持久而深刻地左右着女性的行为心态，以及重要的人生选择。在《母亲》中，那座“替儿子争面子”的节妇牌坊或许就喻示着这样一种隐性力量的存在。而在丁母的回忆录里，除去维新派的兄弟，已然去世的丈夫似乎也对她的求学道路起到了关键作用，在追忆自己入学后携子回旧居的感受时，丁母对亡夫的一番呼告极富文学性：

可惜你天质，生不逢时。恨我俩缘分太浅，只作十载之伴侣。性情虽然各别，彼此俱能谅解，相敬如宾，从未争执，可叹你留学壮志，竟为家族经济所阻，以至中道废弃，使你百念恢（灰）心，满腔忧虑而亡。只要我三寸气在，不怕儿小女幼，势必继你之志。[②]

这段文字中，丁母对自己“继承夫志”的殷切期许似乎是《母亲》所不曾表现的。在丁玲的叙述里，那个与自己几乎毫无关系的父亲只是一个资质聪颖而不求上进的纨绔子弟，即便获得了去东洋读书的机会，也“到底吃不起苦，住了只一年就回来了。”母女二人的叙述差异似乎表明代际之间心态

①丁玲：《母亲》，上海良友图书公司，1945 年版，第 115—116 页。

②《丁母回忆录》，见《丁玲全集》第 1 卷，河北人民出版社，2001 年版，第 274 页。

与姿态的微妙变化。在丁玲看来，“父亲”的缺席使得“母亲”既承担起独立抚育儿女的责任，又具备了相对自主地选择生路、确立志向的可能。虽然对新鲜事物的接触和认知需要通过与外部世界关系更为密切的男性间接获得，但母亲立志这一过程本身似乎无须男性因素的支持或灌输。进一步在《母亲》中，曼贞正是通过对男女不平等之处境的觉察与反思毅然确立了求学的信念。然而在丁母的叙述里，不仅将志向化为行动需要男性的支持，就是立志本身也需以男性为“中介”。丁母的抒情语句在某种程度上想象性地为自己建构了一个可以继承的“夫志”，于是自身的道路选择就具备了道义上的合法性与情感归属。在这个意义上，曼贞母女的命运多有相近之处。尽管在《母亲》中，丁玲无意将母亲走上新路归结为其对父亲志向的承继，但在丁玲的生命轨迹里，自胡也频牺牲后，包括她自身在内的所有对她“转向”经历的言说似乎都隐隐遵循着相同的逻辑，男性因素对女性情感思想转变、参与社会活动的支配性作用在这样的话语逻辑中占据着关键位置。①

除去对女性成长道路上或隐或显的男性因素的捕捉，《母亲》对男权在不同社会环境中的不同形态也有着较为敏锐的感觉，这一点集中体现在《母亲》第一部与第三部提纲对于云卿形象的刻画上。在《丁母回忆录》中，有关这个弟弟的回忆似乎仅有只言片语，而在丁玲的认知里，正是这位“于三老爷”让年幼的她第一次感受到了男权的压抑与威胁。在《母亲》第一部中，于云卿是为曼贞母女打开新世界大门的维新派绅士，他的言论举止、他与“上海”、与“革命党”的神秘联系也唤起了曼贞对社会变革图景最初的朦胧想象。或许正因如此，第三部提纲中才明确提出了于三老爷的“恶化”，提及他对女儿和侄女的迫害。然而《母亲》第一部中，于三老爷在“开明绅士”之外的某些侧面其实也被呈现了出来。如他对妻子的态度。从于三太太的言语中可得知帮助兴办地方女学堂的三老爷却并不准许自己的太太进学堂读书，三老爷的说辞似乎理直气壮：“你也去上学，把这家，小孩子们交把我来管吗？”②而对待武陵城里的革命党，三老爷亦流露出几分不屑：“几个穷光蛋，弄几百银子就算了不起了。百事总离不了钱。所以这里的事，没有做场，要到外边去。”③于三老爷对钱与经济地位的看重使其自外于武陵城正在发生

①通过对亲密关系的指认为自己的志向赋予合法性这一行为本身更多地诉诸人的情感机制，虽然这一过程和针对它的言说往往存在性别差异，却也不应将其简单认定为性别压迫的一种形式。因此这里使用的是“男性因素”而非“男权因素”。

②丁玲：《母亲》，上海良友图书公司，1945年版，第118页。

③丁玲：《母亲》，版本同注释②，第210页。

的社会变革，而资本与男权的合谋也在第三部中成为从大城市归来、拥有丰厚财产的于三老爷“恶化”的根源。

尽管对男权多种形态的认知程度不尽相同，丁玲与母亲都在自觉反思着女性的处境，并意识到推动“世界”的变化对于改变这种性别不平等境遇的重要意义。正如曼贞所质疑的那样，对于“这个社会”的女人，“一切的书上，一切的日常习惯上都定下了界限，哪个能突过这界限呢？”①“书本”与“日常习惯”所规定的界限需要一套新的知识体系、价值观念与生活方式去突破，而这也正是女学的出现于曼贞一代女性的重要意义。②

在进入学校前后，曼贞等女性通过对一系列“新花样”的体验逐渐感知着身边世界正在发生的变化，也与家族之外的更多人群事物建立了关联。被少奶奶们认为“难看”的新式装束、开学典礼的诸个环节、学堂集体宿舍的生活，这些都为刚刚走出闺阁的少妇少女们揭开了“新世界”的一角。文本对女性感知新鲜事物过程的描绘极其细腻。为了回归人物的原初体验现场，叙述还刻意采取了“陌生化”的方式：

这时在男宾中又走上来了两个唱礼的。像人家做喜事一样，也有奏乐，却是那位体操教员，走到那桌边的不知叫什么的东西旁边，坐了下来按着，从那里发出一些不懂的音乐。③

这是众女性在典礼上初见西洋乐器时的观感。类似的叙述方式塑造了第一部第三章的整体基调，“希奇”“好玩”“有趣”等词语反复出现，从中不难发现母亲等女子对新生事物的好奇感与某种审美眼光。而与此同时，隔着遥远的时空距离、通过母亲的追述与自身的想象建构起前辈女性生活图景

---

①丁玲：《母亲》，上海良友图书公司，1945 年版，第 81 页。

②从丁母与丁玲的文字中，可以看出母女二人都具备自觉的女性意识，也对女性解放的道路做出过不同的设想。白露认为丁玲的女权主义主张渊源自孩提时代母亲的影响，并将丁母定义为“民族女权主义者”，认为其一定程度上代表了“一九一九年以前的妇女运动的思想”。相应地将早期丁玲的思想归为“无政府主义、反家庭主义的女权主义”，并认为经由曲折历程到达延安的丁玲在整风运动前是一位“马克思主义世界中的女权主义者”。这些定位其实颇值得分析。无论如何从白露对“女权主义”各种形态的命名中可以发现丁玲母女的女性意识、性别关怀始终与对民族、阶级、社会组织形式等问题密切相关。相关论述见（美）白露《〈三八节有感〉和丁玲的女权主义在她文学作品中的表现》，收入孙瑞珍、王中忱编《丁玲研究在国外》，湖南人民出版社，1985 年版，272—283 页。

③丁玲：《母亲》，版本见注释①，第 146 页。

的丁玲也未尝不对这新旧交替时代的场景与“故事”存有几分好奇心与审美观赏的情致。这或许是导致文本对社会变革的叙述具备一丝“质朴冲淡之美”的缘由。然而作者也意识到，仅凭好奇心与趣味感支撑的道路选择与历史认知究竟难以成立。文中，思想更为激进的女学生夏真仁（以革命烈士向警予为原型）就指出了这种感知方式的局限：

她看到大家都还是小姐们一样，虽说已经知道了一些国事，从一些地理课上，从一些报纸上，好像也很热心来谈论，可是你看她们上手工，上图画也一样有趣，甚至对于衣裳，也还是有趣。①

在由于曼贞、夏真仁、杜淑贞这群有志于参与社会活动的结拜姐妹所组成的小团体中，新旧人际关系模式呈现出共存的局面。同时，这一女性团体内部各人对待社会、革命、家庭等问题态度的差异也埋藏着她们日后走向分化的种种因素。这些也许都将在《母亲》三部曲中逐渐呈现。除此之外，夏真仁的担忧也表明对于正在发生的社会变革，“有趣”究竟只是一种浮光掠影式的体验，浪漫的幻想缺乏转化为实际行动的可能，一时的兴味更将很快堕入无聊平庸。②真正的认知和参与需要具备某种切身性的因素。文本中，为茅盾所激赏的对曼贞放脚经历的描写实则就突显了这场社会变革于女性而言的切身意义。

在回忆录里，丁母以寥寥数语记录了放足的艰难，也对自己终能在体操方面比年轻女性更为耐苦表现出自得之情，而《母亲》更是以不小的篇幅叙述了曼贞放脚过程中的痛苦与欣慰。比起于三老爷在阻止女儿缠足时的一番大道理，身为女子的曼贞似乎不太明晰这一举动的深远意义，而更多是从切实的“中用”角度理解了解放双足的必要性。从幼年随父到云贵一带见到异族女子“均能做事生产，比我们汉人强些”③，到羡慕学堂里教体操课的“大脚先生”，曼贞逐渐意识到要在这世界做个有用的人、争取与男子平等的地位，首先需要一个健全的身体。因而与放脚这一举动息息相关的还有母亲自上学后对自己身体状况的关注。《母亲》第一章着意描写了刚刚经历丧夫之痛的曼贞身体的病弱，几乎终日恹恹缠绵于病榻，略走两步便需要仆妇搀

①丁玲：《母亲》，上海良友图书公司，1945 年版，第 192 页。

②《暑假中》（1928）同样置身于武陵城学校里的那群女性所面临的就正是这样百无聊赖的境地。

③《丁母回忆录》，见《丁玲全集》第一卷，河北人民出版社，2001 年版，第 235 页。

扶。而在进入学堂开始放脚并修习了体操等课程后，曼贞的身子似乎“雄多了”。丁母在回忆录中对自己身体变化的追忆则更为细致。从年少时深信红颜薄命之语，“常恨自己身体太懦弱没用”“整整是个废人”“抱厌世主义，故意遭遢（糟蹋）身体，常常气痛”“假酒泄闷”（这里俨然是莎菲女士的前身），到孕育孩子时“思潮变化”，立意“将我的志愿贯（灌）输与胎儿，第一要使他有健全的身体”，到决定将女儿“生下即作男孩装扮，不穿耳不缠足”，再到进入学校后“身体非常进步，不独外部发展，不畏寒冷，强健，就是内部思想记忆亦速”，遂觉自己“另换一境界，只觉思想勃勃，记忆日增，胆气充足，尤其说话不屈于人。”①身体和对待身体态度的变化成为发生在母亲身上最为切实的“革命”，也在母女二人的叙述中构成了女性解放的基点。或许如一些研究者所阐释的那样，疾病是现代人与现代文学体验并形塑世界的某种机制，然而对于渴望在现代社会中发挥作用的女性乃至每个个体，健康的身体似乎都是一个最为基本的要素。丁玲母女对成长经验中身体情况的关注体现着她们在这一点上的自觉意识。多年后在丁玲提给延安妇女的建议中，“不要让自己生病”仍然被首先强调。而另一方面与这样的切实建议相关，延安时期丁玲笔下的女性与周边环境、与社会变革间也逐渐构成了种种更具切身性的关联。

新鲜事物的出现、新型人际关系的建立与身体状况的改变都标志着武陵城里的“革命”浪潮逐渐由中心（“朗江学社”的于云卿、程仁山等人）播散延展，作用到曼贞等上层女性的生活细节中。尽管对诸多细节的零碎体验尚不能搭建起对社会变革总貌与历史发展趋向的清晰认知，《母亲》第一部中曼贞等人所获得的终究也只是对“世界不同了”的朦胧体认，然而充盈着细节和切身经验的个人成长史与社会变革史叙述还是在一定程度上纠正了后代人所可能存在的对“革命”偏于抽象性、理念性的理解模式。如研究者所言，革命的起点和终点都在于一种生活世界的改造。②它终将作用于每个个体日常生活的各个层面。

小说既名为《母亲》，则母子关系亦是文本不可忽略的线索。同时，探讨女性与革命的关联也必将触及革命过程对母职和母性所应具备的现代形态的探索。以往的研究多关注到伴随革命思潮而出现的女学、女界团体等事物

---

①《丁母回忆录》，见《丁玲全集》第一卷，河北人民出版社，2001年版，第244、245、258、264、287、274页。

② 程凯：《革命的张力——“大革命”前后新文学知识分子的历史处境与思想探求（1924—1930）》，北京大学出版社，2014年版，163页。

对曼贞“母亲”意识与母职观念的影响。事实上，从清末维新运动开始，梁启超等人已然将“女学”与“母教”进而与一个种族的自强联系起来。[①]循此思路，进入学校受到教育的女性就更具备了相夫教子、抚育优秀后代的可能。然而自新文化运动以来，以个性解放为旨归的女性解放思潮已然隐隐排斥着这种“贤妻良母”性质的女性教育准则。[②]在新一代女性的观念里，曼贞这样的形象似乎更多地作为女性进步过程中的“历史中间物”而存在，代表着走出家门的“娜拉”们无须再回顾与重复的阶段。有研究即认为丁玲《母亲》写作未能继续的潜在原因就是“娜拉革命”主题下“贤母良妻”式叙事的“过时”。[③]然而考察丁母与丁玲的叙述不难发现，自晚清以至《母亲》写作的20世纪30年代，历经数次社会变革思潮并已然孕育了后代的母女二人都对“母亲”的身份意识与母职的履行方式做出了自觉的辨析。在《母亲》中，幺妈与曼贞对未来的设想就代表着两种不同的母职观。在幺妈看来，失去丈夫与家产的曼贞唯一的出路就是全心全意抚育幼子成人，“要排场要热闹，日子在后边，只要小少爷争气，还愁没有么？”[④]虽则幺妈对未来的设想只是遵循着母凭子贵的传统逻辑，但也正是她的话唤起了昏沉度日的母亲的责任意识和情感寄托。在幺妈的指引下，母亲决意放下过去的生活，“脱下那件奶奶的袍褂，而穿起一件农妇的，一个能干的母亲的衣服。”[⑤]意识到自己对幼子的责任是母亲新生的开始，她由此下定了“吃苦”与“捐弃一切”的决

---

①梁启超在《论女学》（1897）中陈述兴办女学之义时特别提到了“母教”与“胎教”的重要性：“治天下之大本二：曰正人心；广人才。而二者之本，必自蒙养始；蒙养之本，必自母教始；母教之本，必自妇学始。故妇学实天下存亡强弱之大原也。”“西人言种族之学者，以胎教为第一义，其思所以自进其种者，不一而足。而各国之以强兵为意者，亦令国中妇人，一律习体操，以为必如是，然后所生之子，肤革充盈，筋力强壮也。此亦女学堂中一大义也。”[梁启超《论女学》，见《中国妇女运动历史资料（1840—1918）》，中国妇女出版社，1991年版，77—78页]此外郑观应等人在提倡女学时也往往将之与母教相关联。

②凌叔华的小说《小刘》（1929）或可视为书写新文化所塑造的新女性对已然进入家庭身为妻母的妇女的某种排斥。在这篇小说中，“我”所在的女子学校因为招收了一名怀孕女性而被指责为“贤妻良母养成所”，最终“我们”合力将这位孕妇排挤出班级。

③杨联芬：《“娜拉”走后：弃儿创伤与解放的误区》，载《华东师范大学学报（哲学社会科学版）》，2016年第五期。

④丁玲：《母亲》，上海良友图书公司，1945年版，第62页。

⑤丁玲：《母亲》，上海良友图书公司，1945年版，第74—75页。

心。然而当母亲窥见城市里以女子学校为代表的新世界的光影，决意为自己和儿女开出一条新的道路时，最为坚决的反对竟也来自幺妈。幺妈极力规劝母亲“还是一心放在两个小的身上”，而曼贞的回应则是“而今的世界不同了，女人也可以找出路。”就为下一代奉献自己的观念而言，幺妈与曼贞并无本质的不同，差别或许在于幺妈认为丧夫的曼贞的身份只可能是“孩子的母亲”，而在曼贞的意识里，自己首先是一个可以自主选择出路的女人。在《丁母回忆录》中，母亲也勾勒出自身母职思想的转变，从认命做个“牺牲者”，“将平生之志愿付与后人，像古之贤母流传于后世”，到立意带着孩子与环境奋斗，自立自强，这也许就是前研究所强调的“现代母亲”思维模式的变化，也即“否定作为女性整个表现形式的母亲的自我牺牲，以这一否定为契机，女性作为独立的‘人’而得以回生。”[①]从而，解放了自己的女性也就具备了参与社会变革的可能。然而在这个过程中，“母亲”的身份意识本身绝非作为一种需要被否定的因素与“独立的人”发生关联。《母亲》中，曼贞与夏真仁有关“孩子”的对话在这个意义上值得被仔细审视：

“你索性没有孩子累着，也许还会更好些，你说是不是？”

……

“你说我没有孩子会更好些，我不懂，我实在都是为了孩子们才有勇气生活……从前真不懂得什么，譬如庚子的事，听还不是也听到过，那里管它，只要兵不打到眼面前就与自己无关。如今才晓得一点外边的世界，常常也放在心上气愤不过，不过我假如现在就真的是去刺杀皇帝，我还是以为我是为了我的孩子们，因为我愿意他们是生长在一个好的光明的世界里，不愿意他们做亡国奴！”[②]

如上所述，文本中曼贞决意自强自新是源于其身为母亲责任意识的觉醒。而“为了孩子去革命”这样的表述本身也体现出母职与现代社会之关系的双面性。一方面，社会变革为母亲作为“独立的人”寻找出路提供了更多可能，

---

①这是小林二男《丁玲在日本》中引述的北冈正子的说法，见孙瑞珍、王中忱编《丁玲研究在国外》，同上，383页。在北冈的论述中，《母亲》“透视了被置于传统的社会形态之中的‘女人’”的“从属因素”，并写出了女性将这种从属因素作为“自己内在的敌人”与之战斗的历程。由此可以看到“立足于作为革命者出发点的丁玲与丁玲文学中革命的诞生”。这同样是将《母亲》中的女性与革命或“革命性”关联起来。

②丁玲：《母亲》，上海良友图书公司，1945年版，第195—196页。

而另一方面，“母亲”的身份意识、母职的履行又对现代人的成长与现代社会的发展起到了不可低估的作用。或许如卢卡奇所言，现代意义上个体的成长并不仅仅表现为内心的纯粹自立，而更应体现出在社会产物中寻找适合于心灵的联系和满足的能力，进而具备建立内心的、社会的共同体的可能[①]。而这种良性关系的建立最终需要落实到每个个体与他人的互动关系之中，以这样的互动为基础，“自我”才具备了某种柔软的延展性与包容力，才得以向外部敞开和流动。在丁母与丁玲的讲述里，母子关系的确认都是曼贞告别“置身孤岛”式的自我耽溺、意识到自己与他人和这个世界的相关性的起点。同时，这层关系本身也“逼迫”和召唤着曼贞在现实层面与更多的人、更为广阔的世界发生着关联。在这个过程中，曼贞所感受到的母性与母爱统合了情感与责任两个维度，它不同于某种抽象的、神秘的爱的哲学，也与浪漫、唯我、感伤的“现代爱情”迥然有别。如果说这一时期的丁玲正在寻求“集体主义”的话语和生存方式以克服“个人主义”的困境[②]，那么，类似于曼贞的母职履行所建构的情感形式与人际关系应该就可以成为“个人”与“集体”之间必要的桥梁。明晰了这一点，对《母亲》中社会变革与“母亲现代化”之关系的认知才会更为完整。进一步或许可以追问，“母亲”这一似乎天然带有某种自我让渡性与自我献身性的身份意识是否与女性献身于革命、献身于集体从而将“小我”化为“更大的自我”这样的情感与认知模式具有某种内在的同构性呢？

三

在《母亲》中，“上海”对于曼贞等武陵城里的女性而言似乎是所有新

①卢卡奇在分析《威廉·迈斯特的学习时代》时指出这类教育小说的主人公们要在艰难的斗争和迷途中寻找个人与具体社会现实的和解，在社会产物中找到适合于心灵的联系和满足。“至少在假定的意义上，心灵的孤独借此被扬弃了。这种效用以人们内心的共同体为前提。”这种共同体“既不是完全自然地根植于社会联系和休戚相关的自然一致，也不是一种神秘的共同体经验”，而是“从前固执于自身的孤独个性的一种相互磨合和相互适应”是“一种教育过程的成就，是一种通过努力和斗争获得的成熟。”（匈）卢卡奇著《小说理论》，商务印书馆，2012 年版，122—123 页。某种程度上曼贞等女性对自身母性的发掘（它同样不是一种神秘超验或完全自然的属性）与母职的履行就是这样一种“磨合”与“适应”的过程。

②贺桂梅：《女性文学与性别政治的变迁》，北京大学出版社，2014 年版，第 32 页。

鲜事物的发源地，也是那个“新世界”的中心。时过境迁，这部纪录湖湘社会变革与前一代女性成长道路的作品和她的主人一起在上海等都市承受着波折起伏的命运变迁。1932 年，《母亲》同时在《大陆新闻》与王昆仑等人主编的《人报（无锡）》上连载，[①]而 1933 年 6 月《母亲》的出版发行经过则更是都市政治、经济、文化诸种势力复杂博弈的缩影。正值丁玲被捕失踪的消息传出，《母亲》签名本的售卖引发了不小的轰动与风波。左翼文化界将其视为向国民党当局施压的一种方式，而书籍的畅销也使得出版发行部门获利丰厚。同时应当获利的还有身陷囹圄的作者，然而由于丁玲的失踪，这笔版税无从着落。最终由鲁迅建议，出版方将这笔钱分批次寄到“湖南常德、忠靖庙街六号、蒋慕唐老太太”手中。设若过程顺利，《母亲》所带来的经济利益终究回馈给了“母亲”本人。[②]彼时丁玲母女尚无法互通消息。然而几年后，当丁母赴南京探望丁玲之时，有关《母亲》续写的传闻陆续出现。如果说 1933 年《母亲》第一部未完稿的出版体现了左翼文人在城市中斗争的一种方式，那么在 1936 年左右，有关丁玲在南京“诚恳的忏悔自新”[③]、“生活较前舒适”[④]、正在“预备将她的《母亲》长篇小说重写下去”[⑤]这样的报道的政治意图似乎就更为复杂暧昧。

然而丁母与丁玲对这一切或许不甚知晓。南京一别后母女二人十数年未曾相见。抗战期间，母亲于乡间避居并创作了回忆录。与此同时，投入新生革命政权的丁玲也的确将这部小说的创作延续了下去。[⑥]

除了近年来发现的提纲与残稿，其他一些资料也显示出延安时期丁玲对这部作品的重视与续写的愿望。1937 年 5 月丁玲接受尼姆·威尔斯采访时再次讲述了自己家族的故事并提及《母亲》的创作，“原来的计划是要描写民

①《人报（无锡）》创立于 1932 年，是孙翔风、王昆仑主编的政治性小报，以宣传抗日救国为主要内容。1932 年 7 月 15 日至 8 月 20 日这份报纸刊载了《母亲》第一章的部分内容（具体起止日期待查），并注明“此稿作者特许登载”。但似乎丁玲本人与当时、后世的评论研究都未曾提及过这一点。

②以上资料详见赵家璧《重见丁玲话当年》，同上。

③黄山《丁玲和她的“母亲”》，载《锡报》，1936 年 8 月 28 日，第五卷第三十五期。

④木木《艺坛新闻》，载《黄流》，1936 年 10 月 1 日，第三卷第一期。

⑤《丁玲将写长篇小说“母亲”续篇》，载《世界晨报》，1936 年 8 月 28 日。

⑥根据王增如的考察《母亲》第三部提纲与三篇残稿的写作时间应确定为延安时期，并很有可能开始于 1939—1940 之间。

国以前中国农村的情状，然后经过许多革命而至土地革命。”[①]强调的仍是中国近现代诸种革命形态之间的连续性。1944 年，在与来到延安的中外记者参观团成员赵超构谈及自己过去的创作时，丁玲表示那些作品的观点都不正确（对应于二人谈话中丁玲反复强调的“群众观点”），但其中一些材料仍可以组织进新的作品，这里她特别提及了《母亲》：“我打算将我从前所作关于我母亲的那本小说，用新的观点写一本长篇小说。”赵超构表示“这是我听到她个人创作计划的惟一的一句话。”[②]或许，对这一题材的难以舍弃一方面源于作家个人对母亲与乡土的情感，另一方面也体现出《母亲》第一部所思考的诸多问题的延续。而这部以“新的观点”写成的长篇小说，很可能与《母亲》第三部提纲和新发现的三个片段密切相关。

从提纲上看，《母亲》第三部所书写的时间界限已然超出了丁玲在第一部创作开始时的预设，而至少写到了“小菡”被捕后母女二人的际遇。在对自身所经历的“白色恐怖”与“人情冷暖”的回忆中，“另一个母亲”的成长图景逐渐浮现。[③]相比于辛亥革命，“大革命”时期的社会状况和人际关系于丁玲而言是更为切近的存在，也更为深刻地影响了她的生命轨迹。[④]而第三部的构思似乎也更突出了一些纪实性的因素，甚至出现了沈从文、王会悟等真实人物，并提及丁玲母女与他们之间的交往或过节。进一步比照三篇残稿，或许更能见出《母亲》第三部与第一部相比“新的观点”与风貌。

两篇题为“大南门”的残稿描绘了“大革命失败后”武陵城大南门的繁荣景象。在第一部中，描写武陵城的笔墨基本集中于女学堂与几户大家族之间，文本对家居生活细节的着意描绘造成了这些段落所呈现的场景偏于静态

---

①[美]尼姆·威尔斯：《续西行漫记》，解放军文艺出版社，2002 年版，第 265 页。

②赵超构：《延安一月》，南京新民报社，1946 年版，138 页。

③1980 年丁玲在致赵家壁的信中说到《母亲》第三部要写主人公“在大革命中对于革命失败的怅然及对前途的向往，和在也频牺牲后为我们抚育下一代的艰苦（或者这里也夹杂些自己，写另一个母亲）”。见《丁玲全集》第十二卷，同上，136 页。

④事实上 1927 年前后“大革命”及其形势的转折在当时似乎并未对丁玲的思想和创作轨迹发生直接重大的影响。彼时丁玲初登文坛，如《莎菲女士的日记》等代表作集中体现的是五四落潮期都市青年的生活与心态，沿用的也仍是五四的逻辑。之后随胡也频赴济、回上海加入左联直至胡也频牺牲，丁玲开始在左联担任实际工作并加入共产党，“革命”才逐渐和她发生真正切实的联系。相比之下，在小城经历诸多动荡的母亲对“大革命”前后社会形势翻覆变化的体认似乎更具切身性。

的整体风格，有些笔墨甚至不乏“抒情诗”①的韵致。而第三部“大南门”的片段则聚焦于武陵的市井样貌。甫一开篇，江上来来往往的小火轮、湿漉漉的码头边川流不息的水伕、车伕、“像蚂蚁似的慌慌忙忙的挤进”长的黑门洞的车辆和人群、打着竹板维持秩序的巡警以及杂乱的轰响就塑造出一个热闹、动态的小城形象，而这种动态局面的背后是多样人群、多种社会力量的汇集碰撞。不同于第一部开篇对灵灵坳诗意的审美式书写，“大南门”以反讽的语调叙述了大南门码头“繁荣”的因由：

每星期三和星期六都有从汉口来的船，但近来却添了一班，有时是在星期二，星期四的也有，先只是戴生昌公司添了一班，后来太古也增加了。因为从去年陆陆续续逃出去的人，现在又陆陆续续回来了。这都是那些有名气的地主，大商家的老板和绅士们。他们都是为了那些该死的新派的人们，那些学生，他们把地方上的人，那些做手艺的，抬轿子的，拉车的都教坏了，甚至乡下佬不安分了。弄得这些地主们不能不逃走。现在又是一番天下了，他们便互相庆幸着，有的从上海，有的从汉口，有的从省城，带着家眷，带着一些新奇的用品，坐着太古公司的船，或是戴生昌的船，回到故乡来了。

……

他（指稽查员于明毓）又看见了很多认识的人，江泰昌的老板蒋文彬也带着小老婆回来了。小老婆穿戴得红红绿绿的，更胖了，而蒋文彬却显得更瘦更苍老了似的。亚细亚洋行的二太太，其实也就是小老婆也同着他们一道回来了。武陵城的巨头现在都陆陆续续的，从上海，汉口，长沙，也有些从上边桃源乡下回来了，武陵城一定将有一番新气象。②

武陵城的“新气象”源于马日事变后湖南革命形势落入低潮时逃亡地主富商们的归来。在这里，叙述者对城市景象的把握已然具备了一种整体性、透视性的目光，这样全景式立体化的叙述手法已与后来的《太阳照在桑干河

①钱杏邨在分析《母亲》时称其“不失为一部那时代的革命史”，却又认为某些章节“诗的气氛很重，是可以作为一章抒情诗读”。见钱杏邨《关于〈母亲〉》，载《现代（上海1932）》，1933年11月，第四卷第一期。

②两个段落分别选自“大南门二”“大南门一”两篇残稿。

上》有几分相似。[①]在这个简简单单的片段中，大革命失败后流动于小城内外的各色人等、多种势力纷纷登场。开明绅士于三老爷已经成为一方豪强，在第一部中为找寻革命道路出走上海的他彼时为躲避“乡下佬”的骚动再度去往这个大都市，当“天下”大变，他又与江泰昌的老板、亚细亚洋行的姨太太等人一同回归。于府家仆老于的孙子于明毓（另一版本作“于佑明”）当上了稽查员，靠自己的职业成为“有钱花”“有胆量说话”的人。“武陵巨头”们的穿梭往来造就了武陵表面的繁荣与提纲中所概括的“黑暗腐败”。然而在小城内部，某种与之对抗的力量也在暗中涌动。这包括在《田家冲》出现、在第三部提纲中又被提及、在“大南门一”中似乎再度出现的革命青年三小姐，也包括作为“无政府主义者”的小学校长，暗中放走三小姐的于明毓以及为三小姐提供避难之所的母亲曼贞。仔细考察，第三部提纲与三个残篇中出现的主要人物多在《母亲》第一部就有所涉及，其中一些人物的相互关系与发展倾向也有迹可寻。这主要归因于《母亲》第一部的创作手法。《母亲》虽以主人公曼贞为核心视角，但同时也包容了其他多种视角、声音与感知方式的存在，它们彼此构成了一定的对话与辩驳。这也许体现了丁玲文学创作在“个”与“群”之间寻找平衡点的意图。有研究者将《母亲》视为丁玲创作“长篇客观小说”的开端，所侧重的也是其人物类型、视角的多样性与广阔的辐射面。[②]仅就女性形象而言，《母亲》第一部就并置着恪守传

①两篇“大南门”残稿透过码头稽查员于明毓的视角展示出小城人员的往来与景观的变化，这与《太阳照在桑干河上》开篇以赶车去暖水屯的顾涌的眼光观察村庄里正在发生的新变有相似性。这样的视角具备流动性与开阔性，在主人公的见闻、感受、回想与叙事者的全盘把握中，景观的横纵维度都被展现出来，因而也具备了立体性，具备了广度与深度。相比之下《母亲》第一部偏于静态和平面的书写的确很难把握那些“动的现象”及其本质，必要时这样的认知甚至只能由叙事者声音的直接插入完成。

②中岛碧认为《母亲》代表了“作家丁玲在方法上的现实主义的觉醒”，并提出“如果《莎菲女士的日记》是那样的自我表白型的心理小说可算作丁玲文学的一个原型的话，长篇客观小说《母亲》将是她的另一种原型。丁玲长篇小说后来有一九四八年的《太阳照在桑干河上》，以及被中断多年而一九七九年又开始写作的《在严寒的日子里》，两篇在方法上都继承了《母亲》的系统。”（中岛碧《丁玲论》，见《丁玲研究在国外》，同上，185 页。）如中岛碧所言，这类小说不再集中表现作家或某个人物的主观情感，而是使众多登场人物“成为分别带有个性的存在”，在他们的互动中自然而然地体现作者的主观和感情，并由此展现某一时期社会的整体动向。这种倾向在《母亲》第一部中存在，而在新发现的续作片段中体现得更为明显。

统家族与乡土伦理的幺妈、熟知大家庭“主妇经”的于三太太、激进的青年女性夏真仁、生意场上的好手杜淑贞等人的多重声音。正是这些人的对话、相互间的理解与“不解”展现出变革时代多种话语资源、价值观念、思维模式与文化心态的交错共存，同时也揭示了新事物、新思潮作用于不同群体的差异，甚至预示着不同人群、不同思想间进一步合流或分化的趋势。

值得注意的是，由于阶层、年龄、地域与人物的具体处境，有些群体和个人似乎终于被排斥在社会变革的影响范畴之外，很难具备直接参与的可能。譬如热心能干的幺妈，她是进城后孤苦无依的曼贞母女时常想念的人，在她身上保留着乡土人家的温暖亲切，然而她的言行举止又体现着强弩之末的传统家族伦理秩序某种残存的威力。[①]在第三部提纲里，这位幺妈的孙女携带“祖令”出现，就是饶有意味的一笔。再如江泰昌的老板娘、曼贞义结金兰的好友杜淑贞。第一部对江家豪华陈设与杜淑贞其人的描写占据了相当的篇幅，犬马在评论《母亲》时即认为将这一在整个故事中不占重要地位的角色描写得如此详细多少有本末倒置之嫌。然而从第三部提纲可知，这位老板娘其人其事、她与曼贞的关系在整部《母亲》的构思框架内应该是十分重要的。

通过梳理可以发现，第三部提纲中提到的杜鉴秋就是第一部的杜淑贞。在第一部中，母亲对杜淑贞加入她们的群体始终持犹疑态度，尽管她为人慷慨大方，又“愿意有几个读书的朋友”，但曼贞认为这种生意人不比耕读人家：“我们虽说也要靠田上吃饭，可总是读书人，百事都还讲点恕道。她们那些，真是不堪问得很。”[②]曼贞对淑贞的看法根本上源于传统士农工商身份等级的划分所塑造的文化心态，然而其中亦有她自己对这样的家族中女性生存处境的切实体认。在曼贞看来，只有脱离这种家庭、这一阶层，杜淑贞才有可能获得新的出路。然而，同为人母的淑贞似乎不具备曼贞的幸运或魄力。在第三部提纲里，杜鉴秋“矛盾、动摇”而终于“消极求道”。在题为“金色阳光”的残稿中，“江太太鉴秋”的处境与心境更是得到了细腻的呈现。这篇残稿主要描写了江公馆内江文彬的姨太太与亚细亚洋行分行经理的三姨太等女性打骨牌的场景，而在最后出现了鉴秋的形象：

这些闹嚷，都不能不传到睡在左边正房里安碧纱橱中的江太太鉴秋女士，

---

①杨刚在分析《母亲》时根据人物阶级属性将幺妈定位为“封建社会的楞角石，忠实的奴隶。”见杨刚女士《关于〈母亲〉》，载《文艺（上海1933）》1933年10月，第一卷第一期。

②丁玲：《母亲》，上海良友图书公司，1945年版，第179页。

她不忍想像那位秀小姐，那位她花了很多心血抚养大的秀儿，她曾寄托过不能在自己身上实现的一些幻想的秀儿，却老老实实的坐在小桃身旁，帮助她打牌，于是她站了起来，在镜子前边整理了一下两鬓，扯了一扯蓝夏布衫，便转过后房，从后厅向到花园的路去。

秀小姐就是第一部中杜淑贞家里“打扮得像个小公主”的女婴，是江家的养女。作为文本中的又一个母亲形象，江太太同样在女儿身上寄托着自己所不能实现的幻想。然而在这段场景中，秀小姐却只能跟在姨太太身边打牌，母女二人都被困在这个充斥着骨牌声的狭小天地里。也许，为女儿设想的前景的幻灭也是导致江太太之矛盾、动摇的关键因素。似乎很难单纯用出身的“原罪”为这类母亲的命运提供解释，亦不知丁玲将如何在第三部叙述这母女二人的经历。唯一可以清楚的是在丁玲看来，无法断然解放自己、在不断吃苦的过程中重获新生的母亲，最终或许也只能带着儿女一同沉沦。而在第三部的设想里，于众多女性中脱颖而出、在时代风浪中毅然前行的，或许还是作者最为敬爱的母亲曼贞。

《母亲》第一部第四章塑造了重大变革前的“山雨欲来”之势，并在最后简要交代了武陵城“起事响应武汉”这场革命的经过。同多数地方一样，革命后的武陵也在新旧势力的夹杂控制下恢复了暂时的平静，而这时的母亲尚且不能把握女学堂等新鲜事物的出现、自己和好友们从报纸上看来的词汇、对英雄豪杰的浪漫想象与这场“起事”之间的内在联系。而在第三部中，丁玲着意让曼贞和正在进行着的革命发生更为紧密的关联。第三部提纲里，“大革命失败后”的母亲从对“小城市之黑暗腐败”的体认中感受到了生活的寂寞悲苦，又在对女儿小菡的期许下继续着与环境的斗争：“革命虽失败，母亲并不灰心”；“母亲只有对革命心向往之”。提纲与“大南门”残稿也都出现了母亲援救三小姐的叙述。在这里，母亲已然不仅仅从自身的日常经验里感知和想象着某些变化的发生，而是成为社会变革的主动参与者，似乎也对“革命”具备了更加清晰的认知与坚定的信念。从第一部到第三部，在艰苦中不断成长的母亲代表着丁玲心中理想女性的形象。同时，这个不断承受着命运所给予的苦难磋磨、在纷繁变化的形势中保持着对前景的向往的女性在作者笔下似乎也可以成为那个在晦暗中摸索的时代乃至中国革命史的象征。然而在《丁母回忆录》中，母亲本人对大革命前后自身处境与心态的叙述或可与《母亲》第三部的构想形成微妙的对照。

阅读回忆录可知，自辛亥革命后至一九二七年（也就是设想中《母亲》第二部应涵盖的时间段），母亲在家乡继续求学并担任了几所学校的教员、校长，与友人一起创立了妇女俭德会等团体，资助贫苦女性求学工作，甚至作为女界代表涉足政界，参与了地方自治的筹备，可以称得上是地方社会变革的积极参与者。而一九二七年前后小城的“风潮”再起却给母亲的事业造成了毁灭性的影响。城中接二连三的暴力事件让母亲反思起这些“政治动作”的意图与作用，从以下叙述中不难捕捉到母亲犹疑忧惧甚至愤懑的心态：

七月秋收毕，寒蝉噤，军队又纷纷来城，市面又慌乱，来得极多，概住民房……要算此次军人还好，讲情节，也安静，并不噜苏（啰嗦），然而总欠训练，兵士像顽皮小孩样，面长官规规矩矩，背着无聊到极点。

此刻枪声四起，兼以喊杀之声甚近……原来是他们自己火并……幸得是同居军队胜了，不然背时倒运，凡住了败军的民家，一时瓦解，真的城门失火，殃及池鱼。

各会倡兴，各行有会，处处一样，文化不及之处更甚，山州草县，乡村市镇，良善者避之不暇，所余者无知识之愚民，其地痞流氓，乘势生风，假公报私，妄作妄为，层出不穷，主意政策是好，可惜民众知识欠缺，一天天的很（狠），住家的妇女也要组织会，不得违抗公共命令……每日只闻鼓声咚咚，呼喊口号，若到街市一望，百务停顿，旗帜飘扬，男女若疯狂，可怕到极点。

我则终日深居斗室，恨不将此身埋藏地穴。或把两耳紧塞，因常有“搭底搭底”毙人之号声，或听同居的说某女生亦在其内，很可怜呢！……万恶的人类，昧于天良，我那青年哟！可惜呀，可惜的呀！①

大革命形势的急剧变化、小城内各种力量角逐所形成的混乱局势、激进的政治运动、反复无常的杀戮都让母亲感到“茫然痛楚”。②一心发展教育事业的母亲显然不愿被突如其来的政治变动搅扰，只抱定“禀着天良，随合大众，不可激烈，也不宜大畏怯，切莫乱发语言”的宗旨勉力度日。而最终武陵城似乎也没有出现能够让母亲寄予希望和向往的某种革命形态。自此以后（特别是丁玲将遗孤送回家乡后），母亲基本在“养育外孙”与“将身许道”中度过“余生”。

①《丁母回忆录》，见《丁玲全集》第一卷，河北人民出版社，第335—339页。

②1927年5月发生的“马日事变”是湖南境内革命团体分裂、革命形势变化的转折点。而在丁母的回忆中一九二七年夏至一九二九年的确是小城恐怖杀戮最为集中的时期，亦是母亲的事业和精神状态遭遇重大打击的时间段。

也许，这一时期母亲对革命的向往和参与大都存在于丁玲的文学构想中，而革命事业在中国城乡的落地生根终究需要几代人去完成。然而，并不能以此苛责母亲停止了成长与奋斗。事实上从任何一个角度看，这位母亲都不失为一时代的伟大女性。无论是以身作则劝止地方少女缠足，还是开办平民工读女校、为贫苦女性和年长失学者提供接受教育并补贴家用的机会，抑或是在女儿遭受厄运或决意前行时承担起养育后代的责任，在时代的风浪中，母亲都为儿女的成长、女性的解放与社会的发展奉献着自己的力量。

从上海到延安，时空变化与革命形势的发展使得丁玲的《母亲》展现出更为新颖的创作手法，也容纳了更为丰富的议题。虽然《母亲》的原定写作计划最终没有完成，但直至晚年丁玲依然对之十分牵恋，屡次表达着续写《母亲》的愿望与可能无法达成这一愿望的遗憾。在她的表述里，是“新的生活”“新的东西”不断“压”上来导致了《母亲》写作计划的搁置，①这与丁玲一生的经历、性情和文学观念息息相关。然而在日新月异的时代语境中仍旧不能忘怀那些“遥远的故事”，除去情感因素之外，大约也还包含着作者对上述“原点问题”的持续反思。

最后的一点猜测是，从第三部提纲来看小说仍以《母亲》为题，那么延安时期的续作是否依然寄寓着丁玲对革命政权内部“母亲”问题的思考呢？已有的提纲与残篇似乎没有针对这一问题较为明晰的线索，但考察丁玲这一时期的文学创作可以发现，《在医院中》《夜》等作品都隐隐闪现着某种对母亲、母性的呼唤与无法成为母亲、母职缺失的焦虑。②在这里“母亲”的意

---

①1979年8月31日丁玲同日本专家谈话时提及《母亲》是真人真事，“没有写完，后来新的生活压上来了，该写新的东西了，就老放在那里了。”（见李向东、王增如著《丁玲传》，中国大百科全书出版社，2015年版，87页。）同年丁玲接受香港《开卷》杂志记者采访时表示《母亲》中的人和事都是“从封建社会慢慢走过来的，也很有意思。而且是写自己，写来不必花费很多时间，应该是可以写下去的。”（丁玲《答〈开卷〉记者问》）在1980年与赵家璧的谈话中，丁玲谈到“续写《母亲》是一件有趣的事，只怕时间对我不准许了。”1980年丁玲为人民文学出版社重印《母亲》作《我母亲的生平》，认为母亲的生平经历有助于当代读者“了解另一个时代，另一种社会”，但表示“因为许多更紧迫的事，我不能不压下续写《母亲》的欲望。”并在这篇文章中摘录了母亲回忆录的一些片段作为对未完之作的补充。（丁玲《我母亲的生平》，见《丁玲全集》第六卷，同上，64页。）

②《在医院中》内心焦灼、与所有人斗争的陆萍对故乡和母亲的思念，《夜》中何华明家里难产的母牛和无法生育的老妻似乎都隐现着这种情感状态。

涵更具有复杂性。她既是繁殖抚育后代、确保新生力量不断延续的“物质基础”（《夜》），又是在战争年代与革命群体的建设中维系个体的情感纽带、召唤共同体意识的象征符码，同时在社会变革与性别秩序重建的探索过程中，解决母亲所面临的问题也是不可回避的一个环节。这些问题在引发诸多争议的《三八节有感》中被直接提出。在这篇文章里，革命女性的困境之一就是“做母亲”与“求进步”之间几乎不可调和的矛盾：为继续工作，有了孩子的女性吃堕胎药、刮子宫、要求托儿所收留孩子而被质问“带孩子不是工作吗？……你们到底做过一些什么了不起的政治工作？”；另一面，倘若“一个有了工作能力的女人，而还能牺牲自己的事业去作为一个贤妻良母的时候，未始不被人歌颂，但在十多年之后，她必然也逃不出‘落后’的悲剧。”①事实上，在近现代女性解放的进程中这二者的矛盾从未消失，而丁玲的《三八节有感》不仅将这一矛盾突显，还进一步指出在具体的社会环境中阶层等因素的差异对女性履行母职的深刻影响。这一系列问题的提出无疑是尖锐而深刻的。最终，在道理与实际、“感情”与“思想”的冲突权衡中，《三八节有感》以对女性同胞的劝诫结束，提供了诉诸个体的解决方案。而“不要让自己生病”“使自己愉快”“用脑子”“下吃苦的决心”等建议，似乎与《母亲》中曼贞“与环境奋斗”的准则完全相同。在那里，母亲“不过只有一个吃苦的决心，为了孩子们的生长，她可以捐弃她自己的一切，命运派定她该经过多少磨难，她就无畏的走去。其实她是连所谓苦，怎样苦法，都是不清楚的。”②而在丁玲所处的时空中，这些问题也并没有明确答案。人是在艰苦中成长，至于“怎样苦法”、出路为何，大约只能以一代代“母亲”与社会变革之具体切实的互动作为回答。

（孙慈姗：北京大学中国语言文学系中国现代文学专业硕士研究生）

①丁玲：《三八节有感》，载《解放日报》，1942年3月9日。

②丁玲：《母亲》，上海良友图书公司，1945年版，第62页。

左联时期丁玲小说创作的叙事策略

俞宽宏

内容摘要：左联时期是丁玲政治立场激剧左转，小说创作开始承担无产阶级革命道义的重要时段。为发挥文学的组织功能，针对不断变化的时势，丁玲调整小说创作的叙事策略，勠力创作，使小说创作呈现出一些迥异于前期的美学特征。本文着重从政治性叙事、报道性叙事和历史性叙事的角度，重点分析了这一时期丁玲小说创作的叙事策略，力求从叙事学的角度对这一时期丁玲小说创作的艺术成就和美学特征做出一些新的阐释和评价。

关键词：左联　丁玲　叙事策略

1930年5月，丁玲同胡也频双双加入左联之后，在胡也频的影响下，政治思想开始明显左倾。直至1933年5月被捕，丁玲在这一时期的小说创作，因受个人家庭生活变故、九一八事变之后国内民族矛盾上升和之后阶级矛盾再次激化的影响，也因《韦护》《一九三〇年春上海》（之一、之二）发表之后，小说创作本身面临着一个艺术创新突破的压力，丁玲开始在小说创作上调整叙事策略。一方面是政治立场的转变，使丁玲坚定地尝试着在作品中“替大众说话，替自己说话”[①]，政治性叙事成为丁玲小说创作的主基调；另一方面，作为一个喜欢站在时代浪尖上创作的青年作家，为迅速反映现实重大事件和时代主题，同时也因为左翼文化斗争的需要，丁玲在小说创作中开始尝试采用某些报导性的叙事方式和历史性的叙事模式，以展示上海和国内

①丁玲：《我的自白》，《丁玲全集》（第7卷）河北人民出版社，2001年12月版，第4页。

风云变化的政治形势和近现代以来中国历史发展的必然趋势。左联时期丁玲小说创作叙事策略的调整，根本原因是作家政治立场和创作宗旨的转变。不同叙事方式和叙事手法的采用，使这一时期丁玲小说创作的机理、语调、叙事节奏和叙事风格等均呈现了一种迥异于其他阶段的不同的小说美学特征。

一、政治性叙事

1930 年是胡也频无产阶级政治信仰日益成熟并最终加入中国共产党的一年。受其影响，丁玲的政治理想也日趋明朗。这种政治倾向明朗化的起点，即为丁玲、胡也频夫妇加入左联之时。丁玲在她加入左联之后的第一篇小说《年前的一天》创作之中，就对自己参与无产阶级政治斗争的心态及其未来生活道路的选择有过描述。《1930 年春上海》（之二）延续了这种小说创作政治化的倾向。1931 年 2 月胡也频牺牲后，丁玲的政治信仰发生更为明确的左转。丁玲把自己不到周岁的小孩送回湖南母亲扶养，在党组织的关怀下，自己一心投身到“死人的意志”①上。经过短期的调整思考，胡也频牺牲之后第二年，1932 年 3 月，丁玲正式确定了自己的政治信仰，加入中国共产党，并誓言甘做一颗革命和党的螺丝钉。

对于政治与文学的关系，政治信仰与作家的关系，丁玲晚年在多种场合都有自己的论述。1980 年 8 月，丁玲在全国高等学校文艺理论学术讨论上说：“创作本身就是政治行动，作家是政治化了的人。有的作家说他可以不要政治，你是个作家，就有志向，就有理想，就有感情，这都不是与政治无关的吧！”②1982 年下半年，丁玲在和北京语言学院留学生的一次谈话中，再次重申了自己的这种文艺观：“文学和政治是不可分离的，这不是理论，这是中国的历史事实。少数人想脱离政治轨道去追求什么创作自由，是行不通的，文学与政治绝缘是不可能的。作家本身也是政治家，脱离了政治，作家的生命就要完了。”③

在丁玲的文艺理念里，政治之于文学是水乳交融的，两者无法分开，任

---

① 丁玲：《死人的意志难道不在大家身上吗？》，《文艺新闻》第 13 期，1936 年 6 月 8 日。

② 丁玲：《漫谈文艺与政治的关系》，《丁玲全集》（第 8 集），河北人民出版社 2001 年版，第 122 页。

③ 丁玲：《和北京语言学院留学生的一次谈话》《丁玲全集》（第 8 集），河北人民出版社 2001 年版，第 294 页。

何作家都无法脱离政治。不光是作家，一个普通的老百姓只要活在世上，就无法脱离政治——政治应该是文学所要表现的一项重要内容。作为一个深受五四思潮影响的“海漂”女性作家，丁玲政治文艺观的形成，当然不是一蹴而就的。从早期带点安那琪主义情愫的女性作家，转变为一个真正的无产阶级革命斗士，丁玲政治文艺观的形成自然离不开上海生活经验的积累和周围朋友的影响。但“真正使丁玲经过十多年的磨炼和痛苦的思考，作出最终选择的根本原因，是她的人生抱负、人生理想”。①实事上，这种文艺观的形成，丁玲加入左联之初就已初具雏形，加入左联这件事本身也意味着她认同了左联的无产阶级革命文学理念。促使丁玲政治观点进一步明朗化的关键事件，当然是胡也频的牺牲这件事。如果说《1930 年春上海》（之二）还没有脱离“革命加恋爱”的浪漫气息，那么，丁玲从湖南回上海之后创作的第一篇小说《从夜晚到天亮》，则一下子把作品中的隐指作者拖到了严峻的现实社会中来，迅速拉近了文学创作与现实生活的距离，由此开始了无产阶级政治与文学创作的密切媾婚。

作为左联的一名重要盟员，丁玲小说创作肩负着无产阶级革命的责任，政治性叙事是左联时期丁玲小说创作的主基调，隐藏在叙事者身后隐指作者鲜明的政治立场是这一时期丁玲小说创作最重要的美学特征。1936 年丁玲离开上海不久后说：“一枝笔写下了汉奸秦桧，几百年来秦桧就一直长脆在岳庙门前，受尽古往今来游人的咒骂；《三国演义》把曹操写得很坏，直到现在戏台上曹操的脸上就涂着可怕的白色，那象征着奸诈小人的白色。所以有人说一枝笔可以生死人，我们也可说一枝笔是战斗的武器。”②毫无疑问，胡也频牺牲后，由于政治思想激剧左转，丁玲不单在行动上积极参与了左联的政治活动，也在创作上自觉地把写作当成无产阶级革命斗争的武器，展示在此后丁玲小说创作里的政治价值和社会价值，已经成为丁玲小说创作追求的最重要目标。不管是《一天》《某夜》，还是《田家冲》《消息》《夜会》，这些小说均致力于把作品人物的政治行动与隐指作者的无产阶级革命理想结合起来，企图通过对作品人物的行动描述及其故事效应来诠释作品的政治追求和社会价值。

左联时期丁玲的小说创作当然属于一种革命式的写作，胡也频牺牲使丁

①蒋素珍　阎浩岗《自由与革命：矛盾中的艰难抉择——也论丁玲的左转》，《新气象　新开拓——第十次丁玲国际学术研讨会文集》，同济大学出版社 2009 年 5 月版，第 58 页。

②丁玲：《刊尾随笔》，《红色中华副刊》，1936 年 11 月 30 日。

玲小说创作一下子变得沉重起来。为承担社会道义，丁玲首先在小说取材上是有所选择的，工人题材和革命知识分子题材成了这一时期丁玲小说政治性叙事的基础。她始终认为，工人的生活更贴近大众，工人作家的写作“更能反映大众的意识，写大众的生活，写大众的需要，更接近大众，为大众所喜欢，同时也就更能负担起文学的任务，推进这个社会。”①唯其如此，尽管作为一位青年知识女性，丁玲对工人生活并不十分熟悉，但仍然写出了《法网》和《夜会》那样的充满现代工人生活气息的小说作品。相对来说，因为自己的出身，丁玲对青年革命知识分子的生活应该更熟悉一点，于是就有了《田家冲》《一天》《某夜》等系列小说的诞生。此两类题材是丁玲小说政治性叙事的主要担当者。两类题材小说叙事当然是政治和社会生活现实伸展入文学艺术领域后的产物，思想性写作是其共同特征，作品所呈现出的无产阶级革命的道义构成了丁玲小说创作最主要的文化价值。

尽管强调作品道义功能，此一时期的丁玲小说创作的政治性叙事其实也相当看重作品的艺术性。丁玲后来说：“别把政治性当作口号去说教，政治性就在实际的生活里面，是意会出来的东西，读者从这里面得到启发，得到恨，得到爱，爱的是好东西，恨的是坏的东西，作品在人家感情上起这种作用，而不是老叫人家读教科书。”②的确，左联时期丁玲的文学创作，确实是在贯彻实践这样的艺术观点。不管是《法网》还是《奔》，读者看不到作品中的说教者，甚至作者一贯擅长的大段心理描述也惜墨如金。小说作者更多的是通过作品人物的行动冲突和命运跌宕来诠释革命道义，企图通过作品人物的多舛命运来展示社会革命的必然性。两部小说不像某些革命的传声筒，它有自己的艺术逻辑和艺术生命，读者能感受到小说人物心灵跳动的脉搏，能为作品人物的悲剧命运所震撼，并由此激起对国家民族问题的思考。

诚然，因为过于执着于文学作品的道义担当和组织作用，左联时期丁玲的小说创作有时也难免有损于作品的文学性，她告诉青年说，文学作品“只要真的能够组织起广大的群众，那末，价值就大，并不一定像胡秋原之流，在文学的社会价值以外，还要求着所谓文学的本身价值。”③丁玲在左联时期的某些创作，一小部分作品尽管带有艺术实践的性质，但的确是

①丁玲：《代邮》，《北斗》第二卷第三、四期合刊，1932 年 7 月 20 日，第 554 页。

②丁玲：《答〈开卷〉记者问》《丁玲全集》（第 8 集），河北人民出版社，2001 年，第 10 页。

③丁玲：《我的创作经验》，《丁玲全集》（第 7 卷），河北人民出版社 2001 年 12 月版，第 13 页。

受到了政治观点的影响，《多事之秋》之类观点大于形象的小说确实存在。但大体上看来，丁玲左联时期的小说创作至少在那样一个转换的大时代是受读者欢迎的，在那个特殊年代的确为民族解放和国家独立尽了自己的文化任务，尽管当今的很多文学研究者常常以这类小说缺失文学性而视之如糟糠。

二、报道性叙事

20 世纪 30 年代的“魔都”上海是远东地区最为繁华的城市。作为一个国际化大都市，这里是各类政治力量活动最为活跃的舞台。丁玲是一个十分喜欢追逐时代浪潮创作的作家，她说：“作家应该是一个时代的声音，他要把这个时代的要求、时代的光彩、时代的东西在他的作品里面充分地表述出来。时代在变，作家一定要跟着时代跑，把自己的生活、思想、感情统统跟踪上去，这样才能走在时代的前列，代表人民的要求。”①这毫无疑问是 20 世纪 80 年代社会主义现实主义文学反映论的一种经典表述方式，但这也确实是丁玲这位无产阶级作家一生创作的经验心得。事实上，丁玲这种文艺观的形成几乎在胡也频牺牲之后就初具雏形，也是丁玲这位左联“唯一的无产阶级作家”②创作道路选择的必然结论。

作为一个刚刚从《1930 年春上海》（之二）转换出来的作家，1931 年年初以来发生的一系列重大事件，对丁玲的人生确实影响非凡。胡也频牺牲之后，丁玲决心继承爱人的事业，把写作当作从事无产阶级斗争的武器。为把风云激荡的时代事件及其背后的深层原因及时向国内民众展示，丁玲开始尝试以一种紧贴现实时事的报导性叙事策略，来反映身边急剧变化的阶级矛盾和民族矛盾。这种叙事策略的转换，作家写作立场的转变是关键。密切关注时代大事是一方面，通过对时代事件的叙述来展示事件背后的深层次矛盾和政治因素，才是小说创作的真正意义。

这种创作态度的转换舒缓又憷痛。对于 1931 年夏秋以来的写作心态，1932 年年末丁玲有过明确的表述：“去年，我觉得很苦闷，我有几个月不提笔，我当时非常讨厌自己的旧技巧。我觉得新的内容，是不适合旧的技巧的，所以后来虽写了一点，但是很难勉强的。后来，我的生活有一个新的转变，

①丁玲：《答〈开卷〉记者问》《丁玲全集》（第 8 集），河北人民出版社 2001 年，第 10 页。

②李政文：《鲁迅约见朝鲜友人的一封信》，《新文学史料》第 3 期，1983 年 3 月。

到现在，我觉得材料太多，不过我还没有力量，把它集中和描写出来。”[①]胡也频牺牲后丁玲小说创作叙事策略调整所产生的阵痛是其小说叙事模式转换的必然代价，但另一方面，脱蝉之痛却打开了丁玲小说创作的另一种亢奋姿态。由此而往，一发不可收，丁玲小说创作的革命叙事正式进入了一个全新的领域，终生追求乐此不疲。

时代是现实可触摸的，有时春光明媚也有时狂风暴雨。小说创作要快速及时地描述时代的风云际会，作家的叙事立场是定海神针，当代意义上西方文化界所谓的“零度的写作”在左联时期的国内文坛几乎从未可能。在政治性叙事策略的基础之上，采用报导性叙事模式来反映时代的大事件及其背后逻辑，把小说作者对时事的理解融化进小说叙事之中给读者以一种明显的暗示，这对于左联时期的丁玲小说创作来说，有其必然的内在逻辑。这显然也是文学政治化叙事，企图以此“组织起广大群众”的一种文化策略。同时这也是30年代报告文学出现之前中国左翼作家在小说创作上的一种新尝试。

左联时期是中国现代史上政治经济形势快速转换的特殊阶段，就在这几年，上海和全国发生了一系列影响深远的重大事件。左联五烈事件不必说，单是1931年发生的江淮大水灾难和东北九一八事件在上海引起的波澜，就足以震撼人心。1931年爆发的江淮大水事件，是20世纪国内灾情空前的自然灾难之一，饿孵遍野，乞丐成群，给灾区百姓造成了难以言说的痛苦，隐藏在日常生活中的阶级矛盾迅速暴露了出来。另一方面，九一八事变之后，国内民族矛盾激剧爆发，上海民众的抗日救亡激情空前高涨，以学生为主力的抗日民主力量掀起了一浪又一浪的请愿热潮。作为一名刚刚从丧夫之痛之中“左”转过来的左联盟员，在确立了自己的政治立场之后，面对1931年下半年以来上海发生的一系列重大事件，身上责任促使丁玲迫切地想尝试一种新的紧贴现实的报导性叙事方式来展现时代的风云变化。《从夜晚到天亮》和《某夜》是其小说创作报导性叙事倾向的尝试，《水》和《多事之秋》则把这种叙事模式推向了一个新的高点。

依照现代新闻报道理论，以客观事实为依据，新鲜及时地向受众做出客观报道是一切新闻报道的核心规律。[②]《水》脱稿于1931夏天，连载于丁玲自己主编的《北斗》（一、二、三期）上，这时上海的江南梅雨刚刚消尽，

①丁玲：《我的创作经验》，《丁玲全集》（第7卷），河北人民出版社2001年12月版，第11、12页。

②李良荣：《新闻学概论》，复旦大学出版社，2001年3月版，第22页。

但震撼国际的16省大水灾情尽显。这篇小说是丁玲摆脱过去“革命加恋爱”的蒋光慈式的叙事方式，努力向工农靠拢的一种集体化叙事尝试。小说把触角伸向农村，讲述了一个灾区百姓受灾反抗的故事。小说浓墨重彩地讲述了一场数十年不遇的大水，因官府只知收捐不知修提，把农民的家园彻底冲毁；受灾农民对官府先存幻想，既而受镇压，由相信命运到怀疑人世，然后奋起抗争的事件。不像之前小说注重作品人物的个性心理描写，这篇小说通篇没有一个主要人物，一个一个群众活动场面的连缀速写，最终汇成一股群众暴动的洪流。小说充分展示了遮蔽在日常生活中的农村阶级矛盾。这篇小说的叙事手法，无疑借鉴了现代电影的蒙太奇技术，虽然创作想象的成分是主要部分，但现实的报道性指向十分明确，因而具有较为明显的新闻性特征。

东北“九一八”事变传到上海之后，上海民众群情激荡，以上海大中学生为主体的爱国团体掀起了一股赴南京请愿抗日的浪潮。《多事之秋》正是为报道这一事件而作。小说原计划写一篇十几万字的长篇，但仅仅完成了一部分就戛然而止。小说凡六节，延续了《水》的集体化叙事方式，通篇没有一个贯穿作品的主骨人物，每节描绘一个群众运动场景。作品人物的抗日激情是用一种集体行动的方式勾勒出来的，每个场景的描绘都是快闪式的，一个一个场景速写的层层叠加，构成了小说创作蒙太奇式的丰富意蕴。这部小说所反映的现实即时快速，场景描绘真实有据，它的新闻性特征更为显著。作品“算是一个摄影头，东照照，西照照，中心点呢，没有。”①作品的信息价值大于艺术价值。

三、历史性叙事

1932年下半年之后，随着上海一二八战事结束，国民党企图再次展开对各红军根据地的军事行动，同时加强了对上海左翼文化运动的“围剿”。1932年6月，左联盟员楼适夷被组织从《文艺新闻》抽调出来，为中共江苏省委创办小型日报《大陆新闻》。应楼适夷之约，丁玲开始为《大陆新闻》副刊撰稿。为了保护这份红色小报，丁玲开始采用了一种较为隐蔽的小说叙事方式——历史性的叙事策略来创作《母亲》。

丁玲《母亲》其在左联时期的19部小说创造中是个特例。小说创作缘起于胡也频牺牲之后丁玲送孩子回家的一段经历，丁玲说：

① 丁玲：《〈意外集〉自序》，《丁玲全集》（第9集），河北人民出版社2001年版，第25页。

开始想写这部书，是去年从湖南又回到上海来的时候，因为虽说在家里只住了三天，却听了许多家里和亲属间的动人的故事，完全是一些农村经济的崩溃，地主，官绅阶级走向日暮穷途的一些骇人的奇闻。这里面也间杂得有贫农抗租的斗争，也还有其他的斗争消息。

而另外一方面，也有些关于小城市中有了机器纺纱机，机器织布机，机器碾米厂和小火轮，长途公共汽车的，更有一些洋商新贵的轶事新闻（在那小城市中的确成为不平凡的新闻），和内地军阀横暴欺诈。

这些故事，我是非常有趣的听到了。然而同我小时候在母亲身边听母亲讲的那些故事，便完全两样，而且每次回家，都有很大的不同。逐渐的变成了现在，就是在一个家里，甚或一个人身上，都有曾几何时，而有如剧变的感想。但这并不是一个所谓感慨的事，是包含了一个社会制度在历史过程中的转变。所以我就开始有觉得写部小说的必要。①

毋庸置疑，丁玲创作这部小说，展示近现代以来中国历史的发展趋势是其圭臬。作者写作这部小说的方式是审核式的，小说所反映的历史进程在丁玲创作这部作品的年代已经完成了它的发展任务。小说叙事发端于清末，原计划是要写到 1927 年大革命失败，但因丁玲被捕不得不中途夭折，仅写到辛亥革命爆发即戛然而止。作者创作这部小说的时间与小说反映的历史事件间距 20 余年，唯其如此，作者才得以以一种从容的姿态对历史情件进行细咀慢嚼式的叙述与描绘。虽然小说叙事的线性时间不长，但作品主要人物所延伸出去的方方面面的事件，却透露出浓郁的历史文化信息。

《母亲》具有浓厚的自传性质。作品中的主要人物在现实生活中都有原型。小说讲述了湖南农村一个具有初步民主主义思想的大户人家的孀居小妇曼贞，因丈夫去世不得不独立谋生，决然摆脱农村宗法制的土地束缚，进城接受现代教育，最终成为一个具有独立人格和民主思想的现代知识女性的故事。小说描述采用了曼贞夫家农村宗法制社会和娘家常德城市社会的二元结构。作品人物曼贞当然是这部小说的核心。曼贞不顾重重阻力决然卖掉农村土地，她对于现代知识的渴望和追求，企图通过掌握知识来实现自己的人生价值，把命运掌握在自己手上，这件事本身也就透露出作品人物思想情感的现代性。曼贞作为一名转型中的现代女性，她的思想情愫

① 丁玲：《致〈大陆新闻〉编者》，《丁玲全集》（第 12 集），河北人民出版社 2001 年版，第 8 页。

无疑是清末民初中国农村社会转化的一束光芒，这位现代女性进城念书、放脚和参与社会活动的过程，同时也应是一部清末以来中国农村社会逐步现代化的历史。

作为小说创作历史性叙事的一种尝试，《母亲》对于丁玲的小说创作生涯意义非凡。这是作者第一次把审察的眼光伸向历史，小说创作在文化界产生的声誉，甚至影响到丁玲被捕后国民党的态度。难能可贵的是，这部小说一反过去小说叙事的“欧化”倾向，努力向小说创作的民族形式寻求灵感。此前的小说创作，丁玲就感到自己的叙事写人过于啰嗦，丁玲说：“在写《母亲》的时候，我想最好只写事，不要写话。老是作家在那里说，这个人是什么人，大眼睛，双眼皮，鼻子端正，等等。人家不喜欢听。你就写一件事嘛！”[①]正因如此，这部小说减少了作者一贯擅长的心理描述，尽量用人物的行动来表达作品人物的个性情操，同时也增加了作品叙事的故事性。丁玲惯用的第三人称叙事方式在这部小说中得到了进一步发挥。小说叙事是从小菡这个孩童的视角来展开的。小菡是隐指作者儿童时代的化身，既是小说的叙事者，也是历史的亲历者，两个身份的重叠增加了小说叙事的真实性和感染力，给小说添加了一种质朴童真之美。小说通篇洋溢着隐指作者对农村田园生活的眷恋之情，可惜作者刚刚对小说创作的民族形式有所感悟，《母亲》“还未写完我便被捕了。”[②]《母亲》的历史性叙事给左联时期丁玲的小说创作留下重墨浓彩的一章。

结　语

身处上海租界的特殊环境，左联时期是丁玲不惧国民党白色恐怖，创作较为自由，在小说艺术上不断探索，致力于小说创作与政治结合、与时事结合、与历史结合，作品日臻成熟的一个关键时段。不同于延安和解放区时期，这个时期丁玲“虽然也写过工人，但还没有自觉地以此作为自己写作的方向”。[③]胡也频牺牲，使丁玲小说创作迅速走上了政治化叙事的道路。作者开

①丁玲：《和湖南青年作者谈创作》，《丁玲全集》（第8集），河北人民出版社2001年版，第317页。

②丁玲：《和湖南青年作者谈创作》，《丁玲全集》（第8集），河北人民出版社2001年版，第318页。

③丁玲：《回忆与展望》，《丁玲全集》（第8集），河北人民出版社2001年版，第253页。

始追随鲁迅、茅盾等人的创作，明明知道文学艺术要描写普遍人性的文艺观正在上海流行，却在小说创作中义无反顾地承担起无产阶级革命的道义。她的创作“不是为了描花绣朵，精心细刻，为了艺术而艺术，或者只是为了自己的爱好才从事文学事业的。”[①]她的小说是为人生，为民族解放，为国家独立，为人民民主和社会进步而写作的。在艺术创作实践上，因为现实斗争的需要，丁玲在小说叙事策略方面，尝试着采用了多种不同的叙事模式。这些不同的叙事方式，有的是成功的，有的还待进一步雕琢，有的刚刚探索出一点经验就浅尝辄止。但无论如何，这些小说创作叙事的不同模式，不光给作者本人积累了丰富的创作经验，同时也给20世纪30年代的读书界带来一种全新的艺术体验。丁玲的这些小说创作，无疑是左联小说创作上的一大重要收获，它给20世纪30年代初期的左翼文学带来了一种簇新的小说创作风向，为30年代初国内现代文坛小说创作树起了一种新的方向标，为身处逆境的左翼文学发展繁荣做出了重要贡献。

（俞宽宏：中国左翼作家联盟成立大会会址纪念馆馆员）

---

①丁玲：《我的生平与创作》，《丁玲全集》（第8集），河北人民出版社2001年版，第229，230页。

都市空间视野下丁玲“左联”初期的知识分子叙事研究

杨小露

内容摘要：本文试图从都市空间这一角度进入1930年前后的丁玲，聚焦这一时期丁玲笔下的知识者形象序列，一方面探讨作为知识分子的丁玲与其所处都市空间的互动，另一方面分析丁玲笔下知识者形象的精神特质，重新审视此一时期作家“革命加恋爱”的小说模式。首先，以1930年代的上海为例，探讨都市空间与文学创作的复杂关系，分析左翼作家群体所在的空间样貌以及知识分子丁玲的“都市性”；其次，从其创作入手，探讨丁玲左联时期所谓“革命加恋爱”模式中所呈现的“平面”的革命与“立体”的爱情；最后，从都市空间所构建出的“公”与“私”两种场域，分析左联时期丁玲笔下知识分子精神特质与都市的关系。

关键词：丁玲　都市空间　知识分子　左联

对于丁玲在1930年代小说叙事风格的转变及其思想的“左转”问题，学界在很长一段时间内多以叙事学、心理学、社会学层面的革命理论等角度探讨其左联时期创作主体心理的复杂性及其革命理想与文学写作互相生成的过程。对于左联初期的丁玲来说，《韦护》、《一九三零年春上海》（之一）、《一九三零年春上海》（之二）、《一天》等作品，在一定程度上仍然延续着“莎菲”时期的特质，其小说的叙事场景仍在都市，活跃在其笔下的主人公身份仍是知识分子。1930年代的上海有着复杂的文学话语场域，其中新感觉派作家群和左翼作家群的创作成就尤为丰盛，二者迥然不同的创作取向颉之颃之，共同想象并书写着上海都市空间。丁玲1927年创作《梦珂》处女作后，紧接着发表了《莎菲女士的日记》《阿毛姑娘》《暑假中》等四部短篇小说，并于1928年结集出版了第一部短篇小说集《在黑暗中》，受到许多评论家的关注，奠定了丁玲在文坛的最初形象。丁玲在踏入文坛之前，便参与过上海的若干民主革命活动。可以说，作为五四新文学第一代创作旗手，现代知识分子（作家）这一社会身份是丁玲对自己最初的角色认同。也因此，与其说五四时期的丁玲坚持女性立场，不如说她依托女性这一熟悉的领域，在作品中传达出自己的知识分子写作立场。知识分子群体作为丁玲早期创作中常驻的形象类型，当他们活跃在作家思想转型的关卡时，便会生出更多复杂、矛盾的内涵。因此，本文聚焦于丁玲左联初期的知识者叙事，从都市空间这一角度重新审视丁玲在这一时期的小说创作。

一

时间和空间是标识人类生命经验的两个重要维度，而空间概念在社会科学领域研究中的兴起则是针对现代都市社会现实而提出的，这是由于现代都市社会呈现出较为明显的空间化特质。福柯认为20世纪意味着一个空间时代的到来，“我们正处于一个同时性和并置性的时代，我们所经历和感觉的世界更可能是一个点与点之间的相互联结、团与团之间相互缠绕的风格。”①空间成为聚焦人和人之间、人和都市社会关系之间的一个符码，文学作为一种社会生产再现、想象、构建出不同的文化空间。空间“不仅仅是一种物质的客观范畴，而且是一种文化社会关系”②，从某种程度上来说，空间的生产再生产是现代都市社会中所特有的现象，中国的传统社会是以时间为脉络的历时性社会，相对而言，现代社会则更大程度上是以空间为核心的社会。另一方面，从空间视野来看，中国具有现代性特质的知识分子，往往都具有“都市性”特质，是都市社会的产物。从传统士大夫向具有西方色彩的现代知识分子的转变，就是知识分子不断摆脱血缘、地缘关系进入都市空间的过程。相应的，“都市不再是可以在时间的缓缓流淌中书写的形象，更像是拼贴的行为艺术，呈现出分割性、空间化以及私人空间公共化、内在空间外显化、个体空间集体化等文化特征。”③

---

①福柯：《不同空间的正文与下文》，《后现代性与地理学的政治》，第18页，上海教育出版社2001年版。

②许纪霖：《都市空间视野中的知识分子研究》，《天津社会科学》，2004年第3期。

③张红翠：《都市空间与人的生存生态研究》，高等教育出版社2007年版，第7页。

1930年代的上海是一个充满异质性的现代化都市，中西交融、华洋杂处，内地与沿海、传统与现代、乡土与城市等不同形态汇集于此，构成了一个复杂多元、不可复制的空间形态。“在20世纪30年代，上海已和世界最先进的都市同步了”[①]，身处都市的现代知识分子群体活动于纷繁的都市空间脉络中，呈现出多样的知识分子生存样貌。现代都市社会与传统乡土社会明显不同的一点便是关系网络的“陌生化”，只有在都市社会，才会出现所谓的“陌生人”，个体才会有身份认同、价值认同的渴望，都市空间便是在人的实践活动中建构出来的，具有可生产性。在1930年代上海这个以市民群体为主体的都市公共空间之中，知识分子群体正是通过咖啡厅、茶馆、沙龙、书店、社团、出版社、学校、同人刊物、公共媒体等具象的公共空间实现交往与认同，这些都市空间之“点”，织成了上海知识群体交往和同人聚集的空间网络。

与传统乡村知识者不同，具有现代色彩的都市中的知识分子，他们寻求自我身份认同、确立身份等级秩序的途径，不是建立在对家族、血缘历史的寻根上，而是试图在都市空间网络中找到自己所归属的空间关系。这种空间关系包含着知识分子所参与的物理空间、意识形态空间、文化空间等。“文学与空间从一开始就不是互不相干的两种知识秩序，它们都是文本铸造的社会空间的生产和再生产。”[②]而占据了大部分“文学空间”的正是都市的空间，不同的历史时期，会产生不同特质的都市空间，依附在都市公共场域中的文学创作群体和文学流派处于同一都市空间，由于其文学立场、性别趣味、价值取向的殊异，他们笔下所呈现的都市空间样貌也是极不相同的。

20年代末30年代初丁玲与上海都市空间有着紧密的互动，作家在这一时期的都市生存状态影响着此一时期文本中的知识分子形象塑造。1927年“四一二”反革命政变之后，国民党在南京成立国民政府，随着政治中心和文化重心的南移，丁玲与胡也频选择离开北京去往上海。初到上海时，夫妻二人的生活十分清苦，甚至达到了食不果腹的地步。据丁玲回忆，二人当时“租便宜的房子，一个月八元钱房租的亭子间（法租界贝勒路永裕里）”[③]，在经济条件相当恶劣的情况下，与当时那些都市里的布尔乔亚阶层相比，作为“穷作家”的丁玲只能蜗居在租界内的亭子间，并没有多少精力去亲历上海色彩斑斓的都市时空。“亭子间作家”是上海特有的文化产物，是寄居在

①李欧梵：《上海摩登》，第7页，北京大学出版社2001年版。

②吴冶平：《空间理论与文学的再现》，第6页，甘肃人民出版社2008年版。

③蒋祖林：《丁玲传》，第104页，人民文学出版社2016年版。

上海简陋、逼仄的空间里，生活困窘的流亡青年作家，丁玲和胡也频是“亭子间作家”的代表人物。丁玲曾回忆，“这时我们虽已有了一间亭子间，可是日月还是不饶人……胡也频每月可以有三五元、七八元的稿费收入，用以贴补我母亲每月寄我二十元生活费的不足，我们倚文为生，卖稿不易，收入不平衡，更不稳定，”[①]虽然随后二人创立红黑出版社，但却经营惨淡，欠下了诸多债务，出版社及《红黑》副刊惊鸿一瞥后便停止运转了。

除了逼仄、拥挤的整体体验之外，“亭子间”的多格局分布特征，导致了居住者身份地位的等级分明，丁玲时刻感受着亭子间生活的不平等感。如果将上海的都市空间看作一个整体，我们会更明显的感受到其内部的差异性。亭子间总与豪华的洋房距离不远，高楼美景近在咫尺，却又相隔甚远，三十年代的上海城市空间独立性与殖民性并存，租界文化自成一个重要的文化空间。上海租界作为一种地缘政治的容器，决定了二十世纪二三十年代的上海被分割成两个异质空间，“一个是以旧上海县城为中心的拥有700年历史的传统空间，另一个则是以所谓的‘租界’为中心的仅有150年历史的近代空间。”[②]李欧梵在阐释上海都市空间时，把百货大楼、外滩建筑、咖啡厅舞厅、公园和跑马场、亭子间等物理空间作为重绘上海的空间表征。对于身居亭子间的丁玲夫妇来说，他们很少能够享受到现代都市的趣味，他们如果出入其中，也是为了组织和参与革命活动。丁玲回忆自己“从十七岁来到上海，还从未到过大世界”[③]，而当她去往“大世界”的时候，大多时候都是为了深入群众进行调查研究。亭子间作家面临着居住空间的内部压迫，又面临着城市空间的外部挤压，“失衡”是他们最大的感触。这样的空间体验便是作家丁玲在二三十年代的上海的生存机遇，也决定着作为知识分子的丁玲会以不同于布尔乔亚阶层的身份参与到都市文化空间中来。

而在另一方面，“亭子间”的物理空间体验也在一定程度上影响着丁玲对意识形态空间、都市文化空间的选择。当时的上海，文学纷争此起彼伏。一方面，无产阶级文学运动兴起，创造社、太阳社与鲁迅、茅盾等人进行着关于“革命文学”的论争；另一方面，国民党政府则实施党治文化，发起“民族主义文艺运动”，以此来对抗无产阶级文艺运动。丁玲与胡也频对双方的论争保持着中立的态度，他们虽然在思想上是倾向于鲁迅的，但并没有实际

①丁玲：《丁玲自传》，第70页，江苏文艺出版社1996年版。

②刘建辉：《魔都上海——日本知识人的“近代”体验》，甘慧杰译，第2页，上海古籍出版社2003年版。

③丁玲：《左联回忆录（上）》，第165页，中国社会科学出版社1982年版。

参与到这场论争之中。我们可以看到，当时上海新书业蓬勃发展，北新书局、现代、春潮、水沫、复旦、开明等书局发展兴旺。此时的丁玲和胡也频、沈从文的关注重心在于创立出版社、以编书、出书来维持生活，这是相对独立于当时上海主流的文学文化空间以及意识形态空间的。这一时期的丁玲和胡、沈二人一起创办红黑出版社，主编《红黑》月刊、《人间》月刊，但由于经营不善，出版事业难以为继，红黑出版社的生命终止于 1929 年 8 月。而他们创办出版社的初衷，则是“几个又穷又傻的人，不愿意受利欲熏心的商人的侮辱，节衣缩食想要改造这种唯利是图的社会所进行的共同冒险。”①在经营《红黑》月刊期间，丁玲便已开始集中阅读鲁迅与冯雪峰翻译的马克思主义文艺理论著作，进而读一些社会科学、政治经济学等等，思想逐渐左倾。1930 年代上海的革命形势瞬息万变，中国左翼作家联盟成立了，成为一个有着明确组织的统一的文学革命团体。丁玲夫妇思索着如何能够在上海继续“斗争”下去，之前所接触的意识形态空间和文化空间经验使丁玲加入左联成为顺理成章的事情。从都市空间视野看过去，丁玲加入“左联”，是作为都市知识分子的丁玲对自我身份意识的一次确认。加入“左联”以后，丁玲主编《北斗》杂志，团结左翼作家和进步文艺工作者，争取中间作家，使刊拥有着较大的读者群，丁玲还于 1932 年担任中共“左联”党团书记，组织领导具体的左翼文学运动，我们可以看到，丁玲在上海的意识形态空间中明确找到了自己的位置。

在“亭子间”的居住体验和对“左翼”文化空间的参与反映到了此一时期丁玲小说创作中，《韦护》《一九三零年春上海》等作品中的人物经常出入的场所便是亭子间。丁玲与“左翼”社团、出版社、革命活动地等公共文化空间的紧密互动也构成了她笔下革命知识者的日常出入地点。可以说，此一时期丁玲所选取的小说人物和小说场景，与作家此时的都市空间经验有着极大的重合之处。丁玲的都市空间体验不仅反映在小说人物的生活场景中，也反映在其笔下知识者的精神气质之中。

二

二十年代末三十年代初，社会大环境和思想氛围发生变化，“个性解放思想逐渐为社会解放所替代，局限在个人恋情中的个性主义启蒙理性显然不符合当时已经变化了的主流意识形态需求，阶级解放成为继‘五四’以后社

① 丁玲：《胡也频》，《丁玲全集》（第六卷），第 45 页，河北人民出版社 2001 年版。

会革命的重要内容"[①]，而在文学创作中，作家笔下的知识分子群体中充满着对个性主义色彩的恋爱与以社会解放为宏旨的革命之间的矛盾与取舍，"写恋爱时也是从礼教与恋爱的冲突到革命与恋爱的冲突了"，[②]丁玲此一时期以知识分子作为主要塑造对象的小说创作基本上都带有一个"革命"的框架，并且构成这些知识者精神的内在冲突和行为矛盾的核心原因是带有个性解放色彩的爱情与以阶级解放、社会解放为目的的革命理想之间存在的深刻矛盾。因此丁玲此时的小说模式常被总结为"革命加恋爱"式小说。代表作品有《韦护》、《一九三零年春上海》（之一）、《一九三零年春上海》（之二）等。这三篇小说是丁玲"左转"过渡期的代表作。这些被称为"革命加恋爱"的小说的叙事形态，茅盾曾将其概括为"为了革命而牺牲恋爱""革命决定了恋爱"和"革命产生了恋爱"[③]三种样态，我们看到，无论是哪种叙事形态，都暗含着革命战胜恋爱的带有意识形态色彩的叙事原则。丁玲的《韦护》、《一九三零年春上海》（之一）、《一九三零年春上海》（之二）此三篇作品，应该属于"为了革命牺牲恋爱"的一类典型例子。

关于丁玲"革命加恋爱"的小说模式，学界已从各个角度探讨其叙事特征和由此彰显的丁玲此一时期的思想转变痕迹。这些作品一般被评价为仍然带有明显的革命罗曼蒂克的味道。在对革命的书写上，呈现出革命的概念化、革命背景的模糊；在对知识分子形象的塑造上，显示出人物性格转变的生硬以及创作的公式化等"革命加恋爱"小说叙事的弊病。大体上来看，"革命加恋爱"这一小说模式基本可以总结丁玲左转过渡期的叙事方式，但是我们也能够轻易从中找寻到潜藏在文本缝隙中的无法自洽于这一整体模式的叙事特质，爱情和革命的二元划分属于对文本叙事要素较为粗糙的二分法，我们仍需要进一步的进入文本，聚焦于其对此一时期知识分子形象的塑造，考察丁玲于文本细微之处呈现出的价值取向。不同的视野进入文本会得到侧重点不同的阐释，当以都市空间视野来进入"革命加恋爱"这类文本的叙事时空时，我们可以看到被极度"压扁"的革命理想的公共空间书写和意图压抑但屡屡成为"主战场"的私人空间书写，这种书写倾向在文本中的空间表征便

---

①常彬：《虚写革命，实写爱情——左联初期丁玲对"革命加恋爱"模式的不自觉背离》，《中国现代文学研究丛刊》，2006 年第 1 期。

②茅盾：《关于"差不多"》，《茅盾全集（第 21 卷）》，第 312 页，人民文学出版社 1983 年版。

③茅盾：《"革命"与"恋爱"的公式》，《性爱问题：1920 年代中国小说的现代性阐释》，第 266 页，社会科学文献出版社 2005 年版。

是对这群革命知识者为革命理想所奔波、行走的都市公共空间（社团、学校等）的侧写和略写，而对其“谈情说爱”的“亭子间”“公寓”“旅馆”等空间的扩写与详写。由此可以看到丁玲笔下二元叙事模式内涵的含混。

《韦护》《一九三零年春上海》（之一，之二）皆以知识分子之间爱情纠葛为线索，写出了革命知识分子们在面对革命与恋爱不能两全的情况下对两者的取舍。如《韦护》的创作初衷有着极为明确的政治理念：即肯定革命的崇高性的同时着力渲染爱情的无法抗拒，以此来凸显知识分子对二者的两难选择，最后皆以革命知识者勇敢抛弃爱人，成全其革命事业作结，显示出了那个时期革命文学叙事特质。但是从文本具体呈现出的面貌来看，丁玲对知识者革命事业的描写呈现出概念化，爱情却仍然作为一个“愈压抑愈彰显”的书写要素，成为小说显眼的主体。这或许是作家主观上并未意识到的一点。那么为什么这些小说会呈现出这样的面貌呢？从都市空间视野看去，这便与作家在文本中所呈现的对知识分子所在的物理空间的“公”与“私”的失调有关。

以《韦护》为例。小说中韦护和丽嘉的主要活动空间有大学、会议室、行政办公楼、弄堂口、亭子间等，如果以其“革命加恋爱”的小说模式来关照文本，那么可以看到，小说的“革命”场景和“恋爱”场景在文本中是以不同书写方式出现的。以韦护为代表的革命知识分子所进行革命活动所依托的物理空间多是学校、洋行等，通过阅读文本我们可以发现，小说对作为革命知识者韦护的工作场景的描写呈现出一种平面化的叙事特征。丁玲自始至终并没有将他的“革命事业”的日常生活场景正面摊开在读者面前，韦护与外界的“革命”联系和活动空间往往被作者一笔带过，三言两语便交代清楚，或被主人公用心里独白的方式呈现出来，从而省略了韦护参与革命工作时的具体场景中的具体对话。“韦护穿一件蓝布工人服，从一个仅能容身的小门里昂然踏了出来……他很快朝那胡同的出口处奔去”[①]“这天是他们会议的最后一天，所有的争辩均有了结束……他疲惫的躺在一张板床上，想着他今夜要回上海去预备上课的事”[②]“睡了一觉之后，他又变得好好的，与从前一样有精神、有兴致的走到那办事的地方去”[③]，小说中多次以这样的方式来侧写韦护所参与的革命事业所依托的公共空间，然后笔锋迅速地滑向韦护与丽嘉所拥有的小小的“亭子间”。如小说中有多段韦护的“独角戏”：“他有几

①丁玲：《丁玲全集》（第一卷），第 3 页，河北人民出版社 2001 年版。

②丁玲：《丁玲全集》（第一卷），第 16 页，河北人民出版社 2001 年版。

③丁玲：《丁玲全集》（第一卷），第 41 页，河北人民出版社 2001 年版。

次都决计将那刊物的事委托给别人，因为已经延期好几期，他要在办事处抽时间来整理，又在休息的时间编讲义，”[①]这样的叙事方式便使得小说中革命知识分子口中的“事业”的困难、革命的激情等等变得轻飘飘而没有质感，基本成了韦护躺在床上的“回忆与幻想”，也让读者失去具体空间的参与感，革命书写便不可避免地走向概念化、抽象化。

反观小说中的爱情场景，作者往往细密的描绘二人世界时所在的立体空间，承载他们爱情话语的场景则是弄堂口、亭子间，小房子等私人公寓和处所。小说中有这样一段描写：“经过许多热闹的街市，店铺都张着大减价、九折七折的旗子；有的打着洋鼓，有的开着留声机，有的跳叫着，处处都进出着体面的男女。她仿佛很有精神的去观赏这一切。直到走进了弄堂里，被一股强烈的便溺的腥臭冲进了鼻管才将那些热闹的影像抹去，她皱着眉心，掩着鼻子，去找门牌的号数。”[②]作者从一开始便详细的描绘出了丽嘉和韦护共同的居住空间，逼仄而拥挤的亭子间，这为二人的“爱情”空间提供了切实的画面。韦护与丽嘉之间从彼此的暧昧试探到情投意合共处一室，都有具体切实的物理空间可寻，“他们日以继夜，夜以继日，栖在小房子里，但他们并不会感到这房子之小的……白天，那温暖的阳光，从那窗口，两扇落地的像门似的窗户晒了进来，照到桌子的一角，他们便正坐在那里。”[③]而只有建立在具体空间中的爱情书写，才更加立体，更加令读者感同身受，相较于小说对“革命”空间的草草书写，韦护与丽嘉的爱情故事始终真切动人。

从左转过渡期所塑造的知识分子形象特质上看，丁玲在理念上意图将他们向革命、大我的方向靠近，但是却不自觉地将革命知识分子所必须进入、具体参与的“革命空间”一再压扁，成为空泛的口号与抽象的概念。而另一方面，其笔下革命知识分子在理念上极力压抑的爱情，却拥有具体的物理空间和对话场景，反而使得小说中革命知识分子的爱情充满了真实的魅力，这也从另一层面印证了丁玲思想转型期复杂的创作心态。

三

丁玲此一时期所聚焦的是一群在都市生活的青年知识分子，《韦护》之后，丁玲的《一九三零年春上海》（之一、之二）两部小说仍以都市知识分

①丁玲：《丁玲全集》（第一卷），第 99 页，河北人民出版社 2001 年版。

②丁玲：《丁玲全集》（第一卷），第 32 页，河北人民出版社 2001 年版。

③丁玲：《丁玲全集》（第一卷），第 83 页，河北人民出版社 2001 年版。

子的“事业”和“爱情”为书写核心，表现出一群知识分子内心的矛盾与挣扎、紧张和冲突。这份矛盾和冲突主要来源于革命理想与爱情两者之间的不可调和。《一九三零年春上海》（之一）主要讲述了革命知识分子子彬与知识分子恋人美琳在确立恋爱关系之后所面临的种种精神困境，子彬作为固守自我世界、不去积极投入社会革命的青年知识分子，与意图投入社会成就事业的恋人美琳之间的芥蒂随着时间的推移愈来愈深，小说展现出了两人站在不同的意识形态立场各自的心理博弈；《之二》则讲述了积极投身无产阶级运动的革命知识分子望微与带有浓重小资产阶级气质的恋人玛丽之间的爱情悲剧。

如果我们将其置于都市空间的视野中来探讨，那么丁玲笔下知识分子所遭遇的革命理想与两性爱情之间的矛盾实际上也是知识分子所面临的不同文化空间之间的摩擦及其与知识分子私人场域之间的矛盾，即知识分子一旦与都市社会发生关系，便会产生的“公共性”与“私密性”的冲突。因为知识分子群体特有的精神气质使他们需要在寻找到接纳他的公共关系网络的同时保持自我独立的私人空间。具有现代性色彩的知识分子往往会在都市中寻找适合自己生存方式和文化气质的都市空间，这源于知识分子对自我社会身份认同的需要。都市知识分子对社会文化空间的选择多种多样，他们以此来确定自我在都市文化网络中的社会角色，从来寻求自我的身份认同。

从都市空间的视野来看，影响子彬和美琳、望微和玛丽之间分合关系的是都市知识分子对身份认同的困惑与选择。从《一九三零年春上海》（之一、之二）两篇小说中的知识分子身上我们可以看到，无论是子彬、美琳，还是望微、玛丽，他们一方面都意图在都市公共空间中寻找各自的身份认同，另一方面又想搭建不受到外界干扰的私人场域，这是由知识分子这一群体的精神气质所决定的。与其他阶层如工人、农民、商人等社会身份业已“被给定”的职业者不同，知识分子常常表现出对自我身份意识的质疑和追问，并且在追问自我的过程中伴随着对自我灵魂的拷问和对生命终极价值的深思。知识分子的群体气质天然便具有一种“遮蔽性”和“游动性”。而事实上，都市公共空间的特质决定了其始终对个体所在的私人场域有一定的挤压，意图进入都市公共空间找寻身份归属的个体始终会面临着“公”与“私”之间的矛盾，这是子琳、望微始终面临着心灵挣扎的原因之一。他们发现无论怎样协调，都无法抵御都市公共关系网络对其私人场域的入侵。

在《一九三零年春上海》（之一、之二）两部小说中，丁玲写出了归属不同都市文化空间的知识分子群体。作家常常将归属不同文化网络的知识分子之间发生关系，通过两者的不断对话搭建出不同社会身份的知识分子之间的冲突和矛盾，从而呈现出潜藏在知识分子内心的矛盾和挣扎。如小说中有这样一段子彬的描写：“他的心本是平静的，创作正需要这平静的心……若泉来，总带些不快活给他，使他有说不出的不安。他带了一些消息来，带了一些他不能理解的另一个社会给他看，他惶惑了，他却憎恨着，这损伤了他的骄傲。”[①]子彬不止一次表达出对于都市的无所适从，“子彬觉得能离开一下这都市也好，这里一切的新的刺激，他受不了。”[②]这表现出公共空间对知识分子“私密性”气质的挤压以及身处不同文化关系网络中的知识分子之间产生的思想摩擦。

另一方面，由于现代都市中多元意识形态的出现、阶级的分化与资本的分工，知识分子不再具有统一的意识形态。我们可以看到，在《一九三零年春上海》（之二）中，望微与玛丽便自始至终持有迥异的价值立场，望微受马克思主义的影响，积极响应着工会活动、工人文艺运动等无产阶级革命，然而玛丽身上却有着强烈的个人主义和浪漫主义。由于两人在意识形态观念上的差异，导致二人即使在属己的私人空间中意图交流时，仍然摆脱不了“更与何人说”的孤独感。小说中望微有这样一段心理描写：“望微知道他们中的不调协，玛丽若是个乡下女人，工厂女工，中学学生，那他们会很相安的，因为那便只有一种思想，一种人生观，他可以领导她，而她听从他。”[③]而“美琳每天穿了新衫，绿的，红的，常常同子彬在外边玩，但是心里总不愉快，总不满足，她看满街的人，觉得谁都比他富有生存的意义。”[④]子彬所归属的都市关系网络，并不是美琳想要融入的，因此才会始终有格格不入之感。这导致两人的爱情在精神层面上是貌合神离的，玛丽的离开成为必然的结果。

丁玲在理念上想要将其笔下知识分子对各自的人生选择归于“为了社会革命而勇于割舍私人感情”的心路历程表现出来，然而从文本中反映出来的，对都市空间复杂文化网络的无所适从和身份认同的迷茫，是影响其笔下知识分子命运的一个重要原因。

---

①丁玲：《丁玲选集》（第二卷），第 176 页，四川人民出版社 1984 年版。

②丁玲：《丁玲选集》（第二卷），第 181 页，四川人民出版社 1984 年版。

③丁玲：《丁玲选集》（第二卷），第 215 页，四川人民出版社 1984 年版。

④丁玲：《丁玲选集》（第二卷），第 178 页，四川人民出版社 1984 年版。

结　语

从《在黑暗中》对女性知识群体的关注可以看出，对作家身份、知识分子身份的认同，是丁玲传达具有时代特征的苦闷困惑、寻找自我认同、思考人生的起点。因此，当丁玲因为种种内部、外部原因而选择“左转”时，我们看到其小说创作随着创作主体的“左转”而改变的痕迹，看到其最初所秉持的知识分子立场在新的主体立场（革命、意识形态等）进入时不断在作家主体身份意识中“游走”“变形”的精神场景，身份立场的错综转换与前后勾连也如实反映在了作家此一转型时期的小说创作之中。丁玲左联初期的知识者叙事具有一定的典型性，一方面知识分子叙事圈定了丁玲最初的一块文学地图，丁玲起初正是通过叙写女性知识分子的精神世界，发出了自己的声音。另一方面，左联初期的丁玲，正值其思想转变的剧烈期，“转型”意味着还未定型，这一短暂时期的文本创作或能够留下更多可供思考的话语缝隙。

（杨小露：华东师范大学中文系博士生）

丁玲早期散文文学语言探魅

苏永延

丁玲是以小说登上文坛而引人瞩目的，同时她的散文创作成就也独具特色。关于这一点学界已有丰富的研究。许多研究者认为，丁玲晚年的散文写作已经达到了炉火纯青的地步，无论是演讲稿、忆旧、旅游、序跋诸体，皆形成了随意挥洒而汪洋恣肆、斑斓多姿的艺术境界，形成了细腻朴实而又激昂豪放的文学风格，具有独特的艺术魅力。这种艺术魅力又是随着时代的变化和丁玲的思想变化而呈现出不同的侧面。

如果我们把丁玲的散文创作分阶段来看，可以大致分成四个阶段。一个是早期阶段，即赴延安之前为一个时期；其次是延安时期为一变；中华人民共和国成立后至1957年间又呈新的变化。复出之后又一变。从研究成果来看，丁玲延安时期之后的散文创作关注者较多，对早期的散文创作研究较少。所谓“早期”散文创作，本文在此指的是1927—1936年间和散文创作，因为此阶段的散文写作屈指可数，除了《素描》《仍然是烦恼着》《不算情书》《离情》（《致胡也频》1930）、《五月》《八月生活》，寥寥数篇而已。这个时期是丁玲散文创作的初步发展期，并未形成鲜明的创作风格，研究者少也是意料之中的事。

但对于个别篇章的研究还是有的，如林伟民对《不算情书》就有深入细致的剖析；《五月》则是众多学者如袁良骏、范卫东、万直纯、阎预昌等都有精当的点评。本文拟从文学语言的角度，来剖析丁玲早期这几篇散文创作的特点，从初始萌芽阶段探究丁玲散文语言变化的可能性源头。文学语言研究是一种交叉性的学术研究方法，是用语言学和文艺学的研究方法，考察作家在创作过程中如何在用词、节奏、音韵、修辞、篇章结构等多方面进行考察，以探究文学作品魅力，有助于文学创作与文学欣赏的一种方法。文学语言研究在我国自古是受到重视的，但在近现代则处于停滞状态。西方现代的形式主义语言学认为文学语言是一切文学创作的基础，对语言学十分关注。21世纪以来，我国的文学语言界也开始在这方面加以关注。

丁玲早期散文创作虽然有着稚嫩和语言不精粹等不足，又未形成自己的独特风格，但是它们又是有自己的一些特点，根据我的理解，有这么三个方面，那就是明爽清新而又壮阔深沉、率真朴实而又豪迈俊逸、细腻缠绵而又雄健活泼。这三个特点，在丁玲早期散文创作中都或多或少地存在着，并在不同的历史时期，随着丁玲的思想变化而呈现出不同侧面来。如果说丁玲的散文创作是一棵茂盛的大树的话，那么她早期的散文语言特点就已经隐含着诸多发展方向的基因。现就此方面做进一步分析和说明。

明爽清新而又壮阔深沉

一个作家的文学语言拥有越多不同的笔墨特点，他的表现力也就越强，所能达到的深度和高度也就越大。就像一个歌唱家一样，音域越宽广，他的歌唱水平也就越高。丁玲的早期散文语言有着明爽清新而又壮阔深沉的特色。所谓的明爽清新，指的是丁玲的文学语言明畅爽朗，气韵流动。清新指的是清爽新鲜，这是指其语言所构成的意象富有一股勃勃生机。同时其语言又有宏伟开阔、意蕴深邃的含义，这是丁玲散文语言第一大特征。兹以其《素描》为例来略做说明。

《素描》写的是丁玲与胡也频在常德夏日生活片段的回忆。1925年夏天，丁玲从北平回到家乡，胡也频此后独自一人风尘仆仆地赶到常德来找丁玲，对于这样一个不请自来的远客，对丁玲母女来说，即使说不上震惊，意外至少也会有的。《素描》里是由一个小引和三篇《月影是如此的朦胧》组成，所描绘的生活皆是在月夜里的所见所感，事情可谓极小极细，但内容又富有新鲜、明净之气，在细小的事情描写里，蕴含着作家复杂细腻又心思高远的情怀。

在《小引》中，丁玲对这三则的往事是这么评价的，“它真是一幅画像似地投射出我们年轻时的影，它不受时间所给予的残酷的表示和思想的蹂躏。我们是老了，丑了，粗野了，而它却依然显示出一个一二十岁的人的脸，向什么东西都投过去亲昵的微笑。”这几句话显示出丁玲对三年前自己的生活与精神状态的真实写照和评价，彼时的丁玲和胡也频什么都没有，前途未卜，物质更是贫乏不堪，胡也频甚至穷到连坐船到常德的费用都出不起，那些船费后来还是由丁玲代付的。即使如此，这些痛苦在他们的笔下却丝毫没有得到一点反映，反而看到的是“亲昵的微笑”。生活的艰难，物质的贫乏，并不能挡住年轻少年热烈欣赏美的境界的心，也关不住他们精骛八极心游万仞的豪情壮志。在她的笔下，明爽清新的色调就显得尤为引人注意。

夏日的夜晚，在院坝里纳凉的时候，“借依稀的天光，仿佛觉得姆妈也正显着一个颇高兴的脸”，作者用这样一个细节来写姆妈的心情，是别有深意的。姆妈作为一家之主，她的心情好坏，不仅会影响到家人的心情，对远来的客人也必然会有微妙的心理影响，正当大家都处于快乐之中时，频发出惊诧的声音：

“喂，又开了三朵呢”

“怪不得我闻到了阵阵的香，没想到这小小花儿如此的香呢”

在这简单的语言对话中，我们可以感受到当时人物的心态与情趣。在依稀微茫的月色中，频能注意到素馨花的开放，说明了他是有心人，能细微地观察到周围美好的事物，善于在习以为常的事物中，发现美的存在，以乐观、积极的态度面对生活。姆妈的反映则显得很耐人寻味，她马上表态说也闻到了花香，而“我”却笑她闻到的不是花香。这又是如何解释呢？按人的生理常规是说不清的，但从心理角度来加以解释，这个问题就可以豁然而解了。首先姆妈是个爱花之人，这素馨花正是她亲自种植、培育长大的，对它们倾注了自己的喜爱之情，因此，也就十分留意这些花儿的丝毫变化。其次，心理倾向又能决定生理的取舍角度。俗话中的“视而不见”“听而不闻”就说明了这一心理现象确实是存在的。姆妈为花倾注了自己的心血，说明她能从空气中敏锐地觉察到花开的微妙变化，这就是心之所系，万里咫尺的道理。而“我”作为回家度假的女儿，对花儿只是作为普通的审美对象而已，亦无任何感情的投射，自然也就没有那么敏感的反映了。

从另一个角度来观察，如果说儿女是父母心中的花的话，那么父母对儿女所倾注的心血是数不清的。俗话说“儿行千里母担忧”，就是这种牵肠挂肚的心理体验的真实写照。面对着一个女儿的追求者，作为母亲，她既感到欣喜，又感到担忧。当然这种微妙的感受是无法用语言来表达的，她所做的事就是享受这种女儿在侧的快乐与幸福的时刻。所以她动身起来去嗅花并去数花的行为，是从一个侧面流露出母亲的这种无意识状态下的心理活动。她其实并不在乎花究竟是开了三朵还是五朵，也不在乎年轻的频是否骗她，她在乎的是那种快乐与幸福的感受。

从这个意义上来说，丁玲的散文语言就具有深沉的特点。它用表面上很明朗、清新的语气，表达出人物内心那种复杂的心理活动，不动声色之间，就完成了感情与意蕴的传达。

在语言学上，往往有一个孤证不足为据的说法。如果我们把它放在文学欣赏上，这个规律也一样是行得通的。我们从《月影是如此的朦胧》（二）继续来加以分析，就可以得知上面的分析确切与否。

在散文中，丁玲描绘了一幅缥缈迷人的夜景图。

风微微吹着，却永远吹不开那鱼鳞似的薄云。那半弯新月，像捉迷藏似的一时躲在云层里面，一时又披着薄纱在对人微笑，频看着那衬在灰色天空中的城墙垛，像是用浓墨涂上云的一抹图案的线条。

这幅月景图显得十分神秘朦胧，弯弯的月亮，并不光亮；薄云层层叠叠，使周围的一切显得明暗不定，就像一幅大写意的水墨画，使人读起来感到清新怡人。丁玲学过短暂的素描，基本上把这主要的景色给捕捉到了。于是，在这种半明半暗的神秘月色里，出门去玩对于热恋中的人们是恰到好处的，但是频马上又叹气说，“唉，只怕姆妈又不准呢。”

这句话所蕴含的意思是很微妙的，一个“又”字，就点明了频此前是碰过壁了。从另一方面我们也可想象得到姆妈作为母亲的微妙心理，在不明的夜晚，让女儿与青年男子一同出门游玩散步，天知道会发生什么事情！作为母亲，她不想让女儿去冒险外出，这是人之常情。况且这个青年男子连女儿是否愿意成为其女朋友都尚未确定呢！社会习惯固然只是一个方面，但并不会成为大度、开放的丁玲母亲的思想桎梏，母亲考虑的是女儿的安全问题，只不过这次答应的原因其实是菡姊的附和。有了伙伴，母亲自然放心地让他们到城墙上面去夜游了。

但刚一走到门边，回转头时，看见姆妈孤寂寂的一人坐在如许大的院子里，那白发回映着微薄的月光，放出一片淡淡的银光来，我感到抱歉似的硬要姆妈也去，而姆妈却严辞谢绝了。

这是作者写临出门前所看到一小场景，从语言节奏来看，除了一句是长句之外，其他句子都相对较为均齐，说明情感抒发比较和缓，并不激烈。在这貌似不激烈的感情表达中，我们又可以看到其中深沉的感情。丁玲自幼与寡母相依为命，她对母亲的感情和心理把握是极深的，也是极准确的。当三个人高高兴兴地出门前，她扭回看到的却是母亲的衰老、孤独的一面，白发在月光下放出“银光”，进一步强化了母亲的老态和孤独，她不忍心独享青年的快乐，硬要母亲同去，说明了作为一个敏感女儿的孝顺心理，而母亲则以“严辞”拒绝。从这个词可以看到母爱的热烈与思考的理智。“严辞”一般用于表达原则性立场时所用的词汇，但对是否去玩，很少用这类的表达，说明了母亲的坚决，因为她知道年轻人有自己的天地，作为母亲是不能介入太深，也正因为有大爱之心，所以母亲才会狠心拒绝女儿的请求。犹如老鹰为了让小鹰真正独立长大，要一只只地把它们从悬崖峭壁上推下去一样。“严辞”在这里可以理解为深爱，这种感情的秘密和曲折变化，也只有母女俩才能心领神会，旁人是不懂的。菡姊报以“嘲讽”，频则是快乐地跑远了。丁玲在和缓的叙述里，隐藏着长大的女儿对母亲的依恋、歉疚之情，以及母亲对女儿的不舍和关爱等复杂的感情，如果不加以仔细揣摩是不得其奥也。

丁玲虽然善于描写人物的内心活动变化，但她心中的世界却不仅仅限于此。细能极细，大能极大。这是她文字壮阔的一面。现以下面的文字来看一下：

> 眼望那乡村的极远处，天与地的接壤处，迷迷蒙蒙像一抹浓雾，懒懒地浮在那里，鱼鳞般的云，一堆一堆的散布在天空，从云边隙处，隐隐约约闪烁着几颗疏星。我望着朦胧的月亮；我以为我是睡在太空之中在银河洗脚呢。

如此具有宏伟开阔魄力的文字，非一般人所能想象得到，想象之新奇，境界之阔大，定非出于庸碌之手。从视角的观察角度来看，这段文字有一个逐渐转移变化的过程，由低到高，由近到远，由浅入深的渐缓变化。先是平视，“乡村的极远处”“天与地的接壤处”，这是目力所及的最大程度，看到的是懒懒的“浓雾”，接着视角慢慢抬高，看到天上的鱼鳞般的云彩，那是薄薄的片云，映着月光的淡淡颜色，显得发亮，吸引人心。视角又逐渐向更高更深处发展，在云隙中看到闪光的疏星，那是更为辽阔无边的世界了。曹操的《短歌行》就有“月明星稀，乌鹊南飞”之句，在明亮的月光下，是很难看得到星星的。相反，朦胧的月色里，星星的光芒才得以投射到人间。接着思绪又飞向更为辽阔的世界，越过银河系，还有更为广大的宇宙空间中吸引着好奇的人们。因为银河已经只是作者“洗脚”之地而已，可以想象，作家的精神之旅已经飞越到了极为辽远的时空。心有多大，世界就有多大。反过来，看到的世界有多大，心就有多大。这一个朦胧的月色里，作者举重若轻地用寥寥数语就画出她心游太虚的奇妙感受，令人惊叹不已。因为这壮阔的美丽世界，只有作家以如椽大笔方能运转自如，巧妙自然地加以勾勒出来。

率真朴实而又豪迈俊逸

丁玲早期散文包括她的小说，不少都是源于自己或身边的人和事，向壁虚构的极少。表现在语言特点上则为率真朴实，同时又有豪迈俊逸的特点。所谓率真，指的是直率真诚；朴实，指的是质朴实在，即丁玲的文学语言具有直率、质朴，不加雕琢的特点。豪迈，指的气魄大，豪放不羁；俊逸指英俊洒脱，超群拔俗，合起来就是豪放洒脱、超群不俗之意。《仍然是烦恼着》就充分体现了这一点。

《仍然是烦恼着》所写的内容，不外是作家在写作过程中，面对生活困难、写作题材的选择、写法的突破与新鲜性等诸多问题的烦恼，于是以“仍然是烦恼着”为题，写下这么一篇剖析内心感受的作品。鲁迅说过，我常常解剖别人，但我更经常解剖我自己，勇于向自己的不足发起挑战，直面困难的人自身就是了不起的人。他曾写一篇《幸福的家庭》，写一个作家为了写这一篇小说，在嘈杂、艰难的逼仄环境里苦思冥想，绞尽脑汁的可笑形态，把这种表里不一的社会生活写得栩栩如生，实在是入木三分。丁玲小说成名了，在散文创作上也并不放松，这篇早期的作品其实就是丁玲善于自我反省精神的体现。现在我们来看看“烦恼”有哪些？

不知为什么，一些些毫不关己的事，却无理由地会引咎到自己身上，为了这，自己总是不安。譬如朋友的弟弟来了，明知道他来的目的，但自己的钱袋正空着，只好留心又留心，莫把话头引到电影院去，看到他茫然地走后，又懊悔起来……

这是写生活困难的“我”，面对求助者无能为力的无奈和懊悔的心态。作为蛰居上海亭子间的年轻作家，卖文为生的日子其实过得非常艰难，他们即使想要帮助他人，是有心无力的，只好用虚伪的语言、客气地扭转话题，对于一向真诚坦率的丁玲来说，违心说话和做事，其实就是一种痛苦的折磨，自然而然也在她心中埋下了一个烦恼。其实，如果抛开这些使她“烦恼”的事情来看，作者自身的“烦恼”有没有呢？似乎找不到。她关注的不是自己快乐与否，而是以他人的快乐与否作为自己的快乐标准，那是一种什么样的高尚精神境界呢？

若从语言表达效果来看，这种描写尴尬情况的语句，用的都是短句，或三字句，或五字句，穿插其间，短句的效果有助于简洁明确地表达，同时也起着停顿的作用，让这种尴尬的心静的表达，以略显得迟滞的状态，如同挤牙膏般地一点点挤出来，正与心中的忐忑不安相勾连。

其实，除了经济的困难外，还有一种烦恼是对自己的严格要求而导致的。

听说书快出版了，就向许多未来的读者们抱着歉意，又觉得对那些真真勉励我写文章的人不起，怕他们因为我把自己都信不过的一些东西汇集起来刊印而灰心，又担心书铺在我这本书上赔了钱……甚至看到别人扯谎，自己也难过，好像自己骗了人一样感到羞惭。

这就是率真朴实的丁玲，文如其人。她一向以真诚坦率的态度来看待身边的人和事，对自己也是一样严格要求，她不想把自己认为信不过的东西刊出，说明了她的真诚与正直。也正是因她的天生秉性，使她在今后的人生中拥有了大批的读者与朋友，同时也招徕了不少人的敌视与忌恨。俗话说“多一个朋友多一条路，多一个敌人多一堵墙”，一堵墙的破坏力是远远大于一条路的，丁玲的灾难与幸福就从这里开始出发，并随着时代的变化而流转不息。

如果把丁玲的散文创作做一个比较来看，《仍然是烦恼着》虽然烦恼的不是个人的小事，但也属于个人的心理问题。但是《五月》的出现，彻底崭露了丁玲作为一个富有激情且具有刚健豪迈之气的女散文家的出现，她不仅与一般的女作家不同，也与上海滩的闲适散文作家也不一样，许多研究者对《五月》不吝赞美之词。

当然，《五月》的出现，与丁玲的《水》的创作几乎是同一个时段，只不过一个是以小说的面貌出现，一个是以散文的形式出现而已。说明了丁玲的文学创作在这一时段已如蚕破茧重生一般，焕发出强烈的艺术感染力。

《五月》以豪放洒脱的文字，描绘了旧中国的大都市的生活面貌，那里有上层人的奢华，也有下层人民的苦难，有城市发达的光鲜，也在见不得人的污秽与黑暗。都市的喧嚣又连接着广大中国各地的涌动思潮，反抗与镇压、鲜花血泪，生的希望与死的搏杀，汇集成大都市的常见情态。这是半封建半殖民地的中国的缩影，也是处于光明与黑暗黎明前的一瞬的汇合。散文以五月的风吹过大都市的各个角落的土地，也写出了风所吹不到的土地，把它们拼成一幅完整的中国前夜图。现举数例说明。

恬静的微风，从海上吹来，踏过荡荡的水面；在江边大厦上，飘拂着那些旗帜：那些三色旗，那些星条旗，那些太阳旗，还有那些大英帝国的旗帜。

这些风，这些淡淡的含着碱性的风，也飘拂在那些酒醉的异国水手的大裤脚上，他们已从酒吧间、舞厅里出来，在静的柏油路上蹒跚着大步，徜徉归去。

散文开篇写出了殖民地上海的全景图，那江边的大厦上，飘扬着西方列强的旗帜，作为列强租界，中国政府是管不到这里的，所以这里形成了独特的国中之国的情形。在万国旗飘扬的美丽风景下，映衬出中国积贫积弱任人宰割的可悲境地。上海被称为西方冒险家的乐园，只要他们想干什么，没有什么实现不了的。这里也成了藏污纳垢的乐土，官员、资本家、银行家、买办们在这里流露出他们丑恶的面目和卑鄙无耻的嘴脸。那些寻求刺激的、过着花天酒地的异国水手，只是这丑陋面目比较显眼的一面而已。上海，既是享受的乐园，也是罪恶的渊薮。

散文以铺陈之法，并辅以重复、排比、比喻、借代、拟人、象征等修辞手法，描绘了旧上海五光十色的图景，以风吹不到的地下室里的排字工人们的劳作，来传达出这样一幅图景：旧上海统治阶级和列强的享受，是建立在全国各地劳动人民苦难和血泪基础上的，在看不到的世界里，火山的岩浆正在地下奔突运行，终有一天会喷薄而出，烧毁这个旧世界，清除一切的污秽和荡尽一切罪恶的丑类。这个世界的光明前景已隐约可见了。

那些厂房里的工人，那些苦力，那些在凉风里抖着的灾民和难民，那些惶惶的失业者，都默默的起来了，团聚在一起，他们从一些传单上，从那些工房的报纸上，从那些能读报讲报的人的口上，从每日加在身上的压迫的生活上，懂得了他们自己的苦痛，懂得了许多欺骗，懂得了应该怎样干，于是他们无所畏惧地向前走去，踏着那些陈旧的血渍。

这段文字彭三个层次的排比句，通过“那些”“从那些”“懂得了”引领一排排的句子，如江河的滔滔波浪，一个接一个汹涌而来，最后化成了强大的前进动力，那些踏着血渍英勇无畏的人们的形象。这与《水》的结尾描写十分相似。如果结合丁玲的遭遇来看，她正是踏着胡也频等牺牲了的共产党员的血渍而英勇前进的一分子，而不是站在一旁袖手旁观的冷落看客，这种磅礴豪放的气势发，确实奠定了丁玲作为优秀散文家和革命作家的坚实基础。

细腻缠绵而又雄健活泼

丁玲散文语言的特点是变化多端的，呈现出多彩多姿的特点。细腻缠绵、雄健活泼是她的语言特点的又一个方面。所谓细腻，原指细润光滑的皮肤，这里主要指其语言的细密和精细，能够很好地传情达意，把人最微细的感觉描写下来。她的语言还有刚健有力的气魄，和豪爽更加接近。活泼就具有生动自然、富有生机和活力。这一特点在《不算情书》《致胡也频》里就有鲜明的体现。

这两封书信都是丁玲的真实情感的表达。《致胡也频》写于1930年2月。《不算情书》写于1931年8月到1932年2月，收信的对象人物是冯雪峰。1933年9月被国民党特务秘密绑架，为增加社会影响，左联营救工作除了排版她的未完成的小说《母亲》外，也刊发了丁玲一些未出版的书信和残稿《莎菲女士的日记》第二部，《不算情书》就属于这种情况下面世的。因为书信属于面向唯一的指定读者，写信人的心态是处于放松状态，情感表达也最真诚浓烈。从这封信的文学语言看，丁玲细腻缠绵的语言与雄健活泼的特点得到淋漓尽致的体现。

丁玲与胡也频创办《红黑》杂志失败后，欠了一批债务，为了谋生和还债，胡也频经朋友推荐，于1930年2月前往济南省立高中教书。这些信就是他出发后丁玲写给他的。在给胡的信中，表达了丁玲文学语言的细腻与缠绵的特点。

胡也频坐船前往山东，丁玲送到码头后，悲伤得连独自走回去的力量都没有了。“回来时候没有哭，不是没有想到我的爱，是没有我爱在前面，便不愿哭出来了。”这是丁玲与爱人分别后的感情有真实写照，一切痛苦都由自己承受，因为爱人正在远行。不过不哭产等于不伤感，也不等于无情。强忍痛苦的代价总会通过其他方面体现出来。那就是“无用的蜷在车角里，昏昏的任人运到了家”。“昏昏”二字，正是作家心情恍惚、丧魂失魄模样的反映。二人的深情与离别的痛苦通过这种细腻的描写，生动地体现出来。

虽然回到了家，心却一直牵挂在轮船上的胡也频，想象着他孤单一人在船上的光景。“因为船还不能开，你一人在那里不会觉得无聊吗？”“你的船还没开吗？我若要赶上前去同你一块儿走，是来得及的，时间并不怎样迫促呢。”通过假设胡也频的孤单，其实正映衬出作者的孤寂，甚至有一种强烈的追赶冲动，而这样的冲动又源于对胡的缠绵爱情，作者不断地拿生活中的琐事，如姨娘买菜、煮饭、吃饭、朋友来信、母亲来信等诸多事情来叙写，其实都是那连续不断思念之情的一种强行插入。但是这些事情，都无法阻止丁玲对胡的强烈思念。这种思念如压不住的火苗，用某件事盖住了，它从另一边烧起来，另一边盖住了，它又从别的地方冒了出来，一切都显得那么徒劳无功，满纸流露出来的那种强烈而又缠绵的情爱，在文字间冲突奔流。

但是，即使最缠绵的语言里，我们也可以体会到丁玲文字的另一面雄健活泼的特质。“以后都是我一个人：在没有了爱人在面前的人，是不免要对待自己比较残酷些，我想这话，凡是有过像我所处的境地的经历的人，是不会反对的。我镇静的换了衣，又将衣挂在柜子里去，一边心里想：‘照常要这样！’又换了鞋，鞋子也乖乖的并放在小柜子（就是你的写字台）里了。”

这些行文，只有两句比较长，其他的都是均齐的中等句式，字数之间相差并不多，音步也相近。相近的节奏，是用于表达比较冷静我、理智或客观的思想情态的，而长句，则用于表达比较复杂感受的，就类似于人们平稳地吸几口气之后，又把这些气尽量呼出的样子，以达到稳定情绪的目的。由此可见，丁玲性格中刚健硬朗的一面，她不是容易被打倒的人，越艰难的环境，她的生命力也就越强。

爱！请我告诉我你这时的心情，你后悔吗？我呢？我还找不到勇气来说一句感伤的话。仿佛觉得我们已经不是将爱情闹着玩的时代了，我们已有互相的深的爱和信仰，我们只能努力同心合一地生活的事业的路上忍耐着。

这些文字都是以长句为主，几乎每一句里都有“我”，或“我们”，说明了丁玲强烈的自我意识，以极为冷静客观的姿态来分析和审视自己所处的境地。鼓起勇气，勇往直前，无视感伤，以努力和忍耐去追求自己的信仰。在文字中的缠绵中又有极强的刚健力度，亦柔亦刚，变化灵活。

同样，《不算情书》里亦体现出丁玲文字亦柔亦刚的特色。1927 年，丁玲想去日本留学，于是胡也频推荐了冯雪峰来教她读日语，结果冯雪峰的学问、人品、思想信仰、情趣爱好等诸方面，引发了丁玲的强烈共鸣，这时丁玲才发现冯雪峰才是她真正爱的人。但是胡也频已经同丁玲同居了一段时间，虽无夫妻之实，在外人看人已有夫妻之名，实际上阻止了冯雪峰与丁玲恋爱关系的进一步发展。后来冯雪峰参加了革命，胡也频也加入了革命队伍，他们都成为革命同志。丁玲把对冯雪峰的爱恋之情，转为革命同志的关爱之情，由爱情欲望，转化为共同的信仰追求力量。胡也频牺牲后，鲁迅、冯雪峰等左联作家为丁玲的革命工作创造了许多条件，他们的交往也更密切了，但此时的冯雪峰已有家室，丁玲写给他的信自然不能算是情书，但又胜于情书，故而后来命名为《不算情书》。

在通篇皆是细腻热烈的文字里，丁玲把自己对冯雪峰的爱情写得十分真切动人。

在过去的历史中，我真正只追示一个男人，只有这个男人燃烧过我的心，使我起过一些狂炽的（注意：并不是那末机械的可怕的说法）欲念，我曾把许多大的生活的幻想放在这里过，也把极小的极平凡的俗念放在这里过，我痛苦了好几年，我总是压制我。我用梦幻做过安慰，梦幻也使我的血沸腾，使人只想跳，只想捶打什么。我不扯谎，我应该告诉你，我现在可以告诉你了（可怜我在过去几年中，我是多么只想告诉你而不能），这个男人是你，是叫 ×× 的男人。

信的内容只有两人知晓，故而人称非“我”即“你”，因为这是谈及两人间感情的事，所以这段文字的最高频率的词就是“我”。我们可以看到，作者简直是细致入微地描绘出处于狂热恋爱而又不得的处境与心态。其中两个词特别引人注目，那就是“燃烧”“狂炽”。这是只有深爱之时才会出现的状态，人被爱情的火苗烧炽之时，往往会有狂热的状态与举动。爱情能使人疯狂，也会使人愚蠢，明知不可为之事，恋爱中的人却可以不惜一切代价去做，这是无数文学作品和现实生活经验反复证明的。但是丁玲毕竟有着强大的理智力量，她知道胡也频对他的纯洁的真爱是不能被轻易一笔勾销，只好很冷静地压制这股爱情之火。如果把理智看作是压制爱情欲望的锅盖时，那么时间越长，这股爱的力量也就越大，犹如高压锅一样，压力可以达到惊人的地步。故而能使人血“沸腾”，饱受煎熬，只想“跳”“捶”，那是一种生不如死的折磨。

这封信里的许多文字，都是细腻描绘出丁玲的强大的爱情力量与理智之间交锋拉锯的真实场面，甚至觉得一般的用词还不够准确，特地用括号的解释加以进一步说明，令人分明感受到被憋在心中多年的情感，正如同水库放闸一般，汹涌奔腾而出。当然，丁玲写这信并不是要和冯雪峰重修旧好，因为时间过去后，是再也回不去的。这信只是感情的宣泄，一旦被疏导开了，自然就不会那么痛苦了。她一直是努力将冯雪峰视为可以愉快共事的同志，保持着那种共同追求信仰的纯洁感情状态，而这时的语言则化为雄健活泼、充满着豪放蓬勃的气势。

“每次和你谈后，我就更快乐，更有生的需要，只想怎么好好做人。每次到恨自己的时候，觉得一切都无希望的时候，只要你一来，我又觉得那些想象太好笑了，我又要做人。”

“我望着墙，白的；我望天空，蓝的；我望着冥冥中，浮动着尘埃。然而这些东西都因为你，因为我们的爱而变得多么亲切于我了呵！”

“心远远飞走了，飞到那些有亮光的白云上，和你紧紧抱在一起，身子也为幸福浮着……”

这些文字，与之前的痛苦折磨般的狂炽念想导致的不适，恍如非同一人所为。但是丁玲把这种狂热恋的爱转化为同志间的纯洁友谊时，它变得极为温馨宜人，语言风格则变得劲健有力，不少是以短句出现，呈现出活泼有力的节奏和韵律。第一则是用对比的方法，来体现热烈、积极向上的生活态度；第二则是用排比的修辞，用明亮、干净的色调，来描写对世界充满美好的感受和希望。一般来说，蓝色的天空，代表着澄澈、开阔、深邃等诸多含义，而白色则意味着纯洁宁静包容，因为白是一切颜色的底色与基点。人心一变，世界也自然变得开阔和充满活力和生机。第三则是一种美丽的幻想，心飞到有亮光的白云上，那是无拘无束、自由自在的神仙境界。神话传说中的神仙都是驾着祥云游历四方，身心达到最大程度的舒适与慰藉。一般来说，有了这种美的身心体验的人，即使面对再艰难的环境，他们依然有着极强的生存意志，这就是“曾经沧海难为水，除却巫山不是云”的精神承受境界的写照。丁玲此后经历过轰轰烈烈的事件，都能挺过来，从她早年的文学语言所流露的境界就可以推断得出来了。如果细而言之，丁玲在晚年就说，“我最纪念的人是也频，最怀念的人是雪峰。”（《悼雪峰》）此言得之矣。

以上三个方面，只是对丁玲早期语言特点的总结，此时并未形成丁玲固有的语言风格，但已经隐隐展现出丁玲作为散文大家所特有的峥嵘气息。若大致而言，丁玲散文语言在延安时期以率真朴实为主要风格，新中国成立以后则以豪迈激昂为主，新时期复出之后又呈现出散文创作初期风格的诸多特点，历史似乎走了一圈又回到了原地，但早已不是原来的丁玲语言特点，它们已经化成语言风格。杜甫有诗赞美庾信的诗歌创作，“庾信平生最萧瑟，暮年诗赋动江关。”丁玲语言特点的时代性巨变，其实是与丁玲有着鲜明的艺术追求目标汭息相关。

陈明曾在《丁玲文集校后记》中说，丁玲的创作得到读者的欢迎，“可能是由于她对人物内心的刻画的委婉、细致与丰富，而不是她的欧化的、有时又夹杂着湖南土语、并且显得拖泥带水的文字，……后来她逐渐深入生活，接近群众，文字逐渐通口语化了。”在陈明看来，“欧化”“土语”“拖泥带水”是丁玲创作上语言的不足。但是从文学语言的角度上看，“欧化”确实是硬伤，“拖泥带水”是要看具体的应用场合，不可一概而论。而“土语”可能并不是弱点，反而是优点。作家在创作过程中。往往是从自己熟悉的母语入手，采用相应的语词来表达的，这自然带有相当鲜明的地域色彩，并不弱点。所谓的文学语言的“规范化”，其实是一种理想的状态，带着假想性质。鲁迅许多语言是相当生硬拗口的，但并不妨碍他成为语言大师。同样，丁玲带有土语的创作也不会妨碍她的艺术成功，反而使其语言富有生活的活泼的一面。

丁玲到了陕北之后，其语言就带有鲜明的北方语言特质，后期的文学语言里，不可避免地夹杂着东北方言的因子，这从另一外角度说明了丁玲具有极强的语言学习、感悟能力，有极强的谦逊好学的精神，这是相当了不起的。丁玲晚年曾对自己的文学语言做了十分深刻且透彻的总结，她说“在生活中学习活的语言，在创作中把语言用活，使语言更饱含生机、新意。”“把语言同生活、人物混为一体，有个性、有神韵，有情意，有时代感。”①这里丁玲概括了自己语言加工的几个秘诀，一是活的语言，二是个性化，三是时代感。这就是丁玲加工语言的几大秘诀，说起来容易做起来难。

她在晚年给柯岩写信中提到，“语言要口语化，要谐趣，要流丽，要纯净，要个性化，但如何选择，如何提炼，如何能确切，完全表达自己思想，却真是一个非常重要非常细微的问题，我写了几十年文章，似乎也只在老了的时候才深深触到这个问题。”②这些话虽然是对针对柯岩小说提出来的语言问题，实际上也是文学语言加工如何与作家所要表达的效果紧密相应的大问题，也就是如何驱遣文字，使之形成与自己的设想完美一致的艺术效果，至于谐趣、流丽、纯净、个性化，都是属于风格性的问题，最终是达到个性化的目标，这是一个很艰难的探索过程。丁玲提到这个问题时，说明她已经从理论高度触及艺术创作的本质性问题，即深得语言的三昧真谛。但她只能感慨地说“老了的时候”才触及这个问题，有点可惜了。老年人是人的智慧成就圆满的时期，许多艺术家也是如此。他们老年时期的创作进入炉火纯青的地步，创作浑然天成，圆满无瑕是令人羡慕的。丁玲的文学语言是如此。著名画家沈耀初在晚年回到大陆后，很感慨地说，“我到老了才懂得画画”，不过，这离他去世前亦只有短短几年的光阴。

---

①丁玲：《美的语言从哪里来》，《丁玲全集》第8卷，河北人民出版社2001年版，第338页。

②丁玲：《致柯岩》，《丁玲全集》第12卷，河北人民出版社2001年版，第241页。

世界就是这么令人充满遗憾，圆满成熟意味着衰亡。丁玲在两年后就因病去世了，天不假年，留下无数的遗憾，否则她还有更多精美的艺术品面世的。

（苏永延：厦门大学中文系副教授）

丁玲与左翼文化传播

1930年代上海的媒体与丁玲

——从良友公司出版物与妇女杂志看

江上幸子

前　言

1930年代上海的中共女领导陈修良[①]于《对白区工作在民主革命中作用的几点看法》一文（1987年）中，曾如此写道：

为了突出"农村包围城市"策略的绝对正确，因此党史就多写农民革命战争，很少谈白区工作，如果要写，也不过是写瞿秋白、李立三、王明的"左倾"路线错误，很少写正面的成功经验，而且很少写到这些错误的主要原因是什么，不敢提出共产国际领导中国革命错误观点的批评。（中略）给人的印象像白区工作是一片空白，有人甚至说："地下党没有一个好人！"（中

---

①陈修良（1907—1998）是抗日战争时期，在上海担任中国共产党江苏省委员会的妇女运动委员会书记，抗战胜利后在南京被任命为中共市委书记，解放后也历任中共的南京市委组织部部长、上海市委组织部副部长、浙江省委宣传部代理部长等要职。1957年，她被划为"右派"。后在1979年获得平反后，写下了《孙冶方革命生涯六十年》（知识出版社，1984年）、《潘汉年非凡的一生》（上海社会科学院出版社，1989年）等一百多万字的回忆文章，这是关于中共党史的重要资料。相关研究可参照江上幸子：《抗战时期上海的中共女领导陈修良》，"第二届抗日战争史研究新趋向学术工作坊"论文，北京大学医学人文学院，2019年5月18日。

略）在党史中始终没搞清楚党在白区做了哪些工作、对民主革命的重要作用、白区对根据地的支援发生了多大的作用。（中略）白区工作的重要性不加总结，党史是不完整的。[①]

陈修良也在《怀念战友孙冶方》一文（1983年）中，如此阐述："1955年，潘汉年、扬帆冤案发生后，我和沙文汉都被株连，孙冶方自然也不能逃脱。我们都被当时上海市委主要负责人指为三十年代文化人，不是叛徒，就是特务，遭到监视与打击。这是为什么呢？因为：1937年冬江苏省委重新建立，宣传部部长为沙文汉，孙冶方任文委书记，领导上海文化界的工作。这就是他后来受长期冤屈的一个关节问题。（中略）孙冶方任文委书记时，还与潘汉年领导的八路军办事处有工作关系。"[②]

1955年时，陈修良虽然并未受到如同丈夫沙文汉那样的严重批判，但最后还是于1957年成了"极右派"，这让她的名字在历史的长河中被长期遗忘。

关于陈修良1957年的批判，有如下资料。首先，在1957年7月底，陈修良去北京参加中央宣传部长会议（7月29、30日，8月1、2日）。在8月1日的会议上，康生解释了右派的"性质"，并如此报告反右派斗争的经过：

反右派是什么性质？是敌我矛盾，（中略）5月4日中央指示，错误的批评要回答，但暂时不答复，充分让他暴露。（中略）5月14日，中央指示提出，批评中有对与错的，就可发现右派。各省委对右派言论不要立即反驳，（中略）5月16日，中央指示——接受正确批评，改正缺点，团结中间力量，逐步孤立右派，必须争取这一仗的胜利。主席写了一篇文章：《事情正在其变化》。5月20日，中央指示：右派是猖狂进攻，暴露还不够，（中略）6月6日，中央指示：不要怕大字报，团结左派，争取中间，准备向右派出击，（中略）6月8日，公开反击：《这是为什么》的社论出来了。（中略）6月26—29日，中央发了二个指示，彻底打击右派，（中略）7月1日，公开在报上指出右派是敌人。（中略）7月16日，人大结束，主席在青岛召

---

①陈修良：《对白区工作在民主革命中作用的几点看法》，上海党史学会编：《上海党史论文集》（1987年）。后收录于姜沛南、沙尚之编：《陈修良文集》（上海社会科学院出版社，1999年）。

②陈修良：《怀念战友孙冶方》，《社会科学》1983年7期。后收录于《陈修良文集》。

开各省会议，发表《1957 年夏季的形势》，实为总结这个运动的经验。①

陆定一在 7 月 30 日的会议上也表示：“右派既是反革命，应当专政，为什么还给他饭吃？”周扬则于 2 日谈到：“丁玲、陈企霞问题，是关键问题”。陈修良在毫无思想准备的情况下，被这些话震惊了，感觉受到了极大的欺骗，便当场责问康生：“为什么这么重大的政策不向下级传达？”，但康生不予理睬。之后，她一回到上海就马上受到批判，最终成了“极右派”。②

根据这些资料，我认为必须重新考证“1930 年代上海文化人”及其所承担的“白区工作”的实际与具体情况，这也与反右派斗争与丁玲有密切的关联。作为考证的第一阶段，在我近期于日本发表的短文《良友公司与丁玲》中，我介绍了良友公司与丁玲的八个具体关系。作为其考证的第二阶段，本稿拟以 1930 年代妇女杂志中的丁玲表象作为论述核心。借此，我认为可窥见 1930 年代上海的“左派文学与文化人”同媒体、妇女界、党派等之间的关系，进而更进一步加深对“1930 年代上海文化人”问题的了解。

一、丁玲与良友公司

首先，我先简要地说明丁玲与良友公司的关系。③虽然《良友画报》是一份具有大众性、商业性杂志，且给人“摩登”的印象，但良友公司却与“左派文学与文化人”有着密切的关系，例如“一角丛书”“良友文学丛书”等收录了不少“左翼文学”，从该公司出版的《今代妇女》中，亦可看到其与“左派妇女”接近的妇女观等等。据说，《良友画报》增加左派色彩，是在郑伯奇于 1932 年 5 月受左联的委托，以郑君平这一假名参与编辑（第 65 期）以后开始的。并且，潘汉年、成仿吾等左派人士时常通过良友公司或郑伯奇，

---

①《中央宣传部长会议记录（1957 年 7 月 29 日—8 月 2 日）》，收录于华东师范大学中国当代史研究中心所编的《中国当代民间史料集刊（18）陈修良工作笔记 1945 年—1958 年 2 月》（上海：东方出版中心，2015—2016 年）。

②《中央宣传部长会议记录（1957 年 7 月 29 日—8 月 2 日）》。尚可参照陈修良撰述、唐宝林编著：《拒绝奴性：中共秘密南京市委书记陈修良传》（香港：中和出版有限公司，2012 年），第 331—332 页；马福龙、沈忆琴主编：《沙文汉、陈修良年谱》（上海：上海社会科学院出版社，2007 年），第 120 页。

③详细可参照拙文。江上幸子：《良友公司と丁玲》，《上海モダン：〈良友〉画報の世界》（东京：勉诚出版，2018 年）。

跟党方面的人物取得联系。从下面列举的有关丁玲的八个具体关系，可看到良友对丁玲的遭遇所表现出的深切关心，以及对“左派文学与文化人”的重视：

（1）丁玲与良友公司之间所发生的第1次关联，是1932年4月良友公司所出版的《法网》，其为“一角丛书”中的一册。该书主要描写贫穷困苦工人，左派色彩特别显明，但作为小说创作，不可说是成功。尽管如此，良友还是将此选录到“一角丛书”中。

（2）第2次是1933年6月，良友公司出版《母亲》一作（1935年，该书被禁止发行）。此书为“良友文学丛书”的第7册。众所周知，郑伯奇曾对赵家璧如此说道：“鲁迅先生建议把丁玲的那部未完成长篇立刻付排，你可以写个编者按做个交代。书出得越快越好。出版时要在各大报上大登广告，大事宣传，这也是对国民党反动派的一种斗争方式”。顺便一提，丁玲被捕之后的5月23日，蔡元培等38名文化人向南京国民政府发出营救丁、潘的电报，参加署名的名单中，《良友画报》的三位编辑马国亮、梁得所、赵家璧名列其中。

（3）第3次是在《良友画报》第78期（1933年7月），刊登了《时人时事：中国文坛最负盛誉之女作家丁玲女士，于5月14日突告失踪，或传被捕遇害，纷疑不一》（附丁玲照片）这一报道，同期也登载了《母亲》一书的广告。

（4）第4次是在《良友画报》第79期（1933年8月），刊登了《杨妈的日记》（附丁玲手稿），编者按里表示：“原稿系女士失踪后由其友寄投本报者”。虽然《杨妈的日记》是不完整的未完之作，但为了“扩大影响以利营救”（《丁玲年谱长编上》），冯雪峰与楼适夷才会将存放于王会悟那儿的丁玲原稿，交给《良友画报》。

（5）第5次是在《良友画报》第94期（1934年9月）上，刊登田倬之的《湖南女子最多情》一文。文中，田倬之如此赞誉湖南女子：“不能不称誉她们是中国最好的女子”，并把丁玲的照片跟王人美等6位女明星排列在一起。虽然不甚清楚登载丁玲照片并给予高评价的意图，但隔一年多再次提及丁玲，或许表明“失踪”事件是不可遗忘的。

（6）第6次亦是1934年。在《良友画报》第99期（1934年12月），以《标准女性》为题登载了一幅图像，其中有10名女性入选。图中如此解释“标准女性”：“有丁玲之文学天才”“有何香凝之艺术手腕”“有宋美龄之相夫贤德”“有胡蝶之名闻四海”等。我们或可将丁玲入选“标准女性”一事，推测为是为了号召妇女界重视与同情丁玲的“失踪”。

（7）第 7 次是丁玲逃离南京之后的 1936 年 11 月，良友公司出版了《意外集》一书，此为“良友文学丛书”第 33 册。据说，由于丁玲决定要奔赴陕北，为了给湖南的母亲与孩子生活费而出版该书。由此可见，良友公司曾对决意奔赴苏区的丁玲，给予了宝贵的援助。

（8）第 8 次是介绍了西北战地服务团。在《良友画报》第 140 期（1939 年 3 月），刊登了陈约克著、介人抄译的《去延安途中》一文，其中有“丁玲的服务团”一节，并附上服务团的照片一张，照片的解说是“丁玲主持之西北战地服务团，在延安西北民众运动中占有领导地位”。文中，如此讲述西战团与丁玲：“我们的队伍”跟此团同行，团里有“30 位男女”，“向 30 万人表演过话剧歌唱等”；“演剧的开始”一般是“滑稽戏”；“过去 10 个月中已增加至 12 团”；丁玲“最近没有写过小说”，我问起为什么，她说“我要真正的认识这种新生活，事情变得那么快，一个小说家简直没有机会去落笔了”等等。在当时的刊物上，包括赵家璧主编的《大美画报》（1938 年第 10 月）在内，已有不少介绍西战团的照片和文章，此“丁玲的服务团”算是其中之一，但《良友画报》的介绍起了向众多读者告知丁玲逃出南京、赴根据地后，作为一名“新的妇女”从事抗日活动的作用。

二、妇女杂志中的丁玲表象

在现有的丁玲文献目录、年谱中，涉及 1930 年代妇女杂志或妇女界方面的材料并不多见，但其实在当时的妇女杂志中，曾出现过不少具有丁玲表象的文章①，这些文章可分为 5 类：（1）有关丁玲作品的文学评论，（2）作为

①本稿所言的“妇女杂志”，是指以妇女为主要阅读对象的杂志（不包括报纸副刊）。关于“1930 年代妇女杂志”，目前主要有 3 种一览表：（1）《上海妇女志》（上海社会科学院出版社，2000 年），第 499—500 页；（2）连玲玲：《战争阴影下的妇女文化：孤岛上海的妇女期刊初探》，《近代中国妇女史研究》20（台湾：中央研究院近代史研究所，2002 年），第 76—77 页；（3）刘人锋：《中国妇女报刊史研究》（中国社会科学出版社，2012 年），第 280—309 页。出现于一览表中的大半杂志，皆收录于《大成故纸堆》和《民国时期期刊全文》，本稿基本以这两种数据库进行调查。当然，这两种数据库并不包罗当时所有的妇女杂志，况且，调查中找到的“丁玲表象”也并不很多。同时，这两种数据库中所收录的妇女杂志，主要以左派杂志为主，几乎不见《妇女共鸣》等国民党系统杂志、《现代家庭》等家庭杂志、《西北妇女》等上海以外地区杂志。因此，我必须强调，目前我所进行的调查并不全面，只反映出部分的“丁玲表象”而已。特此说明。

女性的评价，（3）有关丁玲被捕，（4）关于丁玲被幽居南京的消息，（5）赴根据地后的消息。我拟在本节中，介绍并分析各类文章，以期加深对丁玲与妇女媒体或左派网络之间的关联之了解。

（一）有关丁玲作品的文学评论

第 1 类文章，分别是出自尹庚、毅真、绿君与王慧珍之手的 4 篇评论。根据近期的调查，在《妇女旬刊》上，尹庚的《中国现代的女作家》是最早谈及丁玲作品的文学评论。在 1929 年，除了尹庚此文外，介绍丁玲或评论其作品的文章只有 2 篇[①]，分别是钱杏邨的《〈在黑暗中〉：关于丁玲创作的考察》与洪为法的《读〈自杀日记〉以后》[②]。1930 年，在《妇女杂志》上，登载了毅真的《几位当代中国女小说家》。这年，除了毅真一文外，有关丁玲的文章并不多见。可以说，最早介绍丁玲或评论其作品的，便是妇女杂志。之后在其他的期刊上，陆陆续续出现了不少有关丁玲的介绍和评论，更有钱杏邨所编选的《现代中国女作家》《当代中国女作家论》等书[③]，以及张白云编著的《丁玲评传》等专论[④]的出版，相较之下，反而在妇女杂志上的介绍锐减。

我们先来看尹庚与毅真的文章。这两篇文章有不少共通点（参见引文下线部分。下线由笔者所加，本文所有引文皆同，后不再述）。相较于尹庚文的不为人所熟悉，毅真文则被广泛知晓。究其原因，在于毅真文后被收录于《当代中国女作家论》一书，亦被收录于《丁玲评传》，并因此成为评论丁玲文学的一种范式。在尹庚的《中国现代的女作家》一文中，有关丁玲的论述部分如下：

---

①不包括刊登或收录丁玲作品的出版物。

②钱杏邨：《〈在黑暗中〉：关于丁玲创作的考察》，《海风周报》1929 年第 1 期。据《中国现代文学期刊目录汇编》，《海风周报》（1929 年 1 月—6 月，共出版 17 期）是太阳社在《太阳月刊》《时代文艺》停刊后，所创办的又一种文艺刊物，署名由“海风周报社”编辑，但实际上是由蒋光慈、钱杏邨主编，泰东书店发行，该志“保持了《太阳月刊》的基本特色，继续鼓吹无产阶级革命文学，但在某些作品和评论中存在着左倾思想的影响”。洪为法：《读《〈自杀日记〉以后》，《中央日报·青白》159、160 期，此资料从袁良骏编：《丁玲研究资料》（天津人民出版社，1982 年）而来，笔者未见。

③黄英（钱杏邨）编：《现代中国女作家》（北新书局，1931 年 8 月）。黄人影（钱杏邨）编：《当代中国女作家论》（上海光华书局，1933 年 1 月初版。上海书店影印，1985 年）。

④张白云编：《丁玲评传》（上海春光书店，1934 年 10 月）。

丁玲女士：她在去年像是陡然跳出来的，从前并没听到她的名字，看到她的作品。她这新进作家，是中国现代女作家中杰出的一个！她的创作多发表于小说月报上。现在将一篇描画女子给恶劣环境支配至于堕落的梦珂，一篇描画职业女子烦恼的暑假中，一篇描画个患了肺病女子心理的莎菲女士的日记，一篇描画乡村女子意识形态幻变了的阿毛姑娘，她并合起来订成单行本了，书名叫做在黑暗中！她是胡也频先生的夫人。最近和胡也频先生和沈从文先生协力刊行一种红黑创作。第一期已出版。[①]

尹庚后来在1931年参加组织“东京左联”时，曾事先与丁玲取得联系，对此，在他《叶以群同志与“左联”东京支部》一文中，有如下回忆：

五位左翼作家，被国民党特务逮捕，二月七日被秘密杀害于龙华警备司令部。就在这种白色恐怖极为严重的局势下，叶以群从日本回到杭州找我，目的是转找“左联”的组织关系。他知道我与上海方面几个知名作家又来往，所以他想通过我找丁玲。我通过沈从文找到丁玲，在丁玲那里又碰到冯雪峰，就此商定了建立“左联”东京支部的计划，由叶以群回东京负责建立了这个支部的组织。[②]

---

①尹庚：《中国现代的女作家》，《妇女旬刊（杭州）》1929年294、295、296期（1月）。《妇女旬刊》是由杭州中华妇女旬刊社出版，刊行期为1917至1948年，共749期。现收录于王长林、唐莹编：《中国近现代女性期刊汇编（二）》（线装书局，2007年）。作者尹庚（1908—1997），男，原名楼曦，又名楼宪，浙江义乌县人。1927年从上海中华艺术大学毕业后，在《杭州日报》、天马书店等任职编辑和记者。1931年参与组织中国左翼作家联盟东京支部，东渡日本留学。“九·一八”事变后，跟随“左联”“社联”等组织成员成立文化总同盟。是年底，在潘汉年、冯雪峰等人的领导下，又与胡风、何定华、王达夫、周颖、聂绀弩等组织新兴文学研究会，出版反日刊物《文化斗争》。1933年参加国际反帝大同盟。1955年被打成“胡风分子”，1957年被划为“右派分子”，“文革”中被定为“托派分子”等。相关资料可参照姚辛编著：《左联词典》（光明日报出版社，1994年）；北京语言学院《中国文学家辞典》编委会：《中国文学家辞典·现代第二分册》（四川人民出版社，1982年）；《百度百科》，以及申春：《“胡风分子”尹庚的凄凉人生》，《新文学史料》2008年第1期。

②尹庚：《叶以群同志与“左联”东京支部》，《奔马》（内蒙古人民出版社）1980年第1期。对于“东京左联”的成立时期，虽有几种见解，按日本小谷一郎的研究《一九三〇年代中国人日本留学生文学·芸術活動史》（汲古书院，2010年，第四章），最可能是在1931年夏天，如此的话，尹庚访问丁玲应是在这几月前。

毅真在《几位当代中国女小说家》一文中，则将冯阮君与丁玲称作“新女性派的作家”，并做出如此评论：

丁玲女士是一位新进的一鸣惊人的女作家。（中略）好似在这死寂的文坛上，抛下一颗炸弹一样，大家都不免为她的天才所震惊了。关于作者的身世，我们知道的很少。（中略）女作家笔底下的爱，在冰心女士同绿漪女士（笔者注——苏雪林）的时代，是母女或夫妇的爱；在沅君的时代，是母亲的爱与情人的爱互相冲突的时代。到了丁玲女士的时代。则纯粹是“爱”了。爱被讲到丁玲的时代，非但是家常便饭似的大讲特讲的时代，而且已经更进一层，要求较为深刻的纯粹的爱情了。

丁玲女士的创作集已经出版的是《在黑暗中》。（中略）《梦珂》是描写一个女子被环境压迫因而堕落的故事。女主人公梦珂幼年的环境便是与一位失意的老父相处，每日过那喝酒下棋的颓废生活。到了学校，那黑暗的学校生活，压迫得她只得退了学寄住在姑母的家里。然而姑母家里的更黑暗了一层的生活，她是更受不了的。最后，迫得她走投无路，便往社会的大漩涡中深深的堕落下去，而去作那所谓“电影明星”的生活去了。《暑假中》是描写职业女子的苦闷的，背景是武陵县的一个小学校，人物是几位富于感情的女教师。以女子写女子间的性的苦闷，那样周到，深刻，透贴，细腻，我们除了惊服之外，真是没有什么话可说了。《莎菲女士的日记》是描写一个患有肺病的女子的心理的，《阿毛姑娘》是描写乡村女子的心理的。这四篇之中，最能代表丁玲女士的作风，同时，也最能代表她在时代上的位置的，也就是她的作品中一篇最精彩的，自然要推《莎菲女士的日记》了。《莎菲女士的日记》的主人公（中略）的恋爱的故事，绝不是平平凡凡的你爱我，我也爱你的故事，也不是你爱我，我不爱你，或我爱你，你不爱我的trouble，更不是简单的几角恋爱。她的爱的见解，是异常的深刻而为此刻以前的作家们所体会不到的。（中略）这些率直的女性的心理的描写，真是中国新文坛上极可骄傲的成绩。我们只要读了上面所引的几小段文字，对于近代的新女性已经了然大半了。可惜作者的文字不熟练，有时写的颇不漂亮。作者好叙述，而少发抒。（中略）作者那样高的天才，不幸为不十分流利的文字所累，真是令我觉得有些美中不足。[①]

接着，在1932年《女朋友》杂志上，刊登了绿君《上过镜头的丁玲女士：谁也不知道吧？》一文。绿君在文中指出，丁玲已“转变”为“以文艺作为促进新时代成功的工具”：

读《女朋友》的女朋友们，要是平时注意注意文艺的，我想都知道这女作家丁玲的大名吧。以前，她也不过是一个“为文艺而文艺”的作家，可是她终究是一位青年，是一位向上的青年，所以渐渐地感到了“为文艺而文艺”者的没有出路，于是转变了，渐渐地以文艺作为促进新时代成功的工具。到去年二月间，她的爱人胡也频被杀以后，就更一步使她认识了文艺的使命，新时代的路线，从那时候起，在她的作品中可以更显著的找出这些倾向。因之，她主编的《北斗》得到了大众的拥护，然而，使大家很失望的，《北斗》莫名其妙地被弄得寿终正寝了，她也就销声匿迹了。大家都以为她是一个文艺作家吧，她也进过影片公司呢。是七年前，她觉得电影和文艺之关系的深切，而且，感到了电影兴味的浓厚，因之，就毅然地加入了明星公司。在那里，她看到了许多失望的事，于是就退出了影界，专心一意地从事文艺了。现在，她虽然不想再加入影界，（事实上也办不到）然而对于电影，尤其对于中国的电影，还是非常的注意，还是抱着很大的希望。[②]

①毅真：《几位当代中国女小说家》，《妇女杂志》1930年16-7（7月1日）。全文收录在《丁玲研究资料》。毅真在《妇女杂志》（1926年12-1）上，另发表了《乙种征文当选　妇女的美术　一件有趣的小职业》（署名：毅真女士）一文。其他尚有杂感《余墨：“清华学生都是这样贵族吗？”》（《国立清华大学校刊》1928年25期）、《民治与吏治制度》（《今日评论》1939年1-22）等文章。

②绿君：《上过镜头的丁玲女士：谁也不知道吧？》，《女朋友》1932年1-13。绿君在《女朋友》1932年1-8上，还发表过《红的女郎知是谁？》一文。此外，尚有《情书三封：我们只能永远站在友谊的立场上》（《现代家庭》1937年8期）、《小姐们：课余之暇应要注意家事操作家庭情趣》（《家庭星期》1937年2-8）等等文章。《女朋友》是图画三日刊，发行期为1932年11月到1933年，由胡考担任编辑，内容多为男女情爱和中外影星艳史之类为主（据注7《上海妇女志》，第495页）。胡考（1912—1994）生于上海，为小说家、文艺理论家、著名漫画家，擅长中国画、文艺理论。1931年，他从上海新华艺术专科学校毕业。1937年，任武汉《新华日报》的美术编辑。1938年，任教于延安鲁迅艺术文学院。后担任《苏北画报》社社长。五十年代初，调任《人民画报》副总编辑，主编《万象》。（资料见《百度百科》）。

顺便一提，在 1936 年 5 月初，丁玲接到开明书店编辑叶圣陶的来信，就开明书店建店十周年纪念文集一书，向她约稿。丁玲于 5 月 3 日回信给叶圣陶（信件收录于《丁玲全集》第 12 卷）。后叶圣陶的挚友徐调孚将此信转交给主编《万象》的柯灵，以《幽居小简》为题，与田苗（胡考）的《忆丁玲》一文，同时刊于 1943 年 12 月 1 日发行的《万象》。日后柯灵在 1984 年 2 月 25 日致丁玲的信中，曾如此回忆道："那时胡考正自根据地潜来上海，我特请胡考写了一篇《忆丁玲》"；"意在介绍延安消息"。[①]胡考在《忆丁玲》一文中，曾如此记载："近年来似乎又产生了一派'新女性'——这派新女性我也曾见过几个，不外乎，雄赳赳，气昂昂，在在都想压倒男性，甚至谈吐，举止，不愿意生孩子等等，这也许是一种很好的现象。不过我对这种现象也固执着一贯的成见。可是，一个人的观念也像世界一样随时在变化中，（中略）激起这个变化的力量是丁玲先生，是我遇见了丁玲先生以后的事"等等。

此类的第 4 篇文章，是 1936 年刊登在左转期间的《女子月刊》上的《丁玲及其作品的转变》，作者为王慧珍。王慧珍在此文的开头如此说道："我终感觉她的作品，是富于革命性，最能指引我们青年以前路，尤其是久被压迫得妇女界！""谁都知道在她先后的作品之中，作风有着很大的区别。比如，《莎菲女士的日记》和《田家冲》吧：那两位女主人公的性格已显然有着很大的区别了！莎菲女士是为感情支配着的小资产阶级的个人主义者，然而《田家冲》里面的三小姐，她不但有更强烈感受性，也有坚强的抗斗的意志，她肯（笔者注——应为不肯，推测原文或有所误漏）勾留在家中度无聊的资产阶级的享乐生活；她为着她崇高的理想——推动时代，改造社会，为大众谋自由，求福利！（中略）于此，可见丁玲的创作过程，应该分作几个阶段。（中略）初期、进展期、转变期和再进期。"而对于丁玲的变化，王慧珍则如此解释：

初期的创作有《在黑暗中》、《自杀日记》和《一个女人》。在这时期

① 可参照王增如、李向东：《丁玲年谱长编上》（天津人民出版社，2006 年），第 106 页。丁玲：《幽居小简》、田苗（胡考）：《忆丁玲》，《万象》3-6（1943 年 12 月 1 日）。《万象》是综合性文化月刊，1941 年 7 月创刊于上海，编辑为陈蝶衣，鸳鸯蝴蝶派色彩较重。1943 年 7 月改由柯灵担纲编辑后，风格出现了较大的变化，改以新文艺为主（资料见《中国现代文学期刊目录汇编》）。

中所表现的，全是为感情支配着的个人主义者，她们需要热烈的情感，物质的享受；又希望不劳而获地得到自由！但是，一切幸福自由，决不是社会所能白白地赐予的，更不是造物者所能给予的！因此她们便陷入了失望之阱，感伤之泉；所以莎菲就有了“悄悄地活下来，悄悄地死去”的人生观了！丁玲在初期的创作中，已指示着社会的黑暗，但是她不曾说明社会黑暗的原因，更不曾说出补救的方法。（中略）虽然丁玲初期作品所表现的，只是小资产阶级的个人主义的伤感气息，但是她的风格与历来女作家不同：她暗示着妇女的实际生活及其苦痛，她具有精细的女子心理的分析；她创出了大胆而赤裸裸的描写。她深入而刻画的观察一切是不能轻易地给人家学得的！

代表丁玲女士进展期中的作品，便是《韦护》。（中略）这是一篇描写恋爱与革命冲突的小说；作者的思想也在这点上进展了！（中略）然而韦护不是超人间的，因此在别离之中，难免不感到（笔者注——应为感到，推测原文或有所误漏）苦痛，但是丁玲使他在苦痛之中感觉着充实。这一点又表明着丁玲在技巧上的进步，使韦护的转变不致突兀。（中略）“革命的信心”克服了“爱情的留恋”，较之莎菲的颓丧，便是她思想上的进展！（中略）

丁玲转变期中的作品，（中略）便是《一九三〇年春上海（一、二）》。（中略）这是表现着多么浓厚的革命牺牲的色彩呀！（中略）这和莎菲女士那种（中略）趋向绝灭的精神，显然有着很大的转变！（中略）“再进期”是丁玲转变期后的创作过程。在这时期中的作品有《水》、《夜会》和《母亲》。《水》（中略），不但严肃地、深刻地刻画了当时的社会，并且描写在那巨大的事变中的各方面的形式，而反映阶级的意识上来。她已跳出了恋爱和个人生活的题材，注意实际的事变和狂流下的群众生活了！《消息》和《奔》，是收集在《夜会》里的最优秀的两篇。（中略）虽然《母亲》是一个残本，但是它表现了前一代女子的挣扎的情形，为数千年来压抑在男权下的妇女吐了一口气！因了她的先觉，她的实践，使那些懦弱的人，也引起了自觉。总之，丁玲在转变以后的作品，不但能如初期中的作品般表现社会的黑暗，并且能够说明黑暗的原因，和补救的方法，为迷茫中的青年开了一条光明的康庄大道！

丁玲是一个这样善于暴露社会黑暗，指示光明的作者，但是如今却永久或暂时的停止了！迷茫的社会中，已失掉了那颗明星！怎的不令人感觉悲哀、怅惘，不知所措呢？但是，悲哀、怅惘，又有什么用呢？（中略）但愿你们自身发出光芒来，导引迷茫中的群众！①

王慧珍文继承了绿君的“丁玲转变”这一观点，又继承了钱杏邨对丁玲的评价。钱杏邨在上述《〈在黑暗中〉：关于丁玲创作的考察》一文中，曾对《在黑暗中》做出如此评述：“《在黑暗中》所表现的，当然是渴望自由与幸福的小资产阶级的个人主义者的思想”“那种热情的、冲动的、大胆的、性欲的，一切性爱描写的技巧，实在是女作家中所少有的”等；也在《现代中国女作家》所收录的《丁玲》（署名钱谦吾）一文中，如此讲评道：“《韦护》所描写的，是革命与恋爱的冲突”“突破她第一期的思想，而走向革命，这已是证明了她的飞速的进展”等；后又在《当代中国女作家论》所收录的《丁玲论》（署名方英）中，如此写道：“这一种姿态（笔者注——《一九三〇年春上海》的女性姿态）的发展，就是从所谓典型的Modern Girl的姿态，一直展开到殉道者的革命的女性的受难”“从个人主义的姿态里蜕化出来，成为革命的同情者”等。可以说，这样的评价成为评论丁玲文学的典型范式。

---

①王慧珍：《丁玲及其作品的转变》，《女子月刊》1936年4-1（1月1日）。王慧珍在《女子月刊》上，只发表过此文，而在其他刊物上，尚有《持志文学士王琪国女士（照片）》（《图画时报》1933年943期）等作品。《女子月刊》在1933年3月8日于上海创刊，由女子月刊社编辑出版，至1937年7月停刊。主编先后为黄心勉、封禾子（凤子）和高雪辉。编委有陈白冰、上官公仆、赵清阁、孙昌澍、姚名达、鲍祝宣、梁雪清等。该刊主张团结抗日，提倡男女同工同酬，要求妇女有经济独立权，反对贤妻良母。其在《发刊词》中曾宣称：“本刊没有政治、经济、宗教等背景”，“不会做某种主义的宣传”，“除非是女权主义”。1936年封禾子任接任主编后，编委中加入了进步人士和共产党员，就此，刊物倾向有了巨幅的转变。郭沫若、夏衍、田汉、阳翰笙、洪深、夏征农等都曾为该刊写稿，分别发表过《现阶段妇女的前进路线》《建立妇女们的国防战线》《中国妇女反帝运动史略》等文章。之后不到一年，再度更换主编，刊物上更出现了宣扬民族投降主义和封建主义的文章（据注7《上海妇女志》第495页、《妇女词典》求实出版社，1990年，第86页）。该刊后收录于王长林、唐莹编：《中国近现代女性期刊汇编（一）》（线装书局，2006年）。相关的先行研究，则可参见李晓红《女性的声音：民国时期上海知识女性与大众传媒》（学林出版社，2008年）一书，该书的第5章为《女子的“播音机”：〈女子月刊〉》。书里曾引用凤子回忆如此说道“实际上全力支持并负责当时的《女子月刊》的是阿英同志”（第183页）。

（二）作为女性的丁玲评价

关于第 2 类作为女性的丁玲评价，妇女杂志上刊载了 4 篇文章。其中有 3 篇刊登在具有左派倾向的《女声》上外，另 1 篇登载于北京女校的刊物《贝满校刊》上。目前尚不清楚数量并不多的原因为何，也许是因为资料调查不全，或一般妇女杂志避开评价左派女性之故。如同上述《良友画报》第 94、99 期（1934 年）将丁玲称作“中国最好的女子”“标准女性”一样，这类文章对丁玲有着极高的评价。但是，其评价标准除了文学才能之外，更加重视男女平等方面，也就是不做贤妻良母，而做一个在社会或国家里与男人并肩而行的“女伟人”。1932 年达里在《女声》上发表的《值得景慕的女子：丁玲》一文，把丁玲称为“我们的英雄”，如此写道：

（笔者注——提起值得佩服得女子）私心不禁想起了正在被通缉中的丁玲，我相信像她这样的精神、手腕、与态度，才是现在时代中的社会所真正需要的女子。（中略）在未曾认识她本人以前，我已经十分熟悉她的名字，读过她散在各杂志及单行本的许多作品，她的作风极其强健干净，被公认为国内女作家的第一人。她所写的事物与世界，都是极广大极有力量的，不像一班女作家般的成天写写母亲、小孩子、女同学及无聊的忧思而已。（中略）去年暮春，她和沈从文先生及沈先生的妹妹岳萌小姐，到苏州来看我，在我们家里谈了一个上午，下午去玩儿了几处苏州的名胜，他们便回上海，我一个人回家。对于这位精神和体格一样强健的人，我留下一个极好的印象。她不多说话，也不多笑，有一副落寞的神情，和两只明亮坚毅的眼睛。听说她正在她的主张上，从事她的社会运动，所以遭政府的通缉。她的爱人胡也频先生，已经因为这种运动而牺牲，丁玲不因为伤心而灰心，也不因胡先生的惨死而胆怯，仍旧为了正谊在战争，不怯不怠的干下去。（后略）①

---

①达里：《值得景慕的女子：丁玲》，《女声》1932 年 1–4（12 月？）。达里，个人资料不详。在《女声》1933 年 1–8 上，达里还发表了《给资产阶级的妇女》一文。《女声》在 1932 年 10 月创刊，1937 年停刊。初为半月刊，后改为双月刊。社长为刘王立明，总编辑为王伊蔚。每期都有短评，抨击日本帝国主义的侵略。撰稿人有何香凝、章乃器、柳亚子、沈志远、李平心、林汉达、罗琼、杜君慧等。该刊在《两周年纪念号》中，如此写道：“我们当前的任务只有全民族总动员，在大众奋斗中，方能争取真正的自由解放。”并指出“新贤妻良母主义”和狭隘的女权主义都不是妇女大众的出路（《上海妇女志》，第 494—495 页）。相关的先行研究，可参见陈雁《性别与战争：上海 1932 ~ 1945》（社会科学文献出版社，2014 年）一书，该书第 3 章是以《女声》为研究中心。

1933年10月，《女声》“为庆祝一周纪念，鼓励女青年为国家努力，及测验我国民众之心理”而“发起女伟人竞选，定额10名，即历史上5名，近代5名”。关于此竞选，《申报》曾报道过3次，其反应并不小。[①]而后《女声》在1934年初，透过《妇女要闻：女伟人竞选结果》[②]一文表示：“共收到7589票，现代女伟人5名为宋庆龄480票，谢冰心431票，丁玲380票，刘王立明348票，何香凝261票”的结果。同时，还发表了下面编者的《短评：论女伟人选举》一文：

（前略）大家心目中的女伟人多半是刚勇果毅，具有创造能力及热烈参加政治工作者，而不是战战克克仅仅守着贤妻良母箴规的女子。这点足以表示国人思想的趋向，是值得我们注意的。1934年又开始了，诚然，在这一切的政治经济都将有剧烈转变的当儿，尤其是在内忧外患严重压迫下，中国民众是极其需要多量的女伟人的男伟人共同携手前进，为民众打出一条生路来！（后略）[③]

发表在《贝满校刊》的文章，便是《三八节感言（五）》（1937年）。“关于当时中国妇女之境况”，此文认为可分为4种：一、“未受教育之乡村妇女”；二、“徒为一己享乐之妇女”；三、“为恋爱而活着之妇女”；四、“有价值之妇女”，即“能为社会服务且在家庭或社会作个与男子平等之人也。如文艺界之丁玲、政界之宋庆龄是也。”然而，这类人太少了。该文的结论是：“中国之妇女，大多数仍未解放！”[④]

（三）有关丁玲被捕

第3类有关丁玲被捕的文章，只有4篇。数量不多的原因，也许是由于1933年5月17日《大美晚报》报道丁玲“失踪”后，许多报刊也陆续报道了

①3次分别为1933年12月29日（开票）、1934年1月1日（结果）、1934年3月27日（赠送）。

②《妇女要闻：女伟人竞选结果》，《女声》1934年2-7（1月？）。

③编者：《短评：论女伟人选举》，《女声》1934年2-7（1月？）。

④《三八节感言（五）》，《贝满校刊》1937年3期（3月8日？）。据北京市妇女联合会编：《北京妇女报刊考（1905—1949）》（光明日报出版社，1990年），第593—594页。

相关消息，而妇女杂志方面，无法得到确切的新消息。不过，在同年6月3日的《妇女生活》上，却有白木的《小评论：丁玲的死？》一文发表，很早地传达了如下的消息，并且，值得注意之处，为该文以“暗杀案”报道“丁玲失踪”，更进一步提到“最近，又听到一个传闻，说丁玲并没有死，希望这是事实”：

起先只是一个无头的暗杀案，发生的地点在昆山路某一个西人的房子里。日期大概是五月十四日。过后，又听到关于这件惨案的传闻，说是被杀者的里面有一个是丁玲。现在接着来的，（中略）忽被某便衣队绑架而去，即加以杀害……云云。事情到了这里，虽然还不能证实丁玲的确死亡，可是，无论如何是凶多吉少了。丁玲在中国文坛，的确是一个思想比较最前进的女作家。在1932年，她是创造了许多伟绩，更其是一篇《水》，是受到了热烈的欢迎的。她不写丽花雪月的文章，她是觉得写文章是有很大的责任性存在的，绝不只是把自己感伤情绪写出来就算了，而是有更大的责任工作要去做。所以她所产生的文章，并不是空虚的，而是实际的，去暴露某一个阶级的野心，受逼迫着的劳苦大众的痛苦以及出路等。无疑的，由于广大的读者的欢迎，可以见到她的作品的力量了，至少，她不会使人怎样失望的。但，这位很年青而已得到多数人信心的女作家，竟曾无缘无故的遭人这样残酷的暗杀，这将给人以怎样的感触？在我们，这位突出的作家，至少是我们彷徨在歧途上的导师，她是常常以正确的思想，来纠正我们的错误，更进一步领导我们到正轨上去。现在她竟这样凄惨地死去了。我们今后是失去了一个良好的导师，而在文坛上是一个很大的损失。虽则我并不认识丁玲，然而她的死，却使我觉得很痛惜的。最近，又听到一个传闻，说丁玲并没有死，希望这是事实。①

紧接着，在教会期刊《女铎》的时事栏上，出现《蒋梦麟探视丁玲之传说》这则消息。虽说不知真相究竟如何，《女铎》对丁玲的消息反应得相当快速：

①白木：《小评论：丁玲的死？》，《妇女生活》1933年2–4。此《妇女生活》是由上海浩荡刊行社出版的周刊，刊行期为1932年6月到1933年7月（2–10），现收录于王长林、唐莹编：《中国近现代女性期刊汇编（三）》（线装书局，2008年）。特别要注意的是，此刊与抗战时期的《妇女生活》不同。白木，个人资料不详。在该刊上，白木只发表了这篇文章，从文字上看，倾向左派。

南京电。蒋梦麟云。左翼女作家丁玲因思想左倾。恐滋反动。月前在沪被捕。比解至京。押于某机关。外界未悉真相。遂有丁玲已死之传。蒋与友人于七月十二日往丁监探问。起居尚优待。身体亦健康。（七月十二日专电）

南京电。蒋梦麟否认探视丁玲。谓此来为聘请教授。报告校务。到京仅两天。忙个不了。日内即回平。与丁玲素不相识。何故去看她。报载探丁不确。（查昨息系中国社。日日社所发。今中央日报亦载。或系蒋探陈独秀一次。误传探丁也）（七月十三日专电）

南京电。日日社息。该社记者十二日访蒋梦麟。蒋确谓丁死不确。因曾于昨晚席间。晤及其友人某君。谈及丁事。彼谓丁并未死。现因其表示反省。故甚优待。蒋更正之要点。即在未见丁玲。与社稿内容并不冲突。（七月十四日专电）①

针对这一消息，王攸欣的研究指出："丁玲的生死，直到7月下旬甚至8月初，外界尚无确信。如刊于7月23日的天津《益世报》的《关于丁玲的宣传》，对行政院长汪精卫声明'丁玲的确没有死'，就表示怀疑，认为只是一种宣传，既没有多大效果，也是大可不必的。上海《申报》8月10日刊载9日专电《蒋梦麟返平》，'蒋梦麟今午返平，据谈，在京未晤丁玲及陈独秀，上次时局紧张南运图书，拟于北大开学时运回'。'蒋梦麟否认探监丁玲'的消息实际上天津《益世报》7月14日即刊登了。"②

同一时期，杨慧先的《丁玲小传》则登载于1933年8月中旬的"摩登"画报《玲珑》。杨慧先认为由于胡也频判处死刑，丁玲因而"思想起了转变"，并表明丁玲"因政治嫌疑被捕"：

丁玲本来不姓丁，姓蒋。（中略）因她早年便有男女平等改革旧家庭的思想，所以便从了母姓。（中略）秉赋着湖南女子的一种冒险进取的特性，早年就独自个儿流浪到北京。赁了一间小屋子住下，做些稿子投到报上去卖，这样换几个钱来过生活。那时她根本谈不上"左"，她的人生观，还是非常平淡，非常灰色的。和胡也频恋爱，是她生活史上可纪念的一页。也频是一

---

①《蒋梦麟探视丁玲之传说》，《女铎》1933年22-3/4（7月末？）。《女铎》是1912年至1950年（中途有停刊期间），由上海广学会出版，主编有乐亮月，李冠芳、刘美丽（据注7《上海妇女志》《中国教会文献目录》）。

②王攸欣:《〈蒋介石日记〉所见丁玲软禁之文化政治语境与相关人物》,《中国文学研究》2019年4期。

个多情的青年，和她同样的穷苦，二人一道儿生活。这个时期，她便创作《在黑暗中》、《梦珂》、《莎菲女士的日记》，很快的引起了人们的注意的。十六年他俩同到上海，又曾一道儿去玩过西湖。不久，她便生了小孩，没有空做文章了。1931 年春胡也频被捕到上海警备司令部判处死刑。给她一个极大的打击。此后她的思想起了转变。一二八时，她曾在上海赴前线慰劳伤兵。后来主编北斗，发表《水》，北斗被禁，她的生活便懒散下来，本年 5 月 14 日，因政治嫌疑被捕，现尚生死不明，最近的作品有《法网》、《母亲》等。①

到了第二年，如上节所述对丁玲有较高评价的杂志《女声》，亦发表了狄斯的《丁玲小传》一文（6 月？），但在该文中，却由“谜”表示“丁玲失踪”：

（前略）丁玲的作品（中略）可以划为两个时期。前者以《在黑暗中》一书作为结束。后者以《韦护》一书作为开始，（中略）是反映出由“摩登女性”转变到“革命女性”的过程。（中略）将来的成就是无限的，但不幸在去年是失踪了，失踪的原因，莫名究竟，不过对于这年青的女性，我们总望她是仍然的在人间的。我相信丁玲的名字，现在是深深地印在大众的头脑中。而她失踪的事，也成为一个许多人关心的谜。②

①杨慧先：《丁玲小传》（附照片），《玲珑》1933 年 3-26。杨慧先，个人资料不详。在民国期刊数据库与大成数据库里，并无发现杨慧先的其他文章。《玲珑》是 1931 至 1937 年，在上海由三和公司出版部出版的画报周刊，根据大成数据库的简介，该刊是“休闲刊物。不设栏目。有张品惠、李翠贞、薛锦园、梁培琴、杨一珠、林则民等人撰文。刊内有多幅名女郎照。杂志目标为增进妇女优美生活，提倡社会高尚娱乐”。初国卿在《中国近现代女性期刊剪影》[王长林、唐莹编：《中国近现代女性期刊汇编（二）妇女月报 1》线装书局，2007 年] 一文中，也如此介绍该刊：“不难理解为什么当年《玲珑》在上海那样爱（笔者注——应为受）欢迎，那样广泛的影响，所以张爱玲说三十年代的上海女学生手上总有一册《玲珑》，并不是夸张”。在美国哥伦比亚大学的 Ling long Omen's Magazine 网页上，有该志详细的介绍与分析。

②狄斯：《丁玲小传》，《女声》1934 年 2-17。狄斯，个人资料不详，在《女声》上，只发表过此文。

（四）关于丁玲幽居南京

第4类关于幽居南京的消息，发表有7篇文章。妇女界不易判断对丁玲“失踪”以后的情况她们一边抱持着怀疑的态度，一边又怀抱着希望，且又有失望，又有同情，因此，也有人直接去访问丁玲，以便了解真实的情况。

首先，《女声》在刊登狄斯的文章一个月后，又发表了（郭）箴一的《丁玲的谜》，对“丁玲失踪”，表达出怀疑与希望夹杂的心情：

丁玲的生或死，原是一个谜，至今好没有确切的消息证实两种相反的谣言。本月3日《时事新报》忽然登载一段惊人的新闻！“丁玲在沪被捕解京后已自具类似悔过文字，恢复自由。闻组会月赠百金，令其安心著作，丁精神亟待休养，竟陈明原委赴杭，近方徜徉于西子湖边。”这消息如果确是事实，不但是左翼作家的投降，而且是女子胆怯的屈服，于女子的前途，社会的革命，皆给与一种重大的打击和阻碍。至于丁玲个人的荣辱，还在其次。

然而，我们不可忽略的，丁玲的失踪，深印人民之脑海的是切齿，是痛恨，为缓和压力愈大，反抗力愈大的空气，就不得不从毁坏丁玲的人格方面着手。这宣传，为统治者想，再好也没有，就是法外从宽，不赐予这个女子一个从容就义的机会，也许更聪明。至于丁玲的思想和勇敢，固然难能可贵，但是她的手段，要是苛求的话，又觉得太轻贱自己的形态，但未尝不是她欲完成自己某种志愿的苦衷所促成，诚恳的希望，也可以说相信她那伟大的精神永远存在。大概她总不会使人失望的吧？！本来丁玲被捕是个谜，丁玲出现也是一个谜，现在原不应当说什么批评的话，最好静观其后，留着盖棺定论。

“周公恐惧流言曰，王莽谦恭下士时，设使当天身便死，一生真伪有谁知。”所以死也要得其时，没有机会荣幸的死，是损失，有光明的机会而不死，也是损失，这是站在个人主义的立场而言。至于为社会，就得忘记自己，以整个的社会利益为前提。丁玲的谜，或许有打破的一天，期待着罢。①

郭箴一在1930年代的上海，撰写完《中国妇女问题》一书后，参加青年

①箴一：《丁玲的谜》，《女声》1934年2-19（7月？）。作者郭箴一，生卒年不详，1931年复旦大学新闻系毕业，代表著作有《中国妇女问题》（上海商务印书馆，1937年）、《中国小说史》（长沙商务印书馆，1939年）等。相关资料可参照李鸿渊：《郭箴一〈中国小说史〉评述》，《古典文学知识》2011年5期。

妇女俱乐部、中国妇女慰劳自卫抗战将士会上海分会等，后又成为《上海妇女》杂志的主要撰稿人，并在1941年抵达延安。不过，在高华的《红太阳怎样升起的》一书里，曾经提及：“1942年7至8月，中央政治研究室揪出了成全（陈传纲）、王里（王汝琪）。9至10月，中央研究院又开展了对潘芳（潘蕙田）、宗铮（郭箴一）的批判斗争”；“王里在中央妇委工作”；这两对夫妇“全被网入‘王实味五人反党集团’”。[①]

上述登载过杨慧先文章的《玲珑》杂志，也于约一年后的1934年9月，刊登了《丁玲置身书报储藏所》这则报道，对曾肯定说“思想起了转变”的丁玲之近况，表达出莫名其妙的印象：

关于女作家丁玲的踪迹，时有传闻。最近据丁之乡亲言，丁确在首都某书报储藏机关安住，阅读写作自若，惟不得与外界自由通往。并谓彼曾亲见丁玲面胖发长，衣短黑，姿态庄重，望之如男子汉，英武可畏云。[②]

根据《丁玲年谱长编》，同年4月上旬，丁玲母亲偕蒋祖林及女佣，抵达南京。9月4日，鲁迅在致王志之的信中表示：“丁君确建在，但此后大约未必再有文章，或再有先前那样的文章，因为这是健在的代价”。9月末，丁玲因临产住进医院。[③]不知妇女界的上述困惑，是否与鲁迅所表达的怀疑有关。

在《玲珑》与《女声》刊登上述两文之后，妇女杂志上再也没有丁玲的消息，之后要到1936年才再出现有关丁玲的消息。此时，丁玲的消息大多刊登在共产党系统的《妇女生活》杂志上，第一篇便是署名“先”的《丁玲访问记》（1月，付照片：丁玲近影）：

还是今年（笔者注——会指1935年）春天，三四月里的花正开得发狂，我看见过丁玲两次。一次是我到她家里去看她；一次是她到我们山上来玩。花落了，炎热的夏天也挨过去，秋天也（中略）溜走了。时间就这样飞也似的过去。时常想去看看丁玲，终于为了怕看见她，怕同她谈话——怕引起她

①高华：《红太阳怎样升起的》（香港：中文大学出版社，2011年），第415页。王汝琪也与郭一起参加这些妇女、抗战团体，均是《上海妇女》撰稿人。关于《上海妇女》，可参看注49。

②《丁玲置身书报储藏所》，《玲珑》1934年4-28（9月19日）。

③《丁玲年谱长编上》，第101—102页。

由于看见旧时的朋友而感伤，我是没有去看她。这次我因为接到本刊编者沈兹九先生的快信，负了为大家访问丁玲的使命，而去看她的。（中略）相见之下，大家高兴地握手道好后，我就赶忙转过脸来向着那位尚未见过面的老太太。估量着她是丁玲的母亲，（中略）我便轻轻地问："怎样，进来的生活还好吧？""做女儿，做贤妻良母，管理家务，管老妈子，苦闷得很！"她的声音是这么幽怨、悲愤，使我突然想起了她的遭遇，一种难过通过我的心灵，我不敢再问下去……（中略）"近来还写东西吗？""没有写什么。小孩子时常要跑来麻烦，有时他们在外面哭闹，又不得不去管一下。"（中略）讲到小孩子她便提起，想决定明年送去到京市托儿所里。（中略）"不过妈妈总少不了有个孩子在身边的……"（中略）

谈到北平的学生爱国运动时，她用着很平淡的语调，不胜今昔之感般说："其实五四那时候的学生好动，学生的学识并不见得怎样不好；而现在这样严厉地整顿学风，压制学生活动，学生的功课也不见得怎样好。"（中略）当我进来的时候，带了一本第六期本刊送给她。她一直拿在手里。现在翻着看了看。她问我编者是谁？我告诉了她之后，她说："这样的东西，在现在是很需要的。"（中略）"你觉得过这种家庭生活快乐吗？"——似乎她对于这些事（笔者注——家里种菜、养鸡等）很感兴趣，我就这样问她。"不，不感到什么兴趣。"（中略）从这许多谈话里，我知道她现在是多么需要一些朋友来安慰她的苦闷啊！（中略）丁玲是不想给我们失望的！我们大家在希望着丁玲。希望丁玲永远不给我们失望！[①]

此文作者"先"便是谭惕吾。在李向东、王增如所著的《丁玲传》中，如此写道："《妇女生活》主编沈兹九约谭惕吾写一篇介绍丁玲近况的文章"，此文"应该就出自谭惕吾之手"；她"此时就职于南京国民政府内政部"，"开始丁玲对她心存戒虑，但谭惕吾多次探望，终于得到信任"；她

① 先：《丁玲访问记》，《妇女生活》1936年2-1（1月16日）。作者"先"，在《妇女生活》上，还发表过《李德全印象记》（2-5）、《曹孟君印象记》（3-1）等5篇文章。这里的《妇女生活》是上海妇女界救国会的机关刊物。1935年7月在上海创刊，1937年11月迁武汉，后又迁重庆。前期主编为沈兹九，编辑为彭子冈，后改为曹孟君、寄洪。撰稿人多是共产党员和进步人士。该刊思想进步，政治态度鲜明。在反对"新贤妻良母主义"论战中，起了冲锋陷阵的作用。1941年皖南事变后停刊。《妇女生活》为中国抗日救亡运动中乃至现代史上，最具影响力的妇女刊物之一。资料见注7《上海妇女志》第495页、《妇女词典》第86页。

在1982年3月写给丁玲的信里说“你越对我疏远，我越对你怀念。1935年我冲破重重阻碍前去访你，也是受到这种怀念的驱使。我对那些饶舌的家伙，投以鄙视，也就说明我对你的认识始终是坚定的”。《丁玲传》继续写：“1936年4月，谭惕吾的老师顾颉刚从杭州返北平，3日下午到南京，5日晚要乘11时的火车，当日上午还陪谭惕吾去看了丁玲”；“1936年5月14日，丁玲即将去北平看望李达、王会悟夫妇”，“这天谭惕吾、方令孺都来看”丁玲；“丁玲在北平期间，顾颉刚曾于6月14号星期天去李达家里看望她，这只能是谭惕吾的委托”。[①]

紧接着，《妇女生活》上又有文秀的《读者园地：读〈丁玲访问记〉后》（3月）：

（前略）丁玲是过着家庭生活，“做女儿，做贤妻良母，管理家务，管老妈子”这几句话告诉了我们丁玲生活的全部。并且她是有着慈祥母亲和活泼泼儿子与女儿，共同组织的一个充满了温暖气息的家庭。（中略）但是我们看丁玲是怎样感想呢，“苦闷得很”“不，不感到什么兴趣”一种悲愤抑郁的调子告诉人她对生活的不满，这是值得我们注意的。（中略）她为了“妈妈总少不了有个孩子在身边”，（中略）因之也没有预备写什么。（中略）今天苦闷中过着家庭生活的丁玲是站在危险线上了。这是从这访问记里得到的印象。但是现在我们能以残酷的批评加在丁玲身上吗？不，丁玲是值得同情的。（中略）丁玲虽是脱离了先进妇女的队伍三年了，但她还是怕给予人们失望，她也希望人援助（中略）。我们不仅希望着丁玲，我们也应该给丁玲以有力的援助啊！[②]

《丁玲访问记》及其读后感，都对丁玲带有些批判的色彩，如丁玲在《妇女生活》所反对的“贤妻良母”，包括她似乎对当时的学生运动与“进步”妇女杂志的情况不太了解等的问题上。与此同时，两文却也带有“同情”与“希望”的心情，并号召“先进妇女”给予丁玲“有力的援助”。

---

①李向东、王增如：《丁玲传》（上），中国大百科全书出版社，2015年版，第120—122页。

②文秀：《读者园地：读〈丁玲访问记〉后》，《妇女生活》1936年2-3（3月16日）。文秀，个人资料不详。在此期的《妇女生活》目录上，其名为“慎知”。在《妇女生活》上，“文秀”并无发表其他文，章但在其他杂志上，则发表了不少文章。而“慎知”在《大地女儿》1941年第8期上，发表了《专论：悲观与乐观》一文。

对此，丁玲后来表示“歉仄”，这可见于下述的《丁玲又回京了》这一报道。

到了同年 7 月，在《妇女月报》上刊登了《女作家丁玲在故都》的这一报道。但在丁玲离开北平返回南京的日期上，此文却与《丁玲年谱长编》中的记载具有矛盾，目前不太清楚原因为何：

（北平通讯）一度宣传业已逝世之国内著名女作家丁玲女士，近为探视其各友好，于上周重莅故都，现以京方事繁待理，昨日（15 日）下午乘沪平通车离平返京。据丁临行前对人谈称，此次来平，纯为探视各友好及游览，并非搜集小说材料。久别之旧地重游，别是一番滋味，感触良多，丁对外间所传已与某某同居之说，异常恼怒，逢见其故友后，首即大说此事，对造谣者频骂不绝。复据燕京大学教授谢冰心女士，昨日下午对记者谈，丁玲已较前健胖，精神甚佳。（6.18 时新）[①]

而在《丁玲年谱长编》中，则是如此写道：1936 年 5 月“14 日，从在南京铁道部工作的沈岳萌处，要到一张去北平的”往返免票；“一两天后，以看望李达夫妇为由”离开苜蓿园。清晨抵北平，“赶到李达、王会悟家”；“李达要她以后老老实实写文章，不要再搞政治活动，四五天后，又要一位女士陪她去燕京大学看望谢冰心”；“丁玲去看王一知，在她家住了两三天，试探着说想去陕北，不知她是否能找到线索。王说去陕北很困难，她也找不到合适人”；1936 年“6 月 2 日，在北平，李达为之拍摄照片”；6 月初，得见曹靖华，“向他吐露找党组织的急迫心情，恳请他给鲁迅写信求助。曹靖华慨然应允，要她回南京等候消息。次日离平返宁”；“在北平约住两周”。[②]

在同时期的《妇女生活》上，亦有一则《丁玲去平》的消息（7 月）。此文表示丁玲“离京北上”与“重又获得自由”，但这在丁玲离开南京前往北平的日期上，也与上述《丁玲年谱长编》的内容，具有矛盾：

---

①《女作家丁玲在故都》，《妇女月报》1936 年 2-6（7 月 10 日）。《妇女月报》是于 1935 年 3 月至 1937 年 3 月，由上海妇女教育馆出版的月刊，现收录于王长林、唐莹编：《中国近现代女性期刊汇编（二）》。

② 详见《丁玲年谱长编上》第 107、108 页。对此，《丁玲传上》第 128 页，则有稍微不同的说明：“从沈从文兄妹处打听到李达北京的住址，并从沈从文妹妹那里要到免费火车票。她当时在国民党的铁道部当一个小职员”（据丁玲的未刊稿）。

三年前传闻失踪的丁玲女士，后来留京“休养”，不只妇女界和文艺界，社会上一般人士亦极注意。年来丁玲女士极少写作，最近只在《大公报》文艺副刊及《国闻周报》见其短篇创作，使关心她的读者安慰不少。在六月十号，丁玲忽然离京北上，据说是应冰心女士邀，去平小住，近又据北平各报载丁玲已寄寓沈从文家，一时不再南返。我们欣喜着丁玲女士的重又获得自由，并且渴望着她再给我们的读者一些有力的粮食。①

在《丁玲年谱长编》中，还如此记述：1936 年“3 月，老友谭惕吾来看望。萧乾为《大公报》来约稿”；“作小说《松子》，初刊在 4 月 19 日萧乾所主编的《大公报·文艺》”，这是丁玲“被捕后的第一次文学创作”；“喜得李达夫妇在北平地址”。②后在 1936 年 6 月 8 日，《国闻周报》13-22 刊登了《陈伯祥》。

而后，《妇女生活》又刊登了《丁玲又回京了》这则报道（8 月），该报道表示丁玲住北平住了半个月，并讲到上述所提过的“歉仄”：

本社南京确讯：丁玲女士最近已返京。只在北平住了半个月，她的母亲和两个孩子在春天已回湖南，丁玲不拟去湘探望，因为她是为了要写作和读书才把母亲孩子送回老家去的。丁玲说为了本刊登载了她的访问记，使她收到了许多不能回答的探问信，感到很歉仄。她愿意静静地写作与读书，努力她自己该尽的一份责任。希望不久在本刊上可以见到丁玲的新作。③

此文与《丁玲年谱长编》中所记载的“在北平约住两周”一致，但此文所言的“最近已返京”的“最近”具体是指几月几日，则不甚清楚。加之，此文虽记载了丁玲表明“愿意静静地写作与读书，努力她自己该尽的一份责任”，但却不知这是《丁玲年谱长编》中所说的接受李达的吩咐，还是为了隐瞒“找党组织的急迫心情”？

总之，根据上述，目前关于丁玲离开南京前往北平、离开北平返回南京的日期之种种记述，具有各种矛盾，这不知是否与丁玲悄悄去了上海有关。

---

①《丁玲去平》，《妇女生活》1936 年 3-1（7 月 16 日）。

②《丁玲年谱长编》（上），第 105 页。关于“喜得李达夫妇在北平的地址”部分，在《丁玲传》（上）亦有些补充，请看注 36。

③《丁玲又回京了》，《妇女生活》1936 年 3-2（8 月 1 日）。

根据《丁玲年谱长编》一书，“1936年6月至7月间，张天翼受冯雪峰委派来到苴蓿园”，并“悄悄递给丁玲一张纸条：‘知你急于回来，现派张天翼来接，你可与他商量’”。次日，丁玲与张天翼见面，“约定了去上海的日期和车次”，两天之后，丁玲乘火车抵达上海，“胡风接她”。“第三天，冯雪峰来，丁玲要求去陕北”，但潘汉年要她“先回南京，设法争取公开到上海”。因此，丁玲在上海“约住两周，返回南京”。[①]

（五）丁玲赴根据地后的消息

第5类关于赴根据地后的消息，则有11件资料（如下述，包括封面照片、丁玲作品的转载、1940年代文章）。数量比上述4类大大增加，可以说，妇女界广泛地对丁玲赴边区参加抗战一事，相当关心。并且，在第4类文章中，曾对丁玲表达过怀疑与希望夹杂心情的妇女界，对丁玲的近况表达了赞扬之意。除在第4类文章中占绝大多数的《妇女生活》外，其他妇女杂志上亦有不少第5类文章。虽然如此，这11件资料其实大多刊登在左派杂志上，这可能与此类刊物意图通过报道丁玲的近况，介绍或宣传边区的消息有关。

第5类文章的第1篇，便是发表在1937年《妇女生活》上的《丁玲在延安》（5月，付照片：丁玲女士近影）一文，作者为海燕：

4月16日，我们到了肤施（延安），下午，在参观过印刷所和抗×军政大学（过去的×军大学）的归途中，对面遇到几位穿军服的“同志”，自由的慢步着，经过了介绍，我们知道那矮矮的胖胖的一位便是丁玲女士。她听说我们是从北平去的学生，就高兴得非常，把我们引到她的住处。（中略）

丁玲好像兴奋得很厉害，给我们谈这个，谈那个，滔滔不绝的，帽上那颗红星跟着在闪动。在苏区，文艺运动是非常活跃和普遍的，因为印刷的困难，刊物多半是油印，但是最近从上海才运来一家机器，准备出版一种铅印一般刊物：《解放》，5月1日大约出版了，还准备着运出来销售呢，壁报是到处可以看到，内容和形式都非常之好，丁玲女士在那儿除了在Lenin（笔者注——列宁）小学担任教学以外，便是随时的指示和教导着一般写作者。后来，她谈到《二万五千里》，那是描述轰动全世界的中国×军长征记，是一部集体创作，执笔者四五十人，都由亲自实践得来，一共有六十篇的样

①《丁玲年谱长编》（上），第108页。同书第106页还记述：1936年4月底，“母亲偕丁玲一双儿女返回湖南”。

子，约二百万字，丁玲便担任着编辑工作，现在已经完成了，她随谈着随从窗台上取下四厚本东西：“这就是原稿，你们可以翻翻看，我们已经将一份原稿带到上海，不知道能否出版，不然我们只有在这儿印了……我想这部作品一定会震动了世界的文坛！因为这是一部充满了力和血的伟大史诗！”（中略）

我们又问到她最近的创作，她说刚才写好了一篇关于苏区文坛情形的东西，大约要刊登在即将创刊的《解放》上，因为生活相当的忙，东西间或写些短篇以外，很少动过笔。谈到她来这儿的动机，她没说些什么，只是告诉我们是她自己来的，小孩子都没带来，最近她的小孩子还来信想他们的妈妈呢。（后略）①

文中所提及的《二万五千里》即《红军长征记》，“一篇关于苏区文坛清醒的东西”则是《文艺在苏区》②。至于文中所说的“我们是从北平去的学生”，目前尚不清楚这里的“我们”是指谁。而根据《丁玲年谱长编》中的记述：1937 年 4 月初，“燕京大学学生任天马（原名赵荣生）等十余人，按照埃德加·斯诺所提供的路线，由北平经西安辗转来到延安访问。抵达延安当晚即由黄华领路来访丁玲，谈至深夜方才离去。任天马写到丁玲编辑《红军长征记》的情况”。③但，从此尚不能确定“我们”是任天马等十余人、此文的作者是任天马。

---

① 海燕：《丁玲在延安》（附丁玲近影），《妇女生活》1937 年 4–9（5 月 16 日）。海燕，个人资料不详。在《妇女生活》上，海燕只发表过此文，但在其他刊物，有不少文章发表，但目前未知是否为同一人。丁玲是在 1937 年 2 月抵达延安。

②《二万五千里》于 1937 年 2 月在延安编定并进行誊清复写，一份送往上海，一份留在延安。之后，于 1942 年 11 月被八路军总政治部改名为《红军长征记》后出版，1955 年又改名为《中国工农红军第一方面军长征记》，由人民出版社内部出版。最近于 2006 年 9 月，由上海人民出版社、上海鲁迅纪念馆影印出版了《二万五千里（珍藏本）》誊清复写手稿（据珍藏本里的说明）。丁玲：《文艺在苏区》，《解放》周刊 1–3（1937 年 5 月 11 日），1937 年 4 月 15 日作。

③《丁玲年谱长编上》，第 124 页。根据任天马《集体创作和丁玲》一文（收录于《丁玲在西北》，华中图书公司，1938 年），具有关于“任天马等十余人”的记述。但此文作者“海燕”似乎不是任天马，因为此文与任天马《集体创作和丁玲》（我根据任天马：《集体创作和丁玲》，《联合文学》1–3，1937 年 7 月）的内容，并不一致。此文作者也可能是“任天马等十余人”中的某一成员。

同年1937年11月，在上述王汝琪主编的另一左派杂志《战时妇女》上，则刊登了温明的《寄丁玲》。在刊物上发表如此个人的书信之意图何在，以及温明是谁，尽管信中写道去年秋天曾和妹妹访问过南京苜蓿园、去秋以前与丁玲在北京同游过等，目前均尚待查明。温明同时也讲到“你所主编的一部伟大的史诗”即《二万五千里》、西战团“从陕北到了晋北的战区”等，由此可看出，温明能较快接到延安的消息：

冰之：

没有方法寄信给你，暂借这《战时妇女》的篇幅通个消息吧！离别一年了。最后一次会见是去年今日。也是桂花香里，我和妹妹到你负郭山村的苜蓿园中把你找到。那天你的情绪似乎不怎么好，我们吃了你所削的梨子走了。回来的路上，妹妹问过我“她为什么不走呢？”以后，我听到你走了的消息，并且知道你出现在一个需要你工作的地方，于是一心等待着读你所主编的一部伟大的史诗。去年我们同游过的北海长廊和西山古寺，如今已变做敌人的游息所。这一年中，我们中国的危害，变动和跃进，实在急骤得几乎叫人来不及细想。而你的飞跃却正随伴着这个急骤的进程——我常从报纸上找你的消息。看见你穿着军衣的照相，知道你身体是多么健康。在你的眼神里已经再找不见已经沉潜的阴影了吧？一切关心你的人们多么安慰！

现在确知你带领着战地服务团从陕北到了晋北的战区，和不少的朋友站到民族抗战的第一线上直接尽力。（中略）还记得那次火车中的许多谈话吗？（中略）你说你想写历史的东西，我的意见觉得不如就当时的环境深入下层社会的剖析。其实谁也晓得中国最急需的还是民族解放斗争的文艺啊！现在，你把握到这最伟大的现实了。（中略）我以为民族战斗文艺中，不能缺少民主运动的成分。抗战的前途固然不能不需要民众力量而取得胜利；在文艺本身，若只有单纯的抗敌情绪的鼓动，而且忽略了读者大众自身在抗战中的地位与生活，就不能使他们满足。你觉得不对吗？过去，从没有听你谈到过妇女问题，只在小说里见你采用不少妇女的题材。现在，最落后的山西妇女站在你周围，全中国的妇女也急待为民族而效力，你何不写一点关于妇女的文章？

好久以来，人们常以刊物上失去你的名字为不足。从今后，再使你的写作普遍地和一般人见见面吧！记得从前第一次给你写信有过“想要多换你几个字”这样的话；你回信末尾说“这样几个字够吗？”现在，这封信如果能到达得了，就不止于专为自己要你一封回信，而是想换得你为了广大的读众从此多写许多字。你会愿意的！此外，让我知道一点你个人的工作和生活。

祝你与民族的胜利同进!

温明[1]

此类的第3篇文章是徐盈在《妇女生活》上发表的《丁玲在前线》（1938年1月），此文在介绍西战团之余，也提及《二万五千里》：

在晋北前线，我曾见到丁玲，在那里停留了一个相当的时间，并且作了几次短短的谈话。晋东战局变化后，我便离开了西战场，走向另一个方向去。最近一个朋友告诉我，丁玲现在退驻到灵石县。我忆起在作战士的丁玲。“作家丁玲，她的历史已经谁都知道，用不着多说。去年（笔者注——1936年）秋天她由西安过三原到陕北，先在军队里服务过很长的时间，今年2月到延安以后，就在延安没有走，现在已组织战地服务团到山西去服务了。她的脸是胖胖的，几乎成一个圆形，身体也肥胖，所以一身灰布军服要涨破似的捆在她身上，红星的帽子压在头发上，两个酒涡时常在笑！”——录自第八路军第24页，1936年（笔者注——1937年？）版。

---

① 温明：《寄丁玲》，《战时妇女》1937年9期（11月）。温明，个人资料不详。在《战时妇女》上，只发表过此文。在1940年《妇女界》2-2上，有一篇作者为温明的《向导姑娘的生活》，不知是否为同人。如本文上节所述，丁玲往返于北京、南京日期是5、6月，对此，在《丁玲年谱长编上》第107页上，有所记述：丁玲于5月中旬“悄然离开苴蓿园。在火车上巧遇国民党高级人士王昆仑，王昆仑招待吃西餐并给以照应。后来在北平李达家，返回南京后在苴蓿园，王昆仑都来看过丁玲。丁玲多年后才知道他早已是中共地下党员”。笔者尚不知是否可由此说“温明”即是王昆仑，但他是王汝琪的堂兄，亦是曹孟君的丈夫。另外，关于“温明”得到的消息，在《丁玲年谱长编上》的第131、132页，如此写道：“丁玲率领西战团于1937年9月22日从延安出发赴山西抗日前线，10月1日进入山西，在山西活动5个月。”

《战时妇女》是在1937年9月5日创刊的五日（或旬）刊。抗战初期，由妇女救亡团体主办，发行人为陈艾蕴，编委会由胡兰畦、蒋逸霄、梁光、歌三、王汝琪、郁风等6人组成。内容主要报道上海和各地妇女抗日团体的活动，介绍世界各国妇女反法西斯斗争的情况，反映在侵略者铁蹄下的妇女悲惨之生活。设有时事评述、战地通讯、战争知识讲座等栏目。撰稿人有郭沫若、史良、胡子婴、许广平等。上海沦为“孤岛”后，该志迁往汉口出版。1938年元旦，出版第11期后停刊。上述资料可参考本稿注26的初国卿《中国近现代女性期刊剪影》一文、注7的连玲玲《战争阴影下的妇女文化：孤岛上海的妇女期刊初探》一书。

（笔者注——1937 年）10 月（中略）一个小兵把我引进了那宽大的院子中去，（中略）丁玲看到了意外的来客，眼睛在放射出亮锐的光，她依然是穿着一身蓝布棉军服，微笑着和记者握手，她请记者和他们一起吃饭，（中略）我们在热情的谈话，辣椒吃到嘴里也觉得热热的。丁玲有些瘦了，但精神很好，有一点最显著的差异就是她的帽子上的红星已经改为青天白日的徽章，这象征着国民党和共产党已经在紧紧地携手在抗战了。（中略）这是一群热情的、年青的、战斗性的慰劳者，他们一律穿着蓝布军服绵袄裤，和他们的主任丁玲或副主任奚如完全没有两样。他们分着总务、歌咏戏剧通信等部分，这是一个有严密组织的团体，每一细胞都是活活泼泼地怀着希望献身给工作——他们的心偎贴者战士们的心，歌声把大群融为一体。

我问丁玲何故少有作品发表，她说，像这么嘈杂的环境，实在也很难来下笔，虽然，她也在希望将来能为环境逼迫着多写一点东西。谈到二万五千里的长征史——这部集体创作的整理，她说“早已经整理好了。”不过，为了避免现在有不必要摩擦，所以暂缓发表，（中略）“这里（笔者注——太原）的工人也是一点也没有组织”当时她这样和记者说，“当局只是一味地顺延下去，如何会发生力量，其实，这些厂的工人就可以相当地保卫山西了，何况我们还有军队……”（中略）

过了半个月，我从北部回来时，又过太原，正逢到战地服务团整装待发，她们都在忙乱着，但丁玲却又以微笑和亮亮的眼睛欢迎她的友人，她虽在忙乱中依然和我谈到访问阎锡山将军的谈话，和她们对于托洛斯基派张 ×× 之打击。军事情况她虽然知道，但仍然决意到“娘子关去！”（中略）战事渐逼近，她们当天便不能如愿的踏上娘子关，只能先到榆次去工作。（后略）[①]

①徐盈：《丁玲在前线》，《妇女生活》1938 年 5-6（1 月 5 日）。徐盈（1912—1996），著名新闻记者。1936 年底到上海《大公报》，1938 年加入中国共产党，任重庆《大公报》采访部主任。“抗日战争爆发后，赴西北战场采访，所写通讯是有关八路军战略战术及群众工作情况的较早报道”[可参照《中国新闻实用大辞典》（新华出版社，1996 年）]，曾经撰写过《朱德将军在前线》《战地总动员》等新闻报道。陈正卿、徐东编：《共和国前夜：一代名记者徐盈战地文选》（中国文联出版公司，2010 年）一书中所收录的徐盈《请看今日之山西》一文（原载：1937 年 11 月 4 日《大公报》），曾表述访问丁玲领导之战地服务团时的情况，这与《丁玲在前线》有共通的记述。《妇女生活》的编辑彭子冈便是他的夫人。在《丁玲年谱长编上》第 133 页如此写道：西战团于 1937 年 10 月 12 日“抵省会太原”，25 日“撤离太原，奔赴榆次”。

接着，在徐盈一文发表的约 3 个月后（1938 年 4 月），《妇女生活》的封面出现了丁玲的照片，照片题名为《穿胜利品敌军服的丁玲》。[①]

再过两个月的 1938 年 6 月，《孤岛妇女》登载了史莉的《丁玲谈：中国妇女救国运动》，此文对丁玲的救国运动与反对“太太式”女人的妇女观，表示了赞扬。根据连玲玲的研究，《孤岛妇女》的倾向为“向国民党靠拢”：

无论怎样聪明的女子，若变成“太太式”的女人，那就豪无可取。例外的，丁玲女士的风头，在中国近代女作家里，可以算是十足的了。一天，记者再西北战地服务团会见了丁玲女士，她的工作很忙碌，除了处理本团内部工作外，还要经常地接见来宾，记者去时她正和一个武装同志谈话呢！（中略）

记者首先问到“贵团工作概况”时，她很流利而轻松的说着：“自卢沟桥事变后，为了唤醒民众，我们就到了山西，所演的都是民众易于懂的旧瓶装新酒的东西；这次在西安公演两次，也完全是取着这样的形式，因为新颖的形式，可以使各阶层的人容易接受。”（中略）她接着又说：“这次在西安是和在山西不同了，没有深入到更广大的群众中去，不过因为我们在各学校，各团体也进行了不少的工作，通过这些团体，影响了更广大的青年群众，这种伟大的成果，真是以前没有见过的！”（中略）

丁玲说着有点感慨的样子，“我们帮助平津学生剧团也与本市剧团有联系，他们都给了我们很大的帮助，不过有些剧团，因为意见有些参差，我们也不便专门联络他们，这样，反而不好！不过，我们也得到了其他剧团的热心帮助，我们是应当感谢他们的。”她的句句话语，都是为着统一战线，做事“宁可不做”，也不妨碍统一战线，这种为国的真诚，是令人值得非常惊异可佩的！（中略）她告诉记者说：“我们本来计划，这些团员病好了就要赴沿河各县战地去，但是，因为周伯勋郑伯奇诸先生和几个剧团筹备联合公演，要留我们参加，如果成事实，那么就要延迟些才能赴战地去，不过现仍在商量中。”前几天陕西省党部曾命令西北战地服务团克日赴战地工作，记者乘便询及丁玲女士对于此事之感想，丁玲女士微笑着说：“我们没有意见，并且同意党部命令……（中略）”

她再同记者谈起她对中国妇女运动的将来。很坦白的说：“中国最无用的妇女就是‘太太式’的女子，幸而这种女子只占一小部分。中国的女人在历史上虽无地位，可也并非是无声无嗅的。直到现在，她们还是继续努力着

① 《穿胜利品敌军服的丁玲（封面照相）》，《妇女生活》1938 年 6-1（4 月 16 日）。

民族解放运动，多少革命女作家毫不犹疑地实践这种工作。现在中国妇女对革命思想认识的深刻，可说是前无古人，这全是由上海、天津、北平等处各大城市中的妇女努力宣传的成绩。”（中略）丁玲最后说：“从事救国运动的妇女，多半是农民及知识分子，然而有些妇女，不顾环境怎样，还每天地沉沦在打牌跳舞找刺激等等生活之中，无事时就以谈天消遣，将救国工作置之脑后，这种人真是毫无心肝阿！”时间已经谈得很多，记者恐丁玲女士有事忙碌，即告辞而出。①

同一时期，在《孤岛妇女》（1938年7月）上，还有1篇《陕北女战士群像》，署名“史莉”。此文先是如此说道：“在延安，我们可以见到几位曾经参与长征的革命女战士，正在英武地活跃地开展着为民族解放的更伟大的工作”。然后，除介绍丁玲外，亦介绍蔡畅、刘群仙（笔者注——应该是刘群先）、康克宁（笔者注——应该是康克清）、邓颖超、李锦珍（农民）、黎百乔（学生）等人。针对丁玲部分，则如此表示：

丁玲女士，在那边却不算是怎样特殊的人物，因为她1938年（笔者注——应该是1937年）才去那边的，并未参加二万五千里的长征，不过努力工作不怕艰苦的精神，是不亚于其他女战士。②

之后，在孤岛时期留在上海的左派杂志《上海妇女》上，亦有2篇介绍丁玲近况的文章。其中第1篇便是关露所写的《女作家印象记：女战士丁玲》（1939年2月），关露回忆过去跟丁玲的接触，表扬丁玲为又“热情、勇敢、强健”又“温和与亲切”，同时关露还表露出听到丁玲“去了西安”后的喜悦：

丁玲，我们底革命文学的领袖，我和我们大家底旧朋友，我好几年不见她，而她这对于我很亲切的名字，跟她底影子一道，不曾离开过我。（中略）

①史莉：《丁玲谈：中国妇女救国运动》，《孤岛妇女》1938年1-1（6月16日）。史莉，个人资料不详。在《孤岛妇女》上，发表过此文与下一篇文章。《孤岛妇女》由孤岛妇女社出版，主编顾南琳，原订半月刊，刊行期为1938年6月至1939年2月（据注7《上海妇女志》第499页）。关于连玲玲的研究，则可参见注7《战争阴影下的妇女文化：孤岛上海的妇女期刊初探》一书的第79页。

②史莉：《陕北女战士群像》，《孤岛妇女》1938年1-2（7月1日）。

我最初认识丁玲是她底短篇小说《阿毛姑娘》。（中略）但是那种认识是轻飘和模糊的。《阿毛姑娘》读完了以后，丁玲底影子在我底脑海中也就消失了。后来，（中略）我从那书店里拿了《在黑暗中》，我读完了。丁玲活在我脑子里；她热情、勇敢、强健；她认识她所存在的社会和社会生活，她敢说女人们和被欺压的人所不敢说的话。她底话里有愤怒嬉笑和同情。这就是她。这是我第一次认识的丁玲。（中略）我来到上海，"一二八"战事以后，那时在上海有一个进步作家的文艺作家会，丁玲在领导着，我参加了。在一天的一个会议上，丁玲来了。我一看见她就认识她，因为她就是我早已看过的《在黑暗中》中的主人。她底精神很强健，工作很认真，对人的态度很亲切。她给我的感觉跟她底《在黑暗中》一样。后来，我们时常在一起开会，她成了我底朋友。（中略）

这是第一次我听见她提到她底私生活。我们有大批人，胡风、张天翼、穆木天、一位画漫画的朋友，我们叫他小汪的，还有几位现在已经死了和不知去向的朋友，我们在月宫饭店开了一个很大的房间。这次我们底聚会我忘了不知是为了什么严重的事，好像是欢送那一位朋友去东京。（中略）那天我们说话的题目是报告自己的恋爱历史——不过我说的话最少，因为在他们大家面前，各方面我都是一个后辈——。第一个胡风先说话，他报告了一大段他在东京时恋过一个日本姑娘的故事。其次便是张天翼，再其次便是穆先生。当穆先生刚说过话，丁玲来了。这时大家便抓她报告我们所规定的题目。她真痛快、简直，她简直爽快得跟做她底政治报告一样。"我，没什么说的，谁也知道，跟胡也频在过一块儿，生过孩子，也打过胎。"她笑了，她底脸好像少微有一点红。她说话的确是很勇敢，除开像做政治报告以外，还像她写的小说。她竟敢说别的女人们所不敢而不愿意说的话。（中略）

一位我们底朋友向我说，"丁玲失踪了！她约好的几个地方一处也不曾去过。""丁玲失踪了！"这话很使我惊异，但是一种平常的惊异，我明白什么事发生了。从那次以后我没有再看见丁玲。大概是1925年（笔者注——应该是1935年或1936年）的夏天，我去南京，去到住在靠近童家山的一位朋友家里。一天我们一块儿出来，走过一座有着纱窗的房子，她告诉我说："这就是丁玲底住宅。"我浮起她从前在马路转角时的影子，那样温和与亲切。我很想走到那房子里去访问她，但是许多原因止住了我。从那时起她底影子不很接近我，一直到我听说她去了西安。丁玲，她去了西安，上了阵线了。她好像息静过的影子又在许多人的脑子里活跃起来了。[1]

关于此文所言及的“进步作家的文艺作家会”，在《丁玲年谱长编》中，有如此记载：1932 年 2 月“8 日，中国著作家抗日会成立，为执行委员。后因内部意见不一，自行停止活动”。而在《上海妇女志》里，亦有相关记述：1932 年“丁玲、钟复光、陆晶清等人参加著名作家抗日会，创作出一批反映淞沪抗战的作品”。由此，“进步作家的文艺作家会”也许意指该会。而关于此文所言及的“我们底聚会”，在《丁玲年谱长编》中如此写道：同年 12 月“胡风从日本回到上海”；“在他回日本之前，左联领导趁胡风和张天翼（从南京来）都在上海，在一家旅馆开了一个房间，开会研究工作，也是一次愉快的聚会，冯雪峰、丁玲、周扬等参加”。[2]“我们底聚会”指的应该就这次的聚会。

《上海妇女》上第 2 篇介绍丁玲近况的文章，则是何的《会见丁玲追记》（1939 年 4 月）：

正在去年这个时候，我到陕北延安抗日军政大学去受训，路过西京，寄居住那儿的八路军的招待所里。（中略）有一次，他（笔者注——八路军中的莫科长）偶然的提起了丁玲，我素所敬佩的一位前进的左翼女作家。从 1933 年 5 月 14 日，她那突然的恐怖的失踪消息传出了以后，我们一直不知道她确实的下落。从中日战争爆发以后，《上海大公报》上突然发表了一个丁玲女士在延安担任八路军西北战地服务团主任的消息。她不但未曾给高压的恶势力屈服下去，反而更坚决地更勇敢地举起了反侵略的旗帜在领导着西北的妇女们向 × 帝国主义作坚强的斗争。从这位莫科长的谈吐中，知道了丁玲

---

①关露：《女作家印象记：女战士丁玲》，《上海妇女》1939 年 2–8（2 月 5 日）。《上海妇女》的刊行期为 1938 年 4 月至 1940 年 6 月，主编为蒋逸霄，编委有朱文央、姜平（孙兰）、夏萤（蔡楚吟）、许广平、关露、黄碧遥、杨宝琛、菲菲（茅盾）、樊英、季子（王季愚）、亦愚、郭箴一、武桂芳、季洪等。关于《上海妇女》，可参见江上幸子：《从〈上海妇女〉看女性市民网络与党派》，“改革开放与妇女 / 性别史研究”国际学术研讨会论文，上海师范大学，2018 年 12 月 8 日。日文版则是江上幸子：《“孤島”期の〈上海婦女〉誌に見る女性市民ネットワークと党派》，《中国女性史研究》28（2019 年）。

②相关论述可参见《丁玲年谱长编上》第 79 页、《上海妇女志》第 26 页、《丁玲年谱长编上》第 85 页。

住在离此不远的一个破旧的古庙中。（中略）

我们一起五个青年男女，（中略）虽是初次见面，但感情的融洽，真相是素识的旧友一样。"丁玲女士，关于您底过去，在黑暗中的过去，自从您失踪了以后……怎么脱离苦难的禁锢生涯？怎么又离奇的到了这儿边区？"当我提起了她那恐怖离奇的往事，她突然的收脸起了笑容，表示出不耐烦的神情；好像往事会引起了什么伤感，竟使她这样的不愿提起！"对不起得很，我底过去，不知什么理由，我终不爱提着它。那仿佛生着针刺般的往事啊！在统一战线之下，现在是不再有什么冲突了。我们是不算旧账的，因为新精神已经注入了旧中国。我们彼此都只有一个共同的目标——反对我们共同的敌人。"是的，许多人都知道，自从统一战线的口号喊出以后，丁玲已经放弃了反政府反资本家的斗争了。她不再鼓动阶级的斗争，她一直在为着统一战线的工作而努力着。

"怎样巩固并扩大抗日民族统一战线？怎样争取最后胜利？"同去的杨×同志，提出了这两个重大的问题，希望能得到一个圆满的答复。"第一，不要再使各党分裂开来，应当使各党一天天的更亲密更坚固的团结起来。第二，在奋斗过程中，要互相不客气的纠正对方的错误和缺点。健全国民党，即是健全共产党；健全共产党，也即是健全国民党。第三，在整个抗日的工作上，要互相扶助，互相督促，互相谅解，在这个基础上，各党派才能普遍扩大而得到充实有效的力量。第四，大家忠实于国家，在抗日高于一切，一切服从抗日的原则下面，除去偏见，上下一体，同心协力，才能把侵略者赶出国境，才能建设一个独立自由幸福的新中国！扩大抗日统一战线，首先要巩固国共两党的密切合作。这个问题，讲起来太长，短促的时光，是说不尽许多的。最好去参考毛泽东先生的抗战言论集。那里面写得非常明白。假使抗日民族统一战线能够顺利的发展巩固下去，最后胜利是一定是属于我们的！"（中略）

一个刚脱离奢侈生涯从上海到延安的琳小姐，绯红了恋，提出了下面两个问题：（一）民族解放和妇女运动有什么关系？（二）如何去组织并发动占领区域的妇女起来参加抗战？当然了，民族解放与妇女解放是有着密切的关系的。二万万妇女大众，在此艰苦的抗战过程中，必须要勇敢坚决地参加进去，鼓起殉道者的牺牲精神，准备把个人的白骨和热血换取新中国的独立与自由；整个民族脱离了一切奴隶的羁绊，妇女自然也就会得到真正的解放了！（中略）当她谈话已告段落的刹那，大家就匆匆的向她告别了。①

此文便是“五个青年男女”（不详）在西安会见丁玲时的报道，丁玲是在1938年3月到达西安的。当青年们问起南京幽居的问题时，丁玲回答说：“对不起得很，我底过去，不知什么理由，我终不爱提着它。那仿佛生着针刺般的往事啊！”这里使我联想到《我在霞村的时候》中的贞贞所说的一句话：“有些事也并不必要别人知道”。

在此后1930年代的妇女杂志中，有关丁玲的资料并不多，只是登载丁玲作品而已。在1939年《妇女文献》中，收录了她以前发表过的作品。其一便是在该刊第1期上的《冀村之夜》，其二则是在该刊第2期上的《怎样改良平剧》，这两作均是丁玲赴根据地后的作品。②而在1939年《中国妇女》上刊登了《秋收的一天》。③

到了1940年代以后的妇女杂志，目前找到的有关丁玲的资料中，最早的便是发表在《现代妇女》的《女作家近讯拾零》（1945年）一文，署名编者。除了丁玲之外，这篇文章还介绍了子冈、白薇、白朗等作家。文中介绍丁玲的部分如下：

丁玲：抗战后她一直在西北解放区里，近来常看见她写什么关于劳动英雄故事的报道文学，不久前曾出版一册《我在霞村的时候》短篇小说，现在

---

①何：《会见丁玲追记》，《上海妇女》1939年2-11（4月5日）。作者“何”，个人资料不明。在《上海妇女》上，只发表过此文。

②丁玲：《冀村之夜》，《妇女文献》1939年1期（4月），1937年冬作，原载于1939年1月16日香港《文艺阵地》2-7；丁玲：《怎样改良平剧》，《妇女文献》1939年2期（5月），1938年8月作，原载于1938年10月30日《弹花》2-1，原题为《略谈改良平剧》，后收入《一年》（生活书店，1939年3月）时，改名为《略谈改革平剧》。《妇女文献》在1939年，由上海文献社（或文献丛刊社）出版了1-1、1-2，曾登载过宋庆龄、宋美龄、许广平、萧红、朱文央、蔡楚黔（夏萤）、郭箴一、胡考等人的文章。她们多半是《上海妇女》的编委。

③丁玲：《秋收的一天》，《中国妇女》第1卷第5、6期合刊（11月）。《中国妇女》是中共中央妇女委员会主办，延安中国妇女社编辑出版，刊于1939年6月至1941年3月。对于该刊，可参照江上幸子：《从〈中国妇女〉看抗战时期中国共产党的妇女运动及其方针转变》，收于江上幸子等著：《探索丁玲：日本女性研究者论集》（台北：人间出版社，2017年）。

听说在延安计划写一部中篇小说。①

结 语

本文所介绍的有关1930年代丁玲的资料，以及其中所呈现出的“丁玲表象”，并不全面，目前可找到的资料并不是很多，且还是主要以左派杂志为主，只能说目前本文仅仅只能反映出丁玲与媒体、妇女界、党派等之间的一部分关系而已。况且，在当时白色恐怖或日本侵略等等政治环境下，查到的资料表现相当隐晦，并不直截了当，这阻碍了我们十分了解丁玲与妇女媒体或左派网络等之间的关联。虽说通过调查，还是可以窥见“丁玲表象”背后的左派思考、希望与怀疑等，同时亦可察觉妇女媒体与左派人士之间较为密切的网络等，但本文目前所提供的信息，恐怕不过是了解当时有关丁玲的具体情况的初步头绪而已，对于了解“1930年代上海文化人”这一问题，我们也还有漫漫长路需要跋涉。今后，我们需要更进一步搜集分析在当时的文学期刊、报纸等上有关丁玲的资料及其所呈现出的“丁玲表象”。

（江上幸子：日本菲莉斯大学名誉教授）

①编者：《女作家近讯拾零》，《现代妇女》1945年5-6（6月）。文中所说的《我在霞村的时候》一书，则在1944年3月由远方书店出版（胡风编辑，七月文丛）。《现代妇女》为月刊，1943年1月在重庆创刊，后在1945年10月迁往上海，继续发行。该志系中国妇女联合会会刊，受中共南方局妇委领导。主编为曹孟君。她离沪后，委托胡绣枫（笔者注——关露之妹）主持。1949年3月，被国民党政府查封。（注7《上海妇女志》第500页）。相关的先行研究，可参见注7的刘人锋《中国妇女报刊史研究》一书，该书的第7章第5节为《现代妇女》之研究。

从编刊策略看《北斗》及其主编丁玲对左联期刊传统的继承与超越

黄 蓉

内容摘要：丁玲有意强调了《北斗》的组织意志和集体领导，也强化了个人的主体能动性，以其鲜明的个性以及对文学规律的充分尊重赋予了《北斗》别样的性格，对左联期刊传统进行了继承与超越。

关键词：丁玲 《北斗》 左联期刊传统 继承 超越

作为一个亚政治文学团体，从事文学活动才是左联的立足之本，而创办刊物又构成左联文学活动的主要形式之一。早在左翼作家联盟成立之前，就出现了一些左翼文艺团体或左翼文化团体所创办的机关刊物，如太阳社的《太阳月刊》《时代文艺》《海风周报》《新流月报》，我们社的《我们》，后期创造社的《创造月刊》《文化批判》《流沙》，朝花社的《朝花》，中国济难会的《白华》《光明》等[①]。左联自诞生起就非常重视文艺报刊的创办，在左联成立大会上通过的行动纲领中便提出创办机关杂志的任务，大会通过的十七件提案中就有一件是关于创办自己的机关杂志的提案[②]（即创办机关刊物《世界文化》）。事实上，左联纲领和若干提议案中，由于环境恶劣及自身实力的限制，真正落到实处的也只有刊物的建设。“‘左联’的刊物很多，

①周葱秀：《略谈30年代文艺期刊与左翼文艺》，《纪念中国左翼作家联盟成立70周年文集》，上海文艺出版社2000年版，第162页。

②《中国左翼作家联盟的成立》，载1930年3月10日《拓荒者》第一卷第三期《国内外文坛消息》栏，第119页。

有机关刊物，有外围刊物，有‘左联’成员编辑的刊物，也有和‘左联’直接或间接发生关系的刊物，在‘左联’成立以来将近十年间，这样性质的刊物，前前后后，无虑几十种，但这些刊物大多数寿命不长，有的刚露头角即遭反动派扼杀，有的创刊不久即须更换名称以避耳目。‘左联’不能继续刊行一种长期的机关刊物，完全由于反动派残酷镇压”[①]。《北斗》出现前，左联先后创办了包括《萌芽月刊》《拓荒者》《巴尔底山》（英语“游击队”之音译）、《五一特刊》《世界文化》《前哨》（后改名为《文学导报》）等机关刊物[②]，客观上已积淀了一些左联机关期刊所特有的文化气质。在我看来，丁玲所主编的《北斗》一方面继承但又在一定程度上超越了这种期刊文化传统，同时也体现了丁玲自己独特的编辑个性。

一、《北斗》创刊前的左联机关刊物文化传统

1. 深受苏联文艺政策影响，强调机关刊物作为党的思想斗争阵地的政策导向性与党性中心意识，强调刊物始终服膺于党及左联核心权力圈领导之下：1905 年 11 月列宁发表了重要的文章《党的组织与党的出版物》，对中国现代文学产生了巨大的影响。1930 年，冯雪峰根据冈泽秀虎的日文翻译，署名“成文英”以《论新兴的文学》为题发表在 1930 年 2 月 10 日《拓荒者》1 卷 2 期，冯雪峰将列宁在这篇文章中提出的党的文学的概念和原则，翻译成为“集团底文学”和“集团底文学底原理”，全文中没有出现一个“党”的字样，经过这种变动，突出了无产阶级、劳动阶级的意识，而淡化了党的观念，把这篇文章所要解决的“政党与文学”的关系问题置换成“个人与集团”的问题，个人的工作与无产阶级的任务问题。它指出：“党的文学的原则是什么呢？这不只是说，对于社会主义无产阶级，文学事业不能是个人或集团的赚钱工具，而且根本不能是与无产阶级总的事业无关的个人事业。打倒非党的文学家！打倒超人的文学家！文学事业应当成为无产阶级总的事业的一部分，成为一部统一的、伟大的、由整个工人阶级的整个觉悟的先锋队所开动的社会民主主义机器的‘齿轮和螺丝钉’。文学事业应当成为有组织的、有

---

①郑伯奇：《“左联”回忆散记》，《新文学史料》，1982 年第 1 期。

②除此之外，还拥有《大众文艺》（陶晶孙主编）、《文艺研究》（鲁迅编）、《文艺讲座》（冯乃超主编）、《南国月刊》（田汉主编）、《艺术月刊》《沙仑月刊》（沈端先主编）等由左翼文艺团员或受其影响的左翼文艺刊物。

计划的、统一的社会民主党的工作的一个组成部分。”[①]由此建构了党的机关刊物“齿轮”与“螺丝钉”的地位。

作为左联的机关刊物，它们必须刊载左联的纲领和各项决议，致力于马克思主义文艺理论的传播，批判各种资产阶级文艺思想，提倡无产阶级文学，提倡文艺大众化。1930 年 9 月 10 日，冯乃超在左联机关刊物《世界文化月刊》第一期发表《左联成立的意义和任务》一文，批判了左联成立以来“各杂志编辑方针独善其身”“不大众化”，缺乏能够代表“左联”的斗争意识，一再强调为完成“左联”的革命的组织，需要一个统一的中心机关杂志，而这个杂志的任务“不单是普及思想加强政治教育，吸收政治的提携者，也不单是集体的宣传者，集体的鼓动者，而且是集体的组织者”。

2. 在左倾路线错误领导下，片面强调理论斗争而忽视文艺创作，把刊物的理论批斗当作左联参与现实政治斗争的武器，党同伐异色彩浓厚。

左联成立后不久，把工作“主要是放在飞行俯、散传单、贴标语等事情上面，……”，又忙于筹备“红五月”的众多纪念日，并且“不管具体情况，规定凡是盟员都必须参加”，[②]1930 年 8 月 4 日左联执委会通过的《无产阶级文学运动新的情势及我们的任务》主张“无产阶级文学运动应该为苏维埃政权作拼死活的斗争，……号召‘左联’全体联盟员到工厂到农村到战线到社会的地下层中去”，批判了所谓“作品主义”，如《拓荒者》第一卷第三期编者致读者胡维时等人的回信中就明确将论文作为对敌斗争的战场：“《拓荒者》今后很想在每一期上发表一些关于新兴文艺运动的指导理论，以及对于整个运动和作品的倾向的批判，同时，我们也将努力于和敌人的斗争的工作上，尤其是把理论植立在观念论，机会主义，取消派的基础上的真正的内奸，我们对这一班人将毫不宽恕。”

3. 早期左联机关刊物集新闻性、社会性与文学性于一身，大力介绍有关国外（尤其是苏俄）文化的种种信息，倡导工农通讯员运动，还提出组织机关刊物读者会，以此“勾通杂志与读者关系”，但宗旨是“希望各地的读者都能组织起来”，使之成为左联联系和发动群众的桥梁。因此左联刊物多设置了“通信”或“地方通信”栏目。

比如《萌芽月刊》第一卷第五期（1930 年 5 月 1 日出版）。内容就非常充实，有理论方面的译文，（如）有文艺评论、诗歌八首、有“反对美帝国

---

①列宁：《党的组织与党的文学》，原载于 1905 年 11 月 13 日《新生活报》第 21 号，见《列宁论报刊与新闻写作》，杨春华、星华编译，新华出版社 1983 年版，第 268 页。

②夏衍：《懒寻旧梦录》（增补本），三联书店 2000 年版，第 102—103 页。

主义最竭力的人”——德国某报驻上海的女记者（美国人）A·medley 提供的社会杂记《中国农村生活片断》，有创作小说（魏金枝的小说《焦大哥》、张天翼作小说《搬家后》）有苏联小说译作（鲁迅译法捷耶夫的小说《溃灭》、姚蓬子译《锻炼》）设“国外文化事业研究”专栏，冯雪峰翻译了《苏联文化建设的五年计划》《共产学院批评班本年度研究题目》《苏联农村社会主义建设上的技术底任务》，着重考察了苏联的文化政策、动向与情势，此栏目还包括韩侍桁译《苏联女性解放的电影》，而最使编者“欢喜者，三篇有生气有特别意义的‘地方通信’底投稿。”“地方通信”栏目推出三篇文章其中以《我们底生活（上海一个女工的自述）》（阿毛作）最惹人注意，“社会杂观”栏目刊登 11 篇文章，鲁迅发表著名的杂文，批判梁实秋的人性论的《“丧家的”“资本家的乏走狗”》，以及后来在《北斗》露面的作者“开时”的杂文《我所看到的社会的一幕》。迅捷的文化资讯报道与热诚的社会调查研究、辛辣深刻的文化批评融于一体，同时又未偏废文学的表达方式，发挥了刊物联系读者、引导读者的诉求职能。

4. 刊物缺乏个性，不够大众化。《新地月刊》第一期（《萌芽月刊》一卷六期）在《编辑后记》反省这一年来，“因为和别的杂志没有分工得好，所以选登稿件，没有确定的范围，这妨害了杂志底任务上的个性的形成……”。《拓荒者》曾自我检讨刊物“不够大众化”，各刊物面目大同小异，有读者投信《拓荒者》抱怨翻译文章过多，其结果是“不够大众化”，因此认为各刊物之间要有一定分工，区别开来。

另外，刊物定价过高，使左联刊物的消费对象并不是真实意义上的大众，这导致普罗文学与预设传播对象——工农劳苦大众的错位。“三十年代的开始，各种左翼文艺刊物有一个共同的倾向，就是大家争出厚本子，《拓荒者》第一期特大号有四百多面，已经算很厚了，《大众文艺》二卷三期竟厚达八百多页”①。《大众文艺》“一本二十五分，自然工人的工资都还不到二十五分”②因此，其主编陶晶孙坦言《大众文艺》的对象“还不是不识字份子，也不是半识字份子，……《大众文艺》的对象还是个智识小资产阶级，说要扩大大众文艺的配布范围，那是很对，不过说叫立刻要把它改成工农的

①周楞伽：《回忆谢澹如同志——伤逝与谈往之一》，《新文学史料》1980 年第 2 期。

②《文艺大众化问题座谈会》，见《大众文艺》第 2 卷第 3 期，1930 年 3 月 1 日新兴文学专号上册。

大众杂志，事实上还有许多困难……”[①]。民族主义倾向的《当代文艺》就曾嘲讽左联机关刊物《拓荒者》的定价与实际消费群脱节：“在普罗文艺的刊物中，它底数量要算是最厚的一本，每一期都是特大号，定价至少在五角以上；这样的高价，绝非一般普罗读者所能购买的”[②]。

二、《北斗》之编刊策略及其对左联机关刊物传统的继承与超越

《北斗》1931年9月10日创刊于上海，1932年7月20日出至第二卷三、四卷合刊后被国民党查禁，由上海湖风书局发行，共出八期七本，第一卷合订本曾再版，由丁玲、沈起予、姚蓬子协助编辑。设置“插画”“小说”“戏剧”“诗”“小品”“世界名著选译”“批评与介绍”“文艺随笔”等栏目[③]，汇聚了约76位左翼或所谓“中间派”民主作家，共发表近200篇文章。在《北斗》的作品中，既有热烈反映时代精神的革命之作、雄豪而沉稳；也有表现淡淡的感伤，甜蜜的吟唱和安谧而又幽默的篇什[④]，在青年读者中反响强烈。

关于《北斗》的编辑方式，丁玲说道：“《北斗》是左联的机关刊物，在左联执委会上谈谈编辑工作是有的，我记得清楚，茅盾、沈起予就到我家来谈过《北斗》的编辑工作。左联开会，大家也会谈谈《北斗》的编辑工作，无非就是要两篇论文，小说稿倒是无所谓的。有稿子排上来就是了。”[⑤]在这段话中，丁玲有意强调了《北斗》的组织意志和集体领导，而弱化了个人的主体能动性，事实并非如此。丁玲以其鲜明的个性以及对文学规律的充分尊重赋予了《北斗》别样的性格。下面，笔者将结合《北斗》的编刊策略来谈谈主编丁玲的编辑个性以及《北斗》对左联期刊传统的继承与超越。

1. “诱导”之术与对左翼文化对同人资源的合理利用：

创刊初期，根据张闻天、冯雪峰的指导意见，在编辑策略上“尽量地要

---

①陶晶孙：《卷头琐语》，见《大众文艺》第2卷第3期，1930年3月1日新兴文学专号上册。

②《一九三〇年中国文艺杂志之回顾》，《当代文艺》第一卷创刊号。

③据笔者统计，《北斗》发表小说31篇，戏剧6篇，诗作21首，小品文4篇，世界名著选译2种，各种文艺理论、批评与介绍文章92篇，共再加上通讯、通信、编后语、补白、广告等，总计发表近200篇文章。

④杨义：《中国新文学图志》下卷，人民文学出版社，1996年8月。

⑤庄钟庆、孙立川整理：《丁玲同志答问录》，《新文学史料》1991年第3期。

把《北斗》办得像是个中立的刊物”[①]，“在表面上要办得灰色一点”[②]，在这种办刊思路指导下，《北斗》一直比较主动“诱导”非“左翼”作家：“……于是我就去找沈从文，当时沈从文是‘新月派’的，我也找谢冰心、凌叔华、陈衡哲这样一些著名的女作家。这在当时谁也不会相信她们是左派。所以《北斗》开始几期，人家是摸不清的。撰稿人当中有的化名，外人一时也猜不着是谁。瞿秋白在这里发表不少文章就是用的化名”。“《北斗》非常注意团结非党的作家，尚没有入左联但很重要的作家的稿子也登”，[③]“在《北斗》创刊号上发表文章的不仅有‘左联’的作家，也有冰心、叶圣陶、郑振铎、徐志摩等非‘左联’的作家，这对于当时的国民党官办文艺是个很大的震动。”[④]《北斗》创刊号可以用“名家荟萃”“大腕云集”二词形容，除了发表五四以来冰心、林徽因、陈衡哲、丁玲、白薇等众多成名女作家的最新力作，徐志摩、叶圣陶、郑振铎等非左翼作家的诗作、小品、论文，与鲁迅、茅盾、瞿秋白、阳翰笙、冯乃超等左联“大腕”级文艺理论家的分量很重的评论文章自然和谐的交织在一起，相映成趣，显示出《北斗》理论批评与艺术创作并重的个性特点。尽管《北斗》与通常的做法不同，创刊号没有发刊词，但主编者的意图、倾向与心态还是通过创刊号排在卷首的第一个栏目“插图”——由鲁迅先生亲自为《北斗》创刊号选择的珂勒惠支夫人的木刻画《牺牲》以及《编后记》曲折地表现出来。这幅画既曲折委婉地抒发了对烈士的纪念，意味深长地暗示了《北斗》的“左”倾性质，又让敌人无法抓住把柄。“我们满腔悲愤，而且还有很多的话要说，可又没有痛痛快快去说的自由；闻天同志又再三叮嘱不要硬碰，不要赤膊上阵。作为一个‘灰一点’的刊物，创刊的时候说什么好呢？不如把许许多多的话寄托在这幅画里去吧，这也是鲁迅教导我们的沉默的斗争策略……”[⑤]但这件“灰色”的外衣穿得并不久，头三期确实有意识地“灰色”一些，一卷二期尚有凌叔华、戴望舒的稿子，一卷三期《北斗》仅发表了沈从文的小说《黔小景》，等到 1931 年 11 月左联另一个重要的机关刊物《文学导报》被查禁，一卷四期（1931 年 12 月 20 日出版）开始，《北斗》的作者群中不再有非“左联”作

①丁玲：《在首届雪峰研究学术研讨会上的发言摘要》，包子衍、袁绍发编《回忆雪峰》，中国文史出版社 1986 年版，第 53 页。

②丁玲：《关于左联的片断回忆》，《新文学史料》，1980 年第 1 期。

③庄钟庆、孙立川整理：《丁玲同志答问录》，《新文学史料》，1991 年第 3 期。

④茅盾：《我走过的道路》（中），人民文学出版社 1984 年版，第 72 页。

⑤颜雄：《丁玲说〈北斗〉》，《新文学史料》，2004 年第 3 期。

家的身影，都是左翼文学阵营的新人老兵。“这时候，雪峰提出：还要想办法把这些人的文章找来。于是，我们想出个题目：请你们谈一谈对现在创作的意见——征文，这样有些人的名字又在《北斗》上出现了，显得我们这个刊物还是和很多著名作家有联系”[①]，《北斗》这一“诱导”策略颇为奏效，《北斗》二卷一期举办的“创作不振之原因及其出路”、第二卷三四期合刊的“文艺大众化问题”征文时就聚集了叶圣陶、方光焘、郁达夫、邵洵美、陈衡哲、徐调孚等非“左翼”自由主义作家。

正因如此，《北斗》不仅得以顽强地存活近一年，还团结了各方面的作家，成功发挥了左联引领三十年代中国现代文学发展方向的主导作用。总体来看，《北斗》的作家来源有三：一是资深左翼文化人，如鲁迅、瞿秋白、冯雪峰、冯乃超、钱杏邨、阳翰笙，不少是左联执委委员，他们的作品一般是很有分量的评论、论文、书评等理论方面文章，对时代反应迅速、表现出对整个左翼文学发展方向的指导，左联对左翼文化的指导性，体现左翼鲜明的文化态度和立场；丁玲对这部分人倚重但不盲从；第二部分是左联阵营中的文学新人，如艾芜、沙汀、葛琴、李辉英等，《北斗》还试图扶植工农兵出身的作家，如白苇、戴叔周等；第三部分是用作“保护色”的灰色作家，如冰心、徐志摩、沈从文等，以及参加两次征文中的部分自由主义文人，如邵洵美、徐调孚等。虽然后两者露面时间不长，但他们的存在打破了左翼刊物单一封闭的作者结构，给人“广泛团结作家的印象”[②]，事实证明：左翼文化对同人资源的加以合理利用的策略是行之有效的。

2．“悉听尊便”与发挥“导向”作用：

（1）“凡是约稿，不管出了题目的和没有出题目的，都没有任何规定，听作者写去。当时口头最爱的一句话是：悉听尊便。拿到稿子以后，我看一遍就照发。一个刊物就是要给作者自由嘛。”（着重号为笔者所加）“悉听尊便”便意味着主编丁玲不是“以我而主”，而是“以你为主”，以作者为主，以包容的态度充分尊重作者的创作个性与写作自由。从实际效果看这一策略非常成功：

首先，使《北斗》得以始终受惠于鲁迅、瞿秋白、茅盾等左翼权威的热情支持与领导，《北斗》为其量身订造的专栏也反过来给他们提供了纵横驰骋的自由空间，提升了刊物的权威地位。

---

①丁玲：《我与雪峰的交往》，见《丁玲全集》第6卷，河北人民出版社2001年版，第270页。

②杨桂欣：《丁玲怎样主编〈北斗〉》，《娄底师专学报》，2004年第1期。

“张闻天同志代表党中央把办刊的任务交给我的时候，就指示要多多向鲁迅先生请教”，因此“争取鲁迅的指导，是我们办刊的指导思想。”事实亦如此。从创刊起，鲁迅先生便从斗争策略、稿件提供等方面给予《北斗》具体的指导与支持，从而指导整个左翼文学发展方向：《北斗》创刊号筹备期间，鲁迅先生特意为《北斗》推荐了珂勒惠支夫人的木刻画《牺牲》，“内容是一个母亲将自己的孩子交出去，这是为纪念柔石等而选的。这幅画，刊登在《北斗》创刊号上”，除此之外，还推荐了墨西哥画家理惠拉的壁画《穷人之夜》发表在《北斗》一卷二期上，并亲手撰写了介绍两幅画作的文章。前者表达对敌人无声而沉默的反抗，后者则借壁画“在公共建筑的墙上，属于大众”①的特点提倡大众文艺运动。在当时丁玲的设想中，“鲁迅的指导作用，最实际的就是要借重他那支‘金不换’的笔为我们写文章，我的想法很简单：巴不得每期有他的文章”，为了“借重他的权威增强刊物的信誉”，创刊号《本刊征稿条例》的“附白”中言明“本刊暂不收译稿，因第一卷内对于世界名著选译已拟有具体计划。”因为已经“专为鲁迅先生辟了‘世界名著选译’专栏”，鲁迅果然把他翻译的苏联作家里琪里绥甫林娜的小说《肥料》及卢那察尔斯基的戏剧《被解放的堂·吉诃德》交给《北斗》发表。关于鲁迅先生给《北斗》提供稿件的情况，学者颜雄先生作了细致严谨的梳理，他发现，《北斗》“几乎每期都有鲁迅先生的作品，而且平均还不止一篇。《北斗》八期中除第二卷第三、四期合刊外，六期里边共计十四篇（次）。其中，名著选译三篇（次）；杂文十篇——或冠以‘文艺随笔’，或列入‘批评’专栏，或是对征文的回答；除两期（创刊号和二卷二期）里面各载一篇外，其他四期里每期都是三篇。”在一个刊物上接连发表这么多作品，而且只有半年时间（从一九三一年九月创刊号到一九三二年五月二卷二期共八个月，而实则只有六个月：因二卷二期本当于三月二十日出版，适逢日寇进攻闸北，这一期便推迟了两个月。……）这在鲁迅的创作生涯中是仅见的。这个统计本身就可见鲁迅对《北斗》重视的程度了。鲁迅先生是丁玲特别倚重的权威，《北斗》的重要征文是“非有鲁迅参加和指导不可的。”对《北斗》第一次征文“创作不振之原因及其出路”，鲁迅虽未直接回答丁玲，但结合自己的创作实践归纳了八条提出来，切中了左联作家“常犯的”且不以为然的毛病，对纠正“迷信洋教条”的倾向有很好的指导作用。

丁玲和她所主编的《北斗》也幸运地得到瞿秋白的大力扶植。瞿秋白此时期因遭到以共产国际代表米夫和陈绍禹为代表的极左路线的打击，在六届

①见《北斗》一卷二期卷首插图《贫人之夜》，1931年10月20日。

四中全会上被排挤出党中央的领导岗位，留在上海养病，将更多精力转至领导左翼文化工作。“瞿秋白也很关心和支持《北斗》，他为《北斗》写杂文《乱弹》。他写杂文就是从给《北斗》写杂文章开始的”[①]，具体而言，《北斗》发表了瞿秋白杂文（冠以“乱弹”之名）26篇、译文2篇、论文1篇、剧本2篇，尤其是瞿秋白写于1931—1932年的《乱弹》26篇，运用马克思主义理论来评论中国文学现象和文学创作，于嬉笑怒骂中展开社会文化批判，重创“民族主义文学”，赋予《北斗》强烈鲜明的现实战斗性。瞿秋白和鲁迅都着重介绍苏联文学的创作和文艺理论，《北斗》第二卷第三、四期合刊在揭载工农兵作家作品和大众化问题一组论文的前面，以排头第一的突出位置刊登了高尔基的论文《冷淡》。此文于1932年3月16日刚在列宁格勒作家协会机关刊物《进攻》第二期发表，瞿秋白于同年5月6日即将它翻译过来，并于7月20日公开刊载出来，瞿秋白如此迅速地向中国读者译介这篇论文，是把它看作是无产阶级文学指导方针来看待的，作为中国马克思主义文艺理论的奠基人，瞿秋白借着《北斗》这一小小支点，把自己巨大的革命能量与战斗力发挥得淋漓尽致。丁玲晚年曾感慨地说到：

……想到在上海的那一段生活时，都不能不想到秋白同志。秋白同志那时给了我很多教育，首先是立场上。秋白同志曾经在很多文章中指出文艺应该为大众服务，应该揭露洗耳恭听清一切旧的封建的、帝国主义的思想文化，洗清他们向劳苦群众散布的毒菌，文艺应该写大众的战斗的英雄，应该深入大众生活，了解大众战斗的意义，解决战斗中的问题。他也告诉我们要搞通思想，肃清小资产阶级残余意识，就是说要把旧的感情连根拔去。……在那个时期，秋白同志的文章，我大半都读过。我在他的影响和鼓励之下，曾努力去创作，努力从各方面去尝试……。[②]

其次，拓宽了《北斗》理论批评与艺术创作题材范围，使之既多样化又个性鲜明。

《北斗》除了二卷一期、二卷三、四期合刊的两次征文、对文坛的年度或月度评论（如钱杏邨的年评《一九三一年文坛之回顾》、沈端先的《创作月评》），以及“配合新人新作的专评”“配合形势——主要是上海事变——

①丁玲：《关于左联的片断回忆》，《新文学史料》，1980年第1期。

②丁玲：《纪念瞿秋白同志被难十一周年》，写于1946年6月17日，《丁玲全集》第5卷，河北人民出版社2001年版，第266—267页。

的文章”向鲁迅、茅盾、秋白、雪峰、翰笙等特约稿外，就没有什么题目范围了，“谁想写什么题目就写什么题目，反正古今中外的我们都可以发。”《北斗》理论方面的文章主题范围非常广泛，有茅盾对“五四”以来“创作”的总结性述评，鲁迅对翻译现状的批评，主张翻译重“信”的原则；瞿秋白论“五四”新文化革命，郑振铎对平话的系统研究，还有论巴比塞，论瓦维龙，论新感觉派，左拉的，……可谓包罗万象，各显神通。《北斗》上的理论批评非常活跃——“批评与介绍”专栏以及注明“论文”“征文”“评论”“批评”“介绍”的文章，共计66篇，加上文艺随笔26篇，共达92篇。作者阵容更是可观，包括鲁迅、茅盾、瞿秋白、郑振铎、郁达夫、叶圣陶、郑伯奇、戴望舒、徐调孚、陈望道、陈衡哲、邵洵美、陶晶孙、杜衡、顾凤城、楼适夷、袁殊、冯雪峰、钱杏邨、冯乃超、何大白、阳翰笙、周扬、夏衍、田汉、张天翼、沙千里、潘梓年、方光焘、杨骚、叶以群、魏金枝、穆木天、沈起予等。这些人既是创作的能人，又是理论的高手，丁玲“悉听尊便”的工作策略使他们能按自己的方式表达自己，传达出鲜明的个性。“有些人说左联作家写作不自由，我手里发的稿子可以说没有一篇不是自由写作的！有自由就有了个性嘛！……鲁迅的就是鲁迅的，秋白的就是秋白的。茅盾呀、冯雪峰呀，阳翰笙呀，……哪一篇没有个性。”[①]《北斗》让这些在读者中影响力大又个性鲜明的作家经常露面，散成点又排成阵营，不断地给读者带来新讯息与冲击，也使刊物不断焕发出新的生命活力。

（2）丁玲“悉听尊便”的编辑策略绝不等于放任自流，作为《文学导报》被禁后左联唯一公开发行的机关刊物，《北斗》组织的两次征文讨论正是其对左翼文艺运动发挥重要“导向”作用的突出表现。

《北斗》两次征文讨论的主题都来自实际斗争，从议题设置到组织参与讨论，从理论探讨到创作经验的总结，主编丁玲都发挥了核心作用。她坚持把作家的回复一字不改的刊登出来，实际上就为作家提供了一个各抒己见、进行思想交锋的公共空间。

第一次征文发表在《北斗》第二卷第一期，主题“创作不振之原因及其出路”是针对一九三一年中华民族灾难连连的局势而设置：日寇侵占了东三省，国民党政府却实行不抵抗主义；中国十六个省大水灾，死亡人数达二十多万，在社会孕育着大变动的形势面前，左联作家“不仅要带头而且要团结广大作家去反映已经变动的时代，迎接更大的变动！”，《北斗》向23位作家发出约稿启事，讨论“创作不振”是否存在以及如何改变“创作不振”

①颜雄：《丁玲说〈北斗〉》，《新文学史料》，2004年第3期，第16页、10页。

的现状，虽然叶圣陶认为：文艺创作应杜绝粗制滥造，文坛“好象寂寞的样子……不能说是不好的现象”，但绝大多数作家都同意“中国近来文艺创作的不振，是一件无可讳言的事实”（方光焘语），“是不可隐讳的事”（张天翼语），至于造成“创作不振”的原因及其对策，胡愈之认为是“社会的原因”，郑伯奇归于“作家自身”“意识上的观念论倾向与技巧上的非大众化倾向”，徐调孚则以编辑的眼光看出“读者的鉴赏力的提高”，邵洵美则认为是缺少“认真的批评家”……

关于对策，鲁迅总结了自己的创作实践，提出了著名的八条切实可行的创作方法；茅盾则强调作家的宇宙观和人生观对于认识时代、反映时代的重要性，主张努力“克服他们旧有的布尔乔亚和小布尔乔亚的意识而去接受那创造新社会的普罗列塔利亚的意识”；郑伯奇则强调掌握“唯物的辩证法”的重要性……总之见仁见智。丁玲最后做了总结，分析创作不振原因时着重批评作家的小资产阶级劣根性，以及青年作家理论上、实际生活上的缺乏和空虚，已经认识到克服“旧感情和旧意识”“改变生活”，应“从实际的斗争”中去理解理论的迫切意义。丁玲把自己创作《水》及《多事之秋》的体验融入其间，认识到“不要把自己脱离大众，不要把自己当一个作家。记得自己就是大众中的一个，是在替大众说话，替自己说话。”①

第二次笔谈发表在《北斗》第二卷第三、四期合刊，议题设置非常集中，紧紧围绕“文艺大众化与大众文艺”这一中心主题展开。在具体操作上，丁玲在这个总题下，具体提出四个子题，向作家征求答案：

第一，中国现在的文学是否应该大众化；
第二，中国现在的文学能否大众化；
第三，文学的大众化是否伤害文学本身的艺术价值；
第四，文学大众化应该怎样才能够实现

这十一位作家主要来自左翼，也包括部分自由主义作家，丁玲把他们的书面答复在1932年7月20日《北斗》第二卷第三、四期合刊同时发表出来。实际上，这次笔谈就是“在左联的明确指示下进行的”②。1931年11月中国左翼作家联盟执行委员会决议《中国无产阶级革命文学的新任务》把开展大

①本段引语均出自《创作不振之原因及其出路》，《北斗》第二卷第一期（特大号），1932年1月20日上海湖风书店出版。

②颜雄：《丁玲说〈北斗〉》，《新文学史料》，2004年第3期，第12页。

众化文学运动作为左联工作的重中之重，纠正了“忽视作品”的错误倾向，以大幅论述“创作问题——题材、方法、形式”，明确指出：“中国无产阶级革命文学必须确定新的路线。首先第一个重大的问题，就是文艺大众化”，“第一，必须立即开始组织工农兵贫民通信员运动，壁报运动，组织工农兵大众的文艺研究会读书班等等，使广大工农劳苦群众成为无产阶级革命文学的主要读者和拥护者，并且从中产生无产阶级革命的作家及指导者。第二，实行作品和批评的大众化，以及现在这些文学者生活的大众化。……达到现在这些非无产阶级出身的文学者生活的大众化与无产阶级化……”[①]。

“左联”确定这个路线，是无产阶级革命文学力图打破自身脱离工农大众的倾向，探索同工农大众相结合的道路的理论表现，丁玲就坦承“我们的征文讨论就是为执行这个决议开展的”[②]。事实上，“左联”将大众化问题作为其中心工作，先后讨论过三次，1930 年 3 月—5 月《大众文艺》（陶晶孙主编）第二卷第三期、四期曾推出《新兴文学专号》（上、下册），就文艺大众化问题展开过第一次讨论，1930 年的讨论，意见集中在强调此举的意义，同时强调组织培养工农群众作家的问题；但由于当时受到左倾路线影响，对文艺大众化还缺乏深刻理解；第二次就是 1932 年《北斗》组织的讨论，意见集中在“怎样做”的具体措施上，对作品的语言、形式等问题，讨论得较为深入和具体。第三次则是 1934 年以大众语为中心论题，讨论的问题更加广泛，主要吸引的是学者来参与，带有更多学理性质，在此不论。

1932 年的这次讨论与两年半前第一次文艺大众化讨论相比，思想认识上有了突出的进展。周扬在谈文学大众化的任务时说：“文学大众化不仅是要创造为大众所理解所爱好的作品，而且，最要紧的，是要在大众中发展新的作家”[③]；何大白文章把“提拔真正的普洛作家”，“努力在工农大众中间，找寻作家，培养作家”，当作大众化问题的“核心”提了出来，同时指出“以既成作家为本位是错误的”[④]。这说明左联开始把工作的核心放到“提拔”和

---

①《中国无产阶级革命文学的新任务——一九三一年十一月中国左翼作家联盟执行委员会决议》，见陈瘦竹编《左翼文艺运动史料》，南京大学学报编辑部 1980 年版，第 161—162 页。

②颜雄：《丁玲说〈北斗〉》，《新文学史料》，2004 年第 3 期，第 12 页。

③周扬：《关于文学大众化》，《北斗》第二卷第三、四期合刊，1932 年 7 月 20 日上海湖风书局出版。

④何大白（郑伯奇）：《文学的大众化与大众文学》，《北斗》第二卷第三、四期合刊，1932 年 7 月 20 日上海湖风书店出版。

“培养”普洛大众作家上来。

《北斗》第二卷第三、四期合刊把三位名不见经传的工农作者白苇[①]、戴叔周、慧中的处女作以显著地位刊登，甚至一口气发表了白苇五篇小说，丁玲意犹未尽，在本期《编后》中还特意点出：“关于创作，本期揭载了三篇新的作家的作品。这三位作家所产生的作品，虽然还说不上好的新作，而很幼稚，但出之于拉石滚修筑马路的工人白苇君，从工厂走向军营的炮兵叔周君，以及努力于工农化教育工作而生活在他们之中的慧中君之手，这是值得特别推荐的。希望读者能加以注意，并给予批判。他们如果在正确的路线上发展，特别是白苇君，前途是很有希望的。”对工农作家的“寻找”到“培养”到“提拔”可谓不遗余力，用心之良苦恐怕是《北斗》之前别的刊物从没有过的。《北斗》的不同寻常之举正是左联这一工作思路的具体表现。

《北斗》组织的第二次文艺大众化讨论虽有部分自由主义作家的参与，但主要在左翼文艺界进行，带有强烈的左翼意识形态色彩。然而正如参与笔谈的潘梓年所说：“《北斗》是一个大众刊物：一般大众均可在上面发表意见……”，编者不过度介入争论本身，这就内蕴重视思想的平等对话、交锋的编辑眼光和海纳百川的宽阔胸怀。比如，对《北斗》提出的文艺“是否要”以及“能否”大众化等问题，左翼作家普遍认为“都是早成了过去而且已经是解决了”（沈起予语），“不必费词去讨论”（张天翼语），而参与讨论的自由主义作家对此则持相对理性的态度，尽管他们彼此间也看法不一。比如，杜衡认为文学大众化就是文学内容的大众化与文学形式的结合，且“中国现在的文学”应该“大众化”，陶晶孙则持反对观点：“大众的文学要从大众产生，……可是劳苦大众不识字，又没有工夫弄文学，……所以如果要真正做大众有用的文学就非得大众的识字不行，可是这运动是很难的，很费工夫，因此大众化文学免不得落于既成文学家的自慰。”对“中国现在的文学能否大众化”问题，杜衡认为：“形式上是已经大众化了；内容上能否大众化却要看我们作家能够在情绪上接近大众到某一程度，……”，陶晶孙的看法却很悲观“化脱了百万遍也不过是个浪漫主义变成新浪漫主义的程度，

①白苇是当时非常活跃的工人作家，在《文艺新闻》上发表了多篇墙头小说，如《文艺新闻》第 49 期、第 59 期分别刊载了其墙头小说《火线上》《游戏》，1932 年 5 月 2 日，还参加了《文艺新闻》第一周年报庆活动并发言。慧中即彭慧（彭莲青），1931 年在上海从事工人运动，当时在左联创作委员会负责宣传工作。

在现在的既成作家手中，那是不能的……"[①]。对所刊载稿件一视同仁、不加臧否，只是提供一个自由交流思想的"公共领域"，这在"党同伐异"色彩浓厚的左翼刊物中是极其少见的。

总而言之，《北斗》第二次征文笔谈以"文艺大众化问题"为主题，比起半年前第一次笔谈来集中、扎实、深入许多，在稿件组织、编排上更成熟老到。《北斗》二卷一期特大号征稿确定了两大主题：一是对于一九三一年文坛的回顾与批评，二是"征求好些人写一点给青年的创作意见"，开展创作振兴问题的笔谈，不免枝蔓；而《北斗》第二卷三、四期合刊则紧扣"文艺大众化"这一核心主题，层层展开：在刊载工农兵作家作品和大众化问题一组论文之前，将高尔基的论文《冷淡》排在全刊首位。高尔基在此文中批判了欧洲资产阶级文学对创建着新生活的苏联工农群众表现得"冷淡"，而这种文学已经不能反映"正在强烈的生长着新式生活的创造的叙事诗"的苏联的社会现实。瞿秋白在最短的时间内将它翻译过来，丁玲不仅将此文以突出地位刊载，还在《编后》中特意点明："高尔基的《冷淡》，是一篇对于新的作家，工农文化教育工作人的指导论文，我们很郑重的向读者介绍，请充分的加以注意"，借助权威理论来提升文艺大众化讨论的合法性与重要性。接下来编发陈望道、魏金枝、陶晶荪、杜衡、沈起予、顾凤城、西谛、张天翼、华谛、潘梓年等十一位作家参加的征文笔谈，以及左联重要的文艺理论家起应（周扬）、何大白（郑伯奇）、寒生（阳翰笙）、田汉等配合写的专题论文。为了配合理论探讨，还安排了可资参考的示范之作，刊载了三位工农兵出身的作家的新作以及丁玲在《编后》配发的评语。这样，从迅速译介高尔基关于文艺大众化最新言论到组织国内各方作家同题讨论，从相关示范作品的征集到编后语的撰写，如水银匝地，一气呵成，充分显示出丁玲驾驭大型机关刊物编辑技术上的成熟老辣。

但是，《北斗》组织的这次文艺大众化讨论遭到来自左联内部的严厉批评。时任《文学导报》主编的周扬在为李长夏的论文《关于大众文艺问题》加编的按语中认为："自从大众文艺问题提出来以后，中国的文学运动走上了一个新的阶段。但是对于这个问题，许多人还是抱着非常动摇的，怀疑的态度，这个在最后一期的《北斗》中所发表的关于大众化问题的征文中特别可以看出来。甚至在关于这个问题的几篇主要的论文中也发现了好些错误的

---

①本段引文均出自《文学大众化问题征文》，《北斗》第二卷第三、四期合刊，1932年7月20日上海湖风书店出版。

地方……”[1]这个断语富有浓郁的“关门”之风和不容他调的狭隘宗派色彩，而这正体现了周扬作为左翼文艺领导者、理论家与丁玲根深蒂固的作家思维方式之间的分歧。

3．“老作家”与“新面孔”荟萃交融。《北斗》努力发现新人，重视刊登新作。既重视从工农大众中直接培养作家，又注意培养作家中的新人。

“《北斗》从创刊时起，大概就给人一个印象：既有老作家，又有新面孔。渐渐地，读者就这么习惯地来看每期刊物。我们并不是事先给每一期定下个新老作家的比例；注重新人新作如果算是办刊物的一条经验的话，那也是在实践中自然地形成的”[2]，“李辉英、芦焚，都是从投稿中发现的新人。更值得一提的，名诗人艾青的第一首诗（用峨伽的笔名）也是在《北斗》上发表的。葛琴、杨之华也是最早在《北斗》上发表文章的”[3]。当时左联以鲁迅为首，都非常鼓励创作，重视培养左翼文学新生力量，挖掘和培育文学新苗亦是丁玲及其所主编的《北斗》最看重的工作之一，《北斗》发现的文学新人真是不少，包括张天翼、李辉英、芦焚、徐盈、金丁、杨之华、葛琴等。葛琴 1931 年在临时中央宣传部担任内部交通员，因负责与“左联”联络而与冯雪峰、丁玲、张天翼结识，曾和“左联”一起上前线慰问抗日战士，并到伤兵医院热情慰劳受伤士兵。“一·二八”事变爆发后，《北斗》决定以上海战争为主题征稿，丁玲以《北斗》主编的名义给葛琴寄了封征稿信，信上列出了工厂、农村、部队、学生等十个范围，请她任意选取一个范围写一篇稿子交给《北斗》，葛琴选取了士兵这一范围进行创作，1932 年月日《北斗》第二卷第二期发表了葛琴的处女作《总退却》，得到冯雪峰、鲁迅先生的热情鼓励，《总退却》的成功使葛琴从此跨入文坛[4]。

左联成立时，李辉英当时是中国公学一名爱好文学的一年级大学生，曾和同学创办过文学小刊物《青露》。1931 年年底，李辉英写完了一个以反映抗日为题材的短篇小说《最后一课》，投寄给创刊不久的丁玲主编的“左联”刊物《北斗》，“这是我梦醒以后创作的第一篇小说，意外地被采用，发表于次年 1 月 20 日出版的该刊第二卷第一期上”，这是李辉英与丁玲结缘的开始，后来他被吸收入左联，走上了文学创作道路。近半个世纪过去，谈起丁

---

①李长夏：《关于大众文艺问题》，《文学月报》第五、六号合刊。

②颜雄：《丁玲说〈北斗〉》，《新文学史料》2004 年第 3 期，第 13 页。

③丁玲：《关于左联的片断回忆》，《新文学史料》1980 年第 1 期，第 30 页。

④见《三十年代在上海的“左联”作家》（下卷），上海社会科学院文研所编，上海社会科学院出版社 1984 年版，第 276—276。

玲对自己当年这个文坛无名小卒的培养和无私帮助，李辉英满怀感激：

《最后一课》在《北斗》月刊上发表之后，大约不到半个月的光景，丁玲就来信约我去参加座谈会，这对我来说该是一件大事，因为丁玲女士那时正是著名的左翼作家，能够和她见面，真的非同小可。在我也正是个求之不得的机会呢。我自然不敢怠慢，按时赴约，到达了定好的地方，经过介绍认识了艾芜、沙汀和穆木天等。前两者也都在开始走到写作的道路上来，后者则是我的同乡长辈，虽早闻名却一直不曾认识。这一次的茶叙，认识了新朋友，请益了老作家，其间交换了些创作的总是使自己由此增强了创作信心而欲做为终身的职业了。

这次茶聚后不久，丁玲又给李辉英写信，问他是否可以写一个长篇，用东北作为背景，来表现反日的主题的。

看了这封来信后，实在比《最后一课》的发表更为振奋。因为在这以前，只是在一些文坛消息里，看见别人记载着某某书店的邀请，不是写一部创作，就是译一部名著那类消息，自己这样毛手毛脚初出道的青年习作者，哪里会有那般被约的机会呢。……

平心而论，在当时叫我写个短篇，还勉强可以凑合一下，说到叫我写长篇，可就真不那么简单了。但我既已答应了试试，总得快些儿着手才是正理。于是我便开始搜集材料，增增减减，写写改改，两个半月之后果然交了卷，这就是我的第一部长篇小说《万宝山》。交卷的时候，我附上了一封信，诚诚恳恳希望丁玲女士赐以大力的修改。过了一个多月，我收到湖风书局领取样书和稿费的通知，我翻开样书，原来已被丁玲女士收入她所主编的《抗敌文艺丛书》，同时被编入该丛书的，除我的《万宝山》外，还有张天翼的《齿轮》和阳翰笙的《义勇军》。丁玲女士为这本幼稚的作品，倾注了很大的精力，代为修改了不少地方。①

不仅如此，为积极配合左联积极推行的文艺大众化运动，《北斗》在扶助工农作家方面做了切实的努力。一位署名阿涛的工人作者给《北斗》寄来小说稿，丁玲非常看重，给他复过一封信，但作者阿涛顾忌于不少作家看不

---

① 李辉英：《我和"左联"》，《"左联"纪念集 1930—1990》，1990 年 2 月百家出版社出版，第 75—76 页。

起工人的偏见，虽然寄了稿子给丁玲做一试探，却不留下真实姓名和通讯地址，于是丁玲的回信被退了回来，但她特意在《北斗》第二卷第三、四期合刊上刊登《代邮》，热情鼓励阿涛的小说并表示愿意帮他修改，联系出版：

你的文章，当然还有许多毛病，句子不干净，支配材料也不十分恰当，不过大体是很好的，而且在现在的作品中，能够抓住反帝的工人罢工做题材，是极少见的，何况有好些地方你都能够写得很好，我想这是因为你有实在经验的缘故。我预备将你的这部稿件编在“湖风”的创作丛书里，而且详细地替你作篇序。你自己的那篇《写在前面》我以为不好，不想放进去。你的意见怎么样？

在信中，丁玲针对阿涛的顾虑和偏见再三表达了《北斗》联系、培植工农作家的诚意和决心：

再者，我要同你说，你以为大家都看不起工人，认定工人都不配创作，都写不好文章，而且就不要看工人写的东西。我想这也是偏见。有些作家是有这种脾气的，可是我们却绝对没有。我们非常重视这些作品，因为这里面更能反映大众的意识，写大众的生活，写大众的需要，更接近大众，为大众所喜欢；同时也就更能负担起文学的任务，推进这个社会……我希望你更努力下去，如若你有其他稿子，都可以寄来，我一定为你看，或许还要为你修改一点的。①

在创作队伍的建设上，丁玲无疑更注目于青年作者的培养。的确，一个有作为的编辑，不仅具有敏锐的感知外界信息的魅力，而且具有捕获一般人所不能获取的信息，具有及时发现文学新人的才能。事实上，重视新人新作的发掘与培育已成为《北斗》的一个传统。从创刊号到最后一期，《北斗》每期都不遗余力的发表新人新作，还邀请左翼知名理论批评家做点评，《北斗》创刊号就一举推出介绍张天翼的两篇文章——李易水（冯乃超）的《新人张天翼的作品》、董龙（瞿秋白）的《画狗罢》。冯乃超指出：张天翼“虽然还没有足以使人们惊异的大作，可是他少量的作品暗示着，他有可能尽量

① 丁玲：《代邮》，《北斗》第2卷第3、4期合刊，1932年7月20日上海湖风书店出版。

发展的前途”[①]，张天翼多年前就发表了小说，但真正给他定位的正是这篇文章，从此“新人”一词便与张天翼紧密相连，这与丁玲独具慧眼的发现分不开。不少文学青年就是看到《北斗》的这个特点主动投稿的。如莪伽（即艾青）的诗作《东方部的会合》，“作者从巴黎把诗寄来，也是看准了《北斗》对待新人的态度”[②]，《北斗》一卷四期发表的5篇小说中，就有三篇新作者投来的稿子。丁玲在本卷《编后》中热情向读者推荐：

应该介绍一下的，是这期有三篇外来的投稿，而这三篇（《无题》，《村中》，《漂流》）的作者的名字，除了高植似乎在什么刊物上见到过，其余的两个名字，我相信都还是生疏的。关于这三篇的题材，都非常有可取的地方，比较一般的只知在自身周围打圈寻取恋爱的悲剧作材料的是已经显得不枯窘得多，而且新鲜。在意识上，也确有很好的倾向。虽说形式，技术，还不能很好，完全给一个新面目给大家看，可是在现在的文坛，在作者的阶级，（似乎都还是大学生，）我们只好不过于苛求了。可是我们还是更要努力，我们一定还要产生更好的作品。

丁玲的介绍和评价朴素而实在：三位作者中，除高植曾于1930年在《新月》月刊发表过小说《除夕》外，耶林、石霞都是首次发表文章。三位作者抓取的都是现实社会中比较重要的题材，虽然还只是浮光掠影似的速写，但也真实生动地反映了现实生活。石霞的《无题》写了一群文科大学生从江湾跑去市教育局、市政府和法院以及看守所参观访问的见闻，于“多么平凡的事”和“多么平凡的人”中反映出政府的腐败无能和法律的黑暗；高植的《漂流》描写了一九三一年大水灾的一角，写出农民走投无路的人间惨景。三篇之中写得最好的是耶林的《村中》，相对于石霞《无题》的拖沓散漫，本篇文笔精炼，结构紧凑，巧妙地从侧面反映了国民党反革命“围剿”中的一个场景。钱杏邨在《一九三一年中国文坛的回顾》一文中对它评价甚高：“‘三次围剿’是一九三一年的中国一件最重大的事件，特殊是左翼作家应该抓取的主题之一，这是阶级斗争更尖锐的表现，可是他们都忽略了这一主题，只有耶林的这一篇展开了‘一场小景’”[③]。

---

①冯乃超：《新人张天翼的作品》，《北斗》第一卷第一期，1931年9月20日出版。

②颜雄：《丁玲说〈北斗〉》，《新文学史料》2004年第3期第14页。

③钱杏邨：《一九三一年中国文坛的回顾》，《北斗》第二卷第一期特大号，1932年1月20日出版。

4. “编者来信”与组织“读者座谈会”，充分发挥机关刊物联系群众、组织发动群众的职能，从读者和作者中吸收左联新鲜血液。

在《关于左联的片断回忆》一文中，晚年丁玲曾如是回忆：“我编《北斗》很重视读者的意见，我联系了不少读者，知道他们的地方，还开读者座谈会，沙汀、艾芜就是在读者座谈会上认识的……”①，“那时《北斗》每期发行三千份，影响非常大，每天平均要复八封读者的来信，并组织有《北斗》读者座谈会”②，“《北斗》有个读者会，是我负责组织的，我们把凡是跟我通信联络较多的人都组织起来，作为我们的基本读者，找机会举行座谈会。第一次参加座谈会的人中就有沙汀、艾芜，还有沙汀的爱人。我跟他们三个人（他们投过稿，通过信）有过联系。”③不少投稿者、作者就是在丁玲邀请下参加《北斗》读者座谈会，才得以与左联取得联系，最后被吸收到左联队伍中去的。1931 年冬，艾芜给《北斗》投稿一篇：

“小说没有登出，但却收到《北斗》编辑部召开读者座谈会的通知，要我参加。……参加的读者只有三人，李辉英、朱曼华和我。编辑部的主人，除丁玲而外，还有郑伯奇、冯雪峰、叶以群。给我印象深的，是丁玲。她显得坚毅，热心事业，很有作为的神情。……以后我参加左联，可以说，是她介绍的。因为《北斗》开什么会，都要我参加。”一九三二年的春天（“一·二八”事变以后），左联正式把艾芜编入左联小组，“组长是钱杏邨。后来又把我编入另一小组，组员有金奎光、杜君慧，组长是丁玲。”

大约在 1932 年夏天，丁玲派艾芜去杨树浦工人区域工作，“在男女工人中，培养出一批能写作品的所谓文艺通信员”④。

1931 年 11 月，蛰伏在北京谋出路的河南高中毕业生王继曾写了《请愿正篇》《请愿外篇》两篇稿子，带着试试看的态度用“芦焚”作笔名投寄给《北斗》，“出乎意料，不久就收到《北斗》主编丁玲同志的来信，对我大加鼓励，并问我是否愿意和‘左莲女士’做朋友（‘左莲’与‘左联’是谐

①丁玲：《关于左联的片断回忆》，《新文学史料》。1980 年第 1 期，第 30 页。

②徐光耀：《丁玲的两篇遗作》，《丁玲纪念集》，湖南文艺出版社 2004 年版，第 640 页。

③庄钟庆、孙立川整理：《丁玲同志答问录》，《新文学史料》，1991 年第 3 期。

④艾芜：《三十年代的一幅剪影——我参加左联前前后后的情形》，《左联回忆录》，中国社会科学出版社 1982 年版第 225 页。

音词）。……当时我想，参加左联，不过跟我在‘反帝大同盟’的工作一样，便写信拒绝了。”尽管芦焚谢绝了丁玲邀请他参加“左联”的建议，但她仍旧给芦焚介绍了杜若、汪金丁两位朋友。芦焚和汪金丁结为好友，并于1932年春和汪金丁、徐盈在北平办了份左倾同人刊物《尖锐》。《请愿正篇》在《北斗》发表后不久《北斗》被查封，丁玲便将《请愿外篇》转给周扬，在他主编《文学月报》上发表[①]。

此外，丁玲很重视读者来信中的中肯批评意见。“美联”领导人之一耶林曾在1931年12月以“一读者”来信的方式对《北斗》1卷1—2期小说创作提出批评，“描写技术较成功，具体意识则不免颇多不正确的倾向”，认为姚蓬子的小说《一幅剪影》《一侍女》，凌叔华的《小晶子》、李素的《祖母》的取材对象都是“十足的小资产阶级性”，肯定沈起予的《虚脚楼》展示农村低层“农民生活的究陋”和“中国农村经济的崩溃”[②]。丁玲与耶林素昧平生，也不清楚他是“美联”领导人的政治身份，不仅特意在《北斗》一卷四期刊载，表示“非常感激他对我们不客气的批判”，还珍藏了耶林写给她的四封信，足见她对读者意见的重视。

由此可见，丁玲是把《北斗》作为联系、培养、吸收左翼文学青年加入左联的发展平台，从而左联文艺大众化运动影响力扩展到青年读者中去，这与左联当时的工作重心转到领导青年文艺运动密切相关。1932年“一·二八”淞沪战争后，左联掀起提倡“工农通讯员运动”推进革命文艺大众化的高潮。1932年3月9日左联秘书处扩大会议通过了许多重要的决议：《关于左联改组的决议》提出改组左联秘书处等工作机构，指出“对于青年文艺运动的领导方式必须改变”，《关于新盟员加入的补充决议》认为“介绍新盟员加入左联，在现在非常必要。”这些都表明左联重视发展新的组织，把青年文艺运动作为推动文艺大众化运动的切入点。

1932年2、3月间入党的丁玲革命热情高涨，曾向左联秘书处提议在“左联内部同志间展开个人工作竞赛”，而其竞赛指标中就包括“介绍联盟员二人”[③]。汪金丁的回忆印证了《北斗》主编丁玲的勤勉：“稿子寄给丁玲，她是看了就回信的，而且信写得恳切，有说服力。……上海的《北斗》和《文学月报》都发表了芦焚、徐盈和我的小说……大约在一九三二年‘一·二八’

①师陀：《两次去北平》，《新文学史料》，1988年第2期，第89—90页。

②耶林：《写给丁玲的四封信》，《新文学史料》1980年第1期。

③《秘书处关于竞赛工作的一封信》，《中国现代文艺资料丛刊》第五辑，上海文艺出版社1980年版。

上海事变前后，先是上海《文艺新闻》写信来，希望徐盈和我在北平组织《文新》读者会，后来《北斗》杂志也想组织《北斗》读者会，丁玲并写信来，介绍我认识了王芦焚（即师陀）[①]。”

假如我们把《北斗》置身于1931年左联的三大机关刊物——《文学导报》《北斗》《十字街头》之中，就可看得三者办刊宗旨各有分工，自成一格：创刊于1931年4月的《文学导报》侧重理论导向，着力传播国内外左翼文艺政策、决议、文件，介入现实文艺理论斗争（如批判“民族主义文学”）；创刊于1931年12月的《十字街头》作为左联实践文艺大众化运动的产物，主推通俗读物大众作品。与上述两种由鲁迅、冯雪峰编辑的刊物相区别，《北斗》既偏重于创作亦注意文艺批评及理论引导，既重视培育新人亦倚重名家加盟，当然，三种机关刊物彼此界限并不严格，《文学导报》除了发表左联重要的文件，也登过瞿秋白的《东洋人出兵（乱来腔）》，《十字街头》同样刊载过左联重要的宣言，值得一提的是《北斗》尽管公开发表过左联的宣言（冯雪峰的《民族革命战争的五月》），但基本上保持了一份综合性文学刊物的面貌。

结　语

综上所述，诚如茅盾和鲁迅为美国人伊罗生编译《草鞋脚》开列的《中国左翼文艺定期刊编目》所评价的那样：《北斗》“是那时期唯一的公开的左翼文艺刊物。这个月刊也是左联直接领导的。执笔者除了左联的作家外，也有‘自由主义’的中间作家。这是和以前《拓荒者》等不同的地方。以前《拓荒者》对于‘自由主义’的中间作家是取了关门的态度，而《北斗》则是诱导的态度。《北斗》的重要内容除创作外（可惜创作这方面，好的很少），是文艺理论的介绍和短小尖锐的批评小论（杂感）。《北斗》在青年中间很有些相当的影响……”[②]。

《北斗》继承了左联期刊强调组织领导、集团作战的传统，继承了既重视理论的传统，又坚持理论与创作并重，且更强调理论的建设性；从《北斗》征稿条例之《附白》“本刊欢迎各地之文化通讯，尤其如云南，贵州，黑龙

①金丁：《有关“左联”的一些回忆》，《“左联”回忆录》，中国社会科学出版社1982年版第184页。

②《中国左翼文艺定期刊编目》，见宋原放、陈江、吴道弘著：《中国出版史料》（现代部分）第一卷下册，山东教育出版社、湖北教育出版社2001年，第343页。

江等内地”，以及《北斗》刊载的来自日本东京、马来西亚的左翼文化通讯，则可依稀看出《北斗》与早期左联机关刊物融新闻性、社会性及文学性于一身的内在血缘关系①。

丁玲曾在《北斗》创刊号《编后记》中谦虚地表示：“我做编者的任务是各方奔走，每天写信，不厌其烦地请他们写一点好的稿子，我再拿来分配一下，交给书店，校一次两次稿，出版了，又出第二期，重复地做着这些事。而且征求着批评家的批评和读者的要求，慢慢地改善，能够比较好起来，就算是我的满足了”，有人据此讥讽丁玲把《北斗》办成了“戏馆性质”，只不过是“聘请几个名角排一出戏”②，然而，这正是《北斗》最可贵、最与众不同之处，它并非只是刊物的生存策略，更基于编者对文学自身规律的深刻领悟和准确把握：丁玲“悉心尊便”、尊重“自由”、审慎平等的编辑态度使其消退了以往左联机关刊物的峻急戾气，作者来自不同阵营，作品各具个性特色，从而隐隐浮现出一种海纳百川、宽容平等的大气；乐于发掘文坛新人新作，注重编者与读者、作者的互动，真诚面对读者作者的用心，又使《北斗》天然散发着青春的朝气；充分发挥左联机关刊物的导向性的同时，也注意斗争策略的灵活，慷慨给予作者个人化写作的空间。慈爱、宽容、睿智、扎实、朴素，……都是《北斗》别具一格之处。

对丁玲主编《北斗》的辛劳与成败，沈从文做了一个恰如其分的分析评价：

这刊物到后来既并不能如原来计划作去，但在左倾一方面说来，也似乎还不如左联预期那么成功。原因是这刊物虽以上海××作家之群为场面上维持者，稿件的集收却异常艰难。能写文章的仿佛总各自有个理由不肯提笔，用不着提笔的却把文章趸来，来稿虽多，所需要的稿却极少。同时出版的书店，规模又太小了一点，不能使刊物于每期出版时登载多少广告。内地各处则因受地方当局一再没收查禁，寄给个人的虽间或可以收到，寄给书店的照例无下落可寻。（有些不相熟的人，因为无法得到这种刊物，还来信要我为他们想法。当我把这些信转过上海方面时，丁玲总为把刊物照所开地址寄去。）不过刊物虽极难得到使编者满意的稿件，出路又窄，但刊物给人的印象，却为历来左翼文学刊物中最好的一种。尤其是丁玲自己，对于这刊物的

①《北斗》第一卷第二期刊载楼适夷的东京通讯《东京失业进行曲（一个报告）》；第二卷第三、四期刊载了左联盟员马宁写的通讯《英属马来亚的艺术界》。

②刘微尘：《讲讲北斗》，《现代出版界》第四期，1932年9月1日现代书局出版。

支持，谨慎的集稿编排，努力处与耐烦处，留给一般人一个最好的印象。[①]

当然，毋庸讳言，在特定的历史情境下，《北斗》亦继承了左联期刊的某些缺陷，如过分强调文章战斗性的传统，在斗争策略上仍然受到“左倾”路线的错误影响，有些论断失于偏颇狭隘，如一卷四期的“批评与介绍”栏目刊载的沈绮雨（即沈起予）《所谓“新感觉派”者》是中国文艺界最早从理论上评介日本“新感觉派”的文章，但沈氏对“新感觉派”是完全否定的，“此文……若能尽了指出别人所介绍进来的东西，是吗啡，是鸦片或是军火等的”。再比如，上海事变后，冯雪峰在《北斗》第二卷第二期发表了《在民族革命战争的五月》，在这篇堪称左联宣言书的文章里，冯雪峰旗帜鲜明地提出“应当把五四以来的文化革命的领导权完全确保在无产阶级的手里”；但他“要使文学上的革命战争激烈化”，提出在给予“民族主义的战争文学”（如《陇海线上》和《国门之战》）“以无情的打击”的同时，也给“人道主义的战争文学‘以无情的打击’”。这正反映了当时左翼文学界独尊革命现实主义、排斥现代主义的心态，在斗争策略上不太讲团结的“左倾”教条主义错误。

（黄蓉：湖南大学中国语言文学学院副教授，硕士生导师）

①沈从文：《记丁玲》，岳麓书社 1992 年版，第 278—279 页。

对丁玲早期文学生活的考察

——以《红黑》杂志为中心

陈久兰

内容摘要：作为1920年代末骤然闯入文坛的黑马，丁玲以其非凡的文学天分震惊了整个文坛。她作品中的形象“莎菲”一举成为时代女性的代名词，但同时我们需要注意的是，“莎菲”等一系列“Modern Girl”正产生在文学风气转型之际，丁玲的作品一面饱受赞扬，一面却遭受批评，这一尴尬境遇正是当时丁玲创作的真实背景，而创刊于1929年胡也频、丁玲、沈从文三人编辑的《红黑》正给我们提供了一个观测的窗口。通过考察，我们发现在《红黑》的编辑过程中，丁玲发挥着不可或缺的“外交官”的作用，与文学前辈及文学青年的交往成了丁玲参与文坛的一种重要方式。而在文学创作中，丁玲起初以其强大的主体性反抗革命文学批评家的批评，创作出了《庆云里中的一间小房里》《过年》等一系列“水平线以上”的作品。而在《红黑》的后几期，丁玲逐渐表现出对革命文学题材的兴趣，《日》《野草》《介绍〈到M城去〉》等正为我们提供一条明晰的线索。可以说，从《红黑》中我们完全可以窥见丁玲从抵制革命文学到向革命文学靠拢这一过程。但这一转变并非意味着丁玲对革命文学批评者的妥协，丁玲依然保持极强的主体性主动探寻自己的创作道路。而胡也频的创作则是丁玲创作转变的一个直接因素。

关键词：《红黑》　丁玲　胡也频　转向　主体性

说丁玲的早期文学生活，不能不说她和沈从文、胡也频组成的这个文学小团体。三人之中，丁玲和胡也频是恋人，和沈从文是同乡，而胡也频和沈从文则是关系极为密切的文学伙伴。三人都是在五四新文化运动的感召下怀着朦朦胧胧的理想到北京寻找新出路的青年，自1925年相识，就逐渐建立起了深厚的友谊。而就他们所处的历史环境而言，虽说此时新文化运动早已落潮，但他们又共同面临这样一个机遇："文学"正实化为一个行业而成为众多文学青年参与社会、安顿自我的文化空间。[①]三人之中，沈从文、胡也频较早的加入新文学的序列之中，创作、投稿、参加文学社团、编辑报纸副刊、谈论文化名人、逛旧书摊等成为他们生活的日常，而丁玲则更多表现以旁观者的身份，观察着无名文学青年全部的文学生活。严格地说，直至1927年丁玲才从一个旁观者转换成一个参与者，而且，直接呈现出一个成熟的参与者形象。她笔下的人物成为"时代女性"的象征，而丁玲也成为新文学创作队伍中杰出的一员，和沈从文、胡也频一样，"文学"成为其安置自我和获得身份认同的主要方式。

然而需要注意的是，这些背井离乡、缺少必要文化资本的文学青年本来就处于文坛的边缘位置，在新文坛建设之中，他们很难获得认同。而正是在三人都被五四文坛认可的时候，新的文学思潮又铺天盖地地袭来，五四刚建立起的新文学观念被新兴的无产阶级文学观念全盘推翻。在这个时候，从五四文学中成长起来的文学青年又该如何选择？自我身份的确立和外界的身份认同之间又会出现哪些矛盾？这是本文关注的话题。选择创刊于革命文学兴起之时的文学刊物《红黑》作为考察对象，正包含了这一层意思。而把丁玲作为论述主体，则主要是因为丁玲的早期文学经历集中反映了文学青年主体性的确立、转变以及它们与文坛之间的互动关系。

一、身份遭遇与《红黑》编辑队伍中的"外交官"

讲到1920年代文学青年对个体主体性的寻求，我们不能忽略的是创办刊物对文学青年的重大意义。朱光潜在论及报刊在现代中国的影响力时就曾一针见血地指出："在现代中国，一个有势力的文学刊物比一个大学的影响还要更大，更深长。"[②]而陈离对此进行的一番阐释也十分恰当："一个作家如果没有刊物作为自己发表作品较稳定的阵地，那他的文学生涯便一定时刻处于一种危机感之中；即使某个文学社团的刊物接纳了他，其作品能在上

①参见姜涛：《公寓里的塔1920年代中国的文学与青年》，北京大学出版社，2015年版，第12—13页。

②朱光潜：《论小品文》，《孟实文钞》，上海良友图书公司，1990年，第207页。

面顺利地发表，但如果没能成为该社团的一员，他便仍然难免有寄人篱下之感。”①由此，我们就能明白为什么在有相对稳定的刊物刊登三人作品的情况下，三人却依然愿意承担经济风险创办自己的独立刊物。对于三位文学青年来说，《红黑》的创办是有着不同一般的意义的。

这一点我们从三人对刊物的寄托中可见一斑。在具发刊词性质的《释名》中，胡也频写道：“红黑两个字是可以象征光明与黑暗，或激烈与悲哀，或血与铁，现代那勃兴的民族就利用这两种颜色去表现他们的思想”②，而三人拿来用作自己文学刊物的名字，正体现了他们创办刊物的理想追求。丁玲在后来的回忆中也讲到创办杂志时的抱负与决心：“把杂志和出版处都定名为红黑，就是带着横竖也要搞下去，怎么样也要搞下去的意思。”③而沈从文更是把办刊物、写文章当作事业来做：“放下了过去，一切不足迷恋。肯定着现在，尽别人在叫骂揪打中将个盛名完成。希望到未来，历史为我们证明，所谓文学革命运动的意义，是何种方法可以达到。这三件事是我们这一群另一目的。”④

对于自己的第一份刊物，无论在办刊上还是写作上，三人皆表现出极大的积极性。而要说丁玲对于创办《红黑》杂志的作用最不能忽略的便是她“女作家”的身份。虽然丁玲自身很排斥“女作家”这一说法，她也曾厉言拒绝过《真美善》“女作家号”的约稿，但是不可否认的是，丁玲的名字在评论界最初就是以女作家群体中的一员出现的。虽然丁玲拒绝为“女作家号”撰稿，但是在1928年10月10号出版的“女作家号”《中国现代的女作家》一文中依然提到了丁玲的大名⑤。而因“女作家号”在文坛上引起的诸多批

①陈离：《前言》，《在我与世界之间——语丝社研究》，东方出版中心，2006年，第9页。

②胡也频：《释名》，《红黑》，上海书店出版社，1994年影印本，第1页。

③丁玲：《一个真实人的一生——记胡也频》，《胡也频选集》(上册)，福建人民出版社，1981年，第8页。

④沈从文：《人间·卷首语》，《人间》第1卷第1期，1929年1月。

⑤当然，这里也不能忽略开明书店对丁玲及其作品的大力推介。张若谷对丁玲的介绍首先就引用了他们的话，之后才发表自己的意见。

评①，丁玲的名字更是紧紧的和女作家联系到一起。我们同样不能忽略的是市场、读者对女作家的关注，丁玲这样一位杰出的，描写大胆的“女作家”在当时引起的轰动是可想而知的，而女作家编辑的刊物自然也会引起人们的注意。我们看尹庚在《妇女旬刊》《中国现代的女作家》一文中对丁玲的介绍：“她在去年像是陡然跳出来的，从前并没听到她的名字，看到她的作品。她这新进作家，是中国现代女作家中杰出的一个！她的作品多发表于小说月报上。她是胡也频先生的夫人。最近和胡也频先生和沈从文先生协力刊行一种红黑创作。第一期已出版。”②丁玲对《红黑》的另一种作用在此不言自明。

女性身份在某种程度上被市场转化为一种营销手段，这本身就暗含了对女性作者的不尊重。这不是丁玲一个人的遭遇，是所有女性作家共同的遭遇。只是丁玲与众不同的地方在于她的不妥协。丁玲拒绝为“女作家号”撰稿是一例，她在《红黑》中面对读者以“丁玲先生”自称也是一例。她给《也频诗选》写的介绍中就说到：“年来新诗成绩可数者，国内不过三数人，也频先生即其一。此集为丁玲先生所选，多情诗，情绪与格式皆予以新的生命……”③把胡也频和自己同称为“先生”，正说明了丁玲对男权社会的反抗，她不仅证明自己与胡也频、沈从文等的平等地位，也向读者宣告男女作家在作家身份上并无不同。

不仅如此，在编辑《红黑》期间，丁玲的确发挥着不可小觑的作用，这主要体现在人际关系的联络上。《红黑》的封面简单大方，红黑二字，一红一黑置于杂志封面的中央，很能吸引读者的眼球，它的设计者就是当时知名的刘既漂。而《红黑》的封面之所以能请刘既漂设计，其中的关系就在于丁玲和蔡威廉的交好。丁玲在杭州时，与蔡威廉交往密切，后者还为丁玲画了一幅画像，而三人创办刊物，丁玲也自然会想到旧时的好友，鉴于这层关系，《红黑》的封面设计才有机会出于刘既漂之手。

除了封面有名家帮忙，《红黑》所登载的首篇小说也是由知名作家所作。胡也频在《编后附记》里说：“在这里，我们觉得应该感谢的，是圣陶先生

①“女作家号”在当时引起了多方杂志的批评。如《文学周报》1929年第8卷第351期静因发表的《女作家专号》《海风周报》1929年第五期祝秀侠的《读过“女作家号”以后》《新女性》1929年第4卷第1期不谦的《发泄变态性欲的女作家专号》《妇女共鸣》1929年第8期时事评论栏《女作家用不着别人捧场》《认识周报》1929年第1卷第4期毕树棠的《女作家》等。

②尹庚：《中国现代的女作家》，《妇女旬刊》1929年第294—296期。

③丁玲：《也频诗选》，《红黑》，上海：上海书店出版社，1994年影印本，封二。

的好意，因为《李太太的头发》，便是他给我们实力的帮助。圣陶先生的作品，是早已有过定评的……"[1]而三个北来的文学青年如何能够和叶圣陶建立起联系呢？这其中的关系也在于丁玲。刊物主编的变更，往往会给文坛带来一系列的连锁反应。1924年《晨报副刊》的"抽稿事件"致使孙伏园辞职，而他的辞职催生了《语丝》，同时也为《晨副》带来了一批生力军，文坛结构随之发生变化。叶圣陶和《红黑》关系的建立，同样是《小说月报》主编临时更换这一事件的反应之一。不同于郑振铎对翻译、论文的重视，叶圣陶更注重对刊物文学创作栏目的开拓，而丁玲便是叶圣陶发现的"千里马"之一。丁玲的最早的几篇小说《梦珂》《莎菲女士的日记》《暑假中》《阿毛姑娘》等都被发表在《小说月报》的显要位置。也正是在叶圣陶的热情鼓励下，胡也频和丁玲决计南下上海。[2]两人几经辗转于1928年7月从杭州返回上海，此后多次拜访叶圣陶。叶圣陶对两位青年的来访，接待显得尤为隆重，之后又相邀同去浙江海宁观潮，文学新人与前辈的友情就这样建立起来。即使在《小说月报》原主编郑振铎回来之后，《红黑》依然和《小说月报》有着密切的联系。《小说月报》第20卷第1号（1929年1月10号出版，《红黑》的出版日期也定位这一天）上刊登的首个刊物广告便是《红黑第一期目录》，之后第二期、第三期都有《红黑》同期的目录广告，并附有详细的出版社信息和每期定价及全年优惠信息。

此外如向戴望舒约稿，向郁达夫请教编辑经验等人际关系事务都是丁玲一马当先。正如施蛰存所回忆的那样："他们三人中，丁玲最善交际，有说有笑的，也频只是偶然说几句，帮衬丁玲。从文是一个温文尔雅到有些羞怯的青年，只是眯着眼对你笑，不多说话……"[3]由此，《红黑》编辑队伍"外交家"的形象便显现出来了。

二、对钱杏邨等革命文学批评家的抵制

丁玲以她鲜明的性格在《红黑》编辑中发挥了不可或缺的作用，《红黑》的编辑见证了其价值主体的存在。而从其对"女作家"身份的反抗上，我们更能体会到丁玲的傲气与贵气。与身份遭遇相似，丁玲的文学创作同样处于风口浪尖之上。而这一事件，要从《红黑》与《海风周报》的论争谈起。

---

①胡也频：《编后附记》，《红黑》，上海书店出版社，1994年影印本，第4期卷尾。

②蒋祖林：《丁玲传》，人民文学出版社，2016年，第101页。

③施蛰存：《滇云浦雨话从文》，《新文学史料》1988年第4期，第152页。

两方的论争以《海风周报》和《红黑》为依托，主要是以钱杏邨、祝秀侠等革命文学批评家和丁玲、沈从文等五四文学青年两方的批评文章为主。论战起源于钱杏邨等革命文学家对丁玲作品的批评《“在黑暗中”：关于丁玲创作的考察》（《海风周报》第一期），而以沈从文的《钱杏邨批评之批评》（《红黑》第二期）和钱杏邨《致岳真先生一封公开信》（《海风周报》第六七号合刊）为标志，另外涉及“女作家号”余波《读过女作家号以后》（《海风周报》第五期）以及巴金的《随便写几句话答覆钱杏邨先生》《现代文坛上最有力的批评家之真面目》（同见于《自由月刊》第1卷4期），后者还里引用沈从文《钱杏邨批评之批评》中的相关评论对钱杏邨进行批判。

1928年10月丁玲的《在黑暗中》由开明书店出版，对于这一突然闯入文坛的“黑马”，作为一个敏锐的批评家，钱杏邨很快捕捉到这一讯息，并在自己新创办的刊物上发表评论文章。[①]在《“在黑暗中”——关于丁玲创作的考察》一文中，钱杏邨指出丁玲表现的人物对宇宙是不求解释的，大都是为感情所支配着的小资产阶级的个人主义者，作者写苦闷，写黑暗，仅仅止于表现，没有进一步捕捉到文学的社会的意义，也说不出社会黑暗的基本原理和社会的痼疾的起源。[②]接下来祝秀侠又对整个女作家群体评价道：“作家的思想，能步步抓住时代，才能有不断的新生活供给他们，要以时代的洪流，做他们作品生命的泉源，这才是所需要的作家，这才能成就伟大的杰作。……中国的女作家的思想实是非常落伍的。”[③]

同一个月份里，丁玲两次被革命文学批评者点名，而此时，沈从文、胡也频、丁玲三人已经有了自己的阵地《红黑》，于是在第二期中便出现了沈从文以“岳真”为笔名写的《钱杏邨批评之批评》。在这篇批评文章中，沈从文站在文学的立场上，质疑钱杏邨的批评方法，这就不仅仅关系到丁玲的作品，而是指向钱杏邨的所有批评文章，他不仅仅代表了这一个小群体，也与广大的反对革命文学的群体站在了同一战线上。而两者文学观念的冲突归根究底是五四文学与新兴的革命文学的冲突，这涉及的是文学的本质、文学的价值、文学独立性等文学的根本问题的论争。沈从文认为：把“文学的功

---

①钱杏邨对丁玲作品的关注，其实也是在他对女作家群体的关注下才出现的。《海风周报》第一期发的是丁玲创作批评，第二期发的是对凌叔华的《花之寺》的批评，第三期发的是对陈衡哲《小雨点》的批评。

②钱杏邨：《“在黑暗中”——关于丁玲创作的考察》，《海风周报》第1卷第1期，1929年1月。

③祝秀侠：《读过“女作家号”之后》，《海风周报》第1卷第5期，1929年1月。

效等于政治的目标，而文学所完成的仿佛还是一种帮助或拥护政治的方向，把文学这样看有点怪。”[①]在文章的最后，他摆明自己的批评理念：“最简单的文学批评意义，当为欣赏的印象或分析的意见。目标在一般成绩以上未尝不可，但应注意的当为更艺术的性质……”[②]

对于《红黑》中的攻击，钱杏邨立马就写了反击文章《致岳真先生的一封公开信》，文末所署时间为二月五日，反而早于《红黑》第二期《钱杏邨批评之批评》的公开发表时间五天，这个疑团曾让我百思不得其解。[③]但是如果我们注意到钱杏邨反击文章是以通信的方式呈现，我们大概能推测出沈从文的文章在《红黑》发表前就以信件的形式发给《海风周报》（钱杏邨），只是没想到钱杏邨对这篇批评文章的反应如此迅速。[④]在这篇文章中，钱杏邨直接反驳沈从文对于文学的理解：否认文学是阶级的武器，这种论断是完全的错误。[⑤]并指出沈从文这种“错误思想”的根源：“这观点终究是不正确，不过是证明了你和时代精神的隔绝罢了。造成你的这种错误的主因，是由于你的思维考察的方法基本的错误。”[⑥]两方立场不同，各自站在一方批评对方。

虽然沈从文并没有继续和钱杏邨争论下去，但显然钱杏邨的文章也引发了三人对于文艺本质的重新思考。在《红黑》第三期的开头，胡也频写下了他们这一群对于文艺的认识：

如同凶猛的海水击着礁石，强硬地，坚实地生出回响的声音，这是人间苦的全人性活动的反映，也正是一切文艺产生的动力。

为一个可悲的命运，为一种不幸的生存，为一点渺小的愿望而奋力争斗，这是文艺的真意义。

---

①沈从文：《钱杏邨批评之批评》，《红黑》，上海书店出版社，1994年影印本，第118页。

②同上。

③仓重拓也注意到这一问题。具体参见仓重拓：《对沈从文佚文〈钱杏邨批评之批评〉的考证》，中国现代文学研究丛刊，2013年第7期。

④从《海风周报》第五期的《本报第六期目次预告》看，原第六期正常出版，里面并没有回应沈从文的文章，但是后来《海风周报》直接出了第六七号合刊。

⑤钱杏邨：《致岳真先生的一封公开信》，《海风周报》第1卷第6—7期，1929年2月。

⑥同上。

负担着，而且深吻着苦味生活的人，才能够胜任这文艺的使命。

地球上没有黄金是铁色的；所以要经历一个黯淡人生，才充分地表现这人生的可悲事实。

文艺的产生是因为缺陷的，并且为这个缺陷的人类而存在着。

要创作，必须深入地知道人间苦。从这苦味生活中训练创作的力。

文艺的花是带血的。[①]

这一小段卷头语阐释了文艺产生的动力、文艺的真意义、文艺者的资格，虽然胡也频用当时比较时髦的话语来阐释文艺，从根本上看他们所表达的仍是五四“为人生”的文学，所接受的还是五四时期广为流传的厨川白村的文艺观念。

这场比较文明的论争到此为止，各方意见不同，立场不同，但之后就各自占据一方领地发表自己对文学的看法。而这场因丁玲作品而起的文学观念的讨论对丁玲的创作有怎样的影响呢？了解了丁玲创作的这一层背景，对我们考察丁玲的作品有什么帮助呢？这就是接下来我们要思考的问题。

三个野心勃勃要“将文学价值提高到时行的一般低级趣味以上”[②]的文学青年，以自己的作品反抗革命文学。他们在创作中忠于文艺，忠于自己的观察与体验，按自己的人生经验书写对人性、人生的理解，拒绝跟风附会流行的主义和理论。而对于革命文学，三人的共识则在于血和力也可以成为写作的题材，但文学一定要指向人，指向人性。他们要写的是名作，是文学中永恒的主题——人性。

丁玲在《红黑》中发表的《庆云里中的一间小房里》《过年》《小火轮上》《日》《野草》等小说都是如此。即使《在黑暗中》被批评，但偏偏还要写，她不妥协，不仅写，还要写得出乎所有人的意料，这就是丁玲。《庆云里中的一间小房里》就是一个典型的代表。这篇小说不仅与反抗压迫、鼓吹革命之类的文字毫不沾边，相反，妓女阿英对目前的生活并没有什么不满，对妓女身份也并无任何摆脱之意。丁玲以一贯细腻的笔触将阿英的内心世界呈现在读者面前，而写法也与之前并无不同。《过年》也以心理描写见长，文章写的是自己的童年生活，作者选取过年这一特定时间，把小女孩小涵对妈妈和弟弟的思念以及自己寄身在舅妈家的孤独感写得感人心弦。《小火轮上》讲的是青年女教师节大姐因为恋爱被学校辞职，又遭到恋人背叛的故事。

---

①胡也频：《卷头语》，《红黑》，上海书店出版社，1994 年影印本，第 120 页。

②胡也频：《红黑创作预告》，《中央日报·红与黑》1928 年 10 月 26 日。

作品从同事和学生送别节大姐开始，写了节大姐乘船途中的所思所想，把节大姐的心理刻画得细致入微。不仅丁玲，沈从文在创作上也刻意回避时代，他的《龙朱》等系列神巫故事就产生于这一时期。他们皆用力于改变当时革命文学一家独大占据文学市场的现实，用自己的创作实绩捍卫文学的独立。

可以说，丁玲的创作是忠于自己的。这不仅体现在上面提到的诸小说，其实最能体现丁玲早期创作特点的是《日》，在我看来，《日》这篇小说可以说是丁玲转向的一次试验，只是实验了一半放弃了。在文章的开头，丁玲描写不同身份的人在上海的生存状况，尤其在工人生活的描写上花了不少的笔墨。而接下来她本可以接着写工人的故事，写工厂主对工人的压迫，写工人悲惨的生活现实，但丁玲把笔头转向了伊赛。从“伊赛”这个名字讲，它和“莎菲”一样，本身就带有浓厚的小资意味。而从小说看，伊赛的确也是个无所事事，无聊，苦闷的女青年。关于写作题材，丁玲 1931 年 5 月在光华大学的演讲中也讲到过：“我也不愿意写工人农人，因为我非工农，我能写出什么！……本来我不反对作品中无作者的化身，不过我对于由幻想写出来的东西，是加以反对的。比如说，我们要写一个农人，一个工人，对于他们的生活不明白，乱写起来，有什么意义呢？”①正如夏志清所讲：“与蒋光慈不同的是，丁玲开始写作的时候是一个忠于自己的作家，而不是一个狂热的宣传家。”②

三、丁玲在《红黑》中的转向③及与胡也频的关联

虽说丁玲具有极强的主体性，但从《红黑》中发表的作品看，丁玲在这短短的八个月中，思想已悄然发生变化。对比发在第一期上的《庆云里中的一间小房里》和上文所讲的《日》，虽然从人物看两者同属于“莎菲”一类，同写一间小房间里女主人公的无聊、苦闷，但是作者的视域是完全不同的。就文章涉及的空间来讲，《庆云里中的一间小房里》所述空间不过一间小屋，一条街。而在《日》这篇小说中，作者让我们清晰地看到人物所处的位置：首先她处于“一块半殖民地，一个为许多国家，许多人种所共同管辖，共同

---

①丁玲：《我的自白》，《丁玲全集》第 7 卷，河北人民出版社 2001 年版，第 2、4 页。

②夏志清：《中国现代小说史》，广西师范大学出版 2014 年版，第 187 页。

③对于丁玲转向这一问题，一般认为到《水》的创作，丁玲才完成了转向，而把《韦护》看作是丁玲思想和文学道路开始发生转折的重要标志。这里所讲的转向也是在转折这一层意义上来说的，是转向的开始，而不是完成。

生活”的上海，而在上海中又处于这样一个环境：“虽说是属于白种人管理，群居着不洁的黄种人，即使贫穷的外侨也不愿来杂居的一部分，在这条纵横的马路中，都竖立起不坚固的，大幢大幢的专为住处的红色房子。每一幢中，总住着上百数的家，而每一家的人口，又是非常使人吃惊这发达的。”[①]有了这样一个更大的视角，我们再看伊赛的小房间，就能意识到阁楼上的伊赛苦闷无聊的来源，继而看到城市中人物的渺小与无奈，看到人物与社会的隔绝。而对于丁玲，这种写作思路的获得也意味着其自身对个人和社会关系的思考。

发在《红黑》第六期的《野草》也同样值得注意。《野草》讲述的是一个青年女作家的日常生活，当然女青年也有恋爱上的烦恼，她爱的人不爱她，她不爱的偏又那么爱她，但是在作品的情绪上，与之前的苦闷、无聊不同，《野草》中有一种新鲜活脱的东西，而这种情绪从根本上来讲，正来源于女作家自我价值的发现——写作，写作在一定程度上成为女作家自我实现和自我拯救的途径。贺桂梅在论述丁玲早期的写作困境时也注意到《野草》的独特性，她认为从这篇小说中可看到早期丁玲小说“对于自我困境的超越和克服”[②]。

而最引人注目的直接表明丁玲思想倾向的文章是《介绍〈到M城去〉》。然而不得不说的是，即使这篇批评文章如此明显而直接地表明丁玲对于革命的兴趣和信心，在以往的研究中，它并没有引起太多研究者的注意。对于丁玲的转变这一问题，我们大都沿用三十年代丁玲批评的思路而更习惯于直接从小说创作上加以考察，然而不得不说的是只考察丁玲集子里的一部部小说，只从小说批评上考察丁玲的转向我们往往会忽略掉一些重要的信息。相较而言，传记研究在这方面有所突破，秦林芳在《丁玲评传》一书中就提到“从1929年下半年，丁玲的思想和文学道路开始发生转折，较早透露这一信息的，是当年7月在《红黑》月刊终刊号发表的那篇有关《到M城去》的评论。”[③]另外在蒋祖林的《丁玲传》里，蒋也注意到丁玲所写的《到M城去》的序，“丁玲热情地宣传，极力赞许《到M城去》，说明她的思想与胡也频有着同步的变化。此时，她也正酝酿写作革命题材的《韦护》。……以《介绍〈到M城去〉》和《韦护》为标志，丁玲完成了她从文学走向革命的过

①丁玲：《日》，《红黑》，上海书店出版社，1994年影印本，第218—219页。

②具体参见贺桂梅：《知识分子革命与自我改造——丁玲向左转问题再思考》，《中国现代文学研究丛刊》，2005年第2期，第201—202页。

③秦林芳：《丁玲评传》，南京大学出版社2012年版，第68页。

程。”①而回到这篇评论，在《介绍〈到M城去〉》一文中丁玲认为作者不仅塑造了现实中的各类人物，而且还正确的预料了这个大变动时代最终的发展倾向，而作品中的倾向是什么呢？单看题目我们就已经能够明白，那便是革命。

综合三篇文章看，对社会的关注，从写作中找到突破、表现出对革命的信心，这正是我所要说的《红黑》时期丁玲的转变轨迹。细心的读者不禁会有疑问，如果说《红黑》前几期的《庆云里中的一间小房里》《过年》《小火轮上》算是丁玲以优质作品向革命文学和出版市场做出的反抗。为什么从第五期《红黑》开始，丁玲会发生这些变化？而这是不是意味着丁玲对革命文学的“妥协”？

首先解决第一个问题：丁玲的转变的原因。我以为丁玲转变的主要因素在于胡也频。丁玲与胡也频的关系不仅仅在于两人同编《红黑》，丁玲和胡也频还有恋人这一层重要的关系。作为一对形影不离的青年作家，他们同屋而住，同屋写作，胡也频对丁玲产生的影响是绝对不能忽略的。②沈从文提及过两人创作时的情况：“当她说把文章写成请求修改时，海军学生毫不推辞也毫不谦逊，以为‘当然得改’。可是，到后来两人皆在上海靠写作为生时，我所知道的，则是那海军学生的小说，在发表以前，常常需那个女作家修正。”③而对于两人的转向及影响关系，丁玲在不同时期均有提及，写于1950年的《一个真实人的一生——记胡也频》中讲到：“我自以为比他们懂得些革命，靠近革命”，“他不象我是个爱幻想的人，他是一个喜欢实际行动的人。……他还不了解革命的时候，他就诅咒人生，讴歌爱情，但当他一接触革命思想的时候，他就毫不怀疑，勤勤恳恳去了解那些他从来也没听到过的理论。他先是读那些马克思主义的文艺理论。后来也涉及到一些社会科学书籍。他也毫不隐藏他的思想，他写了中篇小说：《到莫斯科去》！”④另外在1985年的一次访谈中丁玲也讲到：“胡也频到上海后接触了革命的作

---

①蒋祖林：《丁玲传》，人民文学出版社2016年版，第110—111页。

②不少的研究者研究过两人作品中的“互文”现象。这里讲的更多的是相互影响。如刘盼佳，李广益的《从文学青年到革命作家——论胡也频与丁玲早期创作的相互影响》，《中国现代文学研究丛刊》，2018年第3期。潘延《谈丁玲与胡也频创作的“互文”现象》，苏州科技学院学报（社会科学版），2004年第3期。

③沈从文：《记丁玲》，《沈从文全集》第13卷，北岳文艺出版社2009年版，第75页。

④丁玲：《一个真实人的一生——记胡也频》，《胡也频选集》（上册），福建人民出版社1981年版，第8页。

品，革命的理论。加上过去的生活苦，思想上才有大的进步。在革命的路上他比我跑得快，他是跑的，我是走的，到上海后他跑在我前面去了。”[①]这几种说法都是比较符合事实，而具体说来，胡也频创作与丁玲创作转向的问题，在《红黑》中的一些细节问题中可以得到说明。

说到胡也频文学观念的转变，不得不说的还是发表在《红黑》上的《到M城去》。而根据这一小说的写作时间，我们可以大致推测出胡也频思想转向的时间。虽然《红黑》上只发表了两个部分，但从成书《到莫斯科去》的文末落款——“1929年5月7日早上二时作完于上海”，我们知道这部长篇小说完成于1929年5月初。而胡也频自己也在序文里交代这部作品作于四月间。由此，我们可知胡也频的思想转变正在于一九二九年的三四月间[②]。而从《日》的发表时间看（第五期的《红黑》），它很有可能和胡也频的《到M城去》是同一时间创作的。

这个想法或许可以从《日》的开头和《到M城去》开头的相似处得到印证。《日》中最先描写的一类人的生活是“刚刚才灭了艳冶的红灯，在精致的桌上，犹狼藉着装了醉人的甜酒的美杯，及残了的各种烟烬……”[③]而《到M城去》的以灯光开头“电灯的光把房子充满着美丽的辉煌……”[④]接着又写精致的灯，写香烟雪茄，白兰地意大利红酒，印度锻的沙发……两者都写了资产阶级奢华的生活，不同的是前者写聚会结束之后的样子，后者写聚会的场景。前者略写，后者繁写，前者是短篇小说，后者是具“短篇小说结构”的长篇小说。如果反观丁玲的之前小说，我们发现《日》的小说结构形式是之前的小说中没有的，她先对上海的不同区域，不同身份类别的人进行介绍，最后慢慢聚焦到一个点上，但与其说把它看作丁玲有意在结构上的创新，倒不如说是丁玲对新题材的一种尝试。这很有可能是因为胡也频的鼓励或影响。而《野草》中女作家慢慢挣脱出恋爱的烦恼转而从创作中获得意义，从这个角度考虑也很有可能来源于丁玲现实中创作方向的确立。而此时我们再看到丁玲在《介绍〈到M城去〉》中对胡也频小说的赞美以及对革命的肯定与信心也就不难理解了。

---

①包子衍，许豪炯，袁绍发：《丁玲谈早年生活二三事》，《新文学史料》1986年第2期，第88页。

②从第四期《红黑·编后》中我们便能感受到胡也频转向的讯息。而《编后》所署时间为3月22日。

③丁玲：《日》，《红黑》，上海书店出版社1994年影印本，第217页。

④胡也频：《到M城去》，《红黑》。

而巧合的是丁玲发过《介绍〈到M城去〉》之后，开始创作的第一篇小说便是《韦护》，而且和《到M城去》类似，《韦护》也正是丁玲创作的第一篇长篇小说。《韦护》和《到M城去》本身也有着相似之处。《到M城去》以素裳离开新贵族生活，毅然走向M城去结尾。而《韦护》中的女主人公丽嘉则说到：“唉，什么爱情！一切都过去了！我们好好做点事业出来吧！”[①]两者的主人公都下了一个重要的决定——走向新生活。包括后来二人对自己的评价都类似，对于《到莫斯科去》胡也频说：“虽然我认为比起我以前的作品，在思想上虽较为进步，但是，如果用严格的马克思主义的批判而指示出错误的地方，还是很多。”[②]丁玲对自己的作品评价道：“《韦护》在我的写作上是比过去进了一步，当然，还没有跳出恋爱啊、革命啊的范围，但是它已是通向革命的东西了。”[③]两者的批评放在对方的作品上也是完全成立的。

到此我们大致勾勒出丁玲转变的轨迹，并探究了这一转变的直接原因。第二个问题，就这一改变而言，是否就意味丁玲对革命文学的“妥协”？或者换句话说，丁玲的主体性是否丧失？答案是否定的。我们认为丁玲的转变是有很强的自我意识，她清晰地意识到自己的转变并更主动地追求加速了这一转变的过程。革命不仅是丁玲的个人追求，更是其突破创作瓶颈的必要途径。早在其《在黑暗中》出版之时，丁玲在《最后一页》就表达了她对于前期作品的不满：“我不愿我只能够写出一些只有浅薄感伤主义者所最易于了解的感慨。”[④]这种不满情绪很大一部分便来自丁玲不断超越自己，不妥协的精神人格。而值得注意的是，即使丁玲转向了，她也并非沦为革命文学的传声筒，她完全有能力掌控新的理论、新的题材，并在创作上成为新的文学范式的引路人。而换个角度考虑，丁玲的转向在一定程度上正表现了她对当时市场流行的革命文学的不满与反抗，她是以自己的创作实绩来证明的。

虽说《红黑》这一三人编辑团队最终走向分裂，但不论是丁玲，还是沈从文，二人的作品都是处于“水平线以上”的。从这一角度说，《红黑》虽最终成了商业社会的牺牲品，但其实三人已经完成了《红黑》的预期目标，

---

①丁玲：《韦护》，《丁玲全集》第1卷，河北人民出版社2001年版，第111页。

②胡也频：《〈到莫斯科去〉序》，《胡也频选集》（下册），福建人民出版社1981年版，第1080—1081页。

③丁玲：《答〈开卷〉记者问》，《丁玲全集》第8卷，河北人民出版社2001年版，第4页。

④丁玲：《最后一页》，《在黑暗中》，人民文学出版社2000年版，第120页。

他们的作品并没有沦为革命的工具，相反，他们各以自己的方式捍卫了文学的尊严，并在这一过程中摸索出了自己的文学道路，找到了安置自我的方式。这是文坛之幸，也是《红黑》之幸。

（陈久兰：浙江师范大学人文学院，中国现当代文学专业硕士研究生）

丁玲相关文学史料

丁玲《母亲》第三部残稿探析

王增如

内容摘要： 通过丁玲遗存的四份残稿，探析残稿之间以及残稿与已发表的《母亲》之间的关联。初步判断其写作时间在延安时期。

关键词： 丁玲《母亲》第三部残稿　沿袭第一部脉络　为续写《母亲》作准备

2007年前后，笔者在帮助陈明先生整理丁玲遗稿时，见到一些丁玲的《母亲》手稿，这些手稿片段零散，一共有四份，每份只有一两页，正反两面书写，有的写在毛边白报纸上，有的写在横格笔记本纸上，都有从本子上撕扯下来的痕迹，因为年代久远，字体很小，以致一些字迹辨识困难，一下也看不出这些手稿之间的关联，我当时并未在意。近年，我细读了《丁玲全集》第一卷所收的《母亲》及《丁母回忆录》，在此基础上，对这些手稿进行探析，努力找出它们之间的关联，以及它们同已经发表的《母亲》的关联。这件工作很烦琐，至今我也未能把思路梳理得很清晰，我把一些心得写在这里，与大家交流，供有兴趣于这项工作的学者参考。

《母亲》写于1932年，在中共江苏省委宣传部创办的《大陆新闻》上连载，6月11日丁玲给报纸副刊主编楼适夷写信，说预备写三十万字左右，每天登一千字，十个月登完，作品包括的时代从宣统末年起，经过辛亥革命、1927年大革命，一直到最近农村的土地骚动，地点是湖南的一个小城市，几个小村镇，人物在大半部中都是以几家豪绅地主为中心，母亲是一个贯穿人物，她"虽然是受了封建的社会制度的千磨百难，却终究是跑过来了。在一切苦斗的陈迹上，也可以找出一些可记的事”。[1]7月3日《大陆新闻》被国民党当局查禁，《母亲》并未写完。

1933年6月，上海良友图书公司出版了《母亲》单行本。该书编辑赵家璧1980年1月24日致丁玲信询问：“母亲发表时只有四章，八万余字，写到辛亥革命爆发，程仁山中弹身亡为止。如果你写下去，还准备写些什么，你当时曾说要写个三部曲，那么第二第三部的书名想定了没有？主要内容准备写些什么？”丁玲1月27日回信说：“《母亲》原打算写三部，仔细的想法现在也忘了。可能第一部是写她入校读书的斗争，至一九一二年止。第二部是她从事教育事业的斗争，至一九二七年止。第三部，写她在大革命中对于革命失败的怅然及对前途的向往，和在也频牺牲后为我们抚育下一代的艰苦。（或者这里也夹杂写自己，写另一个母亲）。”[2]

目前发表的《母亲》，仅是丁玲写作计划中的第一部，而笔者见到的丁玲残稿，都是小说的第三部，故事发生地仍然在湖南武陵，时间是1927年大革命失败之后。

一、四篇残稿

残稿之一

大南门的城门口终年都是湿漉漉的，脚踩在上面总是喳喳的响，从清晨五点钟到夜里九点钟，川流不息的都是那些挑水的人。全武陵城的住民都靠城外河里的水来供应的，出城挑水只有三个城门可走，小南门，西门，再么就是大南门。而又只有大南门的离码头最近。这天下午，河里又拢了从汉口来的小火轮，挑伕挑着行李，黄包车拉着人，人身上又压着箱笼，推推挤挤，吆喝着，走起来要当心滑倒的，都朝那一个门洞里湧去。

“停下来，检查！”刺刀常常在人面前晃，车和人，和行李都往侧边的一个小坪上集聚。

“呵！三太爷，你老人家回来了，去年受惊了吧。”一个穿黑色学生装的检查员，站在一个石垛上向着从城走来的一个胖胖的微微留了一点髭须的中年人说：“你老人家的行李呢？呵，三喜，你招呼着老爷的东西过去，这不用检查了。”

---

①《给〈大陆新闻〉编者的信》，《丁玲文集》第5卷，湖南人民出版社1984年版，第388页。

②《丁玲文集》第10卷，湖南文艺出版社1995年版，第118页。

"唁，铁牛，你在稽查处做事了，很好，你奶奶爷爷都还康健么？"

"难为你老人家，托你老人家福，都还好。"

来不及再说话，于三老爷便被人推着走远去了，傍着他旁边那辆车上的凤珠，[①]歪过头来说："啊呀！爹，铁牛长得那末大了！"

于三老爷是去年春天和着很多人逃到上海去的。上海本来是熟地方，又有许多同乡熟人，他在那里住了一年多，闲时就在几个舞台去听戏，有时就在家里搓小麻将，生活得很舒服。不过总嫌太贵，起居上到底也不如家里。现在既然太平了，所以又带着女儿回家来了。

于毓明目送着走远了去的三太爷，把气往下嘫，他本来就有些不舒服他的，现在他叫他的乳名，更像受了侮辱，然而他明白，在他面前时总得客气一些。

他刚刚一调转脸，他又觉得有个熟人站在他面前了，他不觉得叫了起来："啊呀！"

他打量她，穿一身老蓝布衣，头上扎了一个包头，手挽包袱，完全一个乡下女人打扮，然而她的眉宇还是那末清秀，她用一种哀怜的眼光望着他，同时做出一副想走的样子。

于是他大声打着官腔说："把你那包袱解开检查检查看，这边来，打开！"

"你让我走吧，毓明，请你做做好事。"那姑娘悄声的说。

"你怎么跑回来了？你家里还在乡下呢。最好还是走。这城里检查得很严。"

"不行，我没有地方好蹲，只有回来，找家里想法，呵，我家，你知道我堂哥哥在什么地方末？"

"不知道他逃到什么地方去了，你要是实在没有办法，我看还是找我们老五姑奶奶去。"

"呵，于曼贞先生！她还在学校么？"

"不，她在她家里，黎家巷五号，江宅。"他又大声说，"快包起来，快走，这几件破衣裳！"

他又看见了很多认识的人，江泰昌的老板蒋文彬也带着小老婆回来了。小老婆穿戴得红红绿绿的，更胖了，而蒋文彬却显得更瘦更苍老了似的。亚细亚洋行的二太太，其实也就是小老婆也同着他们一道回来了。武陵城的巨头现在都陆陆续续的，从上海，汉口，长沙，也有些从上边桃源乡下回来了，

---

①《母亲》第一部中多次提到于三老爷家的大女儿，名字就叫"珠儿"。

武陵城一定将有一番新气象

残稿之二

大南门的城门口终年都是湿漉漉的，一层浆糊般的黑泥，在石板上脚踩在上面时，又粘又滑，总是嗞喳嗞喳的响。从清晨五点钟到夜晚九点钟，川流不息的都是那些挑水的人。但挤在那些水伕中，湧进那个长的黑门洞的车辆和人群，就像蚂蚁似的，慌慌忙忙的挤进去，又挤了出来，那些水伕和车伕总是不断的大声喊着："车来，车来，靠左，靠左，"或是大声的骂着："瞎了你的眼，撞尸呀！"或只是"娘卖屄了！"常常把水桶放在路当中打起架来也是常有的。城门口两头站着的巡警，便不住的打响手中的高扬起的竹板，维持着秩序，但他的声音以及竹板的响声都消灭在那杂乱的轰响中了。

这城门是最靠近朗江的一个城门，上下河的小火轮都靠这一个码头，太古和戴生昌的 ×（此字不清）船都在这下边，运货的帆船大半也停泊在这码头边。大南门外的茶馆和私娼便渐渐的繁荣了起来，这些便造成了这城门的拥挤。

每星期三和星期六都有从汉口来的船，但近来却添了一班，有时是在星期二，星期四的也有，先只是戴生昌公司添了一班，后来太古也增加了。因为从去年陆陆续续逃出去的人，现在又陆陆续续回来了。这都是那些有名气的地主，大商家的老板和绅士们。他们都是为了那些该死的新派的人们，那些学生，他们把地方上的人，那些做手艺的，抬轿子的，拉车的都教坏了，甚至乡下佬不安分了。弄得这些地主们不能不逃走。现在又是一番天下了，他们便互相庆幸着，有的从上海，有的从汉口，有的从省城，带着家眷，带着一些新奇的用品，坐着太古公司的船，或是戴生昌的船，回到故乡来了。

这天河里又拢了什么船，许多挑伕担着行李，黄包车成串的衔接着，车上满堆着铺盖卷、箱子、甚至坐客的身上也高耸着一包一包的东西，从码头上一直的向这门洞里潮水般的湧来。

刚刚在稽查处做了稽查员的于佑明从早上便来到这城门口，这小伙子还是第一次当差事，他母亲很为这差事感到羞耻，但为了每月的三十元，却不能不把好容易在中学里毕了业的儿子送到城门口来做着核查过往行人的工作了。但于佑明却高兴，自己有一个职业，有钱化就漂亮，就有胆量说话，他怕的是让母亲逼着去借钱，或是当当，他以为即使拉黄包车也好的，只要靠自己。他挂上这差事才四五天，他对这工作很感兴趣，他总是带着很浓的兴致好奇的，去探索那些行囊。

他看见黎春山大老爷家的大小姐带着新姑爷回来了，而且穿着上海式样的衣服，她坐在她父亲的新包车上，像正月出会那些坐在亭子中的菩萨似的，死板板的，抬起脖子，楞起眼睛，可是她又满有知觉似的，她在不断的踏响车铃。

1927年5月国民党反动派在湖南发动“马日事变”，大肆屠杀共产党人和工农群众，局势极为混乱，人们纷纷外逃。1928年春天，“从去年陆陆续续逃出去的人，现在又陆陆续续回来了。这都是那些有名气的地主，大商家的老板和绅士们。”残稿一和残稿二描述的，就是靠近朗江码头的武陵城大南门口，避难的富豪们回到家乡时的情景。两篇残稿的内容大致相同，但不是同一时期书写，第一，所用的纸张不同，残稿一使用毛边白报纸，是从一个从下往上竖翻的本子上撕扯下来的两张，残稿二是从一个从右往左横翻的横格笔记本上撕扯下来的一张。第二，残稿二相较残稿一，描述更为详细，交代更为具体，写作时间应该在后，是对残稿一的改写，“于毓明”在这里成了“于佑明”，身份也由检查员变为稽查员，（残稿一中说：“铁牛，你在稽查处做事了”）每月有30元工资；驶来武陵的客轮分属太古和戴生昌，这是当时两家著名的轮船公司，由于客流较多，增加了航班次数；对大南门的周边环境也有了更多交代，等等。

这两篇，应该是《母亲》第三部的开头部分，于姓和江姓两大家族的代表人物——于三老爷和江泰昌的老板江文彬（蒋文彬）都出场了，“武陵城的巨头现在都陆陆续续的，从上海，汉口，长沙，也有些从上边桃源乡下回来了，武陵城一定将有一番新气象”，好戏就要开始了。

残稿之三

金色的，灼人的阳光刚刚从西厢房的窗上跳在屋瓦上的时候，堂屋里的那桌牌便又挪开了。亚细亚洋行分行经理李陶然的三姨太太几乎成为江公馆每日必到之客了。湘华绸缎厂老板的寡媳绿珠是在长沙时就与江姨太太相好的，她几乎没有一天不陪她打牌，也就几乎没有一天不赢她的钱。另外一个牌角，就是这公馆里的大侄小姐。过去这位小姐是很有一点脾气的，自从嫁了之后，为着丈夫的无能，现在回到娘家来时，就似乎矮了许多，常常陪着曾经看不起的一些姨太太玩了。这天便又从住在间壁的母亲那里，被请过来了。

“把老爷房里的电风扇拿来，这鬼天气好热。”叫着小桃的江公馆江文彬的姨太太，近年虽说瘦了许多，没有以前那末痴肥，可是说话的派头自从成为江公馆姨太太一派的领衔之后，便更显得不只是粗鲁，且近乎霸道了。

一百多张骨质的牌，便哗喇喇的往铺有席面的方桌上倾倒。挪移椅子的声音，在那镶的三合土的地上也是很响。大姪小姐又在说："桃姨，你不把秀妹请来替你看牌么？"于是姨太太又在大声嚷嚷："是呀，秀小姐呢，叫了秀小姐来，什么地方去了，不来，也算了，我没有她我也许还要赢钱呢，我就不信我不会走和，啊呀！张妈，你又把自己家的葡萄拿来，我说过了这太酸不能吃。快些拿走，不要惹我生气！"

这些闹嚷，都不能不传到睡在左边正房里安碧纱橱中的江太太鉴秋女士，她不忍想像那位秀小姐，那位她花了很多心血抚养大的秀儿，她曾寄托过不能在自己身上实现的一些幻想的秀儿，却老老实实的坐在小桃身旁，帮助她打牌，于是她站了起来，在镜子前边整理了一下两鬓，扯了一扯蓝夏布衫，便转过后房，从后厅向到花园的路去。

"太太，你不带一把扇子吗？"才过去自己的一把细叶蒲扇。

江公馆的麻将桌上出现了几个陌生面孔，"江文彬的姨太太"小桃，"亚细亚洋行分行经理李陶然的三姨太太"，"湘华绸缎厂老板的寡媳绿珠"，出了嫁的"公馆里的大姪小姐"，我想这些人物应该在《母亲》第二部里都已出场，所以这里没有一个个详细介绍。

这篇残稿使用的纸张，与残稿二相同，也是同样的横格本，每一面有19行细线，应是同一时期所写，但两篇内容衔接不上，中间的部分都遗失了。同样遗失的还有《母亲》的第二部，即便丁玲没有完整写完，起码也应有初稿，遗憾的是至今只字未见。丁玲不会跳过第二部去直接书写第三部。

在这场麻将之后，丁玲接下去要如何书写第三部呢，我们来看残稿四，这一篇与前面三篇不同，它不是故事的描写，而是故事的提纲，写在两张巴掌大小的毛边白报纸上，同残稿一的纸张相似。

残稿之四

母亲第三部　第一章　大革命失败后至一九三一年有孙子时止。

革命失败后，小城市之黑暗腐败。对革命之压迫，母亲生活之感寂寞悲苦。

江文彬家之荒淫（江文彬是地主兼商人、官僚）选议员。购买报馆，买小老婆，小老婆如娈得子，私通仆人，仆人坐监，小老婆逃走，毒打家人。

杜鉴秋之矛盾、动摇，

于三老爷恶化，为财而牺牲女儿，侄女，兄弟失和，分居，冷视曼贞，母亲之消沉痛苦寂寞，

小学校长之苦闷——无政府主义者

母亲援救三小姐，

义斥江文彬释放仆人，

革命虽失败，母亲并不灰心。

母亲不能活动，孤独无援，

小菡出名，母亲心慰。

母亲只有对革命心向往之

母亲亦著书自娱。（原稿将此句划掉。第一页至此结束）

第二章

小菡送子归来，

小菡对母亲之欺骗，

关于小菡之谣言，

母亲之态度，母亲怕听谣言，怕证实谣言。不敢想像谣言，母亲写信问，毁信，信上附笔问候了，又涂去，重写，母亲相信谣言，母亲假装不信，母亲自慰，自欺，但她明白，她用理性处理了这些疑问，她镇静的生活着，含着希望。

小菡恶耗，

母亲安详处之，深夜无眠，不让人家知道自己感情。

人情炎凉，亲戚幸灾乐祸，（闻信不惊，深夜自问，冷暖三餐无不心跳。见子伤情）

沈从文过常不见，出书求名，

王会悟假电慰母，

小学教员雨中访母，

母亲艰苦度日，——卖用具，

杜鉴秋消极求道，

（此章应整写白色恐怖之利害人情冷暖）

于三老爷添孙。失女

侄子入警备司令部，欺凌婶母，

么妈孙女来母亲处携带祖令。

江文彬之小老婆嫁了旅长，旅长来，江文彬倒霉，勒捐军饷，江文彬逃走。旅长来时，并于城外绑走亚细亚洋行三老婆，旅长在常德三天，失败，江又回，小老婆不 ×（此字上边为不，下边为见）归，自尽死，所欠洋行赌账达数十万，为账所逼，田不得卖，又出走。

从这个提纲，便可以知道《母亲》第三部的大体脉络了，它是沿袭着第一部发展而来，丁玲1932年说过：《母亲》在大半部中都是以几家豪绅地主为中心。故事主要围绕两大家族展开，一个是于家，以丁玲母亲余曼贞的娘家为原型，一个是江家，以余曼贞的婆家（蒋家）为原型，两家的代表人物是于三老爷和江文彬。

“于三老爷”在第一部中还是个开明绅士，积极参与反满维新，创办学社，出版报纸，开办女学，去上海既为谋生，也为寻求真理，作者也写了他“假洋鬼子”的另一面，虽然剪掉辫子，但家里预备一顶带假发辫的礼帽，以备官场之需；通过丫环的哭诉，暴露出老爷太太欺压穷人的本性。到第三部里，“于三老爷恶化，为财而牺牲女儿，侄女，兄弟失和，分居，冷视曼贞”等，就顺理成章了。

江文彬在《母亲》第一部中没有正面亮相，但通过他的太太杜淑贞邀请众姐妹去做客，引出江家的财大气粗：“在武陵算得数一数二的人家了。她铺子大还不算什么，田地可真不少，少算点一年也该有七八千租”。他的家里“是那耀眼的彩绘的雕梁，脚下是铺着美丽图案的花砖，厅中一式紫檀木的桌椅，那正中八尺高的紫檀木屏风，全是用翠玉珊瑚砌成人物花草风景”。[①]到了第三部，“江文彬家之荒淫（江文彬是地主兼商人、官僚）选议员。购买报馆，买小老婆”。他的下场并不好，先是被“勒捐军饷”而逃走，后因小老婆“欠洋行赌账达数十万，为账所逼，田不得卖，又出走”。丁玲的父亲去世后，蒋氏家族对她们孤儿寡母穷凶极恶横加勒索，丁玲对这些童年往事一直刻骨铭心。

“母亲”在第三部里的分量将大大突出。大革命失败后，她一向依靠的弟弟于三老爷也换了一副嘴脸，做出种种失德行为，“母亲不能活动，孤独无援”，“生活之感寂寞悲苦”，但是她“并不灰心”，“对革命心向往之”。在这一部里，如同丁玲给赵家璧信中所说，“这里也夹杂写自己，写另一个母亲”，[②]把小菡与母亲交替书写，先是“小菡出名，母亲心慰”，接着姑爷（胡也频）遇难，“小菡送子归来，小菡对母亲之欺骗”，“母亲怕听谣言，怕证实谣言。不敢想像谣言，母亲写信问，毁信，信上附笔问候了，又涂去，重写，母亲相信谣言，母亲假装不信”，“她用理性处理了这些疑

① 《丁玲全集》第1卷，河北人民出版社，2001年，第196页。

② 《丁玲文集》第10卷，第118页。

问，她镇静的生活着，含着希望。”再接下去，丁玲失踪，下落不明，“小菡恶耗，母亲安详处之，深夜无眠，不让人家知道自己感情”。她失去经济来源，变卖用具，“艰苦度日”。这些均源自真实的生活。

丁玲在这一部里还要写到人情的冷暖炎凉，正面的素材有“王会悟假电慰母”，“小学教员雨中访母”，反面的素材有“亲戚幸灾乐祸，”“沈从文过常不见，出书求名”。

二、杜淑贞与三小姐

在《母亲》第三部中，出现了一个重要的人物杜鉴秋：“杜鉴秋之矛盾、动摇”，“杜鉴秋消极求道”（残稿四）。笔者以为，杜鉴秋就是第一部中的杜淑贞。杜淑贞很可能是在第二部里改名“杜鉴秋”，这个名字可能源自鉴湖女侠秋瑾。丁玲的母亲十分仰慕秋瑾，丁玲 1980 年与北京语言学院留学生谈话时还说：我那时就想做秋瑾嘛！如果此说成立，就可以得知，杜淑贞与曼贞在第二部里建立了非同一般的亲密友谊，以及曼贞对杜的深刻影响。

在《母亲》里，杜淑贞是曼贞的远房妯娌，“本是一个大商的女儿，从小没有母亲，庶母们都不会管家，她常常要帮她父亲，所以练得很能干，算盘打得非常熟”，嫁到江家“还不到五年，已掌家两年了，这两年之中她家又买了百来石田”，丈夫“索性把家交给她一个人管理”，成为“江泰昌的老板娘”。她本来也上了女子师范学校，但觉得太苦，“在第二学期来了半个月之后便也退了学”，“虽说自己不能读书，却愿意有几个读书的朋友”，便邀请曼贞等去她家做客，热情款待，还提议结拜姐妹：“志同道合，大家一条心，将来有帮手，要做什么事也容易些。我现在虽说不能上学，可是心还不死，愿意同你们一块儿，人不中用，就在别的方面出点力也行的”。①

丁玲说过，“《母亲》是真人真事，但写成文学作品还需要提炼，要写出特点来，才能生动”。②这个杜淑贞（杜鉴秋）的模特儿，就是《丁母回忆录》中极力夸赞的“琳”，即母亲实际生活中的女友蒋毅仁。《丁母回忆录》里说她精明能干，会管理，尤胜会计工作；富有，夫家在本地以及省城、汉口等地有买卖生意；热心公益事业，协助曼贞成立妇女俭德会、开办女子工读学校；“琳之为人，对于我可算第一个知己”，“我和他可以说管鲍之

---

①《丁玲全集》第 1 卷，第 195—199 页。

②《答〈开卷〉记者问》，《丁玲全集》第 8 卷，第 11 页。

交”，“伊佩我言行一致，不自私，我觉他见解不错，做事非常热心”。[①]后来，她因无亲生子女，在家族中失去地位，搬出蒋家独自居住，丁玲的母亲也搬出三弟家，与蒋毅仁住在一起，在残稿一中，于毓明告诉那个乡下打扮的年轻女人说，五姑奶奶住在“黎家巷五号，江宅”，而非“于宅”了。

1929年春夏，丁玲曾邀母亲和蒋毅仁一同到上海、杭州等地游玩。再后来，蒋毅仁“自觉身体上有了病，生趣全无，就东奔西走出去访道，想研个究竟，常和些修道人来往”，[②]这与残稿四中提到的“杜鉴秋”之“矛盾、动摇”，“消极求道”相吻合。

《母亲》第一部中还写到杜淑贞有个两岁的养女，“是从育婴堂抱回来的，不过好看得很”，[③]由此知道她不能生育，到了“第三部”，养女已长大成“秀小姐”，经常帮助姨太太打牌。这让“江太太鉴秋女士”非常失望，她不忍想象“那位她花了很多心血抚养大的秀儿，她曾寄托过不能在自己身上实现的一些幻想的秀儿，却老老实实的坐在小桃身旁，帮助她打牌”。（残稿三）

在残稿一里面，出现过一个年轻女性，“穿一身老蓝布衣，头上扎了一个包头，手挽包袱，完全一个乡下女人打扮，然而她的眉宇还是那末清秀”。从这些文字看，这是一个丁玲喜欢的形象。她的包袱里藏着秘密，于毓明先是打官腔说要检查，继而又悄悄告诉她：“你怎么跑回来了？你家里还在乡下呢。最好还是走。这城里检查得很严。”这个神秘的女人是谁，几篇残稿都未做交代，笔者以为，她就是《田家冲》里的“三小姐”。

丁玲1932年6月11日给《大陆新闻》编者的信说：“开始想写这部书，是在去年从湖南又回到上海来的时候。虽说在家里只住了三天，却听了许多家乡亲戚间的动人故事，全是一些农村经济崩溃，地主、官绅阶级走向日暮途穷的一些骇人的奇闻。这里面也杂得有贫农抗租的斗争和其它的斗争消息。”[④]又说，《田家冲》是写《母亲》的试笔，“我先是取了其中的某一点，写成了那篇《田家冲》”。[⑤]《田家冲》里的“三小姐”是个富家小姐，革命青年，在农村宣传革命思想，理应是《母亲》中的人物。她上了敌人的黑名单，回到常德有危险，在残稿一里，于毓明告诉她：“你要是实在没有

---

①《丁母回忆录》，《丁玲全集》第1卷，第313、340、305页。

②同上，第352页。

③《丁玲全集》第1卷，第198页。

④《丁玲文集》第5卷，第387页。

⑤同上，第387页。

办法，我看还是找我们老五姑奶奶去。"姑娘马上问："于曼贞先生！她还在学校么？"说明她们之间的亲密关系。残稿四中提到"母亲援救三小姐"。这里会有曲折的故事。

三、丁玲这些手稿写于何时?

这个问题我思考了很久，至今也没有找到说明残稿确切写作时间的直接证据，只能做一些推测和猜想。我以为，残稿一和残稿四大约写于 1940 年，残稿二、三大约写于 1944 年，这两个时间段，都是丁玲在陕甘宁边区文协期间，那时她的工作和生活都比较稳定安闲。

1939 年 9 月，丁玲在马列学院学习期间致信胡风："现在我又请你替我设法找《母亲》《韦护》《丁玲杰作选》三本书，买书的钱可在我的稿费中扣除"。[①]同年 11 月丁玲调到陕甘宁文化协会，负责日常工作，1940 年 3 月 1 日致楼适夷信："我们住处在高山上，安静，防空好，窑洞是延安最漂亮的窑洞，因为是艺术人自己设计的，有榻可供睡眠，有沙发可以靠，有火炉可以取暖，窗子里透入不强烈的光线，可以供思考。……所以我是太满意我的生活了。而且我稍稍可睡得晚一点，深夜的灯下，实在有无穷的滋味，我正计划着偷出这些时间来阅读文艺巨著……"[②]她当然也可以用偷出的时间，"在深夜的灯下"静静思考续写《母亲》，1932 年，正是主编《大陆新闻》的楼适夷约她写《母亲》。

1944 年 4 月，丁玲离开中央党校，调至延安南门外的陕甘宁边区文协专职写作。6 月初，中外记者参观团成员、重庆《新民报》主笔赵超构采访丁玲时问道："那么像你过去所写的作品，难道都没有再存在的价值？"丁玲踌躇了一会说："那些作品，我自己都不愿意再看了，观点不正确！"紧接着，她又非常肯定地说："但那些材料是可以利用的。我打算将我从前所作关于我母亲的那本小说，用新的观点重写一本长篇小说"。[③]

丁玲如此有"底气"的回答赵超构，说明她对续写《母亲》已胸有成竹，至少是稿子已经有所储备了。

（王增如：中国作家协会会员）

①《丁玲文集》第 10 卷，第 20 页。

②同上，第 23 页。

③赵超构：《延安一月》，上海书店出版社 1992 年版，第 138 页。

《母亲》第三部残稿手稿之一

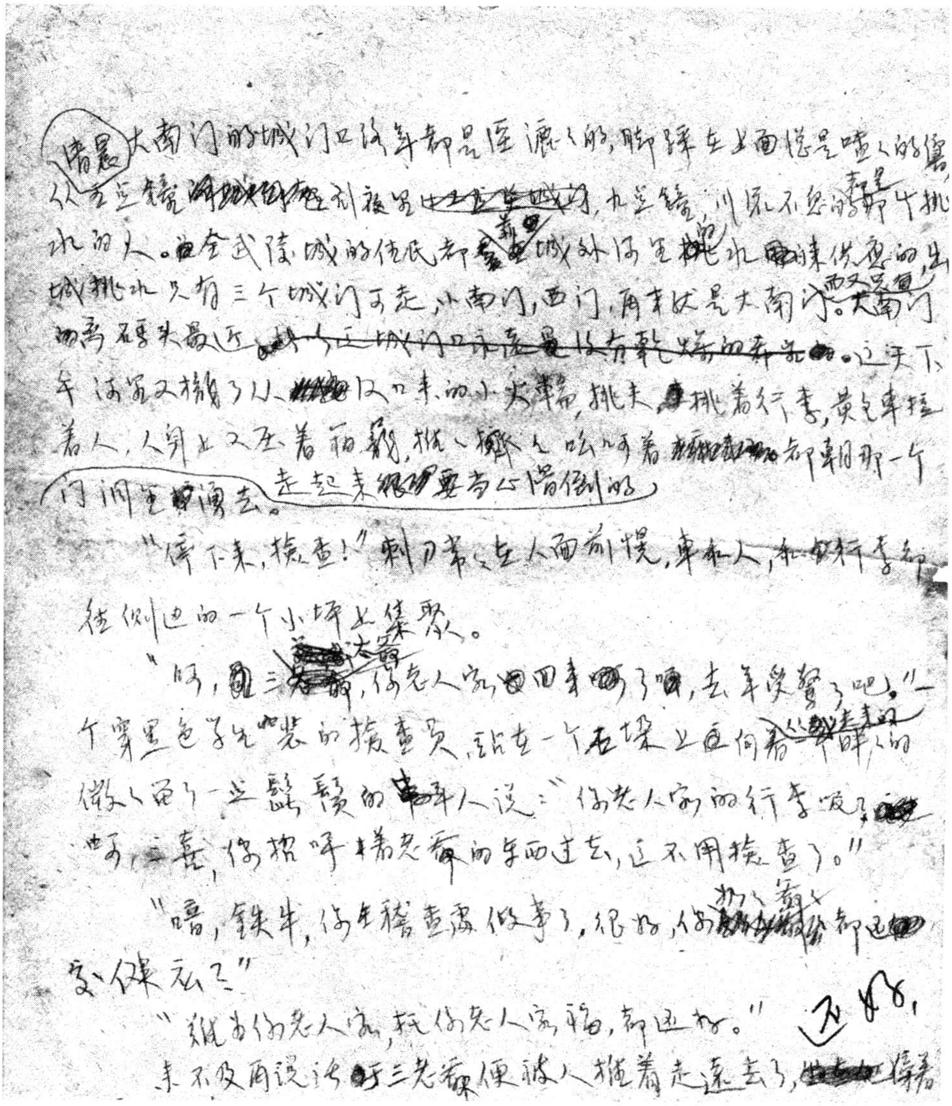
清晨大南门的城门口经年都是湿漉漉的，脚踩在上面总是嗑人的，从五点钟到夜里九点钟，川流不息的都是挑水的人。全武陵城的住民都靠着城外河里挑水来供应的，出城挑水只有三个城门可走，小南门，西门，再来就是大南门。而大南门又是离码头最近。这天下午这里又挤了人，从乡下来的小轿，挑夫，挑着行李，黄包车拉着人，人身上又压着箱笼，挤挤攘攘吆喝着，都朝那一个门洞里涌去。走起来要当心滑倒的。

"停下来，检查！"刺刀常常在人面前晃，车和人，和行李都往侧边的一个小坪上集聚。

"呵，三太爷，你老人家回来了吗，去年发财了吧。"一个穿黑色学生装的检查员，站在一个石墩上向着一个胖胖的微微留了一点髭须的老年人说："你老人家的行李呀，三喜，你招呼着老爷的东西过去，这不用检查了。"

"嘻，铁牛，你在替查家做事了，很好，你爹爹都还安健么？"

"托你老人家，托你老人家福，都还好。" 还好，

来不及再说话，三老爷便被人推着走远去了，停着

《母亲》第三部残稿手稿之二

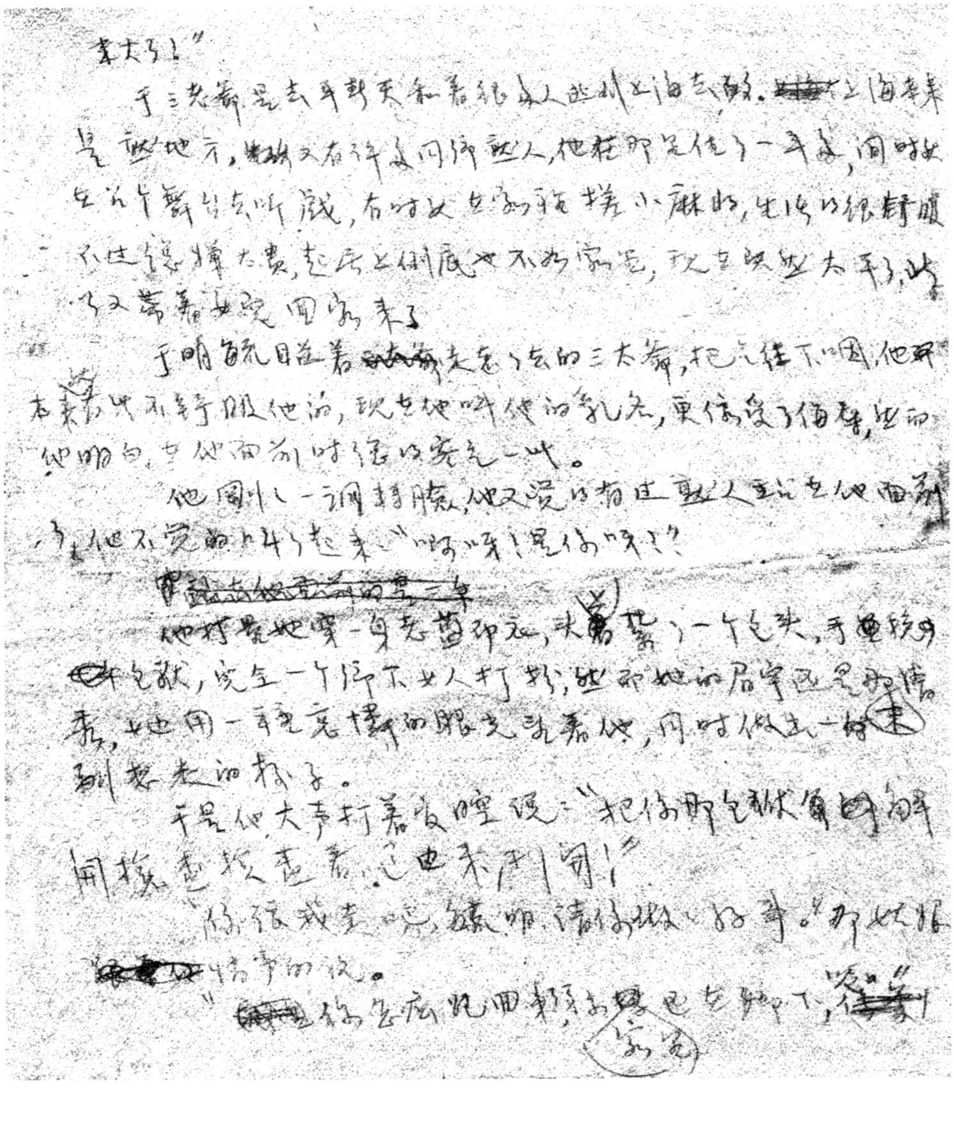

《母亲》第三部残稿手稿之三

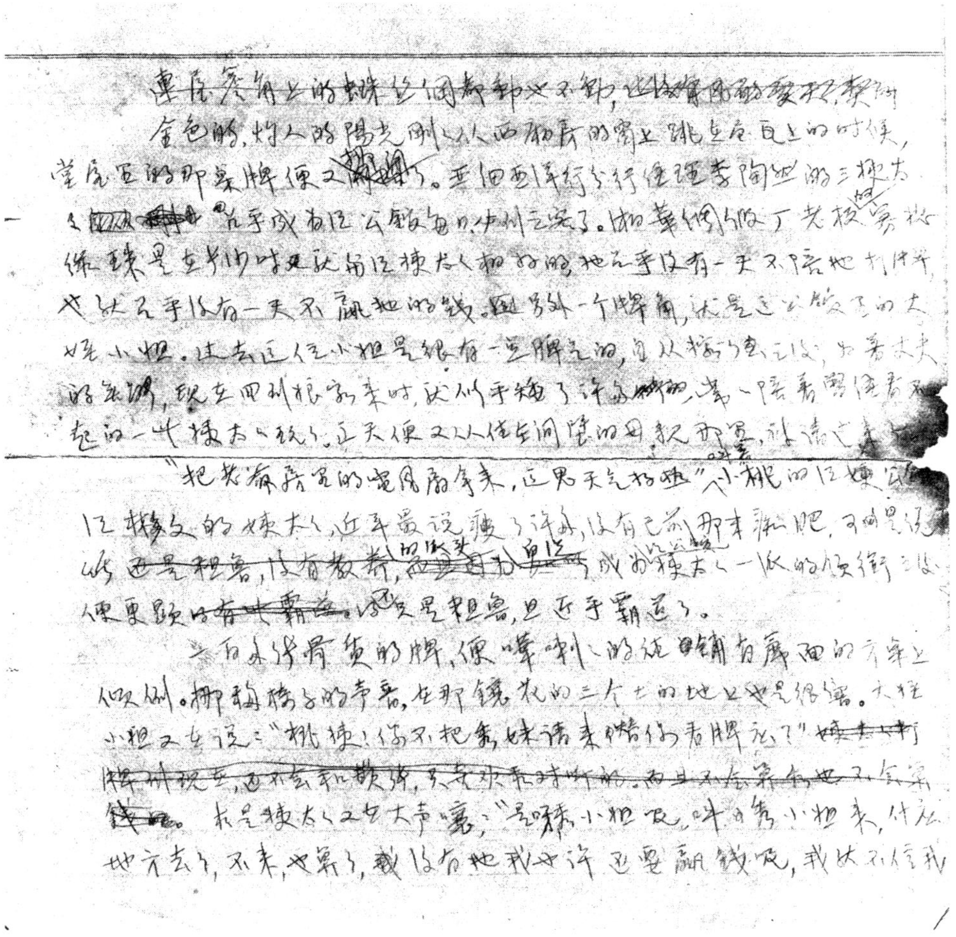

《母亲》第三部残稿手稿之四

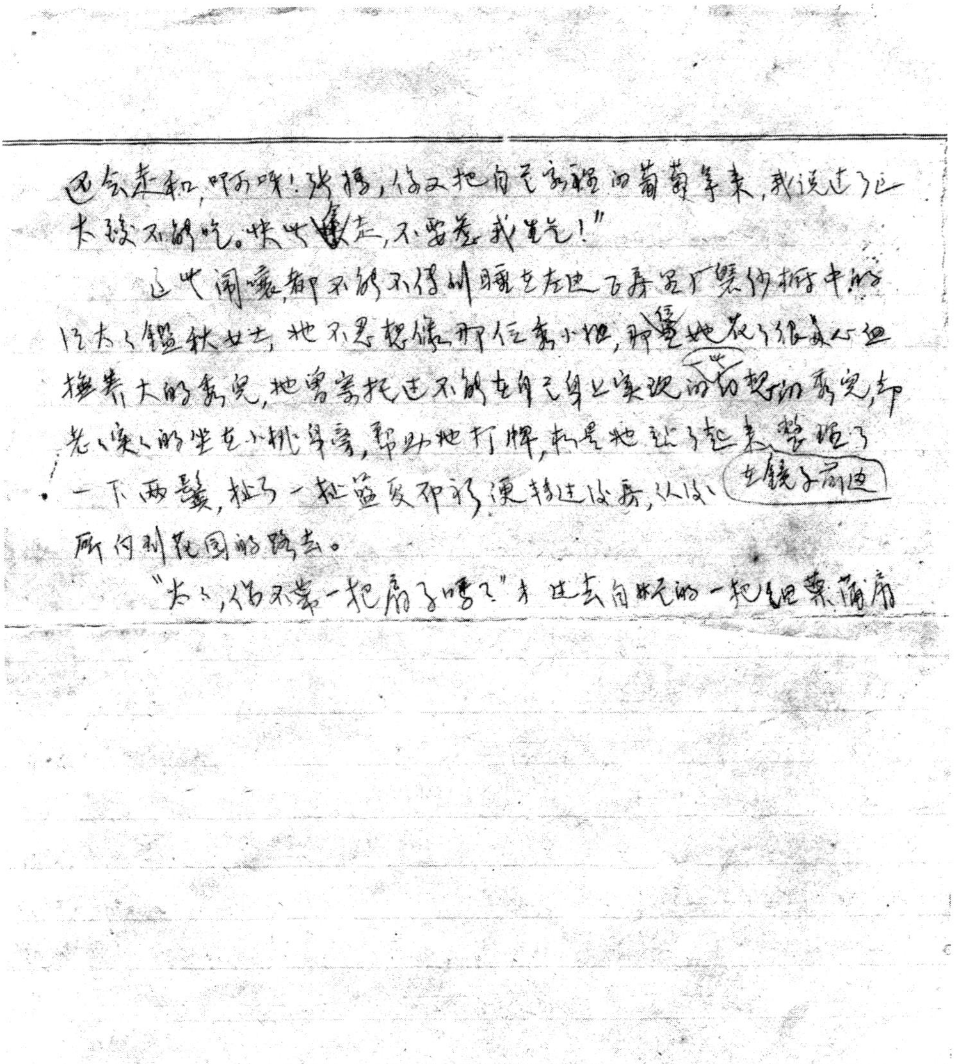

还会走动，啊呀呀！张妈，你又把自己家里的葡萄拿来，我说过了这太酸不好吃。快些拿走，不要惹我生气！"

这些闲话，都不能不使得睡在左边[illegible]罗汉榻中的江太太想起秋女士，她不愿想念那位秦小姐，那是她花了很多心血培养大的秦儿，她曾寄托过不能在自己身上实现的那些幻想的秦儿，却老老实实的坐在小桃凳旁，帮助她打扮，于是她站了起来，在镜子前边整理了一下两鬓，拉了一拉蓝夏布衫便转过后房，从后所门到花园的路去。

"太太，你不带一把扇子吗？"[illegible]送去自然的一把细叶蒲扇

《母亲》第三部残稿手稿之五

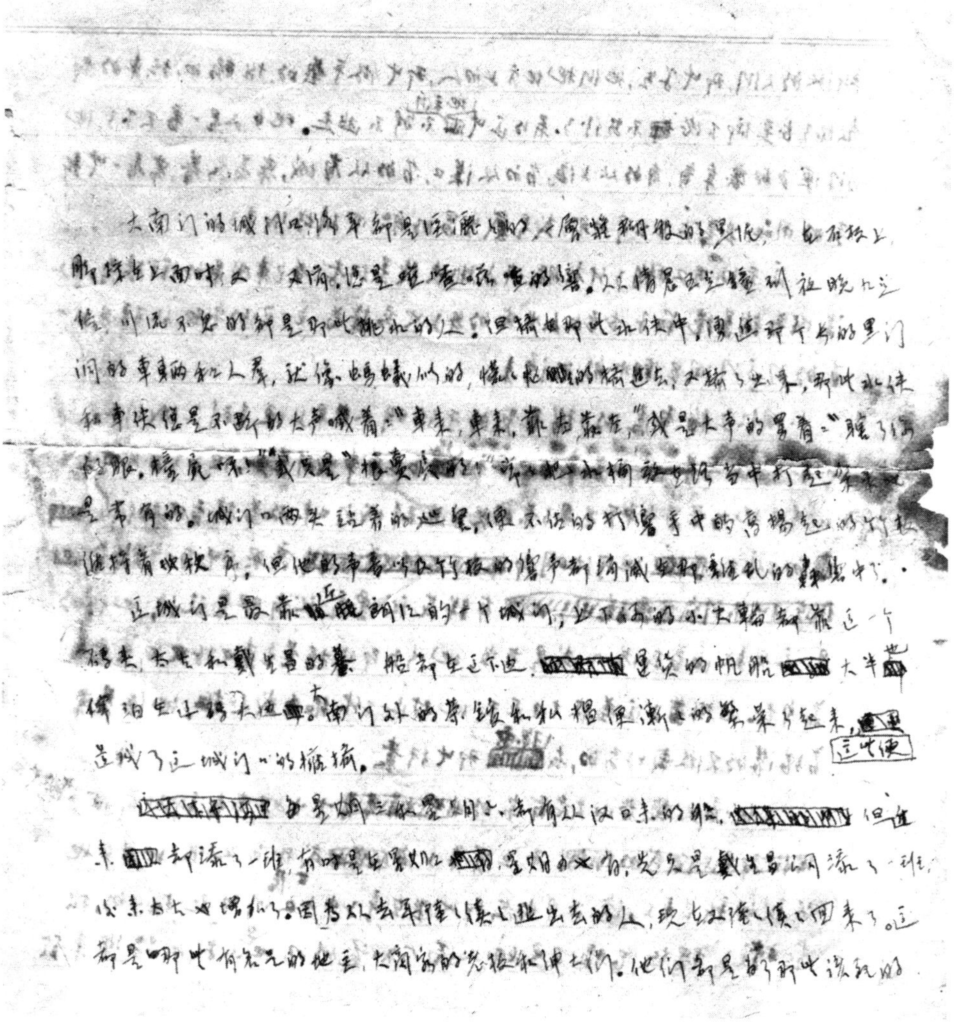
[illegible]

大南门的城门口[illegible]，[illegible]。但[illegible]的车辆和人群，就像蚂蚁似的，慢慢地挤进去，又挤了出来，那些水夫和车夫们总是不断的大声喊着："车来，车来，靠左靠左"，"我是大车的[illegible]"[illegible]

这城门是最靠近湘江的一个城门，[illegible]的小火轮都靠这一个码头，[illegible]船都在这下边。[illegible]运货的帆船[illegible]大半停泊在这码头上。大南门外的茶馆和饭馆便渐渐的繁荣了起来，这些便造成了这城门口的拥挤。

[illegible]都有从汉口来的船。[illegible]但这几年来[illegible]却添了一班，[illegible]光是戴着草帽的[illegible]添了一班，[illegible]因为从去年陆陆续续逃出去的人，现在又陆陆续续回来了。这都是那些有名气的地主，大商家的老板和绅士们。他们都是[illegible]

《母亲》残稿第一张图

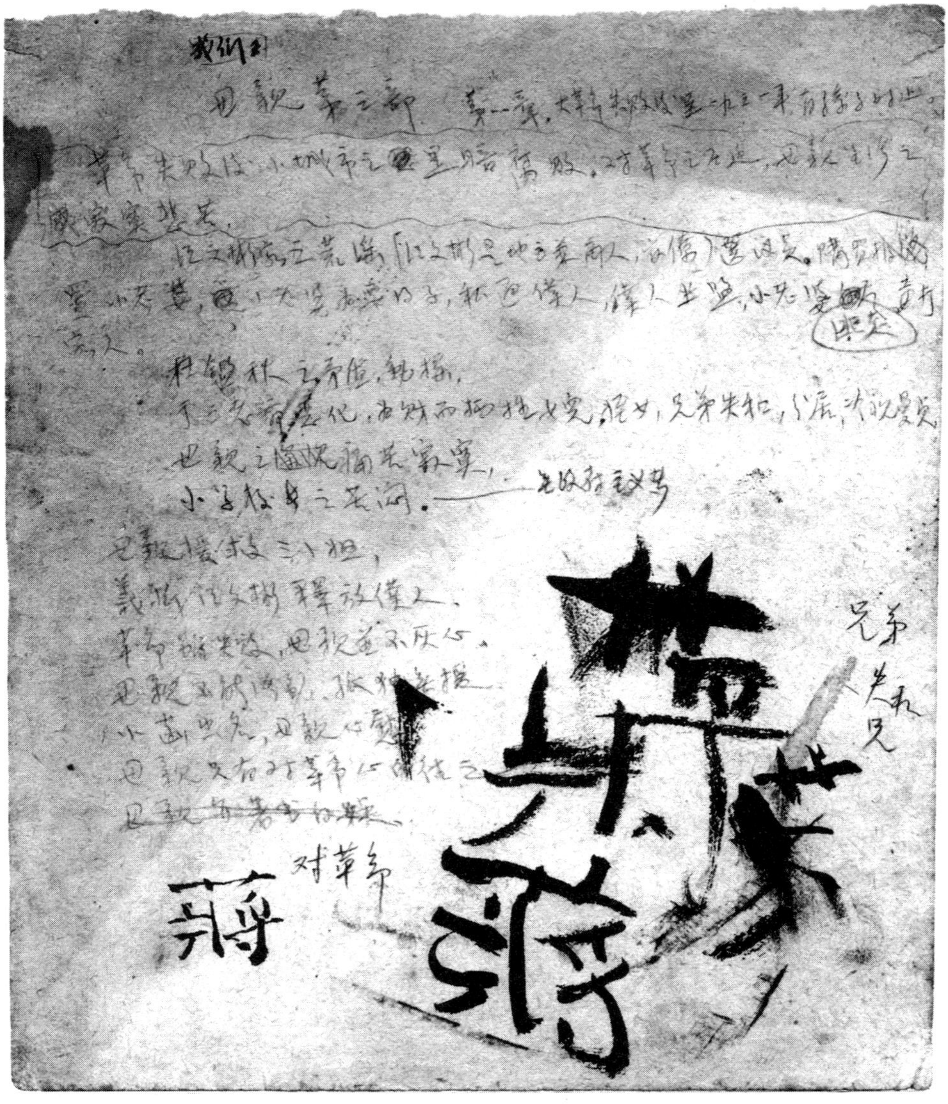

《母亲》残稿第二张图

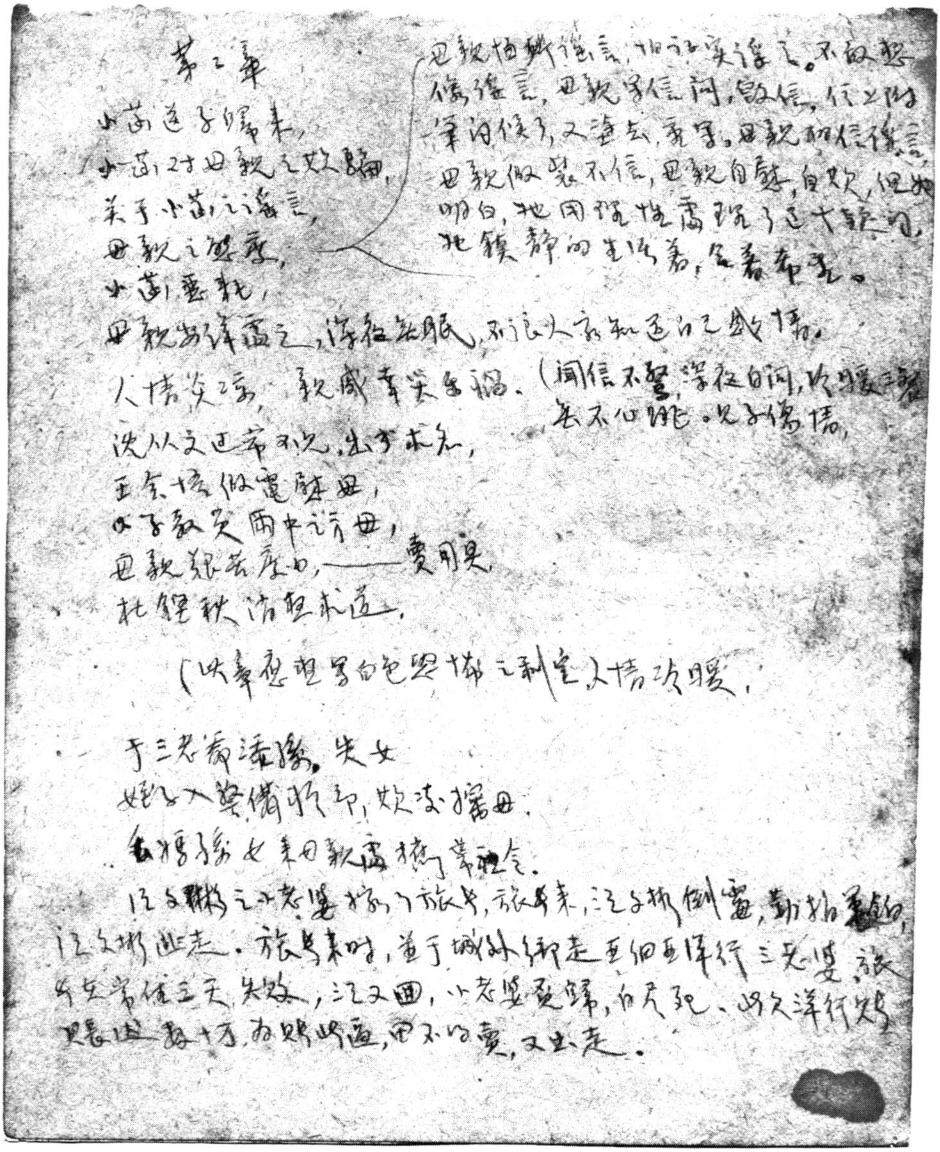

读《丁母回忆录》之其二：走向自立的坎坷历程

田畑佐和子

前　言

对于可称之为丁玲母亲曼贞自传的《丁母回忆录》（以下简称《回忆》），我已在"第十二次丁玲学术讨论会文集"上发表过相关文。本次提交的是其续篇，或可说是一种"补遗"，我想沿着曼贞的自述，探索与追溯她成为女教师之前的"前半生的经历"。

在《回忆》中，按照时间的顺序回顾记录了曼贞出生之后，每一年所发生的与她相关之事。文章的记述特点为以直率的表达方式，描写她自身的经历与感受。因此，可从中较深入地了解到她的才智、感情上的成长与变化。不过，这也导致有时会缺少一些客观性的信息。尽管如此，她亲笔写下的这部详细的《年谱》，是一部非常可贵的"清末出生的女子之自述"记录。是以，我想根据此记录，了解从曼贞出生至儿童时代、结婚到丈夫去世的这一段"女人的半生"，追溯她从事在当时属走在时代最前列的职业——女教师之前的历程。

实际上，我自己以往是以学习"现代中国"为主，对"传统的中国"了解得并不多，在大学开始学习汉语不久后，使我非常感兴趣的作品，正是可称为"中国现代女性"典型的丁玲之作品。自那时起，迄今已过了半个世纪，当我遇到了丁玲的母亲曼贞的《回忆》，其内容竟是如此强烈地吸引着我。我想这一定与我对"中国女性史"很感兴趣有关。曼贞的这部真实的个人长篇年谱，通过女性亲笔，详细地记录了生活在丁玲上一代——即更为严重重男轻女的时代（等于传统的中国）的女性的心理与行动。在阅读的过程，对于生活在今天的我们难以理解的“传统社会”的女性，在当时所面临的问题与困难，我尽可能地尝试深入认识与想象，并努力地理解她们的经历、感情，但我力有未逮，做得还不够充分。

以下，我尝试将曼贞的前半生分为以下几个阶段，并略作分析讨论。

一、自诞生至儿童时代：虚岁 1 岁至10岁

曼贞在回忆录中对自己的出生简单地写道：

七月秋，产曼于古州官署。（229 页）[①]

在此，我对此句稍作补充。丁玲的母亲，原名“曼贞”，简称“曼”，1878 年生于贵州古州，曼的父母的家＝余家原来则在湖南常德。古州为当时任太守的父亲赴任的官署所在地。母亲也暂时一起住在那里。同一时期，属湖南大地主的同乡蒋氏一族的一对夫妇，也来此地赴任。蒋余两对夫妇在某天酒席上的一番谈话，决定了曼贞未来的命运。

春，太夫人饮于同乡蒋家，酒后戏言，竟将幼女许给伊三公子。太守公不以为然，说：吾家乃清寒氏族，攀此富贵家子，悉他日若何？恐误我爱女。母说即〔既〕已许诺，不便番〔翻〕悔。（229 页）

曼贞是早产儿，因母奶不够故体弱多病。后经母亲精心照看，衰弱的体质渐有起色，日益成长茁壮。到了虚岁 6 岁时，曼跟随着哥哥、侄子们的老师，开始读书识字。这时，并没有人强迫她学习。

（前略）接一教书先生来教兄侄等，曼亦入学发蒙。然因身体苒〔荏〕弱，母师均听其自便，不加管束。（230 页）

到了虚岁 8 岁，曼的弟弟开始读书时，来教他的先生非常严厉，既打人又偏袒某一学生，曼因此非常讨厌跟这个老师学习。但幸好曼没有因而放弃识字的学习机会。

---

①《丁母回忆录》，见《丁玲全集》第 1 卷，河北人民出版社，2001 年版，以下引文，均出自此版本。

小弟弟亦上了学，……那个先生姓胡，我们背下都喊他做老虎。他真恶得很，看见他打一个小学生，最多不过七岁，拿起毛竹板，照头乱打，血都打出来。（231 页）

由于有了跟哥哥、弟弟一起读书识字的机会，日后曼才得以顺利地考上了女子师范学校。这说明了她有一个很好的家庭环境，且自身也喜欢学习，天资又聪明。曼的四个姐姐也都各自有多种兴趣爱好，极具教养。特别是三姐擅长写诗，当然也识字。曼的父亲是地主兼官吏，因此，她不仅是在一个比较富裕的家庭长大，同时父母对女儿的态度也十分“开明”。据说那时的富裕家庭一般常有“妾”同居（书中也曾写道，曼的亲戚家因有妾室同居，这给家庭和睦带来了影响），但曼的家庭则完全不同，父母相处和睦，并把爱全部倾注在孩子身上。

我在读到曼幼年的生活时，抱有一个疑问。我原先模糊地记得，过去中国的女孩子从小都被迫缠足。但在《回忆》中，根本没有提到曼是在何时开始缠足，缠足时的情形（缠足时一定疼痛难忍），只在记述曼开始识字的 8 岁那一年所发生之事时，文中突然出现了“缠足”二字，且是在极为自豪地提及自己的四个姐姐是如何才貌双全之后，突然出现了“……至我则身弱，加之受了天刑缠足，惟有避强亲弱……”（231 页）这样一句话。根据上述引文，看起来好像只有曼被迫缠足，但实际上可能并非如此。将缠足称作“天刑”，这是否是曼发自内心的呼喊？除了在此处稍提及缠足之外，在叙述少女时代发现女子没有自由，对女子不平等而感到烦恼时，也没有提及缠足之事。对缠足所导致的痛苦情形有所涉及，是在曼考入师范学校后，为了上体育课而忍受极大的痛苦，解开裹脚布这一章节里。

二、举家迁到云南，以后回到常德：虚岁10岁至13岁

在曼诞生时，其父正携妻室在贵州官署上任，后又只身赴云南大理赴任，母亲则回到湖南常德，与曼及其他的孩子们一同生活。

在曼 10 岁那年，由于家中遭逢变故，曼全家决定迁往父亲就职的云南官署，因此，全家踏上了遥远的旅途。当时曼的兄弟姐妹共有四人，除已结婚，住在别处的人之外，男孩子有二哥和弟弟，女孩子为三姐和曼。同行的还有那位严厉的家庭教师。当然，母亲还带着女佣人，男仆人。可说是一大家族一起移动。由于在云南得翻山越岭，过程是相当艰苦，大人们肯定为此操尽

了心，但对于曼和其他的孩子们来说，却是一次非常愉快的冒险旅程，途中，他们看到了美丽壮观的云南大自然和珍奇的异乡风俗，看到了从未见过的花草小鸟，可说是大饱眼福。曼生动地记述了在云南所度过的三年生活，从字里行间，我们可体会到曼在她的一生中始终所具有的丰富纯真的感性。然而在此，我们却没有悠闲地阅读此一旅行记，从而感受其中乐趣的余裕，因为此后，受到曼父亲的同事所做的违法行为之牵连，曼的父亲被迫辞职，全家在云南的生活就此告终，仅仅三年。在曼13岁那年的2月，全家又踏上了返乡的长途旅程，于夏天安抵湖南。但从此时起，曼总觉得郁郁不快，对自己的人生感到不安，不满的阴云开始笼罩于她的心胸。

（前略）若与三姐讲白话，发无限的感慨与议论，总感觉人生极其苦恼，抱一种厌世主义，心里说不出的烦闷，就是婚姻不应早订。（239页）

虚岁11岁时，曼还身处云南，本应在大自然中欢蹦乱跳，但她那小小的心灵，却已预感到女人的一生要面对很多苦恼。这时的曼已经能够独自阅读诗歌、故事，还从姐姐那里学到了有关诗歌的知识，可能因而增长了学识，从中展开了幻想的世界。据说曼特别喜欢与她一同前去云南的三姐，经常与跟她一起聊天儿，受到她很大的影响。当时，正逢三姐的终身大事刚被定下后不久，家中却与对方家里因婚期而发生了冲突。那时，三姐夫正值科举考试应试途中，还未回家，婆婆就催三姐赶快嫁过去。三姐本人、曼以及父母并不希望三姐这么快出嫁。从姐姐那里听到这些纠纷后，曼对似乎是命中注定要来束缚自己的那桩已订下的婚事，开始感到惶惶不安，于是便吐露出了抱怨母亲的话语："就是婚姻不应早订"。

三、与兄弟不平等，苦恼

曼的父亲辞掉云南的官职，返回家乡后，在常德为自己和家人盖了新房。其后，正是这座宅邸将曼与兄弟们前行的道路，区分得一清二楚。

（前略）花园中厅，父作养静之所。东西两小房，为二兄与弟读书之室，等闲不得出来嬉戏。他人亦不许入。父则课子、种花，母则率仆婢纺织，予则日习女红，深藏闺中，不敢越雷池一步。（243页）

用于父亲本人消闲的房间，自是另当别论。为兄弟们也很好地安排了各自的"书房"，不许他人入内，这就是准备参加科举的男孩子们的特权。而女孩子曼则“深藏闺中”，整天学刺绣等女红，不知“不敢越雷池一步”这句话的具体指涉为何，但不管怎么说，不许女子踏入的男子的世界这一传统思维像是一道高墙，突然挡在了曼的眼前，似乎在对曼说，“不许你入内！”严格地对曼加以限制。当时，已经虚岁 14 岁的曼有了自己的想法，感情也更加丰富更加复杂。她一定开始对整日沉湎于“女红”感到万分不满了吧！不过，紧接着曼也写道，她有时读小说、练书法，在父兄面前与弟弟下象棋不分胜负等，以此与全家人度过了与欢聚的快乐时光。虽然曼与兄弟们依然被加以区别对待，但另一方面，全家人也都十分疼爱曼。

曼 15 岁那年，父亲与哥哥、弟弟去邻县教书。曼则继续过着“深藏闺中的苦闷生活”。

（前略）一人藏于暗黑之室，如置身孤岛，不禁悲从中来，自己亦莫名其所以然。（243—244 页）

（前略）有时情绪激愤，则假酒泄闷，有时发极奇之议论，……又常恨自己身体太懦弱没用。……想自己整整是个废人。每念及此，恨不将此身化灰化烟，则拼命吃酒，……

有两回几乎醉死，母甚忧恐至病，不许吃酒。（244 页）

这一部分表现出了曼在青春期自我觉醒的同时，所产生出的自我嫌恶、卑下、虚无的感情。这不禁让人联想到丁玲初期的小说《莎菲女士的日记》，令人很感兴趣。不过，与莎菲女士不同的是，曼贞在现实生活中，蒙受了明显的重男轻女、女子受到束缚的苦痛。

曼在她 16 岁时的回忆中，具体地描写了自己在面对四周真正的围墙时，所产生出的烦闷与愤怒的心情：

（前略）兄与弟赴小考。五更时，家人起来弄饭与他们吃，……予因无人，始送伊等至大门外。唉，此时才放胆四面张望，认识街市和自己所居之门户。可怜，可怜，我与兄弟均是一样的，为什么我就无用到于此地？心里不禁又非常之烦闷。（244—245 页）

紧接着在第二年，却又发生了这样的事情：

（前略）弟考试前列，宾客满堂，父母非常欢喜，吾心里极其羡慕，转

又自恨身为女子，不能达吾之志。唉，是此生而何欢？愤愤，从此抱厌世主义，故意遭蹋〔糟蹋〕身体，常常气痛。（245 页）

在此，曼贞明确地写道“自恨身为女子，不能达吾之志”，即意指由于自己身为女性，进而开始产生了厌世情绪。见自己周围的年轻的男孩子们，都以参加科举考试作为人生的目标，从而拼命读书，女子却被拒之门外。对此，她哀叹女孩子应以什么作为目标？哀叹周围关心的只是她“出嫁”之事。

四、出嫁

到了曼虚岁 19 岁时，文中提及由于她过分忙于刺绣，以至于手腕疼痛，这大概是在为即将出嫁所作的准备吧！紧接着第二年，曼出嫁的时刻终于到来。

（前略）我因如〔于〕归期近，悲苦不敢形之于色，尤〔犹〕日侍左右，强笑承欢，惟俟夜静，暗泣於枕上，饮食减少，面容憔悴，又咳嗽不止……（246 页）

原本是迎来大喜之日的“新娘”曼贞，正如同日本古童谣里所唱的歌词一般，“扎着金缕绸缎的腰带，新娘你为何在哭泣？”，泪水湿透了其衣襟。

至 11 月，两家为操办婚事忙得不可开交：

（前略）两家铺张热闹，尽一时之盛。他家本是大族，最讲奢侈，不意吾父母因爱女故，亦效此风。然吾心殊深怅闷，无法可阻，惟有仅〔谨〕守礼法，学金人三缄其口，做个木偶，听人如何则如何。凡所应用的尽有，世俗之礼节亦无不完备，然而我之心目中任如何天花乱坠，一慨〔概〕不理，只觉得前途茫茫，好像有若干千奇百怪之恶魔来吞噬，又还要离掉最贤明痛〔疼〕爱我的父母，弃去廿年曾享受无风浪闺中之清福，……（246—247 页）

此时，曼最伤心的是不得不与父母离别：

（前略）至辞祖之日，跪父母前听训，一痛竟晕绝于地，不能成礼，至今书此，尤〔犹〕有余痛。三朝即归拜父母，如同隔世。到夜深，尤〔犹〕依依于膝下，催逼数次才乘轿去。（247 页）

曼所嫁的人家十分冷清，她在出嫁前对婆家的情况所知多少，文中只字未提，故不得而知。总之，她的丈夫是个“可怜虫”，虽属蒋氏大家族之成员（丈夫名叫蒋保黔）是家里的小儿子（三男），在三岁丧父、14 岁丧母之后，与两个哥哥分居，后与一个未婚的妹妹同住。正如曼在《回忆》中所写道，“所以我得自由归宁”，曼婚后充分利用了“自由归宁”的特权，常乘轿子回娘家（可自由回娘家的年轻媳妇，估计在当时是很少见的吧），且一回娘家，便长期逗留，受到母亲的照顾。此事在文中反复被提起。

曼新婚后不久的同年年末，巨大的悲伤向曼席卷而来。本来十分精神的父亲突然去世，于是，曼赶回了娘家。正当全家人因失去父亲而悲痛欲绝之际，曼又被迫坐上丈夫派来接她的轿子，沿路哭回婆家。途中，曼在轿子里脱下丧服、换上新娘礼服时，心中怒火中烧，但又不能表露于外。一回到婆家，只见宾客满堂，热闹非凡，众人前来祝贺新婚之喜，作为媳妇的曼则必须尽“新娘之礼”，于是，又由小姑子领着向大家族的长老们一一行礼道谢，如此，竟就花了三天时间。据此，她觉得这一切都是“过繁而虚伪，加之规模大而奢侈”，“吾恐为人所笑，处处留心”。就这样，曼度过了极为痛苦难熬的日子。

过了年（曼 21 岁），正月新娘之礼结束后，为了父亲的法事，曼又急急忙忙地赶回娘家，直至 4 月，才再度返回婆家。曼在婆家的日子是：

（前略）予名则主妇，实一无寥〔聊〕之闲客耳。予诸事不问，来了则虚与酬应。我自有赠嫁之仆婢侍左右，暇则居室中手持一书，度不死不生之朝昏。（248—249 页）

婚后，曼渐渐地得知丈夫实际上体弱多病，是年 6 月，他患上了疟疾，并传染给了曼。当时，曼的母亲前来照看，直到曼痊愈。这真可说是洋溢了深深的母爱。

第二年（曼 22 岁），曼的丈夫说，“等把房屋修缮好就来接你”，曼相信了丈夫所言，自春天至夏天，都在娘家悠闲度日。曼的母亲见曼住得太久，便有些担心，催曼赶快回去。待曼回到家一看，才发现丈夫整天不是买马，就是泡在戏院，放荡不羁，花钱如流水。对于曼相隔许久的回归，丈夫也毫无喜悦之情。到了 10 月，庆贺三叔祖母七十大寿，蒋家一族又要全部出席祝寿喜筵。祝寿之日将近，老太太宽敞的宅院里聚集了众多宾客。如同《红楼梦》里的大观园一般，女人们个个打扮得花枝招展，院内还搭了戏台，连日上演戏剧。远道而来的客人要留下住宿，予以款待。祝寿大宴包括佣人在内，上上下下总共来了四五千人，热闹了足足一个月之后，才宣告结束。紧接着便又到了年底，得做过年的准备。15 日要备过年的赠礼，23 日开始起灶，放爆竹。自年末至元宵节，曼里里外外忙得不可开交。婆家是一个娘家无法相比的大富豪，蒋氏家族豪华的庆宴、过年的习俗，这一切虚礼都使得曼累得精疲力尽。这让曼变得无精打采，日渐消瘦。

（前略）恨自己为什么这样没用，胆小似鼠，从未大声说过话，放肆笑过，一人莫说在外面去，就是厅堂前也未去。人呢，日渐黄瘦，每早晨梳洗，对镜自悲，眼泪一颗一颗的滴湿衣襟，心里总是酸溜溜的，肚子不时也痛。（252 页）

曼的丈夫发现了曼无精打采，便请来医生，但吃了药也全然不见效。可一回到娘家，曼立刻心情舒展，“心神安泰”了。

（前略）直到三月始回母家，气为之舒展，心神安泰，起坐不局〔拘〕束，言语自由。

哎，这下可又恢复我的天真了。（252 页）

曼在娘家与家人快乐度日，返回婆家后便唉声叹气：

（前略）唉，不幸的我五月尾上又下了乡，进了无形的监狱。（253 页）

但此时，曼在婆家的生活亦日渐安稳。婚后，丈夫经常外出。曼则开始独自一人读书习字、散步，并趁此机会第一次仔细地思考了自结婚以来与丈夫的生活。凭借曼天生的聪颖、认真、直率的性格，她彻底地做了一番思考，她感到就此继续下去，总也不能与丈夫共同和睦地生活，于是她下定决心要与丈夫开诚布公地交谈，并主动地去做自己能为丈夫所做之事。曼如此向丈夫坦率地说出了自己的看法：

（前略）于是开诚布公，苦口劝他，你纵有任何嗜好，不必相欺，我均能谅解，请归内室，自领任责负劳。……喜伊听劝，吾将书房整理，百凡我自照护，伊亦终日不出矣。时看书写字，伊之天质素好，记忆力又强，温理月余后，即赴州城考试。我虽孤寂，然有种期望，心中似觉较前安慰些，……（253 页）

丈夫听从了她的劝告，开始用功读书，赴州城赶考。曼贞心怀一线希望，觉得只要丈夫认真努力就好。可当曼刚安下心来没多久，某天夜里，染上了重病的丈夫却被人抬回家来。之后数日，丈夫都在生死之间徘徊，一时生命垂危，全家人陷入绝望。蒋氏家族的许多人前来探望，涌至病床的邻室。最终，丈夫总算活了过来，至10月底痊愈。

（前略）那时的金不〔币〕花了数千，算暂时救了这个人。我呢，头发也白了不少，心情勇气灰完了，只能度这不生不死之岁月。唉，不幸的环境，日现重重的铁围城，是打不开。我是个牺牲者，跌倒了是扒〔爬〕不起来的。（255页）

五、女儿诞生

1901年（虚岁24岁）正月，曼发现自己有了身孕。

（前略）唉，没法，柔弱的我只有忍受那时的观念，女子是没用，惟有靠丈夫，或者将平生之志愿付与后人，象古之贤母流传于后世。于是这类痴念一起，诸事留心，起居慎重，胸襟和平，不乱思想，遵守古女圣之胎教，人却养得非常之好。（255页）

这里，曼所指的“当时的观念”，即“女子无用，唯有靠丈夫”，这正是“男尊女卑”的观念，只有将自己的志向，托付于丈夫或下一代，这意味着曼将所有希望寄托于“即将出生的男孩子”身上。曼因自己身为女子而“无用”，各种可能性均被抹杀，又知道“唯有靠丈夫”的极其悲痛、愤懑的心情，因此寄望腹中胎儿为男孩子。当然，此时的曼贞心里尚不知腹中胎儿的性别。但若生下一个结结实实的男孩子，做一个好母亲将其带大，则可能彻底改变自己的人生，曼想紧紧地抓住这唯一的希望，除此之外，别无他路。因此，她对腹中的胎儿倍加小心，注意保养自己。母亲也过来照顾她，至10月中旬临产。曼生产时，由于难产，令其母十分担心，且生下来的是个女孩子。

（前略）殊知生下来是个女孩，这一下直把我掉在冷水盆，不由我伤心到极点，竟嘤嘤的哭泣。妈妈赶急来百班〔般〕抚慰。唉！我的隐衷，那个知道。只是免〔勉〕承母意，将这隐痛放在一边，又忍耐来磨蹉。（256页）

书中写道，当曼得知自己生下女婴后，心灰意冷，一直伤心哭泣。如今，当我读到此处时，不禁感到作为一个母亲，在平安生下第一胎后，却持这种态度，这是否过于冷酷？而且，这不也可说是这对女孩的极端“歧视”。当然，我也知道当时只有男孩子才是后继之人，女孩怎样都无法继承家业，这在当时是人人皆知的传统观念。既然如此，那么曼所言的“我的隐衷，那个知道”中的“隐衷”所指为何？恐怕，这与丈夫前不久罹患大病有关，曼可能是在担心丈夫若有个三长两短，自己将无法再次怀孕，生下继承人。在前一年，曼的丈夫差点病殁时，她已这样写道：

（前略）他们不知我自己早打了主义〔意〕，这次我可能够弃掉这没用的躯壳了。（255 页）

这意味着此时的曼的心中，又重新浮现出抛弃“没用的躯壳”这一念头了吧。

过了一个月后，曼产下女孩时的那种绝望心情，已然消失，开始对孩子倾注了无限的母爱。当时，蒋家的小姑子即将出嫁，全家上下忙忙碌碌、大张旗鼓地筹备婚事，大姑子也返回娘家暂住，指挥众人。每天，有大批担任刺绣、做鞋、制作家具的工匠们，进进出出。为此，曼无法在自己的房间里好好喂奶，为了小姑子的婚事忙里忙外，从早站到晚，片刻不得闲。此时，曼特别提到缠足所带来的苦痛：

（前略）睡时两足以踵〔已肿〕，痛入心脾，又似火烧，眼水不禁一颗颗滴在枕上，怀抱女婴叹气，伊将来大了，我决不使她像我这样苦。（256 页）

1902 年（虚岁 25 岁）3 月，曼终于有了回娘家的机会，可在 4 月又因丈夫患病被叫了回去。曼照看丈夫使其康复，并让他专心学习前去赶考。曼自身写道，“对前途充满希望”。大女儿亦十分可爱聪明，并平安地度过了炎热的夏季。至 10 月，丈夫方回家中，此时身体已完全恢复健康（还写道“嗜好已除”，这可能是指戒掉了抽鸦片），并说第二年春天要与曼的弟弟一同赴（日本）留学。闻此，曼大表赞成，然而蒋家一族却坚决反对。

隔年，曼又有了身孕。2 月，丈夫与弟弟前去日本留学。为此，曼回娘家时，将家中的状况告知母亲：

（前略）略告母亲，家族如何之情形，现在经济之状况。他老人家听了很急，代我筹划，不用男仆，回去清理，将伙食停止，随身应用的带来，你就在此解怀，亦便于照应。（257 页）

曼听从了母亲的劝告，并写道，“唉，人活一百岁，都要有母亲。”（258 页）。十分感激母亲的相助。这一年夏天，大女儿染上了传染性痢疾，久治不愈，加之天气炎热，孩子整夜不眠，令曼束手无策：

（前略）天气特热，小孩子又吵，通夜不能睡，这下我就成了罪犯，实在受不得了，向母亲说，“妈妈呀，别人做母亲，都是我这样的？”大姐以后常笑我这个话，……（258 页）

重阳节前，二女儿（即日后的丁玲）诞生了。曼此次的分娩似乎较为顺利，文中只字未提又生下一个女孩子的失望心情。反之，她却提及刚生下来的孩子十分可爱老实，是我最疼爱的宝贝。然而，此时大女儿的病情却日趋严重，曼表示这孩子已认识二三百个字，能背诵唐诗《长恨歌》《琵琶行》《木兰词》等。曼或许是在希望即使是女孩子，也要尽可能地让她身怀教养吧。不过，这年的 8 月，大女儿还是因病夭折了。曼悲痛欲绝，泣不成声。母亲看到曼一直在哭泣，便对她如此说道：

（前略）“我的儿，你遭孽哟！莫哭了，你痛你的儿，我痛我的儿呢！”我一听这样说，就倒在母怀一声也不敢响了。（260 页）

六、刹那的幸福

自此之后，曼最大的喜悦，是守护聪明可爱的二女儿的成长。不过，丈夫仍旧体弱多病，这时的曼也常常患病，两人轮流卧于病榻。到了曼 29 岁那年，丈夫提出了要为自己的小家盖新房。于是，那年夏天，曼全家在等不及新房全部完工之际，便迫不及待地迁居至由丈夫所设计建造的新房。

（前略）正屋横屋均好，至于空气光线形式便当无一不好，我心里极其欢喜，不禁连声赞好，真的留洋生与众不同，……（262 页）

此外，丈夫还开了一家药铺，只要有人前来求诊，他不计得失，尽力相助，因而成了一名热心的名医。据此，在这年年底，曼的情绪极好，一个人愉快、利落地做好了过年的准备。对此，曼如此写道：

（前略）我来伊家十年，才稍为适意，唉，也不过一刹那间耳。（263 页）

实际上，曼的幸福日子可真的只是一瞬间！

这一年（1908 年）正月，曼又有了怀孕的征兆。4 月，曼回到娘家，却又听说丈夫患病，于是立刻赶回家中。回到家中，只见丈夫枯瘦如柴，连日咳嗽，吐痰不止，夜不能入眠，且盗汗。仅两个月，身体已极度衰弱，想请名医却又囊中羞涩，曼只得将自己的值钱物什送进当铺，换到一些钱。此外，她还去找三姐借钱，却遭到拒绝。曼尽心尽力地照看丈夫，三四岁的小女儿也在一旁帮助母亲款待医生。到了 5 月，医生吩咐曼可以开始准备丈夫的后事，丈夫也预感到了自己即将不在人世，便留下了临终遗言：

（前略）自己诸事没有做好，把你苦了，你自己好好的去做。此女很聪敏，天质亦不错，你又善教，男女现在是一样的。（265 页）

两天后，丈夫去世，曼本想痛哭一场，但想到腹中的婴儿，只得强忍悲伤。

当曼埋葬丈夫时，腹中胎儿已相当大（八月末出生），虽然胎儿是男是女尚无从可知，但丈夫已经去世，若此婴为男孩则可为后继之人，若是女孩，其结果不堪设想。思及此，那个聪明勇敢的女性曼竟暗自藏了毒药，以备不幸的事态发生。行文至此，我有感自己对当时男尊女卑的观念何等残酷，如何对男女严加区别等事，了解得不够充分，亦没有实际体会。若此次曼又生一女，家中无男孩，则不能预料曼及其女儿们将在蒋氏家族中，受到怎样的欺辱，且会被认为不体面而蒙受痛苦。总之，对此时的曼来说，若生下的不是男孩，则走投无路，只有紧随丈夫服毒自杀，连最疼爱的宝贝女儿也丢在弟弟家中。

（前略）于〔如〕若解怀是女，决相从于地下。人生太无味了，惟怜此女太作孽了。以前曾面嘱三姐，说我愿将此女与弟作媳，情关手足，望善待之。若新生为女，则三房之堂弟，现乏子女，将此女抚养作己女，至脱离苦海之毒物，伊在时即已储藏。故终日昏睡，一言不发，胸有计划耳。（267 页）

由于我学识浅薄，很难理解上述文章之内容。根据查询辞典，得知"解怀"为"生孩子"之意，而"相从于地下"是否是说自己也要跟随丈夫自尽？"情关手足"是指若女儿嫁到弟弟家，因为是亲兄弟，大可安心之意吧。想让二女儿（丁玲）做弟弟儿媳的想法（后来丁玲曾详述为了解除此门婚事，曼的弟弟与她们母女之间有过严厉争执的经过），这原本是由曼先行提出的吗？即将出生的婴儿若为女孩，想请三房的堂弟收养，这是当时女孩子唯一的活路吧。在那个年代，女子若想生存下来，竟是如此艰难，此时的曼是否已被侵逼到无路可走之境？

然而，到了8月，出乎预料的，曼竟生下了第一个男孩。在此，曼将生下遗腹子一事称之为"不幸"，这或许是因为当时的曼因照看死去的丈夫已精疲力尽，身体又极度衰弱，而感到绝望，遂想以死来结束自己的一切。

（前略）不幸生一遗腹孤儿。将我惊吓得暗暗的只喊"天呢，天呢！"既不准我活，又不准我死，需要向死中求活。（268页）

之后，曼贞终于累倒，卧床近四十天不起。就在此时，又从弟弟那里传来噩耗，"母已于九月仙去"，这使曼受到沉重的打击。以往在最困难之时，屡屡解救自己的母亲，唯一得以依赖的母亲，竟然已离开人世，难道还有比此事更为让曼感到悲痛的吗？

这时，丈夫已将大部分土地抵押出去借了债，土地所剩无几。而借给别人的钱又没有留下凭据，无法收回。由此，曼觉得无论如何都要跟蒋家人商量今后之事，遂请他们前来相聚，并在大家面前诉说了自己的苦衷，恳请家人允许她变卖家产。蒋家人最终决定让曼变卖家产，仅留给她墓地与极少的田地，作为她们母子的生活费。对此，曼如此叹息道，"好不凄惨，若大门户，一旦瓦解，产破人亡，幼女孤儿，怎能教养？千斤重担，皆弱者所负……"（270页）。

在虚岁30岁那年，曼在文中讲述了带新生儿（1908年出生的长男，起名为"大"）之辛苦。自己的奶量不够，加之孩子又染上牛痘等。最后，她如此谈道了对自己前半生的感想：

（前略）这是我三十年的繁华梦，损失我可宝的精气神，对于社会世事，各〔个〕人无丝毫之成绩可言，只落得浪费了许多伤心的眼水，人拖得骨瘦如柴……唉！可叹啊，可叹的人哟！生老病死，苦有何意味！（270页）

尾 声

曼贞的《丁母回忆录》第一章“繁华梦”到此结束。接着是“幸生”，此章很短，写至１２年后独生男儿夭折为止。紧接着是第三章“余生”。“幸生”“余生”所写的内容，在丁玲小说《母亲》及与母亲有关的随想录中，多有所述，不少内容已广为人知。相比之下，“繁华梦”中的曼贞形象与《母亲》所描写的，具有较大的差异。我在此前已发表的一篇文章中，曾总括曼担任教师期间的生活与经历。与此次文章中的曼贞形象相比，正如同照片的正片与底片一样，可说是一明一暗。当然，曼贞的“教育生活”也并非一帆风顺，甚至应说是她不断地承受了各种苦难更为恰当。而曼贞的前半生，也不是全然没有欢快之时，只是曼的性格不同罢了。

曼贞本来就是一个具有丰富感性、坦率快活、喜欢交际的女性，在她的孩童时代，这些性格尤为明显。但随着曼贞的成长，她那明朗快活的性格逐渐受到压抑，被囚禁在名为“女子”的这道围墙里。正因为曼过于聪明，因而她很早就看清了自己的将来与哥哥、弟弟的前途、未来有很大的差异。是以，曼开始感觉自己无用，而无用之因正是因为自己身为女子。

最为体现男女不平等的，则为“出嫁”。对当时的女子来说，没有不嫁的自由，也没有选择对方的权利。曼贞是在慈祥善良的父母身边长大的良家小姐，连想都未曾想过要反对父母所订下的婚事，遵从父母的安排嫁给了素不相识的男子。在曼贞出嫁二十年后的1919年，在湖南曾发生过一桩有名的事件：一女子赵五贞因被逼出嫁，在所乘的花轿中抗婚自杀。对此，毛泽东立刻写了九篇文章论述之。

已30岁的曼贞，却开始踏上了新的自立之路，这可说是因为她当时几乎丧失了所拥有的全部财产。她先失去了丈夫，随之失去了大部分的财产，也失去了靠富有的蒋家一族援助的可能。与此同时，结婚前有着慈祥的父母及兄弟姐妹的家，也早已不是自己的，特别是失去了得以依赖的母亲。在如此众多的失去后，留给她的只有意味着“希望”的男孩子，为此，她无论如何都必须要活下去。

作为生存的手段，曼贞所具有的，首先可说是自幼所掌握的学识、“与环境斗争”的坚强意志，以及天生坦率大胆的性格。除此之外，支撑她自立志向的，当然是时代的“潮流”及最先带给她新时代思想的弟弟。从某种意义上来说，曼贞可谓是一个时代的“幸运儿”。小时候掌握了与兄弟不相上下的学识，并在她对女人被认为“无用”这一传统思维感到绝望愤懑之际，弟弟给姐姐送来了“女性教育”的新风气。另外，毫无道理地一直排斥女子的科举制度于1905年（即曼贞生下次女丁玲后第二年）废除，这可说是排除了女子接受教育的最大障碍。1907年，清政府发布了《女学堂章程》，使女子获得了接受正规教育的权利。而在曼贞作为女教师展开活动的这一段时期，湖南省在女子教育方面取得了很大发展。据说在1916年，湖南女子师范学校已增至9校，女学生的人数居全国首位。在1909年考入常德女子师范的曼贞，于1914年始就职于桃源县立女子小学，担任体操教师一职，其后，她参与策划了女子教育兴起时期的各种教育活动，将自己的全副精力倾注于女性的教育事业上。

最后，对于曼贞所生并抚养成人，终生疼爱相助的女儿——作家丁玲与曼贞，我想再加以补充说明。曼贞在当学生、当教师整日忙碌的同时，拼命地抚养教育了4岁丧父的女儿丁玲，母亲曼贞的生活态度，给予丁玲的影响之大，恐怕是难以言尽。而且，有一段时期，曼贞又将丁玲的长子、长女接到乡下照看，丁玲的母子两代均得到了曼贞的照顾。对此，我们谁都不能轻易地说出“若是母亲谁都能做到这些”之类的话，我们不能忘记，默默地支撑着丁玲的，正是这位一边喟叹着“可怜，可怜！”，一边却又去助人的宽容豁达的母亲。丁玲为了激励在延安艰苦的环境下努力奋斗的女性所写的《三八节有感》一文背后，我认为一定有母亲曼贞的形象的存在。

（田畑佐和子：日本著名丁玲研究专家）

胡风《关于丁玲底作品的札记》发微

刘卫国

内容摘要：胡风1930年前后所写的佚文《关于丁玲底作品的札记》，评论了丁玲的小说集《在黑暗中》。在这篇札记中，胡风赞同丁玲对社会的看法，发现了丁玲的反抗精神和战斗热情，同时也看到了丁玲思想的限度，但对丁玲的继续前进抱有殷切的期待。胡风作此文时，并未见过丁玲，但这篇评论文章显示了他与丁玲心灵的相通，也表明丁玲的创作符合胡风的文学观念。这次文字之交，可以解释胡风与丁玲"一见如故"的缘由，也奠定了两人终身的友谊基础。

关键词：胡风　丁玲

胡风在1930年代前后曾写过一篇关于丁玲小说集《在黑暗中》的读后感，但未成篇，后来也未发表。后来，胡风女儿张晓风女士收集了胡风的一些未刊稿，在《新文学史料》2012年第3期上以《胡风未刊稿一束》为名发表，这"一束"的第一部分就是胡风的这篇《关于丁玲底作品的札记》。文末注释说：梅志《胡风传》中曾提道："他在20年代就读了丁玲的小说，那时想写篇读后感式的文章，连要点都写好了，后来搁下了。"本篇底稿从所用稿纸（上海正午书局精制）及文风上看，应该就是当时所写的这篇"要点"，写作年代应是在1930年前后。现依底稿原文抄录。

胡风这篇札记面世以后，尚未引起学界的足够重视。这篇札记是胡风唯一的一篇评论丁玲作品的文章，弥足珍贵，而这篇札记中透露出的一些信息，以"事后诸葛亮"的立场看，也许可以解释丁玲与胡风生平中的某些现象，因此值得探究。笔者撰写此文，试图探索此文原委，并阐发其微妙之处。[①]

一

丁玲的小说集《在黑暗中》，1928 年 10 月由上海开明书店出版。小说中收录的四篇小说《梦珂》《莎菲女士的日记》《暑假中》《阿毛姑娘》，皆曾在《小说月报》头条位置刊载。连续在当时最负盛名的文学杂志上发表作品，并很快出版小说集，使丁玲蜚声文坛。丁玲的出现，“好似在这死寂的文坛上，抛下一颗炸弹一样，大家都不免为她的天才所震惊了”。[②]胡风也被丁玲的天才震惊，在 1930 年前后，写下了关于《在黑暗中》的阅读札记。

这篇札记逐一评论了这本小说集中的四篇作品，因为字数不多，这里先全文转引如下。

梦 珂

主人公由破落了的农村地主社会走到黑暗的学校，由学校再走到虚伪的资产（或小资产）阶级社会，再从这社会走到丑恶的流氓社会。这些现实生活在作者纤细的神经上起了强烈的振动。和现代一切只在恋爱本身的幻变上织故事的女作家不同，作者底女主人公是被现实社会的冷浪由“一枝兰花”炼成一个隐忍力“更加强烈更加伟大”的能对生活不败的人了。这表示了作者向现实社会走的最初的姿势。——和一切作恋爱故事的女作家不同，这里只有各种黑暗势力对于一个女子的影响，绝对嗅不出一点人生变幻无常、恋爱多苦难的气息。当然，封建势力的重担在这里没有看到。作者底神经是非常纤细的，只是由对于现实生活的感受而生变化，绝对没有使她底人物成为一个表现哲学的工具，如冰心等作者。四十九页关于恋爱的谈话，可更证实了她对现实的正视。因了她这纤细的神经，作为“decadent”生活之基素的官能享乐生活，对于自己底美的陶醉和物质生活的变态，也相当强烈地表现了。这不仅是为了对照，应该当作作者初期生活里固有的一面之反映。

苏菲亚事件虽然不占多篇篇幅，但在地位上非常重要。不仅正面地表示了作者在那风花雪月的时代已经眼睛向着了这一面，还表明了作者不能接近的原因。她是用感觉去接近的。那粗糙（本来粗糙的生活又被作者夸张了一

---

①丁玲秘书王增如女士非常看重胡风此文，笔者在 2018 年 11 月上海华东师大召开的丁玲会议上听到王增如女士讲话，受其启发，撰写此文，特此致谢。

②毅真：《几位当代中国女小说家》，《妇女杂志》16 卷 7 号，1930 年 7 月 1 日。

点）的生活不但骇坏了作者底用柔软的心来拥抱人的人物，而且骇坏了用纤细的神经来看（享受、观照）世界的她自己。所以，梦珂逃出了姑母家以后，只想到回家和慈善事业一类的事（59页）。结果是她跟了她底“幻想”走，宁可为了幻想使她底人物底柔软的心曲受蹂躏、侮辱。

——珂底柔软的心一般是封建社会的爱所养成，到了“文明”社会（姑母家），物质的官能享乐一方面助成了她，一方面那颓废的虚伪的一面破碎了她，使她人格上起了可怜的分裂，她敌不过当前的生活，放弃了从前的自己。

——写此文时，作者“消沉的”住在北京，所以写是因为寂寞。

梦珂虽然实际上惨败了，但作者并不承认，说她“更加伟大”。说明了作者当时的“消沉”和“不能说是灰心”，说明了以后的路径。

莎菲女士的日记

对于凡俗不洁的社会——生活的厌恶，对于内容与形式统一的“美”——理想的追求。真实的个人主义精神底表现。但在被限定了的五四高潮后的是中国社会，这追求不能成为一个明确的社会实践态度，没有“出路”，因而把问题移到了人生无常和生命短促（姐姐底死和自己底病）等主观方面来了。这作品是民主革命失败后的最悲痛的呼喊，她是抱着向光明的飞跃的心对着污秽的现实人生痛哭了的。

有人说这作品是写五四解放后对于肉的追求，这完全是对作者的侮辱。我想，这里面没有一丝一毫肉的追求。

她以为，梦珂由惨败里得到了胜利，莎菲在胜利中惨败了。但我以为，这是很难说的。梦珂底胜利不过是建筑在苍蝇蛆虫的上面，她并没有反抗的一念，她所静待的成功不过是表明作者对人生的憧憬而已。而莎菲，虽然败到倒到污泥里了，但并不屈服，她宁愿把生命当作“玩品”“浪费”，宁可到“无人认识的地方”，甚至“怜惜自己”，这里表明了她一直保持着对人生的厌恶。这表示了她（作者）更肉搏近了现实，表现了她在丑恶的现实里无论如何要坚持着爱人生的心（虽然是消极的），双足滴血。

莎菲，在社会实践上，是一名废兵，但在人生行程上，是一个殉难的节士。这矛盾，说明了作者当时社会的沉滞和她底生活，也说明了她后来的何以能够那样地前进。

暑假中

中间层女性在沉滞社会中的生活之无出路。当然，作者在这里面是想说明婚姻对生活的重要的，但她底笔却使她把沉滞社会中的女性的生活写得非常有力。一方面，对于凡庸生活的厌恶，一方面，虽然晓得她们“缺少着一种更大的更能使她感（到）生命的力”，却没有一个人有明确的路。因之，对于地主阶级生活强烈的眷恋（嘉瑛），对于结婚生活的观念式的评价（德珍的幸福和承淑的懊悔与志清的情绪），表明了作者认识上的限度。这小说，一方面说出了凡庸与不耐，一方面依然流露出了作者纤细的柔美的神经。

阿毛姑娘

这个阶级社会里可怜的女性底悲剧。那原因是在经济制度，作者底意图是明白的。但她并没有想从这里面去创造她底人物。她只是注重人物性格随环境的变幻而生的变化。而且，只注重心理的描写和纤细的感觉的表现上，反而把这一本质上的关系掩住了，使故事带着有命运气息的悲剧空气。作者在这里面所吐露的无智的或者反而有福以及阿毛所羡慕的能干女人也过着很苦的生活（这不是拿来说能干女人无出路之所以而是拿来说明阿毛的奢望是“错”），和阿毛对于童年故乡回顾上，都表明了作者在“消沉”空气里认识上的限界。

在1930年前后，有批评家评论过《在黑暗中》，他们是钱杏邨[①]、张运池[②]、管栋材[③]和毅真[④]。他们在评论这本小说集时，一般先介绍故事情节，再抒发自己感想，先评论思想内容，再分析艺术特色。胡风的这篇札记将情节介绍与感想抒发、思想分析与艺术分析融为一体，这种写法显然更为老到。

不难发现，胡风在札记中还表现出了很强的概括能力，如将《梦珂》的情节主线概括为“主人公由破落了的农村地主社会走到黑暗的学校，由学校再走到虚伪的资产（或小资产）阶级社会，再从这社会走到丑恶的流氓社会”，就显得非常清晰。又这样概括《莎菲女士的日记》的主题：“对于凡俗不洁的社会——生活的厌恶，对于内容与形式统一的‘美’——理想的追求。真实的个人主义精神底表现。”这一概括也非常准确。说《暑假中》写的是“中间层女性在沉滞社会中的生活之无出路”，《阿毛姑娘》写的是“这

①钱杏邨：《〈在黑暗中〉——关于丁玲创作的考察》，《海风周报》第1期，1929年1月1日。

②《〈在黑暗中〉》《开明》1卷10号，1929年4月10日。

③《〈在黑暗中〉》《开明》1卷10号，1929年4月10日。

④毅真：《几位当代中国女小说家》，《妇女杂志》16卷7号，1930年7月1日。

个阶级社会里可怜的女性底悲剧”，也显得很有高度，给人一种居高临下俯视现实、一切尽在掌握之中的感觉。

总之，胡风的这篇札记虽未成篇，也未发表，但已经显示了胡风在文学批评上的才能，不能等闲视之。

二

接受美学理论认为，读者在接受一部作品时，总是带着自己的期待视野。如果作品不符合自己的期待视野，读者就不能接受这部作品。如果胡风之所以关注丁玲，显然是因为丁玲作品中的一些信息符合胡风的期待视野，与胡风的期待视野实现了“视界融合”。

细读胡风的这篇札记，我们不难发现一个关键词，就是“社会”。“社会”指的是丁玲作品中所描写的世界。胡风用这样一些词汇形容这个世界：“破落了的农村地主社会”“黑暗的学校”“虚伪的资产（或小资产）阶级社会”“丑恶的流氓社会”“封建势力的重担”“凡俗不洁的社会”“丑恶的现实”“社会的沉滞”“沉滞社会”“阶级社会”。胡风还说，丁玲所描写的“文明”社会有两面，一是物质的官能享乐一方面，一是颓废的虚伪的一面。这些词汇和句子，都是胡风从丁玲作品所写的世界中概括出来的。看得出，丁玲所描写的社会符合胡风对这个社会的看法，即与胡风的视界实现了融合。没有这个视界融合，以胡风的个性，肯定会提出批评意见，批评丁玲描写的世界不真实。

在这方面是有例子的。胡风后来曾怒怼李长之，只是因为李长之发表了一篇《大自然的礼赞》，号召人们到大自然里去寻找归宿。这篇文章严重违反胡风对这个世界的看法，胡风就从报纸上摘取当年长江水灾底悲惨记事，愤怒地指摘道：“在这里，‘人类的母亲’的大自然给我们的并不是‘种种暗示，种种比喻，种种曲折而委婉的辞令’，确实直截了当的毁灭一切有生无生的暴力，完全不是‘你瞧罢，雪，红叶，秋宵的天岚，夏木的浓荫……’的那副慈颜了。[①]胡风后来在评论澎岛的小说集《蜈蚣船》时，副标题取名《京派看不到的世界》。”[②]胡风发现，《蜈蚣船》里所描写的世界，里面毫

①胡风：《自然·天才·艺术》，收入《胡风评论集》上册，人民文学出版社1984年版，第104页。

②胡风：《〈蜈蚣船〉——“京派”看不到的世界》，收入《胡风评论集》上册，人民文学出版社1984年版，第140页。

无京派底雅处。如《蜈蚣船》写内河里的屁股帮和霸占航路的蜈蚣船间的一场斗争，《围困》写学生底反抗和悲惨的时代，《席苇捐》写席民们对于苛捐的反抗，《偷堤》写大水时的恐惧使农民们决定去偷堤的经过，《隔邻》写富农和他的儿子怎样苦心地图谋邻人底房产，《火灾》写小煤油商人父子俩在世界底新旧煤油势力竞争下面破产了，最后只好防火烧去店子自杀，《一天》写一个在城里当学徒的儿子给敌人捉去活埋，年老的父亲被激动了，加入义勇军去活动。"这里面找不出一丝一毫的'名士才情'，更没有什么'明净的观照'，但这种'粗鄙'而热辣的人生，确实这个世界里的事实。我们懂，我们关心，对于那里面的人物和事件我们也就能够说出平凡的观感。"胡风非常认同澎岛小说所描写的世界，因此给予这篇作品好评。还顺便刺了京派一枪，认为京派看不到这个现实的世界。显然，京派的作品是不能符合胡风的期待视野的。

在对这个世界或社会的看法上，胡风觉得丁玲与自己是一致的。这大概是胡风关注丁玲的首要原因。

胡风在这篇札记中，几次用"纤细"一词来形容丁玲，如"纤细的神经""作者底神经是非常纤细的""纤细的柔美的神经"。女性相对于男性来说，总是纤细的。而要当作家，无论男女，神经纤细可能都是必要条件。因此说丁玲纤细，总不会错。但胡风又用了"柔美""柔软"一类词来形容丁玲，这就有点想当然了。这也说明，胡风在写这篇札记时，对丁玲一无所知。

众所周知，沈从文对丁玲相当了解，他对丁玲的描述是："大胆地以男子丈夫气分析自己，为病态神经质青年女人作动人的素描，为下层女人有所申述，丁玲女士的作品，给人的趣味，给人的感动，把前一时期几个女作家所有的爱好者兴味与方向皆扭转了。他们忽略了冰心，忽略了庐隐，淦女士的词人笔调太俗，淑华女士的闺秀笔致太淡，丁玲女士的作品恰恰给读者们一些新的兴奋。反复酣畅地写出一切，带点儿忧郁，一点儿轻狂，攫着了读者的感情，到目前，复因自己意识就着时代而前进，故尚无一个女作家有更超越的惊人的作品可以企及的。"[①]沈从文强调丁玲有"男子丈夫气"，应该说是"知人之言"。说丁玲"柔美""柔软"，显然是不如说丁玲有"男子丈夫气"更为准确的。

不过，胡风虽然比不上沈从文了解丁玲，但他看出了丁玲具有"向光明""并不屈服""坚持"等气质，这又比沈从文所说的"带点儿忧郁，一

①沈从文：《论中国创作小说》，《文艺月刊》2卷5、6期合刊，1931年6月30日。

点儿轻狂”更为准确。胡风这样评价《莎菲女士的日记》：“这作品是民主革命失败后的最悲痛的呼喊，她是抱着向光明的飞跃的心对着污秽的现实人生痛哭了的。”胡风肯定莎菲“虽然败到倒到污泥里了，但并不屈服”，赞扬莎菲“肉搏近了现实”，“表现了她在丑恶的现实里无论如何要坚持着爱人生的心”，又赞赏丁玲“和一切作恋爱故事的女作家不同”，在丁玲的恋爱故事中，“绝对嗅不出一点人生变幻无常、恋爱多苦难的气息”，莎菲和丁玲的这种人生态度，是严肃的，战斗的，并不忧郁，也不轻狂。沈从文与丁玲可能过于熟悉了，家人眼里无伟人，反而发现不了丁玲的那些可贵品质，用“忧郁”“轻狂”来形容丁玲，哪怕只有“一点儿”，也显得有点贬低了，反而不如胡风这个外人看得准确。

看得出，胡风对丁玲的欣赏甚至到了偏爱的地步。他还为丁玲的《莎菲女士的日记》进行辩护：“有人说这作品是写五四解放后对于肉的追求，这完全是对作者的侮辱。我想，这里面没有一丝一毫肉的追求。”坦率地说，胡风的这一辩护并不完全客观。《莎菲女士的日记》中没有一丝一毫肉的追求吗？也不尽然。莎菲确实倾慕于凌吉士的男色，觉得这个男人长得太帅了，因此想征服他。只要稍知性心理学，应该明白，这里面是有力比多（性欲）的因素的，也就是有“肉的追求”的。当然，这种肉的追求是与灵的追求融合在一起的，莎菲期待的是灵肉一致的爱情。但要说这种灵肉一致的爱情里面“没有一丝一毫肉的追求”，那就不尽客观了，不尽准确了。

胡风在写这篇札记时，尚未明确形成自己的文学观念，但已经有了一些朦胧的想法。胡风后来回忆说：“在国内读到的创造社的作品，几乎都是大而空的‘意识形态’的表演，没有普通人民的感情；茅盾的作品有具体描写，但那形象是冷淡的，或者加点刺激性的色情，也没有普通人民的真情实感的生活。”[①]这段话说的是 1929 年的事情，在胡风撰写这篇札记之前，从中可以看出，胡风对文学的期待视野是：文学不能是大而空的意识形态的表演，要写出普通人民的真情实感的生活，不能有刺激性的色情，形象不能冷淡。而丁玲《在黑暗中》对社会的看法，赋予笔下人物的反抗精神和战斗意志，都不是“大而空的意识形态的表演”，且“写出了普通人民的真情实感的生活”，特别符合胡风的“期待视野”，使得胡风对这部作品产生强烈的好感，胡风甚至因这种强烈的好感而对丁玲作品中“肉的追求”视而不见。

这篇札记，可以说是胡风与丁玲的一次“神交”。胡风 1932 年从日本回国时，在东京见过的华蒂（以群）引我去参加了左联（书记丁玲）的一次日

---

①《胡风回忆录》，1—2 页。

常性会议。和丁玲也是一见如故[1]，胡风之所以和丁玲一见如故，是因为对其神交已久。

三

在这篇札记中，胡风其实也看出了丁玲的缺点，指出了丁玲认识上的限度（或限界）。在评《暑假中》时，胡风指出：“一方面，对于凡庸生活的厌恶，一方面，虽然晓得她们‘缺少着一种更大的更能使她感（到）生命的力’，却没有一个人有明确的路。因之，对于地主阶级生活强烈的眷恋（嘉瑛），对于结婚生活的观念式的评价（德珍的幸福和承淑的懊悔与志清的情绪），表明了作者认识上的限度。”对《阿毛姑娘》，胡风认为丁玲未从经济制度入手去创造她的人物，“只是注重人物性格随环境的变幻而生的变化。而且，只注重心理的描写和纤细的感觉的表现上，反而把这一本质上的关系掩住了，使故事带着有命运气息的悲剧空气”，还说，丁玲“在这里面所吐露的无智的或者反而有福以及阿毛所羡慕的能干女人也过着很苦的生活（这不是拿来说能干女人无出路之所以而是拿来说明阿毛的奢望是‘错’），和阿毛对于童年故乡回顾上，都表明了作者在‘消沉’空气里认识上的限界。”

不过，胡风对丁玲的限度点到为止，批评并不严厉，用词也不凶猛，而且还有为丁玲辩解的意味。如评《阿毛姑娘》最后一句“表明了作者在‘消沉’空气里认识上的限界”，其实话里有话：因为空气太消沉了，所以影响了丁玲的认识，如果空气不消沉，丁玲有可能突破认识的限界。胡风发现了《莎菲女士的日记》中的矛盾，但他这样措辞：“这矛盾，说明了作者当时社会的沉滞和她底生活，也说明了她后来的何以能够那样地前进”，胡风对丁玲的“前进”是寄予期望的。

实事求是地说，丁玲当时还是一个小资产阶级知识分子，具有这个阶级特有的动摇性、多变性，未来如何发展，谁也难以断定，但对丁玲一无所知的胡风敢于预言，后人也不能不承认胡风“蒙对了”。从这篇札记看，胡风对丁玲的内心世界看得一清二楚，胡风认为丁玲不满现实、有着反抗精神和战斗意志。这显然说对了，认为丁玲有着认识上的限度（或限界），即会遇到创作瓶颈，这也说对了，认为丁玲能继续前进，这又说对了。如果说胡风有着“衡文相人”的本领，这句话也许不算太过分。

因为这篇札记，胡风对丁玲一见如故，之后胡风一直与丁玲保持良好的

---

①《胡风回忆录》，11 页。

友谊。这种故人感觉，丁玲应该也有，丁玲认识胡风后，也一直把胡风当作值得信赖的朋友。关于两人的友谊，杨桂欣的《胡风与丁玲》[①]一文有详细的梳理，此处不赘。或许有人会反驳道："1955年5月23日，丁玲曾写了一篇《敌人在哪里》批判胡风，可见两人没什么友谊。"为驳此论，本文情愿再赘引两文。

一是丁玲批判胡风文章《敌人在哪里》的开头一段：

读了13日的《人民日报》上舒芜所揭发的材料、胡风给他的一部分信件，我是怎样也无法继续我的日常工作了。真是令人毛骨悚然，敌人在哪里？敌人就在自己眼面前，就在自己的队伍中，就在左右，就在身边。明枪容易躲，暗箭最难防！胡风原来是一个披着马克思主义外衣装饰着革命的小资产阶级知识分子，混在我们里面，口称"朋友"，实际上包藏着那么阴暗的，那么仇视我们的，卑视我们的，恨不能把我们一脚踩死的恶毒的心情，进行着组织活动的阴谋野心家。

二是周良沛《丁玲传》对此文的评论：

这篇写得浮泛的短文，可以看到她写它时的烦杂无绪的心情。生活真会捉弄人，一位相识二十年的朋友，经"舒芜所揭发的材料"揭其"画皮"，她是既恼恨自己不辨真伪良莠，又惊呆它的"真象"，一旦明白它恰恰是有更深内容的假象时，她也不可能收回这篇表态文章了。晚年，她列有一个生前要完成的写作计划，其中，就有为这篇短文再写一篇长文的心愿，无奈生命不给她时间了，只好带着遗憾到另一个世界与胡风长谈了。[②]

（刘卫国：中山大学中文系教授）

①杨桂欣：《丁玲与胡风》，《新文学史料》2007年第1期。

②周良沛：《丁玲传》，北京十月文艺出版社1993年版，第11—12页。

陈映真与第八次丁玲文学创作国际研讨会

佘丹清

内容摘要：1998年5月，中国丁玲研究会请示文化部，拟邀请两名台湾作家陈映真、蒋勋参加在延安举行的第八次丁玲文学创作国际学术研讨会。6月，研究会得到文化部同意两人参会的批复。1998年8月3日，陈映真给中国丁玲研究会致信，因多种原因不能参加该次会议，并在信中深表歉意。而从申请过程和最后结果来看，研究会和学者们对陈映真始终敞开接纳的胸怀。同时，陈映真短短的回信包含一位著名作家对丁玲的浓浓崇敬之情。两位作家虽然处于不同时代，处于不同地域，处于不同的社会生活背景下，但以人民为中心的艺术是相通的。信函及其周边的人和事，值得细读细析，既可还原真实的陈映真，也可探究主办文学创作研讨会的新模式、新内涵、新要求。

关键词：陈映真　丁玲　丁玲文学创作　国际研讨会

至2019年7月在湖南大学召开的“‘丁玲与当代文学七十年’学术研讨会暨第四届丁玲研究青年论坛”，有关丁玲的学术研讨会已经接近三十场，应该是关于作家研究中较多的。参加研讨会的成员主要集中在中国大陆、日本、新加坡和台湾地区。大陆骨干学者和日本学者相对稳定，而台湾学者不稳定。而另一方面，作为文学创作研讨会，国内、台港地区的作家参会者并不多。这也许是丁玲研究会花大力邀请陈映真和蒋勋的理由。虽然最后陈映真因特殊原因未能成行，但此事值得提及，更值得会议主办者深度思考。

一、拟邀陈映真参与丁玲文学创作国际研讨会始末

1998年5月12日，中国丁玲研究研究会向陕西省委、省政府申请于1999年八月在延安召开“第八次丁玲文学创作国际学术研讨会”，得到陕西省委、省政府的支持。最后会议由中国丁玲研究会、中国社会科学院文学所、陕西省作家协会、延安市人民政府举办，中心议题为“丁玲延安时期的创作”、“丁玲文学创作中的若干问题”。会议筹备历时一年多，因为是在革命圣地召开，丁玲在那里创作了《在医院中》《三八节有感》等多种作品，主办方对此次会议相当重视，对参会人员必然进行严格把关。

从诸多信息来看，丁玲研究会对此次会议相当慎重。同时，多次听丁玲研究会的负责人讲，80—90年代丁玲研究会没有基金，每次都是依靠政府或者学校出资，需要研究会领导到处化缘，第八次丁玲文学创作国际研讨会也是如此。

据原丁玲研究会秘书长涂绍君研究员介绍，研讨会已经由在多地召开，但丁玲生活了多年的革命圣地延安，还没有举行过。因此，研究会反复商量，决定在延安召开第八次会议。然而，研究会负责人和延安当地官员和学校不熟悉，于是请原中国作协党组书记翟泰丰给时任山西省委宣传部部长写了一封信①，研究会派员接洽。

翟泰丰在信中写道：

宝庆同志：

丁玲是我国著名作家，她的人品、文品都非常值得当今的作家特别是中青年作家学习。

丁玲研究会拟在延安召开第八次丁玲研究会，望能得到陕西省委宣传部的支持，特派人前往联系，望予接待。

顺颂

敬意！

翟泰丰

1998年3月26日

---

①翟泰丰的信件和请求增补台湾作家与会的报告均保存在湖南常德文联中国丁玲研究会秘书处资料室，信件为原件，报告为复印件。

1998年月3底至4月初，涂绍君携信邀请丁玲丈夫陈明一起前往陕西拜见了张宝庆同志，受到张的热情接待，并马上给涂绍君和陈明联系了延安市委书记，得到肯定回复。据涂绍君回忆：“我们去陕西筹备第八次丁玲国际学术研讨会时间是1998年3月底到4月上旬，期间我还陪陈明先生重访丁玲当年写作《三日杂记》的延安柳林区麻塔村。当年，《延安文艺》主编曹谷溪写了一篇回忆文章，我整理了《翟泰丰同志谈丁玲》，对过程都有陈述。”涂绍君的回忆说明陕西之行很顺利，既完成了研究会预期目标，也代表丁玲圆了回麻塔村的梦。

至此，开会的地点时间得以落实，下一步就是邀请参会人员问题。涂绍君从陕西回来，立刻向中国丁玲研究会高层报告进展情况。自此，会长们松了一口气，终于要实现在丁玲生活和写作过的延安开会的目标。中国现代文学史上，有很多作家在延安生活过，在延安开创作座谈会的很少。丁玲文学创作学术研讨会的召开，将如同她爽直的性格一样得到张扬。如果，在延安，还有港台地区作家参会，将是更大突破。为此，研究会不断努力，力图实现突破。对大陆怀有崇敬之情的台湾作家成为当然人选。

据相关人士介绍，在延安召开丁玲文学创作国际研讨会，那是一件大事，因此，大会主题也定得非常集中。那时，香港已经回归，台湾和大陆的经济往来日益密切，一些文化学者也与大陆交流多有交流。陈明在筹备会上，谈到丁玲于1981年在爱荷华见到蒋勋并与其交往之事，也提到丁玲为蒋勋写过《蒋勋诗集序》（《丁玲文集》收录了该文）。同时，另外一些港台作家在中心和大陆作家有交往。王安忆和陈映真应该就是在中心认识的。为了促进大陆和港台文学界的交往，研究会决定邀请蒋勋和陈映真参会。

1999年6月，研究会向文化部报告：

关于“第八次丁玲文学创作国际研讨会”请求增补贰名台湾作家与会的报告①

文化部：

你部关于同意本会与中国作协等单位在延安举办“第八次丁玲文学创作国际研讨会”的批复收悉，感谢你们对此次会议的关心和支持。根据中国作协有关同志建议，特请求增补贰名台湾作家与会：

陈映真，台湾著名左派作家，自由撰稿人，曾长期受台湾当局监禁，近

①翟泰丰的信件和请求增补台湾作家与会的报告均保存在湖南常德文联中国丁玲研究会秘书处资料室，信件为原件，报告为复印件。

几年曾几次应邀参加大陆举办的有关学术活动；

蒋勋，台湾著名诗人，台湾东海大学艺术系教授，丁玲生前曾作《蒋勋诗集序》，高度评价其人其文。

可否，请批示。

中国丁玲研究会

一九九九年六月十日

文化部经过研究，于1999年7月12日给予回复：

中华人民共和国文化部

（文港澳台函〔1999〕1576号）

文化部关于同意邀请陈映真等来延安参加研讨会的批复①

中国丁玲研究会：

你会1999年6月23日请示悉。

经研究，同意你会邀请台湾作家陈映真、蒋勋等2人于1999年8月15日至20日来延安参加“第八次丁玲文学创作国际研讨会”。一切费用均由台方自理。

请做好接待工作，注意不要出现“一中一台”、“两个中国”等问题。

此复。

中华人民共和国文化部

一九九九年七月十二日

从文化部的回复可以得到三个信息：一是同意两位作家参加；二是一切费用对方自理；三是搞好接待，不出现“一中一台”“两个中国”等问题。第二个问题的意思是被邀方应该具有主动性，即有自觉的意愿参加会议，同时，在小处说，理解研究会经费的紧张，以及参加学术费用自理（包含本单位出资）的传统性。第三个问题是宪法规定的底线，也是中国关于台湾问题的底线，是政治问题。

研究会得到回复以后，即刻由陈明电话联系对方，陈映真给予了参会的回复。但邀请函却辗转至八月才到陈映真手中，就有了陈映真回函的内容。

---

①《文化部关于同意邀请陈映真等来延安参加研讨会的批复》也保存在中国丁玲研究会秘书处资料室，为原件。

二、陈映真信函内容及其解析

1979年中美建交以后的10年间，中国大陆有萧乾、陈白尘、艾青、茹志鹃、王安忆、冯骥才、吴祖光、张贤亮、北岛、汪曾祺、阿城、刘索拉等作家参加为期三个月的“爱荷华国际写作计划”（下称“中心”），同时段也有很多港台作家参加。这不仅促进了大陆和世界作家，也和港台作家进行了交流，沟通了相互的联系。特别是成为大陆、港台作家沟通的平台。大陆文学和港台文学相互得以认识，“窄窄的浅浅的海峡”再不用“小小邮票”，而是面对面沟通了。陈映真也是在“中心”真正了解中国大陆文学以及大陆作家，对丁玲的全面了解也是在“中心”。

丁玲在“中心”影响很大。据《丁玲年谱长编》记载，1981年8月29日至10月丁玲应聂华苓夫妇邀请，访问了爱荷华“国际写作计划”中心。其间，与台湾作家蒋勋进行了多次交流和进餐。在爱荷华，丁玲见到了萧军父女、聂华苓、吴组缃、黄秋耘、白先勇等人，23日晚还曾住宿台湾学生李乃平、邵燕家。10月17日在“中心”作《中国文学现状》的讲话，介绍中国文学。丁玲在“中心”的活动，让多国多地作家对中国文学有了新的理解。

陈映真到“中心”在丁玲之后。1983年，在“中心”，陈映真有机会和大陆作家王安忆、茹志鹃等深度交流，但王安忆对“陈映真是一种非价值认同，是一种有限度的理解”①。1987年，再次被邀，陈映真在美国爱荷华参加国际写作计划成立20周年庆典。

同时，改革开放以来，大批台湾企业家来大陆投资发展，开启了海峡两岸沟通之旅。随后，很多台湾作家来大陆交流，余光中、郑愁予等先后多次来大陆参会与讲学。1996年秋天，陈映真被中国社会科学院聘为荣誉高级研究员，从此，他多次往返于大陆与台湾之间。而丁玲研究会的邀请，对陈映真来说肯定是一件大事。我们相信，会议主办方和被邀请方，均会很高兴。那个时段，洛夫、余光中等已经多次赴大陆。

但是，高兴归高兴，陈映真还是未能成行。为此，他专门写信给中国丁

---

①刘继明：《走进陈映真》，《天涯》2009年第1期。文章中，刘继明深刻分析了张贤亮、阿城、查建英和王安忆眼里的陈映真，以作家的眼光判断作家对另外一名作家的分析。文章对陈映真分析入里，对三位大陆作家的价值与心理更是分析入围。本文可以是了解大陆对陈映真描述的一个侧面。

玲研究会[①]，说明不能成行原因。他在信中写道：

中国丁玲研究会：

收到“第八次丁玲文学创作国际研讨会”邀请书，虽因邮误，我还是觉得荣幸、高兴，因为丁玲先生是三十年代重要的、优秀的前辈、作家，心中敬仪已久。

然而，几经考虑，由于下列原因，此次会议实不克出席：（1）8月8日—15日，我所属中国统一联盟有访问京沪的行程；（2）16日若紧接去延安，家中业务没法搁置，很难安排；（3）我敬仪丁玲先生，但台湾有关丁先生作品与材料全无，致无缘深入研究，对会议没有贡献；（4）仓促间已绝无时间读书写论文了。

延安是我向往之地，却从未去过，错过此次机会，殊为恨惜，希望此后有机会去。丁玲研究会下回开会，早些见告，一定去参加！

此次劳顿陈明先生，特此来电话相邀，殊为宠惊，请代向陈明先生及研究会、中国社科院文学所转致敬意及未克赴会之歉意。

即祝大会成功！

陈映真拜上

1999年8月3日，台北

收到来信，中国丁玲研究会深感遗憾。涂绍君就不无遗憾的对笔者说：“第八次会议我们邀请了陈映真，因他的健康状况不允许，未能与会。1993年在桃花源召开的首届丁玲国际学术研讨会，我们也邀请过陈先生，我和他通过电话，他曾给我发过一个祝贺会议的电报（现存丁玲研究会资料室，可能字迹已不清楚了），也是因事未来，只有郑愁予等来了。”可见，陈映真多次被邀，均因为身体或者其他原因不能参会。

上述信件即使是陈映真讲述未成行之因，但信函内容值得细细咀嚼。笔者查阅到该信时，发现信用铅笔写成，题头与结尾都有涂改，而且断句也有几处不规范。比如，“此次劳顿陈明先生，特此来电话相邀，殊为宠惊，请代向陈明先生及研究会、中国社科院文学所转致敬意及未克赴会之歉意”，就有断句问题。那么，为什么陈映真如此潦草地写一封信，丁玲研究会与我个人的判断身体因素是主因。

---

①陈映真的这封信函，如今珍藏在湖南常德丁玲研究会秘书处的资料室里。信用铅笔写成，而且有多处涂改，以致当下多处不好辨认。但它可以作为一份难得的重要资料保存。

信中写道：“丁玲先生是三十年代重要的、优秀的前辈、作家，心中敬仪已久”“延安是我向往之地，却从未去过，错过此次机会，殊为恨惜，希望此后有机会去”。两句话，两条信息。一是陈知道丁是三十年代作家，“心仪已久”，必然对丁有所了解；二是陈真心希望去看看引起世界关注的延安是什么样子，去感受一下延安开研讨会的气氛。

而信的第二部分连续说了四条不能参加的理由，和开头部分结合起来分析，那就是收到邀请时间仓促，短时间行程不好调配，短期内无法创作，也有责备和遗憾之意。从深处说，经历过牢狱的陈映真也会有心悸，终究当时文化交往并非深入。还有一条值得注意的信息：“但台湾有关丁先生作品与材料全无”。它就明确告知，在台湾，象丁玲等左翼作家没有市场。笔者后来阅读夏志清的《中国现代小说史》，能在作者的轻描淡写中感受到现代作家在台湾的分野。

综上，从陈映真的回信里，我们看到大陆作家在台湾并非普适性的被认知，政治与文化影响是其根源，交流的缺失是其根本。陈映真与第八次研讨会失之交臂，但这封信可以作为珍藏的资料。

三、陈映真与丁玲的情结

陈映真的回信是本文的焦点，陈映真与“第八次丁玲文学创作国际学术研讨会”的关联是核心。在探究中，不难发现一个重要问题：陈映真与丁玲有交集？

1. 没有结果的精神对话

不同时代、不同地域、不同文化生存背景的两位作家，对文学的艺术性追求是一致的。丁玲在中国文坛有争议，也具更高的认同；陈映真在台湾有争议，也有独特个性。丁玲作为老一辈作家，陈映真在信中说，“心中敬仪已久”，也就交代了陈映真对丁玲早就有所知，且心存敬意。那么敬仰是一种情结。

陈映真作为台湾乡土理论的创建人之一，作品常常充满忧郁和苦闷的色调，也充满人道主义情怀；丁玲的创作常常表现出对人物作深刻的心理描写的特色，作品与时代紧密关联。陈映真期望在创作上成为丁玲的学习者，那么深度认同是另外一种情结。

再回到陈映真与第八次丁玲文学国际研讨会问题上，陈映真本可以与丁玲及其研究者齐聚一堂，感受学者们对丁玲的态度，分享学者们的研究成果，和丁玲进行一场精神对话。但是，在诸多因素影响下，这种对话在刚刚出现念头后，无声无息的溶蚀了。

2. 无意引发的思考

陈映真虽然没有成行，但这件事告诉我们：凡事必须充分准备，必须思考再三。也为举办学术研讨会提供了经验与教训。

中国丁玲研究会是当下最为活跃的学会之一。学会既团结了老年研究者，也培育了学术新人。但是，我们从刘继明的文章得到启示，学术研讨会还需要一些作家的参与，他们最能直击作家内心，以此给研讨会带来新的生长点。

因此，作家之间的情结必然是既认同又排斥，会给理论研究者提供参照。

（佘丹清：湖南文理学院文史学院院长，教授）

长沙与青少年时期的丁玲

廖　帅　郑美林

内容摘要： 作为青少年时期丁玲求学之地，1910—1920年代的古城长沙对强化丁玲独立勇敢的个性、培养其文学兴趣以及接受革命思想启蒙都产生了重要影响。长沙为丁玲日后闪亮登上文学舞台、走上革命的道路奠定了坚实的基础。

关键词： 丁玲　青少年时期　长沙

从7岁半到18岁，青少年时期的丁玲曾两次求学省城长沙。古城长沙的青石板路，前前后后3年半的时光里，留下了她稚嫩与青葱岁月的足迹。作为丁玲早年学生时代生活、学习的重要场所，长沙对强化丁玲独立勇敢的性格、培养其文学兴趣素养、启蒙其革命思想均产生了极为深刻的影响。

一、强化独立勇敢的性格

弗洛伊德认为，家庭关系和早期经验对儿童人格健康发展具有重大意义，特别是儿童早期父母对儿童的管理方式是日后儿童形成健康人格的关键，在笔者看来，正是幼时的长沙生活经历培养、强化了丁玲独立勇敢的生活态度。

丁玲虽出生在封建望族家庭，但偌大的家业传至父亲手中时，已是强弩之末，而丁玲4岁失怙，父亲留下的巨债，使她不得不寄居在舅舅家。察言观色，自我防卫成为敏感性格的表征。在自传体小说《母亲》中一段描写小菡弟弟的句子，“他时时都不忘记防卫自己，他防备着厉害的回击那些敢来侵犯他的人”[①]毋宁说描写的是幼年时的弟弟，不如说是幼时丁玲的写照。然而，敏感细腻并非丁玲一生的主色调，独立勇敢在丁玲的一生中占据着更为重要的地位，而这一性格的养成和强化与丁玲求学长沙的经历密不可分，当然也离不开丁母坚毅的性格和追求进步的言传身教。

丁玲能两次来省城长沙学习，均得益于母亲的远见与坚持。1911 年，辛亥革命爆发，余波震及常德，其时，丁母就读的常德女子师范速成班停办。一心求学，不顾俗世眼光的丁母“私衷急欲读书，于是函约诸友，自借款登轮，赴都会。”[②]一路奔波，丁母携一双儿女终抵长沙，闲居数月，直至 1912 年 5 月 12 日，“只等新创第一女师开学，方才考入”，“女在小学部二年级读通学”[③]（丁玲回忆为“一年级”）[④]。《丁母回忆录》中所提的新创第一女师，正是湖南省立第一女子师范学校，其时首任校长为革命教育家朱剑凡先生，其后创办的周南女子中学，正是丁玲第二次来到长沙就读的学校。丁玲小小年纪（7 岁半），已远离家乡，和母亲与弟弟在长沙过着艰苦的求学生活，母亲的艰难处境也使得丁玲早熟而独立。当丁母因为没钱不得不辍学去常德任教，暂留丁玲一人在长沙就读时，“我说一句他应一句”，“跳跳蹦蹦的进了教室”[⑤]没有慌张害怕，没有依依不舍，丁玲在至亲未在身边的时候，虽感受到了孤独和寂寞，但却勇敢地承受了下来，独自寄宿在幼稚园的时光，“每天放学回来，幼稚园里静悄悄的，我常独个留连在运动场上，坐会儿摇篮，荡会儿秋千。这时，向警予阿姨就来看我了，带两块糕，一包花生，最好的是带一两个故事来温暖我这幼稚的寂寞的心灵”[⑥]。其母也夸自己的女儿：“事事明白而不显露，行止大异常儿，凡看见他无不夸奖一个好孩

①丁玲著，张炯，蒋祖林，王中忱编：《丁玲全集》第 1 卷，河北人民出版社 2001 年版，第 211 页。

②丁玲著，张炯，蒋祖林，王中忱编：《丁玲全集》第 1 卷，河北人民出版社 2001 年版，第 279 页。

③丁玲著，张炯，蒋祖林，王中忱编：《丁玲全集》第 1 卷，河北人民出版社 2001 年版，第 279 页。

④丁玲著，张炯，蒋祖林，王中忱编：《丁玲全集》第 6 卷，河北人民出版社 2001 年版，第 26 页。

⑤丁玲著，张炯，蒋祖林，王中忱编：《丁玲全集》第 1 卷，河北人民出版社 2001 年版，第 284 页。

⑥丁玲著，张炯，蒋祖林，王中忱编：《丁玲全集》第 6 卷，河北人民出版社 2001 年版，第 26 页。

子”[①]。

1919 年，五四新文化运动如火如荼地进行着，时在桃源女师就读的学生丁玲学着省城女子剪发的做法剪掉了长长的大辫子，留着齐耳短发，这在当时是非常勇敢之举。长沙先进的思想和开放的风气吸引着少女丁玲，丁母也注意到了女儿的新变化：“她觉得一个人要为社会做事，首先得改革这个社会，如何改革这个社会是今天必求的学问”[②]。至于是谁最先提出到周南女子学校求学的问题，在丁玲前后的回忆录中存有差异[③]，但丁玲得到母亲支持，敢于和舅舅一家据理力争，解除包办婚姻，坚持赴长沙求学的独立意识得以强化。

1920 年秋，丁玲考入周南女子中学，这所于 1905 年由朱剑凡“毁家兴学”创办的女校，把教育救国与民族革命，妇女解放思想有机结合，短短十余年，四更校名，由周氏家塾（1905）——周南女学堂（1907）——周南女子师范学堂（1910）——湖南私立女子师范学校（1912）——湖南私立周南女子中学（1916）。周南女子中学以启迪民智为前提，以解放女禁为先导，据此确立了“教育救国，谋求女性振兴”的办学宗旨和“诚、朴、勇”的校训[④]。待丁玲入学时，已很有名气与声望。周南女中的校长朱剑凡先生是丁母在长沙第一女师读书时的校长，学校管理员陶斯咏是丁母的同学。在这里，丁玲受新民学会成员、周南女中老师陈启民影响深远。

在周南女中读了一年书后，因不满校方日趋保守，丁玲于 1921 年暑期从周南女中退学，到毛泽东创办的湖南自修大学参与补习班，同年秋季进入长沙岳云中学学习。读了半年书后，1922 年寒假，丁玲回到老家常德，受到昔日桃源第二女师校友王剑虹的鼓励，决定放弃半年后就可以拿到的中学文凭，

---

①丁玲著，张炯，蒋祖林，王中忱编：《丁玲全集》第 1 卷，河北人民出版社 2001 年版，第 284 页。

②丁玲著，张炯，蒋祖林，王中忱编：《丁玲全集》第 5 卷，河北人民出版社 2001 年版，第 263 页。

③她（丁母）说：长沙周南女子中学要进步的多，那里面有新思想。——《我怎样飞向了自由的天地》（《丁玲全集》第 5 卷，第 263 页）。“我向妈提出一个要求，希望转学到周南女子中学去。”——《致胡延妮》（《丁玲全集》第 11 卷，第 249 页）。“女向吾说，不愿居师范，欲到省会考中学。”——《丁母回忆录》（《丁玲全集》第 1 卷，第 306 页）

④《本校历略及复兴计划》，参见《周南女中（四十二周年纪念）》1947 年五一特刊，第 3—4 页。

1922 年 2 月跟着王剑虹等人去上海平民女校学习，开启了她跌宕起伏但矢志不渝、追求理想的人生传奇[①]。

二、培养文学兴趣

丁玲是中国现当代著名的作家，其文学素养的培养离不开幼年时期母亲的熏陶，更离不开长沙周南女子中学对丁玲的文学启蒙。

从小，丁玲便接触了不少中国古典文学，7 岁时，丁母变教她读《古文观止》，不久，她不但熟读了《论语》和《孟子》，还能随口背诵几十首唐诗宋词。她“在三舅父家后花园的藏书楼上，阅读了外祖父留下的大量书籍，包括《红楼梦》《三国演义》《西厢记》等小说，《再生缘》《再造天》等唱本，骈体文的《玉梨魂》等”[②]，这为她以后写作打下了坚实的基础。但是，“算数（现在叫数学）是我最喜欢的课，作文得八十分。我不怎样，但数学如果得了九十八分，我就得流眼泪，恨自己疏忽了[③]”，她最初喜欢的科目不是语文而是数学，对于文学创作而言并没有概念，而当初读那么多书只不过为了学习和打发时间。

丁玲对文学创作真正产生兴趣得益于周南女子学校的国文老师陈启明的慧眼识珠，他是新民学会的一员，亦是毛泽东的同学，曾一手创办了船山文学社。丁玲参加周南女子中学的插班考试，便是在陈启明的监考下批准进入二年级学习。“我简直高兴极了，我认定了这是个好老师。”[④]师生深厚的情谊在此结下，在丁玲于周南女子中学就读的期间，陈启明敏锐感知到了丁玲的才情，夸奖她那篇把陶渊明写的《桃花源记》改为白话文的作文很好，说有《红楼梦》的写法，并借书给她看，推荐她阅读梁启超的《饮冰室文集》和吴稚阵的《上下古今谈》，以使文章更为雄浑。丁玲在他的鼓励下，于本学期写了三本作文和五本笔记本，甚至于扭转了语文和数学在心中的分量：“我对文学发生了真正的兴趣，而对数学却敷衍了事[⑤]”。

---

①王增如，李向东：《丁玲传》，中国大百科全书出版社 2015 年版，第 21 页。

②王增如，李向东：《丁玲传》，中国大百科全书出版社 2015 年版，第 8 页。

③王增如，李向东：《丁玲传》，中国大百科全书出版社 2015 年版，第 11 页。

④丁玲著，张炯，蒋祖林，王中忱编：《丁玲全集》第 11 卷，河北人民出版社 2001 年版，第 250 页。

⑤丁玲著，张炯，蒋祖林，王中忱编：《丁玲全集》第 11 卷，河北人民出版社 2001 年版，第 251 页。

在陈启明的影响下，丁玲读了许多新小说、新诗，比如胡适的文章、诗歌《尝试集》和他的翻译小说，康白情的诗，秋瑾的诗，翻译小说《最后一课》《二渔夫》等，这些作品符合当时中国的情境，因此丁玲深受启发，不仅“写过诗、散文，还写过一篇小说。有两首小诗刊载在陈启民等编辑的《湘江日报》上”①。在此期间，丁玲不仅受陈启明影响阅读新式作品，还涉猎了许多外国小说，如《茶花女》《悲惨世界》《曼郎摄氏戈》《三剑客》《钟楼怪人》等，这极大地打开了丁玲的阅读视野，使其具备了展望世界的眼光。

在离开长沙去上海前，丁玲还特意去毛泽东创办的长沙文化书社购买了一本新出的郭沫若的《女神》，“她爱不释手，《凤凰涅槃》和《湘累》能背诵如流，尤其对凤凰为了新生须要经过自焚的痛苦过程，印象尤深”②。虽到上海后，丁玲对拜访崇拜的偶像郭沫若的印象不尽人意，但不可否认的是，《女神》的浪漫风格与革命热情让丁玲感受到张扬、叛逆的五四新文化精神气质。

陈启民对丁玲文学素养的培养无疑是深刻的，1921 年夏，当陈启明等进步老师被周南女子中学开除时，丁玲因不满校方行为与一些进步同学愤而退学。1954 年，当已赋盛名的丁玲路经长沙时，还特意拜访正在湖南大学任教的陈启明，并谦逊地向老师请教《太阳照在桑干河上》一书。甚至于多年后丁玲回忆恩师时，还记得“陈启民老师教我们读都德的最后一课，秋瑾的‘秋风秋雨愁煞人’等时的光景”③1982 年 11 月，当 78 岁的丁玲精神洋溢地重回母校探望，面对母校的师生代表时，她深情地说道：“我在周南是一个启蒙阶段，周南在政治上培养了我的革命趋向，但文学上也孕育了并加深了我的爱好，可以说是周南引导我走向了文学创作的道路。”④所以可以毫不夸张地说，长沙周南女子中学为丁玲日后成为一名出色的文学家打下了坚实的基础。

---

①丁玲著，张炯，蒋祖林，王中忱编：《丁玲全集》第 5 卷，河北人民出版社 2001 年版，第 264—265 页。

②王增如，李向东：《丁玲传》，中国大百科全书出版社 2015 年，第 17 页。

③丁玲著，张炯，蒋祖林，王中忱编：《丁玲全集》第 11 卷，河北人民出版社 200 年版，第 252 页。

④王昀：《周南女校与丁玲》，湖南师范大学硕士学位论文（2013 年），第 4 页。

三、革命思想的启蒙

长沙，作为湖南的省会城市，在20世纪初汇聚着大量的先进思想、科学主张，更涌现了毛泽东、蔡和森、向警予等一批早期无产阶级的革命家。丁玲就读的长沙周南女子学校，正是作为桥梁，沟通着丁玲与革命的道路。

首先是接受女性解放思想的熏陶。周南女子中学的校长朱剑凡因自身庶出关系，从小便对弱者心存同情，特别是对中国苦难深重的广大妇女。从日本留学归来后，朱剑凡取《诗经·国风·周南》之意，宣扬“正始之道，王化之基，乐得淑女，培养贤才”[①]，创办了周南女子学校。校长提倡学生民主自治，在严苛的学习之余，“本三民主义的精神，养成会员在学校以内的自治生活，并促进德育、智育、体育、群育之发展为目的，外又组织民众学校，以设施国民教育，帮助社会之进展，次之有抗日救国会的组织，努力抗日工作，励行经济绝交，为政府之后盾，救民族之危亡”[②]。并相继创办刊物《周南学生》和《女界钟》，刊登学生创作，着力于宣传妇女解放、经济独立、婚姻自主等议题。

丁玲的老师陈启民便是《女界钟》的编辑，他不仅培养了丁玲文学创作的兴趣，更是不断向自己的学生传递“改造中国与世界”的新思想，新主张，把《新青年》《新潮》等进步刊物介绍给学生看，“我常常读他（陈启民）划了红圈圈的一些报头文章和消息，这都是外边和省城的一些重要的社会活动我为他所讲的那些反封建，把现存的封建伦理道德都应该翻个格的言论所鼓动。我喜欢寻找那些‘造反有理’的言论，我对自己出生的那个大家庭深感厌恶。因此，我喜欢看一些带政治性的，讲问题的文艺作品。”时在周南女子中学读书的丁玲显然深受鼓舞，“我在这种空气中，自然也变得有所思虑了，而且也有勇气和一切旧礼教去搏斗”[③]，丁玲主动在离开周南后转入“开男女同校之先路”的长沙岳云中学就与丁玲在周南女子中学接触的妇女解放思想分不开。

其次是丁玲亲身参与了“驱张”等社会政治活动。1918年4月17日，毛泽东、蔡和森等人在长沙蔡和森家中成立召开新民学会，吸引了不少周南

---

①毛捧南：《朱剑凡及其教育思想》，湖南人民出版社2005年版，第43页。

②黄益德：《本校学生》，见《周南季刊》1932—1933年第133期。

③丁玲著，张炯，蒋祖林，王中忱编：《丁玲全集》第5卷，河北人民出版社2001年版，264页。

女子中学的师生。至1920年，“新民学会共有会员74人，其中周南师生20人，女会员19人，其中周南14人。”[①]其中2位女性周敦祥和陶毅还是新民学会的领导成员，丁玲的恩师陈启明亦是会员，周南女子中学自然而然也就成了新民学会活动的重要地点之一。丁玲虽未加入新民学会，却与新民学会始终保持密切的关联，在此期间，她与师友共进，积极参加革命活动，包括毛泽东领导的“驱张运动”，反对军阀赵恒揭的斗争等。其中有一次，她们还为要求湖南省议会接受男女平等和女子有承受遗产权的提议，包围了省议会大厅，用旗杆追打企图逃跑的议员，最后迫使议会不得不表面上采纳学生的提议。

第三，丁玲在长沙两次聆听罗素、杜威等名家学术讲演。“在周南女中，还参加了两次社会活动。第一次是英国著名教育家罗素来华讲演。他在长沙青年会讲过几次。我每次去听。”[②]1920年10月底至11月初，湖南省教育会主办中外名人学术讲演大会，邀请了在中国讲学的杜威、罗素，以及蔡元培、吴稚辉等人，先后在遵道会、第一师范学校、省教育会坪、女子师范学校，周南女子中学等进行了40多场讲演，长沙《大公报》持续跟踪报道了这次盛会。杜威在长沙停留9天时间，所讲内容围绕教育问题展开，罗素因行程问题虽只在长沙待了2天，但其讲演却引起了全国关注，他的《布尔扎维克与世界政治》以俄国社会主义革命为例，为当时为中国前途苦苦思索的青年人提供了重要参考，比如当时也去听演讲的毛泽东。“罗素在长沙演说，意与子异及和笙同，主张共产主义，但反对劳农专政，谓宜用教育的方法使有产阶级觉悟，可不至要妨碍自由，兴起战争，革命流血。”[③]罗素主张改良的、教育的，温和的共产主义，不赞成“阶级战争”和“平民专制”，认为中国的首要的事情是兴办教育和发展实业。而这点在当时的丁玲看来，虽然“并不给我多少印象”，但也一定程度上拓宽了丁玲的眼界和思维。在她晚年写给孙女胡延妮的信中，丁玲回忆起当时自己和这次演讲中结缘的第一女子师范的同学，互相探讨教育问题[④]。

---

①韩文滨：《参加新民学会的周南师生》，见《春晖芳草（1905—2005）》，周南中学校友会编印，内部出版物，2005年版，第22页。

②丁玲著，张炯，蒋祖林，王中忱编：《丁玲全集》第11卷，河北人民出版社2001年版，第255页。

③湖南省博物馆历史部校编：《新民学会文献汇编》，湖南人民出版社年1980年版，第103页。

④丁玲：《致胡延妮》，见《丁玲全集》第11卷，河北人民出版社2001年版，第255页。

丁玲在长沙求学期间受到革命思想的初步启蒙，她意识到革命要有所行动。当她离开长沙进入上海、南京、北京这些大都市，对她个人成长触动最大的依然是共产党人，比如向警予、瞿秋白等人，尽管当时她对现实生活中个别浮夸的共产党员有些意见，但她对这些人是佩服的，这使得日后丁玲尽管受到无政府主义的影响，甚至在丁玲 1930 年代初加入左联后，相当一段时期并未放弃个人自由主义文艺思潮的观点的情况下，当 1930 年代左翼文艺运动在白色恐怖的残酷杀戮中顽强兴起时，丁玲仍毅然踏着亡夫胡也频的脚步，积极左转，成为中国左翼革命文学的代表人物并一度担任“左联”党团书记。

综上所述，从省立第一女子中学小学部到周南女子中学，从“驱张运动”到长沙青年会，长沙这片充满热血的土地不仅塑造了丁玲独立勇敢的性格，培养了丁玲写作的热情，更作为丁玲革命思想的启蒙之地，为丁玲今后走向文坛、走向革命奠定了坚实的基础。

（廖帅、郑美林：湖南大学中国语言文学学院硕士研究生）

编 后

2019年，适逢中国当代文学进入第七十个年头之际，作为共和国文学重要创建者之一，丁玲对中国当代文学七十年创作、批评及文学史建构的深层影响引起了学界的浓厚兴趣。

2019年7月20—21日，由湖南大学中国语言文学学院、中国研究会、常德市丁玲文学研究中心共同主办的“丁玲与当代文学七十年”学术研讨会暨第四届丁玲研究青年论坛在湖南大学召开。会议集结了来自清华大学、北京大学、华东师范大学、中国社会科学院文学研究所、中国现代文学馆等海内外的30余位丁玲研究专家、青年学者，分别围绕“丁玲文学的当代性”“丁玲与20世纪文学革命主体书写”“丁玲与性别政治”“丁玲与左翼文学传播”等议题，从革命主体、性别政治、话语生成、文化传播等多维角度，深入探讨了丁玲对中国当代文学的重要影响与贡献。

本论文集收录了提交大会的论文30多篇。分为五大专辑：《当代中的丁玲及其文学创作》《丁玲与20世纪文学革命主体书写》《丁玲与左翼文学创作》《丁玲与左翼文化传播》《丁玲相关文学史料》，不仅汇聚了丁玲研究界中坚力量的最新学术成果，也吸纳了一批勇于创新的博士生、硕士生的学术论文，老中青学者的思想交流与撞击使丁玲学界焕发了蓬勃的青春活力，这也充分显示了丁玲研究的魅力。

本论文集由中国丁玲研究会和常德市丁玲文学研究中心主编。论文的编选得到了丁玲研究会王中忱、贺桂梅、何吉贤、罗岗等专家学者的大力支持与指导，湖南大学中国语言文学学院黄蓉老师及其研究生廖帅、郑美林、马瑶也为论文集的整理编辑提供了帮助，在此一并感谢！也对关心、支持本论文集出版的吉林文史出版社表示衷心感谢！

中国丁玲研究会选编小组

2020年12月